Über die Autorin:

Sofia Caspari, geboren 1972, ist bereits mehrfach nach Mittel- und Südamerika gereist, wo auch ein Teil ihrer Verwandtschaft lebt. Längere Zeit verbrachte sie in Argentinien, dessen Menschen, Landschaften und Geschichte sie tief beeindruckt haben. Heute lebt sie – nach Stationen in Irland und Frankreich – mit ihrem Mann und ihrem Sohn in einem kleinen Dorf im Nahetal.

Sofia Caspari

IM LAND DES KORALLEN-BAUMS

Roman

BASTEI LÜBBE TASCHENBUCH
Band 16 601

1.–3. Auflage: Oktober 2011

Bastei Lübbe Taschenbuch in der Bastei Lübbe GmbH & Co. KG

Originalausgabe

Dieses Werk wurde vermittelt durch die Literarische Agentur
Thomas Schlück GmbH, 30827 Garbsen.

Copyright © 2011 by Bastei Lübbe GmbH & Co. KG, Köln
Lektorat: Melanie Blank-Schröder
Textredaktion: Margit von Cossart, Bergisch Gladbach
Titelabbildung: © Academy of Natural Sciences of Philadelphia/
CORBIS; Cayambe, 1858, Church, Frederic Edwin (182?–1900)/
© Collection of the New-York Historical Society, USA/
Bridgeman Berlin
Umschlaggestaltung: Kerstin Osenau
Satz: Urban SatzKonzept, Düsseldorf
Gesetzt aus der Garamond
Druck und Verarbeitung: CPI – Ebner & Spiegel, Ulm
Printed in Germany
ISBN 978-3-404-16601-5

Sie finden uns im Internet unter
www.luebbe.de
Bitte beachten Sie auch:
www.lesejury.de

Der Preis dieses Bandes versteht sich einschließlich
der gesetzlichen Mehrwertsteuer.

*Für Julian und Tobias,
die mich täglich Neues sehen lassen.*

Wie soll ich mich doch darein finden,
Das alles dann nicht mehr zu sehn?
Wie werd ich es noch überwinden,
Von Haus und Hof hinwegzugehn!
Hier zog ich ein, als wir uns freiten,
Und dachte: Dies ist nun mein Haus;
Hier bleib ich meinem Mann zuseiten,
Bis man mich trägt als Leich hinaus.

(Unbekannt, 1847)

Regieren heißt Bevölkern!

(Juan B. Alberdi, arg. Politiker, 1852)

In Amerika gibt es keine Fremden.
Bei uns ist das anders.
Der Fremde zieht es vor, fremd zu bleiben.

Erster Teil

Ferne Ufer
April 1863 bis März 1864

Erstes Kapitel

Dumpf schlug das Wasser gegen das Holz des Schiffsrumpfs. In einem Moment warf sich das Schiff in das Wellental hinab, dann erklomm es den nächsten Wellenkamm und ächzte dabei wie ein lebendiges Wesen. Am Vortag hatte der Wind gedreht, gegen Morgen war er heftiger geworden. Am Bugspriet stehend hielt Anna Weinbrenner sich mit aller Kraft fest. Gischt spritzte ihr ins Gesicht, während sie hinab in die blaue, schaumgekrönte Tiefe starrte.

Ich darf nicht loslassen, schoss es ihr durch den Kopf, ich darf nicht loslassen.

Bitterer Speichel drang ihre Kehle hinauf. Nicht zum ersten Mal auf dieser Reise war ihr zum Speien übel. Im nächsten Wellental wurde Anna mit Wucht gegen die Reling geschleudert. Schmerzhaft drückte sich das Holz gegen ihren Brustkorb und raubte ihr den Atem. Der Aufschrei blieb ihr in der Kehle stecken.

O nein, ich hätte niemals hier hinausgehen dürfen, nicht bei diesem Wetter.

Sie kannte die Anweisungen: Wenn ein Sturm drohte, hatten die Passagiere unter Deck zu bleiben!

Anna biss die Zähne aufeinander. Aber sie hatte den Gestank in den Quartieren des Zwischendecks, jenen wabernden Dunst nach Schweiß, ungewaschenen Körpern, verdorbenen Nahrungsmitteln, Erbrochenem und Kot, der sich bei schweren Wettern noch verstärkte, einfach nicht mehr ausgehalten. Und draußen im aufkommenden Sturm, der einem nach Tagen der Flaute eher willkommen war, hatte sie dann die Schönheit des Augenblicks gebannt: die tanzenden, schimmernden Wellen, die sich noch nicht allzu hoch getürmt hatten, wie mit Abertausenden von Schaumsternen gekrönt.

Anna schüttelte sich. Längst war sie vollkommen durchnässt. Wieder musste sie den Würgereiz bezwingen. Niemals hatte sie sich vorstellen können, dass das Wetter so schnell umschlagen würde. Sie war doch eben erst an Deck gekommen, entschlossen, frischen Atem zu schnappen und der Enge des Schiffsbauchs zumindest kurz zu entkommen. Nun hatte sie den rechten Augenblick versäumt, um aus eigener Kraft zurückzugelangen.

Wieder stürzte das Schiff in ein Wellental, wieder erklomm es den nächsten Kamm und fiel mit umso größerer Macht hinab. Wenn nicht bald jemand kam und ihr half, dann konnte ihr nur noch Gott helfen.

Anna starrte ihre Hände an, die Fingerknöchel zeichneten sich weiß ab, so sehr klammerte sie sich an ihrem Halt fest. Kräftige, arbeitsame Hände waren es, und doch nicht stark genug, um sie zu retten. Eine neue Welle durchnässte ihren Rock, doch kein Angstschrei kam mehr über Annas Lippen. Der Schweiß, den ihr die Anstrengung auf die Stirn getrieben hatte, mischte sich mit dem Salzwasser. Die Windböen trieben ihr die Tränen in die Augen. Mühsam hob Anna den Kopf und versuchte zum Horizont zu schauen, aber sie konnte einfach keine Grenze mehr ausmachen zwischen Himmel und Erde.

Hatte es eben geblitzt? Gleich ließ sie ein Donnerschlag zusammenfahren. Noch einmal blitzte und donnerte es. Dann, von einem Moment auf den anderen, schüttete es wie aus Eimern.

Ich habe Angst, dachte Anna, ich habe so furchtbare Angst.

Mit jedem Atemzug zitterten ihre Beine mehr. Die Menschen, die ihr nahestanden, kamen ihr mit einem Mal in den Sinn, ihre Arbeitgeberin, Frau Bethge, ihre beste Freundin Gustl. Alle hatten sie sie vor dieser Reise gewarnt.

Eine neue Welle warf sie nach vorn. Dieses Mal schrie Anna doch. Wenn ich über Bord gehe, schoss es ihr durch den Kopf, werde ich auf immer fort sein. Ich bin allein, niemand wird mich auf diesem Schiff vermissen. Wie lange wird meine Kraft noch reichen?

»Hilfe!«, schrie sie, »Hilfe, so helft mir doch!«

Doch der heulende Sturm schluckte ihre Worte. Ganz fern, über das Brausen des Windes hinweg, hörte sie eine Glocke, dann Stimmen, kaum wahrnehmbar. Annas Arme zitterten. Ich werde über Bord geschleudert werden, durchfuhr es sie mit schmerzhafter Gewissheit, ich werde meine Familie niemals mehr wiedersehen. Ich werde sterben.

Aber ich will nicht sterben.

Anna öffnete den Mund, um nochmals zu schreien. Mit neuer Wucht prallte sie gegen die Bordwand. In kurzer Folge stürzte das Schiff nun herab und erhob sich wieder, neigte sich knarrend mal zur einen, mal zur anderen Seite.

»Hilfe!«

Der Sturm schluckte ihren Schrei einfach. Nichts, man hörte sie einfach nicht. Annas Lippen bebten. Tränen quollen aus ihren Augen. Lieber Gott, hilf mir, betete sie stumm, ich will nicht sterben. Ich will nicht sterben.

Als das Schiff ins nächste Wellental hinabstürzte, konnte Anna sich nicht mehr halten. Sie wurde gegen die Bordwand geschleudert, dann verlor sie den schwankenden Boden unter ihren Füßen. Während sich das Schiff erneut zur Seite neigte, rutschte Anna über das Deck. Sie wollte die Augen schließen, doch sie konnte es nicht. Unter ihr wartete nur noch die Tiefe des Atlantiks. Wild hämmerte das Herz in ihrer Brust. Als sie dieses Mal zu schreien versuchte, kam nur ein Krächzen hervor.

Jetzt kann ich noch nicht einmal mehr auf mich aufmerksam machen, dachte sie, jetzt werde ich sterben.

Doch dann bäumte sich etwas in ihr auf. Nein, sie wollte nicht sterben. Anna nahm alle Kraft zusammen – und dann schrie sie noch einmal aus voller Kehle.

»Hilfe, Hilfe, so helft mir doch!«

»Himmel, Herrschaftszeiten, was haben Sie sich nur dabei gedacht?«

Die fremde Stimme war das Erste, was Anna wahrnahm, das Nächste war das Schwanken einer Lichtquelle rechts von ihr. Sie kniff die Augen zusammen, schluckte mühsam. Der Geschmack in ihrer Mundhöhle war bitter-säuerlich, doch die schlimmste Übelkeit war vorüber. Instinktiv fuhr sie sich mit dem Handrücken über die Lippen.

Ich bin nicht tot. Ganz offenbar bin ich nicht tot. Aber wo bin ich?

Anna fühlte feines Leinen unter ihren Fingerspitzen. Sie lag also nicht auf ihrem Lager mit der groben Decke, die sie schon am ersten Tag mühsam mit Meerwasser zu reinigen versucht hatte und die seitdem feucht und salzverklebt war, jedoch weiterhin stank; nicht mehr so bestialisch wie am Anfang zwar, aber doch immerhin. Nein, diese Bettwäsche hier duftete sogar. Ihr Kleid dagegen haftete feucht an ihrem Körper. Sie fühlte sich so schrecklich schwach.

»Und?«, war erneut die fremde Stimme zu hören. Eine Männerstimme.

Anna drehte den Kopf in die Richtung, sah, geblendet vom

Licht einer Öllampe, eine große dunkle Gestalt vor sich aufragen.

In welche Lage hatte sie sich nun nur wieder gebracht? Wo war sie, um Himmels willen?

Annas Unbehagen nahm zu. Verstohlen blickte sie sich um. Offenbar befand sie sich in einer der Kajüten der besser gestellten Reisenden.

Was mache ich hier? Wie bin ich hierhergekommen, und warum bin ich nicht achtsamer gewesen?, fragte sie sich. Weil es da unten im Quartier stinkt wie in der Hölle, gab sie sich gleich selbst die Antwort. Sie versuchte, mehr von dem Mann zu erkennen, doch das Licht blendete sie.

Ich muss aufstehen, durchfuhr es Anna, ich muss von hier fort. Bedank dich und geh wieder nach unten. Sie versuchte, sich aufzurichten, die Beine über den Bettrand zu schieben, um sich zu erheben, doch sie geriet sogleich ins Schwanken.

»Langsam, langsam«, ließ sich der Fremde hören. »Sie waren ohnmächtig. Sie müssen sich schonen.«

Unfug, sagte eine Stimme in Annas Kopf, ich habe mich noch nie schonen können. Sie richtete sich mit aller Kraft auf und hielt sich am Bettrahmen fest. Die Stimme des Mannes klang kultiviert. Er sprach seine Worte mit Bedacht aus, so wie Frau Bethge und ihre Familie es taten.

»Ich bin sicherlich keine der Damen, mit denen Sie gewöhnlich zu tun haben«, tat sie kund.

»So, sind Sie das nicht?« Der Mann klang belustigt.

Anna wollte etwas entgegnen, musste aber innehalten, weil sich mit einem Mal alles drehte. Auch die Bewegungen des Schiffes nahm sie stärker wahr als sonst. Sie biss sich auf die Unterlippe.

»Setzen Sie sich doch wieder, bitte.« Der fremde Mann trat endlich ins Licht, streckte ihr eine Hand entgegen. Jung, dunkle Haare, registrierte Anna in dem Moment, als er auf sie zukam, eine hochgewachsene, eher zu schlanke Gestalt. »Setzen Sie sich«, wiederholte er. »Ich bitte Sie darum.«

Anna fühlte, wie sie auf einen gepolsterten Hocker gedrückt wurde. Der Mann nahm eine Teekanne vom Tisch. Im nächsten Augenblick hielt sie eine feine Porzellantasse in der Hand. Stumm starrte sie in die blass goldfarbene Flüssigkeit darin.

»Tee«, sagte der Mann, als er ihre Verwirrung wahrnahm, und setzte sich nunmehr selbst auf den Bettrand.

Anna starrte ihn an. Er lächelte. Seine Kleidung war hochwertig, wenn er sie auch mit einer gewissen Nachlässigkeit trug, als lege er keinen Wert darauf. Sein leicht gelocktes Haar war seitlich gescheitelt. Eine widerspenstige Strähne war ihm in die Stirn gefallen.

»Aber...« Anna holte tief Luft. »Ich kenne Sie«, platzte sie dann heraus. »Ich kenne Sie!«

Der junge Mann zögerte eine Augenblick. »Wirklich?«, entgegnete er dann.

Bremerhaven, einige Wochen zuvor

Der dunkelhaarige junge Mann fiel Anna auf, weil er mit dem Rücken zum Land stand und aufs offene Meer schaute. Während die anderen Passagiere zum Hafen sahen, um einen letzten Blick auf ihre Heimat und ihre Lieben, die ihnen zuwinkten, zu erhaschen, Arme und Reiche Seite an Seite, hielt er sich fern von allen.

Wahrscheinlich, dachte Anna im ersten Moment, ist er mir nur aufgefallen, weil ich auch niemanden habe, dem ich Adieu winken kann.

Zwei Tage zuvor war sie mit der Eisenbahn gekommen, die Bremen und Bremerhaven seit dem letzten Jahr miteinander verband, und dann hatte sie erstmals vor dem Schiff gestanden, auf dem sie die nächsten Wochen verbringen sollte, einerseits froh, andererseits von Angst erfüllt. Da es die Ebbe abzuwarten galt, hatte sie die Zeit genutzt, ihre Vorräte nochmals zu kontrollieren und so gut als möglich aufzustocken. Sie hatte sich eine Seegrasmatratze besorgt und Blechgeschirr, bevor sie zu den Wartenden zurückgekehrt war. Eine einsame Harfenistin hatte sich da unter die Auswanderer gesellt, und die mutigeren Reisenden zu einem Tänzchen verführt, während die Verzagten, bleich und ohne sich zu regen, inmitten ihrer Habe gesessen hatten.

Kurz wurde Annas Blick starr. Sie hatte diesen Moment des Aufbruchs herbeigesehnt, und nun rangen in ihr Gefühle von Wehmut und Hoffnung miteinander. Doch was ließ sie schon zurück? Nichts und niemanden. Auch sie konnte sich beherzt umdrehen und nicht mehr zurückblicken. Keine Freundin, kein Verwandter stand dort unten am Ufer und winkte. Kein Taschentuch wehte ihr ein Lebewohl.

Ihre Familie war ihr schon vor Monaten, im Dezember 1862, vorausgereist. Für sechs Schiffspassagen und Proviant hatte das Geld damals gereicht. Die hatte Heinrich Brunner, ihr Vater, bei einem Auswanderungsagenten gekauft, und einige Wochen später hatte er sich mit Annas Mutter Elisabeth, der sechs Jahre jüngeren Schwester Lenchen, den älteren Brüdern Eduard und Gustav sowie Annas Mann Kaleb Weinbrenner, auf den Weg an die Küste gemacht – nach Bremerhaven, dem Hafen, von dem man viel Gutes gehört hatte.

Anna hatte sich schon lange vor Bremerhaven von allen verabschiedet. Die beste Freundin Gustl hatte sie in Bingen zurückgelassen, bevor sie allein den langen Weg nach Norden angetreten hatte. Gustl mit ihren dicken blonden Zöpfen und dem dunklen Lachen, das irgendwo tief aus ihr herauszukommen schien.

Seit sie beide sechs Jahre alt geworden waren, waren Gustl und sie keinen Tag getrennt gewesen. Anna stiegen, wie so oft, die Tränen in die Augen beim Gedanken an die Freundin. Werde ich sie je wiedersehen, dachte sie, je wieder von ihr hören oder auch nur lesen?

Und er? Anna musterte den Mann in seinem braunen Reiseanzug. Sein Gesicht war schmal, das markante Kinn jedoch zeugte von Entschlossenheit. Die Seeluft zauste an seinem Haar, eine Locke fiel immer wieder hartnäckig in die Stirn. Er lächelte, während er sich nun zum Ufer drehte. War dort doch jemand, der auf ihn wartete? Nein, schon ließ er den Blick über die anderen Passagiere auf dem Schiff wandern, über die Feingekleideten und die Zerlumpten, die doch alle ihr Glück drüben machen wollten. Amerika machen, so nannte man das.

Anna schaute zum Hafen zurück. Die *Kosmos*, die sie in die Neue Welt bringen sollte, war kein großes Schiff, längst gab es größere. Und wenn dieses auch einige Kajüten für die bessergestellten Passagiere auf dem Oberdeck aufwies, so würden die meisten über die nächsten Wochen wohl enger beieinandersitzen müssen, als es ihnen lieb sein mochte. Ach, was war das für ein Tumult gewesen, als die Passagiere das Schiff erstmals betreten hatten. Was für ein Lachen, Greinen, Schreien und Krakeelen. Überall hatten Kisten, Kästen und Säcke im Weg gestanden oder gelegen, von den Matrosen mit saftigen Flüchen bedacht. Anna dachte an die Mutter mit ihren zwei Kindern, die erst einmal in Seelenruhe in all dem Trubel etwas aßen, da der Arzt ihnen geraten hatte, den Magen immer ein wenig gefüllt zu halten, um der gefürchteten Seekrankheit zu entgehen. Mit einiger Mühe waren die Kajütspassagiere, zu denen auch der junge Mann zählte, von den Zwischendeckreisenden getrennt worden. Dann war der Kampf um die Kojen losgegangen.

Anna hatte sich der Magen zusammengezogen, als sie das Zwischendeck zum ersten Mal betreten hatte, einen Raum von etwa elf Schritt Länge und neun Schritt Breite, dabei sechs Fuß hoch, und auf beiden Seiten mit Kojen versehen, immer zwei übereinander. Überrascht hatte sie außerdem feststellen müssen, dass sich weit mehr Leute unter Deck drängten als angekündigt.

Gegen vier Uhr hatte die *Kosmos* abgelegt. Während sich am Vortag der Wind ungnädig gezeigt hatte, waren die Vorzeichen dieses Mal gut. Schon bald würde ihr Heimatland ihren Blicken entschwinden. Für die nächsten Wochen war dieses Schiff ihr Zuhause, und wenn sie ehrlich war, hatte sie höllische Angst davor. Anna schluckte. Mit beiden Armen umklammerte sie den Beutel mit ihren wenigen Habseligkeiten und die Seegrasmatratze, um ein plötzliches Zittern zu unterdrücken. Sie spürte, wie sich das Blechgeschirr an ihrem weichen Bauch abdrückte.

Diese wenigen Dinge in ihren Armen waren das Einzige, was sie noch besaß. Alles andere hatte Anna aufgegeben, ein paar Kleinigkeiten verschenkt, das verkauft, was ein wenig Geld brachte, wie schon die Eltern im Vorjahr alles Entbehrliche in einer Auktion veräußert hatten. Um den Schiffsakkord, die Schiffskarte, zu kaufen, hatte sie sich die Finger wund und den Rücken krumm gearbeitet und jeden Kreuzer, den sie entbehren konnte, beiseitegelegt. Den Rest des Geldes hatte Frau Bethge beigesteuert – als Dank für Annas Unterstützung bei der Hochzeit ihrer jüngsten Tochter Cäcilie.

»Amerika machen«, stieß Anna zwischen ihren halb geschlossenen Lippen hervor.

Ja, auch sie wollte ihr Glück. Mit dem Kirchturm von Langenwarde entschwand das letzte Stück deutsche Küste ihrem Blick. Wie der junge Mann drehte sie sich nun mit dem Rücken zum Land.

Dort drüben wartete ihre Familie auf sie und mit ihnen die Neue Welt. Anna starrte auf das Meer hinaus, bis ihre Augen zu tränen begannen. Das Schaukeln des Schiffes wurde nun stärker. Ein kurzer Schauder überlief ihren Körper. Mit einem Mal stieg eine Angst in ihr hoch, die sich kaum bezähmen lassen wollte. Sie umklammerte ihren Beutel fester und blickte flüchtig um sich. Aber hier gab es nichts, an das sie sich halten konnte. Und was erwartete sie wohl in dem fremden Land? Vielleicht hätte sie die Reise als Abenteuer empfunden, wenn sie noch jünger gewesen wäre, aber sie war nun schon dreiundzwanzig Jahre alt.

Hatte sie die richtige Entscheidung getroffen?

»Sie kennen mich? Ich kann jetzt leider nicht sagen, dass ich mich erinnere.«

Aus seinen strahlend blauen Augen blickte ihr Retter sie fragend an. Anna reckte sich, um die Tasse mit einem leisen Klirren auf dem kleinen Tisch der Kajüte abzustellen, und versuchte zum zweiten Mal, mit Schwung zum Stehen zu kommen.

»Es ist nicht wichtig«, sagte sie und wusste nicht, warum ihre Stimme zitterte.

»Aber ich würde schon gerne wissen, woher wir uns kennen«, beharrte der junge Mann. »Außerdem haben Sie ja gar nichts getrunken.«

»Wir kennen uns nicht, Herr ...«

»Meyer. Julius Meyer aus Hamburg, entschuldigen Sie bitte die Unhöflichkeit. Mit wem habe ich das Vergnügen?«

»Anna Weinbrenner aus ... aus Bingen, Herr Meyer.« Anna schluckte. »Es ist nur ... Ich habe Sie am Abfahrtstag gesehen. Als alle zum Land hinschauten, haben Sie zum Meer hingeblickt, und ich habe mich gefragt, ob Sie auch niemanden haben, der Ihnen ...«

Noch während sie sprach, fühlte Anna die Röte in ihre Wangen steigen. Sie brach ab. Was dachte sie sich nur? Warum plapperte sie hier, wie ihr der Schnabel gewachsen war? Mit einem Wildfremden noch dazu, denn sie kannte diesen Julius Meyer doch gar nicht.

Weil etwas Vertrautes an ihm ist, sagte eine Stimme in ihrem Kopf, weil es ist, als würde ich ihn schon ewig kennen.

»Unfug«, murmelte sie.

»Wie bitte?« Julius Meyer schaute sie erstaunt an. »Was haben Sie gesagt?«

»Nichts.« Anna trat einen Schritt auf die Tür zu. »Ich muss jetzt wirklich gehen«, sagte sie. »Ich habe Ihre Hilfe schon viel zu lange in Anspruch genommen.«

»Ach was«, beharrte Julius und stand ebenfalls auf. »Sie sind ohnmächtig geworden. Ich will erst sehen, dass Sie sich vollständig erholt haben.«

»Ich habe mich vollständig ...« Das Schiff schlingerte. Anna verlor den Halt und strauchelte, im letzten Augenblick fing Julius sie auf. Sein Körper war fest und warm. Sie roch Tabak und Seife. Hastig machte sie sich von ihm los. »Entschuldigen Sie bitte«, stieß sie hervor und errötete schon wieder wie ein junges Mädchen.

Julius lächelte sie an. »Es ist nichts passiert«, sagte er und deutete auf den gepolsterten Hocker neben dem Tisch.

»Setzen Sie sich wieder, ruhen Sie sich noch einen kleinen Moment aus, ich bitte Sie. Und trinken Sie endlich ein Tässchen von meinem guten Darjeeling. Dann – und nur dann – lasse ich Sie gehen.«

Anna gab nach und setzte sich, für die nächsten Atemzüge schwieg sie. Während sie mit unruhigen Fingern ihren einfachen blauen Rock ordnete, schaute sie sich verstohlen um. Das also war eine Kajüte. Sie legte eine Hand auf einen Fleck an ihrem Jackenärmel. Wie unaussprechlich schäbig sie doch aussah verglichen allein mit der Ausstattung dieser kleinen Kammer. Sie trug ihre besten Kleider, aber diese nahmen sich gegen die gepflegte Einrichtung von Julius Meyers Unterkunft einfach nur grob aus. Wie sie roch, wollte sie sich gar nicht erst ausmalen. Gelegenheiten zum Waschen hatte es bisher nur wenige gegeben. Rasch tastete Anna nach dem Knoten, der ihr dickes braunes und leider vom Salzwasser verklebtes Haar bändigte.

»Und?« Julius reichte ihr erneut die Teetasse. Offenbar war er nicht gewillt aufzugeben. Anna nahm einen kleinen Schluck. Der Tee schmeckte ungewohnt, leicht malzig. Bisher hatte sie nur das Kräutergebräu ihrer Mutter getrunken.

»Wohin wird Sie die Reise führen?«, fragte er.

Anna holte tief Luft. »Ich bin auf dem Weg nach Buenos Aires.« Sie schaute in Julius Meyers Augen und wusste nicht recht, warum sie die nächsten Worte hinzufügte. »Zu meinem Ehemann.«

Bei gutem Wetter, und so es der Kapitän erlaubte, verbrachten die Reisenden ihre Zeit gerne an Deck. Bis auf wenige Ausnahmen – ein älterer Mann schien fest entschlossen, die Schiffsfahrt weitgehend schlafend in seiner Koje zu verbringen – ließ sich gewöhnlich niemand die Gelegenheit entgehen, frische Luft zu schnappen. Auch an diesem Tag hatte sich ein buntes Völkchen an Deck versammelt, suchte sich seinen beengten Platz zwischen dem Kajütengang und den Schafställen, die mit hundert und mehr Böcken angefüllt waren. Die Schafe waren nicht die einzigen Tiere an Bord. Es gab auch achtzig Hühner sowie drei Schweine, die, vom Kapitän freigelassen, jeden Morgen einen Spaziergang über Deck machten.

Neben dem fünfundzwanzigjährigen Julius Meyer reisten zwei junge Kaufleute auf der *Kosmos*, außerdem ein Naturkundler, Maler und Weltreisender, wie er sich vorgestellt hatte, namens Theodor Habich, der neue Pflanzen zu entdecken hoffte, der Geograph Paul Claussen, dessen Ausrüstung die Kinder an Bord in Staunen versetzte und der jeden weißen Fleck auf der Landkarte als persönliche Beleidigung empfand, und der wortkarge rothaarige Jens Jensen mit der blassen Haut, der als Beruf stolz Müßiggänger angab. Daneben gab es Kleinbauern wie die Prenzls mit ihren sechs Kindern oder die reicheren Wielands, die nur zwei Kinder hatten, und denen im Übrigen der Ratschlag des Arztes nichts gebracht hatte, denn auch sie hatten in den ersten zwei Wochen immer wieder ihr Essen von sich gegeben. Dazu fanden sich Tagelöhner, Dienstmägde und Knechte und noch einige mehr, von denen Anna nichts wusste, Männer und Frauen, jüngere und ältere, Kinder und sogar Greise.

In Bremerhaven war diese zufällige Reisegesellschaft erstmals zusammengekommen. 1827 von der Hansestadt Bremen gegründet, wurde Bremerhaven rasch zu einem Auswandererhafen von Ruf. Die Bremer Schiffe galten als sicher. Mit dem 1848 errichteten Auswandererhaus hatten auch die weniger Vermögenden die Möglichkeit, vor der Abfahrt zu günstigen Preisen eine saubere Unterkunft zu erhalten.

Wie lange die Reise letztendlich dauern würde, wusste allerdings keiner so genau.

»Sechzehn Wochen«, hatte Theodor Habich mit Überzeugung gesagt, und die meisten Passagiere tendierten dazu, dem erfahrenen Reisenden Glauben zu schenken.

»Und wenn der Kahn seine menschliche Fracht ausgespuckt hat, dann lädt der Kapitän Weizen, Mais, Baumwolle, Tabak, Silber, und was die Neue Welt noch so hergibt, bringt's nach Europa, und der Reeder verdient sich dick und fett«, hatte Jens Jensen knurrend hinzugefügt und war wieder in Schweigen verfallen.

Bald ging das Gerücht, der Jensen sei einer, der vor der Obrigkeit fliehe, ein Demokrat womöglich. Jens Jensen selbst sagte dazu, wie zu erwarten, nichts. Er war, daran erinnerte sich Anna, als einer der Letzten an Bord gekommen. Kurz darauf hatten sie abgelegt.

Von der Wesermündung hatte die *Kosmos* Kurs auf die offene Nordsee genommen. Bald war die See unruhiger geworden. Zum ersten Mal hatte Anna mit etwas zu tun gehabt, das sich Seekrankheit nannte. Sie war nicht die Einzige gewesen, die sich würgend in den Nachttopf übergeben hatte.

Wenigstens hatte sie die Übelkeit so teilnahmslos werden lassen, dass sie kaum mehr auf die Schauergeschichten der Matrosen hören konnte. Manche dieser Seebären waren nämlich wahre Großmäuler, die den Landratten mit Erzählungen vom gefährlichen englischen Kanal, von Orkantiefs in der Biskaya und starken Strömungen Angst zu machen versuchten. Bedauerlicherweise gestattete es einem die Krankheit oft nicht, sich einen passenden Platz zum Erbrechen zu suchen, sodass es zuweilen den unglücklichen, jedoch ob der schrecklichen Übelkeit ebenso gleichgültigen Nachbarn traf.

Mit Mühen und doch glücklich hatten sie den Kanal passiert. Jemand hatte Anna auf die beiden Leuchttürme von Dover aufmerksam gemacht und auf die englische Kreideküste, die von ferne wie aus Schnee geformt aussah. Vorbei war es gegangen an den für die Strandräuberei berüchtigten Scilly-Inseln, und in der Biskaya hatten sie tatsächlich den ersten schweren Sturm erlebt, um dann auf den Spuren des Nordostpassats die südliche Route einzuschlagen.

Seit mehr als einem Monat war die *Kosmos* nun schon unterwegs, und auch die, die gerne an Deck gingen, dort schliefen oder aßen, verbrachten gezwungenermaßen einen Großteil ihrer Zeit in jenen engen Kojen im Zwischendeck. Eine Koje war für fünf Personen eingerichtet. Zählte eine Familie wie die der Prenzls mehr Mitglieder, so wurden die überzähligen in der nächsten Koje untergebracht. Zwischen den Kojen waren Kisten und Koffer gestapelt. Mancher Reisende hatte zudem Wäsche zum Trocknen aufgehängt, was ein Übriges dazutat, die Enge noch drangvoller werden zu lassen.

Gegen sechs Uhr morgens wurde geweckt. Man kleidete sich an, entleerte das Nachtgeschirr und sammelte Gegenstände ein, die über Nacht ihren angestammten Platz verlassen hatten. Ein Steward überwachte das Säubern der Räume. Manchmal wurde das Zwischendeck, um die Luft zu verbessern, mit Wacholderzweigen oder Teer ausgeräuchert.

Zum Frühstück reichte man Getreidekaffee, Tee und Brot. Der Speiseplan der einfachen Reisenden sah die schweren Schiffskekse und Schwarzbrot vor, so hart, dass man es erst mit dem Hammer entzweischlagen musste und dann einweichen, um sich nicht die Zähne auszubeißen. Außerdem gab es Hülsen- und Trockenfrüchte, Getreidebrei, manchmal Speck, Salzfleisch, Pökelfleisch, Bratfische und Hering. Obwohl jedem Reisenden laut Verordnung pro Tag zweieinhalb

Liter Süßwasser zur Verfügung standen, betonte Jens Jensen, dass keiner von ihnen jemals so viel erhalten hatte.

»Aber unter dem Duckmäuservolk«, höhnte er dann, bevor er wieder in sein übliches Schweigen verfiel, »gibt es ja keinen, der sich dagegen wehren würde.«

Allen Schwierigkeiten und aller Enge zum Trotz war das Zwischendeck schon bald, und insbesondere bei schlechtem Wetter, zu ihrer aller Wohnstube geworden. Hier saß man beisammen, erzählte oder musizierte, aß und trank. Hier schwoll zu solchen Zeiten der Lärm an, das Lachen, Toben, und Kindergeschrei. Und hier hatte sich auch eins der Prenzl-Kinder eine Ohrfeige eingehandelt, bis sich Frieda Prenzl mit ihrer kleinen quadratischen Gestalt vor dem Übeltäter, einem vierschrötigen Mann namens Michel Renz aufbaute und ihn anfuhr, nur sie habe das Recht, ihre Kinder zu strafen. Frieda aber, das wussten alle, schlug ihre Kinder nie.

Leichter war's trotz allem, wenn das Wetter gut war. Nach einer Flaute von drei Tagen nach dem großen Sturm war an diesem Tag endlich wieder Wind aufgekommen. Während einige Passagiere auf den Planken in der Sonne beieinandersaßen, denn bis auf eine Bank und wenige Stühle, die meist von den Kajütspassagieren in Beschlag genommen wurden, gab es keine Sitzgelegenheiten, andere schweigend über das Deck flanierten oder mit dem Nachbarn schwatzten und sich beim neuesten Bordklatsch entspannten, jagten die Kinder hintereinander her oder spielten Verstecken zwischen den Tauen. Ein paar nutzten die Gelegenheit, Bohnenkaffee gegen Alkohol zu tauschen. Julius Meyer spielte Schach gegen den Geographen Paul Claussen.

Mit dem Ärmel ihrer Bluse wischte sich Anna den Schweiß von der Stirn. In den letzten Tagen war es schrecklich heiß gewesen, schwüler, als sie es je zuvor erlebt hatte, aber man gewöhnte sich an vieles: an Übelkeit und schlechtes Essen, an zu viele Menschen und zu wenig Raum, an nächtlichen Lärm, daran, sich auf einem schwankenden Schiff zu bewegen, ohne den Halt zu verlieren oder auf dem meist feuchten Deck auszurutschen, und eben auch an zu große Hitze.

Heute hatten die Stewards getrocknete Pflaumen, etwas Butter und Mehl ausgegeben. Langsam aß Anna eine der süßen Früchte nach der anderen und trank immer wieder in kleinen Schlucken Wasser dazu.

Während sich andere Passagiere zuweilen über die Eintönigkeit des Speiseplans beschwerten, störte Anna sich nicht daran. Sie war es von zu Hause nie anders gewohnt gewesen. Von Julius Meyer wusste sie zwar, dass der Kapitän auch größere Mengen Tee, Kakao und Honig sowie kleinere Mengen an Wein und Bier an Bord hatte, die jedoch waren, ebenso wie das mitgeführte Frischfleisch, für den Tisch der Kajütspassagiere bestimmt, und es ließ sie gleichgültig. Reisende wie die Wielands hatten sich selbst mit einem großzügigen Vorrat an Wurst, Speck, Käse und sogar Marmelade bedacht, den Frau Wieland mit Argusaugen bewachte.

Anna beobachtete Frieda Prenzl, die ihren Pflaumenvorrat in eine Blechschüssel gab, Butter und Mehl und ein Ei hinzufügte, das sie mit dem ihr eigenen Geschick irgendwo aufgetrieben hatte. Energisch knetete sie die Mischung und formte eine Teigrolle von etwa einer halben Elle Länge daraus, die schließlich in einem Kessel mit heißem Wasser gegart werden sollte.

»Bei uns gibt's heute Pflaumenstrudel«, rief sie fröhlich-resolut aus.

Anna lachte. Frieda ließ sich einfach von nichts die Laune verderben, doch nicht allen Reisenden ging das so. Je länger sie unterwegs waren, desto häufiger kam es zu Streit, und auch jetzt wieder wurden Stimmen in der Nähe lauter. Manchmal hatte Anna ein ungutes Gefühl dabei, auf so engem Raum mit so vielen Leuten zusammen zu sein, ohne auch nur die geringste Möglichkeit zur Flucht. Der Gedanke trieb ihr ein Lächeln auf das Gesicht. Sie steckte die letzte Pflaume in den Mund. Flucht – das war ja nun wirklich albern. Vor wem oder was sollte sie fliehen müssen?

Zweites Kapitel

»Das ist mein Platz.«

Anna zuckte zusammen. Woche um Woche seit jenem Sturm, der sie fast das Leben gekostet hatte, hatte sie dieses Plätzchen am späten Nachmittag aufgesucht. Manchmal war sie Julius Meyer begegnet. Manchmal hatten sie kurz miteinander gesprochen. Manchmal hatten sie einander nur zugenickt. Häufig war sie nach einem solchen Treffen mit jenem seltsamen Gefühl, das sie nicht benennen konnte, zurück zu ihrem Lager geeilt.

Sie drehte sich um. Nur wenige Schritte entfernt von ihr stand eine recht große, gertenschlanke Frau, deren Taille atemberaubend eng geschnürt war und die eine imposante Krinoline ihr Eigen nannte. Auf dem gescheitelten, im Nacken zusammengenommenen blonden Haar der Dame saß ein kleiner Strohhut, der unter dem Kinn mit einem blauen Band befestigt worden war. Stumm starrte Anna ihr Gegenüber an. Ein herausforderndes Lächeln auf den rosigen Lippen, trat die Frau einen Schritt näher. Bevor sie noch wusste, was sie tat, hatte Anna unsicher die Hände von der Reling gelöst.

»Das ist mein Platz!«, wiederholte die Blonde mit fester Stimme.

Anna musste sich auf die Lippen beißen, um sich nicht gewohnheitsmäßig zu entschuldigen.

Dies hier ist nicht Frau Bethge, ermahnte sie sich selbst, dies ist nicht deine alte Arbeitgeberin. Ich habe genauso viel

Recht, hier zu stehen, wie diese Fremde. Wir sind beide Passagiere, haben beide für die Fahrt bezahlt.

Trotzdem wandte sie sich ab, während sie schon fieberhaft überlegte, ob und wo ihr diese Dame schon einmal aufgefallen war. Die ersten paar Schritte entfernte sie sich mit gesenktem Blick, dann straffte sie den Rücken. Sie würde gehen, aber sie wollte nicht vergessen zu betonen, dass sie jedes Recht gehabt hatte, dort zu stehen.

»Anna Weinbrenner?«, rief da eine nur zu bekannte Männerstimme.

Julius... Anna beschleunigte ihren Rückzug. Sie wollte ihm nicht entgegentreten, während die andere Frau zugegen war. Diese Frau und er passten zueinander. Sicherlich kannten sie sich, waren sich in den Räumlichkeiten begegnet, die den Bessergestellten vorbehalten waren. Eilig strebte sie um die nächste Ecke. Die Stimmen hinter ihr wurden mit einem Mal lauter. Meyer und die Fremde sprachen tatsächlich miteinander. Der Wortwechsel klang heftig. Anna blieb stehen und horchte, konnte jedoch ärgerlicherweise keines der Worte ausmachen. Sie überlegte, ob sie sich umdrehen sollte, doch schon im nächsten Moment erweckte Geschrei auf dem Deck weiter vorne, nahe des Bugspriets, ihre Aufmerksamkeit. Manchmal machten sich die Matrosen, die gerade am Steuerruder standen, den Spaß, das Schiff schnell gegen die Wellen zu wenden und die am Bug Stehenden mit einem kalten Meeresguss zu beschenken, doch jetzt ging es wohl um etwas anderes.

»Diebe, Diebe, ich wurde bestohlen!«

Anna reckte den Hals. Einige ihrer Mitreisenden hatten sich schon in kleinen Gruppen gesammelt und redeten aufgeregt aufeinander ein. Die Stimme gehörte zu jenem vierschrötigen Mann mit Namen Michel Renz, der damals eines der Prenzl-Kinder geschlagen hatte. Das Gesicht wutrot, stemmte er die

Hände in die Seiten. Frau Wieland, die in den letzten Tagen wieder arg unter Seekrankheit gelitten hatte, hielt ihre zwei heulenden Kinder mit den Armen umschlungen.

»Wer hat etwas gesehen?«, rief ein drahtiger Mann mit hohen, pockennarbigen Wangenknochen und blassblauen Augen.

»Ich weiß nicht, es ging so schnell«, piepste eines von Friedas kleinen Blondschöpfchen.

Eine Bewegung hinter einem Stapel alter Seile weckte mit einem Mal Annas Aufmerksamkeit. Ein schmaler, dunkelhaariger Junge, den sie zuvor noch nie gesehen zu haben meinte, versteckte sich dort. Sie wollte eben rufen, da schaute der Pockennarbige unvermittelt zu ihr hinüber. Anna überlief es kalt. Piet Stedefreund hieß der Mann, fiel ihr jetzt ein, ein Freund von diesem Michel. Wo der eine war, war der andere nie weit. Annas Mund klappte zu. Piet starrte sie immer noch an. Noch nie zuvor hatte sie solch gefühllose Augen gesehen. Der Mann ließ sie schaudern.

»Hast du etwas gesehen?«, rief er ihr jetzt zu.

Anna zwang sich, nicht zum Versteck des Jungen hinzusehen. Vielleicht war es nicht recht, was er getan hatte, aber sie konnte sich nicht überwinden, ihn zu verraten. Michel, dessen Gesicht immer noch wutrot war, sah jetzt ebenfalls zu ihr hinüber. Er war ihr schon mehrmals unangenehm aufgefallen. Bei jeder Essensausgabe drängte er sich nach vorn, Schwächeren nahm er ab, was ihm mundete. Wenn Piet und er Langeweile hatten, suchten sie Streit, und wehe demjenigen, der dann in ihre Fänge geriet. Anna schluckte trocken.

»Nein.« Sie schüttelte den Kopf, froh darüber, dass ihre Stimme fest klang.

»Anna?«

Anna zuckte zusammen und drehte sich dann langsam um. Julius Meyer stand direkt hinter ihr.

»Herr Meyer.«

Sie deutete ein Kopfnicken an, das Julius Meyer mit einem Zucken der Mundwinkel quittierte. Sie konnte sich einfach nicht überwinden, ihn ebenfalls beim Vornamen zu nennen. Er war zu vornehm, war kein einfacher Reisender, wie sie es war. Seine Welt war nicht die ihre, das durfte sie nicht vergessen.

»Warum sind Sie weggelaufen?«, fragte er.

»Ich bin nicht ...«

»Ich weiß, dass Viktoria Furcht einflößend wirken kann«, fuhr er ungerührt fort, »aber sie beißt gewiss nicht.« Er lachte. »Darf ich Sie also bitten, sich wieder zu uns zu gesellen?«

Viktoria heißt die Fremde also, fuhr es Anna durch den Kopf, und ich habe Recht gehabt, er kennt sie. Sie wollte den Kopf schütteln, da bot ihr Julius Meyer schon seinen Arm an. Hitze stieg in ihre Wangen, als sie sich bei ihm unterhakte, froh, dem wütenden Michel und seinem unheimlichen Freund Piet entkommen zu können. Den ganzen Weg zurück hielt sie den Kopf gesenkt. Erst kurz bevor sie Viktoria erreichten, sah sie entschlossen auf.

Viktoria stand an der Reling, den Kopf zur Seite gewandt, und blickte auf das offene Meer hinaus. Der Wind zerrte an den Bändern ihres Strohhuts. Ein paar feine Strähnen ihres Haars hatten sich gelöst, wie flirrende Goldfäden wehten sie ihr ins Gesicht. Kurz sah Anna an der jungen Frau vorbei zum Horizont, wo Meer und Himmel untrennbar miteinander verschmolzen.

»Delfine«, rief Viktoria da aus. Julius Meyer ließ Annas Arm sofort los und eilte an ihre Seite.

»War nur ein Spaß.« Die blonde Viktoria lachte ihm mitten ins Gesicht.

Noch ein paar Schritte, und Anna hatte die beiden erreicht. Dieses Mal musterte Viktoria sie freundlicher. Ihre graublauen Augen funkelten übermütig.

»Viktoria Santos«, stellte sie sich vor und streckte Anna die Rechte entgegen. Ihr Griff war zupackender, als Anna erwartet hatte.

»Anna Weinbrenner«, erwiderte sie.

»Julius hat noch gar nichts von Ihnen erzählt.«

Viktoria hielt Annas Hand noch einen Moment länger fest, um sie dann sehr plötzlich loszulassen.

»Das tut mir leid, von Ihnen auch nicht«, parierte Anna.

Wortlos schaute Viktoria sie für einen Augenblick an, dann lachte sie hell auf.

»Ich freue mich, Sie kennenzulernen, Anna Weinbrenner. Ich bin mir sicher, wir werden uns gut verstehen.«

Bald wusste Anna nicht mehr, wie es gewesen war, allein zu reisen. Mit der gleichaltrigen Viktoria und Julius – sie sprachen sich nun vollkommen ungezwungen mit Vornamen an – gab es so viel zu entdecken, so viel zu erfahren, so viele unglaubliche Geschichten zu erzählen, dass sie die gemeinsamen Stunden an Deck bald jeden Tag dringlicher herbeisehnte. In dieser Zeit konnte Anna ihre grobe Kleidung vergessen, die beim Versuch, sie mit Seewasser notdürftig zu säubern, ganz steif geworden war. In dieser Zeit war es einerlei, dass sie nur ein Blechgeschirr, eine einfache Matratze aus Seegras, die Kleidung, die sie am Leib trug, und den Winterumhang ihr Eigen nannte.

Eines Tages lud Julius Anna und Viktoria in seine Kajüte zum Tee. Anna hatte ablehnen wollen, Viktoria war beim Gedanken daran, etwas vielleicht nicht Verbotenes, aber möglicherweise Anrüchiges, in jedem Fall aber Unkonventionelles, zu tun, sofort Feuer und Flamme gewesen und hatte kein »Nein« gelten lassen. Julius hatte versprochen zu berichten, was er über das Ziel ihrer Reise wusste.

»Der erste Europäer, ein Spanier namens Juan Díaz de Solís«, begann er, »hat den La Plata Anfang des 16. Jahrhunderts erreicht. Über elf Jahre später ist der venezianische Entdecker Sebastian Cabot, angelockt von sagenumwobenen Erzählungen über ein an Silberschätzen reiches Königtum, im Dienste der spanischen Krone ins Landesinnere vorgestoßen, jedoch ohne das ersehnte Edelmetall zu finden. Wenige Jahre darauf ist es dann zu Pedro de Mendozas Aufgabe geworden, das sagenumwobene Land am Silberfluss für die Krone zu erschließen. Die größte Flotte – sechzehn Schiffe und tausendsechshundert Seeleute –, die bis dahin nach Amerika entsandt worden war, hat sich auf den Weg gemacht. Mendoza gründete die Siedlung, aus der später Buenos Aires werden sollte, und nannte sie zu Ehren der heiligen Maria und wegen der an der La-Plata-Mündung herrschenden frischen Meereswinde Puerto de Nuestra Señora Santa María del Buen Ayre. Doch auch dieses Unternehmen stand unter keinem guten Stern: Auf der südlichen Halbkugel ging der Sommer zur Neige, und die Ernährungslage wurde kritisch. Indianer belagerten den Stützpunkt, Hunger und Krankheit breiteten sich aus.« Viktoria und Anna sogen hörbar Luft ein. »Es heißt, die letzten Überlebenden hätten ihre toten Kameraden verspeist«, endete Julius mit gesenkter Stimme.

»Wie furchtbar«, hauchte Viktoria, während Anna wortlos schauderte.

Julius fuhr fort zu erzählen. »1573 ist eine weitere Expedition unter dem Befehl des erfahrenen Offiziers Juan de Garay in Asunción gestartet, die den Río Paraná nunmehr stromabwärts fuhr. Acht Jahre später gründete Garay an der Stelle, die 1541 von den Überlebenden der Expedition Mendozas aufgegeben worden war, neuerlich die Stadt Buenos Aires. Mit dieser Gründung war die spanische Herrschaft am La Plata endgültig. Es hatte fast sechzig Jahre gedauert.« Julius hob die Kanne. »Noch etwas Tee?«, fragte er.

Viktoria schüttelte den Kopf. Anna hielt ihm ihre Tasse hin. Während sie das feine Porzellan in ihrer Hand betrachtete, musste sie mit einem Mal an ihren Vater denken und seine verzweifelte Wut darüber, dass einem die Arbeit in der Heimat zu wenig zum Leben ließ und zu viel zum Sterben. Früher hatten sie einmal einen Bauernhof besessen, doch das Land war durch Generationen der Erbteilung klein geworden, bis man keine Familie mehr darauf ernähren konnte. Auch der Nebenerwerb war letztendlich durch den Fortschritt sinnlos gemacht worden und hatte zu wenig Geld eingebracht – was hatte es da noch genutzt, wenn die Mutter, die Schwester Lenchen und sie Abend für Abend genäht hatten, es war trotzdem immer weiter bergab gegangen. Und dann hatte einer sich erinnert, dass schon einmal einige Familien aus Bingen ins Silberland aufgebrochen waren, um in Santa Fe, am unteren Lauf des Río Paraná, eine neue Heimat zu finden.

Anna starrte durch das Bullauge, das einen verschwommenen Blick nach draußen ermöglichte: Argentinien, Silberland – klang das nicht wie ein Versprechen? Doch was verbarg sich dahinter? Was würde ihnen dieses Land wirklich bringen?

Drittes Kapitel

Julius stand an der Reling und blickte über die weite Wasserfläche hinweg. Das Wetter auf dem Meer wechselte schnell. Sonnenschein folgte auf Regen. An einem Tag mussten wegen zu viel Wind die Segel gerefft werden, am nächsten konnte es schon wieder windstill sein und nichts mehr ging voran. Seit einigen Tagen nun hatte der Wind wieder einmal abgenommen, und heute breitete sich die Wasserfläche beinahe spiegelglatt vor ihm aus. Manch einer hatte die Stirn sorgenvoll gerunzelt. Es herrschte Windstille, unerträgliche Windstille, und in der Mannschaft – das hatte Julius bemerkt – war die Stimmung gereizt. Nichts mehr ging voran, auch auf Deck war kaum eine Bewegung festzustellen.

Das Schiff befand sich nunmehr auf Äquatorhöhe – vor einigen Tagen hatte unter großem Beifall und unter Einsatz von Teer und Seife die Äquatortaufe stattgefunden, bei der auch mit Wasser nicht gespart worden war. Jetzt hatte die *Kosmos* die so genannten Rossbreiten erreicht. Mit unbarmherziger Macht brannte die Sonne auf das Schiff nieder. Eine bleierne, drückende Schwüle lag über dem Deck, und wer nicht arbeiten musste, suchte irgendwo Schatten, um der Hitze zu entkommen. So still war es, dass es schien, die *Kosmos* sei zu einem Geisterschiff geworden. Dabei hatten sie vor Tagen noch ein anderes Schiff getroffen; ein denkwürdiges Schauspiel in einer solchen Wasserwüste. Erst war das fremde Schiff etwa einen Büchsenschuss entfernt gewesen, wenig später war es in nur dreißig Schritt Entfernung an ihnen vorbeigezogen. Die Flagge hatte es als Amerikaner ausgewiesen. Man hatte einander zugewinkt, und manch einer hatte noch über diese Begegnung gewispert, als der glänzende weiße Punkt längst am Horizont verschwunden war.

In jedem Fall war an diesem Tag der Himmel kräftig blau. Nur wenige Schleierwolken waren am Firmament auszumachen. Unschlüssig drehte Julius das Buch, das er sich aus der Kajüte mitgenommen hatte, in den Händen. Er hatte den Reisebericht, der ihm das fremde Land, in das er reiste, näherbringen sollte, noch in Hamburg erstanden.

Argentinien, das Silberland, Río de la Plata, der Silberfluss. Julius seufzte. Sein Vater hatte ihn von der Reise abbringen wollen, das Geld hatte ihm seine Mutter heimlich geliehen, er schwor sich, es ihr auf Heller und Pfennig zurückzuzahlen. Für einen Moment erschien ihr Gesicht vor seinem geistigen Auge. Würde er sein Wort wohl halten können? Sicher, er war nicht sonderlich verlässlich gewesen in den letzten Jahren, hatte viel getan, was den Vater gegen ihn aufgebracht hatte, aber das würde sich ändern. Er war ein Kaufmannssohn, er kannte das Geschäft, hatte sich die Hörner abgestoßen. Und Anna hatte Recht: Silberland, Silberfluss – klangen nicht schon diese Namen wie ein Glücksversprechen? Kurz musste er schmunzeln.

Als vor einigen Tagen ein paar Frauen nach Süßwasser verlangt hatten, denn bei Salzwasser wollte das Seifen wenig nutzen, hatte ihnen einer der Matrosen grinsend beschieden: »Ach was, lasst die Flecken doch im Zeug. Einmal an eurem Bestimmungsort, legt ihr es dann einfach in den Fluss. Ohne dass ihr euch abmüht, ist es in einer halben Stunde silberrein – oder wie hätte der Silberstrom sonst seinen Namen bekommen?«

Julius verstaute das Buch in der Rocktasche und zog unruhig die Taschenuhr hervor, um die Uhrzeit zu überprüfen. Wo die jungen Frauen nur blieben, oder wollten sie einfach in Viktorias großzügiger Kajüte bleiben? Das konnte er sich nicht vorstellen. Schließlich war am Tag zuvor mittags eine Gruppe von Schweinswalen am Schiff vorbeigezogen, und sowohl Anna als auch Viktoria hatten sich beeindruckt gezeigt – und erpicht darauf, weitere solcher Beobachtungen zu machen. Haifische waren mittlerweile schon häufiger zu sehen gewesen, und einige Passagiere und Besatzungsmitglieder versuchten ihr Glück beim Fang.

Der junge Kaufmann suchte in seinen Rocktaschen nach einer Zigarre und entzündete sie sorgsam mit einem Zündholz. Konzentriert schmauchte er die ersten Züge. Dann ließ er noch einmal den Blick über das Deck schweifen, beobachtete Herrn Prenzl mit seinen Söhnen, die aufgeregt aufeinander einsprachen, sah eine junge, hochschwangere Frau aufs Meer hinausstarren.

Warum waren sie alle hier? Wer hatte sie zum Träumen gebracht? Waren sie von Reiseagenten angesprochen worden, oder hatten sie selbst einen solchen angesprochen? Was erwartete sie dort drüben? Würde sich erfüllen, was sie sich erhofft hatten?

»Man braucht doch nichts als ein paar starke Arme und einen Kopf voller Ideen«, rief jetzt einer der jungen Kaufleute lachend aus, »dann können auch die kühnsten Träume wahr werden.«

Ein paar stimmten ihm zu. Viele Gesichter blickten ernst drein. Der fehlende Wind hatte sich drückend auf einige Gemüter gelegt, und auch der Kapitän musterte den Horizont öfter als gewöhnlich.

Seufzend drehte Julius sich wieder zu der spiegelblanken Wasserfläche. Am ersten Tag mochte ihm Anna Weinbrenner nicht aufgefallen sein, jetzt aber konnte er sie nicht mehr vergessen. Sein ganzes Leben lang hatte er nur Mädchen wie Viktoria gekannt. Niemals hatte sein Weg den einer Anna Weinbrenner gekreuzt, und wenn er ehrlich war, er hätte sich auch kaum dafür interessiert.

War sein Leben nicht vorgezeichnet gewesen? Der Einstieg in das Geschäft des Vaters, die Heirat mit einer wohlhabenden Erbin, Kinder, vielleicht Liebe oder die Erfüllung des sexuellen Triebs in Etablissements, über die Männer prahlten und von denen die Damen errötend und hinter vorgehaltener Hand sprachen.

Julius schmauchte noch ein paar Züge seiner Zigarre, blies Ringe in die Luft. Seine Eltern hatten sogar schon eine junge Frau ausgesucht gehabt, die Tochter eines Geschäftspartners. Später hätte man dann beide Firmen zum Ruhm beider Familien zusammenlegen können. Er schnalzte verächtlich: Geld und Reichtum, Ansehen und »was die Leute denken« – das, und nur das, war wichtig gewesen für César und Ottilie Meyer.

Nun ja, es war wichtig für seinen Vater gewesen, denn seine Mutter hatte ihm vertraut, sonst wäre er jetzt nicht auf dem Schiff. Sie hatte ihm Geld geliehen, hatte sich gegen den Vater gestellt, und damit war alles anders gekommen. Zum ersten Mal fuhr es Julius durch den Kopf, dass seine Mutter eine mutige Frau war.

Ob sich das Entsetzen über die sitzen gelassene Braut gelegt hatte? Wie ein Dieb hatte er sich nach Bremen abgesetzt, um ein Schiff von Bremerhaven aus zu nehmen und nicht von Hamburg, wo der Vater seine Spione hatte. Ob es den Vater Geld gekostet hatte, die Familie der Braut zu entschädigen?

Julius nahm neuerlich einen Zug von seiner Zigarre. Das

wird er mir nie verzeihen, dachte er. Wenigstens hatte ihm seine Braut verziehen, als er sie von seinem Vorhaben informierte, denn die hatte ihn ohnehin nicht heiraten wollen. Nein, er konnte nicht sagen, was ihn dazu gebracht hatte, die Pläne seines Vaters zu durchkreuzen. Vielleicht war es ein Streit zu viel gewesen, den der alte Patriarch vom Zaun gebrochen hatte. Eine weitere Drohung, die Julius nicht hatte hinnehmen wollen.

César Meyer hatte Prinzipien, und er hasste es, wenn man seinen Vorstellungen zuwiderhandelte. Aber aus Julius Meyer war irgendwann ein Mann geworden, der es seinerseits hasste, sich alles sagen lassen zu müssen. Deshalb hatte er das Haus seines Vaters verlassen, deshalb hatte er die Gelegenheit beim Schopf gegriffen, als er von den Möglichkeiten in Südamerika gehört hatte, und sich eingeschifft.

Julius verschränkte die Arme vor der Brust. Was würde der Vater wohl sagen, wenn er ihn jetzt so sehen könnte? Würde er sagen: Das wird nichts, komm zurück, ich gebe dir alles, was du brauchst? Seine Augen verengten sich. Aber er wollte nichts von seinem Vater. Er wollte seinen eigenen Weg gehen, und wenn es dann so weit war und er Erfolg gehabt hatte, würde er seiner Mutter das geliehene Geld zurückzahlen und dem Vater stolz entgegentreten.

In gewisser Weise, befand Julius, waren Anna und er in einer ähnlichen Lage. Beide wussten sie nicht, was das Leben drüben für sie bereithielt.

Viertes Kapitel

Viktoria saß auf dem Bettrand, stellte die bestrumpften Füße auf den Sitzhocker und bewegte die Zehenspitzen. Eben noch hatte sie eine Schlingerbewegung des Schiffs aus dem Gleichgewicht gebracht, seit den Morgenstunden dieses neuen Tages wehte wieder ein kräftiger Wind.

»Dein Mann ist dir also auch vorausgereist?« Viktoria beugte sich vor und umfasste ihre Füße. »Warum?«

Sie wartete einen kurzen Moment, zu kurz, um Anna die Möglichkeit zu geben zu antworten. Dann ließ sie ihre Füße wieder los und setzte sich gerader auf.

»Mein Humberto jedenfalls konnte einfach nicht länger warten. Er musste nach Hause. Sein Vater besitzt eine große Estancia in der Nähe von ... Himmel«, Viktoria schüttelte halb lachend, halb ärgerlich den Kopf, »ich kann mir den Namen einfach nicht merken. Sie liegt im Nordwesten. Jedenfalls musste Humberto zurück, um seinem Vater zu helfen. Der alte Herr ist einfach nicht mehr der Jüngste, und auf so einer großen Estancia gibt es offenbar immer viel Arbeit.« Sie reckte den Nacken. »Mama wollte zuerst nicht, dass ich allein reise, aber ich konnte Papa überreden. Nachdem ich ihnen dann telegrafierte, dass ich Julius getroffen habe, waren sie sicher vollkommen beruhigt.«

Anna musste sich auf die Lippen beißen, um nicht zu fragen, woher genau Julius und Viktoria einander kannten. Sie waren so vertraut miteinander, wie sie es mit den beiden, trotz aller Zeit, die sie miteinander verbrachten, bestimmt nie sein würde.

Ein neuerliches Schlingern brachte die beiden jungen Frauen aus dem Gleichgewicht. Lachend hielt sich Viktoria mit beiden Händen an der Bettkante fest.

Sie lacht viel, dachte Anna, als gäbe es nichts, worum man sich sorgen musste. Aber wahrscheinlich hatte sich Viktoria tatsächlich niemals um irgendetwas sorgen müssen. Jedenfalls schien sie nie gedrückter Stimmung zu sein, und der Vorrat an Geschichten um versunkene Städte, Seejungfrauen und fliegende Holländer ging ihr ebenfalls nicht aus.

Anna unterdrückte einen Seufzer und dachte an Kaleb, ihren Mann, der ihr vorausgereist war, und an jenen letzten Tag, an dem sie sich zum Abschied geliebt hatten. Anders als sonst hatten sie nicht in der drangvollen Enge des kleinen Bauernhauses miteinander geschlafen, ständig darauf bedacht, niemanden zu stören oder gar zu wecken, sondern in einer Scheune, ein Ort, den Kaleb für sie beide ausgesucht hatte. Es war sehr kalt gewesen, und zuerst war es Anna schwergefallen, sich zu entspannen, aus Angst, der Besitzer könne kommen, doch mithilfe Kalebs sanfter dunkler Stimme war es schließlich gelungen. Ob Kaleb sich sorgte, weil er seine Frau hatte zurücklassen müssen? Anna blickte nachdenklich in das Licht von Viktorias Öllampe, die mit den Wellenbewegungen schwankte.

Aber es hatte ja keine andere Möglichkeit gegeben. Es hatte ja nichts genutzt, mit dem Schicksal zu hadern. Ihr Vater und ihr Mann hatten den Weg in die Neue Welt antreten müssen, um denen, die noch folgten, den Weg zu ebnen. Ihre Mutter und ihre jüngere Schwester hätte man niemals allein zurücklassen können, die Brüder, die keine Arbeit mehr gehabt hatten, ebenso wenig. Frau Bethge, für die Anna gearbeitet hatte, hatte dagegen versprochen, gut auf Anna aufzupassen. Die Entscheidung war richtig gewesen. Anna hatte keine Furcht gehabt, und da noch Geld für eine Überfahrt gefehlt hatte, auch gar keine andere Wahl.

Und doch, fragte sie sich jetzt nicht zum ersten Mal ängstlich, was sie in der Neuen Welt erwarten mochte. Es gab so viel Gerede. Die so genannten Estancias, von denen auch Viktoria ihr berichtet hatte, sollten größer sein als der größte Bauernhof, den sie kannte. In der Pampa, einem weiten Grasland bei Buenos Aires, gab es so viele Rinder und Pferde, dass man sie kaum zählen konnte. Auch die Ärmsten, hieß es, aßen dort jeden Tag Fleisch. In den Bergen, zur chilenischen Grenze hin, förderte man den begehrten Salpeter. In Bolivien fand sich Silber, das über das argentinische Hochland an die Küsten gebracht wurde. Auf den Mutigen, hieß es, warte das Glück.

Für einen Moment schaute Anna Viktorias knöchelhohe Stiefel an, die mit einer langen Reihe von perlenartigen Knöpfen verschlossen wurden und die ihre Besitzerin achtlos in eine Ecke der Kajüte geworfen hatte. Da Viktorias Mundwerk selten still stand, hatte Anna mittlerweile einiges über die mitreisenden Kajütspassagiere erfahren. Einer der Kaufleute war angeblich ein Betrüger auf der Flucht vor dem Gesetz, zwei weitere Frauen waren auf dem Weg zu ihren Ehemännern. Der Geograph Paul Claussen hoffte darauf, den südlichsten Punkt der Welt zu erreichen.

Einige Wochen noch, dachte Anna, dann würde ihre gemeinsame Reise zu Ende sein. Längst hatten sie den größten Teil der Strecke hinter sich gebracht. Sie hatten Madeira und die Azoren passiert, waren in mehrere Stürme geraten, um dann in der Nähe des Äquators bei Windstille liegen zu bleiben. Sie hatten Jamaika von Ferne gesehen, während die Hitze das Pech aus den Fugen hatte tropfen lassen. Einmal war ein Schiffswrack an ihnen vorbeigetrieben, das Gerippe von Muscheln besetzt, und hatte sie alle daran erinnert, auf welch gefährlicher Fahrt sie sich befanden. Sie hatten herrlich ruhige Abende auf dem Schiff verlebt, zu denen die See im Licht des sternenübersäten Himmels gefunkelt hatte. Manchmal hatte Anna jedoch Bäume vermisst. Manchmal hatte sie sich gewünscht, aus dem Verdeck möge ein blühender Apfelbaum emporwachsen.

»Hörst du das?«

Anna blickte auf, als Viktoria nunmehr mit einem kleinen Freudenlaut aufsprang, und runzelte die Augenbrauen.

»Na«, Viktoria wies auf die Uhr in ihrer Kajüte, »Julius kommt.« Sie wandte sich an ihr Mädchen: »Käthe, sorg bitte für Tee und Gebäck.«

Wenig später stand Julius tatsächlich vor ihnen. Mit eleganter Geste wies Viktoria ihm einen Schemel zu, während sich Anna mit ihrem bald unsicher in Richtung Tür zurückzog. Sie war die Frau eines einfachen Landarbeiters. Zu Gelegenheiten wie dieser war ihr das nur zu deutlich. Unter halb gesenkten Lidern hervor beobachtete sie Julius und Viktoria. Julius hatte offenbar einen Spaziergang an Deck gemacht. Sein Haar war zerzaust. Auf seiner Kleidung konnte man Salzränder ausmachen, denn der Wellengang war stärker, seit der Wind wieder kräftig wehte. Schmunzelnd blickte er auf Viktorias Füße.

»Sie empfangen mich ohne Schuhe, meine Dame? Was wird Humberto Santos aus Salta wohl dazu sagen?«

Viktoria warf Julius einen langen Blick unter ihren geschwungenen Wimpern hervor zu. Ihr Mund formte sich zu einem allerliebsten Lächeln.

»Mein Mann liebt mich, so wie ich bin, Herr Meyer«, sagte sie dann und zwinkerte Julius zu. »Würdest du mir bitte aufhelfen?«, bat sie ihn im nächsten Moment und streckte ihm die Hand hin.

Sie flirtet mit ihm, schoss es Anna durch den Kopf. Sie ist eine verheiratete Frau und flirtet mit einem fremden Mann.

»Etwas Tee?«, flötete Viktoria dann, wieder ganz höhere Tochter, und fügte hinzu: »Salta, wie kannst du dir diesen Namen nur merken?«

»Salta...« Julius nahm die Tasse entgegen. »Einfach wie Salz auf Englisch und dann noch ein A dran. Aber du hast sicherlich Französisch gelernt, nicht wahr?«

»*Mais oui.*« Viktoria lächelte Julius an. »Zucker?«

Als sie ihm die Zuckerdose reichte, berührten sich ihre Hände. Anna bemerkte, wie sie sich versteifte, fühlte mit einem Mal Neid in sich aufsteigen, der sie verwirrte. Was sollte das, war sie nicht mehr zufrieden mit dem, was sie hatte? Sie war immer stolz auf das gewesen, was sie mit eigener Hände Arbeit hatte erreichen können; war stolz gewesen auf Kalebs Geschicklichkeit. Was ging nur in ihr vor?

»Noch ein Biskuit für Sie, Frau Weinbrenner?«, fragte Käthe und reichte Anna die Schale.

Halb blind griff Anna zu und steckte sich das Plätzchen in den Mund. Sie kaute, doch sie schmeckte nichts. Entschlossen rief sie sich Kaleb ins Gedächtnis, in jenem Moment, als er sie ungelenk zum Abschied geküsst hatte, an jenem letzten Tag in der Scheune. Sie durfte nicht denken, was sie jetzt dachte. Sie durfte Julius nicht ansehen und *das* denken.

Es war Viktoria, die sie aus den Gedanken riss.

»Anna, ich habe eine Idee.«

»Aber natürlich geht das!« Viktoria stemmte die Hände in die Hüften und begutachtete Käthes Arbeit. »In diesem Kleid wirst du überhaupt nicht auffallen. Herrlich, das wird ein Heidenspaß! Julius wird Augen machen.«

Sehnsüchtig schaute Anna zur Tür. Viktoria hatte den jungen Kaufmann zurück in seine Kajüte geschickt, als sie auf die Idee gekommen war, Anna eines ihrer Kleider anziehen zu lassen. Zu unschicklich wäre es gewesen, ihn dabei zuschauen zu lassen. Mit dem Einfall, Anna mit zum Dinner zu nehmen, welches der Kapitän für seine vornehmeren Gäste für den Abend angesetzt hatte, war sie etwas später herausgerückt, und wie so oft hatte sie kein »Nein« akzeptiert.

Anna sah an sich herunter. Natürlich hatte sie manchmal davon geträumt, eines von Viktorias schönen Kleidern zu tragen – das himmelblaue mit dem Blütenmuster in dunklerem Blau vielleicht, oder jenes in schimmerndem Braun mit dem kleinen weißen Stehkragen, aber sie hatte doch immer gewusst, dass diese Wünsche nie wahr werden würden, und das war auch gut so. Träume waren nicht da, um in Erfüllung zu gehen. Sie unterdrückte einen Seufzer.

Viktoria beugte sich über ihre Reisetruhe und holte ein Paar Schuhe nach dem anderen hervor, die sie nacheinander betrachtete und dann achtlos zur Seite warf.

Käthe wird einiges aufzuräumen haben, bis das hier endlich vorbei ist, dachte Anna. Unsicher berührte sie den grünen Seidenstoff ihres Kleides. Dann setzte sie sich vorsichtig auf den Bettrand, was mit dem eng geschnürten Korsett nur in absolut aufrechter Haltung möglich war, und atmete flach. Unglaublich, sich vorzustellen, dass Viktoria so etwas jeden Tag trug. Offenbar hatte sie gelernt, nicht zu atmen. Anna legte die Hand auf die feste Stelle, hinter der sich ihr Bauch befand.

»Deine Haare können aber nicht so bleiben.« Viktoria schüttelte den Kopf. »Das sieht so bäurisch aus.«

Anna errötete. Ob Viktoria wusste, wie verletzend manche ihrer leicht dahingesagten Äußerungen waren? Sie war immer stolz auf ihr Haar gewesen. Es hatte nicht viel Schönes in ihrem Leben gegeben, doch ihr Haar hatte ihr stets Freude bereitet. Und Kaleb liebte es. Wie gern hatte er seine Hände darin vergraben. Einen Moment lang war es wieder Sonntag, und Anna lag rücklings auf einer Sommerwiese und starrte in den blauen Himmel hinauf, während Kaleb ihr offenes Haar wie einen Fächer um sie ausgebreitet hatte.

Es ist nicht nur braun, hatte er mehr als einmal gesagt, es ist braun und rot und goldfarben. Anna schluckte.

»Was willst du ihnen denn über meine Herkunft sagen?«, fragte sie mit trockenem Mund.

Was über meine rauen Hände?, fügte sie in Gedanken hinzu.

Als habe Viktoria sie gehört, reichte sie Anna ein Paar feiner Handschuhe.

»Da fällt mir schon etwas ein. An Fantasie hat es mir noch nie gemangelt.«

»Aber jeder weiß, dass ich im Zwischendeck reise.«

Und wenn man es nicht weiß, fügte Anna still hinzu, dann wird man es riechen. Zwischendecksgestank, so hieß es doch. Man würde sie fraglos sofort enttarnen und dem Gespött preisgeben. Lachend schob Viktoria derweil eine andere Tasche beiseite, in der sie gekramt hatte, und legte etwas auf den Tisch.

Allgemeine Modezeitung, las Anna stumm. Auch Frau Bethge hatte gerne darin geblättert, während sich ihre Töchter stets auf die gewagtesten Kreationen verstiegen hatten.

Viktoria schlug mehrere Seiten um und deutete auf eine Abbildung. »Diese Frisur dort müsste ihr gut stehen, nicht, Käthe? Anna hat so unglaublich dicke Haare.«

Etwa eine halbe Stunde später hatte Käthe ihr Werk vollendet, und Anna wagte noch nicht einmal mehr, ihren Kopf zu berühren, als Viktoria ihr den Spiegel hinhielt. Sie sah tatsächlich aus wie die Frau auf der Abbildung. Ihre Haare waren, auf eine Art, wie es Anna nie gelingen wollte, sauber gescheitelt und im Nacken zu einem Knoten zusammengenommen worden. Auf einer Seite steckte eine zartrosa Blüte. Dazu hatte Käthe dezentes Rouge und Lippenrot aufgetragen. Aus dem Spiegel blickte Anna jemand an, der ihr fremd war.

Im dunklen Gang standen die beiden jungen Frauen wenig später noch einen Moment lang beieinander. Anna konnte den eigenen schnellen Atem hören. Sie versuchte, ihre rechte Hand aus Viktorias festem Griff zu ziehen.

»Ich gehe besser. Ich halte das für keine gute Idee.«

»Himmel, sei doch kein Spielverderber. Es wird Spaß machen, glaub mir.« Viktoria dachte nicht daran, loszulassen. »Du siehst wunderschön aus, ganz wie eine von uns. Du wirst gar nicht auffallen. Pass nur auf, man wird dich heiraten wollen.«

»Ich bin verheiratet.«

»Nun sei kein Griesgram, das weiß ich doch.« Viktoria schlug kurz die Augen nieder und schaute Anna dann bittend an. »Bitte«, flehte sie, »es ist so schrecklich langweilig auf diesem Kahn, und ich habe es mir so schön vorgestellt. Ich will dir doch nichts Böses, Anna, nur ein bisschen Spaß. Das wird ein Heidenspaß werden, du wirst schon sehen. Gib es zu, du wolltest doch schon immer solch ein Kleid tragen?«

»Aber«, begehrte Anna noch einmal schwach auf.

Nicht so, fügte sie stumm hinzu. Natürlich, sie hatte sich früher häufig gewünscht, einmal im Leben in einem so wunderschönen Kleid an einer prächtig gedeckten Tafel zu sitzen. Immer wenn die Familie Bethge Gäste gehabt hatte, und sie die Küche selten hatte verlassen dürfen.

Und das habe ich jetzt davon. Manche Sachen sollte man

sich einfach nicht wünschen. Es war wie damals an jenem Tag, als sie den Perlenschmuck ihrer Herrin im Salon angelegt hatte, um sich damit im Spiegel zu bewundern. Sie hatte Frau Bethge kommen hören und erst im letzten Moment den Verschluss öffnen können. Nicht auszudenken, was da hätte passieren können. Sie, im Salon, mit Frau Bethges Kette um den Hals. Alles hätte sie verlieren können, und jetzt kam es Anna vor, als sei sie in der gleichen Lage. Auf den ersten Blick würde man sie enttarnen. Gleich war es so weit, denn ohne dass sie sich dessen gewahr geworden war, hatten sie ihr Ziel erreicht. Ein Steward öffnete ihnen die Tür. Mehrere Gesichter wandten sich ihnen zu, und Anna wünschte sich nur noch eins: im Erdboden versinken zu können.

»Ich bin erstaunt, Sie hier noch nie bemerkt zu haben.« Ihr Tischnachbar beugte sich nicht zum ersten Mal so nahe zu Anna hin, dass diese seine verschwitzte Haut an ihren nackten Armen spürte. »Dabei sind Sie eine Schönheit, wenn ich das so frei sagen darf.«

Und Sie kommen mir zu nahe, dachte Anna wütend, wenn ich das nur so frei sagen könnte.

»Ich hatte sehr mit der Seekrankheit zu tun«, murmelte sie stattdessen und hob dabei kaum den Blick von der Suppe, die den ersten Appetithäppchen gefolgt war. Wie oft hatte sie sich gewünscht, mindestens einmal im Leben richtig satt zu werden, doch jetzt wollte ihr jeder Bissen im Hals stecken bleiben. Die Käsehäppchen hatten keinen Geschmack gehabt, die Orange hatte sie fast würgen lassen, und es war um das Huhn schade, das für diese Brühe hatte sterben müssen. Sie schmeckte einfach nichts. Nach wie vor schnürte ihr die Angst die Kehle zusammen und ließ den Magen flau werden.

»Oh ja, meine Dame, das ist nur zu verständlich.«

Mit einem gewichtigen Seufzer lehnte sich ihr Nachbar in seinem Stuhl zurück. Seine feisten blassen Wangen zitterten. Der blonde Backenbart war so schütter, dass er kaum zu sehen war. Ein Gemisch aus Schweiß, Tabak und Duftwasser schwebte zu Anna herüber und ließ sie würgen. Sie betupfte sich mit der Serviette die Lippen und schluckte. Dann fiel ihr Blick auf Julius, der ihr schräg gegenübersaß und sie nicht zum ersten Mal fragend anblickte. Es war ihm anzusehen, dass er nicht einverstanden war mit Viktorias Spiel. Anna schämte sich plötzlich. Natürlich war es nicht ihre Idee gewesen, aber hätte sie sich nicht energischer wehren müssen?

»Was sagten Sie noch einmal, wo Sie herkommen?«, fragte eine der Frauen am Tisch, eine ältere Dame, die Anna bisher meist lesend an Deck gesehen hatte. Julius hatte gesagt, dass sie bereits die gesamte Bibliothek des Kapitäns studiert habe, die gänzlich aus Räubergeschichten bestünde. »Habe ich Sie nicht schon aus dem Zwischendeck kommen sehen?«

Nervös senkte Anna den Kopf. Sie hatte es gewusst, nun war es geschehen. Das Wort Zwischendeck war gefallen. Was sollte sie nur sagen? Was hatte Viktoria gesagt? Am Anfang war sie viel zu aufgeregt gewesen, um zuzuhören. Mit Mühe hatte sie sich auf die Namen der anderen Gäste konzentriert, doch es war ihr nicht gelungen, auch nur einen davon zu behalten.

»Aus Frankfurt am Main. Sie ist gut bekannt mit dem Haus Bethge«, mischte sich nun Viktoria ein. »Sie war Gouvernante dort.«

»Gouvernante bei den Bethges?« Die ältere Dame schaute sie prüfend an. »Und reist im Zwischendeck? Die Bethges waren meines Wissens immer sehr großzügig.«

»Frau Weinbrenner ist sparsam.«

Viktoria ließ sich nicht aus der Ruhe bringen. Offenbar fand sie Spaß an der Unterhaltung. Annas Mund war vor Aufregung ganz trocken. Der nächste Gang wurde in den Saal getragen. Fisch, der am Morgen für den Tisch der Kajütspassagiere gefangen worden war. Zarter Fisch, von dem sie so oft geträumt hatte, während sie das in Ermangelung von Süßwasser in Salzwasser gewässerte Pökelfleisch heruntergewürgt hatte. Mit einem Mal war Anna wirklich schlecht.

Mit einem heiseren Keuchen sprang sie auf. Polternd fiel der Stuhl hinter ihr um. Mit einer Hand raffte sie ihr Kleid, um schneller laufen zu können. Die andere presste sie auf den Mund.

Der Steward, der zum Türöffnen bereitstand, konnte ihr gerade noch ausweichen. Anna hörte ihre Schritte überlaut durch den Gang klappern. Sie stolperte und fing sich gerade noch. Draußen prallte der im Verlaufe des Tages deutlich kräftiger gewordene Wind wie eine Wand gegen sie. Dann begannen die Tränen zu laufen. Ärgerlich fuhr sie sich mit dem Handrücken über das Gesicht. Halb blind stolperte sie zur Reling und klammerte sich fest. Warum hatte sie nicht Nein gesagt, warum hatte sie Viktoria gewähren lassen?

»Anna?«

Julius ... Sie wollte nicht, dass er sie jetzt sah. Entschlossen starrte sie weiter auf das Meer hinaus. Wenn er nicht ging, würde sie sagen, dass der Wind sie zum Weinen gebracht hatte.

Dann würde sie sich zurückziehen. Aber nein, das ging ja nicht. In diesem Kleid konnte sie noch nicht einmal zu ihrem Lager zurückgehen. Sie konnte nur bleiben, oder in den Speisesaal zurückkehren. Zu Angst und Enttäuschung mischte sich nun Wut. Unablässig liefen die Tränen über Annas Wangen.

»Anna.« Julius stand nun neben ihr und berührte ihren Arm. »Nicht weinen, dazu gibt es doch keinen Grund.«

»Ich weine nicht«, stotterte sie.

»Es war eine dumme Idee«, fuhr Julius fort.

»Ja«, bestätigte Anna und wollte ihn immer noch nicht ansehen.

»Aber du siehst sehr schön aus«, sagte Julius.

Ohne es zu wollen, drehte Anna Julius den Kopf zu. Ihre Augen trafen einander. Gefalle ich ihm?, dachte sie, und verwarf den Gedanken im selben Moment. Nein, das konnte nicht sein. Das war Unsinn, ganz und gar unmöglich. Sie suchte seinen Blick. Schweigend schauten sie einander an. Dann, sehr langsam näherten sich ihre Gesichter einander an. Ich werde ihn küssen, dachte Anna, jetzt werde ich ihn küssen.

Aber ich bin verheiratet.

Sie musste alle Kraft zusammennehmen, um den Kopf zur Seite zu drehen. Manche Dinge durften nicht in Erfüllung gehen.

Anna mied Viktoria in den nächsten Tagen. Sie wählte sich andere Wege für ihren Spaziergang, blieb gemeinsamen Plätzen fern. Unten im Zwischendeck sprach man nur noch davon, dass die Reise bald vorbei sein musste. Immer häufiger kam es zu Streit, weil Gepäck im Weg herumlag oder durch die Schlingerbewegungen des Schiffs von seinem Platz gerutscht war. Das immer gleiche Tagein, Tagaus war kaum noch zu ertragen. Mit Merkurialsalbe versuchte mancher der mittlerweile grassierenden Läuseplage Herr zu werden. Eine Frau hatte ein Kind zur Welt gebracht, das häufig schrie und manchen nur noch nervöser machte. Die Gruppen, die sich schon früh gebildet hatten, grenzten sich noch deutlicher voneinander ab. Wenn frisches Wasser oder – was immer seltener geschah – besseres Essen ausgeteilt wurde, stießen die Stärkeren die Schwächeren beiseite, um sich den größten Anteil zu sichern. Eine Gruppe, zu der auch Piet und Michel gehörten, den man damals bestohlen hatte, tat sich hier besonders hervor. Anna hielt sich, so gut es ging, fern von ihnen.

Am heutigen Tag hatte sich Anna noch einmal auf Deck begeben, um frische Luft zu schnappen und etwas Ruhe zu finden. In der Koje oberhalb ihrer, in der Frieda Prenzl mit den vier kleinen Kindern hauste, während Herr Prenzl mit den zwei älteren anderweitig hatte unterkommen müssen, war es den ganzen Tag lang unruhig gewesen, da das jüngste Kind fieberte. Die zwei jungen Burschen in der Nachbarkoje hatten den zwei Mägden unten rechts schöne Augen gemacht, was immer wieder zu lautstarkem Wortwechsel führte. Während sich eins der Mädchen nicht abgeneigt zeigte, machte die andere ihr Vorhaltungen.

Auf ihrem Weg zurück – Anna sog die frische abendliche Seeluft in tiefen Zügen ein – wurde sie mit einem Mal auf Stimmen aufmerksam. Vorsichtig und entgegen ihres eigentlichen Vorhabens, sich aus allem herauszuhalten, bewegte sie sich auf die Geräuschquelle zu. Als Anna um die nächste Ecke spähte, stockte ihr der Atem. Piet und Michel standen da, den schmalen Burschen, den sie damals nicht verraten hatte, zwischen sich. Sie hatte den Jungen seit jener ersten Begegnung nicht mehr gesehen und sich manches Mal gefragt, wo er sich wohl verstecken mochte.

»Ich wusste, dass ich dich irgendwann erwische«, sagte der grobe Michel gerade, packte den Jungen beim Nacken und schüttelte ihn wie eine räudige Katze.

»Und das Schöne ist«, fügte Piet hinzu, »dass dich niemand vermissen wird, wenn wir dich jetzt über Bord werfen. Einen blinden Passagier vermisst nämlich niemand, verstanden?« Er lachte heiser. »Vielmehr werden sie uns sogar dankbar sein, wenn wir kurzen Prozess mit einem dreckigen kleinen Dieb machen, wie du es einer bist.«

Wieder wurde der Junge geschüttelt. Er heulte schrill auf, wofür ihm Michel eine so heftige Ohrfeige versetzte, dass sein Kopf zur Seite flog und gegen die Reling schlug.

»Maul halten!«

Dieses Mal ließ der Junge nur ein unterdrücktes Wimmern hören. Michel ließ ihn gleich darauf los, hielt ihn jedoch mit seinem massigen Körper in Schach und drückte dem Burschen seinen muskulösen Unterarm unter das Kinn. Anna spürte, wie ihre Kehle enger wurde. Der Junge – Anna schätzte ihn auf vielleicht dreizehn oder vierzehn Jahre – zappelte, doch es war vergebens. Er konnte sich nicht befreien.

»Wo ist mein Geld?«, zischte Michel ungehalten.

Der Junge würgte im Bemühen, einen Laut herauszubekommen. Michel ließ den Unterarm etwas sinken. Der Junge japste nach Luft.

»Ich habe kein Geld gestohlen«, stieß er dann keuchend hervor. »Nur etwas zu essen.«

Nun war es an Piet, ihn zu ohrfeigen.

»Klingt das glaubwürdig? Wer gibt sich schon mit etwas zu essen zufrieden, wenn er mehr haben kann?«

Als habe er etwas gehört, drehte er plötzlich den Kopf in Annas Richtung. Die wurde steif vor Schreck, doch schon wandte sich Piet wieder ab. Er hatte sie nicht entdeckt.

»Lass mich mal«, sagte er an seinen Kumpan gewandt.

Im nächsten Moment hatte er den Jungen gepackt und schob ihn halb über die Reling. Der wimmerte vor Angst, zappelte mit den Beinen. Anna bemerkte, dass ihr Mund offen stand vor Entsetzen. Sie faltete die Hände und krallte die

Fingernägel in ihre Handrücken, um sich selbst am Schreien zu hindern.

Das konnte nicht sein. Sie träumte. Das konnte nicht sein. Das war zu entsetzlich. Gleich, gleich würde sie aufwachen, im Gestank des Zwischendecks zwar, aber sicher und ruhig auf ihrer Schlafstatt. Sie würde das Schnarchen ihrer Mitreisenden hören, das Schreien des Säuglings oder Frieda Prenzls Stimme, die ihren Kleinen eine Gutenachtgeschichte erzählte. Bitte, lieber Gott, betete sie stumm, bitte, lieber Gott, lass es nicht wahr sein. Bitte, lass mich *jetzt* aufwachen! *Jetzt. Sofort.*

Michel lachte heiser, und Anna wusste, dass sie wach war.

»Und, Michel?«, wandte Piet sich ihm zu und riss den Jungen wieder in das Innere des Boots zurück, »was machen wir mit ihm?«

»Durchsuch ihn, ich will mein Geld zurück. Und dann über Bord mit ihm. Wie du schon sagtest, blinde Passagiere vermisst niemand.«

»Hilfe!«

Der Junge verstärkte nunmehr seine Bemühungen, seinen Häschern zu entkommen. Wieder schlug ihn Piet erbarmungslos mitten ins Gesicht. Der schmale Bursche heulte auf und kämpfte darum, seinem Griff zu entkommen. Der Pockennarbige schlug wieder zu, wieder und wieder, bis der Junge nur noch wimmerte.

Ich muss Hilfe holen, dachte Anna, aber sie konnte sich vor Angst nicht rühren. Und was wird geschehen, wenn sie mich entdecken?, schoss es ihr gleich darauf durch den Kopf. Dann werden sie mich einfach hinterherwerfen. Sie wollen sicherlich keine Zeugen, und sie wissen, dass ich allein reise. Ich werde ins Meer stürzen, und keiner wird wissen, was mit mir geschehen ist.

Die Laute, die sie als Nächstes hörte, wollten sie schier zerreißen. Hatte der Junge eben noch gewimmert, so heulte er jetzt erneut, bettelte und flehte um sein Leben.

»Halt's Maul«, zischte Piet, »oder was glaubst du, was sie hier an Bord mit euresgleichen machen? Es ist leichter, dich im Meer zu entsorgen, als dich weiter durchzufüttern. Und jetzt her mit dem Diebesgut.«

Piet hob den Jungen wieder gefährlich hoch, dann ließ er ihn so weit gen Boden sinken, dass dessen Füße gerade so den Boden berührten.

»Lasst mich los!«, begehrte der schwach auf.

Piet schubste ihn in Michels Arme. Der tastete ihn so geübt ab, dass sich Anna sicher war, dass er dies nicht zum ersten Mal machte. Sie schauderte. Beinahe im gleichen Moment bemerkte sie eine weitere schmale Gestalt in den Schatten hinter Piet und Michel. Noch ein blinder Passagier?

»Lasst mich gehen, bitte«, bettelte der Junge, »ich werde euch bestimmt nicht mehr in die Quere kommen.«

Anna bohrte ihre Fingernägel jetzt in ihre Handflächen. Vielleicht würde ja alles gut gehen. Piet und Michel ließen den Jungen laufen. Sie würde sich ungesehen zu ihrem Lager schleichen ...

»Wirst du das wirklich nicht?« Michel packte den Jungen bei seinen schmalen Schultern. »Zu schade, dass wir uns nicht darauf verlassen können.«

Wieder wurde der Junge hochgehoben. Wieder heulte er auf, schrie dann aus voller Kehle, aber von hier hinten, wurde Anna nun klar, hörte man auf der anderen Seite des Schiffes bestimmt nichts. Außerdem war stets genug Lärm an Bord. Reisende lachten. Reisende stritten. Betrunkene grölten. Man sang. Die Schafe blökten. Die Schweine grunzten. Die Hühner gackerten. Es knarrte. Das Segel flatterte. Es war nie still.

Sie alle hatten gelernt, gewohnten und ungewohnten Geräuschen keine Beachtung mehr zu schenken.

Und dann ging alles ganz schnell. Der Vierschrötige schob den Jungen über die Reling. Das Geräusch, mit dem er auf dem Wasser aufschlug, mischte sich unhörbar mit dem allgemeinen Plätschern und den anderen Geräuschen der Nacht. Wenn er schrie, dann hörte noch nicht einmal sie etwas davon. Den eigenen Schrei schluckte Anna gerade noch hinunter. Dann sah sie plötzlich, wie sich der schmale Schatten aus seinem Versteck löste und blitzschnell über das Deck in ihre Richtung raste. Piet und Michel fuhren herum. Bevor sie noch wusste, was sie tat, trat Anna aus ihrem Versteck. Da prallte der kleine Flüchtling auch schon gegen sie. Das Licht des aufgehenden Mondes erfasste ihr Gesicht. Piet und Michel blieben kurz stehen und wechselten einen Blick. Dann rannten sie los.

»Jetzt kommen Sie schon!«, piepste eine Stimme an Annas Ellenbogen.

Eine kleine, klebrige Hand riss an ihrem Handgelenk. Stolpernd setzten sie sich beide in Bewegung. Erst war es Anna, als erwache sie aus einem schrecklichen Traum, doch mit jedem Schritt, den sie tat, wurden ihre Sinne klarer, und schon im nächsten Moment rannte sie mit dem fremden Kind davon. Aber wohin nur? Annas Gedanken rasten. Sie wog eine Möglichkeit gegen die nächste ab. Sollten sie sich irgendwo auf dem Deck verstecken oder das Zwischendeck aufsuchen und auf den Schutz der anderen Passagiere hoffen? Vielleicht sollten sie das unterste Deck aufsuchen, wo sich einige größere Gepäckstücke und Vorräte befanden? Und dann traf Anna eine Entscheidung.

»Schneller«, zischte sie dem Kind an ihrer Seite keuchend zu und griff fester nach seiner Hand.

Fußgetrampel zeigte den beiden Flüchtenden, dass ihnen ihre Verfolger dicht auf den Fersen waren. Wütende Stimmen waren zu hören.

»Kommen Sie, kommen Sie! Da lang!«, rief das Kind und wollte Anna zu den Ställen zerren.

»Nein«, keuchte die, »dort entlang.«

Sie deutete zum Kajütengang und den Quartieren der ersten und zweiten Klasse. Der kleine blinde Passagier – Anna konnte nicht ausmachen, ob es sich um ein Mädchen oder einen Jungen handelte – schüttelte heftig den Kopf.

»Doch, doch«, beharrte Anna. »Komm, ich weiß, was ich tue.«

Sie packte das Kind fester bei seiner schmalen Hand. Hinter ihnen wurden die Stimmen lauter, offenbar hatte man sie noch nicht entdeckt. Ein Huhn gackerte in diesem Moment lautstark los, ein zweites schloss sich an.

Bitte, flehte Anna bei sich, lass sie dort nachschauen.

Und tatsächlich entfernten sich die Stimmen in diesem Augenblick. Anna und der kleine blinde Passagier erreichten den Kajütengang.

Julius, dachte Anna, er ist der Einzige, der uns jetzt helfen kann. Irgendwie musste es ihr gelingen, den Weg zu seinem Quartier zu erreichen. Noch schneller eilten sie voran. Es war nur eine Frage der Zeit, bis Piet und Michel die Hühnerställe abgesucht hatten und darauf kamen, wohin ihre Opfer wirklich verschwunden waren. Panisch nahm Anna wahr, dass ihre Stimmen sich schon wieder näherten.

»Wir müssen uns beeilen«, stieß sie aus.

Unaufhaltsam näherten sich ihre Verfolger. Bald, zu bald würden sie Anna und das Kind eingeholt haben. Die beiden rannten jetzt nicht mehr. Auf leisen Sohlen schlichen sie weiter. Vielleicht würden ihre Verfolger doch noch aufgeben, vielleicht sogar unter Deck gehen und dort weitersuchen, wenn sie nichts mehr hörten. Bebend vor Angst ging Anna voraus, ließ das Kind jedoch nicht los, zerrte es weiter.

Was aber, wenn sich die beiden Männer nicht täuschen ließen? Angespannt zog sie die Schultern hoch, suchte sich selbst zu beruhigen. Die beiden konnten nicht wissen, wohin sie ging.

Endlich hatten sie Julius' Kajüte erreicht. Anna klopfte energisch. Die Augenblicke, bevor die Tür geöffnet wurde, dehnten sich zu einer Ewigkeit. Julius stand im offenen Hemd vor ihr und schaute völlig überrascht drein, als er sah, wen er da vor sich hatte. Für einen Moment konnte Anna nur auf seinen offenen Kragen starren.

»Anna?«, fragte er verwundert.

Dann fiel sein Blick auf das Kind an ihrer Seite. Irgendwo hinter ihr klapperte etwas. Anna trat einen Schritt näher und stieß Julius beinahe in die Kajüte zurück.

»Können wir hereinkommen? Bitte, schnell!«

»Ja, ich ... Natürlich ...«

Anna warf einen letzten raschen Blick zurück in die Richtung, aus der sie gekommen waren. In den Schatten meinte sie die Gestalt des Vierschrötigen zu erkennen.

»Jenny«, piepste das Stimmchen.

Der kleine blinde Passagier hatte sich als ein zierliches Mädchen entpuppt, acht Jahre alt, wie es behauptete, das nun auf Julius' Bett saß und sich eine große Tasse süßen Tee schmecken ließ, zu der es hungrig Kekse aß. Jenny hatte einen wilden roten Lockenkopf, der von einem grauen Kopftuch gebändigt wurde. Ihr Hängerkleid war ebenso grau, das Hemd darunter musste vor langer Zeit einmal weiß gewesen sein und wies zahlreiche Löcher auf. Jennys Beine waren bis auf ein paar grobe löchrige Strümpfe nackt, die Lederschuhe zerschlissen. Die Augen des Mädchens waren strahlend grün und wirkten übergroß in dem schmalen, von Hunger gezeichneten Gesicht. Es hatte ihnen erzählt, dass sie und der Bursche, den die beiden Männer über Bord geworfen hatten, sich seit Beginn der Reise zwischen Vorräten und Gepäckstücken im Orlopdeck versteckt hatten, und dass sie nur manchmal nachts herausgekommen waren, um frische Luft zu schnappen und sich zu erleichtern.

»Hat man euch denn nie gesehen?«

Jenny zuckte die Achseln und schaute für ihr Alter, wie Anna fand, viel zu ernst drein. »Manchmal, aber die Leute haben uns wohl einfach für Kinder von jemandem aus dem Zwischendeck gehalten. Es sind viele Kinder auf dem Schiff.«

Wie zur Bestätigung nickte sie. Ihre Stimme klang leise, als wolle sie sich immer noch verstecken. Jetzt rannen ihr Tränen über das Gesicht, die sie mit dem Handrücken fortwischte.

»Wir haben nicht gestohlen«, platzte sie heraus. »Jedenfalls kein Geld, nur Brot und Schiffskekse.«

Jenny schluchzte plötzlich auf, und Anna setzte sich neben sie. Nach kurzem Zögern ließ die Kleine sich von Anna in den Arm nehmen. Traurig sah sie ihre Retterin an. Anna schauderte. Es war zu offensichtlich, dass Jenny sich bemühte, das Schreckliche, das sie ja beide erlebt hatten, so gut es ging zu verdrängen, aber man las davon ihn in ihrem Gesicht und ganz besonders in ihren Augen.

»Und es ist wirklich wahr?«, setzte Julius nun zum zweiten Mal fassungslos an. »Die beiden haben einfach jemanden über Bord geworfen?«

»Ja.«

Anna starrte den Keks in ihrer Hand an. Obwohl sie am heutigen Tag wenig gegessen hatte, verspürte sie einfach keinen Hunger. Das Gesehene überwältigte sie schier. Jetzt, wo sie ruhig dasaß, in der Erinnerung, erschien es ihr grausamer als im Moment des Geschehens selbst. Wieder und wieder hörte sie das Flehen des Jungen, sah ihn über die Bordwand hinabstürzen, hörte das Klatschen, mit dem er auf der Wasserfläche auftraf, oder hörte es eben nicht. Noch einmal prallte Jenny gegen sie, überflutete der Mond sie mit gleißendem Licht. Piet und Michel starrten die unliebsame Zeugin an, zu der sie geworden war. Man hatte sie gesehen. Je mehr Anna darüber nachdachte, desto weniger konnte sie sagen, was wirklich geschehen war. Es war schrecklich gewesen, einfach nur schrecklich.

Sie wollte nun auch weinen, doch ihre Augen blieben trocken. Da war zu viel Entsetzen in ihr. Vielleicht würde sie später weinen können. Sie hoffte es. Zu weinen würde ihr Erleichterung verschaffen.

Julius setzte sich auf die andere Seite neben Jenny. »Wer war der Junge, Jenny? Hast du ihn gekannt?«

Jenny blickte auf. Wieder füllten sich ihre Augen mit Tränen. »Der Claas war das«, war dann ihre zarte Stimme zu hören. »Ich habe ihn im Hafen kennengelernt. Er war gut zu mir. Er hat immer auf mich aufgepasst. Er war wie ein älterer Bruder.« Hilfesuchend schaute sie von Anna zu Julius und wieder zurück. »Ich bin doch noch so klein«, fügte sie dann ernst hinzu.

Anna und Julius sahen beide das Kind an und tauschten dann einen Blick.

»Und warum bist du auf dem Schiff?«

»Ich will meinen Vater finden. Er hat Mama und mich verlassen, als ich noch klein war. Dann ist Mama gestorben. Sie hat mir immer gesagt, dass er in der Neuen Welt ist. Er hat uns auch Briefe geschickt.« Jenny reckte den Kopf höher und schaute die beiden Erwachsenen an. »Wollt ihr mir jetzt helfen? Claas kann es doch nicht mehr.«

Anna und Julius tauschten einen neuerlichen Blick. Was auch immer der unglückliche Junge damit gemeint hatte. Unmöglich hätte er Jenny helfen können, ihren Vater in dieser riesigen Neuen Welt zu finden, die auf sie alle wartete.

»Werdet ihr mir helfen?«, wiederholte Jenny ihre Frage.
»Jenny, wir ...«, setzte Anna an.
Unvermittelt sprang Julius auf und lief ein paar Schritte auf und ab. Dann blieb er mit geballten Fäusten mitten im Raum stehen.

»Verdammtes Pack!«, stieß er zwischen den Zähnen hervor. »Mörder!« Jenny zuckte zusammen, und Julius fuhr zu Anna herum. »Sie schlafen auf eurem Deck, sagtest du?«

Anna nickte. Die beiden waren ihr wirklich nicht zum ersten Mal aufgefallen, doch ihre heutige Grausamkeit stellte alles in den Schatten. Ihr wurde schlecht, wenn sie nur daran dachte, mit welcher Kaltblütigkeit die beiden den Jungen getötet hatten. Unwillkürlich begann sie zu zittern.

»Anna ...«
Julius blieb vor ihr stehen, offenbar unsicher, was er tun oder sagen sollte. Jenny hielt den Kopf gesenkt und knabberte an einem weiteren Keks. Anna leckte sich über die Lippen, schluckte mehrmals, bevor sie die nächsten Worte herausbrachte.

»Wirst du ihr helfen? Kann sie hier bei dir bleiben?«
»Natürlich.«
Anna stieß einen tiefen Seufzer aus. »Dann werde ich jetzt zu meinem Schlafplatz gehen.«

Julius schüttelte den Kopf. »Mir gefällt der Gedanke nicht, dich dort unten allein zu wissen.«

»Sie werden mir nichts tun«, entgegnete Anna mit mehr Überzeugung, als sie selbst verspürte.

Ich kann nicht hierbleiben, sagte die Stimme in ihrem Kopf, es wäre nicht recht. Bevor sie noch die Angst überwältigen konnte, war sie schon bei der Tür und öffnete sie. Sie würde einfach immer dort bleiben, wo andere Passagiere waren, sodass Piet und Michel sie niemals allein antreffen konnten. Sie würde sich zu helfen wissen. Das hatte sie immer getan. Deshalb nur war sie diejenige, die allein reiste.

»Julius wird auf dich aufpassen, Jenny«, sagte sie zu dem Mädchen, »hab keine Angst. Gute Nacht, Julius!«

Vorerst blieb Jenny in Julius' Kajüte die einzige sichtbare Erinnerung an eine ereignisreiche Nacht. Anna überließ es Julius, Viktoria zu erzählen, wie das Mädchen zu ihm gelangt war, doch Julius sagte ihr nicht, was mit Claas passiert war. Anna hätte es nie erwartet, aber der Kaufmannssohn und sie teilten nun ein Geheimnis miteinander. Das fühlte sich gut an und behielt doch seinen bitteren Beigeschmack. Niemals würde Anna den Schrecken jener Nacht vergessen können.

In den ersten Tagen, die auf die furchtbaren Ereignisse folgten, schreckte sie mehrmals in der Nacht aus dem Schlaf hoch. Sie war sich sicher, dass die Mörder sie beobachteten. Vielleicht hatten Piet und Michel noch nicht entschieden, was sie mit ihrer ungebetenen Zeugin machen sollten, aber Anna musste auf alles gefasst sein. Sie wusste, dass man sie im Mondlicht gesehen hatte.

Im Verlauf der nächsten Tage sah sie Piet und Michel selten, blieb aber auf der Hut. Sorgsam achtete sie darauf, möglichst nie allein unterwegs zu sein. Sie schloss sich den anderen Frauen an, wenn sie sich erleichtern musste oder Wäsche waschen wollte. Sie hockte sich zu der jungen Mutter und ihrem Kind und half ihr, Windeln und Kinderkleidung zu flicken. Auch am Tag nach den schrecklichen Ereignissen hatte Julius nochmals vorgeschlagen, die beiden Mörder, wie er sie nannte, beim Kapitän anzuklagen, doch das wollte sie nicht. Julius fügte sich ihren Wünschen, auch wenn er hatte wissen wollen, warum sie diesen Weg wählte.

»Solche wie die«, hatte sie gesagt, »sind nie allein. Sie haben Freunde hier an Bord. Ich werde meines Lebens nicht mehr froh, wenn wir die beiden melden.«

Eine geraume Zeit lang hatte Julius nach diesen Worten auf das Meer hinausgestarrt. »Gut«, hatte er dann langsam gesagt. »Ich werde nichts sagen, aber du weißt hoffentlich«, hatte er hinzugefügt, »dass du den beiden damit eine Macht gibst, die ihnen nicht gebührt.«

Anna hatte nicht geantwortet.

Genau hier haben sie gestanden, schoss es ihr jetzt durch den Kopf, als sie merkte, dass sie sich plötzlich an der Stelle wiederfand, an der die schreckliche Tat an Claas begangen worden war. Der Wind riss an dem Tuch, das sie sich zum Schutz gegen die Witterung um die Schultern gewickelt hatte. Am Horizont in der Ferne, kaum mehr zu erkennen, wetterleuchtete es. Anna wollte eben den Rückweg antreten, da hörte sie Schritte hinter sich.

»Welch schöne Überraschung! Wen haben wir denn da?«, war gleich darauf eine wohlbekannte heisere Stimme zu hören.

Unvermittelt wurde Anna schlecht vor Angst. Es kostete sie alle Kraft, sich umzudrehen. Direkt vor ihr, sodass es keine Möglichkeit zur Flucht gab, standen Piet und Michel. Der Pockennarbige hatte seine blassen, kalten Augen zusammengekniffen. Anna drückte sich gegen die Bootswand. Solche wie die beiden hatte sie im Hafen herumlungern sehen, als sie auf die Abfahrt des Schiffes gewartet hatte, immer auf der Suche nach Beute, Streit oder Menschen, die sie schikanieren konnten. Dass sie zu weit Schlimmerem fähig waren, wusste sie seit kurzem selbst aus bitterer Erfahrung.

Vielleicht hätte ich sie doch melden sollen, sagte eine leise Stimme in ihr. Aber dann wären irgendwann die Kumpane der beiden da gewesen und hätten sie bestraft. Niemand hätte sie schützen können.

»Eigentlich ist sie ja ein ganz niedliches Täubchen«, sagte Piet nun und wollte Anna über eine Wange streichen. Blitzschnell schlug sie seine Hand zur Seite.

»Oho«, brummte Michel, »das Täubchen ist ein Kätzchen, und es hat eindeutig Krallen.«

»So mag ich sie am liebsten«, stieß Piet hervor.

Er trat noch einen Schritt näher an Anna heran, sodass sie seinen Körper an ihrem spürte. Sie nahm beide Hände, um ihn von sich wegzustoßen. Anna versuchte, den Kopf zu drehen. Die Angst hämmerte in ihrer Brust. Sie bekam mit einem Mal kaum mehr Luft. Hilfe, dachte sie. War denn da niemand, der ihr helfen konnte?

Nein, sie war allein. Zum ersten Mal seit Tagen hatte sie nicht aufgepasst, und nun war es geschehen. Sie wollte schreien. Von einem Moment auf den anderen fühlte sie Piets kräftige Finger an ihrem Hals.

»Davon will ich dir lieber abraten, denn dass wir dich bestrafen müssen, das ist dir doch klar, oder?«

Anna konnte ihn nur anstarren. Ein dicker Wassertropfen zerplatzte auf ihrem Scheitel. Im nächsten Augenblick begann der Regen auf sie alle niederzuprasseln und hatte sie in kürzester Zeit durchnässt.

»Scheiße«, knurrte Michel.

Der Blitz und der fast unmittelbar folgende Donnerschlag ließen Anna zusammenzucken.

»Ich habe nichts gehört!« Piet brachte sein Gesicht näher an Annas heran. »Sag, hast du Strafe verdient oder nicht, Hure?«

Anna wollte eben nicken, da geriet mit einem Mal Bewegung in ihre kleine Gruppe. Michel wurde zur Seite gestoßen und knallte gegen die Bootswand, dann riss jemand Piet von ihr weg. Beinahe im gleichen Moment packte sie der Angreifer und brachte sie hinter sich in Deckung. Anna drückte sich an seinen Rücken.

»Das würde ich nicht tun«, war da Julius' Stimme zu hören.

Michel, der sich auf ihn hatte stürzen wollen, blieb stehen. Piet kniete vor ihnen auf dem Boden und sah sie aus vor Wut glühenden Augen an. Anna bemerkte eine Pistole in Julius' Hand.

»Ich rate euch, diese Frau in Frieden zu lassen«, fuhr er nun fort. »Es ist ihr Verdienst, dass man euch noch nicht in Arrest geschickt hat. Wenn ihr mir aber noch einmal querkommt, dann garantiere ich für nichts. Und wenn ihr dieser Dame hier auch nur ein Haar krümmt, werde ich mir noch nicht einmal die Mühe machen, euch beim Kapitän zu melden. Dann verschwindet ihr einfach, habe ich mich klar ausgedrückt?«

»Ja«, stieß der Vierschrötige hervor.

Piet, immer noch auf dem Boden, immer noch vor Wut geifernd, nickte. Julius' Hand, bemerkte Anna erstaunt, denn sie hatte ihm dergleichen nicht zugetraut, hielt die Waffe vollkommen ruhig.

»Schwört es«, forderte er.

»Wir schwören«, knurrten Piet und Michel beinahe gleichzeitig.

Julius nickte. »Und jetzt verschwindet.«

Als die Männer schon nicht mehr zu sehen waren, drehte er sich zu Anna um. In einer Mischung aus Wut und Angst sah er sie an. Von einem Moment zum anderen wurden Anna die Knie weich. Julius fing sie auf. Länger als sie es hätte erlauben sollen, hielt er sie fest. Für einen Atemzug lang spürte sie seinen Mund an ihrem Kopf, dann wichen sie beide wie auf einen geheimen Befehl hin voneinander ab.

»Ich dachte, du gehörst nicht zu den Frauen, die ständig in Ohnmacht fallen«, neckte er sie, doch seine Augen blieben ernst angesichts dessen, was eben geschehen war.

»Ich habe dir gesagt, dass sie gefährlich sind«, murmelte Anna.

»Das wusste ich doch.« Julius zögerte kurz und strich ihr dann über das regenfeuchte Haar. »Deshalb war ich da, du ...« Seine Hand glitt von Annas Kopf auf ihre Schulter. »Geht es dir gut? Haben sie dir auch wirklich nichts getan?«

»Es ist alles in Ordnung«, flüsterte Anna. Noch immer ließ die eben ausgestandene Angst sie beben.

»Ich hätte sie, ohne zu zögern, getötet, wenn sie dir etwas getan hätten«, flüsterte Julius nun ebenso leise.

Er hatte sie bei diesen Worten nicht angesehen. Jetzt suchten seine Augen erneut die ihren. Anna schluckte. War es recht, das zu lesen, was sie jetzt in seinem Gesicht las? Sie war eine verheiratete Frau. Sie durfte ihn nicht so ansehen, und er durfte sie nicht so ansehen. Sie würden einander niemals gehören dürfen.

»Ich hoffe, du weißt, wie froh ich darüber bin, dich getroffen zu haben«, sagte Julius.

»Aber du kennst mich doch kaum.«

»Das ist nicht wahr«, Julius schaute sie unverwandt an, »ich kenne dich.«

»Aber natürlich werde ich mit Humberto reden.«

Viktoria hockte auf ihrem Bett, das Korsett unter dem lichtblauen Kleid so locker geschnürt, wie es gerade noch schicklich war, das blonde Haar offen über die Schultern herabhängend. Am Tisch saß Julius, der ihnen eben von seinen Plänen in der Neuen Welt berichtet hatte, in der er eine Handelsniederlassung für seinen Vater hoffte, aufbauen zu können, und der deshalb jetzt schon auf der Suche nach Kontakten war. Viktorias Ehemann war ein möglicher Kunde. In ein paar Monaten nach der Ankunft, spätestens im nächsten Jahr, würde Julius deshalb Santa Celia, die Estancia der Santos im Nordwesten Argentiniens, besuchen.

Anna nahm einen Schluck Tee und musste bemerken, dass das Getränk in ihrer Tasse erkaltet war. Nach den aufregenden Ereignissen der letzten Tage war sie froh, von Hoffnungen und Träumen zu hören. Auch Kaleb träumte davon, einen eigenen Bauernhof aufzubauen. Wir werden Rinder haben, hatte er zu Anna gesagt, viele, viele Rinder, und Getreidefelder, so groß, dass man das andere Ende nicht sieht. Wir werden Tabak anbauen, und abends werden wir auf der Veranda sitzen. Ich werde meinen eigenen Tabak schmauchen, und du wirst unsere Wolle zu Fäden spinnen. Denn wir werden auch Schafe haben oder vielleicht sogar Lamas.

Sie hatte ihn gefragt, was denn Lamas seien. Kaleb hatte ihr ein Bild eines Tiers mit dichtem Fell und einem langen Hals gezeigt.

»Humberto ist immer auf der Suche nach neuen Kunden mit neuen Ideen«, war wieder Viktorias Stimme zu hören.

Anna mochte es, wenn Viktoria von ihrem Ehemann sprach. Humberto war neun Jahre älter als seine Frau und ein Wunderwerk von einem Mann, gut aussehend, charmant und vielseitig interessiert. Er war ein guter Tänzer, sprach neben

Spanisch auch Englisch, Französisch, aber nur recht leidlich Deutsch. Viktoria hatte schnell Spanisch lernen müssen und half nun Anna dabei, die ersten Schritte in der fremden Sprache zu tun. Zwar gab es in Buenos Aires viele, die Deutsch sprachen, hatte Julius zu berichten gewusst, doch etwas Spanisch zu können, konnte nicht schaden.

»Ich vermisse Humberto so sehr«, sagte Viktoria nun mit der ihr eigenen Theatralik. »Wisst ihr, dass er mir in Paris tausend Rosen ins Hotelzimmer hat bringen lassen?«

Sie lächelte verträumt. Anna schaute zu Julius und merkte im selben Moment, dass sie genau das nicht hatte tun wollen.

Du bist eine verheiratete Frau, mahnte die bekannte Stimme in ihrem Kopf, du solltest noch nicht einmal denken, was du jetzt denkst.

Und sie würde ebenso alles tun, um vor Viktoria zu verbergen, was sie in Julius' Augen las, und was sie dort nicht lesen sollte. Zwei Mal schon hatten sie einander beinahe geküsst. Anna senkte den Blick auf die Teetasse.

Sobald wir in Buenos Aires anlegen, dachte sie, werden wir uns ohnehin nie wiedersehen. Nie wieder. Sie spürte einen winzigen Stich in ihrer Brust, setzte die Teetasse an und trank entschlossen aus.

Vielleicht machte sie sich auch nur etwas vor. Wenn sie beobachtete, mit welcher Selbstverständlichkeit Julius und Viktoria miteinander umgingen, dann war sie sich sogar sicher, dass sie sich etwas vormachte: der Kaufmann und die Kaufmannstochter hatten doch viel mehr gemein, insbesondere jetzt, da Julius bald auch Viktorias Ehemann zu seinen Geschäftspartnern zu zählen hoffte.

Anna dagegen würde in ihre eigene Welt zurückkehren. Sie würde ihrem Mann zur Seite stehen, und, wenn Gott wollte,

Kinder bekommen. Sie würde hart arbeiten, um sich ihre kleinen Träume zu erfüllen. Sie durfte nicht von dem träumen, was sie in Julius' Augen las.

In den folgenden Tagen ging Anna Julius und Viktoria wieder einmal aus dem Weg. Sie mied die Orte, an denen sie Zeit miteinander verbracht hatten. Sie schränkte ihre Spaziergänge auf ein Mindestmaß ein. Sie verbrachte noch mehr Zeit mit der Mutter und ihrem Säugling, nähte dem kleinen Jungen ein Hängerchen aus einem alten Umschlagtuch. Manchmal traf sie auf Jenny, der es unter Julius' Schutz sichtbar gut ging. Es war, als würde die Kleine aufblühen, und seit Käthe ihr auf Viktorias Anweisung hin aus einem Unterkleid ein Kleidchen genäht hatte, war ihr das Mädchen scheinbar in ewiger Dankbarkeit verbunden. Seit Julius sie beim Kapitän gemeldet und für ihre Passage bezahlt hatte, wohnte die Kleine ganz offiziell bei ihm.

»Ich kann Herrn Meyers Hausmädchen werden«, hatte Jenny am Tag zuvor zu berichten gewusst. »Er wird mir auch helfen, meinen Vater zu finden.«

Manchmal sah Anna Piet und Michel in ihrer Nähe, aber sie wusste, dass sie sicher war – fürs Erste.

Immer schneller näherten sie sich nun der Neuen Welt, die das Leben all jener an Bord verändern würde. Anna zwang sich, häufiger an Kaleb zu denken, an ihren Vater und die Mutter, die Brüder, ihre Schwester. Sie hatten einander so lange nicht gesehen. Was mochten die anderen erlebt haben in dieser Zeit der Trennung? Ob es ihnen gelungen war, ein Stück Land zu kaufen oder eine kleine Werkstatt aufzumachen? Sie alle hier träumten von Arbeit, von einem besseren Leben als dem, das sie zurückgelassen hatten. Ob es mutig gewesen war, nicht nach Amerika zu ziehen, nicht in das gelobte Land, sondern an den Río de la Plata?

An diesem Tag – es war ein Sonntag – stand Anna an der Reling und blickte auf das wieder einmal fast spiegelglatte Meer hinaus. Sie hatten schon alle Sorten von Wetter gehabt, seit sie die Reise angetreten hatten: Sturm und Windstille, Regen und gleißenden Sonnenschein, Hitze, Kälte, Nässe und alles wieder von vorn. Noch niemals hatte sie sich den Elementen so ausgesetzt gefühlt. Dabei hatte sie früher auf dem Feld gearbeitet, dabei hatte sie den Weg zur Arbeit bei gutem und bei schlechtem Wetter genommen. Niemals allerdings war sie zum Nichtstun verdammt gewesen. Doch heute, an diesem schönen Tag, war das einerlei. Bald würde ihr neues Leben anfangen.

Anna freute sich plötzlich darauf. Vielleicht, weil sie in den letzten Tagen häufiger Vögel gesehen hatte und ihre Ankunft nun greifbarer wurde. Für einen Moment schloss sie die Augen, dann ließ das neuerliche Kreischen eines Vogels Anna den Kopf in Richtung Himmel drehen. Die Erfahrenen sagten, dass dies darauf hinwies, dass man sich Land nähere. Manchmal schwammen nun auch Gestrüpp, Äste und Blattwerk längsseits des Schiffes.

Anna schloss die Finger so fest um die Reling, dass die Knöchel weiß hervortraten. Lauter werdendes Stimmengewirr wies auf die baldige Essensausgabe hin, aber nach der langen Reise waren einem solche Zeiten ohnehin in Fleisch und Blut übergegangen. Sie warf noch einen letzten Blick auf die bleierne Fläche des Ozeans, die nur vom eigenen Schiff bewegt schien. Dann verließ sie ihren Platz.

»Warum kommst du nicht mehr zu uns? Jenny hat nach dir gefragt.«

»Ich habe gestern mit ihr gespielt«, antwortete Anna ausweichend, ohne Julius anzusehen.

Jenny, die zuerst in eine Decke gewickelt auf einem der Stühle auf Deck geruht hatte, sprang bei ihrem Anblick auf. Viktoria hatte noch ein Kleidchen für sie nähen lassen. Das kleine Mädchen hatte auch etwas zugenommen. Seine Wangen waren rosiger geworden.

»Warum kommst du uns nicht mehr besuchen?«, fragte Jenny. »Bist du krank?«

»Nein, es geht mir gut«, antwortete Anna. »Ich komme euch bestimmt bald besuchen.«

Sie fragte sich, ob das Mädchen wohl noch häufig an die Ereignisse jener Nacht dachte. Jenny wirkte so unbeschwert, seit Julius sich um sie kümmerte, und Julius ging mit der Kleinen um, als habe er nie etwas anderes getan. Sie bemerkte, dass er sie immer noch ansah, unverwandt, als müsse er sich ihr Gesicht einprägen.

»Ich frage mich...«, setzte er dann an.

»Was?«

»Viktoria wird nach Salta zu ihrem Ehemann reisen«, fuhr er fort, »für dich aber wird das Leben in Argentinien neu beginnen, trotzdem...«

»Ja?« Anna runzelte fragend die Augenbrauen.

»Trotzdem bin ich mir sicher«, fuhr Julius fort, »dass du keine Schwierigkeiten haben wirst, dich in dieser Neuen Welt einzufinden.« Obwohl Julius einen Augenblick innehielt, sagte Anna nichts. »Es sind Menschen wie du, die diese Neue Welt ausmachen«, endete er schließlich. Eine leise Unsicherheit schwang in seiner Stimme mit.

Anna zuckte die Achseln. »Es sind Menschen, ganz einfach.«

Und dafür liebe ich dich, schoss es Julius unvermittelt durch den Kopf. Dafür, dass du das Leben nimmst, wie es kommt, dass du nicht an ihm herumdeutelst, sondern einfach forsch vorangehst.

Er lächelte sie nunmehr zaghaft an und kämpfte den Wunsch herunter, ihr über die Wangen zu streicheln und jene Haarlocke, an der der Wind riss, zurück unter ihr Kopftuch zu streifen. Kaum merklich näherte sich sein Körper. Anna wich zurück. Julius hob die Hände und rückte wieder ab von ihr.

»Ich weiß, dass du verheiratet bist. Ich weiß, dass du deinen Mann liebst.« Julius seufzte. »Er muss ein sehr glücklicher Mann sein.«

Anna antwortete nicht.

Dann kam der Tag der Ankunft. In Montevideo, am anderen Ufer des Río de la Plata, wo sie am Vortag kurz angelandet waren, war ein einheimischer Steuermann an Bord gekommen, denn ohne Ortskenntnis wurde eine Weiterfahrt nun zu gefährlich. Die Fahrwasser waren selten richtig gekennzeichnet, und bei starkem Wind änderte sich ohnehin alles. Aufgeregte Stimmen riefen durcheinander, anders als zu Beginn der Reise mehr von Erwartung und Zuversicht durchdrungen. Arm und Reich, Männer und Frauen, Alt und Jung drängten sich nebeneinander, die Augen fest auf das Ziel gerichtet. Deutlicher und deutlicher schälte sich bald das Land vor ihnen heraus, das sich zuerst nur als schwacher blauer Streifen über den dunkleren Wellen gezeigt hatte.

»Buenos Aires«, hatte es vom Mast heruntergeschallt. »Buenos Aires in Sicht.«

»Buenos Aires, Buenos Aires«, waren die lang ersehnten Worte von Mund zu Mund geflogen, während immer mehr Passagiere aus ihren Kajüten oder aus den düsteren Quartieren des Zwischendecks kamen.

»Herr Gott, Maria und Joseph!«, rief Frieda Prenzl aus.

Sie schickte sich an, auf die Knie zu fallen, während sie ihre beiden jüngsten Kinder fest gegen ihren Busen drückte. Frau Wieland hielt sich ein Taschentuch gegen Mund und Nase gedrückt und weinte leise Tränen. Ihre Kinder standen weiter vorne, hielten die Hände ihres Vaters umklammert, der die Stirn in tiefe Falten gelegt hatte. Sie weinten ebenfalls. Näher und näher rückte das Land. Bald begannen einige unter Jubelrufen ihre Reiseutensilien zu entsorgen, so wie es Brauch war. Matratzen flogen ins Wasser, Koch- und Nachtgeschirr und was man sonst nicht mehr benötigte hinterher, sodass die Umgebung des Schiffs bald aussah wie ein Lumpenmarkt.

Wieder starrte Julius zu ihrem Ziel hinüber, Jennys kleine Hand fest in seiner rechten. Zu seiner Linken hatte sich der Geograph Paul Claussen postiert, daneben standen Jens Jensen und Theodor Habich in ein angeregtes Gespräch vertieft. In den letzten Tagen der Reise war der rothaarige Jensen öfter an der Seite des erfahrenen Habich zu finden gewesen. Vielleicht, hatten die Männer verlauten lassen, würden sie sich gemeinsam auf den Weg in den Süden machen.

Julius bemerkte, wie Jenny versuchte, ihn näher zur Reling zu ziehen. Er tat ihr den Gefallen.

Sie legten an der Außenreede an, die vier Seemeilen von der argentinischen Küste entfernt lag, denn in Ufernähe war das Wasser zu flach für die Landung großer Schiffe. Mancher Reisende wechselte deshalb sogar schon in Montevideo auf ein kleineres Dampfboot und ging in Buenos Aires über eine lange hölzerne Mole an Land.

Wieder sah Julius zum Ufer hinüber. Buenos Aires, formten seine Lippen stumm den Namen seines Zielorts. Soweit er das sehen konnte, lag die Stadt vollkommen frei in einer Ebene, ohne Mauern oder sonst irgendwelchen Schutz vor Angriffen, eine Siedlung, die sich, seiner Ansicht nach, also kaum verteidigen ließ. Natürlich war der Zugang über den Fluss aufgrund seines niedrigen Wasserstands schwierig, das zeigte sich ja gerade, aber er hätte dennoch Befestigungsanlagen erwartet. Im Bereich zwischen der *Kosmos,* etlichen anderen noch wartenden Schiffen und dem Land bot sich dem Reisenden indes ein ungewohnter Anblick. Unzählige Pferdewagen mit hohen Rädern sah man dort, die sich mit dem Ausschiffen von Waren und Passagieren beschäftigten. Zuweilen sah man nur den oberen Teil der Wagen aus dem Wasser ragen und von den Pferden manchmal nur die Rücken.

Jenny zupfte an Julius' Rockärmel. »Sind wir jetzt da? Können wir jetzt meinen Vater suchen?«

»Ja, wir sind da.«

Für einen Moment kniff Julius die Augen zusammen. Das war also die alte Hauptstadt des Vizekönigreichs von Río de la Plata, das Schmugglernest, die Piratenhölle – für eine sehr lange Zeit nichts als ein winziges unbedeutendes Nest am Ende der Welt, am südlichen Ufer des Río de la Plata gelegen, der ausgedehnten, einem Trichter gleichenden Mündung der schiffbaren Flüsse Río Paraná und Río Uruguay, die die Stadt mit Nordostargentinien, Brasilien, Uruguay und Paraguay verbanden.

Er ließ Jenny los, die weiterhin nicht von seiner Seite weichend, ebenfalls zum Land hin spähte, stützte sich mit beiden Unterarmen auf die Reling und sah nach unten, wo die ersten kleineren Schiffe aufgetaucht waren, um die Passagiere näher zum Ufer zu bringen, wo man dann, je nach Wasserstand, noch einmal in ein kleineres Boot oder in einen jener Karren umsteigen musste, um die lange Landungsbrücke zu erreichen. Ölig schwappte das Wasser gegen die Bootswand. Der Río de la Plata war sehr trüb, was, wie Julius gelesen hatte, auf den mitgeführten Schlamm zurückzuführen war. Von Silber zeigte sich jedenfalls keine Spur.

Er hob wieder den Kopf. Die Stimmen der anderen Reisenden verschmolzen zu einem einzigen Klangteppich.

»Julius«, sagte plötzlich jemand hinter ihm.

»Anna«, entgegnete er, sich umdrehend.

Für einen Moment sahen sie einander nur an.

»Wir schauen alle zum Land, als ob es dort etwas gäbe, das uns sagt, was das Leben für uns bereithält«, fuhr Anna dann mit einem schiefen Lächeln auf den Lippen fort.

Zuerst nickte Julius nur. Er hatte sie immer nur kurz gesehen in den letzten Tagen. Stets war sie ihm ausgewichen. Er räusperte sich.

»Es ist wohl Zeit, Adieu zu sagen«, sagte er endlich.

»Von Viktoria habe ich mich schon verabschiedet.« Anna streckte unvermittelt die Hand aus. »Ich wünsche dir alles Gute, Julius Meyer.«

»Das wünsche ich dir auch«, entgegnete Julius langsam.

Wieder sahen sie einander an. Julius schaute in Annas Augen, doch an diesem Tag achtete sie sorgsam darauf zu verbergen, was sie dachte. Nichts zeigte sich in ihrem Gesicht, nichts als verbindliche Freundlichkeit. Er schluckte, wusste nicht, was er sagen sollte, schaute auf Jenny, die an seiner Seite wartete und fragend von einem zum anderen blickte.

»Danke, dass du auf sie aufpassen willst.«

Anna machte eine Bewegung, als wolle sie doch noch näher kommen, schlang dann die Arme um den Oberleib.

»Geht Anna weg?«, piepste Jennys Stimme dazwischen, doch keiner von ihnen fand in diesem Augenblick die Kraft, auf das Mädchen zu achten.

Julius strich der Kleinen über den Kopf. »Es ist wohl das Beste so.«

»Zweifelsohne.«

Anna sah zu Boden. Aus den Augenwinkeln sah Julius einige Passagiere, manche mutig, andere unter schrillem Angstgeschrei vom großen auf eins der kleineren Schiffe wechseln. Ein dumpfer Laut war zu hören, ein leiseres Schaben, als ein weiteres Schiff an ihrer Seite auftauchte. Wieder schaute Julius Anna an. Sie sah nun angespannt aus. Ihr Kiefer zitterte ein wenig, als mühe sie sich, die Zähne fest aufeinanderzubeißen.

Ach, verdammt, dachte Julius, und trat nahe an sie heran, wer weiß, ob wir uns wiedersehen. Vielleicht ist das die letzte Gelegenheit. Er legte einen Arm um ihre Schultern. Anna riss die Augen auf, machte aber keine Anstalten, sich aus seinem Griff zu befreien. Schnell und bevor ihn der Mut verlassen konnte, drückte Julius einen Kuss auf ihre linke Wange.

»Auf Wiedersehen, Anna, pass auf dich auf, ja? Ich bitte dich darum.«

Sie starrte ihn an.

»Ich muss jetzt gehen«, sagte sie nach einigen Atemzügen mit zitternder Stimme. »Das Schiff ist schon fast geräumt, glaube ich. Wahrscheinlich sind wir die Letzten.« Sie lächelte angestrengt. »Meine Familie erwartet mich sicher.«

»Ja...«

Julius starrte Anna an. Er wollte ihr noch so viel sagen, doch plötzlich fehlten ihm einfach die Worte. Nichts schien ihm angemessen. Er wollte, dass sie blieb, doch das war unmöglich, und so sah er ohnmächtig zu, wie sie Jenny einen Kuss auf die Stirn drückte, sich dann unvermittelt umdrehte und hastig davoneilte. Er sah zu, wie sie im Gewühl weiterer Passagiere verschwand.

Julius verlor Anna aus den Augen. Wie erstarrt stand er da. Er fühlte sich, als ob sich ein Teil von ihm entfernt hätte, der doch zu ihm gehörte wie das Atmen oder sein eigener Herzschlag. Erst als ihn Jenny am Ärmel zupfte, erwachte er aus der Erstarrung.

»Geht Anna jetzt weg?«, wiederholte das Kind, und plötzlich bemerkte Julius Tränen in Jennys Augen.

»Aber, nein«, entschlüpfte es ihm. Er strich dem Mädchen über den Kopf. »Wir laufen los und holen sie ein, ja? Wir holen sie ein.«

Das kleine Mädchen schniefte und nickte.

Jenny an der Hand, den Seesack über der Schulter eilte er im nächsten Augenblick in die Richtung, in die Anna verschwunden war. Er wollte ihr doch noch so viel sagen. Sie konnten sich doch jetzt nicht einfach trennen, nicht nach so langer Zeit. Julius war froh, dass er in Voraussicht der baldigen Landung schon am Vortag Anweisung gegeben hatte, wo sein Gepäck hinzubringen war, wenigstens darum musste er sich also jetzt nicht kümmern. Er würde sie einholen, auch wenn die Menschenmenge sich an den Ausstiegen immer enger drängte.

Natürlich waren sie nicht die Letzten. Ellenbogen wurden ihm in die Seite gerammt. Gepäck drückte sich in seinen Nacken. Er nahm Jenny schützend vor sich. Die *Kosmos* war an Passagieren deutlich überladen gewesen, und Julius hatte in Erwägung gezogen, sich bei der Reederei zu beschweren. Jetzt aber musste er erst einmal Anna finden. Flink suchten seine Augen die Köpfe ab, die sich zwischen ihm und dem nächsten Ausstiegsplatz befanden. Auf dem Schiff konnte er sie nicht mehr sehen, also reckte er den Hals und bemerkte sie gleich darauf auf einem der kleinen Boote, die sich von der *Kosmos* entfernten; unverwechselbar Anna, wie sie da mit geradem Rücken und stolz erhobenem Kopf neben Jens Jensen saß. Bald saßen auch er und Jenny in einem der Boote, die auf den Wellen tanzten, und das Mädchen drückte sich ängstlich an ihn.

Während der Fahrt verlor Julius Anna erneut aus den Augen, entdeckte sie dann wieder auf einem der Boote weiter vorne, als er sie schon fast verloren gegeben hatte. Sein Blick fiel auf die Stadt. Über den Häusern erhoben sich Glockentürme und Kuppeldächer. Am Ufer trat das große, halbrunde Zollgebäude hervor, dessen Mauern im Wasser standen und das einst eine Festung gewesen war. Eine hölzerne Mole führte von dort ins Wasser hinaus. Noch undeutlich sah er weiter vorne in Ufernähe Arbeiter, die die Waren von den kleineren Schiffe und Karren luden. Daneben warteten Männer, vielleicht Tagelöhner, auf Arbeit, während wiederum müßige Spaziergänger neugierig zum Schiff hinblickten.

Am Ufer war reges Leben, das Getöse der großen Stadt drang weit den Fluss hinauf. Obwohl es noch früh war, schien mittlerweile der ganze Hafen voller größerer und kleinerer Karren mit vorgespannten Pferden, Mauleseln oder Ochsen zu stehen. Julius sah auch Frauen und Kinder, und hörte nun, ganz schwach noch, die ersten Stimmen der Neuen Welt.

Wieder hatte er Anna aus den Augen verloren, wieder entdeckte er sie weiter vorne, dieses Mal just dabei, das Schiff zu verlassen. Er konnte sehen, wie sie um ihr Gleichgewicht kämpfte und den Körper doch straff hielt, als sie nach Wochen der Überfahrt endlich festen Boden unter den Füßen hatte. Er konnte die Augen nicht von ihr lassen. Annas erste Schritte gerieten ungelenk und forderten ihre ganze Aufmerksamkeit. So war es wohl auch zu erklären, dass sie Piet und Michel nicht bemerkte, die in diesem Moment ebenfalls an Land gingen. Julius wollte schreien, um sie zu warnen, doch er war zu weit entfernt. Sie würde ihn nicht hören. Im nächsten Moment war sie im Gewühl verschwunden. Dieses Mal, das wusste er, hatte er sie endgültig verloren.

Piet räusperte sich und spuckte dann kräftig aus. Seit dieses Weib sich darangemacht hatte, an Land zu gehen, hatte er sie nicht aus den Augen gelassen. Vielleicht war es Zufall gewesen, dass er sie überhaupt im Gewühl entdeckt hatte, vielleicht ein Fingerzeig Gottes. Irgendetwas sagte ihm, dass er sie bestimmt nicht zum letzten Mal gesehen hatte. Nochmals spuckte er aus. Der Anblick dieser verdammten Hure machte ihn immer noch wütend. Sie hatte sich in seine Angelegenheiten gemischt, und damit würde er sie nicht davonkommen lassen. Er spürte, wie ihn jemand am Arm berührte.

»Geduld«, sagte Michel nahe an seinem Ohr, »wir werden unsere Gelegenheit haben. Lass uns erst einmal unseren Treffpunkt aufsuchen.«

Piet nickte, auch wenn es ihm schwerfiel, diese verdammte Anna Weinbrenner aus den Augen zu lassen. Es stimmte, Michel und er hatten ein Ziel, aber bestimmt keines von dem die braven Bürgersleute, die hier wie dumme Hühner durcheinandergackerten, etwas ahnten. Angewidert starrte er die Familien mit ihren Kindern an, die allein reisenden Männer und Frauen, deren Entschlossenheit noch von Müdigkeit überlagert war und denen doch die Hoffnung auf ein besseres

Leben anzusehen war. Arme Schafsköpfe, arme, arme Schafsköpfe. Die meisten würde man hier wie dort betrügen, über den Tisch ziehen, ausnehmen wie die Heringe. Ja, sie alle hier hatten ihre Ziele, aber wie viele mochten betrügerischen Agenten aufgesessen sein und bald vor dem Nichts stehen, da sich doch keine der hehren Versprechungen als wahr erweisen würden? Wie viele würden feststellen, dass sie für dieses Leben hier nicht gemacht waren, nicht gemacht für starke Hitze und Regen, für Kälte und Stürme? Nicht gemacht für die Fremde. Piet dagegen wusste, was auf ihn zukam, denn er dachte nicht daran, sein Leben zu ändern. Er würde einfach bleiben, was er immer gewesen war: ein Gauner, ein Dieb, eine unehrliche Haut.

Während der Fahrt auf dem kleinen Boot hatte Anna das Segel die Sicht verdeckt. Als es endlich gerefft wurde, hielt sie den Atem an: Vor ihr lag der Landungsplatz von Buenos Aires, und das Ufer wimmelte nur so von fremden Gestalten. Finster starrten manche Gesichter unter schwarzen Hüten hervor, andere wiederum blickten neugierig drein. Ein Kind streckte Anna die Zunge heraus. Zwei Halbwüchsige dienten sich Jens Jensen, der gemeinsam mit ihr an Land gekommen war, als Träger an. Zum ersten Mal fiel ihr Blick auf einen der Ponchos; die Nationaltracht der Argentinier, von der ihr Kaleb schon berichtet hatte und später auf der Reise auch Julius...

Aber ich will nicht an ihn denken.

Anna betrachtete den Mann erneut, dessen farbenfroher Poncho in Falten um seinen Körper fiel. Dazu trug er weiße, befranste Hosen und, zwischen den Beinen hindurchgezogen, ein farbiges Tuch, das um die Hüften gegürtet worden war. Sie stand am Fuß einer Mauer, welche die mit fremdartigen Bäumen bestandene Uferpromenade notdürftig vor dem Wellenschlag schützte.

Obwohl endlich auf festem Boden, bewegte Anna sich noch eine Zeit nur schwankend voran, bevor sie mit immer schnelleren Schritten vom Hafen auf das Stadtinnere zueilte. Vor der Abfahrt hatte Kaleb ihr geschildert, wo er auf sie warten wollte, bevor sie gemeinsam die Weiterreise zur Estancia ihrer Familie antreten würden. Gleich hinter dem Zollgebäude, erinnerte sie sich, begann die Calle Rivadavia, die die Plaza de la Victoria kreuzend, pfeilgerade weiterführte in die Pampa – das hatte ihnen damals der Auswanderungsagent aufgezeichnet.

»Welche Straße man auch entlanggeht«, hatte der Mann Kaleb erzählt, »am Ende einer jeden, mein lieber Herr Weinbrenner, sieht man die Pampa, die Ihnen einmal Heimat werden soll. Im Übrigen sind alle Straßen vollkommen gerade und kreuzen sich stets im rechten Winkel.«

Anna beschleunigte ihre Schritte noch weiter. Mehr zufällig hatte sie Piet und Michel in der Menge wahrgenommen. Da hatte sie gewusst, dass die Zeit drängte. Der Gedanke, Julius endgültig verabschiedet zu haben, ihn nie wiederzusehen, schmerzte mit einem Mal.

Aber ich werde ihn vergessen. Ich kann ihn vergessen. Ich muss es.

Anna zuckte zusammen. Kaum einen Schritt weit von ihr entfernt war eine fette Ratte aus einem Haufen Dreck hervorgesprungen. In einem schmalen Spalt zwischen zwei Häusern war offenbar eine Müllhalde angelegt worden, von der säuerlich fauliger Geruch aufstieg. Nun trippelte das Tier rasch an einem verfallenen Schuppen entlang, richtete sich dann auf seinen Hinterläufen auf und prüfte schnuppernd seine Umgebung. In Anna schien es keine Gefahr zu sehen. Eine zweite, kleinere Ratte gesellte sich bald zur ersten. Von irgendwoher sprang plötzlich kläffend ein kleiner, jedoch drahtiger Köter herbei, packte die kleinere Ratte und tötete sie mit einem krachenden Biss ins Genick.

Anna schauderte, während sie den Blick über die umliegenden Häuser wandern ließ. In ihrer Hast hatte sie nicht bemerkt, dass sie die ansehnlichen, teils mehrstöckigen Gebäude in Wassernähe hinter sich gelassen hatte und sich nun zwischen einfacheren Bauten bewegte. Die Gegend wirkte wenig vornehm. Es roch nach brackigem Wasser, Meer und etwas Fauligem. An manchen Gebäuden hatte deutlich der Zahn der Zeit genagt. Farbe blätterte von Wänden ab. Zwischen ein paar enger stehenden Häusern flatterte Wäsche. Dieser Tag Ende Juli war kühler, als sie es erwartet hatte. Aber von Kaleb wusste sie, dass in Argentinien jetzt Winter war.

Aus manch geöffneter Tür, bemerkte Anna, während sie weiterging, war Stimmengewirr zu hören, Italienisch hauptsächlich. Einmal meinte sie, Deutsch zu vernehmen. Hier und da spielten Kinder auf der Straße, bauten Dämme aus Lehm, Steinen und Holzstückchen. An den Ecken lungerten schmale Burschen herum, und Anna sah Frauen, die ein wenig zu auffällig gekleidet waren.

Ich habe mir die Neue Welt anders vorgestellt, schoss es ihr durch den Kopf. Vielleicht ein wenig so, wie Herr Cramer sie geschildert hat.

Der Auswanderungsagent, den ihre Familie zu Rate gezogen hatte, hatte viel zu berichten gewusst von riesigem Landbesitz, der auf den Mutigen wartete, aber auch von aufstrebenden Städten, die fleißige Handwerker brauchten. Von der Pampa hatte er berichtet, dieser fruchtbaren Grasebene westlich von Buenos Aires, wie er es genannt hatte. Flach wie eine Bratpfanne, hatte er gescherzt. Und dann hatte er ihnen von dieser unendlichen Weite erzählt, für die man keine Worte finden konnte, hatte man sie nicht mit eigenen Augen gesehen.

Ob ich das alles auch bald sehen werde, das und die riesigen Rinderherden?, überlegte Anna. Es gab Cowboys dort, die man in Argentinien allerdings Gauchos nannte. Wilde, ungehobelte Kerle seien das, die man nur mit der Peitsche zu ehrlicher Arbeit bringen könne, hatte Herr Cramer gesagt.

Es ist anders, als ich erwartet habe, ging es Anna erneut durch den Kopf. Über ihr wölbte sich derselbe tiefblaue Himmel wie eben noch auf dem Boot, und dieselbe Sonne stand am Firmament, und doch war es anders. Mit einem Mal fühlte sie sich unbehaglich. Anna lief energisch weiter, entschlossen, die unangenehmen Gedanken zu vergessen.

Der Juli, ein Wintermonat, war das nicht eine seltsame Vorstellung?

Von irgendwoher zog Essensduft zu Anna herüber und brachte ihren Magen zum Knurren. Anna folgte der Straße noch ein wenig geradeaus, bog dann nach rechts ab, wie Kaleb es ihr beschrieben hatte. Der Hafen lag lange hinter ihr, die Häuser waren gleichbleibend schäbig. Die Straßen waren sogar noch schmutziger und enger geworden. Anna bemerkte die Blicke, die ihr folgten. Jetzt war es an der Zeit zu fragen. Sie ging auf einen alten Mann zu, der vor einer grün gestrichenen Eingangstür stand und nahm all ihren Mut zusammen.

»Kennen Sie zufällig die Familie Weinbrenner? Wissen Sie, wo sie wohnt?« Der Alte sah sie verständnislos an. »Und die Familie Brunner?«, versuchte es Anna weiter.

Auf dem Gesicht des Alten zeigte sich immer noch keine

Regung, kein Funke des Erkennens war in seinen blassblauen Augen auszumachen. Vielleicht spricht er ja nur Spanisch, überlegte sie, oder Gott weiß was für eine Sprache ...

»*La familia* Weinbrenner? *La familia* Brunner?«, kramte sie ein paar der Worte zusammen, die ihr Viktoria beigebracht hatte. Mehr wollten ihr im Moment nicht einfallen.

Die Tür hinter dem Alten öffnete sich unvermittelt. Eine junge, mürrisch aussehende Frau packte den Greis beim Arm und zog ihn in das Dunkel hinter der Tür. Wenig später stand sie vor Anna, die Arme vor der Brust verschränkt.

»Was willst du?«

Eine Bayerin, dachte Anna.

»Ich suche die Familien Weinbrenner und Brunner«, sagte sie laut.

Die Frau musterte sie von oben bis unten. »Da, am Ende der Straße«, sagte sie dann, deutete mit der Hand in die Richtung und schlug Anna fast im gleichen Moment die Tür vor der Nase zu.

Kurz stand Anna reglos da, dann verfolgte sie die enge Gasse weiter. Das Haus, auf das die Frau gezeigt hatte, war ein wenig größer und sogar etwas sauberer als die anderen, und doch überkam Anna ein mulmiges Gefühl, als sie vor der Tür stand. Sie zögerte, bevor sie die Hand hob und klopfte. Es dauerte eine ganze Weile, bis schlurfende Schritte zu hören waren. Jemand machte sich an der Tür zu schaffen. Jemand fluchte, und Anna erkannte die Stimme ihres Vaters. Plötzlich überkam sie eine Sehnsucht, die sich kaum mehr bezwingen lassen wollte. Tränen der Erleichterung schossen ihr in die Augen.

»Vater«, rief sie aus, »Vater, ich bin's, die Anna, mach auf!«

Etwas schabte über den Boden. Wieder ein saftiger Fluch. Endlich bewegte sich die Tür. Eine Gestalt schälte sich aus dem Dämmerlicht dahinter hervor. Anna hörte, wie sich ihr Vater räusperte. Ein Lächeln kerbte sich in ihre Mundwinkel.

Ich bin angekommen, dachte sie, ich bin endlich da.

Dann trat der Vater aus dem Dämmerlicht heraus. Und genauso schnell, wie es gekommen war, gefror Annas Lächeln.

Fünftes Kapitel

»Ach, Anna, es geht ihm eben nicht gut.«

Nicht zum ersten Mal hob Annas Mutter Elisabeth hilflos die Hände gen Himmel. Annas jüngere Schwester Lenchen kauerte auf dem einzigen Schemel in dem Raum, den sich die Familie offensichtlich teilte, und hatte seit der Begrüßung kein Wort mehr gesagt. Aus den Augenwinkeln beobachtete Anna ihren Vater. Heinrich Brunners Gesicht war bleich. Dunkle Schatten lagen unter seinen Augen. Das, was von seinem Haar übrig geblieben war, klebte an seinem schmierigen Schädel. Er war mager geworden, seit sie ihn das letzte Mal gesehen hatte. Wie an einer Vogelscheuche hing seine zerschlissene Kleidung an ihm. Obwohl es noch lange nicht Abend war, war er schon deutlich betrunken und konnte sich kaum auf den Beinen halten. Ein übler Geruch nach Schweiß und Alkohol ging von ihm aus. Manchmal schien es fast so, als sei er eingeschlafen, dann riss er den Kopf hoch und grinste breit in die Runde und lallte »Anna, Anna, schön, dass du endlich da bist. Jetzt wird alles gut. Alles wird gut. Mein Prachtmädel ist da.«

Anna musste sich zwingen, den Blick von ihrem Vater loszureißen. Noch einmal schaute sie sich in dem Zimmer um. Von draußen sah das Haus wahrhaft besser aus als von innen. Offenbar war es feucht, denn an einer Wand und in den Ecken schimmelte es. Ein grober Holztisch stand neben einem mit einem schmutzigen Leintuch verhängten Fenster. Ein anderes Fenster war einfach mit Brettern zugenagelt. An der Wand zog sich eine aus rauen Brettern gezimmerte Bank entlang. Neben der Tür stand ein Eimer mit Wasser, auf dem Herd köchelte etwas Suppe vor sich hin, die so wässrig war, dass sie kaum Geruch verströmte.

Annas Blick fiel erneut auf ihren Vater. Was war nur geschehen? Als habe ihre Mutter ihre Gedanken gelesen, erhob sie nun wieder die Stimme.

»Das Land, das man uns geben wollte, war nicht das rechte für uns, Anna ... Und dann war es so heiß, und das Ungeziefer und die Fremden ... Vater hat's nicht ausgehalten. Er hat gesagt, wir versuchen's in der Stadt, und wir sind in die Stadt gezogen, zu Kaleb, aber Vater hat leider keine Arbeit gefunden.« Seltsam flehend sah Annas Mutter ihre Tochter an. »Er hat so lange gesucht, aber er hat einfach nichts gefunden ...«

Das Land war nicht das rechte, wiederholte Anna in Gedanken. Was sollte das heißen? Natürlich war es hier nicht wie zu Hause, das hatten sie doch alle gewusst, oder etwa nicht? Sie hatten doch alle gewusst, dass sie hart arbeiten mussten.

»Du kannst dir nicht vorstellen, wie das hier ist«, setzte ihre Mutter erneut an, »diese Hitze, dieser Staub, die Tiere, das viele Ungeziefer ... und die Wilden ... Es gibt immer noch Wilde hier, Anna, die braven Bauersleuten die Kehle durchschneiden. Da draußen, in der Pampa, da ist noch lange kein Frieden.« Mit den letzten Worten hatte Elisabeth ihre Stimme gesenkt. »Und als wir ankamen, war es so heiß, so furchtbar heiß. Du kannst dir das nicht vorstellen. Ich ...«

Sie hatte noch etwas sagen wollen, brach nun aber ab. Anna wandte den Blick ab. Wollte Elisabeth ihr sagen, dass der Vater nicht einfach aufgegeben hatte, dass er sich darum bemüht hatte, seiner Familie ein neues Leben aufzubauen?

Aber er hatte doch aufgegeben, oder etwa nicht? Anna fühlte ein Gemisch von Wut und Angst in sich aufsteigen. Was sollte sie jetzt tun, was würde ihr das Leben in Argentinien bringen, wenn es ihrer Familie schon nichts gebracht hatte? Und wo war Kaleb? Nun, sicher arbeitete er für sie alle hier und kam spät nach Hause. Er war ein guter Mann. Wenigstens er würde sie nicht enttäuschen. Anna spürte, wie sie an Sicherheit zurückgewann.

»Was ist mit Eduard und Gustav?«, fragte sie endlich auch nach ihren beiden Brüdern. »Haben sie Arbeit?«

Elisabeth brach unvermittelt in Tränen aus.

Die Schwester Lenchen antwortete an ihrer statt. »Sie sind weg. Vater und sie haben sich zu häufig gestritten, da sind sie eines Tages einfach gegangen. Eduard kommt noch manchmal vorbei, aber der letzte Besuch ist lange her, und sie haben sich bisher jedes Mal gestritten... Vater will nicht mehr, dass sie kommen.«

»Warum?« Anna war näher an den Tisch getreten, strich langsam mit einer Hand über die raue Tischplatte. »Warum haben sie sich gestritten?«

Sie schaute zuerst ihre Mutter, dann ihre Schwester an. Elisabeth und Lenchen wichen ihr beide aus und zuckten die Achseln. Als habe er einen Glockenschlag gehört, riss Heinrich den Kopf hoch und begann dröhnend zu lachen.

»Weil's Diebe sind, meine Söhne, dreckige Diebe und Betrüger.«

Von einem Moment auf den anderen sank er wieder in sich zusammen. Elisabeth seufzte auf, doch Anna schwieg. Ihre innere Stimme, die sie auf der Fahrt so oft gequält und die sie so oft niedergezwungen hatte, hatte Recht behalten. Nichts war, wie man es erwartet hatte. Sie spürte, wie sie zu zittern begann. Ihre Schwester musste ihr Unwohlsein bemerkt haben, denn mit einem schwachen Lächeln reichte Lenchen ihr einen Becher. Das Wasser darin war warm und schmeckte abgestanden, aber es war besser als nichts. Offenbar ist Kaleb der Einzige, der arbeitet, fuhr es Anna neuerlich durch den Kopf. Sie holte tief Luft.

»Wann kommt Kaleb nach Hause?«, fragte sie dann in die Runde.

Sie konnte sehen, wie sich die Finger ihrer Mutter erneut fester ineinander verkrampften. Lenchen legte eine Hand auf die Schulter der älteren Frau.

»Aber er ist hier, Anna«, sagte Lenchen. »Wir hätten dir das gleich sagen sollen. Er ist im Nachbarzimmer. Er ist diese Woche nicht zur Arbeit gegangen.«

»Was? Warum?«

Als könne sie sich selbst nicht mehr trauen, stellte Anna den Becher auf dem Tisch ab. Sie hatte gar keinen weiteren Raum bemerkt, aber jetzt fiel ihr Blick auf eine schmale Tür. Ihre Mutter räusperte sich.

»Er ist krank, Anna«, flüsterte Elisabeth dann, »er kann nicht arbeiten. Es ist... Anna, du musst jetzt tapfer sein, aber er hat die Schwindsucht.«

Eduard Brunner, der sich in der Neuen Welt Don Eduardo nannte, saß, flankiert von seinen besten Männern, auf der Bank am Kopfende des Versammlungsraums und ließ den Blick über die Anwesenden wandern. Wen er nicht kannte, den beobachtete er eine Weile, bevor er sich zu Gino, seiner rechten Hand, wandte und berichten ließ. Der Neapolitaner wusste alles Nötige über jeden einzelnen Anwesenden, vor allem aber wusste er alles Wichtige über die Neuankömmlinge, die der Tag gebracht hatte.

Eduard lehnte sich in seinem Sessel zurück, die rechte Hand sichtbar auf der Armlehne, die linke ruhte auf dem Knauf einer Pistole, die in einem mit Silber-Pesos beschlagenen Gürtel steckte. Der alte Elias, den er auf der Reise kennengelernt hatte, und dem er seither vertraute wie keinem anderen, hatte sich Eduards neuen Rock über den Arm gelegt und ließ den Saal ebenso nicht aus den Augen. Was der junge Gino nicht bemerkte, bemerkte Elias ohne Zweifel.

Für einen Moment beugte sich Eduard vor und zupfte an den großzügigen Ärmeln seines weißen Hemdes, dann fuhr er sich mit den gespreizten Fingern durch sein dichtes, dunkles Haar. Juliet, die seit etlichen Monaten sein Bett teilte, lachte ihm zu. Juliet hatten ihre Eltern sie genannt, wie eins von Shakespeares Weibern. Vor Elias hatte Eduard nichts von Shakespeare gewusst. Woher der alte Mann selbst Shakespeare kannte, wollte er nicht sagen. Das war etwas aus einem anderen Leben, etwas, das er auf immer hinter sich lassen wollte, weil es zu sehr schmerzte, sich daran zu erinnern.

Eduard lehnte sich wieder zurück. Wollten sie nicht alle gerne vergessen, was früher gewesen war? Die einen, weil sie ihr altes Leben vermissten, die anderen, weil sie unbedeutend gewesen waren? Niemande, um die sich keiner scherte? Er jedenfalls war kein Niemand mehr. Er war der König der Unterwelt, der Herr seines Viertels, Gebieter über die Diebe, die sich hier auch *lunfardos* nannten.

An diesem Tag war auch Gustav da, der jüngere Bruder, den Eduard einige Wochen lang nicht gesehen hatte. Vor einiger Zeit hatte es Streit darüber gegeben, wer die Gegend kontrollieren sollte. Auch wenn sie Brüder waren, sah Eduard keinen Sinn darin zu teilen. Es musste einen Anführer geben und Leute, die folgten. Alles andere war ohne Sinn. Es musste einen geben, der sagte, wo's langging.

Irgendwo im Saal entstand mit einem Mal Unruhe. Einer von Ginos Handlangern sammelte ein, was die Taschendiebe an diesem Tag erbeutet hatten. Dazu hatten sich ein paar Straßenräuber versammelt. Eduard bemerkte, wie sich Gino zu ihm beugte.

»Zwei Neue«, sagte er in jener Sprache der Gefangenen und der Unterklasse, die auch die ihre war, und nickte in Richtung Tür. »Piet und Michel. Sind heute mit dem Schiff aus Bremerhaven gekommen«, fügte er hinzu.

Eduard musterte das Pärchen, einen vierschrötigen Hünen und seinen pockennarbigen Kumpan, bei dessen Anblick ihn spontane Abscheu überkam.

Nun, so war es eben. Man musste seine Männer nicht lieben. Man bot ihnen Schutz und sorgte dafür, dass sie Arbeit hatten – das, was man in ihren Kreisen Arbeit nannte. Mit einer Bewegung zeigte Eduard seinen Männern an, dass er aufstehen wollte. Gino und Elias waren sofort an seiner Seite. Als er die beiden Neulinge fast erreicht hatte, fiel der Blick des Pockennarbigen auf ihn, und für einen Moment, in dem er seine Gier nicht verbergen konnte, lagen all seine Wünsche vor Eduard offen.

Diesen, dachte Eduard, werde ich nicht aus den Augen lassen dürfen.

Kaleb schlief, als Anna endlich den Raum betrat, doch seine Hände bewegten sich unruhig auf der mehrfach geflickten Bettdecke. Zuerst hatte sie es nicht über sich gebracht, hatte sich gefürchtet, ihn von Angesicht zu Angesicht zu sehen, hatte sich gefürchtet vor dem, was die Krankheit aus ihm gemacht haben mochte. Also hatte sie noch eine Weile stumm mit Mutter und Schwester zusammengesessen, während der

Vater ihr Schweigen bald mit trunkenen Schnarchern untermalte.

Langsam trat Anna an die Seite ihres Mannes und verharrte wieder. Kalebs Gesicht war stets schmal gewesen, jetzt wirkte es eingefallen. Dunkle Ringe lagen unter seinen Augen. Rot zeichneten sich die Wangen gegen die zu blasse Haut seines restlichen Gesichtes ab. Schweiß stand auf seiner hohen Stirn. Beim Gedanken daran, wie wenig sie in den Wochen der Reise an ihn gedacht hatte, überkam Anna ein schlechtes Gewissen. Dabei, fuhr es ihr durch den Kopf, haben wir uns doch gemeinsam ausgemalt, wie wir das Leben in der Neuen Welt angehen wollten, ohne zurückzuschauen, den Blick stets nach vorne gerichtet, was auch immer geschieht.

Sie streckte die Hand aus, wagte es aber nicht, ihn anzufassen. Einen weiteren Moment lang stand sie nur da.

»Kaleb«, flüsterte sie endlich.

Er regte sich nicht. Mit einem Mal musste Anna die Tränen herunterkämpfen. Sie dachte daran, wie sie gemeinsam von ihrem Bauernhof geträumt hatten oder von einem kleinen Tischlerbetrieb, den sie in Buenos Aires oder einer der anderen Städte hatten eröffnen wollen. Handwerker hatten sie gehört, die suchte man. Gemeinsam, so hatten sie sich ausgemalt, würden sie eine kleine Familie gründen. Kinder, da waren sie sich beide stets einig gewesen, würde es geben, und es würde ihnen hier besser gehen als in der Alten Welt. Und weil er noch jung war, hatte Kaleb gesagt, würde er zuerst ihrem Vater beim Aufbau seines Bauernhofs helfen und danach...

Anna kniete sich vor das Bett. Als sie sich nach vorne beugte, um den Kopf auf die Bettdecke zu legen und Kalebs vertrauten Geruch einzuatmen, konnte sie die Tränen nicht mehr zurückhalten. Das war noch nicht einmal mehr Kalebs

Geruch. Dieser Geruch war etwas vollkommen Fremdes, war nur noch Krankheit ... und Armut ...

Nun, zumindest Letzteres kannte sie, diesen kaum wahrnehmbaren Duft nach wässriger Suppe und abgestandener Luft. Anna schloss die Augen, fühlte, wie die Tränen an ihren Lidern zu reißen und zittern begannen, spürte, wie sie über ihre Wangen rollten, wie ihre Nase zu laufen begann. Vorsichtig atmete sie durch den Mund weiter. Vielleicht war da ja doch noch etwas von Kaleb, das sie wiedererkannte. Vielleicht würde sie etwas entdecken, wenn sie sich nur ein wenig anstrengte, etwas Vertrautes, das sich mit der Krankheit verwob. Anna schluckte, seufzte dann leise und schreckte hoch, als sie plötzlich Kalebs Stimme hörte.

»Anna?«

Er klang leise, überrascht und froh zugleich, und sein Tonfall hatte nichts von seiner dunklen Wärme verloren. Für einen Moment wünschte Anna sich, dass sie ihre Augen trogen, denn diese Stimme, die doch so voller Leben war, konnte keinem Todkranken gehören.

Sie spürte, dass er sich aufsetzte, konnte ihn jedoch nicht ansehen, dazu fehlte ihr mit einem Mal die Kraft. Sie wollte nur seine Stimme hören, nur diese warme, tiefe, kräftige Stimme. «Bist du endlich da, Anna?« Seine breite Hand berührte sie. »Ich habe dich so vermisst, Anna, so sehr vermisst.«

Anna vergrub das Gesicht fester in Kalebs Decke. Ihre Schultern bebten nunmehr vor unterdrückten Schluchzern. Ihre Wangen waren längst nass vor Tränen, aber sie wollte nicht, dass er sie weinen sah. Das hatte er nicht verdient. Sie hörte, wie er sich räusperte.

»Weinst du, Anna?«

»Nein«, brachte sie bebend hervor und strafte ihre eigene Antwort Lügen.

»Schau mich an«, bat er sie.

Sie schüttelte abwehrend den Kopf, aber er bestand darauf. Also fuhr sie sich mit dem Ärmel ihrer Bluse über das Gesicht und blickte ihren Mann aus verschwommenen Augen an.

Er ist zu dünn, dachte sie, er ist viel zu dünn.

Er wird sterben.

Kurz betrachteten sie einander beide ernst, dann lächelte Kaleb geisterhaft, aber er lächelte – und zum ersten Mal spürte Anna, wie die zentnerschwere Last auf ihrem Brustkorb abnahm. Dieses Lächeln, Kalebs vertrautes Lächeln ... Sie rieb sich neuerlich mit dem Ärmel über Augen und Wangen und lächelte ebenfalls. Anna hatte gefürchtet, dass sie sich nicht mehr vertraut fühlen würde, aber dem war nicht so. In diesem Moment war ihr, als seien sie niemals getrennt gewesen.

Als er nun Anstalten machte, aufzustehen, wollte sie ihn stützen.

»Es geht schon«, wehrte er ihre Hilfe ab. »Diese Woche habe ich mich schwach gefühlt, aber nächste Woche werde ich wieder arbeiten. Du wirst schon sehen.«

Wenig später stand Kaleb keuchend da und mühte sich, zu Atem zu kommen. Aber wo waren seine Muskeln geblieben, die er manchmal so übermütig für sie hatte spielen lassen und die ihr das Blut in die Wangen getrieben hatten, wo waren die breiten Schultern, an die sie sich gelehnt hatte, wo der Übermut, in dem er sie manchmal umschlungen und herumgewirbelt hatte, als sei sie lediglich eine Feder?

Dieser Übermut war Teil seines Wesens gewesen, aber davon war nichts mehr zu erkennen, so als habe ihn die Krankheit vertrieben. Wieder wollte Anna Kaleb stützen.

»Bitte, Anna«, sagte er, »lass mich einmal noch das Gefühl

haben, als sei ich nicht krank. Lass mich einmal noch glauben, dass all unsere Träume in Erfüllung gehen werden.«

Anna schwieg. Was sollte sie auch sagen, es fiel ihr doch nichts ein.

Erneut lächelte Kaleb sie an. »Und jetzt komm, ich würde dir gerne die Gegend zeigen«, sagte er. »Und dann stelle ich dir Luca und Maria vor. Sie freuen sich schon auf dich.«

»Er hat so sehr auf dich gewartet«, sagte Maria langsam, als suche sie die richtigen Worte. »Er hat oft von dir gesprochen, Anna.«

Anna schaute zu Kaleb, der auf einer Bank vor dem kleinen Haus Marias und ihres Mannes Luca saß und sich die Abendsonne ins Gesicht scheinen ließ. Sie hatte Maria kaum eine Stunde lang gekannt, da hatte sie sich schon vollkommen vertraut mit der jungen Italienerin gefühlt. Eigentlich war das gleich in dem Moment so gewesen, als Kaleb ihr Maria und Luca vorgestellt hatte. Anna liebte es, die beiden zu besuchen, das merkte sie jetzt schon. Luca sprach fast nur Italienisch und etwas Spanisch. Er lernte gerade die ersten paar Brocken Deutsch. Maria, eine zierliche Schwarzhaarige, beherrschte Italienisch und Deutsch fast gleichermaßen gut und wusste sich auch in Spanisch auszudrücken.

Anna nippte an der Orangenlimonade, die Maria aus Wasser, Orangenstücken und Orangenschale angesetzt hatte.

»Woher kannst du so gut Deutsch?«, fragte sie die junge Italienerin dann, ohne den Blick von Kaleb zu lassen.

Was auch immer er mit Luca zu besprechen hatte, es zauberte ein Lächeln auf sein Gesicht.

»Meine Mutter«, entgegnete Maria, »war Deutsche.«

Anna schaute sie neugierig an, doch Marias Gesichtsausdruck zeigte, dass sie nicht weiter dazu befragt werden wollte. Für einen Moment saßen die beiden Frauen wieder schweigend nebeneinander auf zwei kleinen Schemeln, die Maria vor die Tür getragen hatte. Kaleb hatte ihnen dabei geholfen, sie zu zimmern.

Er ist schon immer geschickt gewesen, was den Möbelbau anging, dachte Anna stolz.

»Wie hat Kaleb euch kennengelernt?«, fragte sie dann.

»Luca und er haben beide für Señor Breyvogel gearbeitet.«

Stefan Breyvogel, ein Deutscher, der schon über zwanzig Jahre in Buenos Aires lebte, das hatte Kaleb ihr auf dem Weg zu Luca und Maria erzählt, betrieb ein gut gehendes Fuhrunternehmen und einen Droschkenverleih. Kaleb war ihm ein lieber Arbeiter gewesen, denn er konnte gut mit Pferden umgehen, doch als er immer schwächer geworden war und häufiger hustete, hatte er seine Stelle verloren.

Was sollen meine Kunden denken, hatte Kaleb Breyvogels gewichtige Miene nachgeahmt, wenn mein Stallknecht ständig hustet. Zuerst hatte Kaleb seinen Arbeitsplatz verloren, danach Luca, der den Freund verteidigt hatte.

»Hat ihm meine Nase nicht mehr gepasst«, hatte der junge Italiener in holprigem Deutsch zu Anna gesagt und gelacht.

Anna schaute wieder zu ihrem Mann. »Er fühlt sich wohl bei euch«, murmelte sie dann. »Viel besser als bei uns, das kann ich sehen.«

Wirklich wirkte Kaleb entspannt, seit er mit Luca in einem Gemisch aus spanischen, italienischen und deutschen Brocken radebrechte, die sich zusammen wie eine unbekannte Sprache anhörten.

»Er kann jederzeit zu uns kommen«, sagte Maria. »Wir freuen uns.«

»Ihr könnt uns auch besuchen«, entgegnete Anna.

Marias Gesichtsausdruck verdüsterte sich beinahe im gleichen Moment, und Anna dachte daran, wie ihr Vater ausgespuckt hatte, als Kaleb gesagt hatte, wohin sie gehen wollten. Er hatte etwas gemurmelt, was sie zuerst nicht verstanden hatte und noch einmal ausgespuckt.

»Was willst du schon wieder bei dem stinkenden Pack, Kaleb?«, hatte er dann gefragt.

Anna spürte, wie sie ein Frösteln überlief. Es gab so viel, was sie noch nicht wusste. Maria, die sich nachdenklich auf die Lippen biss, schüttelte den Kopf.

»Euer Vater«, sagte sie dann, »er sieht uns nicht gerne.«

Sechstes Kapitel

Wieder ein Morgen und ein weiterer Tag in der Neuen Welt, an dem Anna früh erwachte. Während sie sich noch orientierte, drang das Plätschern von Wasser an ihr Ohr. Ihre Schultern, der Rücken, der ganze Körper schmerzte von dem harten Boden, auf dem sie, lediglich in eine dünne Decke gewickelt, ihre Nacht verbracht hatte. Am Vortag hatte Kaleb mehrere heftige Hustenanfälle erlitten, und sie hatte ihn nicht stören wollen. Es war besser, wenn er an solchen Tagen das Bett für sich hatte und die so dringend benötigte Ruhe fand. Sie selbst lag ohnehin viel zu häufig wach, grübelte darüber nach, was zu tun war, und weckte ihn schließlich mit ihrer Unruhe.

Auch an diesem Morgen drehten sich Annas Gedanken um das nämliche Problem: Sie musste Arbeit finden. Gute Arbeit, die ihr verlässlich Geld einbrachte. Von der Mutter und Lenchen hatte sie erfahren, dass diese gelegentlich zur großen Wäsche in vornehmen Haushalten aushelfen konnten, bisher aber keine feste Anstellung gefunden hatten.

»Es gibt zu viele von uns«, hatte der Vater unlängst dazwischengeworfen, als die Sprache wieder einmal auf die Angelegenheit gekommen war, »und der dreckige Italiener macht es billiger, während der Deutsche es dem Deutschen nicht gönnt.«

Am liebsten hätte Anna in diesem Moment etwas Heftiges entgegnet, aber er war ihr Vater, also presste sie lediglich die Lippen aufeinander.

Als sie jetzt den Kopf hob, sah sie, wie sich ihre Schwester, über eine Schüssel gebeugt, sorgfältig Gesicht und Hände wusch, ihr Haar war schon zu einem ordentlichen Knoten gewunden. Leise richtete Anna sich auf. Offenbar machte Lenchen sich bereit, das Haus zu verlassen. Aber hatte die Schwester nicht am Morgen zuvor noch gesagt, dass sie in den nächsten Tagen keine Arbeit hatte? Sie, Anna, hatte sich doch noch darüber geärgert, dass Elisabeth nichts Besseres eingefallen war, als darüber in hilflose Tränen auszubrechen.

»Was ist, wohin gehst du?«

Lenchen zuckte zusammen, gab jedoch keinen Laut von sich. Sorgfältig trocknete sie sich zuerst die Hände ab, dann drehte sie sich um. »Ich habe vielleicht doch noch eine Arbeit gefunden. Hab gestern davon gehört, als du bei Maria warst. Eine der schon länger hier lebenden Deutschen sucht Unterstützung für ihren Haushalt. Ich will die Erste sein, die sich vorstellt. Vielleicht stellt sie mich ja gleich ein.«

Anna runzelte die Stirn. »Aber warum hast du mir denn nichts davon gesagt?«

Lenchen starrte ihre Schwester einen Augenblick schweigend an. »Ach, weil ich auch einmal etwas richtig machen wollte«, brachte sie dann hervor. »Ich sehe doch, wie du Mutter und mich anschaust, das hast du wirklich schon immer gut gekonnt. Ich wollte nach Hause kommen und sagen, ich habe Arbeit ... und dann, dann hättest du mich vielleicht einmal gelobt.«

Mit den letzten Worten war ihre Stimme lauter geworden. Anna brannte eine heftige Entgegnung auf der Zunge, doch sie schluckte sie herunter. Sie hasste Gejammer. War das wirklich so schlimm?

Nun gut, sie würde Lenchen also nichts vorwerfen, sondern sie für ihren Einsatz loben. Sie musste schlucken, bevor sie die nächsten Worte hervorbrachte.

»Aber das ist schön, Lenchen. Ich bin stolz auf dich.«
»Wirklich?«
»Natürlich.«

Mit einem raschen Blick stellte Anna fest, dass Heinrichs und Elisabeths Schlafstätten schon zur Seite geräumt worden waren. Dann dachte sie mit einem Anflug von Ärger daran, wie die Schwester ihr erzählt hatte, dass sie es nicht wage, in einem der spanischsprachigen Haushalte um Arbeit nachzufragen, sodass nur die deutschen übrig blieben. Aber vielleicht hatte Lenchen Recht, vielleicht war sie zu streng.

»Ich verstehe sie doch nicht, Anna«, hatte sie gesagt, »wie soll ich dann tun, was sie von mir verlangen?«

Anna runzelte die Stirn, dann trat sie entschlossen an die Waschschüssel und wusch sich rasch ebenfalls Gesicht und Hände. Auch sie konnte ihrer Familie schließlich nicht auf der Tasche liegen. Auch sie musste Arbeit finden, darüber sann sie ja ohnehin jeden Abend nach. Wie ihre Schwester nahm sie sich einen Becher abgestandenen Wassers und aß ein Stück trockenes Brot als Frühstück dazu.

»Darf ich mitkommen?«, fragte sie, während sie noch kaute. »Wo eine gesucht wird, wird vielleicht auch noch eine zweite Hilfe gebraucht.«

Lenchen zögerte, dann nickte sie. Nur einen Moment später waren die beiden Schwestern unterwegs, durchmaßen mit eiligen Schritten die Straßen einer Stadt, die eben erwachte. In Hinterhöfen stiegen von den ersten Herdstellen dünne Rauchsäulen in den Himmel. Ein Gaucho, der vom Land her in die Stadt einritt, maß die beiden jungen Frauen mit einem abschätzigen Blick, bevor er sein Pferd rücksichtslos nah an ihnen vorbeidrängte, wobei er ausspuckte und irgendetwas zischte.

»Was hat er gesagt?«, fragte Anna ihre Schwester, als sie schon einige Schritte weitergeeilt waren. Die zuckte die Achseln.

»Ich weiß nicht. Manche hier mögen keine Fremden.«

»Woher wissen sie, dass wir Fremde sind?«

Wieder dieses Schulterzucken. Anna fragte nicht weiter, dachte an Kaleb, der in der vergangenen Woche Arbeit im Hafen gefunden hatte, und jeden Abend erschöpfter nach Hause kam. Sie hatte ihn gefragt, ob sie nicht doch einen Arzt konsultieren sollten, doch er hatte nur den Kopf geschüttelt.

»Wovon bezahlen?«, hatte er sie gefragt.

Ja, wovon bezahlen?, wiederholte Anna bei sich. Sie wünschte sich so sehr, genügend Geld zu haben. Geld, um Kalebs Arzt zu bezahlen, gutes Essen, eine bessere Wohnung, neue Kleidung. Um sich von ihren düsteren Gedanken abzubringen, sah Anna ihren Füßen beim Laufen zu, lauschte auf jeden Schritt.

Das Rancho, das Lenchen und sie zum Ziel hatten, lag etwas außerhalb auf der Nordseite der Stadt. Der Schweiß lief ihnen über den Rücken, als sie ihr Ziel endlich erreicht hatten. Durch ein Gatter hindurch gelangten sie in einen sauberen Hof. Linkerhand waren Blumenrabatten angelegt worden. Rechterhand erweiterte sich der Hof und ließ Platz für Stallungen und eine Schar weißer, fetter Hühner. Noch während die beiden Schwestern vor dem Haupthaus standen und sich unschlüssig umblickten, öffnete sich plötzlich mit einem heftigen Ruck, der sie beide zusammenfahren ließ, die Tür. Eine schlanke Frau, das Haar grau, das Gesicht jedoch seltsam alterslos, trat mit energischen Schritten heraus auf die Veranda, ein Gewehr im Anschlag. Anna und Lenchen erstarrten.

»Ja?«, fragte die Grauhaarige auf Deutsch und mit scharfer Stimme, während sich ihre düstere Miene angesichts der zwei jungen Frauen keinen Deut aufhellte.

Anna, die den Blick kaum von dem Gewehr nehmen konnte, musste allen Mut zusammennehmen. »Meine Schwester und ich ...«

Ihre Stimme klang so schwach, dass sie sich noch einmal räusperte. Die Grauhaarige musterte sie ungeduldig.

»Ja?«

»Man hat uns gesagt, dass hier ein paar hilfreiche Hände gesucht werden«, brachte Anna heraus.

»So, so.« Die schmalen Lippen der Frau verzogen sich, der Gewehrlauf sank eine Handbreit herab. »Aber ich brauche kräftige Weiber, die anpacken können, keine Mimosen aus der Stadt.« Sie musterte Anna und dann ihre Schwester. »Meine Tochter kommt bald nieder, und ich brauche Hilfe auf dem Rancho, während mein Mann auf Reisen ist. Das bedeutet die tägliche Versorgung von Schafen und Milchvieh, Garten- und Feldarbeit ... und, nun ja, eine recht anspruchsvolle Schwangere ...«

Anna nickte. Es war ja ganz gleich, sie brauchten diese Arbeit, und offenbar konnte sich ihr Gegenüber auch vorstellen, zwei Kräfte einzustellen. Sie straffte die Schultern.

»Wir können arbeiten, Frau ...?«

»Willmers, Gertie Willmers.« Der Gewehrlauf senkte sich noch weiter herab. »An Überheblichkeit mangelt es dir zumindest nicht«, fügte sie dann mit einem kalten Lächeln hinzu.

Anna atmete tief durch. Wenn sie jetzt nur keinen Fehler gemacht hatte. Sie senkte den Kopf, um sich zu sammeln, hob ihn dann wieder und blickte Gertie Willmers frei heraus an.

»Wir tun alles, was Sie wollen, Frau Willmers. Mein Vater war Bauer, er ...«

»Hatte er seinen eigenen Hof? Milchvieh? Schafe? Mehr Land, als man überblicken kann?«

Ein maliziöses Lächeln umspielte nunmehr Frau Willmers' Lippen, offenbar fand sie Gefallen an dem Gespräch.

»Nein, wir ...«

Eine Handbewegung Gertie Willmers brachte Anna zum Schweigen. Die biss die Zähne aufeinander. Für einen langen Moment sagte Frau Willmers nichts, schaute Anna und ihre Schwester nur an. Dann lehnte sie das Gewehr gegen die Hauswand.

»Entschuldigt diese Vorsichtsmaßnahme, ihr beiden, aber hier draußen treibt sich viel Gesindel herum.« Sie streckte Anna ihre Hand entgegen: »Willkommen auf Langeoog.«

Anna drückte Gerties kühle Rechte. Sie wollte sich freuen, aber sie konnte es nicht. Irgendetwas in Gertie Willmers Blick stimmte sie unbehaglich.

Gertie Willmers hatte die Wahrheit gesprochen. Die Arbeit war hart, und Tochter Adele eine anspruchsvolle Schwangere, die sich rasch an Lenchens gute Pflege gewöhnte. Während sich Anna den Rücken in den Schafställen, im Garten oder beim Milchvieh krumm arbeitete, während sie für die Familie Willmers Milch, Gemüse und Obst in die Stadt brachte und dort für gutes Geld verkaufte, musste die Schwester Adele Willmers jeden Wunsch von den Augen ablesen. Punkt zwölf Uhr hatte zudem ein dreigängiges Menu auf dem Tisch zu stehen, das Gertie und Adele zu sich nahmen, während Anna und Lenchen mit dem einzigen weiteren Knecht Brot und Maissuppe im Gesindezimmer aßen. So vergingen die Monate. Anna und Lenchen verdienten mehr schlecht als recht, aber für das Nötigste reichte es.

Im ungewohnt heißen Dezember, dem Weihnachtsmonat, kehrte erstmals Herr Willmers zurück. An Heiligabend, in der größten Gluthitze, denn in diesem Teil der Welt näherte man sich dem Hochsommer, versammelten sich die Familie und ihre Helfer zum gemeinsamen Gebet. Die Knechte erhielten eine neue Weste, Anna und Lenchen leinene Schultertücher mit aufgestickten Blumenranken. Es wurden Weihnachtslieder gesungen, und zur Feier des Tages setzte man sich gemeinsam um den großen Tisch. Das Gespräch, zum größten Teil von Adele, Herrn und Frau Willmers bestritten, drehte sich um das Erreichte und Erlebnisse in der Neuen Welt. Während Anna sich abwechselnd kleine Stücke von Lenchens frisch gebackenem Brot und Gabeln voll Ente mit Maronen und Rotkohl in den Mund schob, sagte sie sich, dass sich an einem solchen Tag auch Gertie Willmers' übliche Reden aushalten ließen.

»Wir hatten es anfangs auch nicht leicht«, schnitt die ältere Frau Willmers eben ihr Lieblingsthema an. »Nein, nein, wir hatten es auch nicht leicht, als wir hier ankamen, aber ihr heute glaubt ja, ihr müsstet alles geschenkt bekommen.« Sie schaute Anna und Lenchen fest an. »Warum, sagt mir das einmal, ihr Mädchen, warum solltet ihr es heute einfacher haben als wir damals?«

»Ja«, echote Adele mit vollem Mund, während sie auf ihrem Stuhl wieder einmal eine neue Stellung für ihren mittlerweile hochschwangeren Leib suchte »Warum sollten sie es einfacher haben. Erzähl doch, Mama, erzähl von der untergegangenen Kolonie und davon, was damals passiert ist.«

Herr Willmers grunzte leise, sagte aber nichts und machte sich stattdessen daran, noch ein Stück Entenfleisch für sich abzuschneiden.

»Ja, ja, die untergegangene Kolonie.« Gerties Lippen wurden schmal. »Sechs Monate mussten wir damals warten, bevor das Land aufgeteilt wurde, und auch dann war es viel zu wenig, und es gab nicht für jeden etwas.« Die ältere Frau wiegte den Kopf hin und her, als drückten sie die schweren Erinnerungen auch heute noch nieder. »Über dreißig Jahre ist das jetzt her, damals war ich noch ein junges Mädchen. Mit nichts standen wir da, mit nichts, buchstäblich.« Ihr Blick wurde starr, die Augen richteten sich in eine weit entfernte Vergangenheit. »Carl Heine...«, fuhr sie dann fort, »ich werde diesen Namen nie vergessen. Nie. Was hat man uns damals nicht alles versprochen... Und am Ende des Tages, erinnere ich mich noch, saß der Vater am Tisch und rang die Hände, und die Mutter weinte still, sodass es mir schier das Herz zerreißen wollte. Daheim, da hatten wir ein Stück Land besessen, klein zwar, aber es gehörte uns, und wir wussten, für was und wen wir arbeiteten. Aber der Vater hatte unser Land verkauft in der Hoffnung, sich zu verbessern – und wie bitter wurden unsere Hoffnungen enttäuscht. Statt dass wir nun neues, besseres Land unser Eigen nennen durften, wurden wir bald verteilt und mussten für andere arbeiten. Noch nicht einmal meine Eltern durfte ich damals sehen. Ich war ein junges Ding, ein halbes Kind noch und vollkommen allein, und darüber weinte ich viel und lange.« Gertie hob den Kopf und schaute Anna an. »Glaubt also nicht, dass ihr die Einzigen seid, denen das Leben nicht das brachte, was sie sich erhofft hatten.«

Anna legte sorgsam Messer und Gabel ab. »Nein, Frau Willmers.«

»Jetzt lass die Mädchen doch«, brummte Herr Willmers in weihnachtlicher Gutmütigkeit, letztendlich jedoch kaum interessiert am Gespräch der Frauen.

Gertie schüttelte den Kopf, sprach aber tatsächlich nicht weiter.

An diesem Abend durften Lenchen und Anna sich ein Päckchen mit Resten vom Essen und viele gute Wünsche der Willmers-Familie mitnehmen. Später am Abend stand Anna noch in dem kleinen, dreckigen Hinterhof des kleinen Hauses ihrer Familie, starrte in den funkelnden Sternenhimmel und fühlte den Schweiß im Nacken.

»Frohe Weihnachten!«, hörte sie mit einem Mal Lenchens Stimme hinter sich. »Ich weiß, ich habe es dir schon bei den Willmers gesagt, aber da fühlte es sich nicht richtig an.«

Es fühlt sich immer noch nicht richtig an, fuhr es Anna durch den Kopf. Es ist zu heiß. Ohne Frostbeulen und kalte Finger fühlt es sich einfach nicht richtig an. Trotzdem drehte sie sich zu ihrer Schwester um.

»Frohe Weihnachten, Lenchen!«

In wenigen Tagen würde das neue Jahr beginnen. Anna schauderte plötzlich. Der Gedanke, dass dieses Jahr nichts Gutes bringen würde, ließ sich einfach nicht aus ihrem Kopf vertreiben.

»Mein Mann kommt in den nächsten Tagen wieder zurück, und dann wird er vorerst bleiben«, sagte Gertie Willmers auf Annas gebeugten Rücken herab.

Die fuhr fort, Unkraut zwischen Frau Willmers' Margeriten auszuzupfen. Aus den Augenwinkeln konnte sie Adele sehen, die im Schaukelstuhl auf der Veranda die noch mildere Vormittagssonne genoss. Im Januar, eineinhalb Monate zuvor, war sie niedergekommen. So wie sie eine anspruchsvolle Schwangere gewesen war, hatte sie sich auch als verwöhnte Wöchnerin erwiesen. Eben noch herzte und küsste sie den kleinen Jungen in ihren Armen, dann reichte sie ihn an Lenchen weiter, die seit der Geburt kaum von ihrer Seite hatte weichen dürfen und manche Nacht im Haus der Willmers verbrachte.

»Da!«

Gertie streckte einen Finger aus und deutete auf ein Unkrautpflänzchen, das Anna übersehen hatte. Sie war in den letzten Tagen immer stärker darauf bedacht gewesen, Fehler zu finden.

Als ob sie mir zeigen will, dass ich meine Arbeit nicht gut mache, fuhr es Anna durch den Kopf. Und jetzt der Hinweis auf die Rückkehr des Herrn Willmers. Anna presste die Lippen aufeinander. Aber sie brauchte diese Arbeit, weil der Vater alles versoff und Kaleb immer wieder gezwungen war, das Bett zu hüten. Sie durfte diese Arbeit nicht verlieren.

Gertie zeigte auf die nächste Pflanze. »Wo hast du nur deine Augen, Mädchen? Offenbar sind die Zeiten tatsächlich vorbei, in denen man uns Deutschen Sorgfalt nachsagen konnte. Meine Eltern waren auch arm, aber sie hielten unser Haus stets reinlich, und in den Garten wagte sich gewiss kein Unkraut. Ich möchte nicht wissen, wie es bei euch zu Hause aussieht, Weinbrennerin.« Für einen Moment schien sich Gertie in Gedanken zu verlieren. »Vor unserem Haus, ich erinnere mich noch so gut, da war ein kleiner Platz, auf dem meine Mutter Blumen pflanzte. Sie liebte Blumen, so wie sie Ordnung im Haus liebte. Heute Morgen...«, sie fuchtelte nun mit dem Finger vor Annas Nase herum, »heute Morgen musste ich den Tisch noch einmal abwischen. Ihr werdet nachlässig, deine Schwester und du.« Anna schwieg, in der

Hoffnung, dass sich Frau Willmers bald wieder beruhigte, doch jetzt schien die ältere Frau erst richtig in Fahrt zu kommen. »Wir Deutschen, verstehst du, wir sind nicht wie die anderen. Die anderen, die leben im Schmutz, umgeben von dreckigen Kindern und stinkenden Hunden. Wir nicht.« Angeekelt verzog Gertie das Gesicht. Anna schwieg immer noch. »Wir nicht, wir halten unsere Häuser sauber. Wir arbeiten. Wir waren die Ersten, die in dieser Gegend Obstbäume gepflanzt haben. Ja, wir Deutschen sind es gewesen, die diese kahlen Ebenen hier mit Obstbäumen bepflanzten und den Gartenbau einführten. Die Ersten, die Milchvieh hielten. Kein eingeborener Argentinier würde das tun, und das war unser Glück. Wir haben ein Vermögen damit gemacht. Jeder will unsere Milch, jeder.« Sie lachte heiser.

»Ja, Frau Willmers«, sagte Anna, immer noch auf den Knien.

Von der Veranda drangen Adeles Stimme und Lenchens leisere Antworten zu ihnen herüber. Gertie Willmers runzelte für einen Moment die Stirn.

»Also, wie ich schon sagte«, setzte sie dann an, »mein Mann kommt bald nach Hause. Ich werde eure Hilfe also nicht mehr benötigen.«

Nun hatte sie die gefürchteten Worte also ausgesprochen. Anna betrachtete ihre erdverschmutzten Hände.

»Hast du mich verstanden?«, vergewisserte sich Gertie. »Ich brauche euch beide überhaupt nicht mehr. Mein Mann kehrt zurück, und in ein paar Wochen trifft endlich meine Schwester aus Hamburg ein. Sosehr ich die Kochkünste deiner Schwester vermissen werde, so werde ich doch nicht weiterhin unnötig Geld ausgeben.«

Anna nickte endlich. »Nein, natürlich nicht Frau Willmers.«

Weiter fiel ihr nichts ein. In ihrem Kopf schien sich unablässig ein Rad zu drehen: Ich habe meine Arbeit verloren, sagte eine leise Stimme, ich habe meine Arbeit verloren. Ich habe meine Arbeit verloren.

Als Kaleb an diesem Abend von der Arbeit nach Hause kam, saß Anna in ihrem gemeinsamen Zimmer und starrte gedankenverloren aus dem kleinen, zum Hof führenden Fenster. Sie bemerkte, dass er müde war und brachte für diesen Moment doch nicht die Kraft auf, ihn zu stützen.

»Was ist?«, fragte er sanft, während eine seiner rauen Hände ihren Nacken liebkoste.

Anna schniefte leise. »Ich sollte dich das fragen«, sagte sie nach einer Weile, »schließlich bist du eben erst nach Hause gekommen.«

Sie betrachtete die Gardine, die sie zu Jahresbeginn aufgehängt hatte, um den Raum wenigstens ein bisschen zu schmücken. Der Vater hatte gemurrt, als sie ihn für Kaleb und sich in Besitz genommen hatte, doch schließlich waren sie ein Ehepaar, und Anna hatte entschieden, dass sie beide ein Recht auf einen eigenen Raum hatten. Schließlich brachten Kaleb und sie immer noch ein Gutteil des Verdienstes nach Hause.

Entschlossen fuhr sie sich mit dem Handrücken über die Augen und schaute ihren Mann an. Es kostete sie Kraft, nicht erneut in Tränen auszubrechen. Kalebs weiße Haut, dazu die stets geröteten Wangen gaben ein gespenstisches Bild vermeintlich blühender Gesundheit ab. Dabei wurde sein Körper immer knochiger und immer öfter krümmte er sich unter heftigen Hustenanfällen.

Kaleb streckte jetzt die Hände nach ihr aus, und Anna ließ zu, dass er sie umarmte.

»Anna«, flüsterte er endlich heiser, »denkst du noch manchmal an unsere Scheune oder den Fluss?«

Sie nickte, weil sie ihrer Stimme nicht traute, schmiegte sich enger in seine Umarmung. Wie hätte sie ihre Nachmittage je vergessen können, die Scheune im Winter, das Rauschen des Flusses im Sommer, die Äste des Baumes, die ihr flirrendes Spiel aus Sonnenlicht und Schatten über sie warfen.

»Ja«, sagte sie und nickte noch einmal. Sie spürte Kalebs Hand nun wieder in ihrem Nacken. Zart spielten seine Finger mit dem Flaum ihres Haaransatzes.

»Liebe mich«, bat er dann unvermittelt, »liebe mich noch einmal so wie damals.«

»Aber ...«

»Sag es nicht, Anna, lass mich einmal nur glauben, es wäre alles wie früher, und das Leben läge noch vor uns.«

Aber es liegt doch noch vor uns, wollte sie beharren, aber sie tat es nicht. Sie sagte nichts mehr, begann sein Hemd aufzuknöpfen, versuchte, nicht auf die Knochen zu starren, die sich unter seiner durchscheinenden Haut abzeichneten. Würde er sich nicht überanstrengen? Durfte sie das wirklich tun? Ihre Unsicherheit ließ sie zögerlich werden.

»Bitte, Anna.«

Sie atmete tief durch und streifte das Hemd von seinen spitzknochigen Schultern. Dann begann er, an ihrer Bluse zu nesteln. Einen Augenblick später halfen sie einander ins Bett. Bald spürte Anna die grobe Decke an ihrer Haut. Kaleb beugte sich über sie und strich ihr zärtlich das Haar aus der Stirn.

»Du warst immer das schönste Mädchen für mich, Anna. Es gab nie eine andere.«

»Warum sagst du das?«, brach es aus ihr heraus.

Verwirrt blickte Kaleb sie an. »Weil es die Wahrheit ist.«

Da war so viel Liebe in seinem Ausdruck. Anna schluckte, musste plötzlich den Gedanken an ein Gesicht verdrängen, ein Gesicht, das ihr viele Wochen so vertraut gewesen war.

»Ich liebe dich auch«, flüsterte sie rasch.

Kaleb lächelte. »Das weiß ich doch.«

Anna biss sich auf die Lippen und drückte ihr Gesicht für einen Moment ganz fest gegen Kalebs warmen Körper.

Ihr Liebesspiel blieb ungelenk, als wäre es das erste Mal für sie beide, und dennoch waren sie sich dabei vertraut wie ein altes Ehepaar. Bald konnte Anna Kaleb keuchen hören, vor Lust einerseits, aber auch vor Anstrengung. Ihr selbst gelang es nicht, ihre Gedanken abzustellen, doch sie ließ sich nichts davon anmerken. Erst als er sich mit einem Stöhnen aufbäumte, und dann mit einem glücklichen Seufzen über ihr zusammensank, musste sie sich auf die Lippen beißen, um nicht doch wieder in Tränen auszubrechen. Kaleb atmete rasselnd.

»Du hast mich sehr glücklich gemacht«, sagte er endlich.

Dann schloss er die Augen.

Zweiter Teil
Die Stadt am Ende der Welt
März 1864 bis Dezember 1864

Erstes Kapitel

In den Nächten, nachdem sie ihre Arbeit verloren hatte, konnte Anna nicht schlafen. Ein Gedanke jagte den nächsten. Sie fand einfach keine Ruhe. Wieder einmal half es nichts, sich über das Verlorene zu grämen. Sie musste einen besseren Weg finden, in dieser Welt zu überleben. Sie musste mehr Geld verdienen, für ihre Familie, für sich und ihren Mann, damit Kaleb sich schonen konnte.

Eines Morgens hatte Anna ihre Entscheidung getroffen: Sie würde Stefan Breyvogel, den ehemaligen Arbeitgeber ihres Mannes, darum bitten, Kalebs Platz einnehmen zu dürfen. Sie würde ihn davon überzeugen, dass sie – wenn sie auch eine Frau war – die gleiche harte Arbeit verrichten konnte, und sie würde ihm zeigen, dass auch sie sehr gut mit Pferden umgehen konnte. Außerdem konnte sie recht fehlerfrei schreiben und rasch kalkulieren, was auch nicht von Nachteil sein mochte.

Anna bürstete also wieder einmal ihre Kleidung aus und versuchte, sie von den gröbsten Flecken zu befreien. Notdürftig wusch sie sich mit Wasser aus dem Vorratseimer, kämmte ihr Haar, bevor sie es in einen festen Zopf flocht und betrachtete sich dann kritisch in dem halb blinden Spiegel, den Lenchen ihr reichte.

»Willst du das wirklich tun?«, fragte die Jüngere sie und riss die Augen auf. »Willst du wirklich fragen, ob man dir Kalebs Stelle gibt? Er ist immerhin ein Mann.«

»Er ist immerhin ein Mann«, äffte Anna ihre Schwester

nach, um die eigene Unsicherheit zu verbergen. Unwillig hob sie den Kopf und schaute die Jüngere an. »Was soll ich denn sonst tun?«, fragte sie unwirsch. »Soll ich darauf warten, dass Frau Willmers ihre Meinung ändert, oder dass es uns Gott im Schlaf gibt? Das wird er nicht, Lenchen, und das weißt du genauso gut wie ich.«

Anna schaute sich rasch in dem kleinen Raum um und fühlte Wut aufkommen angesichts der Zeichen von Verwahrlosung, die sich allenthalben zeigten. Aber war es nicht immer so gewesen? War nicht stets sie diejenige gewesen, die die Familie zusammengehalten hatte? Nein, weder ihre Mutter Elisabeth noch ihre Schwester Lenchen waren je stark genug gewesen, sich der Unbill des Lebens entgegenzustellen, und wenn sie sich umsah, dann wusste sie, dass sie auch jetzt noch jeden Tag kurz davor standen, aufzugeben. Wenn sie nicht schon aufgegeben hatten.

Aber das würde Anna nicht zulassen. Sie würde kämpfen. Für ihre Familie und ganz besonders für Kaleb. Ein solches Leben hatte er nicht verdient.

Anna presste die Lippen aufeinander und schluckte die scharfen Worte herunter, die ihre Kehle heraufdrängten und sie fast zum Würgen brachten.

»Kommst du mit?«, fragte sie dann knapp. »Du solltest dir auch etwas Neues suchen, anstatt hier faul herumzusitzen.«

Lenchen sprang eilig auf. Vielleicht hatte sie der Tonfall ihrer Schwester gewarnt.

Schwach wie sie ist, dachte Anna verächtlich, hat sie gelernt, auf solche Zeichen zu achten.

Während sie in Richtung San Telmo liefen, einem zumeist von wohlhabenden Bürgern bewohnten *barrio*, der einst als Rastplatz für die Händler auf dem Weg von der Plaza de la Victoria zum Hafen von La Boca gegründet worden war, sprachen sie kein Wort miteinander. So früh am Morgen waren noch wenige Leute unterwegs. Ein paar befanden sich auf dem Weg zur Arbeit, ein paar Nachtschwärmer schwankten unsicheren Fußes nach Hause, und an einer Hauswand lehnte ein Mann und schlief seinen Rausch aus.

Wenn man den Kopf ein wenig hob, konnte man das Morgenrot über die Hausdächer lugen sehen. Inzwischen hatte die Hitze etwas abgenommen. Mit dem März war der letzte Monat des Sommers gekommen. Anna verschränkte die Arme und hing ihren Gedanken nach, während sie Lenchens raschen Schritten folgte. Wie oft hatte sie sich in den Wochen der Reise an Bord ausgemalt, wie es sein würde, ihre Familie wiederzusehen. Sie hatte sich vorgestellt, mit ihrer jüngeren Schwester Erlebnisse auszutauschen. Sie hatte davon geträumt, dass alles anders sein würde als zu Hause. Besser. Aber nichts war anders und nichts war besser.

Anna biss die Zähne aufeinander und konnte gerade noch rechtzeitig innehalten, denn Lenchen war abrupt stehen geblieben. Mit der Hand wies sie auf ein sauber renoviertes Gebäude mit einem großen Tor und einem Schild, das auf das Fuhrunternehmen und den Droschkenverleih Breyvogel & Sohn hinwies. Das Tor stand einen Spalt offen, sodass man von ihrem Platz aus einen Blick in den Hof werfen konnte, in dem schon zu dieser Stunde geschäftiges Treiben herrschte. Ein Reiter kam gerade gemächlich die Gasse entlanggeritten und stieß im Vorbeireiten mit der Hand gegen das Schild, das er damit in Schwingungen versetzte. Es quietschte leise. Anna durchfuhr mit einem Mal ein Angstschauer, dann straffte sie die Schultern und drehte sich zu ihrer Schwester um.

»Danke, Kleines.« Sie zögerte einen Moment lang, drückte die Jüngere dann kurz an sich und schob sie energisch wieder weg von sich.

Lenchen nickte ihr ernst zu. »Ich gehe dann, vielleicht habe ich ja auch Erfolg«, sagte sie und fügte hinzu: »Ich wünsche dir Glück.«

Anna nickte. Glück, das fühlte sie, würde sie brauchen – und viel mehr als das.

Für einen Moment noch sah Anna ihrer Schwester nach, dann trat sie ein. Hinter dem Tor öffnete sich ein sauberer, großer Innenhof, der teilweise von Bäumen bestanden war. Ein weiteres Schild wies auf das Büro hin. Vor dem Haupteingang stand eine Bank in der Sonne. Gleich daneben befanden sich die Stallungen, wie Anna an dem Treiben davor und an den Geräuschen, die aus dem Gebäude drangen, erkennen konnte. Pferde schnaubten. Männer redeten durcheinander. Eben brachte ein Bursche einen prächtigen, jedoch reichlich nervösen Rappen heraus und führte ihn einem wartenden, gut gekleideten jungen Mann zu, der das Tier mit Kennerblick abschätzte. Anna konnte nicht umhin, das Pferd zu bestaunen. Sie hatte Pferde immer gemocht, und dieses hier gehörte zu den prächtigsten Tieren, die sie je gesehen hatte. Sein Kopf war eher klein und dabei edel geschnitten. Der Körper war schlank, fast feingliedrig, die Beine lang. Anna vermutete, dass der Rappe Araberblut in sich hatte, wenngleich sie bisher erst einen Araberhengst gesehen hatte. In jedem Fall konnte sie ihn einfach nicht aus den Augen lassen.

Das Tier tänzelte, als der Knecht dem jungen Mann die Zügel überreichte. Der maß den nervösen Rappen neuerlich, bevor er mit einem eleganten Sprung dessen Rücken erklomm. Sofort machte der Hengst einen kleinen Satz und stand dann stocksteif da. Nichts mehr bewegte sich, nur seine Ohren zuckten seitwärts und vor und zurück. Mit einem

Stich erinnerte Anna sich daran, wie Kaleb sie einmal auf einem der Pferde hatte reiten lassen, die er für den reichen Bauern versorgte, für den er zuletzt gearbeitet hatte. Ein brauner, gutmütiger Wallach war das gewesen.

War an jenem Tag ihre Zuneigung zu diesen Tieren geboren worden? Anna hatte es jedenfalls genossen, das warme, lebendige Pferd unter sich zu spüren, und ohne dass sie hätte sagen können, warum, hatte sie sofort gewusst, was der Wallach von ihr wollte. Als ob sich ein unsichtbares Band zwischen ihnen befunden hatte. Eine gute Reiterin war sie in der knappen Stunde natürlich beileibe nicht geworden.

Anna seufzte und trat unwillkürlich näher zu Pferd und Reiter hin. Der Rappe wandte ihr den Kopf zu. Die feinen Ohren spielten, seine Nüstern blähten sich. Aus großen dunklen Augen sah er sie an. Dann schnaubte er leise, aber nur Anna konnte offenbar hören, dass das Tier mit ihr sprach, sie rief, näher zu kommen und noch näher ... Sie tat, wie ihr geheißen. Das Pferd blickte ihr weiterhin entgegen, ohne zu weichen, ließ sie nicht aus den Augen. Als Anna das Tier fast erreicht hatte, richteten seine Ohren sich aufmerksam in ihre Richtung. Es schnaubte kaum hörbar.

»Ich würde es versuchen«, sagte der Knecht zu dem jungen Mann, der das Pferd aus dem Stall geführt hatte.

Er hatte langsam genug gesprochen, sodass Anna ihn verstehen konnte, ihr Spanisch war mittlerweile recht gut. Dann fügte er noch etwas hinzu, sprach dieses Mal jedoch zu schnell. Angestrengt versuchte Anna zu ergründen, was jetzt wohl geschehen sollte. Wenn sie eines wusste, dann, dass der Rappe noch nicht bereit war, einen Reiter auf sich zu dulden. Sie bemerkte, wie das Tier die Augen verdrehte, sodass für einen Moment nur das Weiße zu sehen war. Der Rappe hatte Angst.

Der Stallknecht sagte wieder etwas auf Spanisch, das Anna nicht verstand. Der junge Mann nickte und machte Anstalten, den Rappen auf das Tor zuzulenken. Mit einem Mal bewegte sich der feine Pferdekopf nervös hin und her. Schneller spielten die Ohren nun.

Nein, dachte Anna, nein ... Ihr dürft das nicht, wartet, etwas stimmt nicht ... Sie stand nun direkt vor dem Pferd und seinem Reiter und streckte die Hand aus. Das Pferd schnupperte an ihren Fingern. Weiche Nüstern berührten ihre Handflächen. Weiterhin sandte der Rappe seine Signale aus. Irgendetwas missfiel ihm. Irgendetwas stimmte nicht, irgendetwas ... nur was?

Anna starrte das Tier an. Nur mit halber Aufmerksamkeit bemerkte sie die Blicke der beiden Männer, bemerkte, wie sie diese seltsame Frau anstarrten, die ihnen den Weg versperrte. Doch Anna konnte nicht auf sie achten, sie musste ergründen, was hier falsch war. Und dann sah sie es: ein leichtes Zittern auf der linken Seite, eine unruhige Bewegung mit dem linken Vorderlauf, ein Scharren und Zurückweichen.

Er hat Schmerzen.

»*Permiso?*« Anna schaute den jungen Mann an. Der entgegnete ihren Blick fragend. »*Permiso?*«, wiederholte sie. »Erlauben Sie?«

Der junge Mann nickte knapp, offenbar immer noch unschlüssig zu reagieren. Er wusste augenscheinlich nicht, was das alles zu bedeuten hatte. Anna überlegte, während sie die Hände langsam über den Hals des Tiers in Richtung des Sattels wandern ließ. Was genau stimmte hier nicht? Als sie den Sattelgurt erreichte, versuchte der Rappe erneut auszuweichen. Bald hatte Anna mit ihren flinken Fingern etwas Stacheliges ausgemacht, das sich unter dem Gurt in den weichen Pferdebauch drückte.

Sie schaute den jungen Mann auf dem Pferd an, versuchte, ihm mit Zeichen klarzumachen, was nicht stimmte. Zuerst runzelte er nur die Stirn, dann sprang er ab und trat an ihre Seite. Endlich konnte Anna den Gurt lockern und den kleinen pieksenden Gegenstand, der zwischen Gurt und Pferdekörper steckte, entfernen – eine Distel. Stumm streckte sie sie dem Reiter entgegen. Der nickte, gab, indem er sich schon von ihr abwandte, Anweisung, den Sattel wieder festzuzurren, und sprang erneut auf.

Anna spürte, dass sie angestarrt wurde. Mehrere Knechte waren aus den Stallungen gekommen, ließen die Augen zwischen ihr und dem Pferd hin und her huschen und sprachen wild aufeinander ein. Behutsam legte sie dem Rappen ein letztes Mal die Hand auf den Hals und fuhr sanft mit den Fingern darüber. Ganz leicht zitterte die Stelle, die sie berührte. Das Pferd senkte den Kopf. Seine Nüstern blähten sich.

»Señorita?«, hörte sie eine Stimme aus weiter Ferne.

»Gut«, gurrte sie leise, »alles ist gut.«

Von einem Moment auf den anderen fiel alle Anspannung von dem Tier. Dann, mit einem leisen Schnauben, setzte sich der Rappe mit seinem Reiter in Bewegung. Wenig später waren sie beide durch das Tor verschwunden.

»Beeindruckend«, riss Anna nur einen Atemzug später eine deutsche Stimme aus den Gedanken.

Sie zuckte zusammen, drehte sich dann in die Richtung der Stimme und sah sich einem schlanken, jedoch kräftigen Mann gegenüber. Sein blondes Haar war von der Sonne ausgebleicht, die Haut braun verbrannt. Lachfalten umspielten Mund und Augen.

»Stefan Breyvogel«, sagte er. Sie bemerkte, wie er ihre einfache Kleidung musterte, »wie kann ich helfen?«

»Ich bin Anna Weinbrenner«, sagte sie und fügte, als sich

kein Erkennen auf seinem Gesicht zeigen wollte, hinzu: »Kaleb Weinbrenners Frau.«

Stefan Breyvogel hob die Augenbrauen. Er sieht nicht böse aus, dachte sie, nicht so, wie ich mir denjenigen vorgestellt habe, der meinen kranken Mann vor die Tür gesetzt hat. Sie wartete ab.

»Kaleb Weinbrenners Frau?«, wiederholte er. Einen Moment lang schien Breyvogel nachzudenken, dann erinnerte er sich wohl. »Ah, die Anna. Die, die später nachkommen wollte. Wie war die Überfahrt?«

»Danke, gut.«

Für einen Augenblick standen sie einander schweigend gegenüber, dann bat Breyvogel Anna mit einer Handbewegung, ihm ins Büro zu folgen. Das Zimmer, in das er sie führte, war mit schweren, dunklen Möbeln ausgestattet. Stefan Breyvogel ging um seinen Schreibtisch herum, setzte sich auf einen Stuhl dahinter und musterte Anna erneut und noch eingehender.

»Nun, was kann ich für Sie tun? Eines vorab, ich bin kein braver Samariter, der Arbeiter bezahlt, die ihre Arbeit nicht tun können.«

Anna schluckte. Er hatte ihr keinen Platz angeboten, und so blieb sie neben dem Besucherstuhl stehen. Sie spürte, wie ihre Hände ganz leicht zitterten.

»Mein Mann ist krank«, sagte sie.

»Das ist mir bewusst. Teilen Sie mir etwas Neues mit.«

Stefan Breyvogel lehnte sich in seinem Stuhl zurück und faltete die Hände über seinem kleinen Bauchansatz. Anna starrte auf die Lachfalten in Breyvogels Gesicht. Vielleicht lacht er selbst häufiger über seine Witze als andere, fuhr es ihr durch den Kopf.

Noch bevor sie antworten konnte, hatte Breyvogel sich vorgebeugt und studierte ein Papier auf seinem Tisch.

»Ihr Mann ist doch schon seit Juni nicht mehr bei uns«, stellte er dann fest. »Will er denn zu uns zurückkommen? Geht es ihm tatsächlich besser? Das kann ich mir nun gar nicht vorstellen.«

Anna musste tief durchatmen, bevor sie weitersprechen konnte.

»Nein, es geht ihm nicht besser.« Sie kämpfte darum, ihre Stimme nicht zittern zu lassen. »In Anbetracht der schweren Krankheit meines Mannes wollte ich Sie darum bitten, mir seine Stelle zu geben.«

»Ihnen?« Zuerst verzog Stefan Breyvogel keine Miene, dann breitete sich ein Grinsen auf seinen Zügen aus, und wenig später lachte er lauthals. »Seine Stelle, gute Frau? Kaleb Weinbrenners Stelle? Weißt du denn, was er getan hat?«

Wie selbstverständlich duzte er sie nun. Anna atmete nochmals tief durch.

»Er war für die Pferde zuständig?«

»Genau. Er hat sie gestriegelt, die Ställe ausgemistet, sie gefüttert, getränkt, rund um die Uhr bei ihnen gewacht, wenn sie krank waren, oder wenn meine Stuten fohlten.«

»Ich kann gut mit Pferden umgehen.«

»Das stimmt allerdings«, gab Stefan Breyvogel zu. »Was ich da eben im Hof gesehen habe...« Er musterte sie. Dann stand er unvermittelt auf und trat ans Fenster. »Diablo lässt normalerweise keinen Fremden an sich heran. Wir haben Wochen gebraucht, um sein Vertrauen zu gewinnen, und heute konnte ich ihn erstmals vermieten. Das nichts passiert ist, dafür muss ich wohl dir dankbar sein... Was ich im Hof sehen konnte, war durchaus beeindruckend.«

Anna bemerkte, dass sie die Finger in einander verschränkt hatte und beeilte sich, sie voneinander zu lösen. Keinesfalls sollte Breyvogel sehen, wie nervös sie war. Er drehte sich wieder um.

»Gut, du kannst Kalebs Stelle haben«, sagte er dann, »allerdings ...«

Anna beschleunigte ihre Schritte. Fürs Erste würde sie damit leben müssen, dass Stefan Breyvogel ihr weniger zahlen wollte als Kaleb. Wenn nur wieder gutes Geld ins Haus kam, wenn sie nur weiter ihre Schulden bezahlen konnten und einen Arzt für Kaleb, dann war fürs Erste alles gut. Entschlossen, den Kopf gesenkt, das Kinn gegen die Brust gedrückt, ging sie die Straßen entlang zurück. Noch immer verunsicherte sie diese neue Stadt. Die Häuser, die sie nicht kannte, die Bäume mit ihren zu saftigen, zu bunten Blüten, deren Namen ihr unbekannt waren. Die fremden Sprachen und Stimmen. Die *pulperías*, wie man hier die Gaststätten nannte, waren auch um diese Uhrzeit schon gut besucht von Säufern, Spielern und Arbeitssuchenden.

Zaghaft hob Anna nach einer Weile den Blick, um sich zu orientieren. Einige aufgetakelte Frauen, sicherlich Prostituierte, stolzierten die Straße entlang. Eine Dame befand sich in Begleitung eines älteren Mannes und eines kleinen, prächtig gekleideten schwarzen Jungen, der einen Schirm hinter ihr hertrug. Hier preschte ein Reiter rücksichtslos durch eine größere Menschenmenge, dort gerieten zwei Männer in Streit und ließen die Hände drohend über den Messern spielen. In den engen Straßen stauten sich Kutschen hinter einfachen Karren und kleine Wagen hinter eleganten Zweispännern. Als Anna den Kopf zum Himmel hob, bemerkte sie, wie blau er schon war, wie warm und schwer die Luft. Die letzten Sommertage.

Essensduft waberte ihr aus Gebäuden und Höfen entgegen und erinnerte sie daran, dass sie bisher kaum etwas gegessen hatte. Ihr knurrte der Magen. Vom Meer kam ein leichter Wind herüber. Wieder preschte ein Reiter rücksichtslos vorbei. Gerade noch konnte Anna ihm ausweichen. Endlich hatte sie das Haus ihrer Familie erreicht. Unvermittelt blieb sie stehen, atmete noch einmal durch und trat ein.

Aber sie war allein. Das Zimmer, in dem früher am Morgen der Vater noch schnarchend auf dem Boden gelegen hatte, war leer. Auch Elisabeth und Lenchen waren wohl noch unterwegs. Für einen Augenblick stand Anna unschlüssig da, dann nahm sie sich einen Becher Wasser aus dem Vorratseimer und leerte ihn mit tiefen Zügen. Wieder knurrte ihr Magen. Suchend schaute sie sich um. Immerhin, auf dem Tisch, sorgfältig verstaut in einem Tonkrug fand sie noch einen Kanten Brot. Hastig grub sie ihre Zähne in das trockene Stück, zermalmte es mit den Zähnen, trank noch mehr Wasser dazu und zerkaute alles mühsam. Sie schluckte langsam, um länger etwas von dem süßlichen Geschmack zu haben, der entstand, wenn man nur lange genug kaute. Elisabeth, ihre Mutter, musste das Brot gebacken haben. Es schmeckte wie zu Hause und rührte sie plötzlich fast zu Tränen.

Noch einen Moment wartete Anna, bevor sie zur Tür ging, die zu Kalebs Krankenzimmer führte. Zögerlich stieß sie sie auf und trat dann rasch ein. Sie hatte sich vorgenommen, sich dieses Mal nicht zu erschrecken, aber er war so blass, dass es ihr die Kehle zusammenschnürte. Über Nacht schien sich sein Zustand deutlich verschlechtert zu haben.

»Anna«, sagte Kaleb, und seine warme Stimme schluckte den kleinen entsetzten Laut, der sich ihrer Kehle entrang.

Dabei saß er heute in seinem Bett und sah ihr lächelnd entgegen. Sie dachte daran, wie er ihr vom Wagen aus zugewinkt hatte, damals im Winter, als er und ihre Familie aufgebrochen waren. Um drei Uhr morgens, bei bitterster Kälte hatten sie voneinander Abschied nehmen müssen. Der Wagen hatte die Reisenden nach St. Goar bringen müssen, wo sie einen der Rheinkähne besteigen wollten. Kaleb hatte ihr erzählt, dass man es auf dem offenen Kahn vor strenger Kälte kaum hatte aushalten können. Auch war, infolge des stürmischen Wetters, das Wasser ins Fahrzeug geschlagen und hatte die Reisenden und ihr Gepäck durchnässt. Einigen war ein Teil des Proviants in diesen kalten Nächten erfroren und ungenießbar geworden. Erst am dritten Tag waren sie in Köln angekommen.

»Anna!«, sagte Kaleb noch einmal, ganz zärtlich jetzt.

Anna zog sich der Magen zusammen. Unwillkürlich legte sie die Arme um ihren Leib und kam an seine Seite.

»Bleib liegen. Du darfst dich nicht anstrengen. Du musst gesund werden.«

Ein Schatten zog über Kalebs Gesicht. »Aber ich bin noch nicht zu krank, um dich zu begrüßen«, fuhr er sie im gleichen Moment an.

Sofort zeichnete sich das schlechte Gewissen auf seinem Gesicht ab. Mit einem Seufzer ließ er sich zurück auf das zerschlissene Kissen fallen. Er biss sich auf die Lippen, dann lächelte er.

»Es tut mir leid, ich wollte nicht grob sein.«

Anna schüttelte den Kopf. »Es ist nicht schlimm.«

»Doch, das ist es. Das, was geschehen ist, ist nicht deine Schuld, aber weißt du, Anna, manchmal möchte ich einfach wütend sein und um mich schlagen. Manchmal frage ich mich, warum ich? Warum nur ich?«

Anna hielt den Kopf nun leicht gesenkt. »Aber es ist auch nicht deine Schuld«, flüsterte sie, »niemand hat Schuld.«

Kaleb lächelte halbherzig. »Ich weiß. Manchmal würde ich nur gerne ... Ach, verdammt.«

Er brach ab. Anna bemerkte, dass er sie liebevoll anschaute, wurde sich dann der Hand gewahr, die sie auf ihren Bauch gelegt hatte, und ließ diese nun verstört sinken. Kaleb hob fragend die Augenbrauen.

»Ist etwas? Ist dir nicht wohl? Elisabeth und Lenchen hatten einmal heftigen Durchfall am Anfang.«

»Nein, ich glaube, das zumindest blüht mir nicht mehr.« Anna hörte selbst, wie ihre Stimme bebte. »Dafür bin ich schon zu lange hier. Es ist sicher alles in Ordnung, aber ...«

»Was?«

Es ist sicher alles in Ordnung, wiederholte sie stumm bei sich, doch die Erkenntnis, die sie im nächsten Moment überrollte, ließ sich nicht wegleugnen. Anna wollte die Augen schließen, doch sie tat es nicht. Sie hatte die Augen nie verschlossen, vor nichts, und doch flüsterte sie die nächsten Worte, als erschräken sie sie.

»Was, wenn wir ein Kind bekommen?«

»Ist es für solche Überlegungen nicht ein wenig früh?« Ein so strahlendes Lächeln überzog Kalebs Gesicht, dass es sie schmerzte. »Oder, anders betrachtet, viel zu spät?«

Sie musste blass geworden sein, und sie zitterte auch, denn Kaleb streichelte nun mit einem besorgten Ausdruck auf dem Gesicht über ihren Arm.

»Du meinst, ich könnte Vater werden?«

Er streckte seine Hände nun nach ihren aus, doch in einer Bewegung verschränkte Anna ihre Arme über der Brust.

Ein Kind, natürlich, es war viel zu früh, aber sie war sich sicher... Sie fühlte es einfach. Sie irrte sich nicht.

Kaleb lächelte immer noch. »Bist du dir sicher?«, wiederholte er.

»Ja... Nein...« Annas Stimme klang rau. Sie räusperte sich. »Ich weiß es nicht. Es ist tatsächlich noch sehr früh. Vielleicht irre ich mich ja. Es tut mir leid.«

»Aber das muss es nicht!« Es war Kaleb gelungen, ihre rechte Hand zu umfassen. Immer noch lächelte er strahlend. »Denn was immer geschieht, ich bin glücklich.«

Anna riss ihre Hand aus seiner Umklammerung.

»Wirklich?« Sie machte eine Bewegung mit dem rechten Arm, die das Zimmer einschloss und jeden bemitleidenswerten Gegenstand darin. »Ich wollte, dass es unseren Kindern besser geht und nun...«

Mit Mühe konnte sie sich davon abhalten, in Tränen auszubrechen. Sie war stark. Sie durfte nicht schon wieder weinen.

»Aber wir haben uns immer Kinder gewünscht.«

»Ja.« Wütend fuhr sich Anna abwechselnd mit beiden Handrücken über das Gesicht. Sie wollte nicht weinen, nicht jetzt, nicht hier. »Aber doch nicht so!«, stieß sie dann hervor.

»Komm näher, Liebes.«

Kaleb streckte erneut die Arme zu ihr hin, und endlich rückte Anna näher. Keinen Moment lang ließ sie ihn dabei aus den Augen. Sie kannte sein dunkelblondes Haar, die schmalen grauen Augen. Seine Haut glühte, als verzehre ihn ein inneres Feuer.

»Setz dich.« Er klopfte auf den Platz neben sich.

Anna gab nach, und kurz saß sie schweigend bei ihm auf der Bettkante.

»Wenn Gott so entschieden haben sollte, dann freue ich mich auf unser Kind«, sagte er sanft und strich ihr wieder über den Arm. »Ich freue mich, Anna.«

»Es ist nicht sicher, dass ich wirklich schwanger bin«, murmelte sie und wusste doch, dass sie sich nicht irrte.

Bald würde gewiss die Übelkeit einsetzen, das Spannen ihrer Brüste, die Abneigung gegen Gerüche. So hatte auch bei ihrer Mutter jede Schwangerschaft begonnen.

»Wenn es so weit ist ... Wenn wir wissen ...« Sie schluckte. »Sag es ihnen nicht«, beendete sie ihren Satz endlich und nickte zur Tür hin. »Ich will«, stotterte sie, »ich will es ihnen selbst sagen, wenn ... Es wird ... Es wird ihnen nicht recht sein, so wie wir jetzt leben.«

Kaleb nickte. »Aber es ist nicht deine Schuld, und auch nicht die unseres Kindes. Was geschieht, ist Gottes Wille.«

Anna nickte. Sie fühlte sich plötzlich sehr müde.

»Ich vermisse dich in jeder Minute, die du nicht bei mir bist«, sagte Kaleb rau. »Unsere Trennung war schrecklich.«

»Ja.« Sie konnte nicht sagen, warum jetzt, aber plötzlich traten ihr die Tränen in die Augen, die sie so lange und mit solcher Mühe hatte zurückhalten können. Kaleb hielt ihre rechte Hand fest.

»Was ist denn, meine Kleine?«

»Ich ... Ach, alles ist anders. Es ist dumm, aber ich kann mich einfach nicht daran gewöhnen.«

Anna schaute Kaleb an. Der lachte leise, und sie hörte etwas in seiner Stimme, das ihr vertraut war. Sie waren Freunde gewesen, bevor sie geheiratet hatten. Sie hatten viel Zeit damit verbracht, einander kennen und schätzen zu lernen.

»Ich verstehe, was du meinst«, sagte er dann. »Ich habe mir auch alles Mögliche vorgestellt und nichts davon ist eingetreten. Es gibt das Land nicht, das ich zu meinem machen wollte. Es gibt das Land nicht, das sie uns versprochen hatten, und für anderes fehlte mir das Geld, und jetzt werde ich es wohl auch nicht mehr verdienen. Für ordentliche Arbeit bin ich zu schwach. Ich wollte etwas aufgebaut haben, bis du kommst. Ich wollte dir etwas bieten können, und jetzt ...«

Er brach ab. Zum ersten Mal an diesem Tag zeichnete sich Verzweiflung und nicht Wut auf seinem Gesicht ab.

Anna wich Kalebs Blick unvermittelt aus. Ein dunkler Haarschopf tauchte störend vor ihrem inneren Auge auf. Sie erinnerte sich an eine schlanke Gestalt, die hoch aufgerichtet an der Reling stand und auf das Meer hinausblickte, auf dem Tausende und Abertausende Lichtfunken tanzten. Sie erinnerte sich an ein Lächeln, eine Berührung, erinnerte sich an Worte, die ihr sagten, sie sei etwas Besonderes.

Julius.

Anna konnte Kaleb immer noch nicht ansehen, doch sie sprach einfach. »Das ist doch nicht schlimm«, sagte sie. »Ich bin so froh, dich wiederzuhaben.«

Kaleb lächelte. »Ja, vielleicht bist du das, aber was ist, wenn ich nicht mehr sein werde?«

»Sag doch so etwas nicht.«

Anna zwang sich, den Kopf zu heben und ihn anzusehen. Für einen Moment erschien es ihr, als könne er in ihr Innerstes sehen.

Kaleb, dachte sie, und versuchte sich an die alte Zuneigung zu erinnern, die sie bei ihren gemeinsamen Sonntagen am sommerlichen Fluss und an den Wintertagen in der Scheune empfunden hatte, als sie geglaubt hatte, dass sie ihn liebte.

Aber ich habe ihn nie geliebt, schoss es ihr im gleichen Augenblick durch den Kopf. Ich wusste ja nicht, was das ist... *Liebe*.

Von neuem hielt sie nur mühsam die Tränen zurück. Anna wollte nach Kalebs Händen greifen, doch mit einem Mal krümmte er sich und begann zu husten, hustete und hustete, dass sie dachte, es müsse ihn zerreißen. Danach saß er einen Moment lang nur da, ein Tuch gegen die Lippen gepresst, auf dem sich Blutflecken zeigten, und schaute sie an. Und wieder hatte sie Angst, er könne sie durchschauen. Sie würde sich rechtfertigen müssen.

Kaleb ließ das Taschentuch sinken. »Halt mich fest«, flüsterte er. »Halt mich fest, Anna, bitte, denn ich habe solche Angst davor zu sterben.«

Sie legte die Arme um ihn, ließ es zu, dass er seinen Kopf an ihrem Oberkörper barg. Julius tauchte erneut vor ihrem inneren Auge auf, und Anna schämte sich. Leise begann sie zu weinen. Sie weinte darum, was sie verloren und doch nie gehabt hatte. Sie weinte um ihre Träume. Um das Kind. Und um Kaleb.

Zweites Kapitel

Manchmal wusste Anna schon am Morgen, dass sie den kommenden Tag hassen würde. Nachdem sie die Stelle ihres Mannes bei Breyvogel & Sohn übernommen und ihren ersten Lohn erhalten hatte, kümmerte sie sich darum, welche der Schulden am dringendsten abzuzahlen waren. Sie putzte die kleine Wohnung ihrer Familie, wusch verschmutzte Kleidungsstücke und sorgte dafür, dass es täglich wenigstens ein kärgliches Mahl gab. Sie legte Schalen einer Zitrone aus, die sie auf ihrem Weg zur Arbeit gefunden und von deren Saft sie Kaleb einen Trank bereitet hatte. Die Wohnung roch immer noch modrig, aber nun mischte sich ein leichter Zitronenduft darunter, der weitaus angenehmer war, als der Gestank nach Verwesung, der draußen über den Gassen hing. Die Schlachthöfe, von denen er herrührte, bildeten eine veritable Stadt in der Stadt. Vom Süden her näherte man sich ihnen durch die Calle Larga. Kaleb hatte selbst einige Wochen in einem solchen Schlachthof verbracht, war aber bald zu schwach geworden für die harte Arbeit.

»Außerdem«, hatte er eines Abends hinzugefügt, »war es schrecklich, Anna, so viel Tod und so viel Sterben. Zu Hause, da haben wir einmal im Jahr ein oder zwei Schweine geschlachtet, mal ein Huhn, aber dort waren es hunderte... Jeden Tag, einfach hunderte...«

Kaleb hatte den Kopf geschüttelt, hatte ihr dann mit leisen Worten geschildert, wie das flüchtende Vieh mit dem Lasso gefangen wurde, bevor man ihm mit einem Messer die Kehle durchtrennte und es noch an Ort und Stelle vierteilte.

»Wir haben Tiere verarbeitet«, hatte er entsetzt berichtet, »die kaum verendet waren. Tiere, deren Augen eben brachen und aus denen noch das warme blutige Leben dampfte. Es musste ja schnell gehen, verstehst du? Schnell, schnell, schnell ... Manchmal stand ich bis zu den Knien im Blut. Es war einfach überall, auf unserer Haut, in der Luft, auf unseren Zungen.«

Was man aus dem Schlachtvieh machte, ging zum größten Teil nach Europa, Amerika oder in die Karibik. Der Talg diente zur Beleuchtung von Lampen, aus Haut-, Knochen und Fellresten wurde Leim gekocht. In La Boca, das mit seinen auf Pfahlwerk und Planken gebauten Häusern an ein ligurisches Dorf erinnere, wie Luca sagte, wurden die Häute gestapelt und das Fleisch für die Reise eingesalzen.

Der so genannte Hafen von La Boca lag an der Mündung des Riachuelo in den Río de la Plata, auf dem es von Dampfbooten, Segelschiffen, Barken und Booten so wimmelte, dass man das Wasser gar nicht mehr sehen konnte. Über allem lagerte stets schwer der beißende Gestank aus den Gerbereien. Große Warenniederlassungen standen neben *pulperías*, in der Nähe hübscher Gasthäuser lagerten Berge von Häuten, Fässern, Steinen und Holz.

Anna seufzte. Nach dem Verlust ihrer Arbeit bei Gertie Willmers arbeiteten mittlerweile sowohl ihre Mutter Elisabeth als auch Lenchen als Putzhilfen in einem vornehmen Bonarenser Viertel – San Telmo. Es hatte einige Mühe gekostet, doch Anna war es gelungen, Mutter und Schwester von der Arbeit in einem spanischen Haushalt zu überzeugen. Nie wieder, nie, nie wieder, durften sie sich von Angst und Gleichgültigkeit überwältigen lassen. Gleichgültigkeit war das gewesen, was Anna gespürt hatte, nachdem die ersten Tage in Buenos Aires vorübergegangen waren, aber sie war entschlossen, dies nicht mehr zuzulassen. Das war der Grund, weshalb sie regelmäßig Tisch und Boden schrubbte – sie würde zu verhindern wissen, dass die Wohnung wieder verdreckte. Anna hatte neues Sackleinen für die Fensterrahmen besorgt, denn Fensterglas gab es längst keines mehr. Sie hatte den Vorratseimer für das Wasser gesäubert und achtete darauf, dass stets frisches Wasser bereitstand, welches sie von den Wasserverkäufern auf der Gasse kaufte, die ihr Gut mit lauten Stimmen anpriesen. Sie hatte auch das winzige Krankenzimmer aufgeräumt, Kalebs Decken ausgeschüttelt und gelüftet.

Trotzdem konnte auch die beste Ordnung nicht über den Ort hinwegtäuschen, an dem Anna und ihre Familie sich befanden. Viele Häuser in diesem Elendsviertel hatten nur ein Zimmer, höchstens zwei, so auch das Haus der Familie Brunner-Weinbrenner. In den meisten Wohnstätten standen die Betten auf einfacher, gestampfter Erde, wobei sich der glücklich schätzen konnte, der ein Bett hatte. Seine Habseligkeiten bewahrte man in Truhen auf. Schmuckwerk kannten die wenigsten Häuser. Bei den Nachbarn hatte Anna einen gerahmten Spiegel neben einem Kreuz und einem Schälchen mit Weihwasser gesehen. Durch ein anderes Fenster waren Lenchen und ihr zwei Nippes-Figürchen aufgefallen, die die Jüngere sehnsüchtig betrachtet hatte.

Anna hatte keinen Sinn für solch nutzlosen Kram. Sie kämpfte um ihre Zukunft, kämpfte darum, den Kopf hoch erhoben und die Gleichgültigkeit fernzuhalten. Täglich sah sie, was Menschen geschah, die ohne Ziel von Tag zu Tag lebten, von der Hand in den Mund, kaum besser als die Ratten, die in der Dämmerung herauskamen und sich auf die Suche nach Aas und Abfall machten.

Ihren Vater sah Anna kaum. Wenn sie früh am Morgen zur Arbeit ging, schlief er oft noch in seiner Ecke oder war schon unterwegs. Wenn sie heimkam, trieb er sich irgendwo in den Gassen oder Schänken herum und kehrte erst zurück, wenn seine Tochter schon schlief. Eines Abends, als Anna gerade von der Arbeit nach Hause zurückgekehrt war, stand er plötzlich vor ihr in diesem einen Zimmer, das ihrer aller Lebensmittelpunkt war. Aus blutunterlaufenen Augen sah er sie an. Sein schütteres, verfilztes Haar schien noch dünner und grauer geworden, als sie es in Erinnerung hatte, die Augenlider schwer.

Er ist schmal geworden, dachte Anna, doch seine Haut wirkt aufgeschwemmt und farblos.

Der Vater schwankte, während er sie anstarrte. Ein deutlicher Geruch von Alkohol ging von ihm aus. Anna wusste, dass es ihn täglich in die Schankstuben trieb, wo er jeden lumpigen Papier-Peso, den er verdiente, wenn er denn mal Arbeit hatte, sofort ausgab, und manchmal auch das Geld seiner Frauen dazu. Von Anfang an hatte Anna ihren Verdienst deshalb gut versteckt gehalten.

Ich werde nicht zulassen, dass er mein hart verdientes Geld für billigen Fusel ausgibt, schoss es ihr durch den Kopf, ich werde nicht zulassen, dass er uns in den Abgrund reißt.

Der Gedanke, so unvermittelt, wie er gekommen war, erschreckte sie. Sie ließ ihren Vater nicht aus den Augen.

»Anna?«, lallte der nun. »Schön, dass du da bist, Anna.«

»Guten Abend, Vater.«

Weil sie nicht wusste, was sie weiter tun sollte, rieb Anna mit dem Schmutztuch nochmals über den längst sauberen Tisch. Sie hatte Brot gekauft, ein paar Tomaten und etwas Fenchel, Zutaten, aus denen sie ein Gericht zubereiten wollte, von dem ihr Maria erzählt hatte.

Heinrich schwankte auf den Tisch zu und hielt sich daran fest. Anna wich unwillkürlich zurück. Auch früher war ihr Vater häufig schlechter Stimmung gewesen und hatte stets dazu geneigt, zu schwarz zu sehen, aber er hatte sich niemals gehen lassen. In Buenos Aires hatte sich das offensichtlich geändert.

Jetzt schaute er das Gemüse auf dem Tisch an. Sie sah ein Speichelfleckchen auf seinem von groben Bartstoppeln bestandenen Kinn. Hautfetzen pellten sich von seinen trockenen Lippen ab. Oberhalb der rechten Schläfe bemerkte sie eine grindige Stelle auf seinem Kopf, über die er nun genüsslich kratzte. Anna schluckte unwillkürlich Übelkeit herunter. Schon am Morgen war ihr plötzlich ganz flau geworden. Sie hatte sich gekrümmt und bittere Galle hervorgewürgt. Der Essensgeruch, der ihr aus einem der Hinterhöfe entgegengekommen war, hatte mit einem Mal keine Begierde mehr ausgelöst, sondern eine Welle von Übelkeit.

»Was willst du mit dem welschen Zeug?«, murmelte Heinrich im nächsten Moment. »Kannst du kein gutes deutsches Essen kaufen? Fleisch möchte ich und Kartoffelklöße und Rotkraut, nicht diesen fremden Dreck. Wir sind Deutsche, Mädchen!« Anna sah, wie ihr Vater schwankte, dann wischte er sich mit dem Handrücken über Mund und Nase. »Alle essen sie Fleisch, sogar die Ärmsten, nur wir können uns das nicht leisten. Nur wir sind so dumm, dass wir uns die Butter vom Brot nehmen lassen.« Die Aufregung ließ Speichel von seinen Lippen sprühen.

Anna starrte die saftig roten Tomaten an. Das Gemüse war günstig gewesen, das hatte sie überrascht. Sie hatte schon überlegt, ob sie selbst etwas Gemüse im Hinterhof anpflanzen sollte. Viele taten das hier. Sie konnte sich vorstellen, Tomaten zu ziehen, so konnte sie Geld sparen und ihren kargen Speisezettel ergänzen. Sie würde Maria fragen, die sich damit offenbar auskannte. Entschlossen legte Anna ihre Hand auf das Brot.

»Ich werde jetzt Essen machen, Vater«, sagte sie mit fester Stimme.

Heinrich schüttelte den Kopf – vorsichtig, denn er konnte sich offenbar nicht schnell bewegen, ohne dass es ihn schmerzte.

»Du bist zu viel bei diesem italienischen Lumpenpack. Ein deutscher Mann braucht Fleisch und Kartoffeln und Kraut, habe ich das nicht eben gesagt? Auch dein armer Kaleb braucht etwas zu beißen zwischen die Zähne und nicht dieses Gelumpe hier.« Heinrich wies in Richtung der Tomaten.

Kaleb hat schon seit Tagen kaum etwas gegessen, dachte Anna. Er sagt, er habe keinen Hunger, aber sie wusste, dass er nicht aß, weil er wieder einmal nicht arbeiten konnte, und damit nichts zum Haushalt beitrug. An diesem Abend hatte sie sich vorgenommen, ihn dazu zu zwingen zu essen, auch wenn sie jetzt schon vermutete, dass sie sich nicht durchsetzen würde. Er hatte seinen Kopf, nicht nur sie den ihren.

Das mag ich an ihm, dachte Anna unvermittelt, und ein Lächeln huschte über ihr Gesicht.

Mit einem Aufstöhnen ließ sich der Vater auf die Bank fallen, die trotz seines knochigen Körpers gefährlich ächzte.

»Sag, Mädel, was willst du überhaupt bei den verdammten dreckigen Italienern?«

Anna antwortete nicht. Das ging ihn nichts an. Es ging ihn nichts an, dass sie Maria von ihren Sorgen erzählen konnte und dass die Freundin ihr einfach zuhörte. Es ging ihn nichts an, dass die Anspannung von ihr abfiel, sobald sie vor Marias und Lucas kleinem Häuschen in der Sonne saß. Dort erwartete niemand von ihr, dass sie alles ins Lot brachte. Dort konnten Elisabeth und Lenchen sie nicht mit erwartungsvollen Augen ansehen und Lösungen von ihr fordern, die sie bisher immer gefunden hatte. Dort konnte sie sein, was sie war: erschöpft, hoffnungslos, traurig und müde, so müde.

»Aber hübsch ist sie«, sagte Heinrich plötzlich und vollführte mit den Händen Bewegungen, die wohl die Figur der schönen Italienerin nachzeichnen sollten. »Maria«, gurrte er.

Wieder flogen Speicheltropfen von seinen Lippen, und zum ersten Mal packte Anna beim Anblick ihres Vaters wahres Grausen. Entschlossen drehte sie sich von ihm weg.

Am nächsten Morgen war Heinrich wieder nüchtern, aber umso schlechter gelaunt. Er beschwerte sich über die Enge, über den Schemel, den Lenchen hatte stehen lassen und über den er gestolpert war, über das karge Essen, die Feuchtigkeit, die Hitze, den Lärm einiger Kinder.

»Ich werde heute Arbeit finden«, verkündete er endlich großspurig.

Keine der Frauen wechselte einen Blick mit der anderen. Es war nicht das erste Mal, dass Heinrich so etwas sagte, und sie hatten aufgehört, dem Ganzen irgendeine Bedeutung beizumessen. Der erste Weg, das wussten sie alle, würde ihn ohnehin in irgendeine *pulpería* führen, in der er dann das Wenige vertrank, was ihm von der letzten Arbeit noch geblieben sein mochte. Vielleicht würde er aber auch gleich eine von ihnen anbetteln.

Daheim ist es uns besser ergangen, schoss es Anna durch den Kopf. Wir waren nicht reich, nicht arm. Wir hatten ein sauberes kleines Haus und Arbeit. Wir wussten, dass sich an unserem Leben nichts ändern würde – weder zum Guten noch zum Schlechten. Hier, dachte sie, weiß ich gar nichts. Ich weiß nicht, was ich tun soll, wenn die Luft so drückend schwül ist, dass ich kaum atmen kann. Ich weiß nicht, wer mir helfen kann, wenn das Kind kommt. Ich kenne die Sprache nicht. Ich weiß nicht einmal, was sie mir auf den Straßen hinterherrufen, und warum sie dann lachen.

Sie erinnerte sich an jenen schönen Tag, an dem der Vater erstmals mit der Idee nach Hause gekommen war, auszuwandern; ein Tag, der so warm und verheißungsvoll gewesen war, dass er dazu eingeladen hatte, die tollsten Pläne zu schmieden. Einige Wochen später schon hatte man sich mit einem Auswanderungsagenten zusammengesetzt. Kaum drei Monate darauf war der Vater fest entschlossen gewesen zu gehen und hatte bald Kaleb auf seine Seite gebracht. Ein Kartenhaus war es, das sich die beiden in den schönsten Farben ausgemalt hatten, und wie schnell war es zusammengestürzt.

»Versteh doch, Anna«, hatte Kaleb zu ihr gesagt, während sie wieder einmal nebeneinander an der Nahe gelegen hatten, wo sie nach dem sonntäglichen Gottesdienst den Tag hatten verbringen wollen. »Das ist meine Gelegenheit, ein Stück eigenes Land zu erwerben, oder einen eigenen Betrieb aufzubauen. Sie suchen Tischler dort drüben, Schreiner, Zimmerleute. Jost hat es mir gesagt, und dem hat's sein Schwager geschrieben. Es gibt keine Schätze drüben, aber es gibt gutes Land, das ein braver Mann mit seiner Hände Arbeit erlangen kann. Vielleicht werden wir sogar eines Tages unseren eigenen Bauernhof haben. Erinnerst du dich, vor fast zehn Jahren sind welche ausgewandert ... nach Santa Fe. Vielleicht finden wir Land in Santa Fe. Unser eigenes Land, stell dir das doch einmal vor. Ja, gut, wir werden dafür arbeiten müssen, aber dort drüben, Anna, dort drüben kann ein Mann noch etwas erreichen mit seiner Hände Arbeit. Hier bin ich nichts und bleibe nichts.«

Seine Arme hatten einen weiten Bogen beschrieben, und sie hatte gewusst, dass er an das kleine Stück Land dachte, das er sich nach dem Tod der Eltern mit seinen Brüdern würde teilen müssen. Zu viel zum Sterben, zu wenig zum Leben.

Das war ihr letzter gemeinsamer Sommer in Deutschland gewesen.

Aber keine der Versprechungen war eingetreten, keiner der Träume hatte sich erfüllt. Das meiste gute Land war längst vergeben, schwer oder gar nicht zu bekommen, und was nützte es, wenn man einen Flecken irgendwo in der Einöde bewirtschaftete, in die kein richtiger Weg hinein und aus der ganz sicher keiner mehr herausführte. Sie hatten es doch erlebt. Zu allem brauchte man zudem Geld, und davon hatten sie nicht mehr genug gehabt nach der Reise und den ersten unglücklichen Monaten in der fremden Welt. Vielleicht waren sie auch zu ungeschickt gewesen, anderen war es doch auch gelungen, ihr Glück zu machen.

Anna beugte sich vor und schrubbte noch energischer über den Tisch, legte all ihre Wut, Enttäuschung und Verzweiflung in die Bewegung.

Am Tag zuvor, als sie gerade Diablo gestriegelt hatte, hatte mit einem Mal Breyvogels knapp zwanzigjähriger Sohn Joris im Stall gestanden, von dem sie bisher nur gehört, den sie aber noch nicht gesehen hatte.

Der junge Mann war Stefan Breyvogel wie aus dem Gesicht geschnitten, wenn auch seine Züge weicher wirkten als die seines Vaters und sein Haar die Farbe von Rosskastanien hatte. Was das anging, kam er nach seiner Mutter Candida Breyvogel, einer halben Spanierin, die, Gerüchten zufolge, in jeder weiblichen Person in seiner Nähe eine Gefahr für ihn sah. Anna war in ihrer Arbeit fortgefahren, ohne Joris ganz aus den Augen zu lassen. Der junge Mann hatte sie grinsend beobachtet.

Als sie den Stall später verließ, stellte er sich so in die Tür, dass sie sich an ihm vorbeidrängen musste. Sein warmer Atem streifte ihre Wange. Ohne es zu wollen, blickte sie ihn an. Er grinste breit und küsste sie im nächsten Moment auch schon. Anna machte sich vollkommen steif. Da ließ er sie los.

»Na, daran müssen wir aber noch arbeiten«, sagte er, und sie sah in seinen Augen, dass er weniger Widerstand erwartet hatte.

Ich muss ihm aus dem Weg gehen, dachte Anna jetzt und rieb mit dem Tuch über eine Stelle, die einfach nicht sauber werden wollte. Würde das gehen? Joris war Breyvogels Sohn, das Fuhrunternehmen sein Zuhause. Wenn er nicht geschäftlich für seinen Vater unterwegs war oder mit seiner Mutter auf der kleinen Estancia der Breyvogels außerhalb von Buenos Aires weilte, würde sie ihn jeden Tag sehen.

»Es ist Sonntag«, hörte sie plötzlich die Stimme ihrer Mutter in ihrem Rücken und fuhr herum. Ihre Mutter blickte sie ernst an, einen Ausdruck in den Augen, der eine Mischung aus Vorwurf und Ergebenheit war. »Du solltest den Tag des Herrn ehren«, fuhr Elisabeth dann fort.

Unvermittelt spürte Anna Wut in sich aufsteigen. Wie ihre Mutter da so vor ihr stand, zart und blond mit schmalen grünen Augen, ein wenig wie die einer Katze, hätte sie sie gerne angeschrien.

Du tust gerade so, als habe sich nichts verändert, aber nichts ist, wie es einmal war, Mutter, dachte Anna. Unser Leben hat sich geändert. Wir müssen strampeln, um zu überleben, uns recken und strecken, um nicht im Dreck zu versinken, ob es Sonntag ist oder nicht. Sie schluckte.

»Wo ist Lenchen?«, fragte sie dann, Elisabeths Worte ignorierend.

»Sie ist im Gottesdienst.«

»Sie hatte mir helfen wollen.«

Elisabeth hob die Augenbrauen. »Sie tut das, was wir alle am Tag des Herrn tun sollten.«

»Warum bist du dann hier, Mutter?«

Elisabeth antwortete nicht. Dann musterte sie ihre älteste Tochter mit einem Mal eingehend.

»Kann es sein, dass du ein Kind erwartest, Anna?«

Anna erschrak. Hatte sie sich in dieser kurzen Zeit so verändert, dass man ihr die Schwangerschaft schon ansah?

»Warum, Anna?«, fuhr die Mutter fort, als Anna nicht antwortete. »Und wann wolltest du es uns endlich sagen? Du weißt doch, wie schwer wir es haben. Wie sollen wir für ein Kind sorgen, ausgerechnet jetzt? Wie weit bist du? Sag es mir! Und der Vater, wer ist der Vater?«

Der Vorwurf in Elisabeths Stimme war zum Schneiden dick, und dieses Mal konnte sich Anna nicht beherrschen.

»Es ist mein Kind und das Kind meines Mannes Kaleb. So etwas passiert zwischen Eheleuten, Mutter, oder was dachtest du? Ich weiß es ja selbst erst seit kurzem sicher. Und was hätte ich denn tun sollen? Weitergearbeitet habe ich, und weiterarbeiten werde ich, bis es nicht mehr geht.«

Ich habe mich nicht hängen gelassen, fügte sie im Stillen hinzu. Sie hoffte nur, dass sie noch lange würde arbeiten können, dass sich ihr Leib nicht zu schnell rundete und sie ihr Mieder weiter schnüren konnte, um ihren Zustand zu verbergen. Jeden Abend würde sie Gott für die Tage danken, an denen sie arbeiten durfte, und ihn jeden Abend anflehen, ihr noch einen neuen Tag zu schenken.

Ihre Mutter starrte sie an.

Sie hat Hindernisse nie gemocht, auch keine Veränderungen, dachte Anna. Sie hat es sich immer einfach gemacht, stets waren die anderen schuld. Stets hat es jemanden gegeben, der die Sache für sie in die Hand nahm. Sie hat immer ihre Helfer gehabt. Immer hat es jemanden gegeben, der dieser zarten Person, die Kastanien aus dem Feuer geholt hat.

Übelkeit stieg in Anna hoch, sie drängte sie herunter. Elisabeth strich sich mit zittrigen Fingern das Haar zurück.

»Aber du bist die Einzige...«, begann sie dann nörgelnd.

Anna seufzte. »Ja, ich weiß, dass ich die Einzige bin, die gutes Geld heranbringt.«

Und das würde sie weiter tun, solange ihr das möglich war. Anna bemühte sich, ihre Mutter anzusehen und keine bohrende Wut zu verspüren.

Sie kann es nicht anders, dachte sie. Irgendwann einmal hatte ihr älterer Bruder Eduard ihr erzählt, dass der Vater ihrer Mutter ein wohlhabender Bauer gewesen war, der ins Unglück gestürzt war.

»Du musst das verstehen, Anna«, hatte er gesagt, »von einem Tag auf den anderen war ihr Leben nicht mehr das, was es vorher war. Ich weiß noch nicht einmal, ob sie Vater heiraten wollte.«

Ja, vielleicht hatte sie Heinrich Brunner nicht heiraten wollen. Damals hatte sie ihre Sicherheit verloren, damals war sie von einer umworbenen Schönheit zu dem geworden, was sie jetzt war: Eine Frau, die ihr Ziel nie auf geradem Weg anging, die täuschte, sich schwach zeigte und keine Veränderungen mochte.

Anna bemerkte, wie ihre Mutter zurücktrat und sie prüfend ansah.

»Man sieht noch kaum etwas.«

»Ich sagte doch, dass ich erst am Anfang bin.«

Elisabeth wiegte den Kopf hin und her. »Vielleicht haben wir Glück. Vielleicht verlierst du es ja.«

Anna konnte nicht umhin, die Fäuste zu ballen. Obwohl sie dergleichen kürzlich noch selbst gedacht hatte, empfand sie nun zum ersten Mal eine Verbindung mit dem Wesen, das in ihr wuchs. Worte dafür fand sie keine. Sie wollte ihrer Mutter auch nichts mehr entgegnen.

Und so drehte sie sich erleichtert zur Tür um, die eben geöffnet wurde. Lenchen trat ein, bemüht, das Lächeln auf ihrem Gesicht zu unterdrücken. Was auch immer sie getan hatte, im Gottesdienst war sie sicherlich nicht gewesen.

Die Schwangerschaft schritt indes weiter fort, aber Anna konnte sie gut verbergen. Und obwohl mittlerweile der Juli gekommen war und sie bald den fünften Monat erreicht hatte, blieb sie schmal und fühlte sich kaum beeinträchtigt.

Wieder einmal begann ein harter Arbeitstag im Fuhrunternehmen Breyvogel. Eine Kutsche war in den Hof gefahren, der Kutscher hatte die Zügel einem wartenden Stallburschen hingeworfen. Anna half beim Abschirren, schleppte das schwere Geschirr dann an seinen Platz, holte Wasser und eine erste Portion Hafer für die Tiere.

Der Schweiß trat ihr auf die Stirn, während sie wenig später das erste Pferd striegelte. Am Eingang des Büros tauchte Joris auf und schaute ihr mit süffisantem Lächeln zu.

Ich muss vorsichtig sein, dachte Anna, ich darf ihm keinesfalls allein begegnen. Als habe er ihre Gedanken gehört, grinste Breyvogels Sohn sie nun an, breit und anzüglich. Stoisch fuhr sie mit ihrer Arbeit fort, schluckte die aufkommende Wut herunter und gab sich ihren Gedanken hin.

Es gab ja auch andere, gute Tage, an denen Anna die Stadt erkundete. Es gab Tage, an denen sie nach der Arbeit zum Hafen beim Zollhaus lief und auf das mal schäumende, mal unbewegte Wasser hinausblickte, und Sonntage, an denen sie ziellos durch das Reichenviertel San Telmo spazierte und die herrlichen Häuser dort bewunderte. Manchmal konnte sie von der Straße aus einen Patio erspähen. Von Lenchen wusste sie, dass die meisten Häuser mehrere solcher Innenhöfe aufwiesen, an die eine Vielzahl unterschiedlich genutzter Räumlichkeiten grenzte. Die Quartiere der Dienerschaft, die Küche und die sanitären Anlagen fanden sich in jedem Fall im hinteren Bereich des Hauses. Weil Steuern auf Basis der Front eines Hauses erhoben wurden, waren manche Häuser in Buenos Aires weitaus länger als sie breit waren.

Während es in den reichen Vierteln abends auf den Straßen stiller wurde, denn hier hielt man Öffentliches und Privates entschlossen getrennt, kamen vor den Häusern der einfacheren Leute an warmen Abenden die vielen einfachen Handwerker, die Ladenbesitzer, die Krämer und die kleinen Kaufleute ins Freie. Sie stellten ihre Stühle auf, um einem Gitarrenspieler zu lauschen, einem Geschichtenerzähler zuzuhören oder eine Sängerin zu bewundern.

Tatsächlich trennten oft nur kurze Distanzen die Elite vom einfachen Volk. So fanden sich jenseits der Calle Defensa und ihrer Verlängerung schmutzige Elendsquartiere auf den Inseln in Ufernähe, während zugleich respektable Wohnhäuser in kurzer Entfernung von Bordellen standen. Je weiter es in den Norden von Buenos Aires ging, desto ordinärer wurden die Frauen, die auf den Straßen ihre Dienste anboten, und es gab unzählige Bordelle und Casinos.

Auch die Stadtmitte war nicht den vornehmen Bürgern vorbehalten. In den vielen Einzelhandelsgeschäften, Kaffeehäusern, Regierungsbüros und kirchlichen Einrichtungen arbeiteten ungelernte Arbeiter und Angestellte neben den Besitzern und höher gestellten Regierungsbediensteten.

Das Buenos Aires der Geschäfte, des Kaufens und Verkaufens, so erschien es Anna, kam nie zur Ruhe. Eng an den Auslagen der Geschäfte entlang verliefen die Straßen, drängten sich unablässig Käufer und Verkäufer. Früh morgens schon bauten die fliegenden Händler ihre Verkaufsstände auf. Bald stieg der erste Duft von gebratenem Fisch in die Luft, der meist von Frauen feilgeboten wurde. Andere verkauften Kleinigkeiten wie Garn, Nadeln und Knöpfe. Immer herrschte Lärm und Bewegung, wurde gelacht, geflucht und mit Prügeln gedroht, denn der Verkehr war höllisch und die viel zu schmalen Bürgersteige zwangen die Fußgänger auf die Straßen in den Weg von Pferden, Wagen und Kutschen.

Besonders schwierig war es an Straßenecken, dort, wo sich die Fußwege so eng an die Häuser schmiegten, dass man kaum sah, was um die nächste Ecke lag. Viele kleine Geschäftsleute eröffneten genau dort ihre *pulpería*. An den Eingängen solcher Schankstuben standen oft raue Kerle, Gauchos vom Land in bunten Ponchos und hellen dreiviertellangen Hosen, den *chiripás*, starrten vor sich hin und tranken, während ihre Kumpane drinnen ihr Hab und Gut verspielten.

Dass Buenos Aires immer wieder mit Überschwemmungen zu kämpfen hatte, zeigten die einfachen Pfahlbauten des Viertels Barracas oder die hohen Bürgersteige in bestimmten Straßenzügen, so auch rund um die Plaza de La Victoria, wo man, um auf die Straße zu gelangen, über einige hohe Stufen hinabsteigen musste, die so abgenutzt waren, dass sich vor allem kleine Jungen einen Spaß daraus machten, jauchzend auf dem Po hinunterzurutschen.

In den letzten Jahren, so hatte Anna erfahren, hatte sich die Stadt vor allem nach Westen ausgedehnt. Neue Plazas waren entstanden, jene Orte in einem Viertel, an denen sich am sichersten Güter, Dienstleistungen und Neuigkeiten unter die Leute bringen ließen. Noch waren die Straßen in den meisten westlichen Stadtvierteln nicht gepflastert, Bürgersteige wie auch Straßenschilder selten. Abhängig von der Jahreszeit konnten sich die Straßen in Schlammlöcher verwandeln, oder der Wind blies Staubwolken umher und machte allen, die draußen unterwegs waren, das Leben schwer. Auch Häuser waren spärlich in diesen Randgebieten der Stadt. Auf den freien Flächen zwischen den wenigen Gebäuden wurde Gemüse angepflanzt, sodass man sich leicht auf dem Land wähnen konnte.

Bewegte man sich dagegen nach Osten, auf das Wasser zu, veränderte sich das Gesicht der Stadt vollkommen: Arbeiter, Büroangestellte und feine Damen füllten hier die gepflasterten Straßen. Es gab Bürgersteige, wenn auch die Straßenbeleuchtung auf sich warten ließ.

Eines Abends nach der Arbeit stand Anna wieder einmal vor einem der vornehmen Restaurants der Stadt. Sie hatte schon oft dort gestanden und den feinen Herren und Damen beim Betreten der Einrichtung zugesehen, um sie später, so weit möglich, durch die Fenster bei ihrer Abendunterhaltung zu beobachten. Wenn man geschickt war, sahen einen die Aufpasser nicht, und man wurde nicht verjagt. Anna war geschickt, und seit sie zum ersten Mal dort gestanden hatte, wusste sie, dass sie es genoss, sich dem goldenen Theater hinzugeben, das jeden Abend hinter den großen Scheiben seinen Lauf nahm.

Es war kühl, aber Anna fror nicht nur der äußeren Kälte wegen. Sie war müder als sonst, fühlte sich erschöpft. Der Tag war anstrengend gewesen. Am frühen Morgen hatte sie ihr Vater mit bissigen Bemerkungen verärgert, während Mutter und Schwester ohne Unterlass geklagt hatten. Bei ihrer Arbeit hatte sie über Stunden hinweg keine Pause machen dürfen. Sie hatte die Pferde gestriegelt, gefüttert und Ställe ausgemistet.

Einer der Stallknechte hatte sie gebeten, sich ein Pferd anzusehen, das durch seine große Schreckhaftigkeit schon mehrfach Schwierigkeiten bereitet hatte. Nachdem die Arbeit in den Ställen getan war, hatte Stefan Breyvogel sie dazu angehalten, das Bürogebäude zu putzen. Sogar seinen Schreibtisch hatte sie ordnen sollen.

Für einen Moment, erinnerte sich Anna, während sie ihr Umschlagtuch zitternd enger um sich zog, hatte sie, als sie sich allein gewusst hatte, ihre Hände auf die polierte Oberfläche des Tisches gelegt und die kleine Nachbildung einer griechischen Göttin bewundert, die Stefan Breyvogel als Briefbeschwerer diente. Sie hatte mit Erleichterung daran gedacht, dass Joris Breyvogel sich seit einigen Tagen wieder einmal auf Grundstückssuche befand. Breyvogel spielte mit dem Gedanken, Schafe zu züchten, und sie hatte deshalb die ruhige Wärme des Bürohauses wirklich genießen können, ohne befürchten zu müssen, sich der Annäherungen seines Sohnes erwehren zu müssen.

Wie lange habe ich mir nun keine Gedanken mehr um meine Zukunft gemacht, überlegte Anna, seit wie langer Zeit ist das Leben nur noch ein täglicher Kampf ums Überleben, ein Kampf um die Familie, ein Kampf um Kaleb, dem es nicht besser gehen wollte, dem es niemals wieder gut gehen würde. Sie musste sich daran gewöhnen, dass ihr zupackender Ehemann ein Wrack geworden war. Sie musste sich daran gewöhnen, dass er sterben würde.

Für einen weiteren Moment hatte sie am Schreibtisch gestanden und durch das sauber polierte Fensterglas nach draußen geschaut, und ein leises Begehren hatte sich in ihr gerührt, der Wunsch, dass es ihr auch einmal so ergehen mochte. Dass sie an einem solchen Schreibtisch sitzen und in *ihren* Geschäftspapieren würde lesen können.

Später am Tag hatte Candida Breyvogel sie zum Einkaufen geschickt, weshalb es Ärger mit Herrn Breyvogel gegeben hatte.

»Sie ist meine Arbeitskraft«, hatte der gepoltert, »schick deine eigenen Mädchen! Du hast genügend davon.«

Anna, die etwas entfernt gestanden hatte, den Korb mit den Einkäufen noch im Arm, hatte den Kopf gesenkt. Candida Breyvogel hatte etwas entgegnet, schnell und schrill. Sie hatte nichts verstanden. Noch immer war ihr Spanisch nicht sicher genug, wenn die fremde Sprache schnell gesprochen wurde. Danach waren Türen geflogen, doch entgegen Annas Befürchtungen hatte Stefan Breyvogel sie nicht zur Rechenschaft gezogen.

Anna fröstelte, während sie nunmehr die Leute betrachtete, die ins Restaurant hineingingen: schöne Frauen und stattliche Männer in prächtiger Kleidung, weiten Röcken in schimmernden, farbenfrohen Stoffen, bestickten Schultertüchern aus feinem Linnen. Sie sah schwarzes und blondes Haar, braune Locken und sogar einen Rotschopf, vielleicht ein Engländer, von denen es nicht wenige gab in diesem Völkergemisch, das in der Stadt beheimatet war.

Eigentlich wollte sie längst zu Hause sein, aber Anna konnte sich einfach nicht von dem Anblick hinter den großen Fensterscheiben trennen. Gaslampen tauchten den Speisesaal in ein Lichtermeer. Vornehm gekleidete Ober eilten zwischen den Tischen hin und her. Gäste ließen sich die Speisen schmecken, sprachen miteinander und lachten. Und wie sie lachten.

Anna starrte in ihre Gesichter und fühlte sich hin und her gerissen zwischen dem Bedürfnis, ebenfalls zu lachen oder in Tränen auszubrechen. Es war eine andere Welt, die da ihre Pracht vor ihren Augen entfaltete. Eine Welt, zu der sie niemals gehören würde, und Anna hatte sich noch niemals so ausgesperrt gefühlt wie an diesem Tag. Mit einer raschen Bewegung fuhr sie sich über die Augen.

»Der Teufel scheißt immer auf den gleichen Haufen«, hatte Kaleb in glücklicheren Tagen gesagt, und sie hatten darüber gelacht.

Aber er hat Recht, dachte Anna wütend. Ganz gleich, was ich tue, ganz gleich, wie ich mich anstrenge, ich komme nicht voran.

Aber ich will vorankommen. Sie hob ihre Hände, betrachtete die Verletzungen, die Narben, die blauen Flecken auf ihren Armen und die Kratzer. Mit einem Mal konnte sie die Tränen nicht mehr zurückhalten.

Plötzlich bemerkte sie eine Bewegung, die ihr seltsam vertraut war. Nochmals fuhr sie sich mit dem Handrücken über das Gesicht. Dann schaute sie erneut und genauer hin.

Nein, sie irrte sich nicht. Julius saß an einem der vorderen Tische und wandte sich gerade seinem Gesprächspartner zur Linken zu. Seinen Anzug kannte sie noch vom Schiff. Er hatte ihn zu einem jener Essen beim Kapitän getragen, zu denen die vornehmen Reisenden eingeladen gewesen waren.

Anna starrte ihn an, konnte sich nicht rühren, konnte nur dastehen. Er sah entspannt aus, wie er dasaß und redete. Sein Haar war sorgfältig gekämmt. Sein Lächeln wirkte freundlich, die Bewegungen locker und geschmeidig. Sie beobachtete, wie er das Kristallglas mit Wein hob und sich an den Mund führte, und dachte an Kaleb, dem es zunehmend schlechter ging. Keiner wusste, ob er die nächste Zeit überleben würde. Stetig wurde er schwächer. Er hustete noch häufiger Blut, schaffte es kaum mehr, aufzustehen. Die Besuche bei Luca und Maria waren schon längere Zeit zu einer Unmöglichkeit geworden.

Lange wird es nicht mehr gehen, hatte ihre Mutter kürzlich gesagt, und was machst du dann? Anna war der vorwurfsvolle Tonfall in Elisabeths Stimme nicht entgangen. Ihre Mutter hatte immer nur ihr eigenes Leid sehen können. Tag für Tag warf sie der Tochter die Schwangerschaft vor.

»Anna? Bist du das?«

Sie fuhr zusammen. Sie hatte nicht bemerkt, dass Julius seinen Platz verlassen hatte und vor die Tür getreten war. Er musste sie gesehen haben. Langsam drehte sie den Kopf von den glücklichen Menschen hinter der Scheibe weg. Julius stand noch einige Schritte von ihr entfernt, den Kopf fragend zur Seite gelegt, die Augen weit aufgerissen.

Komm nicht näher, dachte sie, komm nicht näher. Es darf nicht sein. Unsere Welten hätten sich niemals berühren dürfen. Wir hätten uns niemals kennenlernen dürfen.

»Anna«, wiederholte Julius.

Ohne Antwort zu geben, warf sie sich herum und rannte davon.

»Mit wem haben sie denn dort draußen gesprochen, Herr Meyer?«

Julius blickte von seinem Steak auf, in dem er abwesend herumgestochert hatte, seit er zu seinem Platz zurückgekehrt war. Der Duft nach Kräutern und Gewürzen, der ihm eben noch ein wohliges Gefühl vermittelt hatte, war ihm mit einem Mal gleichgültig. Er hatte keinen Blick mehr für das saftige Stück Fleisch auf seinem Teller. Julius war der Appetit gründlich vergangen. Entschlossen, sich nichts anmerken zu lassen, hob er den Kopf und räusperte sich.

»Jemand, den ich von früher zu kennen glaubte. Aus der alten Heimat.« Julius nahm erneut Messer und Gabel zur Hand.

»Diese Frau?«

Der alte Kaufmann, in dessen Kontor er seit Jahresbeginn arbeitete, schaute ihn, eine Augenbraue fragend erhoben, an.

»Ja, vom Schiff.« Julius zuckte die Achseln. »Aber ich habe mich wohl geirrt.«

»Ja«, sein Gegenüber schnitt sich ein großes Stück Fleisch ab und führte es zum Mund. »Eine gewöhnliche Bettlerin, nicht wahr?«, brachte er kauend hervor. »Es gibt viel zu viele von diesem Pack in dieser Stadt. Allenthalben wird man von diesen Tagedieben belagert. Wollte sie Geld?«

Julius griff nach seinem Glas. Offenbar ignorierte der Mann, dass er selbst nach draußen gelaufen war und dass die Frau – Anna – vor ihm fortgelaufen war.

Er trank, schnitt dann ebenfalls ein Stück Fleisch ab und führte es zum Mund. Während er kaute, dachte er über das Geschehene nach. Er hatte sich nicht geirrt. Sie hatte dort draußen vor dem Restaurant gestanden und hineingesehen. Blass und etwas verhärmt hatte sie ausgesehen, das Gesicht schmal, die Wangen ausgezehrt. Niemand musste ihm sagen, dass es ihr in dem Jahr seit der Ankunft nicht gut ergangen war. Aber wo wohnte sie? Zweifelsohne in einem der Armenviertel. Und was machte ihr Mann? Anna hatte mit so viel Liebe und Überzeugung von seiner Tatkraft gesprochen, dass er eifersüchtig geworden war. Was war, verdammt noch mal, geschehen?

Julius seufzte und musste sich zwingen, sich wieder Gesprächen zuzuwenden, die ihm leer und ziellos erschienen. Er hatte die Frau, die er liebte und nicht lieben durfte, gefunden und wieder verloren. Er war entschlossen, es nicht dabei zu belassen.

Drittes Kapitel

Anna war vorsichtiger geworden. Sie vermied die reichen Viertel. Sie ging seltener spazieren, und sie stand des Abends nicht mehr vor Restaurants, um etwas von der glanzvollen Welt dort drinnen zu erhaschen. Häufiger saß sie mit Mutter und Schwester zusammen, nähte und besserte Kleidung aus und verdiente sich damit einige Papier-Pesos hinzu. Sie versuchte, nicht zuzuhören, wenn ihre Mutter mal wieder lamentierte. Sie nahm sich vor, mit ihrem Vater zu sprechen, wenn der einmal nüchtern war. Vergeblich bemühte sie sich, mehr über Gustav und Eduard zu erfahren. Offenbar hatten die Brüder das Haus nach einem heftigen Streit mit den Eltern verlassen, doch mehr war einfach nicht aus Elisabeth oder Lenchen herauszubringen.

Lenchen war in diesen Tagen häufiger unterwegs. Sie sprach von besserer Arbeit, nach der sie Ausschau halten wollte. Auch Anna entschloss sich, die Abendstunden wieder einmal mit der Suche nach einer neuen Anstellung zu verbringen. Sie leistete gute Arbeit, aber sie wusste nicht, wie lange Stefan Breyvogel noch ein Weib Männerarbeit tun lassen wollte. Sie wusste erst recht nicht, was geschehen würde, wenn er ihre Schwangerschaft entdeckte.

Also machte sie sich auf, hielt nach Aushängen Ausschau, versuchte zu hören, worüber man sich unterhielt. Eine der Huren, eine Frau mit kaffeebrauner Haut und krausem Haar, lachte ihr ins Gesicht, als Anna einen Bogen um sie machte.

»So hab ich auch mal getan, dachte, ich wär zu fein für so

was. Aber weißt du was, Mädchen, ich verdiene gutes Geld. Ich kann mir leisten, was ich will, und muss nicht mehr herumschleichen wie eine Diebin«, reimte sich Anna aus den spanischen Brocken, die sie verstand, zusammen.

Sie gab keine Antwort, zog nur fröstelnd ihr Schultertuch enger über der Brust zusammen. Hinter der nächsten Biegung war die *pulpería*, in der der Vater zumeist einen Großteil seines Lohns versoff. Heute war es noch früh, vielleicht würde sie ihn überreden können, nach Hause zu kommen und damit das Schlimmste verhindern. Sie bog um die nächste Ecke und verlangsamte ihre Schritte, während sie auf ihr Ziel zusteuerte.

Im nächsten Moment schon packte eine eiskalte Faust nach ihrem Herzen. Ihr Herzschlag setzte aus und gleich darauf trommelnd wieder ein. Als habe sie mit einem Mal alle Kraft verlassen, blieb Anna stehen. Die Knie wurden weich, die Beine schlotterten, als bestünden sie aus Brotteig. Diese Fratze würde sie niemals vergessen, dieses pockennarbige Gesicht war auf immer in ihrer Seele eingebrannt. Das Gefühl der Angst, das sich auf dem Schiff so bleiern auf sie gelegt hatte, kehrte mit einem Schlag zurück.

Piet, dachte sie, das ist Piet. Aber wo war Michel? Wo der eine war, war der andere nie weit entfernt gewesen. Sie musste gehen, so schnell wie möglich und bevor Piet sie entdeckte.

Anna fuhr herum, da legte ihr jemand eine schwere Hand auf die Schulter. Nur mit Mühe hielt sie den Aufschrei zurück. Sie wollte sich losreißen, um davonzulaufen, und wurde nur noch fester gepackt. Nein, dachte sie, nein, bitte nicht!

»Anna?«

»Eduard?«

Anna riss die Augen auf. Sie hatte diese Stimme so lange nicht gehört und erkannte sie doch sofort. Mit einem Seufzer fuhr sie herum. Ihre Knie waren immer noch weich und zitterten. Ein gut gekleideter, groß gewachsener Mann stand vor ihr und lächelte sie an.

Eduard...

Ich habe ihn eineinhalb Jahre nicht gesehen, fuhr es ihr durch den Kopf, während sie unwillkürlich nach Vertrautem suchte: die warmen braunen Augen, die daheim so beliebt bei den jungen Frauen gewesen waren. Der große, etwas fleischige Mund, der einem Freuden versprach, über die man nicht nachdenken sollte, ohne zu erröten, wie ihre Freundin Gustl einmal gesagt hatte. Das Haar, dicht und dunkelbraun wie ihr eigenes, dieses typische Brunner-Haar mit ein wenig Rot darin, war länger, als sie es in Erinnerung hatte, und lockte sich auf seinen breiten Schultern. Vielleicht war es sogar etwas zu lang, es sah dementsprechend verwegen aus. Eduard hatte zugenommen.

Alles in allem sah Annas älterer Bruder aber weniger verändert aus als sie und die anderen Mitglieder ihrer Familie. Er sah nicht aus, als ob er Hunger leiden müsste oder sich abends Sorgen um den nächsten Tag machte. Er sah gut aus. Anna starrte ihn an, und er wich ihrem Blick nicht aus. Sie hatte Eduard immer gemocht. Sie waren sich stets nahe gewesen, obwohl er zehn Jahre älter war. Zu Hause hatte das ein Lebensalter an Erfahrungen ausgemacht. Er war stets da gewesen, wenn sie als Kind Hilfe gebraucht hatte. Er hatte sie getröstet und die Wunden gepflegt, die sie sich beim wilden Spiel zugezogen hatte. Auf einmal fühlte sie sich, als sei sie ihm näher als je zuvor.

»Ich freue mich, dich zu sehen, Kleines«, sagte Eduard nun und zog Anna kurz an sich.

Ein Gefühl der Vertrautheit kehrte zurück, als sie so dicht beieinanderstanden. Anna roch Tabak, einen Hauch von Alkohol, und bemerkte bald, dass Eduard sie wieder musterte.

»Wie geht es dir?«

»Wie soll es mir gehen?«

Blass war sie, mit dunklen Ringen unter den Augen. Das sah er wohl selbst.

»Es ist schwierig zu Hause?«

Anna konnte nur nicken, wollte nicht, dass er ihre Stimme hörte, die sicherlich zitterte, wenn sie von zu Hause sprach. Ein paar Mal atmete sie tief ein und aus.

»Warum hast du sie allein gelassen?«, fragte sie dann und ließ dieses Mal Eduard nicht aus dem Blick. Sehr kurz vermeinte sie, einen Hauch von Ärger auf seinem Gesicht zu sehen. Seine Hände ballten sich zu Fäusten, dann öffneten sie sich wieder. Er räusperte sich.

»Ich habe niemanden verlassen. Vater hat mich und Gustav vor die Tür gesetzt.«

»Warum?«

Er schaute sie an, überlegte, was er ihr antworten sollte.

»Das verstehst du nicht, Kleines«, sagte er dann nur.

»Sag es mir.«

»Ihm hat unsere Art zu leben nicht gefallen.«

Sie wollte weiter fragen und schluckte die Worte dann doch herunter. Ganz offensichtlich wollte er ihr nicht die Wahrheit sagen. Sie spürte Ärger und Bitterkeit in sich aufsteigen. Vielleicht hatten sie sich doch alle verändert, vielleicht war ihr noch nicht einmal Eduard geblieben.

Woher hat er seine Kleidung, fragte sie sich nun, und wie bestreitet er sein Leben?

Aber vielleicht hörte sie besser nicht, was er ihr zu sagen hatte. Vielleicht würde sie dann verstehen, warum der Vater ihn hinausgeworfen hatte. Anna verschränkte die Arme vor der Brust. Sie hatte sich gefreut, ihren Bruder wiederzutreffen. Jetzt beschlich sie angesichts des mit Silber-Pesos geschmückten Gürtels, des Seidenhemds und des dunklen Rocks aus gutem Stoff ein ungutes Gefühl. Ein kurzer Schauder überlief sie. Anna schob das Kinn vor, als könne sie ihrem Gesichtsausdruck damit mehr Festigkeit verleihen.

»Wo ist Gustav?«

»Unterwegs, er erledigt etwas Geschäftliches für mich.«

Erst in diesem Moment wurde Anna auf die anderen Männer aufmerksam, die im Verlaufe ihres Gesprächs langsam Schritt um Schritt näher gekommen waren und ihren Bruder nunmehr flankierten.

Sie runzelte die Stirn. Doch sie musste ihn fragen. Sie musste es tun. Sie musste wissen, womit er sein Geld verdiente.

»Was machst du, Eduard?«

Er schwieg einen Moment lang und lächelte sie dann schief an.

»Hat Mutter nichts gesagt?«

Sie schüttelte den Kopf.

»Typisch.« Eduards Mund verzog sich zu einem Grinsen. »Sie hat schon immer gedacht, die Dinge verschwänden aus der Welt, wenn man sie nur lange genug leugnet.«

»Leugnet, Eduard?«

Er sah plötzlich müde aus, und jetzt bemerkte Anna auch neue Falten in seinem Gesicht. Ja, er sah alt aus.

»Gustav und ich machen Geschäfte, Kleines.«

Wie von selbst wanderte Annas Blick zu seinen Begleitern. Einer von ihnen war weiß-, der andere schwarzhaarig. Der Weißhaarige trug ein Messer im Gürtel, den Unterarm des anderen zierte eine Tätowierung. Anna sah ihren Bruder an.

»Was für Geschäfte?«

»Das willst du wirklich nicht wissen, Kleines. Wenn du allerdings Geld brauchst«, mit einem Mal sah Eduard sie fast flehend an, »dann bin ich für dich da.«

Geschäfte, wiederholte Anna bei sich, Geschäfte. Ehrliche Geschäfte waren es wohl kaum. Sie senkte den Kopf, konnte ihren geliebten Bruder nicht mehr ansehen.

»Es sind keine ehrlichen Geschäfte, richtig?«

»Nein«, entgegnete Eduard langsam. »Versteh doch, ich wollte nicht im Dreck versinken. Ich wollte ein besseres Leben. Etwas Glück muss mir doch zustehen.«

Etwas Glück... Anna wich dem Blick ihres Bruders weiter aus. Ja, auch sie hatte gemeint, dass ihr etwas Glück zustand, aber doch nicht auf diesem Weg, nicht so.

»Sag mir, wenn du Geld brauchst«, wiederholte Eduard.

»Nein«, entgegnete Anna etwas zu schnell und etwas zu schrill. Von einem Moment zum anderen wurde ihr schlecht. Sie schluckte heftig. »Nein, das kann ich nicht.«

»Meine Schwester«, sagte Eduard halb über die Schulter an den Weißhaarigen gewandt, während sich der schwarzhaarige Gino etwas entfernt von ihnen an der Straßenecke postierte.

Elias trat näher heran und schaute, wie auch Eduard, der Frauengestalt hinterher, die sich mit raschen Schritten entfernte.

»Ich habe mich darauf gefreut, sie wiederzusehen. Ich dachte, wenigstens sie würde mich nicht verurteilen.«

Eduard sah Elias von der Seite an. Der ältere Mann kräuselte seine Lippen und kratzte sich dann hinter dem rechten Ohr.

»Gib ihr etwas Zeit.«

»Ja, vielleicht sollte ich das.«

Eduard überlegte. Seine Mutter lehnte sein Geld immer noch ab, aber das nur, weil sie sich vor Vater fürchtete. Anna würde ihre Entscheidung letztendlich pragmatischer fällen, das wusste er. Er spuckte aus.

»Wo ist Gustav? Er müsste längst zurück sein.«

Elias zuckte die Achseln. »Es heißt, er sei seit gestern Abend in der Stadt.«

Eduard hob die Augenbrauen. Seit gestern, wiederholte er bei sich und noch nicht bei mir gewesen? Musste er strenger werden? Hatte Gino Recht, und er war als Bandenführer zu nachlässig? Die Nattern zieht man sich immer selbst heran, hatte der Neapolitaner unlängst gesagt. Eduard bemühte sich, sich nichts von seinen düsteren Gedanken anmerken zu lassen. Ein joviales Lächeln überzog sein Gesicht, als er nun seinem engsten Vertrauten Elias auf die Schulter klopfte.

»Lass uns etwas trinken gehen. Meine Kehle ist staubtrocken.«

Maria stand an dem großen Tisch in dem Zimmer, das Luca und ihr gleichermaßen zum Essen, Schlafen und zur Liebe diente, die dunklen Haare in einen strengen Knoten gebunden, eine saubere Schürze um den schmalen Leib gebunden. Sie gab noch mehr Wasser zur Brühe hinzu. Wenn Geld da war, dann gab es eine kräftige Brühe. Dann gab es frische *gnocchi*, *tagliatelle*, Polenta oder Marias berühmtes deftiges *risotto*. Wenn kein Geld da war, wie an diesem Tag – und das kam weit häufiger vor –, wurde die Brühe mehrmals verdünnt, und es gab altes Brot dazu. Trotzdem lächelte Maria. Sie schöpfte die Abendspeise nun in die Blechteller, die ihr schon auf der Überfahrt gute Dienste geleistet hatten, und legte auf jeden noch eine dünne Brotscheibe.

Immerhin hatten sie zu essen. Immerhin hatten sie ein Dach über dem Kopf, immerhin hatten sie einander, nicht wie Pelegrini, der seine Frau und die drei Kinder auf der Überfahrt verloren hatte.

Drei Kinder! Maria hielt inne. Das musste wirklich schrecklich gewesen sein, ganz allein hier anzukommen, in der Neuen Welt, von der man sich so viel versprochen hatte. Das darfst du nie vergessen, sagte sie sich stumm, du bist nicht allein. Dafür kannst du Gott danken. Sie nahm sich vor, Pelegrini in den nächsten Tagen einmal wieder zu besuchen.

Von draußen hörte sie jetzt ein leises Pfeifen. Luca saß dort auf der Bank, den Rücken gegen die warme Hausmauer gelehnt, genoss den roten Schein der untergehenden Wintersonne und wartete auf sein Abendbrot. Er war guter Laune. Am Morgen hatte er Arbeit am Hafen gefunden. Die Ladung eines Schiffes hatte gelöscht werden müssen. Auch am nächsten und übernächsten Tag wurde ein Schiff erwartet, und dann würde er gutes Geld nach Hause bringen. Dann würden sie ihre Vorräte auffüllen und ein wenig Geld beiseitelegen, von dem sie sich irgendwann wieder ein Huhn oder ein gutes Stück Fleisch leisten konnten.

Maria holte den kleinen Beutel mit den getrockneten Chilischoten aus der Schürzentasche hervor, der letzte, den sie besaß, und streute ein paar wenige Krümel über die mittlerweile vollgesogene Brotscheibe. Morgen würde sie neuen Chili kaufen können. Alles war gut. Die Erleichterung schrieb erneut ein Lächeln auf ihr Gesicht. Dann trug sie Lucas Teller nach draußen.

»Danke«, sagte Luca, als er ihn entgegennahm, und schenkte Maria sein unwiderstehliches Grinsen.

Man sah ihm an, dass er schwer gearbeitet hatte. Schmutz haftete auf Gesicht und Händen, obwohl er sich sorgfältig und unter heftigem Prusten gewaschen hatte. Hungrig aß er die ersten paar Löffel Brühe, während Maria noch die Straße beobachtete. Die Pasqualinis, die ein paar Häuser weiter wohnten, aßen noch nicht zu Abend. Durch das geöffnete Fenster konnte sie Signora Pasqualini Gemüse schneiden sehen. Signor Pelegrini war noch nicht nach Hause gekommen. Auch die Kinder der Vinonuevos waren irgendwo beim Spielen verschollen. Nicht zum ersten Mal stand Susana Vinonuevo vor ihrem Haus und hatte die Hände in die Hüften gestemmt, während sie in immer kürzeren Abständen nach ihnen rief.

Maria bemerkte, wie Luca sie beobachtete. Dann stellte er den Blechteller neben sich auf der Bank ab und strich Maria vorsichtig über den linken Oberarm.

»Musst du wieder daran denken?«, fragte er sanft.

Maria konnte den Blick nicht von Giulio und seiner Schwester Giovanna nehmen, die gerade eilig die Straße entlang zu ihrer Mutter rannten. Sie nickte und biss sich auf die Lippen. Sie wollte nichts sagen, dann würde sie nur wieder weinen müssen. Auch Luca fehlten offenbar die Worte, denn er schaute sie nur traurig an.

»Es war nicht deine Schuld«, sagte Maria endlich doch und wünschte sich, ihre Stimme würde fester klingen.

Die kleine Chiara war nicht das erste Kind, das auf einer Überfahrt gestorben war, und sie würde nicht das letzte bleiben. Pelegrini hat drei Kinder verloren, erinnerte sie sich noch einmal. Und seine Frau. Maria schlang die Arme um den Leib. Trotzdem konnte sie ihr kleines Mädchen einfach nicht vergessen. Sie konnte es nicht, auch wenn sie Luca damit Schmerzen bereitete.

Es ist nicht seine Schuld gewesen, dachte sie, wir haben damals alle unsere Entscheidungen getroffen, und auch ich wollte diese Reise antreten. Auch ich wollte es. Ich wollte, dass Chiara einmal ein besseres Leben hat. Nun lag ihr kleines Mädchen auf dem Grund des Ozeans. Sie hatte kaum mitbekommen, wie man den kleinen Körper den Wellen überantwortet hatte, so vollkommen gefangen war sie in ihrem Schmerz gewesen.

»Iss«, sagte Maria nun leise, »ich hole nur meinen Teller und bin gleich wieder bei dir.«

Luca nickte, und sie hoffte, dass er sich keine Sorgen darum machte, ob sie selbst aß oder nicht. Es gab Tage, an denen sie viel an Chiara dachte und einfach keinen Hunger hatte. Acht gemeinsame Monate hatte Gott ihnen geschenkt. Seit dem Unglück war sie nicht mehr schwanger geworden.

Zurück im Halbdunkel des Raumes schaute Maria ihren Teller an. Auch ihre Brotscheibe hatte sich vollkommen vollgesogen. Als sie sich an den Tisch setzte, kam ihr ein neapolitanisches Schlaflied in den Sinn. Sie summte leise, während sie mit ihrem Löffel über den Rand des Blechtellers kratzte. Dieses Lied hatte sie oft für Chiara gesungen. Auch auf dem Schiff hatte sie das getan, als das Kind in ihren Armen vor Fieber geglüht hatte. Mit Chiara im Arm hatte sie dagesessen und sich geweigert zu essen. Nur etwas fauliges Wasser hatte sie ab und an getrunken, wenn Luca sie dazu gezwungen hatte.

Maria biss die Zähne aufeinander. An der Tür war mit einem Mal ein Geräusch zu hören. Sie hob den Kopf und schaute in Annas Gesicht.

»Darf ich hereinkommen?«, fragte die Freundin.

Ihre Stimme bebte. Sie hatte geweint.

Maria goss Anna etwas Wasser in ihren Blechbecher, das sie mit einem Tropfen Sirup versetzte. Dann saßen die Frauen einander einen Moment lang schweigend am Tisch gegenüber. Anna schien unsicher, wie sie beginnen sollte. Die Stirn kraus gezogen, drehte sie den Becher unruhig hin und her, nachdem sie ein paar Schlucke daraus genommen hatte. Mal suchte sie Marias Blick, mal wich sie ihm aus. Tränenspuren waren auf ihren Wangen zu sehen. Die junge Italienerin wartete.

Luca ließ die beiden Frauen allein. Von draußen kam lediglich das leise Kratzen von Blech auf Blech, schließlich war es still. Durch die offene Tür konnte man sehen, dass die Gasse inzwischen in tiefes Rot getaucht worden war. In den übel riechenden Abwässern spiegelten sich die letzten Sonnenstrahlen. Auf dem Tisch kämpften einige mit Nelken gespickte Zitronen gegen den süßlichen Verwesungsgeruch an, der, je nachdem wie der Wind stand, mal stärker, mal schwächer wahrzunehmen war.

»Ich habe Eduard getroffen«, sagte Anna schließlich.

Maria schaute sie fragend an.

»Meinen Bruder«, fügte Anna ergänzend hinzu.

»Eduard? Und...« Maria suchte offenbar nach dem richtigen Wort. »Und du weinst?«

Als sei es Maria, deren Worte sie erst daran erinnerten, fuhr sich Anna mit dem Handrücken über die Wangen. Dann ließ sie die Hände sinken.

»Kennst du meine Brüder, weißt du, was sie tun?«, fragte sie endlich, sich zur Ruhe zwingend.

Maria zuckte die Achseln. »Jeder weiß es. Jeder kennt Don Eduardo.«

Anna schaute sie an, als habe Maria sie aus heiterem Himmel geohrfeigt. »Aber ich wusste es nicht«, sagte sie dann leise. »Verstehst du? Ich wusste es nicht.«

Für einen Moment schwieg sie, die Augen starr auf den aus ein paar groben Brettern zusammengezimmerten Tisch gesenkt. Neue Tränen rannen über ihre Wangen, einzelne tropften auf ihre Hände herab und hinterließen dort kleine feuchte Streifen.

Maria streckte eine Hand über den Tisch und streichelte Annas rechte.

»Don Eduardo ist kein schlechter Mensch.«

Anna schüttelte den Kopf. »Meine Brüder sind Verbrecher«, flüsterte sie nach einer Weile. »Das ist es, was sie sind. Deshalb will Vater sie nicht sehen. Ich weiß nicht genau, was sie tun, aber es kann nichts Rechtes sein.«

Ihre Stimme zitterte, und sie begann zu schluchzen. Maria stand auf, ging um den Tisch herum und legte den Arm um Annas Schultern.

»Deine Brüder sind deine Brüder«, sagte sie einfach. »Was auch immer sie tun. Du liebst sie. Es sind deine Brüder.«

Anna schmiegte den Kopf fester gegen Marias Arm. Es tat gut, die Wärme eines anderen Menschen zu spüren. Zu lange schon hatte sie sich allein gefühlt. Sie dachte an Kaleb, der mittlerweile zu schwach war, für längere Zeit das Bett zu verlassen. Sie dachte an Eduard, der mit ihr und Gustav und Kaleb gemeinsam gespielt hatte, als sie Kinder gewesen waren, wann immer sich die Zeit ergeben hatte. Nichts hatte sie trennen können.

Anna machte sich von Maria los und setzte sich gerader auf, zog die Nase hoch und fuhr sich neuerlich mit dem Handrücken über Augen und Wangen.

»Eduard war immer gut zu mir. Er ist der Ältere, weißt du. Er hat oft mit mir gespielt, obwohl ich nur ein kleines Mädchen war. Mit mir und Kaleb.«

Maria nickte. »Er ist ein guter großer Bruder. Er liebt seine kleine Schwester.«

Für einen Augenblick schaute Anna den Blechbecher an, schob ihn dann mit einem Finger etwas von sich weg, um ihn gleich darauf wieder näher heranzuziehen. Ob Maria Recht hatte mit dem, was sie über Eduard sagte?

»Ich habe auch einen großen Bruder. Ich vermisse ihn sehr, Anna, sehr, sehr, sehr. Ich wünschte, er könnte hier bei mir sein.«

Anna nickte. Vielleicht musste sie es so sehen: Eduard war hier, bei ihr... Sie stand unvermittelt auf. Unwillkürlich wanderte Marias Blick an Annas Körper herunter. Sie zögerte, doch dann gab sie sich offenbar einen Ruck.

»Du erwartest ein Kind?«

Annas Wangen verfärbten sich rosig. »Sieht man es? Meine Familie weiß es, aber...«

»Nun, ich sehe es.« Maria schaute die Freundin prüfend an. »Wann ist es so weit?«

»Im Dezember, glaube ich.«

»Und was sagt Breyvogel?«

Anna senkte den Blick. »Er weiß es noch nicht. Vielleicht denkt er, ich esse zu viel...«

Sie hatte ernst klingen wollen und musste nun doch lachen. Auch Maria schmunzelte.

»Ich werde dir helfen«, sagte sie dann. »Ich kenne mich aus mit... *bambini*...«

»Mit Kindern. Danke.«

Annas Stimme klang atemlos vor Erleichterung. Maria und sie schauten einander an, und dann lachten sie beide, und endlich, ohne zu zögern, umarmten sie sich.

Was auch immer geschah. Sie waren Freundinnen.

Piet Stedefreund hielt mit der einen Hand das Stück Fleisch fest und säbelte mit einem Messer, das er in der anderen hielt, ein großes Stück ab und steckte es in seinen Mund. Würziger Bratensaft lief ihm über das Kinn in den offenen Kragen, während er kaute. Wenig später war der Teller leer, und er fuhr sich mit dem Handrücken wohlig seufzend über den Mund. Daheim hatte er sich so etwas Gutes niemals leisten können. Hier aß er Fleisch, wann er es wollte – nicht nur am Tag des Herrn. Mit der Zunge suchte er nach Resten zwischen den Zähnen, fingerte dann ein angespitztes Hölzchen aus seiner Westentasche, mit dem er sich die Zähne reinigte.

Michel, der ihm gegenübersaß, hatte sich schon das zweite Stück genommen. Don Eduardo sorgte wirklich gut für sie. Vorsichtig, unter gesenkten Lidern hervor, sah Piet zum Tischende, wo ihr Anführer mit seinen engsten Vertrauten saß. Elias hieß der Weißhaarige, Gino der Schwarzhaarige. Die Männer sprachen miteinander. Selten, nur selten, bewegte sich ihr Blick in Richtung des Fußvolks.

Mit gerunzelter Stirn musterte Piet die Männer in seiner nächsten Umgebung. Da gab es Jungen, zumeist kleine, drahtige Kerle, die sich hauptsächlich auf Taschendiebstahl und Einbruch konzentrierten. Daneben hockten kräftigere Männer, die gerne ihre Fäuste, oder wenn nötig Messer zur Hand nahmen, um an Dinge zu kommen, die ihnen nicht gehörten. Sogar ein paar Frauen mischten sich unter das bunte Völkchen, deren grelle Kleidung von dem zeugte, womit sie ihre Pesos verdienten.

Kurz rutschte Piet unruhig auf der Bank herum. Er hatte selbst schon lange kein Weib mehr gehabt, und es juckte ihn bisweilen mächtig zwischen den Beinen. Dann schaute er wieder zu Don Eduardos Tisch hinüber.

Irgendwann, dachte er auch an diesem Tag nicht zum ersten Mal, werde *ich* dort sitzen. Ich werde einen feinen Anzug tragen, nach dem Essen guten Tabak rauchen und Bourbon trinken. Die Weiber werden einander die Augen auskratzen, um auf meinem Schoß sitzen zu können, und ich werde mir aussuchen, wen ich mit auf mein Zimmer nehme. Ich werde sogar mit Messer und Gabel essen, denn das sieht verdammt vornehm aus. Die anderen, Piet betrachtete noch einmal seine nächste Umgebung, mochten mit den Brosamen zufrieden sein, die von Don Eduardos Tisch abfielen. Er war das nicht. Er wollte mehr, und er würde es bekommen. Das war sicher.

Piet stopfte den Zahnstocher zurück in die Westentasche. Wieder lief eines der Dienstmädchen mit einem Tablett frischen Grillfleisches vorüber. Don Eduardo hatte sich nicht lumpen lassen: Ein ganzes Rind war für das *asado*, wie man das Grillfleisch und auch das Fest, bei dem man es aß, nannte, gegrillt worden, dazu zwei Lämmer und ein Spanferkel. Noch einmal griff Piet zu. Während er sich einen neuen Happen in den Mund schob, drehten sich seine Gedanken wieder einmal darum, wie es ihm gelingen konnte, in den engeren Kreis aufzusteigen. Fußvolk, wie er es war, hatte kaum eine Möglichkeit, mehr als ein Wort mit Don Eduardo oder seinem Bruder zu wechseln. Don Gustavo, wie sie ihn nannten – Piet suchte den Raum nach dem Jüngeren ab – mochte letztendlich derjenige sein, über den der Weg nach oben gelingen konnte. In der letzten Zeit, war Piet aufgefallen, hatte der Bruder Don Eduardos häufiger unzufrieden gewirkt.

Vor wenigen Stunden erst war Gustavo von einer längeren Reise zurückgekehrt, danach hatte es einen kurzen, aber unüberhörbaren Wortwechsel aus dem Zimmer der Brüder gegeben. Es war um neue Geschäfte gegangen, doch offenbar, Piet kaute langsamer, während er Gustavos braunen Schopf suchte, gab es Unstimmigkeiten zwischen den Brüdern.

Da drüben, endlich hatte er ihn entdeckt. Obwohl sein Platz im engeren Kreis war, saß Gustavo heute nicht dort. Er selbst hatte einige Gefolgsleute zusammengeführt und saß mit ihnen in der Nähe. Zufrieden biss Piet in das Stück Spanferkel, das er sich genommen hatte. Als die Bedienung ein weiteres Mal an seinem Platz vorbeikam, nahm er sich wieder etwas und kniff der kleinen Schwarzhaarigen mit der freien Hand in den Hintern.

»Na, wie wär's mit uns beiden?«

Das Mädchen lachte und enthüllte dabei bräunliche Zahnstummel. »Nur in deinen Träumen, mein Lieber, nur in deinen Träumen.«

Piet lachte. Er ließ sich seinen Ärger nicht anmerken. Das verdammte Weib würde sich noch wünschen, ihn nicht abgelehnt zu haben, denn er würde die nächste Begegnung mit ihr zu ihrem Albtraum machen.

Obwohl er zurückhaltend getrunken hatte, brummte Eduard der Schädel. Er war froh, dass er nach dem langen Tag endlich in seinem Zimmer war und er sich ein wenig entspannen konnte. Mit einem Seufzer ließ er den Rock von den Schultern rutschen und warf ihn über einen Stuhl. Dann lockerte er den Gürtel und den Hosenbund. Er hatte mehr gegessen, als ihm guttat, aber seine Männer sollten sehen, dass er essen und saufen konnte wie ein richtiger Kerl.

Mit vorsichtigen Bewegungen massierte Eduard seinen Magen. Leider vertrug er das verdammte Zeug nicht gut. Womöglich hatte er zu häufig in seinem Leben gehungert. Er ging zu seinem Schrank hinüber, holte eine Glas und die Flasche mit Klargebranntem hervor und goss sich ein. Mit einer kurzen Bewegung kippte er den Alkohol herunter. Sofort fühlte er sich besser.

Ein kurzer Blick in den Spiegel versetzte ihm einen Schrecken. Du wirst alt, dachte er, du siehst aus, als hättest du zu schnell und zu viel gelebt. Dann drehte er sich zu seinem Bruder um. Gustav hatte ihn nicht aus den Augen gelassen, seitdem sie gemeinsam das Zimmer betreten hatten. Zum ersten Mal wurde Eduard wirklich schmerzhaft bewusst, dass er der Ältere war.

Gustav sah trotz des langen Abends immer noch frisch aus, und auch die lange Reise, die hinter ihm lag, war ihm nicht anzumerken. Immerhin war er auch acht Jahre jünger – die Mutter hatte mehrere Kinder vor seiner Geburt verloren. Als Gustav zwei Jahre alt gewesen war, wurde Anna geboren, zum Schluss kam dann noch Lenchen.

Eduard schenkte sich ein neues Glas ein und leerte es auf einen Zug. Noch habe ich die Fäden in der Hand, dachte er, noch entscheide ich, und bisher waren meine Entscheidungen gut. Das ist das Einzige, was zählt. Die Brüder Brunner hatten nicht schlecht verdient mit ihren Einbrechern, Dieben, Straßenräubern, den Huren und dem bisschen Schmuggel, dem sie sich auch noch widmeten. Eduard schaute Gustav fest ins Gesicht.

»Wir dehnen unsere Geschäfte nicht aus, Gustav, nicht jetzt. Es läuft gut, so wie es läuft. Es ist besser, vorsichtig zu agieren.«

Gustav schaute ihn nur schweigend an, und doch war es Eduard nicht entgangen, wie sich seine Augenbrauen bei dem Wort Vorsicht zusammenzogen. Missbilligend bemerkte Eduard, dass er seine Füße samt Stiefeln auf der neuen Chaiselongue gelagert hatte, doch er sagte nichts.

Er sieht gut aus, fuhr es ihm stattdessen durch den Kopf. Das war ihm vorher nie so bewusst gewesen. Gustavs lockiges Haar reichte ihm bis zu seinen Schultern und war eine

Winzigkeit dunkler als das seiner Geschwister. Die Augen dagegen waren heller, bernsteinfarben, fast ein wenig golden gesprenkelt, das Gesicht ebenmäßig, die Lippen etwas aufgeworfen, die Nase griechisch. Elias hatte das einmal gesagt, der über ein solch umfassendes Wissen verfügte, dass es Eduard stets von neuem überraschte.

Jetzt verzog sich Gustavs schöner, herausfordernder Mund zu einem abfälligen Grinsen. Du traust dich nicht, sagte dieser Ausdruck, du wirst alt. In deiner Stellung darf man alles sein: sinnlos brutal, unberechenbar, ein Mörder, aber nicht zögerlich wie ein altes Weib.

»Es ist ein zu großes Wagnis«, sagte Eduard und versuchte seine Stimme dabei ruhig klingen zu lassen.

Gustav gab ein Schnauben von sich. »Glaubst du, die Leute folgen dir, weil du nichts wagst? Glaubst du, es reicht, zu Hause zu sitzen und sich von anderen Banden Pfründe und Gebiete abnehmen zu lassen?«

»Glaubst du, die da unten«, Eduard drehte den Daumen gegen den Boden, »würden mir folgen, wenn ihre Bäuche und die Taschen leer wären?«

Gustav zuckte die Achseln.

Wortlos wandte sich Eduard ab. Erneut schaute er sich im Spiegel an. Dieses Leben war eine Gratwanderung. Er wünschte sich nichts anderes, wünschte sich das alte Leben des Buckelns und bloßen Überlebens nicht zurück, aber auch dieses Leben hier war nicht das Leichteste. Und dann... Er dachte an die Enttäuschung in Annas Gesicht. Er hatte sich sagen wollen, dass es ihm gleichgültig war, was seine kleine Schwester von ihm dachte, aber das war es nicht. Zur Hölle, er hatte sich das Wiedersehen mit ihr anders vorgestellt.

Gustav nahm die Füße von der Chaiselongue, auf der er eine Schmutzspur hinterließ, und stand auf. »Nun, wie du meinst.«

Er ging zur Tür.

»Wir sehen uns morgen«, sagte Eduard und versuchte, seine Stimme weniger nach Befehl, sondern mehr nach brüderlicher Zuneigung klingen zu lassen.

»Ja«, sagte Gustav knapp.

Eduard horchte den Schritten des Jüngeren auf der Treppe nach, trat dann ans Fenster und spähte hinter dem Vorhang hervor auf die dunkle Gasse. Er sah, wie Gustav aus dem Haus trat. Wie er sich umschaute und dann den Weg nach rechts nahm. Bewundernd folgte Eduard den geschmeidigen Bewegungen seines Bruders. Da hielt Gustav plötzlich an. Irgendjemand, der seitlich in einem Hauseingang stand, hatte ihn angesprochen, doch sosehr Eduard sich auch bemühte, er konnte nicht sehen, wer es war.

Viertes Kapitel

Durch den *zaguán*, die Eingangshalle, hindurch erreichte man auf direktem Weg den ersten Patio des Goldberg'schen Anwesens. In der Mitte des zweiten Patios befand sich ein Brunnen, wobei es sich bei dieser *aljibe* genannten Konstruktion um weit mehr handelte als ein einfaches Wasserloch. Ein *aljibe* bestand aus gemauerten Wänden und fand sich nur in reichen Haushalten. Man fing darin das Wasser auf, das sich in den Patios und auf den Terrassen des Hauses sammelte.

Als guten Freund der Familie hatte ein Diener Julius sofort nach dessen Eintreffen in den privaten Salon der Goldbergs geführt, der im zweiten Stock des Hauses mit Blick auf den ersten Patio lag. Der junge Kaufmann sah durch das großzügige Fenster, den warmen Schimmer der Gaslampen in seinem Rücken, über die benachbarten Häuser hinweg und dann in der Ferne zum Meer, über das er gekommen war. Aus dem zweiten Patio waren Frauenstimmen zu hören.

Julius unterdrückte ein Gähnen. Auch am Vorabend hatte er im Kontor noch lange über den Geschäftspapieren gesessen. Während sich seine Kollegen schon auf den Weg nach Hause oder ins abendliche Vergnügen gemacht hatten, hatte er einen Brief an die Familie Santos aufgesetzt, die er bald zu besuchen hoffte.

Die Aufnahme in der gerade in den letzten Jahren kräftig gewachsenen deutschen Kolonie war für ihn rasch und glücklich verlaufen. Nach nur wenigen Tagen hatte er eine erste Anstellung bei Wedekind, Lind & Co. in der Belgrano erhalten. In der ersten Zeit hatte Julius sich an die Besonderheiten der Umgebung gewöhnen müssen. So wurde beispielsweise die Post zweimal im Monat im Privathaus des Postmeisters abgeholt. Die Empfänger standen stundenlang im Innenhof, bis die Tür geöffnet wurde, worauf sich alle nach vorne drängten und den Namen der Firma schrien, um die Briefe in Empfang nehmen zu können. In der Nachbarschaft, in der er sich bewegte, hatten verschiedene Deutsche ihre Büros, so der Lübecker Adolf von Borries, der Schiffe verproviantierte und der Häuteaufkäufer Edmund Napp. Die Großkaufleute pflegten ihre guten Beziehungen zur englischen und amerikanischen Kolonie aus den Anfangstagen, besuchten und heirateten einander, aber auch die Bedeutung der einfacheren Leute, in der Mehrzahl Handwerker, Kleinkaufleute und Kolonisten mit bescheidenem Landbesitz, war nicht mehr von der Hand zu weisen.

Zu Mittag und zu Abend aß Julius im Teutoniaverein oder im Hotel de L'Europe in der Avenida de Mayo, das dank der guten Küche von Frau Rosenberg-Niebuhr von vielen Geschäftsleuten des Viertels aufgesucht wurde. Unter den jungen deutschen Kaufleuten herrschte allgemein eine fröhliche Stimmung. Häufig kam man zum gemeinsamen Musizieren, zum Turnen oder zu Abendessen zusammen, bei denen viel Champagner getrunken wurde. Manches Mal endete ein solcher Abend mit einer abenteuerlichen Idee. Einmal hatten sie spät abends ein Huckepackwettrennen auf der Plaza de la Victoria veranstaltet. Sie hatten sich unter der Recova Nueva, der neuen Bogenhalle, aufgestellt. Von dort, so hatte man ausgemacht, sollten je zwei Paare, Ross und Reiter, im Wettstreit versuchen, die Kathedrale zu erreichen. Noch bevor man das Ziel erreicht hatte, war dem Spaß allerdings ein Ende gesetzt worden. Von der Polizeiwache im Cabildo waren Soldaten, das Gewehr im Anschlag, herbeigeeilt, in dem Glauben, es handle sich um einen Putsch. Später hatte man über die verrückten Ausländer, die *gringos locos*, gelacht.

Schöne Erinnerungen waren das – mit einem leisen Seufzer dachte Julius auch an seine erste Geschäftsreise, die ihn in völliger Unkenntnis der Wetterverhältnisse mitten im Januar, also im Hochsommer, nach Córdoba geführt hatte. Schon zu Beginn der Reise war er an einem heftigen Fieber erkrankt, das mit Kopfschmerzen, Mattigkeit, Appetitlosigkeit und heftigem Schüttelfrost einhergegangen war, und hatte sich gezwungen gesehen, eine starke Dosis Chinin zu sich zu nehmen. Nach einem wochenlangen schweißtreibenden Ritt war er endlich in der Stadt angekommen und vollkommen überwältigt von deren Anblick gewesen – vom Río Primero, der sich hindurchschlängelte, von den grünen Gärten und Feldern, dem Panorama hoher Gebirge.

Mancher Aufenthalt in einfachen Hotels dagegen hatten ihm mehr als einen Schauder über den Rücken gejagt. Diese *tambos*, Herbergen im landläufigen Sinn, und dabei namentlich deren Küchen und die Latrinen, waren zumeist entsetzlich schmutzig gewesen und nicht selten voller Ungeziefer, sodass er manche Nacht im Schaukelstuhl statt im Bett zugebracht hatte.

Mein erster Hochsommer im Januar, dachte er.

Julius lächelte kurz in sich hinein. Er hatte sich einfach nicht vorstellen können, dass es im Januar so heiß wurde, aber im Süden stand vieles Kopf: Der Sommer dauerte bis zum März, das Kreuz des Südens stand am Nachthimmel. Je weiter man nach Norden kam, desto heißer wurde es, denn man näherte sich auf diese Weise dem Äquator. Südwinde wiederum brachten kalte Luft.

Flüchtig dachte Julius an Jennys und seine ersten Tage im

Hotel del Norte zurück, erinnerte sich daran, wie die Kleine und er die Stadt erkundet hatten: das Theater, den deutschen Klub, den Turnverein und auch den Gesangverein. In den ersten Tagen waren sie aus dem Staunen nicht herausgekommen. Der chaotische Verkehr hatte sie ebenso verwundert wie das Geschrei auf den Straßen, die vielen fremden Sprachen und unterschiedlichen Gesichter.

»Die, die nicht in der Stadt wohnen, nennen das Geräusch der Kutschräder auf den Pflastersteinen Höllenlärm«, hatte ihm Frau Goldberg später mit einem Lächeln erklärt.

Buenos Aires war eine fremde Stadt, genauso, wie es eine europäische Stadt war. In der Nähe der Plaza de la Victoria boten Mode-Boutiquen französischen Chic an, und reiche Bürger in ihren schmucken Kaleschen präsentierten ihre Toilette. Europäische Güter kamen ungehindert über den Hafen in die aufstrebende Stadt, und die Läden quollen vor Neuigkeiten über. Man eröffnete Patisserien, Konditoreien und Teesalons für die elegante Welt. Die Damen hielten sich über mehrere Stunden in den Kurzwarenhandlungen und Stoffgeschäften auf, die hier nicht nur Geschäft waren, sondern Orte der Begegnung.

Julius seufzte nachdenklich. Kaum einen Winkel der Stadt hatte er bei seinen Erkundungen ausgelassen. Manchmal erschien es ihm, als sei das alles erst gestern gewesen. Dann war er von neuem erstaunt über das Völkergemisch auf den Straßen der Stadt – Europäer, darunter blasse Deutsche wie er, gebräunte Italiener und Spanier, bleiche Franzosen und rotgesichtige Einwohner der britischen Inseln, außerdem Syrer und *criollos*, wie man die Weißen nannte, die in Argentinien geboren worden waren, wenige Schwarze und noch weniger Indianer. Dann lauschte er den vielfältigen Sprachen und Stimmen, als höre er sie zum allerersten Mal.

Der erste Plan von Buenos Aires hatte ein Muster aus Quadraten gezeigt, mit schnurgeraden Straßen und rechtwinklig dazu verlaufenden Querstraßen. Nur ein Block war von Anfang an freigelassen worden für die zentrale Plaza Mayor, die heutige Plaza de la Victoria. Hier endeten immer noch die wichtigsten Straßen: die Straße zum Hafen von Riachuelo und die Routen nach Norden und nach Westen.

Erst im Laufe des 18. Jahrhunderts, so hatte ihm Herr Goldberg erzählt, war Buenos Aires zu einer Stadt geworden, die den Namen verdiente. In dieser Zeit war das neue Cabildo endlich fertiggestellt worden, das Teatro de la Ranchería und das Consulate.

Ende des 18. Jahrhunderts waren die Recova gefolgt, und die große Kathedrale, die schon mehrmals hatte instandgesetzt werden müssen, wurde fertiggestellt. Die großen Klöster von Santo Domingo, San Ignacio, San Francisco und La Merced, in dessen gleichnamigem Pfarrbezirk sich heute die ausländischen Kaufleute und Neureichen trafen, um den Club des Résidents Étrangers zu besuchen, waren entstanden, und die Alameda, wie man die Promenade oberhalb des Río de la Plata nannte, auf der sich die wohlhabenden Bürger zeigten. Bald hatte sich das Wachstum der Stadt noch beschleunigt, die Grundstückspreise waren in die Höhe geschossen. Das Stadtgebiet war dichter und dichter besiedelt worden, hatte sich, zumeist entlang der alten Straßen, ins Umland ausgedehnt, dort neue Wege suchend.

Es war schwieriger geworden, die gesamte Stadt zu Fuß zu durchqueren, doch mit den ab Mitte des Jahrhunderts eingerichteten Straßenbahnen schrumpften die Entfernungen bald wieder. Wer es sich zutraute und sich den Kauf einer Fahrkarte nicht leisten konnte, sprang eben auf die nächste fahrende Bahn auf.

Julius beugte sich näher zum Fenster hin. Und dann wieder, überlegte er, gibt es Tage, an denen die Reise ein Lebensalter zurückzuliegen scheint, und mir ist, als hätte ich mein Leben nirgendwo anders zugebracht als hier.

Leise Fußschritte, Klirren und Rascheln in seinem Rücken sagten ihm, dass Frau Goldbergs Dienstmädchen den Tisch für den Nachmittagstee deckte. Julius wandte sich kurz um und nickte ihm zu. Die junge Halbindianerin war die erste Ureinwohnerin gewesen, die ihm begegnet war, und er hatte sie einigermaßen neugierig angestarrt, wofür er sich jetzt noch schämte. Als Junge hatte er unzählige Reiseberichte verschlungen, und zugegebenermaßen hatte er sich seine erste Begegnung mit einem Indianer etwas anders vorgestellt. Er schmunzelte, als er daran dachte, wie er sich als Halbwüchsiger ausgemalt hatte, ein schönes Mädchen aus den Fängen der Wilden zu befreien und im Triumph zu ihren Eltern zurückzubringen. Leider gab es in Buenos Aires nicht mehr viele Indianer, und keiner von ihnen entsprach den Vorstellungen, die er sich als Heranwachsender von diesen Menschen gemacht hatte.

Auf das Klirren des Tischdeckens folgte eine Stille, die nunmehr vom Summen einer Fliege unterbrochen wurde, die immer und immer wieder gegen die Scheibe flog. Julius hörte, wie sich die Tür erneut öffnete. Ein Jauchzen war zu hören, schnelle Schritte auf dem Parkett. Julius drehte sich um und breitete die Arme aus.

»Jenny!«

»Julius!«

Die Kleine flog die letzten paar Schritte geradezu. Julius fing sie auf und wirbelte sie einmal herum, was Jenny zum Lachen brachte, dann setzte er sie ab und musterte sie prüfend. Nichts mehr war von dem kleinen, dünnen Kind vom

Schiff geblieben, abgesehen vom Rotschopf und den grünen Augen, die ein wenig ernster und ein wenig wissender in die Welt blickten, als man es von einem Kind dieses Alters erwartete. Jenny trug ein feines, himmelblaues Kleid, unter dessen Rock spitzenbesetzte Hosen hervorlugten, dazu glänzende schwarze Schuhe mit Schleifen. Ihr Haar war zu Zöpfen geflochten, die von den Seiten nach hinten geführt und am Hinterkopf zusammengebunden waren. Julius' Blick fiel auf die dunkelhaarige schmale Frau, die hinter Jenny ins Zimmer gekommen war.

»Frau Goldberg, entschuldigen Sie bitte.« Er verbeugte sich. Die zarte Dunkelhaarige schenkte ihm ein Lächeln. »Ich hoffe, es geht Ihnen gut, und Jenny macht Ihnen weiterhin keine Sorgen«, fuhr Julius fort.

Frau Goldberg schüttelte lächelnd den Kopf. »Wie könnte mir ein solcher Engel Sorgen machen?«

»Ja, wieso soll ich Tante Rahel Sorgen machen?«, begehrte auch Jenny sofort zu wissen, drehte sich dann wieder zu Julius hin und zupfte ihn aufgeregt am Ärmel. »Weißt du, ich gehe jetzt auch in die Schule.«

»In die evangelische Gemeindeschule«, bestätigte Rahel Goldberg. Dann forderte sie Julius auf: »Setzen Sie sich doch bitte.«

Julius folgte der Aufforderung, sah zu, wie Frau Goldberg ihr Dienstmädchen mit einer kurzen Handbewegung anwies, ihnen Tee einzuschenken. Rahel Goldberg und ihr Mann gehörten zur kleinen jüdischen Gemeinde von Buenos Aires, und waren kurz nach dem Sturz des Diktators Juan Manuel de Rosas in der Stadt eingetroffen, wo sie als Geschäftspartner von Cohen, Levy & Cía rasch ihr Glück gemacht hatten. Nachdem Jenny in den ersten Wochen noch bei ihm gewohnt hatte, hatte Julius die Goldbergs eines Tages zufällig bei einem

Spaziergang auf der Alameda kennengelernt. Schnell hatten Rahel Goldberg und er die passenden Worte gefunden und sich beinahe eine Stunde lang gut unterhalten. Auch Jenny hatte rasch Zutrauen zu Rahel Goldberg gefasst, deren besonnene Art Julius sofort zugesagt hatte. Schon an diesem ersten Tag war ihm der Gedanke gekommen, sie könne die richtige Pflegemutter für Jenny sein. Einige Tage lang hatte er die Frage jedoch vor sich hergeschoben, hatte sich dann endlich einen Ruck gegeben und ein vorbehaltloses Ja erhalten. Rahel Goldbergs Ehe war kinderlos geblieben, und sie bedauerte das sehr. Mit Freuden stimmte sie also zu, sich des kleinen Mädchens anzunehmen.

Julius schaute wieder zu Jenny, die mittlerweile auf einem Stuhl am Tisch saß und mit den Beinen baumelte. Sie hatte zugenommen, und er freute sich wieder einmal, wie viel frischer und gesünder sie aussah. Und auch Rahel Goldberg war glücklich, wie er an dem Lächeln erkennen konnte, mit dem sie Jenny immer wieder versonnen betrachtete.

»Ich habe Sie gestern bei den Krutischs vermisst«, sagte sie unvermittelt, wieder ganz Gastgeberin.

»Es tut mir leid«, Julius stellte seine Teetasse ab, »normalerweise lasse ich mir den Musikgenuss nicht entgehen, aber gestern hatte ich einfach zu viel zu tun.«

»Sie haben etwas verpasst. Frau Krutisch ist ohne Frage eine wunderbare Sängerin.« Frau Goldberg lehnte den Kopf gegen die Rückenlehne ihres Stuhls und lächelte. »Mein Mann war übrigens schon Zeuge davon, wie unsere Nachtigall vom La Plata Rivalinnen ihrer Kunst mit ihren vollendeten Trillern in Grund und Boden sang. Phänomenal sagt er immer, einfach phänomenal. Wussten Sie übrigens, dass sie die Tochter von Behrens aus Hamburg ist?«

Julius nickte. Auch er selbst war schon in den Genuss jener

berühmten Dienstagabende im Hause Krutisch gekommen, an denen sich die beste deutsche Gesellschaft und wichtige argentinische Familien versammelten. Musiziert wurde überhaupt fleißig in der deutschen Kolonie, und dass man als talentierter Pianist gerne Zutritt erhielt, hatte er selbst auch schon erfahren dürfen. Die Musik vereinte die, die fernab der Heimat eine neue gefunden hatten oder zu finden hofften. Im 1861 gegründeten Gesang- und Geselligkeitsverein Teutonia, in dessen Lokal in der Cangallo, gegenüber der Iglesia de la Merced, zudem ein guter Mittags- und Abendtisch geboten wurde, und im Turnverein hatte auch er die ersten Freundschaften geknüpft.

Julius bemerkte, wie Frau Goldberg ihn erneut von der anderen Seite des Tisches her anlächelte. »Sie wissen hoffentlich, dass ich Ihnen gar nicht genug danken kann für diesen Schatz«, sagte sie nicht zum ersten Mal. Auch Julius lächelte, während er Rahel Goldberg fest in die Augen blickte. »Ich kann mir nicht mehr vorstellen, ohne Jenny zu leben«, fuhr Frau Goldberg leise fort.

»Ja«, sagte Julius, »ich weiß genau, wie es Ihnen geht.«

Auch er konnte sich ein Leben ohne Jenny nicht mehr vorstellen, und es gab noch jemanden, den er schmerzlich vermisste: Anna.

Corazon hatte sich an den Frisiertisch gesetzt, der noch so aussah wie neu. Carlos hatte ihn ihr geschenkt, der Mann, bei dem sie wohnte, der sie beschützte und für den sie auf die Straße ging. Weil du gutes Geld einbringst, hatte er mit diesem Lächeln gesagt, das seine Augen nicht erreichte und deshalb so bedrohlich wirkte. Corazon wusste, dass sie sich nicht verlieben durfte. Sie wusste, dass Carlos das nicht mochte, und sie hatte sich bisher auch niemals Gedanken darüber machen müssen. Wenn die Geschäfte gut gingen, hatte sie wählerischer sein können, fehlten ihr gegen Nachmittag noch Pesos, so hatte sie genommen, was kam: schmutzige Männer, grobe Männer, Männer, die direkt von der Arbeit in den Schlachthöfen stinkend zu ihr kamen. Seeleute.

Dass sie sich verliebte, diese Gefahr hatte niemals bestanden, doch das hatte sich geändert. Alles hatte sich geändert, als sie ihn gesehen hatte. Man hatte ihr gesagt, er sei gefährlich, doch bei ihr war er nicht gefährlich. Ihr gegenüber war er zärtlich. Er war der schönste Mann, den sie je zuvor gesehen hatte – mit seinem dunkelbraunen Haar, den gold schimmernden Augen und seiner hellen Haut. Sie liebte das Spiel seiner Muskeln, wenn er sich das Hemd über den Kopf zog, die schmalen Hüften, den Gürtel mit den Silber-Pesos und das verzierte Messer, das er immer erst ganz zuletzt neben dem Bett ablegte, bevor sie einander liebten.

Denn das war es, was sie taten: Sie liebten einander. Es war nicht der tierische Akt, dem sie sich nur hingegeben hatte, weil danach das Silber in ihrem Beutel klingelte. Sie liebte diesen Mann. Sie liebte seinen Körper, Geruch, den Geschmack seiner Haut.

Die anderen Mädchen hatten ihr gesagt, dass dies nie geschehen würde. Dass es nie jemanden geben würde, der sie liebte. Dass nie jemand kommen würde, der sie aus dem Pfuhl ihres Lebens rettete, denn sie war nur ein kleines Mädchen vom Land, dessen Hautfarbe zu dunkel war und dessen Augen zu schräg standen. Eine dreckige Mestizin eben. Aber dann war er gekommen. Er war doch gekommen. Er war ihr Messias.

Corazon hob die Bürste mit dem versilberten Griff, die er ihr geschenkt hatte, und bürstete ihr glattes schwarzes Haar.

Dann schaute sie ihre Nase an, die ihr immer etwas zu klein vorgekommen war für ihr breites, flächiges Gesicht, die zu schwarzen, zu kleinen Augen, doch darum machte sie sich keine Gedanken mehr, seit er ihr Gesicht zwischen seine warmen, kräftigen Hände genommen und leise Worte der Liebkosung und Bewunderung gemurmelt hatte. Es gab Kunden – wenige nur, aber es gab sie –, die mochten ihr Aussehen nicht, er jedoch schien es geradezu zu lieben. Immer wieder glitten seine Hände über ihren Leib und ihr Gesicht, als ob er sich am Kontrast ihrer beider Körper erfreue. Jetzt beobachtete er sie, wie sie nackt vor ihrem Spiegel saß, nur noch ein seidenes rotes Band um den Hals, ohne ein Wort zu sagen.

Sie drehte sich zu ihm um. »Möchtest du einen Rum, Gustavo?«

Er schüttelte den Kopf. Sie hatte schon gemerkt, dass er betäubende oder die Sinne verwirrende Stoffe ablehnte. Er hatte sich auf das Bett gesetzt und klopfte nun neben sich auf die Decke.

»Komm her, Corazon.«

Sie stand auf, tänzelte näher, bewegte ihre Hüften, so wie er es mochte. Sie liebte es, wenn er sie so ansah, so, als sei sie etwas Wertvolles. Dann fühlte sie sich auch wertvoll, frei und leicht wie ein Vogel, der wegfliegen konnte, wann immer er wollte.

Aber sie wollte gar nicht mehr wegfliegen.

Sie überlegte, ob sie ihm sagen sollte, dass ihre monatlichen Beschwerden schon seit geraumer Zeit ausgefallen waren. Dann entschied sie sich dagegen. Heute sollten sie einander ganz allein gehören. Von dem Kind würde er früh genug erfahren.

Fünftes Kapitel

Kaleb ist tot. Anna musste diese Worte immer wieder wiederholen, und doch schienen sie nicht in ihr Verständnis vorzudringen. Sie hatte immer gewusst, dass es eines Tages so weit sein würde. Fast eineinhalb Jahre waren seit ihrer Ankunft vergangen. In den letzten Wochen hatte sich Kalebs Zustand erheblich verschlechtert, mit jedem Tag war er schwächer geworden, sosehr er sich auch bemüht hatte, ihr gegenüber fröhlich zu bleiben und etwas von dem zupackenden Menschen zu zeigen, der er einmal gewesen war. Jedes Mal, wenn sie bei ihm am Krankenlager saß, hatte sie sich daran erinnert, wie er sie angeregt hatte, mit ihm Pläne zu schmieden. Sie erinnerte sich an seine Schwärmereien: »Und die Pampa, Anna, die Pampa ist so weit und groß, dass du das Ende nicht sehen kannst, und der Himmel, der Himmel ist so hoch, dass du Gott spüren kannst, du weißt gar nicht, wo die Erde aufhört und wo der Himmel anfängt. Manche, habe ich gehört, die verlieren den Verstand, wenn sie das sehen, aber meine Anna nicht. Meine Anna nicht. Merk es dir, es gibt so viel Land, dass auch wir etwas davon haben können.« Er hatte gelacht und dann übermütig einen Ast durch die Luft pfeifen lassen, der am Wegrand gelegen hatte. Und nach einer kurzen, nachdenklichen Pause hatte er hinzugefügt: »Oder ich arbeite als Schreiner, ich arbeite gerne mit Holz.«

Anna biss sich auf die Lippen. Sie hatten so viele Träume gehabt und keiner davon würde wahr werden. Am Vortag erst hatte ihr Vater sie wieder unerbittlich daran erinnert, dass sich für sie nichts zum Besseren geändert hatte.

»Freie Überfahrt versprechen sie einem, kostenlose Landzuweisung, finanzielle Unterstützung und dann?« Er hatte seine schwieligen Hände gehoben und einen trunkenen Rülpser von sich gegeben. »Nichts gibt es, rein gar nichts. Uns bleibt nur, uns durchzuschlagen. Natürlich wird man überall Arbeit finden, aber kein gutes Stück Land sein Eigen nennen, denn das wollen die feinen Estancieros nicht. Und es sind auch Deutsche darunter, ja, ja. Landsmänner. Die haben sich das gute Land nämlich fein aufgeteilt, die wollen keine Konkurrenz. Schon gar nicht von solchen wie uns. Vielleicht lassen sie einen als Knecht arbeiten, aber das hat man in der Heimat auch tun können, und da war es wenigstens nicht so heiß. Einen Scheißdreck bringt einem dieses neue Land. Schaut euch nur um in Buenos Aires, diesem Drecksloch ohne Kanalisation. In jedem Kuhstall daheim riecht es besser.« Er hatte ausgespuckt.

Mit einem leisen Seufzer ließ sich Anna auf den einzigen Schemel fallen. Ihr Leib war sehr plötzlich schwerer geworden, ihre Bewegungen darob langsamer. Sie dachte an Kaleb und wie er sich bis zuletzt gequält hatte, aber ihre Augen blieben trocken. Es war jetzt eine Woche her, und sie hatte längst alle Tränen geweint.

Vorsichtig legte sie eine Hand auf ihren deutlich gerundeten Leib. Es musste in der Nacht passiert sein, doch erst am Abend des folgenden Tages hatten sie Kaleb in seinen blutbesudelten Laken gefunden, denn am Morgen vor der Arbeit hatte niemand Zeit gehabt, nach ihm zu sehen, und Heinrich hatte noch seinen Rausch ausgeschlafen. Als man ihn schließlich entdeckt hatte, war er schon steif gewesen. Zuerst hatte Anna nur an seinem Bett gesessen und halb blind vor sich hingestarrt. Nach einer Weile erst waren die Tränen gelaufen, darüber, was ihr genommen worden war, darüber, dass sie Kaleb ihre Liebe nicht mehr hatte zeigen können, darüber, dass er sein Kind nicht mehr sehen würde. Und im nächsten Moment hatte sie aus Angst darüber geweint, was nun mit ihr geschehen würde. Würde sie weiter arbeiten dürfen, wenn doch der tot war, dessen Platz sie eingenommen hatte? Zudem hatte sie schon in den vergangenen Wochen nicht mehr die volle Leistung erbringen können. Bebend vor Angst hatte sie Breyvogel um einige freie Stunden gebeten, um ihren Mann beerdigen zu können.

»Mein herzliches Beileid«, hatte Stefan Breyvogel gesagt und sie über seinen breiten Tisch hinweg nachdenklich betrachtet. »Willst du mir nicht noch etwas sagen?«, war er dann unvermittelt fortgefahren.

Unsicher blickte Anna ihn an. Breyvogel deutete auf ihre Leibesmitte.

»Du, du ... Nun, ich würde sagen, du erwartest ein Kind. Ich hatte das Vergnügen ja auch schon einmal. Lang ist es her, aber ich weiß noch, wie unförmig Candida damals aussah.«

Anna fühlte sich, als habe ihr jemand in den Magen geschlagen. Sie suchte nach Worten.

»Ich«, stotterte sie, »ich dachte ... Ich meine, Sie haben bisher nichts gesagt, und ich dachte ... Ich habe doch stets gute Arbeit geleistet.«

Stefan Breyvogel schüttelte den Kopf. »Es ist ausgeschlossen, dass ich dich weiter für mich arbeiten lasse. Was sollen die Leute denken? Sie lachen ohnehin schon darüber, dass ich eine Frau eingestellt habe.«

Anna spürte, dass sie zu zittern begann. »Ich habe doch die ganze Zeit gut für Sie gearbeitet.«

»Aber jetzt ... ist es doch bald schon so weit.«

Stefan Breyvogel lehnte sich in seinem Sessel zurück.

Mein Gott, dachte Anna, ich brauche diese Arbeit. Es ist mir egal, was die Leute denken, wenn Sie mich nur arbeiten lassen, solange ich arbeiten kann. Sie wollte die Tränen zurückhalten, doch es gelang ihr nicht. Warm rannen sie über ihr Gesicht.

»Bitte«, flehte sie.

Wieder schüttelte er den Kopf. »Ich kann nichts für dich tun, Weinbrennerin. Dein Zustand lässt sich schon lange nicht mehr übersehen. Du lässt mir keine Wahl.«

»Bitte«, wiederholte sie und hasste ihre klagende Stimme.

Stefan Breyvogel schüttelte nochmals den Kopf. Als Anna den Weg nach draußen suchte, konnte sie kaum noch etwas sehen vor Tränen.

»Es tut mir leid«, vernahm sie auf einmal Joris Breyvogels Stimme, »ich hätte dir so gerne geholfen, aber so...«

Auch ohne dass sie den Kopf zur Seite drehte, spürte Anna den Blick, mit dem Joris sie taxierte. Sie antwortete nicht. Sie würde ihn nicht ansehen, nicht reagieren. Sie würde nicht mit ihm sprechen. Als er sie plötzlich bei ihrem linken Arm packte und im nächsten Moment hart gegen die Mauer drückte, fuhr sie zusammen.

»Sei nicht so hochnäsig, Weib!« Er warf einen verächtlichen Blick auf ihren Bauch. »Vielleicht nehme ich dich einmal ran, wenn du geworfen hast. Fühl dich also nicht so sicher.«

Anna blitzte ihn wütend an. Obwohl ihr schlecht war vor Angst, riss sie sich aus seinem Griff los und lief weiter – nach Hause. Es war lange her, dass ihr zum letzten Mal schlecht gewesen war, aber an diesem Abend musste sie sich direkt nach dem Essen übergeben und bekam danach nichts mehr in sich hinein.

Zwei Wochen später wurde Marlena geboren.

In den ersten Tagen nach der Geburt ihrer Tochter fühlte sich Anna, als habe ihr das Kind auch noch die letzte Kraft geraubt. Als sie kaum eine Woche später wieder im Fuhrunternehmen der Breyvogels auftauchte, fest entschlossen, sich ihren Arbeitsplatz zurückzuerobern, hatte ein junger Mann – gerade frisch aus Europa gekommen – ihre Stellung übernommen.

»Er leistet gute Arbeit, Weinbrennerin«, sagte Breyvogel, »besser als du es jetzt könntest.«

Anna vermied Joris Breyvogels Blick, der sie von der Seite seines Vaters her taxierte. Vor Stefan Breyvogel gelang es ihr, sich zu beherrschen. Zu Hause konnte sie die Tränen nicht mehr aufhalten. Sie weinte und weinte und weinte. Sie weinte, wie sie als kleines Kind zum letzten Mal geweint hatte, doch dieses Mal fühlte sie sich danach nicht erleichtert, sondern einfach nur erschöpft.

Ich bin leer, dachte sie, ich habe keine Kraft mehr.

Die keifende Stimme ihrer Mutter war aus weiter Ferne zu hören. Ohne die einzelnen Worte zu verstehen, wusste Anna, dass sie sich beschwerte, über ihr Schicksal klagte, ihrer ältesten Tochter Vorwürfe machte. Lenchen dagegen setzte sich auf die Bank an die Seite ihrer Schwester und streichelte sanft über deren Rücken. Als die keifende Stimme der Mutter endlich leiser wurde, wandte sich Anna der Jüngeren zu.

»Ach, Lenchen«, schluchzte sie, »was sollen wir nur machen?«

Das, was Anna in den langen Monaten seit ihrer Ankunft mühsam aufgebaut hatte, zerrann längst wieder zwischen ihren Fingern. Jeden Tag war ihr nun, als laufe sie einen Schritt nach vorne und zwei zurück. Sie hatte nicht den Eindruck, dass es jemals wieder vorangehen konnte.

Neuerlich schluchzte sie auf. Alle Hoffnungen, die sie sich

gemacht hatte, kamen ihr mit einem Mal nichtig vor, die dummen Träume eines kleinen Mädchens. Aus von Tränen verhangenen Augen sah sie ihre Schwester an. Lenchen hatte ihren blonden Zopf über die Schulter nach vorn gezogen und kaute auf dessen Ende herum. Dann schaute sie die Schwester aus ihren hübschen blauen Augen an. Sie war die Einzige in der Familie, die blaue Augen hatte.

»Es wird wieder besser werden, Anna, es wird wieder aufwärtsgehen«, sagte sie dann.

Anna nickte, aber sie wollte nicht daran glauben. Sie war müde. Sie wollte nichts mehr tun, nur noch schlafen und vergessen. Auch der Gedanke zu sterben, schien ihr mit einem Mal nicht mehr schrecklich. Zum ersten Mal in ihrem Leben legte sie sich tagsüber ins Bett. Sie wollte einfach nur liegen bleiben.

»Das Kind braucht dich«, sagte Maria, die, von Lenchen gerufen, neben ihr wachte.

Gemeinschaftlich flößten die beiden Frauen der Wöchnerin Brühe ein, in die sie Brot eingebrockt hatten. Egal, ob Anna schlief oder wachte, immer saß in den nächsten Tagen eine der beiden an ihrem Bett. Wenn Marlena schrie, achtete entweder Maria oder Lenchen darauf, dass Anna das kleine Mädchen anlegte. Das Stillen schmerzte anfänglich sehr. Nach einer Weile genoss es Anna jedoch, wenn sich die Lippen des Säuglings um ihre Brustwarze legten und die Kleine gierig zu saugen begann. Zunehmend fasziniert betrachtete Anna ihre Tochter. Manchmal versank sie einfach in ihren grauen Augen, streichelte das dunkle Köpfchen, die runden Wangen und die winzige Nase. Sie kam ihr perfekt vor, ein kleines Wunder. Kalebs Vermächtnis.

Tatsächlich schmerzte es bald nicht mehr, dem Kind die Brust zu geben. Dieser Schmerz war also vergangen, und auch andere Schmerzen würden gelindert werden. Manchmal erzählte Maria Anna nun kleine Geschichten von Kalebs ersten Tagen in der Neuen Welt, Geschichten, die er Anna selbst nicht mehr hatte erzählen können. Abends, bevor Heinrich Brunner nach Hause kam, machte sich die junge Italienerin auf den Heimweg.

»Dein Vater mag mich doch nicht«, sagte sie, als Anna sie einmal darum bat zu bleiben.

Anna wollte etwas dagegen sagen, doch es fiel ihr nichts ein. Maria hatte Recht.

Am Ende der gemeinsamen Woche musste Lenchen wieder arbeiten gehen, und Anna bedauerte es, dass sie jetzt kaum noch Zeit miteinander verbringen konnten. Sie hatte die gemeinsamen Gespräche genossen.

Anna war müde, aber sie wollte wieder kämpfen. Noch war die Zeit nicht gekommen, um aufzugeben.

In den nächsten Wochen waren es Elisabeth und Lenchen, die das Geld nach Hause brachten, und manchmal auch Heinrich, wenn es den Frauen gelang, ihm das sauer verdiente Geld abzunehmen, bevor er es versoff. Immer noch war der Abgrund ein täglicher Begleiter, das Geld fehlte an allen Ecken und Enden. Essen gab es höchstens zweimal am Tag. Manchmal, wenn Heinrich nüchtern war, schob er seiner ältesten Tochter seinen Teller zu.

»Musst essen«, knurrte er dann, »musst das Kleine versorgen, musst was auf die Rippen kriegen.«

Anna war so dünn geworden, wie niemals zuvor in ihrem Leben. Die Rippen zeichneten sich deutlich unter ihrer Haut ab. Ihre Hüftknochen stachen hervor, ebenso die Schlüsselbeine. Ihr Haar war glanzlos geworden, die Haut fahl.

Wider Erwarten war Heinrich stolz auf seine erste Enkeltochter, während Elisabeth in dem kleinen Bündel nur einen weiteren ungebetenen Esser sah. Es war Heinrich, der Marlena in seinen Armen wiegte, wenn er die Zeit dafür fand, und er verschwand auch deutlich seltener, um sein Elend im Alkohol einer *pulpería* zu vergessen.

Eines Tages fasste Anna einen Entschluss. Entgegen ihrem Vorhaben, sich von Julius fernzuhalten, machte sie sich auf die Suche nach dem Reisegefährten, doch ganz gleich, wo sie auch nachforschte, in San Telmo, auf der Alameda, wo die reichen Leute spazieren gingen, auf der Plaza de la Victoria, vor dem Cabildo oder vor der Kathedrale: Julius blieb wie vom Erdboden verschwunden. Sie fand ihn nicht mehr in dem Restaurant, in dem sie ihn zufällig gesehen hatte, nicht am Hafen, nicht in den Prachtstraßen und nicht in den Parks. Viktoria kam ihr in den Sinn, doch auch von ihr wusste sie nichts, als dass die Familie Santos im Norden wohnte.

An einem Tag, als schon nach dem Frühstück deutlich wurde, dass es kein Abendessen geben würde, suchte Anna ihre Brüder auf. Sie hatte sich geschworen, nichts von ihnen zu nehmen, doch was gab man auf einen solchen Schwur, wenn einen der Hunger schier zerriss. Eduard empfing sie mit einem Lächeln. Sie war froh, dass er ihr das gewünschte Geld gab, ohne Fragen zu stellen. Sie hatte keine andere Wahl, und doch befürchtete sie, einen großen Fehler gemacht zu haben.

Dritter Teil

Santa Celia
April 1865 bis Oktober 1865

Erstes Kapitel

Die ersten Gäste waren schon am frühen Nachmittag auf dem riesigen Gut der Santos bei Salta im argentinischen Nordwesten eingetroffen. Zuerst hatten sie sich schwatzend im Eingangshof der Estancia Santa Celia versammelt, dann waren sie durch den ersten Patio in die *sala*, den prächtigen Empfangsraum, geleitet worden. Zur dezenten musikalischen Untermalung durch eine eigens angeheuerte Kapelle hatten sie sich erfrischende Getränke und erste Häppchen von den Tabletts genommen, die ihnen kleine Indio-Dienerinnen mit demütig gesenktem Kopf gereicht hatten, waren dann weiter in das kleinere Esszimmer geleitet worden, das zur Feier des Tages besonders reich geschmückt worden war, und in dem bald Köstlichkeiten über Köstlichkeiten serviert worden waren, bis auch der Letzte satt geworden war.

Nun, kaum zwei Stunden später, und obwohl sich Viktoria seit Wochen auf die Feier gefreut hatte, kämpfte die junge Frau schon wieder gähnend gegen die sich drohend in ihr ausbreitende Langeweile an. Um dem allgemeinen Klatsch und Tratsch zu entgehen, hatte sie sich auf die Veranda zurückgezogen. Es war Mitte April. Der Sommer war vorüber, doch in ihren schweren Kleidern machten Viktoria die Temperaturen trotzdem zu schaffen. Missmutig fächelte sie sich Luft zu.

Von drinnen kam das Gemurmel der Frauen und einiger weniger älterer Herren, die dort geblieben waren, um sich mit den üblichen Heldengeschichten hervorzutun. Don Ricardo, Viktorias Schwiegervater, hatte sich bald nach dem Essen mit seinen Geschäftsfreunden zurückgezogen. Señor Castro, einer der bedeutendsten Maultierhändler der Provinz, war ebenso unter ihnen wie Francisco Centeno und Miguel Alvarado Gómez, sämtlich Mitglieder der besten Gesellschaft Saltas. Natürlich durften da auch die Uriburus nicht fehlen, die wie viele reiche Salteños einerseits Geld im bolivianischen Bergbau anlegten, andererseits Geschäfte im Maultierhandel und mit der Ausfuhr von Chinarinde vom Ostabhang der Anden machten, neuerdings jedoch wieder hauptsächlich auf die Ausfuhr von Edelmetallen gegen europäische Waren über die Pazifikhäfen setzten, und nicht zum ersten Mal des Silberschmuggels verdächtigt wurden. Sicherlich sprach man auch wieder darüber, wie es am besten gelingen mochte, den bolivianischen Handel dauerhaft an die La-Plata-Route zu binden und wie sich in diesem Zusammenhang am sinnvollsten der Ausbau der Eisenbahn über Tucumán hinaus nach Salta und Jujuy und von dort weiter nach Bolivien erreichen ließe.

Viktoria gähnte herzhaft. Vom Hof her drangen die kräftigen Stimmen der Freunde ihres Mannes zu ihr herüber, ab und an unterbrochen von dröhnendem Gelächter oder dem Brüllen eines Stiers. Die junge Frau seufzte erneut aus tiefstem Herzen. Sie hatte es gründlich satt, sich von siebzigjährigen Greisen in den Ausschnitt starren zu lassen oder sich zu ihren matronenhaften Frauen setzen zu müssen, denen ein träges Leben zwischen Törtchen und Nichtstun wahrlich nicht das Beste angetan hatte. Keine der Damen aus jenen höchsten Kreisen Saltas hatte eine Beschäftigung, ausgenommen vielleicht die eine oder andere Lehrerin, aber über diese Frauen oder über jene, die versuchten, mit Stickarbeiten zum Unterhalt ihrer Familien beizutragen, redete man nicht. Sie würden auch nie eine Einladung nach Santa Celia erhalten.

O lieber Gott, Viktoria biss kurz die Zähne aufeinander, wie sie diese verlogene Dummheit hasste.

»Dummheit«, murmelte sie im nächsten Moment halb laut, »elende Dummheit und Verlogenheit, es ist wirklich nicht zum Aushalten.«

Sie konnte sich tatsächlich nicht erinnern, jemals so viel Einfalt auf einem Haufen gesehen zu haben. Diese Frauen wussten nichts und interessierten sich für nichts und waren auch noch stolz darauf.

An jedem späten Vormittag, nach sorgfältigsten Vorbereitungen, das wusste Viktoria von eigenen Aufenthalten im Stadthaus der Familie Santos, verließen diese feinen Damen das Haus. Ältere trugen meist Schwarz, die jüngeren hellere Farben. Begleitet von einem Diener, der ein Kissen oder ein kleines Bänkchen trug, auf das man sich knien konnte, war ihr Ziel eine der Hauptkirchen Saltas, die Kathedrale auf der Plaza San Francisco im Osten oder Merced im Westen. Nach dem Gebet und möglicherweise der Beichte folgte das Mittagessen, dann die Siesta. Und am späten Nachmittag, wenn man sich von den Aufregungen des frühen Tages und des langen Nachmittagsschlafs erholt hatte – Viktoria schnaubte verächtlich –, ging man zum Klatsch auf die Plaza, oder traf sich in einem der Kurzwarengeschäfte, um neue Spitzen oder Bänder für den Besatz von Kleidern oder Hauben zu kaufen.

Viktoria fächelte sich heftig Luft zu. Nicht einmal der gemeinsame Klatsch machte mit diesen Fregatten Spaß – und natürlich war da die verdammte Sprache, die ihr immer noch Stolpersteine in den Weg legte und es ihr fast unmöglich machte, leichthin zu scherzen, wie sie es von zu Hause gewohnt war. Auf dem Schiff und im Vergleich mit Anna hatte Viktoria sich sicher gefühlt, inzwischen wusste sie, wie sehr sie Humberto geschont hatte. Sie ließ den Fächer zu- und wieder aufschnappen.

Mittlerweile konnte sie allerdings auch nicht mehr sagen, dass sie sich an der Seite ihres Ehemannes amüsierte. Schon kurz nach ihrer Ankunft hatte sie eine erste Veränderung bemerkt, dies anfangs jedoch auf die eigene Überspanntheit angesichts der ungewohnten Lage geschoben. Schließlich war alles neu gewesen: das Leben auf der Estancia, die inmitten eines riesigen Landbesitzes lag und einer kaum übersehbaren Menge an Menschen Arbeit bot. Die erste Begegnung mit den ursprünglichen Einwohnern des Landes. Die Hitze. Die Kälte. Das Ungeziefer. Die fremden Gerüche. Der Tagesablauf. Das Leben als Schwiegertochter von Doña Ofelia, die Viktoria wie der Inbegriff einer stolzen Spanierin vorgekommen war.

Ein Schauder hatte sie überlaufen, als sie Ofelia Santos zum ersten Mal vor dem großen Haupthaus gesehen hatte – in einem grauschimmernden, hochgeschlossenen Kleid mit einer ausladenden Krinoline und einem Lächeln auf dem Gesicht, das wie gemalt wirkte. Zur Begrüßung hauchte sie ihrer Schwiegertochter leichte Küsse an den Wangen vorbei. Viktoria glaubte, eine Porzellanpuppe in den Armen zu halten, so zart und zerbrechlich kam Ofelia ihr vor. Der Blick Ofelias dagegen war stahlhart und unnachgiebig und so flüchtig, dass Viktoria sich gleich darauf unsicher war, ob sie sich das alles nicht einbildete. Sie hasst mich nicht, fuhr es ihr mit einem neuerlichen Frösteln durch den Kopf, sie kann mich nicht hassen. Sie kennt mich ja gar nicht.

Die ersten Wochen, die auf ihre Ankunft folgten, brachten zu viel Neues, um auf weitere Veränderungen zu achten. Deshalb fiel Viktoria erst später auf, wie oft es Humberto von ihrer Seite wegzog. Bald schon verbrachte er ganze Nächte in einem Haus am südlichen Rand von Salta, von dem eine Dame nicht in der Öffentlichkeit sprach. Damals wechselten sie allerdings noch ab und an ein paar freundliche Worte miteinander.

Nach der Geburt der gemeinsamen Tochter Estella im September 1864 verlor Humberto fast vollkommen das Interesse, die Liebe – der *Verkehr* mit ihr, wie er es nannte – verkam zu einem Pflichtakt. Viktoria wurde schnell bewusst, mit welcher Zufriedenheit Doña Ofelia diese Veränderung in der Beziehung des Sohnes zur deutlich ungeliebten Schwiegertochter quittierte. Inzwischen zog Humberto ihre Gegenwart ohnehin wieder der seiner Frau vor.

»Ich hoffe, sie bekommt nicht nur Mädchen«, hatte Doña Ofelia kurz nach Estellas Geburt gezischelt.

Nicht lange danach hatte Viktoria eine Fehlgeburt.

»Sie ist zu nichts nutze. Sie war die falsche Wahl«, hatte Doña Ofelia halb laut gemurmelt, als Viktoria noch geschwächt und gefangen in ihrer Trauer zum ersten Mal wieder am Frühstück teilgenommen hatte.

Dieses Mal allerdings war Don Ricardo polternd dazwischengefahren: »Schweig!«, war seine Stimme wie ein schwerer Peitschenschlag durch das Esszimmer gedonnert.

Sowohl Humberto als auch Doña Ofelia hatten die Köpfe gesenkt wie geprügelte Hunde. Viktorias Blick hatte sich derweil auf den Ansatz von Ofelias unter dem dunklen Häubchen sorgsam gescheitelten grauen Haar gerichtet. Ihre Schwiegermutter hatte ihr den Krieg erklärt, das hatte sie verstanden. Doch sie hatte die Zähne fest aufeinandergebissen. Du wirst mich nicht treffen, hatte sie bei sich gedacht, du nicht. In diesem Moment hatte sie beschlossen, dass Humbertos Mutter sie niemals weinen sehen würde. Erst spät in der Nacht, als alle im Bett gewesen waren, allein in ihrem Zimmer, hatte sie sich erlaubt, ihren Schmerz in ihre Kissen zu schluchzen.

Als sie keine Tränen mehr gehabt hatte, hatte sie sich aufgesetzt, Papier und Feder zur Hand genommen und begonnen, einen Brief an die Eltern zu schreiben. Sie fühlte sich allein, denn ihr Mädchen Käthe, das bald unter schwerem Heimweh gelitten hatte, hatte früh die Rückreise angetreten. Aber von ihrer Einsamkeit hatte sie den Eltern nichts geschrieben, und sie würde das auch in Zukunft nicht tun. Sie war eine Kämpferin. Sie würde sich nicht unterkriegen lassen.

Man erholt sich, dachte sie, man erholt sich von allem.

Zur Vorbereitung auf die schwere Fastenzeit hatte sie die Einladung einer der wichtigsten Familien Saltas zum ersten Mal für längere Zeit an der Seite ihrer neuen Familie in die Stadt geführt.

Der Carnaval wurde in Salta wild gefeiert und hatte sie vor Staunen die Augen aufreißen lassen. Don Ricardo hatte ihr erzählt, dass die Leute oft Wochen damit zubrachten, ihre Kostüme für die farbenfrohen Umzüge vorzubereiten oder sich auf eine Vorführung als Mitglied einer *comparsa* vorzubereiten, die die Korsos begleitete. Auf den Straßen lachte und scherzte man ausgelassen, spritzte einander mit Wasser nass und flüsterte sich Anzüglichkeiten zu. Besonders viel Betrieb herrschte in den weniger feinen Bars und Kaffeehäusern auf der West- und Südseite der Stadt, in denen sich keine Dame blicken lassen konnte. Verhaftungen wegen Trunkenheit oder Messerstechereien nahmen zu. Eine veritable Zeltstadt entstand auf der Ebene nördlich der Stadt, wo man Erfrischungen, Spiele, Musik und Tanz genießen konnte und wo sich Humberto in diesen Tagen am liebsten herumtrieb. In den letzten Tagen des Carnavals war Julius eingetroffen, und sie hätte ihn am liebsten nicht mehr gehen lassen. Tagelang hatte er mit Don Ricardo im Büro verbracht, lange Abende hindurch hatten sie über die Reise und ihr neues Leben gesprochen.

Inzwischen waren wieder zwei Monate vergangen. In diesem Jahr würde Estella ihren ersten Geburtstag feiern.

Viktoria warf einen kurzen Blick ins Haus und unterdrückte ein Gähnen. Vom Innenhof kamen immer noch die Männerstimmen: Humberto führte seine Zuchtstiere vor, sein neuestes Steckenpferd. Die Männer fachsimpelten. Viktoria konnte sich beim besten Willen nicht vorstellen, was an diesen Tieren so faszinierend sein sollte. Die Stimmen der Freunde ihres Mannes zeugten allerdings von Bewunderung.

Seufzend hob sie erneut den Fächer und wedelte sich Luft zu.

Und mit diesem Mann habe ich mir in Paris moderne Gemälde angesehen, fuhr es ihr durch den Kopf, mit diesem Mann habe ich an der Seine gesessen und Rotwein aus der Flasche getrunken. Mit diesem Mann habe ich in verruchten Kaffeehäusern gehockt, am Absinth genippt, und wir haben gelacht, als wir daran dachten, wie schockierend das für unsere Eltern sein dürfte, uns dort zu sehen. Dieser Mann hat mich nackt gesehen.

Viktoria biss die Zähne aufeinander und tupfte sich mit einem Tüchlein den Schweiß von der Stirn. Dabei ist es gar nicht so heiß, seufzte sie innerlich auf.

Wenn es jetzt zum Liebesakt kam, behielten sie beide ihre Nachthemden an und löschten das Licht. Seit sie auf Santa Celia angekommen war, war ohnehin nichts Spielerisches mehr zwischen ihnen gewesen, kein Gelächter, kein Vergnügen, keine Koseworte. Wenn Humberto mit ihr schlafen wollte, warf er sie geschäftsmäßig auf den Rücken, drang gefühlslos in sie ein und ergoss sich in sie.

Sie dachte daran, wie sie ihm einmal vorgeschlagen hatte, ihn nach Salta zu begleiten, damals als sie noch nichts von dem Freudenhaus gewusst hatte, sondern lediglich das Haus in der Nähe der großen Kathedrale kannte, in dem die Familie zuweilen einige Wochen verbrachte und wo Don Ricardo schlief, wenn er sich in Salta mit Geschäftspartnern traf. Es war ein schmucker Bau aus einfachen Lehmziegeln, mit hellem Putz und Holzpfählen, die das Dach stützten, Fenstern mit hübschen schmiedeeisernen Gittern davor, und einer schweren geschnitzten Tür.

»Das ist nichts für dich«, hatte Humberto ihr knapp beschieden.

Nein, sie, Viktoria, hatte ihren festen Platz im Haus, auf der Estancia. Für sie hieß das neue Leben repräsentieren und den Mund halten, ein immer gleiches Tagein, Tagaus unter Doña Ofelias Argusaugen. Sie war das gute Porzellangeschirr, das man für ganz besondere Gäste hervorholte, um es danach sofort wieder hinter Schloss und Riegel zu sperren. Manchmal kam sie sich tatsächlich vor wie eine Gefangene.

Viktoria lehnte sich gegen einen der geschnitzten Pfosten, die das Verandadach stützten, und schloss die Augen. Drinnen das Gemurmel, draußen der Wind, der durch die Bäume rauschte, ein paar Vögel, wieder ein Stier, der brüllte, ein Knistern und Rascheln, von dem sie nicht wusste, wer oder was es verursachte. Sie dachte an die Berge in der Ferne, die sie schon öfter sehnsuchtsvoll betrachtet hatte.

Ich möchte fort von hier, dachte sie, aber wenn sie ihren Eltern schrieb, schrieb sie von den Schönheiten der Landschaft und von den Schönheiten eines unbeschwerten Lebens, in dem sie ohne Unterlass auf Händen getragen wurde. Sie war kein Feigling. Sie war vor Schwierigkeiten nie davongerannt.

Viktoria öffnete die Augen wieder. Manchmal fragte sie sich, ob es wirklich Humberto war, der hier mit ihr in Salta lebte, oder vielleicht doch sein böser Zwillingsbruder.

Seit sie auf Santa Celia eingetroffen war, war ihr, als habe ihr

Mann zwei Gesichter. Nicht nur, dass er sie behandelte, als habe er das Interesse an einem Spielzeug verloren. Er stellte auch anderen Mädchen nach. Wenn es darum ging, sich abends betrunken nach Hause bringen zu lassen oder sich mit Huren aus Salta zu vergnügen, war der Ruf der Santos, den man sie zu schützen anhielt, offenbar nicht in Gefahr.

Die Rufe aus dem Innenhof wurden lauter. Viktoria entschloss sich, sich den anderen Neugierigen anzuschließen. Vielleicht gab es dort ja doch noch etwas zu sehen. Vorsichtig balancierte sie die Treppenstufen hinunter in den Garten. Kaum war sie ein paar Schritte in der späten Nachmittagssonne gelaufen, spürte sie, wie sich Schweiß in ihrem Nacken bildete und unter dem Korsett den Rücken hinabrann. Doña Ofelia bestand darauf, dass sie die volle Montur aus Korsett, Unterröcken, Hemden und Oberkleid anzog, das sich zudem noch anfühlte, als sei es gefüttert.

»Himmel, die Bettdecke von Großmutter Auguste ist weniger dick gewesen«, stieß Viktoria zwischen zusammengepressten Zähnen hervor. Schwitzend und wenig damenhaft marschierte sie weiter.

Als sie um die nächste Ecke gebogen war, blieb sie wie vom Donner gerührt stehen. Kaum eine Armlänge von ihr entfernt, lehnte jemand an der Hauswand, den sie noch nie zuvor auf dem Gut der Santos gesehen hatte. Der Mann war groß und schlank. Seine Hautfarbe war dunkler als die der anderen Gutsbewohner, wenn man die Indios ausnahm. Das Haar trug er halblang und im Nacken mit einem Lederband zusammengenommen. Im Profil wirkte seine Nase scharf, der Kiefer kantig. Er trug ein helles Leinenhemd und Lederhosen und rauchte in aller Gemütsruhe einen Zigarillo, während er das Treiben im Hof aufmerksam beobachtete.

Wer war das? Was machte er, und vor allem, was wollte er

hier? Viktoria machte noch einen Schritt. Eher gemächlich drehte er sich zu ihr um. Der Zigarillo glühte auf, als der Mann einen Zug nahm. Einen Moment lang schaute er sie nur an, dann lächelte er.

»Señora!« Er neigte den Kopf.

»Wer sind Sie?«, warf Viktoria ihm entschlossen entgegen.

»Pedro Cabezas, Señora Santos.« Er verbeugte sich.

Woher wusste er, wer sie war? Misstrauisch runzelte Viktoria die Stirn, und doch spürte sie sofort, dass sie ihm vertrauen konnte. Es war, als ob sie einander kannten, als ob sie in diesem Augenblick der ersten vertrauten Person in diesem Land gegenüberstand. Für einen Moment, der sie wohl beide verwirrte, versanken sie im Blick des jeweils anderen. Viktorias blaue Augen tauchten ein in die schwarzen Pedro Cabezas. Kaum konnte sie sich von seinem Blick losreißen.

»Und was tun Sie hier?«

Viktoria versuchte, ihre Stimme schnippisch klingen zu lassen, doch es wollte ihr nicht gelingen. Dieses Mal klang sie einfach neugierig.

»Ich bin einer der Vorarbeiter Don Ricardos. Ich war eine Weile geschäftlich weiter im Norden, falls Sie mich das als Nächstes fragen wollen.«

»Nein, das wollte ich nicht.« Viktoria bemerkte, wie ein Lächeln über ihr Gesicht huschte. »Trotzdem nett, dass Sie mir das sagen.«

Sie atmete tief durch. Zum ersten Mal seit ihrer Ankunft hatte sie den Eindruck, anzukommen. Und Viktoria beschloss, Pedro Cabezas nicht mehr gehen zu lassen.

Zweites Kapitel

Don Ricardo lehnte sich mit einer Schulter gegen einen der Verandapfosten und hielt den silbergrauen Schopf schräg, während er in den rotgoldenen Sonnenuntergang blickte. Ein Taubenhaus, eine Fasanerie, mehrere Brunnen, die künstliche Grotte, in der er damals um Ofelia de Garays Hand angehalten hatte, sogar eine kleine Kapelle fand sich auf dem Gelände der Estancia Santa Celia, in der zu hohen Feiertagen ein eigens einbestellter Geistlicher die Messe für die Familie Santos und die Arbeiter des Gutes las.

Santa Celia war eine große, eine prächtige und wohl verwaltete Estancia, die jetzt friedlich im Abendsonnenlicht dalag. In Don Ricardos Rücken machte sich die Dienerschaft eben daran, für Beleuchtung zu sorgen, denn sehr bald würde die Nacht hereinbrechen, und dann würden sie hineingehen, denn der Mai war einer der kältesten Monate des Jahres. Vorerst aber ließ Don Ricardo seinen Erinnerungen freien Lauf.

Es war seltsam, zuzusehen, wie die Jahre vergingen, während man doch selbst der Alte blieb. Don Ricardo strich sich über den prächtigen Schnauzer. Wenn er es gemusst hätte, hätte er den Besitzer von Santa Celia als einen harten, aber gerechten Mann beschrieben, einen Mann, der die richtige Frau geheiratet hatte und Vater eines Sohnes geworden war – ein Mann, der somit alles richtig gemacht hatte.

Flüchtig verengten sich Don Ricardos Augen. Vielleicht hatte es Zeiten gegeben, da er etwas leichtsinniger mit seinem Geld umgegangen war, tatsächlich hatte es sogar Jahre gegeben, in denen er es mit vollen Händen ausgegeben hatte, wie man es offenbar im alten Europa von den reichen Südamerikanern erwartete. Nichtsdestotrotz war es nicht weniger geworden. So war das eben mit den Männern der Familie Santos: Das Geld blieb bei ihnen wie die Liebe der Frauen. Die Santos-Männer standen immer im vollen Saft.

Don Ricardo schmunzelte, als er sich an das Jahr erinnerte, in dem er mit seiner schönen Frau nach Europa gefahren war, um in Paris die neueste Mode zu kaufen. Später hatte er nur noch einmal allein den Winter im sommerlichen Europa zugebracht, hatte die Badeorte in der Normandie besucht und war durchs Mittelmeer geschippert, hatte sich die ägyptischen Pyramiden angesehen und die Akropolis in Athen, während Doña Ofelia mit dem kleinen Humberto zu Hause geblieben war. Er hatte sich damals sogar den Spaß gemacht, sein eigenes Pferd mitzunehmen, um sich in England auf Wettrennen zu messen.

Die Santos hatten immer Geld gehabt. Manchmal war es ihm, als hafte es einfach an seinen Händen. Im Prinzip hatte Geld nie eine Rolle gespielt. Man wusste, wie man es bekam und wie man es hielt. Man durfte nicht zu zimperlich sein. Man durfte seinen Arbeitern nicht zu viel bezahlen, wenn man sie auch gut behandelte. Und man musste wissen, dass sich Geld immer verdienen ließ, im Frieden wie im Krieg und in unruhigen Zeiten, auf ehrliche Weise und auch, wenn man fünf gerade sein ließ. Dass Schmuggel ein einträgliches Geschäft war, hatten die Santos früh verstanden, und sie hatten dieses Geschäft nie aufgegeben. Man durfte nicht zimperlich sein, wenn man etwas erreichen wollte.

Don Ricardo fingerte eine Zigarre aus der Brusttasche seines Rocks hervor und schob sie sich zwischen die Zähne. Dann drehte er den Kopf kaum merklich zur Seite, um seinen

Sohn Humberto zu mustern, der in seinem Schaukelstuhl eingeschlafen war. Irgendetwas störte ihn an diesem Mann. Etwas missfiel ihm, aber er konnte nicht genau sagen, was. Manchmal fragte er sich, wo der schlanke, muskulöse Mann geblieben war, dem die Frauen hinterhergeblickt hatten? Wo war der Junge, den er, um ihm die Flausen auszutreiben, auf die Estancia seines jüngeren Bruders in die Pampa geschickt hatte? Zu jenem Bruder, der schließlich in Buenos Aires einer der Epidemien zum Opfer gefallen war, wo er sich – Don Ricardos Meinung nach – ohnehin zu häufig aufgehalten hatte.

Auch wenn Argentinien schon 1853 zur offiziellen Bezeichnung von Staat und Nation geworden war, zog Don Ricardo es weiterhin vor, von La Plata zu sprechen. Zum einen, weil er in jenem vergangenen Vizekönigreich geboren worden war, zum anderen, weil es für ihn Tradition war. Die Santos hatten es stets mit den Traditionen gehalten, was vielleicht ebenfalls darin begründet lag, dass die Familie ihren Hauptsitz im Norden des Landes hatte. Dieser Norden Argentiniens war schließlich als erster Landesteil erforscht worden, um Wege zu finden, das Gold und Silber aus den Bergen zum Hafen von Buenos Aires zu bringen. Hier waren die ersten Städte gegründet worden als Stationen auf den Handelsrouten.

Mit dem Vizekönigtum des Río de la Plata schließlich hatte der weitere Aufstieg der vormals unbedeutenden Stadt und ihrer ersten Familien begonnen. Riesige Ländereien waren in der Umgebung erschlossen worden. Auch die Santos hatten neuerlich ihren Schnitt gemacht, wenngleich sie sich dem Norden weiterhin verbunden fühlten. Im Pampas-Gebiet hatte man begonnen, Ackerbau und Viehzucht im großen Stil zu betreiben. Bald war die Abhängigkeit von Spanien lästig geworden, und auch als Buenos Aires schließlich zur Freihandelszone erklärt wurde, war es zu spät: Die *porteños*, die Hafenstadtbewohner, wie sich die Einwohner von Buenos Aires nannten, wollten die Unabhängigkeit von Spanien.

In Salta aber war es gewesen, wo General Manuel Belgrano 1812 den ersten Sieg gegen die Spanier errungen hatte. Nach dem Krieg hatte politisches Chaos geherrscht, das auch in ihren Tagen zuweilen noch hochkochte.

Und Buenos Aires war immer noch ein verdammtes Dreckloch. Er, Don Ricardo, hatte es dagegen stets mit den Regionen gehalten. Die Regionen waren es, die ein Land stark und reich machten, nicht eine Stadt wie Buenos Aires, die immer nur Geld forderte. Don Ricardo war es deshalb auch mehr als recht, dass Salta zu den am weitesten von diesem Ort entfernten Provinzen gehörte. In Salta hatte man stets bessere Verbindungen nach Chile, Bolivien und Peru unterhalten. Das war schon zur alten Zeit so gewesen und hatte sich – bis auf eine kurze Krise, die auf den Unabhängigkeitskrieg gefolgt war – nicht geändert. Immer noch waren es jene weiter nördlich gelegenen Andenländer, die Salta seine Absatzmärkte boten und die dringend benötigten Zahlungsmittel in Form von Silbermünzen oder Rohsilber lieferten. Auch im Hinblick auf die europäischen Importwaren hatten Salta und das noch nördlicher gelegene Jujuy – das mit dem Hochtal der Quebrada de Humahuaca den wichtigsten Verbindungsweg zwischen dem La-Plata-Becken und Hochperu und damit die wichtigste Handelsroute der gesamten Region kontrollierte – ihre zentrale Stellung wiedererlangen können, wenn auch im Laufe der Zeit die pazifischen Häfen zu den bedeutendsten Vermittlern nach Übersee geworden waren.

Don Ricardo nahm die Zigarre wieder aus dem Mund und hielt sie seinem persönlichen Diener hin. Der entzündete ein

Streichholz und berührte damit die Zigarrenspitze, bis sein Herr genüsslich die ersten Züge in die warme Abendluft paffen konnte.

Erneut starrte Don Ricardo seinen Sohn an. Er konnte nicht sagen, dass ihm die Veränderung Humbertos behagte. Vielleicht hätte er sich keine Gedanken darum gemacht, wenn Humberto nicht sein einziger Sohn wäre, aber Doña Ofelia hatte nach Humbertos Geburt niemals wieder ein gesundes Kind zur Welt gebracht, und inzwischen bezweifelte Ricardo sogar, ob Humberto – allgemein gesprochen – gesund war.

In Humbertos Briefen aus Europa war Tatendrang zu spüren gewesen, doch seit seiner Rückkehr an der Seite seiner jungen Frau war aus ihm wieder der Mann geworden, der er vor seiner Abreise gewesen war: ein Faulenzer, der die Arbeit auf der Estancia am liebsten seinen Vorarbeitern überließ und mit ständig neuen Steckenpferden aufwartete – seit neuestem waren es die Stiere. Humberto soff, spielte und hurte sich durch die weibliche Dienerschaft und sämtliche Freudenmädchen von Salta.

Trotzdem stand es außer Frage, dass er, Don Ricardo, dem Sohn stets den Rücken stärken würde. Humberto mochte ein verdammter Schwächling sein, nichtsdestotrotz musste er immer an erster Stelle stehen. Schließlich war dieser Nichtsnutz der Erbe der Santos. Zuweilen graute Don Ricardo allerdings bei dieser Vorstellung.

Ein Geräusch, das aus dem Garten zu ihnen heraufdrang, ließ ihn die Augen zusammenkneifen. Die Zigarre drohte zu verlöschen, und er paffte einige schnellere Züge, um das zu verhindern. Bald darauf näherte sich ihnen die deutsche Schwiegertochter über den durch den Garten führenden Kiesweg. Don Ricardo lächelte unwillkürlich. Er mochte diesen Anblick. Viktoria war eine schöne Frau mit ihrem blonden Haar und der bezaubernd schmalen Taille, wenn sie ihm auch etwas zu dünn war. Obwohl er die Heirat ebenso wenig gutgeheißen hatte wie seine Frau, musste er zugeben, dass ihm die junge Deutsche imponierte. Sie wusste sich im rechten Moment zurückzunehmen und war doch zur Stelle, wenn es nötig war. Seit sie auf der Estancia weilte, hatte sie stets Haltung bewiesen, in jeder Lebenslage. Was auch immer geschah, ihr Gebaren war untadelig.

Zufrieden nahm Don Ricardo die Zigarre aus dem Mund und strich sich nochmals über den Schnauzer. Humberto musste seiner Zukünftigen schon in Europa klargemacht haben, welche wichtige Rolle seine Familie in der Gesellschaft Saltas spielte. Doña Ofelia dagegen konnte sich mit der neuen Frau an der Seite ihres Sohnes ganz offensichtlich nicht abfinden. Kein Tag verging, an dem sie nicht gegen die Schwiegertochter stichelte, und eigentlich hatte es Don Ricardo reichlich satt – es gab schließlich keinen Zweifel dahingehend, dass die Familie unbedingte Loyalität forderte. Viktoria schien das auch durchaus zu verstehen.

Er schob die Zigarre wieder zwischen seine Lippen und erwiderte den Gruß der Schwiegertochter mit einem knappen Nicken. Wie zu erwarten hörte er einen Atemzug später hinter sich Schritte.

»Was tut sie da?«, fragte Doña Ofelia in dem keifenden Tonfall, den sie der Ehefrau ihres Sohnes vorbehielt.

Ja, was tat sie da? Don Ricardo zuckte die Achseln. Sie ging spazieren, eine dieser seltsamen Beschäftigungen, denen diese Deutschen offenbar gerne nachgingen. Die Zigarre war nun endgültig erloschen. Er ließ sie fallen. Sofort sammelte einer der Diener sie auf. Nach einer durchzechten Nacht des Kartenspiels und einem anstrengenden Arbeitstag sehnte Don

Ricardo sich plötzlich nur noch nach Ruhe. Er drehte sich zu seiner Frau um, musterte ihr schmales Gesicht, das immer schon zu länglich gewesen war, was ihm im Taumel der ersten flüchtigen Verliebtheit allerdings nicht aufgefallen war.

Missmutig betrachtete er im nächsten Moment die scharfen Falten, die sich links und rechts der Nasenflügel bis zu Doña Ofelias stets hängenden Mundwinkeln herabzogen. Als sich ihre Blicke trafen, zuckte ihr rechtes Auge kurz nervös, dann holte sie tief Luft.

Habe ich sie einmal geliebt?, überlegte er. Wie lange schon suchte er lieber Vergessen in den Armen anderer Frauen? Auch wenn das nicht Doña Ofelias Schuld war. Er hatte ihr nie treu sein können, das war eines Mannes ohnehin nicht würdig.

»Sie ist schamlos«, keifte Ofelia weiter.

Don Ricardo sah seine Schwiegertochter, die einige Schritte von ihnen entfernt, unten im Garten stand, an. Die junge Frau trug ein helles Kleid aus leichtem Stoff mit einem weit ausgestelltem Rock und einem Spitzenkragen, wie er sicherlich gerade Mode war. Der Schneider war in der letzten Woche aus Salta da gewesen. Mit Achselzucken drehte Don Ricardo sich wieder zu Doña Ofelia hin, die seit dem Tod ihrer Eltern und Geschwister viele Jahre zuvor nur noch gedeckte Farben trug. Er seufzte. Ofelia hatte ihren Vater über alle Maßen verehrt. Gegen ihn war er zugegebenermaßen nie angekommen, und manchmal fürchtete er, dass ihm diese Niederlage immer noch ungebührlich zu schaffen machte.

Don Ricardo schaute wieder zu seiner Schwiegertochter. Wirklich, er konnte absolut nichts Schamloses an Viktorias Verhalten bemerken.

Manchmal begab Viktoria sich nachmittags während der Siesta zu ihrer Tochter Estella, so auch an diesem Tag. Still saß sie im Halbschatten neben dem Bett ihres Kindes und beobachtete, wie sich die Vorhänge vor den geöffneten Fenstern im leichten Wind bewegten. Durch die kunstvoll geschnitzten Fensterläden warf die Nachmittagssonne ein Spiel aus goldenem Licht und Schatten auf den Boden.

Estellas Schlaf zeugte von der Entspannung eines Kindes, das nichts Böses befürchtete. Die Kleine hatte einen Arm über den Kopf gestreckt, den anderen angewinkelt, sodass ihre winzige Faust neben dem gespitzten Mündchen zu liegen kam. Dralle Beine guckten unter dem weißen Kleidchen hervor. Söckchen schützten die kleinen Füße. Estellas Stoffpuppe lag oberhalb ihres Kopfes. Ganz vorsichtig legte Viktoria ihrer Tochter eine Hand auf das schwarze Lockenköpfchen. Dann streichelte sie die Pausbäckchen.

Estellas Haut fühlte sich so unendlich zart an. Trotz der Berührung regte das Kind sich nicht, noch nicht einmal die Augenlider flatterten. Offenbar hatte sie das morgendliche Spiel mit der Kinderfrau erschöpft. Estella liebte Rosalia. Als Viktoria die kleine dunkle Indio-Frau zum ersten Mal gesehen hatte, war sie erschrocken, doch die liebevolle Art, mit der Rosalia die Kleine umsorgte, überzeugte sie schnell. Auch für Viktoria selbst hatte Rosalia schon die ein oder andere freundliche Geste gefunden, und die hatte sich daraufhin zum ersten Mal ein wenig willkommen gefühlt auf Santa Celia. Viktoria mochte Rosalia.

Estella spitzte ihr Mündchen und schob sich den rechten Daumen hinein.

Estella, Estella, wiederholte Viktoria jetzt bei sich, mein kleiner Augenstern.

Sie hatte sich zuerst nicht mit dem Namen anfreunden können, doch Humberto, und vor allem seine Mutter, hatten darauf bestanden. Wenn sie es recht verstanden hatte, war Estella der Name von Ofelias jüngerer Schwester gewesen, bevor diese ins Kloster eingetreten war.

Viktoria seufzte. Ich werde immer auf dich aufpassen, meine Kleine. Nie werde ich es zulassen, dass man dich mir wegnimmt. Sie wusste nicht, woher dieser Gedanke plötzlich gekommen war, und sie bemühte sich, ihn rasch aus ihrem Kopf zu vertreiben. Himmel, sie war doch keine Schwarzseherin, war niemals eine gewesen. Wer sollte ihr Estella wegnehmen wollen?

»Sternchen«, murmelte sie, »mein kleines Sternchen.«

Es war ihr leichter gefallen, sich mit dem Namen anzufreunden, nachdem sie erfahren hatte, was er bedeutete. Trotzdem blieb es schwer, mit Doña Ofelia zusammenzuleben. Sie konnte es nicht anders sagen. Zwar hatte sie gewusst, dass das Leben mit Schwiegermüttern schwierig sein konnte, aber was sie seit ihrer Ankunft erlebte, übertraf ihre schlimmsten Erwartungen. Natürlich mangelte es ihr im materiellen Sinn an nichts, aber es war durchaus bedrückend, niemanden zu haben, dem man vertrauen konnte.

Viktoria dachte unwillkürlich an die junge Indianerin Rosita, die man ihr zur Seite gestellt hatte, nachdem sie mehrmals Käthes Verlust beklagt hatte und das eigene Unvermögen, sich angemessen auf die zahlreichen gesellschaftlichen Verpflichtungen vorzubereiten. Das Mädchen schien alles zu verstehen, was Viktoria von ihr wollte, doch sie konnten nicht miteinander sprechen, wie sie es mit Käthe getan hatte. Viktoria seufzte. Käthe war zuweilen wie eine Freundin für sie gewesen, eine Freundin, die sie auf Santa Celia schmerzlich vermisste.

Draußen auf dem Gang waren plötzlich lauter werdende

Schritte zu hören. Wie so oft öffnete sich die Tür in ihrem Rücken im nächsten Moment ohne Vorwarnung, und ihre Schwiegermutter trat ein. Obwohl ihr nicht danach war, stand Viktoria auf und begrüßte Doña Ofelia mit den üblichen Küsschen auf die Wangen. Kurz stand die ältere Frau nur da und betrachtete das Bild, das sich ihr bot.

»In unserer Familie werden Söhne geboren«, sagte sie endlich mit jenem vorwurfsvollen, schrillen Ton in der Stimme, an den sich Viktoria mittlerweile fast gewöhnt hatte.

Viktoria schaute ihre Tochter an und antwortete nicht. Ich liebe dich, Estella, dachte sie bei sich, ich liebe dich, mein Goldstück. Hör nicht hin, mein kleiner Stern.

»Ich hoffe doch, dass du meinem Sohn auch noch seinen verdienten Erben schenken wirst.« Doña Ofelia trat einen Schritt auf ihre Schwiegertochter zu.

Die atmete tief durch und zählte bis zehn, bevor sie antwortete: »Ich habe Humberto eine wunderbare Tochter geschenkt.«

In diesem Moment öffnete Estella die Augen, schaffte sich auf die Knie hoch und streckte ihrer Mutter die Arme hin. Viktoria nahm ihr Kind hoch und streichelte Estellas verschlafenes Gesichtchen. Das Mädchen drückte sich an seine Mutter. Wieder verschwand ein Daumen in ihrem Mund. Die Geburt war nicht einfach gewesen, erinnerte Viktoria sich, sie hatte Humberto lautstark verflucht, und die Erinnerung daran tat mit einem Mal gut.

»Das mag sein«, reagierte Humbertos Mutter nun von der anderen Seite des Bettes auf ihre Bemerkung, »aber Estella ist eben kein Junge.« Sie schaute die Kleine prüfend an. »Nun, ich hoffe, dass sie einmal hübsch wird, sodass wir sie wenigstens gut werden verheiraten können.«

Doña Ofelia richtete sich steif zu ihrer vollen Größe auf

und wandte sich ohne ein weiteres Wort zur Tür. Wenig später fiel diese hinter ihr ins Schloss.

Das Einzige, was Viktoria jetzt noch aufmuntern konnte, war ein Ausritt mit ihrer Schimmelstute Dulcinea.

Doña Ofelia hielt sich vollkommen gerade, während sie sich vom Zimmer ihrer Schwiegertochter entfernte. Solange sie sich beobachtet wusste, würde sie ihre Schultern niemals sinken lassen, eine de Garay ließ sich nicht gehen. Diese Regel hatte ihr Vater dem kleinen Mädchen beigebracht, das sie niemals hatte sein dürfen, und sie, Doña Ofelia, hatte diese Lektion nie vergessen. Sie war die Älteste im elterlichen Haushalt gewesen, verantwortlich für den jüngeren Bruder Felipe und die kleine Schwester Estella. Sie hatte dafür gesorgt, dass Felipe zur Schule ging, wenn die Mutter die Schwermut packte. Sie hatte ihrer Schwester Estella einen Platz im Kloster erkauft.

Ofelia hatte zugestimmt, als der Emporkömmling Ricardo Santos um ihre Hand angehalten hatte – vielleicht auch, weil sie ihn geliebt hatte, aber das ging niemanden etwas an. Was sie wusste, war, dass die de Garays früher niemals Emporkömmlinge wie die Santos geheiratet hatten und dass es Zeiten gegeben hatte, in denen sie ihrem Vater eine solche Schmach unter allen Umständen erspart hätte. Liebe war in ihren Kreisen nie ein Argument gewesen. Doch in den heutigen Zeiten waren es Familien wie die Santos, die Geld und Bedeutung hatten; die de Garays hatten nichts mehr gehabt außer der Urkunde, mit der ihr Vater die Verwandtschaft mit Juan de Garay, dem Gründer von Buenos Aires, bezeugen konnte.

Doña Ofelia erinnerte sich noch gut an Hernan de Garays Gesichtsausdruck, wenn er die alte Urkunde hervorgeholt hatte.

»Dies ist unser wichtigster Besitz«, hatte er ihr eingeschärft.

Sie hatte daran geglaubt, bis ihr Ehemann ihr eines Tages mit einem höhnischen Grinsen gesagt hatte, dass er »diesen Fetzen Papier« für Lug und Trug halte. Er wisse, wie man so etwas fälschen könne, und die Fälschung sei noch nicht einmal besonders gut.

Aber sie hatte ja ohnehin keine andere Möglichkeit gehabt und heiraten müssen. Was blieb einer Frau ihres Standes in ihrer Lage anderes übrig? Immerhin klopfte zumindest ihr Herz in Don Ricardos Gegenwart anfänglich wild, was die eigentlich hässliche Angelegenheit ein wenig angenehmer machte. Als Don Ricardo dann um ihre Hand anhielt und sie ihren Vater um Zustimmung bat, hatte der sie nur traurig angesehen. Aber er hatte Ja gesagt. Auch er wusste, dass ihnen nichts anderes blieb. Und so war Don Ricardo gestattet worden, ihr den Hof zu machen.

Schon in alten Zeiten, hatte Hernan de Garay bemerkt, als sie wenige Wochen später als Verlobte von Ricardo Santos in dem winzigen Salon ihrer Eltern gesessen hatte, habe man in der Gegend von Salta Maultiere gezüchtet, Tausende von Maultieren, die das begehrte Edelmetall aus den Silbergruben in den Anden zur Küste brachten. Auch die Vorfahren der Santos seien Maultierzüchter gewesen, solange wie sie hier lebten. Immerhin waren die Santos also alteingesessen, wenn Hernan de Garay es auch kaum verwinden konnte, dass seine kleine Tochter einen Maultierzüchter heiratete!

Sie hörte ihm an diesem Tag nur halb zu, denn trotz allem ließ ihr der Gedanke an Ricardo Santos mittlerweile das Blut in die Wangen steigen. Sie stellte es sich angenehm vor, seine Frau zu werden, und das war es auch gewesen. Zumindest zu Anfang. Und auch als sich die Zeichen der Zeit änderten, hatte sie sich lange Zeit nicht vorstellen können, dass sich ihr Leben mit der Heirat nicht zum Besseren wendete.

Wie sollte sie auch?

Doña Ofelia schauderte, als sie an die Wohnung dachte, in der ihre Familie damals gelebt hatte. Es war kein Wunder, dass ihre Mutter das Bett kaum noch hatte verlassen wollen. Mit Mühe nur hatte sich die Fassade aufrechterhalten lassen. Es war Ofelia gewesen, die streng darüber wachte, dass ihre und die Kleidung ihrer Geschwister stets sauber war und keine Risse oder Löcher aufwies.

An Tagen, an denen sie aufgeben wollte, rief sie sich unerbittlich die kleinen schilfgedeckten Häuser ins Gedächtnis, in denen die Wäscherinnen, Tagelöhner oder Diener Saltas wohnten; niedrige, rechteckige Gebäude mit einem einzigen Raum, der durch ein Stück Stoff oder Leder, das von einem Deckenbalken herabhing, zwischen Küche und Schlafbereich unterschied, und sie schwor sich, dass sie nie, niemals so weit sinken würde. Familien, die in solchen Häusern lebten, lebten nicht nur wie Tiere, es waren Tiere. Sie hatten keine Latrinen oder Brunnen. Sie schliefen auf einer Tierhaut, die auf dem nackten Boden ausgebreitet war, nannten bestenfalls ein paar Truhen und einen roh gezimmerten Tisch Mobiliar. Solche Leute tranken Wasser aus schmutzigen Kanälen, den *tagaretes*, die jedes Jahr Krankheiten über die Stadt brachten. Solche Leute gaben nichts auf modische Entwicklungen, sondern trugen jahrein, jahraus ein einfaches Hemd, dazu Hosen und Sandalen, oder einen langen Rock, eine Bluse und ein Umschlagtuch zu nackten Füßen.

Niemals, niemals, niemals, hatte sie sich geschworen, würde sie so tief sinken. Die de Garays würden niemals arm sein, was auch immer geschah. Arm, das waren die anderen. Arm waren die, die im Fluss oder im Kanal badeten und jeden Tag Mais aßen, ob als Brot, als Brei oder Eintopf. Doña Ofelias Familie aber hatte stets zu Saltas guter Gesellschaft gehört, und deshalb blieben sie auch auf der guten Seite der Plaza und vermieden den ungepflasterten Teil, wo sich die Armen sammelten. Und deshalb brachte sie auch in den schlimmsten Zeiten genügend Geld auf, um eine Dienerin zu bezahlen. Jemand musste schließlich das Essen zubereiten. Jemand musste Mama in die Kirche begleiten, ihr das Kissen oder den kleinen Hocker tragen, auf dem sie sich zum Gebet niederkniete. Jemand musste das Feuerholz kaufen, das von Indianern auf kleinen Eseln zur Haustür gebracht wurde, ebenso wie die frische Milch, das Obst und das Gemüse.

Es gab viele arme Leute unter den Salteños, aber Ofelias Familie gehörte nicht dazu. Sie gehörte zu den anderen, zu den Reichen, die durch Heirat, ihre Art zu leben und die Familie miteinander verbunden waren. Sie gehörte zu einer Schicht in der Beziehungen über lange Jahre gewachsen waren, und sie würde immer dazu gehören, etwas anderes wollte Ofelia nicht zulassen.

Also hatte sie für den regelmäßigen Kirchgang gesorgt und ebenso für die abendlichen Spaziergänge auf der Plaza, wo man sich der guten Gesellschaft zeigte. Dort, auf der *retreta*, wie der Gang rund um die Plaza hieß, hatte Don Ricardo sich auch ihrer Mutter vorgestellt, dort, wo man hinkam, um zu sehen und gesehen zu werden, Komplimente auszutauschen oder den neuesten Klatsch zu erfahren. Ofelia hatte gewusst, dass er gefährlich war – alle Männer waren das –, aber er war auch ein Versprechen auf ein besseres Leben, das sie einfach wagen *musste*. Mit niedergeschlagenen Augen hatte sie schließlich der so ersehnten Hochzeit zugestimmt. Er muss ja auch etwas für mich empfinden, hatte sie sich gesagt. Jedenfalls entnahm sie das den Romanen, die sie las. Held und Heldin – natürlich wagte sie es kaum, sich in diesem Licht zu sehen – heirateten, wenn sie etwas füreinander empfanden.

Es hatte Monate gebraucht, bis sie verstand, dass sie sich geirrt hatte, dass man heiraten konnte, ohne zu lieben, dass Ricardo Santos mehr an ihrem Namen und dem guten Ruf ihrer Familie lag als an ihrer Person. Sonst hätte er sie doch niemals mit diesen schmutzigen Frauen betrogen.

Die Trauer über die Täuschung, in die sie hatte versinken wollen, fiel mit dem plötzlichen Tod ihrer Eltern und Geschwister zusammen, die einem der jährlich wiederkehrenden Fieber erlegen waren. Im selben Jahr war Humberto geboren worden, und Doña Ofelia hatte endlich ein Ziel gefunden für die Liebe, die ihr plötzlich so überflüssig erschienen war. Sie liebte Humberto, und sie würde ihn vor allem Bösen schützen. Koste es, was es wolle.

Die Weite des Landes war beeindruckend in seiner Kargheit. Der blaue Himmel darüber wölbte sich schier in die Unendlichkeit. Farben zwischen Braun, Gelb, Ocker und Grün breiteten sich bis zum fernen Horizont aus. Hier und da mischten sich Tupfer von Rostrot darunter, manchmal auch etwas frisches Grün. Über allem lag ein graugelber Schleier, der von Zeit zu Zeit von einem Windstoß aufgewirbelt wurde. Zu den höchsten Gewächsen in dieser Einöde gehörten so genannte Kandelaberkakteen, die hier überall wuchsen und die Viktoria immer noch fremd waren. Aus der Ferne sahen sie manchmal wie Menschen aus, und es gab Geschichten aus dem Unabhängigkeitskrieg, in denen man solchen Kakteen Uniformen angezogen hatten, um größere Zahlen vorzutäuschen.

Für einen Moment legte Viktoria den Kopf in den Nacken

und beschattete die Augen gegen die Sonne. Über ihr zog ein Vogel mit ausgebreiteten Schwingen seine Kreise, vielleicht ein Kondor. Viktoria wusste es nicht, denn ihre unzähligen Fragen hatte bisher niemand beantworten wollen. Eine Dame hatten solche Dinge ohnehin nicht zu interessieren. Manchmal hatte sie den Eindruck, in der höchsten argentinischen Gesellschaft würde man als Dame am besten ohne Kopf geboren.

Mit einem Schnalzen trieb Viktoria ihr Pferd an. Obwohl es schon auf den Abend zuging, brannte die Sonne immer noch kräftig vom Himmel. Viktoria war froh um den breitkrempigen Hut, den sie gewählt hatte. Sie wollte sich keinesfalls den hellen Teint verderben lassen. Nicht zum ersten Mal brachte sie Dulcinea schon nach kurzer Zeit wieder zum Stehen und schaute sich um. Trotz oder gerade wegen ihrer Kargheit war die Landschaft wirklich überwältigend. Hier, in dieser Einöde, konnte man sich vorstellen, man sei der letzte Mensch auf Erden. Dulcinea schnaubte, ihre Reiterin klopfte ihr beruhigend den Hals.

Fern am Horizont erhoben sich verlockend die Ausläufer der Anden, doch Viktoria wusste, dass sie so weit nicht reiten konnte. Von neuem trieb sie ihr Pferd an, fragte sich kurz, ob sie wohl den Weg zurückfinden würde. An diesem Tag war sie weiter geritten als gewöhnlich.

Das Indio-Dorf erschien so plötzlich vor ihren Augen, als habe es eine Zauberhand aus dem Erdboden hervorgestampft. Viktoria war so überrascht, dass sie schon im Dorfinneren war, bevor sie ihre Stute zügeln konnte. Als Dulcinea stand, bemerkte Viktoria zwei Frauen in unmittelbarer Nähe, die sie aus dunklen Augen anblickten, ohne die Miene zu verziehen, das schwarze Haar unter dem Filzhut sorgsam gescheitelt. Sieben Röcke trugen sie übereinander, hatte Viktoria gehört. Sie musste sich bezähmen, um nicht zu starren. Etwas weiter die Dorfstraße entlang warteten einige Männer, ein paar Kinder spielten mit einer Puppe, aus Stoffresten gefertigt, die Gesichter ebenso unbewegt wie die der Frauen. War ihr die Stille vorher angenehm gewesen, erschien sie Viktoria mit einem Mal drückend.

Zwei weitere Frauen tauchten jetzt aus einem der kleinen würfelförmigen Häuser auf und wisperten miteinander. Eine hatte graue Haare, und als sie mit einem Mal in Viktorias Richtung sah, fuhr die zusammen. Gerade noch konnte sie den Entsetzensschrei herunterschlucken. Die Augen der Frau waren milchig weiß. Sie war blind, und trotzdem schaute sie Viktoria an, als könne sie ihr bis tief in die Seele blicken. Dulcinea schnaubte, ganz sicher spürte sie die Unruhe ihrer Herrin, dann begann sie zu tänzeln.

Noch mehr Menschen kamen aus den geduckten Häusern hervor. Klein, braunhäutig und schwarzhaarig sammelten sie sich um die Fremde, mit jedem Atemzug wurde die Menge dichter und dichter, wie es Viktoria schien. Jetzt konnte Viktoria auch ihre Stimmen hören, ein fremdartiges Gemurmel erfüllte die Luft. Sie war mit einem Mal wie gelähmt. Hatte man ihr nicht davon abgeraten, in diese Dörfer zu gehen? Bis auf das Hauspersonal war sie bisher keinem Indio begegnet, und auch mit den Mädchen auf Santa Celia wechselte sie kaum ein Wort. Unruhig warf Dulcinea den Kopf.

Viktoria nahm ihren ganzen Mut zusammen, um das Wort an die Indios zu richten, da drängte sich jemand durch die Menge nach vorn und griff nach Dulcineas Zügeln.

»Was machen Sie denn hier, Señora Santos?«

»Señor Cabezas!«

Viktoria starrte den Vorarbeiter der Santos an. Der nahm sich keine Zeit für eine Begrüßung. Streng blickte er sie an.

Kein bisschen Ehrerbietung hatte in seiner Stimme gelegen, fiel Viktoria jetzt auf. Er hatte eher wie jemand geklungen, dessen Haus ohne Genehmigung betreten worden war und der nun Rechtfertigung erwartete. Unsicher, jedoch auch ein wenig beleidigt, straffte sie die Schultern.

»Ich habe mir erlaubt, mir das Land der Familie Santos anzusehen.«

»Dieses Dorf gehört nicht der Familie Santos.«

Pedro klang nachdrücklich, fast ein wenig böse jetzt. Seine Gesichtszüge blieben unbewegt, während er sie prüfend anblickte. Viktoria spürte einen Schauder über ihren Rücken jagen. Hatte sie Verbundenheit mit diesem Mann gefühlt? Hatte sie in ihm einen möglichen Freund gesehen? Sie musste den Verstand verloren haben. Sie atmete tief durch, betete innerlich darum, dass ihre Stimme bei den nächsten Worten fest klingen möge.

»Das war mir nicht bewusst, Señor Cabezas.«

Wenn er schon seinen Platz nicht kennen wollte, dann würde sie ihm zumindest zeigen, dass sie sich zu benehmen wusste. Viktoria griff ihre Zügel fester, versuchte sie ihm aus der Hand zu reißen. Er ließ unvermittelt los, doch mit Geschick hinderte Viktoria Dulcinea daran, auszubrechen. Für einen Moment war sie stolz auf sich.

»Und was tun Sie dann hier, Señor Cabezas?«

Wieder schaute er sie an, und vorübergehend dachte sie, er würde ihr nicht antworten.

»Meine Mutter stammte von hier«, sagte er dann schlicht und wenig später, schon deutlich freundlicher: »Warten Sie! Ich werde Sie zurückbegleiten. Es wird schon spät, es könnte zu gefährlich werden, wenn Sie sich jetzt allein auf den Weg machen.«

»Ich fürchte mich nicht, Señor Cabezas.«

»Das weiß ich.« Der Blick aus seinen schwarzen Augen war undurchdringlich. »Aber nur der, der die Gefahr kennt, weiß, wie mit ihr umzugehen ist.«

Welche Gefahr?, dachte sie.

Viktoria fühlte schon wieder Ärger in sich aufsteigen, aber sie wollte Pedro nicht die Genugtuung geben, nachzufragen. Mochte er sie auch für ein Püppchen halten, gleich denen, die sich auf den Empfängen der Santos herumtrieben, sie würde ihm zeigen, wie gut sie reiten konnte. Und sie würde ihm zeigen, dass sie keine Angst hatte.

Wenig später hatte er sein Pferd, einen Falbhengst mit dunklem Schweif und dunkler Mähne, aus einem kleinen Hinterhof geholt und lenkte es an ihre Seite.

»Das Haus Ihrer Mutter?«, fragte sie und ärgerte sich sogleich über ihre Neugierde.

Er antwortete nicht sofort, doch er antwortete.

»Ja, sie hat dort gelebt. Sie ist gestorben.«

»Das tut mir leid.«

Einfach, ohne Überlegung, doch voller Anteilnahme waren die Worte herausgekommen. Erneut musterte Señor Cabezas sie prüfend. Offenbar gefiel ihm, was er sah, denn er nickte. Knapp zwar, aber nicht unfreundlich.

»Danke«, sagte er dann. »Es ist schon lange her. Ich war damals noch ein Junge.«

Für eine Weile ritten sie stumm nebeneinander her. Meist war Pedro Viktoria eine halbe Pferdelänge voraus. Er ist größer als die Indios in dieser Gegend, stellte sie nicht zum ersten Mal fest. Er sah auch nicht ganz aus wie einer der ihren. Wenn seine Mutter eine Indianerin gewesen war, so war sich Viktoria sicher, dass sein Vater ein Weißer war.

»Und Ihr Vater?«, konnte sie ihre Neugier bald nicht mehr bezähmen.

»Ein Weißer«, entgegnete Pedro knapp, während er sein Pferd auf einen schmalen, beinahe ausgetrockneten Bachlauf zulenkte. Dicke Felsen und kleinere Steine lagen, sonst wohl von Wasser umspült, staubtrocken da. Abrupt zügelte Pedro sein Pferd, auch Viktoria brachte ihre Stute zum Stehen.

»Ruhig, Dulcinea«, sagte sie halblaut. »Kein Grund zur Besorgnis.«

Pedro zog die Stirn kraus, während er den besten Weg zur anderen Seite suchte. Nun warf er Viktoria einen Blick zu.

»Dulcinea?«, fragte er. »Nach der Dulcinea in Don Quixote?«

»Ja, woher wissen Sie ...?«

Pedro hob die Schultern. »Ich habe Ohren.« Er schaute sie spöttisch an. »Und da Sie offenbar davon ausgehen, dass ich nicht lesen kann, wird es mir wohl irgendjemand erzählt haben.«

»Ja, natürlich.«

Viktoria schaute zu Boden. Einen Moment lang starrte sie vor sich, dann wandte sie den Kopf. Stumm blickten sie einander an.

»Können Sie denn lesen?«, fragte sie und hätte die Worte im nächsten Augenblick am liebsten wieder zurückbefohlen.

Pedro Cabezas aber schien nicht beleidigt. Ein Lächeln, das sie schon gar nicht mehr für möglich gehalten hatte, kerbte sich in seine Mundwinkel.

»Ja, das kann ich«, sagte er und fügte dann hinzu: »Es tut mir leid, dass ich eben so schroff war, aber die Santos nehmen sich schon viel zu viel heraus in dieser Gegend. Ich ...« Er stockte unvermittelt, schließlich war auch sie eine Santos.

Wieder schauten sie einander an.

»Sie hatten Recht damit«, erwiderte Viktoria ernst. »Ich

hätte dort nicht einfach eindringen sollen, aber ich war völlig überrascht...«

Etwas wie Anerkennung leuchtete in Cabezas Augen auf, dann nickte er zu Viktorias Pferd hin.

»Sie sind eine gute Reiterin.«

Viktoria hielt seinem Blick stand, ohne zu zaudern oder zu weichen. »Wollen Sie mir vielleicht einmal die Gegend zeigen?«, fragte sie dann. »Nach der Arbeit, wenn Ihnen das nicht zu viel ist? Vielleicht würde Don Ricardo Sie früher gehen lassen. Ich bräuchte einen verständigen Führer. Zu Hause sterbe ich noch vor Langeweile.«

Er zuckte die Achseln. »Das ließe sich schon einrichten. Ich bin ohnehin oft in der Gegend unterwegs.«

Dann müssten wir es Don Ricardo gar nicht sagen, fuhr es Viktoria durch den Kopf. Für einen halben Atemzug nur bemerkte sie seine Augen auf dem Medaillon, das sie trug, und sie atmete heftiger. Dann riss er seinen Blick wieder los.

»Morgen ist Sonntag. Treffen wir uns hier am späten Nachmittag?«, fragte sie.

Pedro Cabezas sah Viktoria einen Moment verblüfft an. Dann nickte er.

Viktoria erwachte früh am nächsten Morgen. Von ihrem Bett aus konnte sie durch einen Schlitz zwischen den Vorhängen die Sonne aufgehen sehen. Nach und nach breitete sich ein warmes, goldfarbenes Licht in ihrem Schlafzimmer aus. Viktoria räkelte sich genüsslich. Zum ersten Mal seit langem freute sie sich auf den Tag, der vor ihr lag. Nach einer Weile stand sie auf und öffnete den Vorhang ein Stück. Von ihrem Zimmer aus konnte sie in den Garten blicken. Dahinter breitete sich, so wusste sie, die weite Ebene des Andenvorlandes aus. Rechter Hand lagen Tabakfelder, links war die Weide mit Humbertos Zuchtstieren. Wenn sie sich etwas hinauslehnte, sah Viktoria von ihrem Fenster aus noch eine Ecke des ursprünglichen Hauses.

Die ersten Herrenhäuser hatten damals Indianerangriffen zu trotzen gehabt und glichen deshalb eher Wachtürmen. Auch das alte Wohnhaus der Santos gemahnte noch an diese Zeiten, ein Teil von Santa Celia bestand aus hohen, dicken Ziegelmauern. Weit oben, im Obergeschoss, fand sich ein Balkon, von dem aus man etwaige Angreifer hatte ausmachen können.

Viktoria bewegte die Zehen auf dem warmen Parkett. Wirklich, sie freute sich. Zum ersten Mal seit langer Zeit freute sie sich auf den Tag, der vor ihr lag. Daran änderte auch das Frühstück nichts, das sie erst noch hinter sich bringen musste. Sie würde Doña Ofelias Sticheleien einfach überhören. Dieser Tag würde etwas Besonderes werden. Viktoria fühlte sich plötzlich wie als Kind am Weihnachtstag, kurz bevor sie den von der Mutter geschmückten Baum erstmals zu sehen bekam. An diesem Abend würde sie ihren Eltern schreiben, und sie würde nicht über ihr Befinden lügen müssen. Es ging ihr gut. Sie lächelte in sich hinein.

Als ihre persönliche Dienerin Rosita eine Stunde später das Zimmer betrat, saß Viktoria immer noch am Fenster. Stumm suchte die junge Indio-Frau auf Viktorias Anweisung hin die Kleidung zusammen, die jene zum Familienfrühstück tragen wollte. Sie war froh gewesen, dass Humberto sie auch in der letzten Nacht mit seinem Besuch verschont hatte. Es war lange her, dass sie sein Desinteresse geschmerzt hatte.

Langsam stand sie auf und ging zu einem der Ölgemälde hinüber, die ihr Zimmer schmückten. Es zeigte die Estancia der Santos, eine kleinere Estancia noch, aber zweifelsohne die

Estancia, die heute eingebettet in einen prachtvollen Garten, inmitten eines riesigen Landbesitzes, lag. Obwohl man auf diesem Bild nichts davon sah, so war dieses frühere Santa Celia doch jenes gewesen, das sich furchtbarer Angriffe hatte erwehren müssen. Solch eine Estancia nannte man *fortines*, was eigentlich Schanzanlage bedeutete. Indem sie genauer hinblickte, erkannte Viktoria die Mühle und die Seifensiederei, die sich auch heute noch auf dem Gelände fanden. Da hinten war der Berg, der sie am Tag zuvor so fasziniert hatte, der kleine Korallenbaum stand immer noch im zweiten Patio – er war nur mächtig gewachsen, sodass man einen warmen Tag mittlerweile gut in seinem Schatten zubringen konnte. Mit den Jahren hatte sich ein dicker, knorriger Stamm mit tief gefurchter Rinde gebildet, der an einen Weinstock erinnerte. Viktoria wusste, dass die auffälligen roten Blüten duftlos, jedoch reich an Nektar waren und Kolibris anlockten. Die Blütenknospen erinnerten sie in der Form an den Schnabel eines Flamingos, den sie einmal in einem Buch gesehen hatte. Zur sommerlichen Blütezeit glich der Korallenbaum einem wahren Flammenmeer. Bei aller Schönheit galt es jedoch vorsichtig zu sein, denn die Samen waren hochgiftig.

Viktoria berührte den Rahmen des Bildes kurz mit den Fingerspitzen. Es war dem Maler gelungen, den Geist der Zeit einzufangen, und Viktoria hätte gerne gewusst, um wen es sich handelte. Leider konnte sie den Namen nicht entziffern.

Sie drehte sich zu Rosita hin, die geduldig darauf wartete, dass die Herrin ihren Platz zum Ankleiden einnahm. Wenig später nur war Viktoria auf dem Weg ins Esszimmer. Schon von ferne waren Stimmen und das Klappern von Geschirr zu hören.

Es ist Zeit, dachte Viktoria, etwas mehr über die Familie

Santos zu erfahren. Irgendwie hatte sie den Eindruck, dass Pedro Cabezas ihr dabei behilflich sein konnte.

Wie üblich versuchte niemand, Viktoria im Verlauf des Frühstücks in das Gespräch einzubeziehen. Humberto sprach wie so häufig mit seiner Mutter und bemühte sich ansonsten, Doña Ofelia jeden Wunsch von den Augen abzulesen. Don Ricardo, in einem eleganten Anzug aus Paris, bis auf den prächtigen Schnurrbart glatt rasiert, studierte Geschäftspapiere und hatte bei Viktorias Eintreffen ohnehin kaum den Kopf gehoben. Einen Moment lang hefteten sich Viktorias Augen auf seinen silbergrauen Schopf. Ein herber Duft von Rasierwasser und Tabak ging von Don Ricardo aus und mischte sich mit dem von frisch gebrühtem Kaffee. Viktoria ließ den Blick weiterwandern.

Auch im Esszimmer hingen Gemälde jenes Malers, dessen Können sie an diesem Morgen nicht zum ersten Mal in ihrem Zimmer bewundert hatte. Ohne den Maler zu kennen oder mit ihm gesprochen zu haben, wusste sie, dass er das Land geliebt hatte. Sie konnte es in jedem noch so kleinen Detail seiner Kunstwerke sehen. Wieder fragte sie sich, um wen es sich handelte. Auch Don Ricardo hatte ihr nichts Näheres dazu sagen können. Ein Maler eben, der einmal auf Santa Celia Station gemacht hatte.

Abwesend nahm Viktoria sich ein zweites weiches Milchbrötchen, um dann Stückchen für Stückchen davon mit heißem Kakao herunterzuspülen. Ab und zu bemerkte sie den Blick ihrer Schwiegermutter auf sich, doch es gelang ihr, ihn zu ignorieren.

Es war schon fast gegen Ende des Frühstücks, als etwas geschah, das dem gewöhnlichen, unveränderlichen Ablauf des Frühstücks doch noch einmal eine Wendung geben sollte. Eines der Indio-Mädchen, ein kleines Ding, wahrscheinlich kaum zwölf Jahre alt, stolperte über den Teppich, und der Inhalt der Kakaokanne leerte sich über den Tisch und den Teller von Humbertos Mutter. Doña Ofelias Reaktion kam prompt.

»Humberto«, sagte sie scharf.

Und wie ein Hund, den man auf ein Wort hin trainiert hatte, schlug Humberto dem Kind brutal mitten ins Gesicht. Mit einem unterdrückten Schmerzensschrei ging die Kleine zu Boden. Aus ängstlich weit aufgerissenen Augen starrte sie Humberto an.

»Dreckiges Indio-Balg«, brach es aus ihm heraus.

Viktoria sprang auf. Gerade riss Humberto das Mädchen wieder auf die Füße und holte aus, um nochmals zuzuschlagen, als Viktoria sich vor es stellte.

»Das reicht«, sagte sie ruhig.

Humberto fixierte sie mit zusammengekniffenen Augen. Da war etwas in seinem Gesichtsausdruck, das Viktoria Angst machte, doch er ließ die Hand sinken. Für einen Augenblick noch hielt Viktoria Humbertos Blick stand, dann wandte sie sich dem Mädchen zu. Aus riesigen dunklen Augen schaute das Kind die Herrin an. Blut lief ihm aus der Nase über das Kinn, die Oberlippe war aufgeplatzt und blutete ebenfalls. Viktoria wollte sich schütteln vor Wut und Ekel. Einen Moment schloss sie die Augen, dann straffte sie sich.

»Ihr entschuldigt mich«, sagte sie knapp an Mann und Schwiegereltern gewandt, nahm die Kleine an die Hand und verließ das Zimmer.

»Wo bringen mich hin?«, fragte das Mädchen ängstlich.

Viktoria lächelte ermutigend.

»In die Küche, wir müssen dein Gesicht säubern.«

»Muss nicht. Gehen zurück zu Mann. Alte Frau sonst böse.«

Gegen ihren Willen musste Viktoria lächeln. »Die alte Frau ist jetzt schon böse, da können wir sowieso nichts mehr machen.«

Die Kleine schüttelte den Kopf. »Gehen zurück«, beharrte sie. »Ich werden nicht vergessen, dass geholfen.«

Nachdenklich schaute Viktoria das Mädchen an.

»Wie heißt du?«

»Juanita.«

»Gut, Juanita, wir gehen jetzt in die Küche. Dort kannst du dir das Gesicht waschen. Ich gebe dir dann für den Rest des Tages frei.«

»Alte Herrin wird böse sein.«

»Na, und!« Viktoria versuchte entschlossen auszusehen. »Ich bin die junge Herrin.«

Juanita schaute sie aus großen Augen an, und obwohl Viktoria wie immer befürchtete, einen Fehler gemacht zu haben, fühlte sie sich gleichzeitig gut. Sie war die junge Herrin. Es war an der Zeit, sich nicht mehr alles gefallen zu lassen.

Wider Erwarten blieb eine Reaktion ihrer Schwiegermutter oder Humbertos auf den Vorfall beim Frühstück aus, aber Viktoria befürchtete, dass es sich lediglich um die Ruhe vor dem Sturm handelte.

Am späten Nachmittag ließ sie Dulcinea satteln und lenkte die Stute zum vereinbarten Treffpunkt. Obwohl sie sich am Tag zuvor noch vollkommen sicher darin gewesen war, Pedro Cabezas hier draußen treffen zu wollen, fühlte Viktoria nun ein flaues Gefühl im Magen. Sie hatte immer ihren eigenen Kopf gehabt, doch ihr jetziges Vorhaben war doch im höchsten Maße unschicklich, zudem wusste sie nicht, was sie überhaupt von diesem Treffen erwartete – oder sie wagte es nicht, sich das näher auszumalen. Immerhin war sie eine verheiratete Frau. Nicht nur das, sie hatte außerdem ein Kind.

Trotz ihrer Bemühungen, langsam zu reiten, war Viktoria schneller am vereinbarten Treffpunkt, als sie sich das vorgenommen hatte. Am Fluss hielt sie Dulcinea für einen Moment an. Eine Eidechse sonnte sich auf einem Felsbrocken. In der Ferne wirbelte Staub auf.

Unsicher nestelte Viktoria an den Bändern, die ihren Strohhut auf dem Kopf hielten. Dann öffnete sie den obersten Knopf ihres Reitkleides, um sich gleich darauf mit der freien Hand Luft zuzuwedeln. Himmel, kam es ihr, was würde Vater denken, wenn er mich so sähe?

»Vicky, Vicky«, murmelte sie, »was hast du dir nur dabei gedacht?«

»Mit wem reden Sie?«

Mit einem Aufschrei fuhr Viktoria herum. Wie am Tag zuvor stand Pedro plötzlich, wie aus dem Erdboden gestampft, vor ihr.

»Nichts«, sie errötete, »ich habe nur über etwas nachgedacht.«

»Wollen wir?«

Der junge Halbindianer machte eine einladende Bewegung.

Über die nächsten zwei Stunden ritten sie kreuz und quer über die Ebene. Pedro zeigte Viktoria eine Lamaherde, die wohl die Staubwolke verursacht hatte. Er wies sie auf einen Kondor hin, der über ihren Köpfen seine Kreise zog. Sie sah löchriges Kakteenholz, das zum Hausbau benutzt wurde, die Spuren von Coyoten und sogar die eines Pumas, trank Wasser von einer Quelle und ritt noch einmal in die Nähe des

Dorfes, wo sie am Vortag aufeinandergetroffen waren. Dieses Mal lenkte Pedro seinen Falbhengst daran vorbei und bedeutete ihr, ihm zu folgen. Kurz darauf zeigte er auf die Überreste von Mauern.

»Dieses Dorf«, sagte er, »war schon vor langer Zeit hier, zurzeit der Inkas.« Er runzelte die Stirn. Sein Ausdruck verdüsterte sich. »Die Weißen wissen gar nichts«, stieß er dann hart hervor. »Sie kommen hierher, als gehöre ihnen alles, aber sie sind dumm wie kleine Kinder.«

Viktoria schwieg. Sie hörte eine unterschwellige Wut in seiner Stimme, die sie verwirrte, und entschied sich abzuwarten, und wirklich lächelte er ihr schon im nächsten Moment wieder zu.

»Aber das sollte Sie nicht betreffen. Sie sind, Sie sind ...«

Er brach ab. Viktoria fragte sich, was er hatte sagen wollen. Ob sie ihm wohl gefiel? Der Gedanke kam plötzlich und verwirrte sie. Entschlossen glitt sie von Dulcineas Rücken.

»Bitte«, Viktoria legte den Kopf schräg und lächelte Pedro an, »ich möchte mich etwas umsehen.«

Er stellte keine Gegenfrage, sprang ebenfalls vom Rücken seines Tiers und deutete dann auf einen schmalen, kaum sichtbaren Pfad vor ihnen. Wollte er ihr etwas Bestimmtes zeigen?

»Dort entlang, Señora Santos.«

Zum ersten Mal wünschte Viktoria sich, besser Spanisch zu sprechen. Dann, dachte sie, könnte ich ihn sicherlich unverfänglich dazu bringen, mir zu sagen, was er vor mir zu verbergen versucht. Sie war sich nicht sicher, aber sie hatte das Gefühl, dass er etwas vor ihr geheim hielt. Viktoria lief ein paar Schritte und drehte sich dann zu Pedro Cabezas um.

»Wollen Sie mir vielleicht etwas zeigen, Señor Cabezas?«

Cabezas zog die Augenbrauen hoch, doch er leugnete

nicht. Wenig später standen sie in einem Geviert besonders gut erhaltener Mauerreste. In einer Ecke war eine kleine Feuerstelle. Gegenüber befand sich eine fast neue Bettstatt aus Stroh. Sorgfältig schaute Viktoria sich um. Sie bemerkte, dass Cabezas sie abwartend beobachtete.

»Wie schön«, kommentierte Viktoria endlich, was sie sah. »Darf ich mich setzen?«

Ohne etwas zu entgegnen, führte Cabezas sie zu einem Stein und half ihr umsichtig, sich darauf niederzulassen. Er selbst blieb neben ihr stehen, einen Arm auf einen Mauerfirst gestützt. Viktoria ordnete ihre Röcke um sich. Die Korsettstangen pressten sich schmerzhaft in ihren Leib, aber sie ließ sich nichts anmerken. Cabezas schaute sie prüfend an. Seine Nähe zu spüren, ließ sie mit einem Mal zittern.

»Wer ist Vicky?«, fragte er plötzlich.

Viktoria war verblüfft über den Tonfall seiner Stimme. Hörte sie da Eifersucht heraus? Sie schaute in sein düsteres Gesicht und lachte dann auf.

Pedros dichte schwarze Augenbrauen vereinigten sich über seiner Nasenwurzel zu einer düsteren Linie. »Was ist daran lustig?«, begehrte er schroff zu wissen.

»Ich«, entgegnete Viktoria, »ich bin Vicky. Mein Vater nannte mich so, als ich ein kleines Mädchen war.«

Pedro Cabezas schwieg eine Weile. »Vicky«, wiederholte er dann leise und sanft.

Viktoria lachte. »Ich hoffe, Sie denken jetzt nicht, ich neige zu Selbstgesprächen.«

»Nein«, entgegnete er knapp. Er schien sich besonnen zu haben.

»Hatten Sie einen Kosenamen?«, fragte Viktoria.

Er zuckte die Achseln. Noch immer stand er dicht bei ihr. Viktoria bemerkte, wie ihr Atem schneller ging. Sie wollte, dass er sie berührte und wollte es nicht. Er durfte sie nicht berühren, sie war eine verheiratete Frau. Eine verheiratete Frau tat so etwas nicht. Eine verheiratete Frau dachte so etwas nicht.

Aber sie wusste, dass sie ihn spüren musste, wenn sie weiterleben sollte wie bisher. Sie brauchte jemanden, der ihr Leben teilte. Plötzlich legte Pedro seine Hand auf ihre linke Schulter. Jetzt, das wusste Viktoria, war es Zeit, ihn in seine Schranken zu weisen und den Rückzug anzutreten, doch sie konnte nicht. Sie konnte und wollte einfach nicht. Noch im Aufstehen hob sie ihm das Gesicht entgegen, spürte sogleich seine Lippen auf den ihren. Er musste sie halten, damit sie nicht stürzte. Dann küssten sie einander noch einmal und noch einmal. Als sie endlich eher unwillig erstmals voneinander abließen, trafen sich ihre Augen. Das Vertrauen in Pedros Blick ließ eine Wärme und ein Verlangen in Viktoria aufsteigen, das sie lange entbehrt hatte. Sie legte den Kopf in den Nacken und reckte ihm ihr Gesicht erneut entgegen, und seine Lippen berührten die ihren, ohne zu zögern.

Dieses Mal, dachte Viktoria, habe ich wirklich in den verbotenen Apfel gebissen, und es fühlte sich gut an.

Von nun an konnte Viktoria den täglichen Ausritt, der meist auf den späten Nachmittag fiel, kaum mehr erwarten. Anfangs waren Pedro und sie noch unsicher, doch das verlor sich mit der Zeit. Sie küssten sich in Pedros Versteck, sie küssten sich in einem engen Tal, das nur er kannte, und sie küssten sich an die Hänge der Andenausläufer geschmiegt. Sie küssten sich, während sie ein Lama beobachteten und während sie die Füße in einem kühlem Bachlauf badeten. Gemeinsam wurden sie ein Teil der Landschaft, die sie umgab. Niemand sah sie. Niemand wusste, was sie taten. Niemand folgte ihnen.

Pedro erzählte Viktoria Geschichten über die Gegend und ihre Bewohner. Er erzählte ihr Märchen der ursprünglichen Andenbewohner, der Aymara und der Quechua. Er erzählte von den Zeiten, bevor die Spanier gekommen waren. Er erzählte von dem Silber, das von Potosí zum Hafen nach Buenos Aires geschafft worden war. Er erzählte von Straßen, die mit Silber gepflastert waren und armen Schluckern, die aus Silberschüsseln aßen. Und dann küssten sie einander wieder.

Manchmal dachte Viktoria, zumindest die Indio-Bediensteten auf Santa Celia wüssten Bescheid, doch von ihnen sagte keiner ein Wort. Zuweilen lächelte Rosita Viktoria zu, und Juanita achtete darauf, ihr beim Essen die besten Leckereien zukommen zu lassen. Die Kleine hatte nicht vergessen, was die junge Señora Santos für sie getan hatte.

Es dauerte eine Weile, bevor Pedro und Viktoria es wagten, sich einander nackt zu zeigen. Pedro streifte seine Hose ab und zog das Hemd über den Kopf. Viktoria beobachtete stumm das Spiel der Muskeln unter seiner braunen Haut. Hier und da gab es hellere Stellen, wo diese Haut einmal verletzt worden und wieder geheilt war. Sie fühlte plötzlich Aufregung in sich hochsteigen, eine Art freudige Erwartung, die sie erschauern ließ. Auch Pedro war aufgeregt, sie erkannte es an dem fast verlegenen Blick, den er ihr zuwarf.

Ganz sicher war Pedro der schönste Mann, den sie jemals gesehen hatte. Sie zögerte. Pedro lächelte sie an. Er half ihr, die Knöpfe ihres Oberkleids zu öffnen und die Schnürung des Korsetts zu lösen, das sie ohne seine Hilfe kaum ausziehen konnte. Unsicher zupfte sie bald darauf an ihrem Unterkleid herum, dessen Rüschen ihre Beine und Oberarme umspielten. Pedro zog vorsichtig die Nadeln aus Viktorias aufgestecktem Haar, sodass ihre blonden Locken ungezähmt über ihre Schultern herabfielen.

»*Muy guapa*«, sagte Pedro lächelnd. Sie schaute ihn fragend an. »*Tu eres linda*, Viktoria. Du bist so schön, hab keine Angst.«

Viktoria senkte den Kopf. Sie hatte sich noch niemals zuvor so unsicher gefühlt. Dabei war es doch nicht ihr erstes Mal. Sie war verheiratet, die Mutter eines Kindes. Dies hier war nicht ihre Hochzeitsnacht, und doch fühlte es sich so an. Sie wollte es. Sie wollte es so sehr. Gleichzeitig aber wusste sie, dass es danach kein Zurück geben würde. Noch war sie eine ehrbare Frau, aber wenn sie dies tat, gab es keinen Weg mehr, der sie und Humberto je wieder vereinen könnte.

Viktoria wusste jedoch auch, dass sie und ihren Mann ohnehin nichts je wieder vereinen konnte. Die Tage in Paris würde sie für immer im Kopf behalten, wie auf eine Daguerreotypie gebannt – die Erinnerung daran würde nie verloren gehen. In Salta jedoch hatten sich ihre Wege getrennt.

Viktoria warf den Kopf zurück. Pedro sah sie verblüfft an.

»*Yo soy lindo*«, sagte sie und lachte ihn an.

»*Linda*«, verbesserte er sie.

»*Linda*«, wiederholte Viktoria und ließ das Unterkleid von ihren Schultern gleiten.

Trotz der Wärme hatte sie eine Gänsehaut. Sie erwiderte Pedros Blick, fühlte im nächsten Moment Pedros warme Arme um sich und fühlte sich geborgen.

Auch an diesem Tag schliefen sie noch nicht miteinander. Es genügte ihnen, einander anzublicken, das Spiel von Sonne und Schatten auf der Haut des anderen zu beobachten, einander zu berühren, sich immer wieder zu küssen und die Nähe des anderen zu fühlen.

Am folgenden Abend trafen sie sich erneut in Pedros Versteck. Jede Angst war nun verflogen. Sie kannten sich. Sie vertrauten einander. Der Kleidung entledigten sie sich an diesem Tag, ohne zu zögern, dann hob Pedro Viktoria hoch, trug sie hinüber zu seinem Strohlager und bettete sie darauf. Die Küsse, mit denen er gleich darauf ihren gesamten Körper bedeckte, riefen erst wohlige Wärme, dann ein erwartungsvolles Schaudern in Viktoria hervor. Pedro ließ sich Zeit damit, in sie einzudringen, und sie genoss es, seine Liebkosungen zu spüren, sich dem Taumel hinzugeben, den seine Berührungen in ihr auslösten.

»Jetzt«, hauchte sie in sein Ohr, als sie es kaum noch ertragen konnte, »jetzt.«

Und Pedro tat, worum sie ihn gebeten hatte, drang in sie ein und lockte sie weiter zum Höhepunkt, dem Viktoria sich ganz hingab.

Erschöpft lagen sie danach beieinander.

»Ihr Frauen seid mutig«, murmelte Pedro nach einer Weile, »ich könnte so etwas«, er deutete auf das Korsett, das wie eine Rüstung an der verfallenen Mauer lehnte, »nicht tragen.«

»Und ich würde es am liebsten nicht tragen«, entgegnete Viktoria und rollte sich auf den Rücken. Mit einem genüsslichen Seufzer streckte sie die Arme über den Kopf, sodass sich ihre Brüste keck aufrichteten. »Meine Großmutter erzählte mir einmal, in ihrer Jugend habe es eine Zeit ohne Korsett gegeben. Das muss himmlisch gewesen sein.«

»In der Tat.«

Pedro grinste und beugte sich über Viktoria, um sie mit unzähligen Küssen zu beglücken.

»*Mi tesoro*«, murmelte sie, während sie ihre Finger durch sein dichtes schwarzes Haar streifen ließ.

Viktoria schloss die Augen. Sie spürte Pedros Lippen an ihrem Hals, dann wieder am Ansatz der Brüste.

»*Mi preciosa*«, flüsterte er, »*mi preciosa*, meine Schöne, meine Schöne.«

Ich verstehe ihn, dachte Viktoria nicht zum ersten Mal an diesem Tag. Die Liebe war tatsächlich der beste Lehrmeister einer Sprache. Seit sie ihre Zeit mit Pedro verbrachte, hatte sich ihr Spanisch deutlich verbessert, auch wenn sie das im Kreis ihrer Familie vorläufig noch für sich behielt. Pedro drückte ihr einen letzten Kuss auf die Schulter und setzte sich dann auf. Viktoria lächelte ihn verschmitzt an.

»Was wohl Doña Ofelia sagen würde, wenn ich ohne Korsett zurückkehren würde?«

Wider Erwarten wurde Pedro ernst. Plötzlich fröstelte es Viktoria. Ihre Zeit miteinander war begrenzt, das wusste sie. Wie viel mochte ihnen wohl noch bleiben?

Drittes Kapitel

»Das schickt sich wirklich nicht. Nein, das schickt sich nicht für eine Ehefrau. Du musst es ihr verbieten, sie kann nicht einfach so in der Gegend herumreiten. Sie ist eine Santos. Die Leute werden reden. Außerdem ist es zu gefährlich.«

Ärgerlich schaute Doña Ofelia ihre Schwiegertochter an, diese ignorierte den Blick der älteren Frau, so gut sie konnte. Als sei nichts geschehen, nahm Viktoria sich ein Löffelchen *dulce de leche*. Sie mochte die süße Milchcreme, doch beim Gedanken daran, an diesem Tag nicht ausreiten zu können, wurde ihr mit einem Mal die Kehle eng, und sie fühlte sich wie ein Vogel, der sich an den Stäben seines zu engen Käfigs die Flügel blutig schlug. Nur mit größter Beherrschung gelang es ihr, weiter zu essen. So heftig wie nie zuvor spürte sie, wie sehr sie sich gefangen gefühlt hatte, bevor Pedro in ihr Leben getreten war, bevor sie wieder erfahren hatte, was Freiheit bedeuten konnte. Sie wollte nicht im Haus bleiben. Sie wollte ausreiten und Pedro treffen, wollte seine Arme um sich spüren und seinen Atem auf ihrer Haut, wollte selbst wieder frei atmen.

»Sag es ihr«, verlangte Doña Ofelia nun in einem noch schrilleren Tonfall.

Viktoria sah, wie Humberto unwillig den Kopf hob. Er ist so träge geworden, dachte sie, ich hätte niemals gedacht, dass er einmal so träge sein würde. Wo war nur der schlanke, gut aussehende Mann hin verschwunden, den sie einmal geliebt hatte, der feurige Südamerikaner, der ihr in Paris den Kopf verdreht hatte? Er war dick geworden, sein Gesicht erschien ihr schwammig und ja, alt. Er war alt geworden. Ihm, das wusste sie, war es doch ohnehin längst am liebsten, wenn er seine Ehefrau nicht sah, aber er wollte auch seiner Mutter nicht widersprechen. Sie konnte in seinen Augen sehen, wie sehr er ihr gefallen wollte – und sie fürchtete sich davor.

»Deine Frau vernachlässigt ihre Pflichten«, setzte Doña Ofelia nun nach. »Man kann das Personal nicht schalten und walten lassen, wie es möchte. Es bedarf der Anleitung, sonst wird es faul und überheblich.«

»Natürlich, Mutter.«

Humberto warf seiner Frau einen knappen, gequälten Blick zu.

Tu doch was, schien er wortlos zu sagen, tu, was sie verlangt, damit wir alle unsere Ruhe haben.

Viktoria biss sich auf die Zunge, um nicht mit dem Hinweis herauszuplatzen, dass mitnichten sie dem Haushalt vorstand, sondern immer noch Doña Ofelia, und die dachte keinesfalls daran, ihre Kompetenzen aus der Hand zu geben. Ebenso wenig dachte sie daran, den Krieg, den sie seit Anbeginn gegen ihre Schwiegertochter führte, endlich für beendet zu erklären. Bevor Viktoria Pedro kennengelernt hatte, hatte sie sich öfter gewünscht, der Schwiegermutter alle Wut entgegenzubrüllen. Jetzt nicht mehr.

Doña Ofelia war ihr gleichgültig.

Viktoria konzentrierte sich und nahm das nächste Löffelchen *dulce de leche*. Aber sie durfte jetzt nicht leichtsinnig werden. Sie würden einen, vielleicht auch zwei Tage auf ihren Ausritt verzichten, bis sich die Lage wieder beruhigt hatte. Sie würde zwei langweilige Nachmittage auf Santa Celia verbringen, die sie wahrscheinlich am besten verschlief, es sei denn, die Santos hatten Gäste, dann müsste sie natürlich aus ihrem Zimmer kommen.

Ein zweites Mal krampfte sich Viktorias Magen zusammen. Der Gedanke, Pedro für zwei Tage nicht zu sehen, tat weh. Ihr war, als würde ihr keine Luft zum Atmen bleiben.

Es sollte Viktoria nicht vergönnt bleiben, den Großteil der kommenden zwei Tage zurückgezogen in ihrem Zimmer oder auf Spaziergängen zu verbringen. Schon am nächsten Nachmittag kam Don Euphemio, ein weitläufiger Verwandter Doña Ofelias von der Sanchez-Estancia, zu Besuch.

Es war einer dieser üblichen trägen Nachmittage, die ganz unabhängig von der Jahreszeit immer gleich verliefen, zu denen die Damen Tee und Süßes zu sich nahmen, während die Männer von der Welt draußen berichteten. Schon mehrfach hatte Viktoria ein Gähnen unterdrückt. Sie langweilte sich entsetzlich, und Euphemio Sanchez langweilte sie mit seinen Berichten noch mehr. Leider stand es außer Frage zu gehen. Sie war eine Dame, sie musste zuhören. Es sei denn, sie entschied sich, Kopfschmerzen vorzuschützen.

Nicht zum ersten Mal lächelte Viktoria den vierzigjährigen Don Euphemio über den Rand ihrer zierlichen Teetasse hinweg gequält an. Der spreizte sein Gefieder. Manchmal konnte sie sich nur mit Mühe beherrschen, diesen aufgeblasenen Gockeln nicht einfach ins Gesicht zu lachen. Was wussten die denn schon von der Welt da draußen, sie hatten ihre behaglichen Häuser doch nie verlassen, hatten nie eine andere Welt kennengelernt. Sie dagegen... Aber ihr hörte ja niemand zu. Sie war ja eine Frau, die nichts zu sagen hatte.

Viktoria unterdrückte ein neuerliches Gähnen, während sie beobachtete, wie Euphemio über seinen scheußlichen gelackten Schnurrbart strich, wie er sich brüstete und gewichtig in die Runde sah, ob ihm auch jeder die gewünschte Aufmerksamkeit zollte. Er war ein kleiner Mann, und er war zu dick. Da war zudem etwas Verschlagenes in seinen kleinen Augen, wie Viktoria fand.

Pedro mag ihn nicht, fiel ihr ein.

»Berichte doch weiter, guter Euphemio«, sagte Doña Ofelia nun liebenswürdig. »Ich hörte, du seist kürzlich von einer Reise nach Patagonien zurückgekehrt?«

Ach, Viktoria rührte schneller in ihrer Teetasse, dann hatte das kleine Schweinchen seine Estancia also doch verlassen – und dann gleich so weit. Patagonien.

Sie überlegte, was sie von diesem Landstrich gehört hatte, konnte sich aber an nichts Rechtes erinnern, auch wenn man bestimmt auf der *Kosmos* darüber gesprochen hatte. Sie würde Julius fragen, wenn er sie endlich, endlich einmal wieder besuchte – aber sein letzter Besuch war ja erst drei Monate her.

Don Euphemio streckte die Hand nach einer *empanada*, einer gefüllten Teigtasche, aus, biss hinein und brachte, noch kauend, hervor: »Ach, ich weiß gar nicht, werte Doña Ofelia, wo ich anfangen soll, und was man den Ohren einer Dame überhaupt zumuten kann.«

Himmel, dachte Viktoria, da besteht die Möglichkeit, dass ich mich nicht auf der Stelle zu Tode langweile, und jetzt ziert sich Don Euphemio wie ein altes Weib. Sie stellte ihre Teetasse ab, zauberte ein Lächeln auf ihr Gesicht und beugte sich näher zu Don Euphemio hin.

»Ach, bitte, erzählen Sie doch, erzählen Sie bitte«, warf sie neugierig ein.

Viktoria würdigte ihre Schwiegermutter, die sich über den Vorstoß der Schwiegertochter mehr als entsetzt zeigte, keines Blickes. Ach, es gab so viele Regeln, sie konnte sich nicht an alle halten, und ein Schweigegelübde hatte sie nun mal nicht abgelegt. Vielleicht hatte sie Glück, und dieser quälend langweilige Nachmittag würde nun doch noch interessant werden.

Don Euphemio schaute sie in jedem Fall zufrieden an. Von einer schönen blonden Frau mit Aufmerksamkeit bedacht zu werden, sagte ihm offenbar zu. Eine Weile schien er zu überlegen, wie er wohl beginnen sollte, dann brach es aus ihm heraus. »Also zuerst einmal habe ich natürlich Wilde gesehen.«

»Wilde?« Viktoria blickte ihn fragend an.

»Indios.« Euphemio blähte sich auf. »Aber nicht so harmlose, wie die hier bei uns. Da unten gibt es noch wirkliche Wilde, da muss man aufpassen, dass man nicht mit einem Messer zwischen den Rippen im Kochtopf endet.«

»Don Euphemio!«, rief Doña Ofelia kopfschüttelnd aus. »Ist das denn die richtige Geschichte für Damen?«

Euphemio, der sich offenbar beflügelt fühlte, sprach weiter: »Die Mapuche, so nennen sich einige dieser Wilden«, fuhr er fort, »die Mapuche beispielsweise verehren sieben Gottheiten.«

»Sieben Gottheiten!« Jetzt war es an Viktoria, die Augen aufzureißen.

»Wie unzivilisiert!«, stieß Doña Ofelia voller Abscheu aus.

»Ja, meine liebe Ofelia«, Don Euphemio sah sie ernst an. »Ich weiß wirklich nicht, ob das das richtige Thema für eine Dame ist. Wir sollten uns wohl über erbaulichere Dinge unterhalten.«

Nein!, wollte Viktoria ausrufen, stattdessen senkte sie sittsam den Kopf.

»Ich habe als junger Mann selbst einige Wochen bei den Mapuche zugebracht«, meldete sich nun endlich auch Don Ricardo zu Wort, der bei den letzten Worten Euphemios zu ihnen gestoßen war. »Ein wildes Volk sind sie, und wie bei vielen dieser Völker stellt sich natürlich die Frage, ob sie für die moderne Welt gemacht sind oder ob sie untergehen müssen.«

»Mir stellte sich die Frage«, unterbrach ihn Don Euphemio, »ob es sich überhaupt um Menschen handelt oder doch eher um eine Vorstufe davon?«

»Da bin ich mir aber ganz sicher, dass Sie sich geirrt haben, Don Euphemio«, platzte Viktoria heraus.

Voller Entsetzen sprang sie auf. Eine Vorstufe zum Menschsein? Und was waren Rosalia, Rosita, Juanita und die anderen dann? Tiere? Doña Ofelia warf ihr einen warnenden Blick zu, doch sie entschied sich, ihn nicht zu bemerken.

Don Euphemio schaute die junge Frau erstaunt und etwas unwillig an, als sei er verärgert darüber, dass sie einen eigenen Gedanken äußerte.

»Sie entschuldigen mich bitte.«

Viktoria schaffte es, trotz ihres voluminösen Kleids, die Tür zu erreichen, ohne Schaden anzurichten. Im Flur begann sie zu laufen. Sie hatte sich nicht aufregen wollen, aber sie konnte nichts dagegen tun: Nicht zum ersten Mal war sie wütend über die Welt, in die sie geraten war. Sie riss die Tür zu ihrem Zimmer auf und warf sie hinter sich zu. Dann blieb sie abrupt stehen.

Was sollte sie jetzt tun? Es gab niemanden, mit dem sie reden konnte, und das hätte sie am liebsten getan. Nach kurzem Überlegen setzte Viktoria sich an ihren kleinen Schreibtisch, legte den Füllfederhalter zurecht und zog dann die Schublade mit dem Papiervorrat auf. Sie würde ihren Eltern schreiben. Für einen Moment betrachtete sie irritiert den kleinen Stapel Briefe, den sie selbst erhalten hatte. Gewöhnlich hielt sie diese chronologisch geordnet, aber der Weihnachtsbrief, der zuoberst gelegen hatte – Viktoria war sich zumindest fast sicher –, lag dort nicht mehr.

Nun ja, vielleicht irrte sie sich auch. Wer sollte denn wohl in ihren harmlosen Briefen stöbern?

Viertes Kapitel

»Dreckiger Mestize!«

Humbertos Gebrüll drang vom Innenhof bis in Viktorias Räume und ließ diese zusammenzucken. Sofort war sie hellwach. Mit einem Satz sprang sie auf. Was war dort draußen los? Es war doch noch früh. Sie schätzte, dass es kaum acht Uhr sein konnte. Meist war Humberto in letzter Zeit erst gegen Mittag aufgestanden, insbesondere dann, wenn er mal wieder Freunde und Weiber mit nach Hause gebracht, mit ihnen gefeiert und getrunken hatte. An diesem Morgen musste er sein Bett sogar vor ihr verlassen haben.

»Hundesohn!«

Wieder war Gebrüll zu hören, dieses Mal eine Reihe von Worten, die Viktoria nicht verstand, und die auch sicherlich nicht für die Ohren einer Dame bestimmt waren. Während sie mit den Füßen nach den Pantoffeln angelte und nach ihrem Hausmantel griff, dröhnte etwas zu ihr herüber, was wie *puta* klang.

Puta war etwas, das eine Dame nun wirklich nicht kennen durfte, und Rosita hatte ihr das Wort auch erst nach mehrmaligen Bitten erklärt, denn es hieß Hure. Entschlossen eilte Viktoria auf die Tür zu, die direkt in den Garten führte, und riss sie auf. Sie konnte nicht mit dem Anziehen warten. Sie musste jetzt wissen, was da los war. Längst hatte sich ein ungutes Gefühl in ihr breit gemacht.

»*Hijo de puta*, Hurensohn!«, drang es erneut aus dem Hof.

Viktoria konnte sich nicht daran erinnern, wann Humberto das letzte Mal so wütend geklungen hatte. Meist war er zu träge und kaum davon zu überzeugen, bei irgendetwas Einsatz zu zeigen.

Viktoria raffte den Hausmantel über ihrem Nachthemd zusammen und knöpfte ihn im Laufschritt zu. Ihr Haar war zu einem dicken Zopf geflochten, der ihr bis zur Taille reichte. Als sie um die Ecke bog und den Hof erreichte, musste sie sich zuerst orientieren, denn sie war nicht die Einzige, die das Gebrüll herbeigelockt hatte. Knechte standen dort neben Mägden und Dienstmädchen aus dem Haus. Ein Bote von einer der benachbarten Estancias hatte vergessen, seine Nachricht abzugeben, und hielt staunend Maulaffen feil.

»Die junge Señora«, rief einer der Stallburschen.

Und dann sah sie es. Humberto hielt eine Peitsche in der hoch erhobenen Hand und hatte Pedro gegen eine Hauswand getrieben. Einen Peitschenhieb musste er ihm schon beigebracht haben, denn Pedros linke Wange zeigte eine blutige Strieme. Viktoria spürte, wie ihre Knie weich wurden. Gerade noch konnte sie sich halten. Hatte man sie verraten? Wusste Humberto von Pedro? Sie atmete tief durch, während sie weiter auf die beiden Männer zulief. Beide schauten ihr entgegen, Humberto entgeistert, Pedro mit unbewegten Gesichtszügen.

»Was machst du hier?«, fuhr Humberto sie an.

»Ich«, Viktoria hörte ihre Stimme zittern, »ich habe Stimmen gehört.«

»Wie siehst du überhaupt aus?«

Nunmehr kopfschüttelnd musterte Humberto seine Frau. Viktoria musste sich zwingen, Pedro nicht mehr anzusehen. Bis auf die Strieme auf der Wange schien ihm nichts zu fehlen.

»Zieh dir etwas an!«, herrschte Humberto sie an und warf

ihr dabei erneut einen Blick zu, als stünde seine Frau nackt vor ihm.

Aber Viktoria war entschlossen, nicht zu weichen, bis sie wusste, was passiert war.

»Was ist hier los?«, begehrte sie zu wissen.

Humberto schien nicht fassen zu können, was er hörte. »Was hier los ist? Ich habe einen meiner Arbeiter bestraft, aber ich glaube nicht, dass ich dir darüber Rechenschaft ablegen muss, liebes Weib ...«

Er warf Pedro einen so unglaublich hasserfüllten Blick zu, dass Viktoria es mit der Angst bekam. Es war nicht der Ärger über einen nachlässigen Arbeiter, den sie in Humbertos Gesichtszügen las, es war reiner, ungezügelter Hass. Viktoria lief ein Schauder über den Rücken. Was war zwischen den beiden geschehen, von dem sie nichts wusste, und vor allen Dingen, was hatte Pedro ihr nicht erzählt. Eine ähnliche Unruhe packte sie wie die, als sie erkannt hatte, um wen es sich bei den beiden Kontrahenten handelte. Irgendetwas Wichtiges hatte sie noch nicht verstanden. Irgendetwas war zwischen Humberto und Pedro, das sie verband.

»Und was hat dein bester Mann verbrochen, Humberto?«

Keiner hatte gemerkt, dass sich Ricardo Santos aus dem alten Haupthaus zu ihnen gesellt hatte. Der grauhaarige Patriarch musterte seine Schwiegertochter knapp und schaute dann seinen Sohn an. Humberto suchte nach Worten, doch sein Vater kam ihm zuvor.

»Nichts hat er gemacht, außer besser zu sein als du, nicht wahr?«

Die Verachtung in Don Ricardos Stimme brachte sogar Viktoria dazu, die Schultern einzuziehen, und wenn sie gedacht hatte, sie würde es genießen, Humberto in einer solchen Lage zu sehen, so hatte sie sich geirrt. Es schmerzte, wenn einem der eigene Vater mit solcher Verachtung begegnete. Ihr Vater hatte ihr stets nur Liebe entgegengebracht, eine Liebe, die ihr Sicherheit gegeben hatte und Flügel zugleich. Seine Liebe war es gewesen, die ihr den Weg in die Neue Welt ermöglicht hatte, und sie wusste, dass er sie immer mit offenem Herzen empfangen würde, ganz gleich, was sie tat. Sie vermisste ihn furchtbar.

Humberto verschränkte die Arme vor der Brust und sah dennoch schwächlich aus, als fehle die Spannung in seinem Körper.

»Cabezas hat zu langsam gearbeitet. Gestern war er zudem stundenlang verschwunden.«

»Es gibt immer Arbeit auf der Estancia, auch auf dem umliegenden Land. Das müsstest du wissen.« Don Ricardo schaute seinen Sohn abschätzig an. »Aber du verschwendest deine Zeit meist mit deinen Freunden und deinen verdammten Huren. Wann bist du das letzte Mal im Morgengrauen aufgestanden, wann, sag schon?«

Der alte Santos trat einen Schritt auf seinen Sohn zu und stieß ihn unvermittelt so kräftig gegen die Brust, dass er rückwärts stolperte.

»Vater, ich...«

Viktoria wollte Pedro ein Zeichen geben zu gehen – wenn das geschah, was sie befürchtete, wenn Don Ricardo Humberto vor Pedros Augen erniedrigte, dann würde dessen Hass nur um so größer werden –, doch zu spät.

»Du Weichling, du Natterngezücht«, brach es aus Don Ricardo hervor. »Deine Mutter kannst du täuschen. Mich nicht, hörst du, mich nicht!«

Ein zweiter, noch kräftigerer Stoß schickte Humberto in den Staub. Der Blick, den er Pedro in diesem Moment zuwarf, ließ Viktoria schaudern.

Don Ricardo richtete den Zeigefinger auf seinen Sohn. »Solange ich noch lebe und atme, ist Pedro Cabezas mein Vorarbeiter, hörst du? Lass die Finger von ihm, oder es wird dir schlecht ergehen.«

Dann wandte Ricardo sich an Viktoria. «Ich muss dich sprechen«, sagte er.

Viktorias Gedanken rasten, während sie ihrem Schwiegervater durch den langen Flur hindurch in sein Arbeitszimmer folgte. Weshalb wollte er sie sprechen? Wusste er von Pedro? Hatte sie sich verraten? Mehrfach musste sie nervös schlucken. Als die Tür hinter ihr geräuschvoll ins Schloss fiel, war ihre Kehle so trocken, dass sie kaum noch Luft bekam. Wenn Don Ricardo sie jetzt anschaute, würde er wissen, dass etwas nicht stimmte. Wenn er sie jetzt anschaute ...

Doch er schaute sie nicht an, sondern ging zu einem kleinen Beistelltischchen, auf dem eine silberne Kaffeekanne stand.

»Kaffee?«, fragte er, und warf seiner Schwiegertochter einen knappen Blick zu.

Viktoria nickte, unsicher, ob sie ihrer Stimme vertrauen konnte. Don Ricardo füllte eine Tasse und stellte sie auf dem Tischchen ab.

»Bitte«, sagte er und schaute sie an.

Zögernd ging Viktoria auf den Beistelltisch zu. Sie streckte die Hand aus, zögerte erneut. Erst als Ricardo ihr den Rücken zuwandte, um zu seinem Arbeitstisch zu gehen, nahm sie die Tasse an sich. Ihre Hände bebten leicht, sie atmete tief durch. Als ihr Schwiegervater sich setzte und sie wieder ansah, hatte sie ihr Zittern bezwungen und nippte äußerlich ruhig an ihrem Getränk. Mit hoch erhobenem Kopf wartete sie auf das, was Don Ricardo ihr zu sagen hatte.

Der strich über seinen Schnurrbart und beobachtete Viktoria eine Weile wortlos. Dann räusperte er sich.

»Ich habe gesehen, wie du meinen Sohn anblickst«, begann er endlich, »und ich bewundere deine Haltung. Er ist ...«

Er weiß, dass Humberto mir gleichgültig ist, schoss es Viktoria durch den Kopf. Er ist ein sehr kluger Mann, ich muss vorsichtig sein.

»Nun«, fuhr Don Ricardo fort, »er ist weiß Gott nicht der Sohn, den ich mir gewünscht habe. Er ist ein Feigling. Er ist träge und ganz sicherlich ist er ein Lügner.«

Viktoria runzelte die Stirn. »Er ist mein Ehemann, Don Ricardo, ich weiß, was sich gehört.«

»Ja, in der Tat.« Ricardo holte eine Flasche und ein Glas mit etwas, das wie Rum aussah, hinter einem Bücherstapel hervor. »Du bist sehr diskret«, setzte er hinzu und schenkte sich ein.

Dieses Mal konnte Viktoria ein Erröten nicht verhindern. »Ich verstehe nicht ganz.«

Don Ricardo hob das Glas an seine Lippen und trank, bevor er es langsam wieder absetzte. »Du bist nicht dumm, Viktoria, beleidige also meine Intelligenz nicht. Auch etwas Rum?« Bevor sie ablehnen konnte, hielt er ein zweites Glas in der Hand, schenkte ihr ein und fuhr dann übergangslos fort: »Gut, du hast Humberto geheiratet, was, meiner Meinung nach, eine Dummheit war, aber abgesehen davon hast du bisher wirklich keinen einzigen Fehler gemacht.«

Er schwenkte das Glas hin und her und trank dann erneut. Verwirrt nippte nun auch Viktoria an ihrem Glas. Der Rum brannte abscheulich in ihrer Kehle. Sie musste husten. Don Ricardo strich sich erneut über seinen Schnurrbart.

»Ich war auch einmal verliebt«, sagte er dann unvermittelt und starrte einen Moment aus dem Fenster, das den Sonnenschein eines neuen Tages ins Zimmer ließ.« »Sie hieß Carmencita, und es gab einen Sommer, da konnte ich es kaum erwarten, Santa Celia zu verlassen, um sie zu sehen. Sie war ständig in meinen Gedanken, tagsüber und natürlich besonders nachts.«

Einen Augenblick meinte Viktoria ein Zittern in der Stimme des alten Patriarchen zu hören. Aber was war es nur, was er ihr sagen wollte?

»Sie hieß Carmencita und war eine Aymara.« Einen Moment lang weiteten sich Ricardos Augen. »Ich verlebte einen unvergesslichen Sommer mit ihr, oben, auf der Hochebene. Unvergleichlich. Ich war jung, unbeschwert. Ich war mit der Frau zusammen, die ich liebte und die mich um meinetwillen liebte, ohne etwas von mir zu fordern. Ich glaube, ich war zum ersten Mal in meinem Leben glücklich.« Don Ricardos Blick wurde wieder fester. Er schaute Viktoria an. »Ich habe danach nie wieder jemanden kennengelernt, der so warmherzig war.«

Jetzt, da war Viktoria sich sicher, zitterte die Stimme des alten Mannes wirklich. Als er weitersprach, war davon jedoch nichts mehr zu hören. Noch einmal schenkte er sein Glas mit Rum voll und leerte es auf einen Zug, dann suchte er ihren Blick.

»Sie war Pedros Mutter.«

Dann war er ... Pedro war Don Ricardos Sohn? Viktoria schluckte. Und Humberto sein Halbbruder? Wussten die beiden davon?

Als habe er ihre Gedanken gelesen, schüttelte Don Ricardo den Kopf. »Humberto ahnt nichts. Ich habe es ihm nie gesagt. Und Ofelia ...« Er zuckte die Achseln. »Wir heirateten sehr kurz nach diesem Sommer. Meine beiden Söhne sind im selben Jahr geboren. Was Pedro weiß ... oder ahnt ...«

Er zuckte die Achseln, setzte das Glas zurück auf den Tisch und schüttelte den Kopf.

»Carmencita war die schönste und gleichzeitig die fremdartigste Frau meines Lebens. Diese Indios sehen nicht nur anders aus als wir. Sie leben anders. Sie glauben andere Dinge. Natürlich beten sie zu Gott, aber sie verehren ebenso die Pachamama, die große Mutter Erde. Vielleicht muss das so sein, wenn man in ihrer Welt lebt, in den Anden, wo es scharfe Winde, große Kälte und ebenso starke Hitze gibt und wo das Leben so oft an einem seidenen Faden hängt. Was will man da mit nur einem Gott?« Er lächelte unvermittelt. »Wir hatten nichts gemein, Carmencita und ich, und trotzdem öffnete sie mir ihr Herz, und ich öffnete meines.«

Wieder suchte Don Ricardos Blick die Ferne. Ein Finger fuhr um den Rand des Glases, immer und immer wieder. Manchmal quietschte es. Viktoria stellte ihren Rum auf dem Beistelltisch ab.

»Was geschah mit ihr?«, wagte sie es endlich, die Stille zu unterbrechen.

»Sie starb.«

So liebevoll Don Ricardo eben noch von der Liebe seines Lebens gesprochen hatte, so lapidar klang er nun. Sie fragte sich, wie alt er damals gewesen war, und was geschehen sein musste, um ihn so zu verändern.

»Ich hoffe, du verstehst mich nun, Schwiegertochter«, sagte er nach einer Weile. »Ich habe gesehen, wie du meinen Sohn anblickst. Ich weiß auch, dass du bisher vorsichtig warst, und möchte dir raten, das weiterhin zu sein. Du wirst dich deshalb nicht mehr mit Pedro treffen. Solltest du dich meinen Befehlen widersetzen, wird das Folgen für Pedro haben. Ich würde ihm zwar nie etwas antun, aber dafür sorgen, dass ihr euch nicht wiedersehen könntet. Ich habe viel

Land, nicht nur hier, auch andere Estancias brauchen ihre Arbeiter. Außerdem kaufe ich ständig Land dazu. Land ist billig hier oben. Habe ich mich klar genug ausgedrückt?«

Viktoria merkte, wie Übelkeit in ihr aufstieg. Wortlos nickte sie, stand auf und verließ fluchtartig das Arbeitszimmer ihres Schwiegervaters.

Humberto gab sich an diesem Abend keine Mühe, sein Tun zu verbergen. Er hatte sich in Salta vergnügt und war mit einem Mädchen zurückgekehrt. Als er den Zweispänner im Hof der Estancia zum Stehen brachte, brüllte er laut nach einem Diener, dann stieg er ab. Betrunken kichernd hielt sich die junge Frau an ihm fest. Sie war ein zartes, schmales Ding mit zu dunkler Haut und zu dunklem, zu krausem Haar, aber sie hatte ihm Vergnügen bereitet. Er schätzte sie auf höchstens zwanzig. Selbst im schwachen Licht der Hauslaternen wirkte ihr Kleid geradezu schreiend bunt. Humberto zupfte an der Nandufeder, die ihren Strohhut schmückte.

»Vorsicht«, beschwerte sie sich nun, »vorsicht, der war teuer!«

»Ich kann dir hunderte solcher Hüte kaufen und noch einen dazu«, erwiderte Humberto.

Sein Blick huschte zum alten Hauptgebäude hinüber, wo hinter dem Fenster des Arbeitszimmers seines Vaters noch Licht zu sehen war. Natürlich hatte er in Wirklichkeit nichts, aber das wusste das Weib in seinen Armen ja nicht. Die Hure hatte gesehen, wie er in der Bar bezahlte, hatte begehrlich geblinzelt, als er eine Flasche besten Rotwein bestellte und an seinen Lippen gehangen, als er von seinem Aufenthalt in Europa erzählte. Natürlich wusste sie, dass er zur Estancia der Santos gehörte, aber sie wusste nicht, wie kurz ihn sein

Vater hielt – und sie würde es auch nicht erfahren, wenn er es verhindern konnte. Für sie war er ein Fürst, der König, der Kaiser von China. Für sie war er ein reicher und damit schöner und begehrenswerter Mann. Er drehte sie mit dem Rücken zum alten Hauptgebäude und küsste sie, während er das Fenster seines Vaters nicht aus dem Blick ließ.

Ich hasse ihn, dachte er, ich hasse ihn so sehr.

Noch niemals zuvor hatte er sich erlaubt, so etwas zu denken, aber der Zusammenstoß mit Cabezas hatte alles verändert. Der Vater hatte ihn bloßgestellt, und das auch noch vor einem einfachen Arbeiter. Eigentlich hätte er sofort zu seiner Mutter laufen wollen, aber beim Gedanken an ihr Mitleid war er nur noch wütender geworden. Er würde am kommenden Tag zu ihr gehen und seine Wunden lecken. Er würde seinen Kopf in ihren Schoß legen und sich das Haar streicheln lassen, wie damals, als er ein kleiner Junge gewesen war. Er würde sich sagen lassen, dass man ihm Unrecht tat. Entschlossen drückte er seine Lippen auf den Mund der kleinen Hure und zog sie an sich. Sie roch nach Zwiebeln, Chili und zu viel billigem Parfum. Sie war eine einfache junge Frau aus einem einfachen Bordell auf der Südseite Saltas. Sie war nichts wert.

Er legte den Arm um sie und zerrte sie mit sich, genoss ihre Hilflosigkeit, als sie ins Stolpern geriet und den Moment, als sie sich Halt suchend an ihm festhielt.

»Komm, Schätzchen, lass uns in mein Zimmer gehen, noch etwas Rotwein trinken und von Europa reden«, flüsterte er in ihr Ohr. »Mein Diener wird dich morgen zurückbringen.«

»Ja, gerne, Don Humberto.«

Er hielt sie fest und noch fester, bis sie sich loszumachen versuchte. Als sie zappelte, küsste er sie.

»Du fürchtest dich doch nicht, Kleines?«

»Warum sollte ich mich fürchten, Don Humberto?«

Er sah, dass sie sich fürchtete. Er sah es in ihren Augen. Sie war allein hier draußen. Sie beide waren allein. Die Stadt war weit weg. Sie fand es ein wenig unheimlich.

»Ja, warum solltest du dich fürchten?« Er strich ihr über die Wangen. Niemand sollte sich fürchten.

Am frühen Morgen war Humberto so fest eingeschlafen, dass die junge Frau es wagte, das Bett zu verlassen. Obwohl es warm war, fröstelte sie. Leise, bemüht, kein unnötiges Geräusch zu machen, schlüpfte sie in ihr Kleid. Dann beobachtete sie den Schlafenden. Er sah gut aus. Sauber. Stattlich. Er hatte ihr gefallen, als sie ihn in der Bar gesehen hatte, doch so bald sie hier eingetroffen waren, war ihr der Gedanke gekommen, dass sie sich geirrt hatte, dass es eine falsche Entscheidung gewesen war, mit ihm zu kommen. Sonst war sie vorsichtiger, aber am Tag zuvor war er ihr erster guter Kunde gewesen, und sie brauchte das Geld für sich und ihr Kind. Viele Stunden hatte sie es jetzt in dem kleinen Zimmer zu Hause allein gelassen. Sicher fürchtete es sich.

In jedem Fall würde sie nicht darauf warten, dass *er* aufwachte. Sie hatte sich entschlossen, zu Fuß nach Salta zurückzugehen. Zuerst würde sie nach ihrem Kind sehen, dann freute sie sich darauf, ihre Freundinnen zu treffen, mit denen sie sich am heutigen Tag zum Fest des Herrn vom Wunder, dem Höhepunkt der Septemberfeierlichkeiten, zur großen Prozession verabredet hatte. Sie liebte es, wenn sich Massen von Gläubigen in der Kathedrale drängten und die umgebenden Straßen von betenden Menschen verstopft wurden. Wenn die Bilder der Heiligen aus der Kathedrale getragen wurden, würde auch sie beten. Sie würde beten, dass ihr im neuen Jahr Glück beschieden war und dass sie keinen Hunger würde leiden müssen.

Sie schaute sich um. Mittlerweile hatten sich ihre Augen gut an das Dämmerlicht gewöhnt. Don Humbertos Räumlichkeiten waren geschmackvoll eingerichtet. Sie berührte den teuren Stoff seines nachlässig über den Stuhl geworfenen Rocks, betrachtete die zwei Gläser mit Rum. Seines hatte er vollständig geleert, in ihrem schimmerte noch ein Rest. Langsam bewegten sich ihre Finger weiter über den Stoff, ertasteten etwas Wulstiges – die Geldbörse. Geschickt fingerte sie den kleinen Lederbeutel hervor und ließ ihre Hand hineingleiten. Ihre Fingerspitzen berührten runde harte Silbermünzen und Papiergeld, *pesos fuertes*. Es würde nicht schaden, wenn sie sich etwas davon nahm, nicht alles natürlich, das wäre unvernünftig, aber ein paar Münzen waren sicher recht als Bezahlung.

Sie ließ die Münzen in einer Rocktasche verschwinden, nahm sich vor, einen ganzen Peso zu verwenden, um eine Kerze in der Kathedrale anzuzünden. Dann schlich sie auf die Verandatür zu. Es erschien ihr einfach sicherer, sich nicht den Weg durch das Haus zu suchen. Was sollte sie sagen, wenn ihr jemand begegnete? Vorsichtig betätigte sie den Türknauf. Es knarrte leise, doch der schlafende Mann rührte sich nicht.

Als sie auf die Veranda heraustrat, atmete sie tief durch. Es war warm, und vom Garten kam ein frischer, blumiger Duft zu ihr herauf. Leise sprang sie die Stufen hinunter und nahm den erstbesten Weg, der sie vom Haus wegführte. Sie war ein Stadtkind, aber irgendwie würde es ihr schon gelingen, den Weg nach Salta zu finden.

Je weiter sie sich vom Haus entfernte, desto befreiter fühlte sie sich. Ein Lächeln grub sich in ihre Mundwinkel. Ihre nackten Füße berührten Sand und Erde und Gras. Sie dachte erneut an ihre Freundinnen, dachte daran, wie sie staunen würden, wenn sie das Geld sahen, und überlegte, was sie ihnen erzählen konnte. Sie war so in Gedanken, dass die alte Mühle wie aus dem Nichts vor ihr aus dem Boden gewachsen zu sein schien. Dass sie schon lange nicht mehr genutzt wurde, war deutlich zu sehen, das Gebäude war verfallen. Die junge Frau ließ die Hand wieder sinken, die sie auf die linke Brustseite gedrückt hatte, um ihr schneller klopfendes Herz zu beruhigen. Als plötzlich jemand aus dem Schatten trat, hätte sie fast aufgeschrien, doch dann fing sie sich. Das war ja eine Frau. Eine ältere, gut gekleidete Frau mit einem schönen, feingeschnittenen Gesicht trat auf sie zu.

»Wen haben wir denn da?«, sagte sie mit kultivierter Stimme.

Als die Jüngere erkannte, dass sie einen Fehler gemacht hatte, war es zu spät, um fortzulaufen.

Wenige Tage nach dem Gespräch mit Don Ricardo erwachte Viktoria mitten in der Nacht aus einem unruhigen Schlaf. Es war heiß. Die Luft in ihrem Schlafzimmer schien zu stehen, ein erster Vorgeschmack auf den bevorstehenden Sommer vielleicht. Draußen war es still. Viktoria setzte sich auf, um sich etwas Wasser aus der Karaffe, die auf einem Tischchen neben ihrem Bett stand, in ihr Glas zu füllen. Obwohl Rosita die Karaffe erst am Abend neu befüllt hatte, schmeckte das Wasser schon wieder abgestanden. Wie in den Nächten zuvor hatte sie wirr geträumt, konnte sich aber nicht an Einzelheiten erinnern. Das Gespräch mit Don Ricardo ließ ihr keine Ruhe. Bisher hatte sie keine Gelegenheit gehabt, mit Pedro darüber zu sprechen. In kaum einer Woche würde er zur Kontrolle einiger Schafherden in die Umgebung aufbrechen, hatte Juanita ihr gesagt und dabei wissend gelächelt.

Dann werde ich ihn womöglich wochenlang nicht sehen, fuhr es Viktoria durch den Kopf.

Sie legte eine Hand in den Nacken und hob ihr verschwitztes Haar. Mit einem Mal stieg es ihr sauer die Kehle hinauf. Gerade noch rechtzeitig schaffte sie es aus dem Bett und bis zur Waschschüssel. Wenige Atemzüge später stand sie zitternd über den Behälter gebeugt, aus der der Geruch des eigenen Erbrochenen zu ihr aufstieg.

Was war nur mit ihr los? Hatte sie das Abendessen etwa schon wieder nicht vertragen? Hatte sie etwas Schlechtes gegessen? Nein, da war nichts gewesen, da ...

O mein Gott! Viktoria schloss die Augen. Dann stemmte sie sich in die Höhe und stolperte zu ihrem Bett zurück. O mein Gott, dachte sie noch einmal. So hatte es auch bei Estella begonnen, das konnte nur eines bedeuten. Die Erkenntnis traf sie so unvermittelt, dass ihr kurz die Luft wegblieb.

Du bist schwanger, tönte eine Stimme in ihrem Kopf.

Zuerst saß sie reglos, dann ließ sie sich zur Seite fallen. Du bist schwanger, wiederholte die Stimme in ihrem Kopf neuerlich. Viktoria schlug die Hände vor das Gesicht. Du bist schwanger, tönte es noch einmal. Von Humberto konnte das Kind nicht sein. Der hatte sie schon gut ein halbes Jahr lang nicht mehr angefasst. Was sollte sie jetzt tun? Wie sie es auch drehte und wendete, es blieb nur eine Möglichkeit: Sie musste in das Bett ihres Ehemanns.

Die nächsten Tage gehörten zu den schrecklichsten in Viktorias bisherigem Leben. Immer wieder musste sie darum kämpfen, ihre Übelkeit vor den anderen Mitgliedern der Santos-Familie zu verbergen. Gerüche waren kaum zum Aushalten. Sie musste sich zwingen, regelmäßig zu essen. Außerdem fühlte sie sich entsetzlich einsam. Pedro befand sich mittlerweile weit weg bei den Schafherden.

Humberto war häufig unterwegs, kam abends oft betrunken und in Begleitung nach Hause. Letztlich gelang es Viktoria nur mit einem Trick, sich Zutritt zum Schlafzimmer ihres Mannes zu verschaffen. Dem Argument, dass es ihnen noch an einem Erben fehle, konnte er einfach nichts entgegensetzen. Stumm lag sie auf dem Rücken und starrte gegen die Decke, während Humberto sich stöhnend und mit rhythmischen Stößen in ihr bewegte und hernach über ihr zusammensank, sodass sie befürchtete, ersticken zu müssen.

»Wir sollten das doch öfter machen, Liebes«, raunte er ihr zu, als er endlich neben ihr lag.

»Ja«, entgegnete sie zittrig.

Er bemerkte den mangelnden Enthusiasmus in ihrer Stimme offenbar nicht. Bald darauf war er eingeschlafen.

Wenig später kehrte Pedro zurück, doch in Erinnerung an Don Ricardos Drohung hielt Viktoria sich fern von ihm. Eines Tages begegnete sie Pedro bei einem Spaziergang durch den Garten, der ihr in der letzten Zeit zu einem tröstenden Ziel geworden war, denn im beruhigenden Grün fand sie Zeit, in Ruhe nachzudenken.

»Du meidest mich. Wieso?«

Sein Gesichtsausdruck, bar jeden Lächelns, ließ Viktoria erstarren. Sie hatte viel darüber nachgedacht, was nun weiter geschehen sollte. Sie hatte über Don Ricardos Worte nachgedacht und darüber, wie ihr Leben aussehen sollte, wenn sie Pedro nicht mehr sehen konnte. Sie hatte nachgedacht, und sie musste das tun, was sie nun tun würde. Sie fächelte sich Luft zu, bevor sie antwortete, schluckte und hoffte inständig, dass ihre Stimme sie nicht verriet.

»Ich bin schwanger.«

Trotz seiner braunen Haut schien ihr Pedro blass zu werden. Er bewegte die Lippen, schaute ihr fest in die Augen, und in seinen Augen las sie etwas wie Freude, etwas wie Hoffnung gar.

»Ist es unser Kind, Viktoria?«

So sanft wie er es jetzt tat, hatte er ihren Namen noch nie ausgesprochen. Es klang wie eine Liebkosung, streichelnd wie eine warme Abendbrise. Pedro blickte sie fest an.

Ebenso fest erwiderte Viktoria seinen Blick, tausende von Ausreden im Kopf, warum sie das sagte, was sie dann sagte.

»Nein. Es ist Humbertos Kind.«

Pedro schaute zu Boden, zog unvermittelt die Schultern hoch, als ob er fröre.

»Meinen herzlichen Glückwunsch, kleine Doña Viktoria. Ihr Mann muss sehr glücklich sein.«

So warm seine Stimme eben noch geklungen hatte, so kühl klang sie jetzt. Viktoria sah ihn nur an. Sie konnte jetzt nicht mehr sprechen. Wenn sie sprach, würde sie die Lüge nicht mehr aufrechterhalten können. Wenn sie sprach, dann würde sie in Tränen ausbrechen. Pedros Blick nahm wieder die Undurchdringlichkeit an, die sie ganz am Anfang wahrgenommen hatte, dann verbeugte er sich.

»Auf Wiedersehen, Señora Santos, ich wünsche noch einen schönen Tag.«

Die Hand zum ersten Mal auf den Bauch gelegt, in dem das neue Leben heranwuchs, sah Viktoria Pedro hinterher. Dann begann sie haltlos zu weinen.

Vierter Teil

Licht und Schatten
April 1866 bis September 1866

Erstes Kapitel

Mit einem Stöhnen richtete sich Anna auf und stützte die Hände in den schmerzenden Rücken. Seit den frühen Morgenstunden waren sie und die anderen Frauen mit der großen Wäsche des Alvarez-Haushalts beschäftigt. Längst waren ihre Hände rot und aufgequollen. Die Lauge brannte ihr in der Nase, und dazu schrillte jetzt noch die Stimme von Señora Alvarez in ihren Ohren.

»Das«, Señora Alvarez wedelte mit einem der kleineren weißen Tischtücher, »ist nicht sauber. Das werde ich dir vom Lohn abziehen müssen.«

Anna biss sich auf die Lippen und schluckte die wütende Erwiderung herunter. Bei den Flecken auf dem Tuch handelte es sich um Wachsflecken. Sie hatte sich große Mühe gegeben, sie zu entfernen, mehr war einfach nicht möglich.

»Señora Alvarez...« Anna suchte nach Worten, ärgerlich darüber, dass ihr das Spanische zu solchen Gelegenheiten immer noch nicht leicht von den Lippen gehen wollte. »Ich brauche...« Sagte man überhaupt brauchen, oder hätte sie besser benötigen sagen sollen? »Ich brauche das Geld.«

»Und ich bezahle nicht für nichts.«

Nada hatte Anna verstanden und sich den Rest zusammengereimt. Es war nicht gut, dass sie die Sprache immer noch so schlecht sprach, aber in der deutschen Gemeinde, im Gottesdienst, überall, wo sie mit Leuten zu tun hatte, sprach man Deutsch. Natürlich sprach man auch zu Hause Deutsch. Vater Heinrich hatte sich überhaupt geweigert, ein einziges

Wort Spanisch zu lernen. Eines Tages gehe ich ohnehin wieder nach Hause, pflegte er neuerdings zu sagen, wenn ich genügend Geld verdient habe, dann geht es gleich zurück in die Heimat.

Anna hob den Kopf und sah Señora Alvarez an. Die hatte die Hände in die Seiten gestemmt. Teure Spitze umspielte ihren schmalen Hals. Ihr Seidenkleid knisterte leise bei jeder ihrer Bewegungen. Neuerlich musste Anna ihre Wut herunterschlucken.

»Bitte, Señora, ich brauche das Geld«, wiederholte sie.

»Das ist nun wirklich nicht mein Problem.«

Mit einer Handbewegung winkte Señora Alvarez ihre Haushälterin herbei und wechselte einige leise Worte mit ihr. Als sie sich umdrehte und wegging, hätte Anna am liebsten aufgeschrien. Stattdessen senkte sie den Kopf und schluckte Schmerz und Enttäuschung hinunter.

Erst weitere zwei Stunden später war sie mit ihrer Arbeit fertig. Müde schleppte sich Anna auf dem Weg nach Hause voran. Auf der Höhe des Fuhrunternehmens Breyvogel hielt sie einen Augenblick inne. Sie bemerkte, dass das Tor offenstand. Noch bevor Anna recht überlegt hatte, war sie hindurchgeschlüpft und befand sich auch schon auf dem Weg zu den Ställen. Leise, unhörbar, gelang es ihr, die Tür zu öffnen. Im Hof war niemand gewesen und auch in diesem Teil der Stallungen herrschte Ruhe. Sie hatte eine Bewegung drüben gesehen, dort, wo die Droschken darauf warteten, verliehen zu werden. Mit angehaltenem Atem schlich Anna durch den Gang bis zur hintersten Box.

»Pequeño«, flüsterte sie.

Das dunkelbraune Pferd drehte den Kopf zu ihr hin und schnaubte. Erst zögerte sie noch, dann öffnete Anna entschlossen die Tür und trat ein. Neben Diablo hatte sie den

Wallach, der aufgrund seiner etwas geringeren Größen den Namen Pequeño, Kleiner, trug, immer besonders geliebt. Mit einem Seufzer drückte sich ihre Wange gegen den glänzenden Hals des Tieres. Pequeño zitterte leicht und schnaubte dann. Für einen Moment genoss Anna seine Wärme.

»Pequeño«, sagte sie noch einmal.

Auch das letzte Jahr war nicht einfach gewesen. Nach dem Verlust ihrer Arbeit im Fuhrunternehmen und Droschkenverleih Breyvogel hatte sie, dank ihrer Schwester, eine Stelle im Haus der Alvarez erhalten. Der Lohn war zwar schlechter, die Arbeit ebenso schwer, aber es war besser als nichts. Trotzdem wünschte sie sich nichts sehnlicher, als dass es endlich wieder voranging. Anna wollte ihre Brüder nicht noch einmal um Hilfe bitten. Sie wollte kein Geld annehmen, von dem sie nicht wusste, woher es kam. Diebesgeld womöglich, Blutgeld, Mordgeld gar, für das eine arme Seele ihr Leben ausgehaucht hatte. Es schauderte sie, nur daran zu denken. Für ein besseres Leben waren sie in dieses Land gekommen, doch davon konnten sie nach nunmehr fast drei Jahren in Buenos Aires immer noch nur träumen. Sanft strich sie Pequeño über Hals und Rücken, wieder und wieder – er wandte ihr den Kopf zu und schnaubte wohlig. Ja, sie träumte tatsächlich noch immer davon, dass sich alles zum Guten wenden würde. Noch hatte sie nicht aufgegeben.

Und ich werde auch nicht aufgeben, dachte Anna.

Ein Fuhrunternehmen wie das der Breyvogels würde ich gern mein Eigen nennen, überlegte sie, ich kann gut mit Pferden umgehen. Aber das, sie seufzte im nächsten Moment, war nun wirklich ein unerfüllbarer Traum. Woher sollte sie die Pferde bekommen? Wie das Geld für sie und die nötigen Stellplätze aufbringen, wenn sie nicht ihren Bruder darum bat? Nein, unmöglich.

Hinter ihr raschelte es plötzlich. Anna fuhr herum.

Sie hatte Stefan Breyvogel einige Wochen nicht gesehen. Wie stets sah ihr ehemaliger Arbeitgeber gesund aus, braun gebrannt und munter. Die Sonne hatte das blonde Haar über den letzten Sommer noch weiter ausgebleicht, sodass es fast weiß wirkte. Seit dem vergangenen Jahr mochten außerdem ein paar Falten hinzugekommen sein, aber die Schultern unter dem Leinenhemd waren immer noch breit und muskulös wie die eines viel jüngeren Burschen. Breyvogel stand in der Türöffnung und grinste breit.

»Die Anna Weinbrenner. Darf ich fragen, was du hier machst?«

Anna zögerte, wusste nichts zu sagen. Pequeño hatte sich abgewandt und suchte in der Futterkrippe nach Fressbarem.

Ich weiß es nicht, dachte Anna, ich weiß es nicht. Das Tor stand offen, und ich wollte einfach nur einen Moment lang durchatmen, bevor ich meiner Familie gegenübertreten muss.

Ein unbehagliches Gefühl stieg in ihr auf, als sie in Stefan Breyvogels Gesicht sah. Er kam auf sie zu.

»Irgendwie schön, dich zu sehen, Anna. Unsere letzte Begegnung ist lange her. Ich habe dich vermisst. Heißt ja nicht, dass du mir nicht am Herzen liegst, auch wenn du hier nicht mehr arbeiten kannst. Warst eine gute Kraft.«

Und warum durfte ich dann nicht bleiben?, dachte Anna.

Sie schluckte die Frage herunter und unterdrückte ein Schaudern, als sie bemerkte, dass Breyvogel noch näher trat.

»Ich habe Pequeño besucht«, sagte sie zögerlich. Ich klinge, wie ein kleines Kind, dachte sie bei sich, fügte dann hinzu: »Ich wollte nicht stören.«

»Aber du störst doch nicht.«

Stefan Breyvogel stand jetzt dicht vor ihr. Sie roch Tabak und Schweiß und irgendetwas Holziges.

»Du bist schön, Anna, weißt du das? In dir ist Leben, meine Süße, das hat mir schon immer gefallen. Du bist nicht wie andere Frauen. Das Pferd wolltest du besuchen, bist du dir da sicher?«

Unvermittelt packte Breyvogel sie an den Oberarmen. Mit einem Ruck riss sich Anna los. Er lachte.

»Gut, gut, so mag ich meine Mädchen, feurig wie Araberstuten.«

Mit seinen kräftigen Händen griff er erneut nach ihr und stieß sie gegen die Stallwand. Anna gab einen Schmerzenslaut von sich. Sie spürte raues Holz unter ihren Händen.

»Ich sehe doch, wie du mich ansiehst, Kleine.« Stefan Breyvogels Gesicht kam näher. »Immer noch. Du hast mich schon damals so angesehen. Wie eine läufige Hündin, stimmt's? Sei dir gewiss, ich habe es bemerkt.«

Er wollte sie küssen. Anna drehte den Kopf zur Seite.

»Ich bin in Trauer.«

Breyvogel lachte dröhnend. »Kalebs Tod ist mehr als ein Jahr her, jetzt hab dich nicht so. Euch geht es nicht gut, oder? Ich kann euch helfen. Willst du deiner Kleinen einmal wieder gute Milch kaufen, Weißbrot, Butter und gute Konfitüre? Ich kann dir das alles geben. Ich bin der Einzige, der das kann.« Mit einem Zeigefinger fuhr Breyvogel über ihre linke Wange. »Du musst nur Ja sagen. Du bist eine schöne Frau, Anna, und ich bin ein richtiger Mann, ein starker Mann.«

Wieder packte er sie bei den Oberarmen, wollte sie mit einem Ruck an sich ziehen. Anna versuchte, sich loszureißen.

»Gut, gut«, er küsste sie, »das ist wirklich gut. Mach weiter, ich mag es, wenn meine Weiber feurig sind.«

Endlich gelang es Anna, sich loszureißen. Schwer atmend drückte sie sich gegen die Wand.

»Ich bin in Trauer«, wiederholte sie.

Stefan Breyvogel lachte wieder und ließ seine Augen anzüglich über ihr Kleid wandern. »Nun, das sieht man aber nicht, und jetzt zier dich nicht so, du wirst es nicht bereuen.«

Mit vor Entsetzen aufgerissenen Augen sah Anna, wie ihr ehemaliger Arbeitgeber an seiner Hose zu nesteln begann. Steif vor Schreck konnte sie sich nicht rühren, während ihre Gedanken einander jagten: Ich muss hier weg, ich muss hier weg.

Stefan Breyvogels Hose rutschte bis auf seine Knöchel herunter. Er stand jetzt nur noch in Unterhosen da. Annas Augen flackerten zur Tür.

»Ich würde dir raten zu bleiben, und wenn ich dich so nicht überzeugen konnte, dann denk darüber nach, was ich alles über deine Brüder wissen könnte ...«

»Meine Brüder?« Annas Aufmerksamkeit richtete sich wieder auf Breyvogel.

»Nun, jeder weiß, was die Brunner-Brüder für Geschäftchen machen.«

»Ich weiß davon nichts.«

»Wirklich? Ich glaube, dass du sehr viel darüber weißt, meine Liebe, und nun komm endlich. Warum so zögerlich? Ich bin ein ganzer Mann. Mehr als deiner es je war.«

Die Beleidigung und die Erinnerung an Kaleb gab Anna mit einem Mal die Kraft, Breyvogel von sich zu stoßen. Er taumelte. Sie nutzte die Gelegenheit, um zur Stalltür zu huschen und hindurchzuschlüpfen. Hinter ihr waren Flüche zu hören, doch Anna hielt erst an, als sie zu Hause war.

Vor der Tür blieb sie stehen, bis sie wieder zu Atem gekommen war. Stimmen waren drinnen zu hören: ihre Mutter, ab und an ihre Schwester und immer wieder das muntere Quäken der kleinen Marlena. Anna atmete tief durch und stieß die Tür auf. Es war Marlena, die sie als Erste bemerkte und jauchzend ihre Arme ausstreckte. Anna drückte ihr Kind an sich, versteckte ihr Gesicht in den weichen Haaren ihres Mädchens. Hatte Stefan Breyvogel die Wahrheit gesprochen? Wusste er mehr von dem, was Eduard und Gustav taten? Sie konnte es nicht sagen, ganz sicherlich aber hatte sie sich Breyvogel zum Feind gemacht, auch wenn das für den Moment vielleicht noch nicht einmal das Schlimmste war. Das Schlimmste war, dass sie den heutigen Lohn in Breyvogels Stall verloren haben musste.

Die nächsten Tage vergingen in der elenden Eintönigkeit, die das Leben in der Neuen Welt für Anna und ihre Familie stets gekennzeichnet hatte. Früh am Morgen brachen die Frauen des Hauses zu ihrer Arbeitsstelle im Hause Alvarez auf, spät am Nachmittag oder gar erst am Abend kehrten sie zurück. Die Arbeit war hart und Señora Alvarez schwer zufrieden zu stellen. Vater Heinrich hatte wieder zu trinken begonnen. Wenn Anna heute daran dachte, wie ihr Vater die Kleine in den Monaten nach der Geburt umhergetragen, sie geherzt und geküsst und wie glücklich er dabei ausgesehen hatte, dann kamen ihr die Tränen.

Vor kurzem waren zum ersten Mal ihre Brüder zu Besuch gewesen. Man erzählte sich schlimme Dinge, vor allem über die Kaltblütigkeit des jüngeren Gustav. Einem Mann habe er die Nase abgeschnitten, einem anderen den Kiefer gebrochen, einen geblendet und einen gar getötet. Anna hatte nicht gewusst, was sie davon halten sollte, aber als sie Gustav zum ersten Mal nach so langer Zeit wiedergesehen hatte, da war ihr klar gewesen, dass diese Geschichten stimmten. Anna und ihr zweitältester Bruder waren sich nie sonderlich nahe gewesen, obwohl sie sich an Jahren näher waren als Eduard und sie. Etwas war in Gustavs Augen, das Anna schaudern ließ. Sie las Kaltblütigkeit darin, Mordlust gar, und sie wusste, dass sie sich in seiner Nähe niemals sicher sein konnte.

Als Anna Eduard auf Gustav angesprochen hatte, nachdem dieser gegangen war, hatte ihr geliebter älterer Bruder geseufzt.

»Du hast gesehen, was mit ihm los ist?«, hatte er sie endlich gefragt.

Anna hatte einen Moment gezögert, bevor sie antwortete.

»Ich habe ihn natürlich wiedererkannt, aber er wirkt verändert ... gefährlich. Er ist nicht mehr der Junge, den man mit Vorsicht behandeln musste, er ist ein ... ein ...«, sie zögerte, die Worte auszusprechen, »... er kommt mir vor wie ein wildes Tier«, stieß sie dann hervor.

Eduard hatte sie kurz wortlos angesehen und dann genickt.

»Noch hört er auf mich«, hatte er entgegnet und neuerlich geseufzt, »aber nur Gott weiß, wie lange noch. Er hat sich verändert, Anna. Seit wir hier sind, erkenne ich ihn manchmal nicht wieder.«

Ich erkenne dich manchmal auch nicht wieder, hatte Anna sagen wollen. Was ist aus dir geworden? Ein Dieb, ein Betrüger, ein Mörder gar? Was ist mit dem jungen Mann geschehen, der sich seine eigene Estancia schaffen wollte? Der Felder wollte mit Weizen, so weit das Auge reichte, und riesige Rinderherden, von denen man zu Hause nicht einmal zu träumen wagte.

Aber sie hatte nicht zu fragen gewagt. Manche Dinge wollte man einfach nicht wissen. Sie wollte sich an den Eduard erinnern, der sie auf den Schultern getragen und mit dem sie Staudämme am Fluss gebaut hatte. Einen Moment lang hatten sie beide geschwiegen.

»Sag mir, wenn du noch einmal Hilfe brauchst, Anna«, hatte Eduard dann gesagt.

Anna hatte den Kopf geschüttelt. Von einem Dieb, und das war womöglich das Beste, was sie von ihm denken konnte, wollte sie nichts nehmen, wenn es nicht absolut nötig war. Sie dachte immer noch mit Grausen an das Geld, das sie sich schon von ihm hatte leihen müssen.

Manchmal, zu später Nacht, wenn Annas Gedanken durcheinanderwirbelten, fürchtete sie, dass sie diese Leihgabe irgendwann bereuen würde.

Auf Marias Vorschlag hin gab es am nächsten Zahltag bei Luca und Maria *gnocchi*, handgemachte Kartoffelnudeln nach einem Rezept aus der Heimat der jungen Italienerin. Anna war begeistert. Das Gericht war einfach zuzubereiten, die Zutaten waren günstig zu haben. Sie ließ sich von Maria die genaue Vorgehensweise erklären und bereitete die Kartoffelnudeln ein paar Tage später selbst zu. Dazu wurden Kartoffeln erst gekocht, dann gestampft und mit Mehl zu einem geschmeidigen Teig verknetet. Aus diesem wurden wiederum kleine Klöße geformt, die Anna in Brühe garte. Dazu kochte sie eine Soße aus Tomaten, die Maria ihr geschenkt hatte. So einfach war die Zubereitung, dass sie sich vornahm, von nun an öfter *gnocchi* zu machen und das Einerlei von Kohl und Kartoffeln damit etwas aufzulockern.

Als Anna zum Abendessen rief, stand zum ersten Mal seit langem wieder eine volle Schüssel mit Essen vor ihnen. Die Tomatensoße duftete fruchtig, die Kartoffelklößchen schimmerten verlockend. Anna gab ihrem Vater als Erstes auf. Der starrte seinen Teller an. Alle warteten darauf, dass er ein leises Gebet sprach, doch nichts dergleichen geschah.

»Jetzt gibt es also bei uns auch Italienerfraß«, höhnte er.

Schweigend warteten Annas Mutter Elisabeth, ihre Schwester und Anna selbst darauf, dass er nach diesem harschen Einwand doch noch das Gebet sprach – schließlich waren sie alle hungrig, doch das, was als Nächstes passierte, ließ die Frauen am Tisch zusammenfahren. Mit einer knappen Bewegung seines Arms schmetterte Heinrich seinen Teller zu Boden. Klirrend zersprang das vom langen Gebrauch stumpfe Porzellan in unzählige Splitter. Im letzten Moment konnte Anna die Porzellanschüssel mit den *gnocchi* und den Tomaten packen und sie von ihrem Vater wegreißen.

»Gib sie her!«, herrschte der seine Tochter an und streckte ihr befehlend die Hand entgegen.

»Nein.«

Drohend zog Heinrich die Augenbrauen zusammen. Noch einmal streckte er fordernd die Hand aus. »Du bist meine Tochter, du musst mir gehorchen.«

»Nein.« Anna schüttelte den Kopf. »So nicht«, sagte sie, »so nicht, Vater. Ich lasse mich nicht von dir in deinen Dreck herunterziehen. Ich bin hier, um zu leben. Ich bin hier, damit meine Träume Wirklichkeit werden können.«

Sie stockte unvermittelt. Heinrich brach in höhnisches Lachen aus, dann stürmte er auf sie los. Auch als er sie mitten ins Gesicht schlug, hielt sie die Schüssel noch fest. Heinrichs nächster Schlag schleuderte sie zu Boden. Die Schüssel entglitt Annas Händen und zerbarst ebenso wie der Teller. *Gnocchi* und Tomatensoße ergossen sich auf den Boden, und Heinrich trat mitten hinein. Erst da schossen Anna Tränen der Wut in die Augen. Sie sprang wieder auf. Heinrich packte sie bei den Oberarmen und schüttelte sie.

»Wir sind Deutsche«, brüllte er, »merkt euch das, ihr Weiber, Deutsche! Wir essen deutsches Essen.«

Er ließ sie so abrupt los, dass Anna mit ihrem Gleichgewicht kämpfen musste. Mit einem heftigen Schlag fiel einen Moment später die Tür hinter ihm zu. Anna bückte sich unvermittelt. Vielleicht ließ sich ja etwas retten. Ein paar *gnocchi* wenigstens, die Soße war sicherlich verloren. Sie zitterte vor Schmerzen, vor Hunger und vor Wut darüber, wie ihr Vater sie behandelte, wie er alles mit Füßen trat, was sie mühsam erschaffen hatte. Mit gesenktem Kopf begann sie, die Scherben zusammenzulesen. Sie las die Kartoffelnudeln, die nicht zertreten waren, auf ihrem Teller zusammen und stellte ihn auf den Tisch. Ihre Mutter und ihre Schwester schauten sie aus weit aufgerissenen Augen an. Anna wischte den Boden, wusch dann das Schmutztuch aus und setzte sich an den Tisch, als wäre nichts geschehen.

»Ich werde jedenfalls etwas essen«, sagte sie entschlossen und mit mehr Ruhe, als sie wirklich fühlte. »Ich weiß nicht, was ihr machen wollt, aber ich werde etwas essen.«

Anna spießte eine Kartoffelnudel auf ihre Gabel und führte sie zum Mund. Ihre Mutter schüttelte panisch den Kopf.

»O nein, ich kann nicht. Ich kann das nicht. Er wird es herausfinden. Er wird schrecklich wütend sein.«

»Willst du verhungern?« Anna schaute von ihrer Mutter zu ihrer Schwester und wieder zurück. »Wollt ihr beide verhungern? Wie soll er herausfinden, was ihr gegessen habt? Sagt es ihm einfach nicht.«

Elisabeth schüttelte nochmals den Kopf, dieses Mal heftiger.

»Ich kann, ich kann ihn nicht anlügen«, stotterte sie. »Ich habe ihn doch noch nie angelogen.«

Sie sank auf ihrem Stuhl zusammen, während Lenchen unschlüssig ihre Gabel in der Hand hielt.

»Nimm doch«, bestärkte Anna sie, »es schmeckt besser mit Tomatensoße, aber so geht es auch.«

Lenchens Hand zitterte, als sie die erste Gabel zum Mund führte. Gespannt schaute Anna sie an. »Und?«

»Gut«, erwiderte Lenchen und streckte eine Hand zum Gesicht der Schwester aus. »Du blutest.«

Anna fuhr sich mit der Hand über die Lippen. »Nicht schlimm«, murmelte sie.

Sie dachte an ihren Vater. Irgendwann würde ihm das alles noch einmal leidtun. Sie tat ein paar *gnocchi* auf Elisabeths Teller, stellte diesen vor ihrer Mutter hin, doch Elisabeth schüttelte nur den Kopf. Vorwurfsvoll sah sie ihre Tochter an.

»Du wirst es noch einmal bereuen, Vater zuwidergehandelt zu haben.«

Elisabeth glaubte nicht, dass ihre Töchter überhaupt bemerkt hatten, dass sie irgendwann vor die Tür gegangen war. Zu sehr waren die beiden in ihr Gespräch vertieft gewesen. Eigentlich hatte es Elisabeth immer gemocht, wenn ihre Mädchen die Köpfe so einträchtig zusammensteckten. Sie hatte es ihnen nur nie gesagt. Es war gut, wenn sie einander Halt geben konnten. Sie selbst dagegen war an Heinrich gebunden, seit sie ihn geheiratet hatte. Für sie gab es niemand anderen, niemanden, der sie beschützte, außer Heinrich. Sie hatte ihrem Mann Gehorsam geschworen, und dafür bewahrte er sie vor der Welt, die sie verwirrte und zuweilen erbarmungslos in Angst und Schrecken versetzte.

Elisabeth fröstelte, ging noch ein paar Schritte weiter die Straße entlang. Dort, wo das Mondlicht die Pfützen und Abwässer in Quecksilber verwandelte, blieb sie erneut stehen und schlang das Umschlagtuch enger um sich. Sie fragte sich, wann Heinrich an diesem Abend wieder nach Hause kommen würde. Sie fürchtete ihn und vermisste ihn doch schon wieder. Sie konnte nicht ohne ihn leben. Er war ihr Leben.

War das schon immer so gewesen? War es ihr früher auch so unmöglich erschienen, ohne ihn zu sein? Sie konnte sich nicht mehr daran erinnern. Sie konnte sich gerade noch entsinnen, dass er um sie geworben hatte, und dass es, nachdem der Vater das ganze Geld und den Hof verspielt hatte, keine andere Möglichkeit gegeben hatte, als seinen Antrag anzunehmen.

Wenigstens war er ein gut aussehender Mann gewesen, auch wenn ihre Mutter sie ermahnt hatte, darauf kein Augenmerk zu legen. Ja, er war ein fescher Mann gewesen, schmuck auf seine Art. Viele Weiber hatten ihm Blicke zugeworfen, obwohl er nur einen mittelgroßen Hof besessen und kein besonders gutes Land hatte. Sie hatte seine Aufmerksamkeit genossen. Ihr Vater hatte gelobt, dass der junge Mann zupacken konnte und ein ehrlicher Arbeiter war. Zu diesem Zeitpunkt hatte sie noch nicht gewusst, was es hieß, schwere Arbeit zu leisten, zu hungern, zurückzustecken, doch sie hatte es gelernt.

Die Zeit ihrer Verlobung war die schönste ihres Lebens gewesen, ein immerwährendes Versprechen auf eine bessere Zukunft. Eine Zeit, in der ihre Eltern den Schein mit dem letzten bisschen Geld hatten aufrechterhalten können.

Fast täglich hatte ihr Heinrich Blumen mitgebracht, und sie hatte darauf geachtet, stets gut gekleidet und frisiert zu sein. Sie hatte mehr als ein Kleid ihr Eigen genannt, und sie hatte jedes Mal, wenn sie sich sahen, ein anderes getragen. Er war sehr zuvorkommend gewesen, hatte sie gegenüber seiner Mutter verteidigt, als Elisabeth sich vor der alten Milchkuh der Familie erschreckt hatte.

»Du musst sie nicht melken, wenn du dich fürchtest«, hatte er ihr zugeflüstert.

Die Kuh zu melken war das Erste gewesen, zu dem er sie gezwungen hatte, nachdem er verstand, dass er mit ihr kein Geld geheiratet hatte, sondern einen von Schulden überlasteten Hof. Er hatte sie spüren lassen, was es bedeutete, ihn zu betrügen. Und sie hatte verstanden, dass sie ihn niemals belügen durfte. Dass er auf die Täuschung ihres Vaters hereingefallen war, hatte er ihr nicht verziehen.

Über die ersten Monate ihrer Ehe hatte sie gelernt, hinter dem Pflug zu gehen, während er den Zugochsen führte. Sie war gestürzt und hatte sich wieder hochgerappelt, ohne dass er ihr auch nur einmal die Hand gereicht hatte. Sie hatte im Garten gearbeitet, die Hühner beaufsichtigt und bei der Novemberschlachtung geholfen. Ihre weißen Hände waren rau geworden, die Fingerspitzen zerstochen von den abendlichen Näharbeiten. Auch als sie schwanger gewesen war, hatte er sie nicht zur Ruhe kommen lassen. Das Kind, das harte Arbeit nicht überlebt, pflegte er zu sagen, ist es nicht wert, geboren zu werden. Sie hatte gelernt, ihn aus Furcht zu lieben. Sie hatte verstanden, dass sie niemals Widerworte geben durfte und dass sie keinen eigenen Willen mehr hatte. Sie war nicht mehr die schöne Elisabeth, sie war Heinrichs Frau. Nichts sonst. Sie wusste das. Sie würde ihm niemals entkommen können. Sie wollte es auch gar nicht.

Mit langsamen Schritten ging Elisabeth zurück ins Haus.

Zweites Kapitel

Piet hatte die Situation ausgiebig sondiert, bevor er es wagte, sich an Don Gustavos Tisch zu begeben. Nur zwei seiner bulligen Begleiter waren zu sehen, wenn Gustavo diese auch – das wusste Piet aus eigener Beobachtung – nicht brauchte. Don Eduardos Bruder war geschickt genug, sich selbst zu schützen. Im Umgang mit dem Messer tat es ihm kaum jemand gleich. Piet hatte schon Männer gesehen, die sich mit ihm angelegt hatten. Die meisten würden es nie wieder wagen. Viele waren danach für ihr Leben gezeichnet. Wenn sie noch lebten.

An diesem Tag aber wirkte der sonst oft aufbrausende junge Mann ruhig, fast in sich gekehrt. Er hatte sich in seinem Stuhl zurückgelehnt, in der rechten Hand hielt er ein abgebranntes Zündholz, das er zwischen seinen Fingern hin und her wandern ließ. Einige Tage zuvor war er wieder einmal von einer längeren Reise zurückgekehrt, kurz danach hatte es wie meist Streit mit dem älteren Bruder gegeben. Es hieß, die Brüder seien sich nicht mehr so einig wie zu Beginn, als noch kein Blatt zwischen sie gepasst hatte. Der Ältere war für Vorsicht, hieß es, der Jüngere wollte mehr wagen.

»Darf ich mich setzen?«, fragte Piet.

Don Gustavo hob den Kopf und musterte den Fragenden, ohne eine Miene zu verziehen. Lediglich das Zündhölzchen bewegte sich schneller zwischen seinen Fingern hin und her. Dann nickte er knapp.

»Ich bin mit Ihrer Schwester gereist«, sagte Piet nach einer Weile.

Er hätte niemals gedacht, dass ihm Schweigen solchermaßen unangenehm sein konnte. Eigentlich war er doch selbst kein großer Redner.

Don Gustavo sagte immer noch nichts, verzog das Gesicht aber zu einer Grimasse der Verachtung. Piet überlegte. Noch immer war er sich unsicher, wie er den jungen Brunner packen sollte. Über seine Schwester führte der Weg offenbar nicht. Womöglich hatte er aber nur diese eine Chance, und er hatte es satt, nicht voranzukommen. Er beugte sich etwas vor, stützte einen Ellenbogen auf dem Tisch auf und leckte sich nervös über die Lippen.

»Sie ist ... wie soll ich es sagen ... etwas eingebildet?«

Die Verachtung in Gustav Brunners Miene machte leiser Zustimmung Platz. Piet nutzte die Gelegenheit und winkte Michel Renz herbei.

»Darf er sich auch zu uns setzen?«

Gustavo zuckte gelangweilt die Achseln. Das Zündhölzchen bewegte sich wieder schneller zwischen seinen Fingern. Seine Augen suchten einen Punkt in weiter Ferne. Für einen Moment wirkte er vollkommen abwesend, aber Piet war sich sicher, dass seine Sinne scharf waren und ihm nichts entging.

»Sie sind ein guter Mann«, sagte er und hoffte, dass nur er selbst das leichte Zittern in seiner Stimme hörte. »Sicherlich der beste hier. Ich verstehe nicht ...«, er lehnte sich in seinem Stuhl zurück und presste den Rücken gegen die Lehne, damit man nicht sah, wie sehr er mittlerweile zitterte, »... warum Ihr Bruder das nicht ebenso sieht.«

Don Gustavo hatte sein Messer so schnell zur Hand, dass Piet nicht sagen konnte, wo er es hergeholt hatte. Ohne den Kopf zu heben, begann er, Kerben in den Tisch zu schlagen. Piet zögerte, bevor er weitersprach.

»Sie hätten mehr verdient, Sie sollten Anführer sein ...

Ihrem Bruder gleichberechtigt, wenn nicht gar ... Er ist zu vorsichtig geworden. Das finden viele von uns, wir ...«

Mit einem Mal röchelte Piet. Einem Raubtier gleich war Gustavo mit einem Satz auf den Beinen und hielt dem zitternden Mann sein Messer an die Kehle. Unangenehm kerbte sich das tödliche Metall in dessen Haut. Piet schmeckte Blut, weil er sich vor Schreck heftig auf die Zunge gebissen hatte. Gustavo sprach nur halb laut, aber seine Stimme klang damit umso bedrohlicher.

»Eine Sache nur, eine Sache muss ich dir sagen, Piet Stedefreund.«

Er kennt meinen Namen, schoss es Piet durch den Kopf, woher kennt er meinen Namen?

»Wag es nicht, über meinen Bruder zu reden. Wir sind Brüder, verstehst du? Zwischen uns passt keine Hand, nichts, noch nicht einmal ein Staubkorn, wie du eines bist.«

Piet gurgelte. Todesangst machte sich in ihm breit, dann stieß ihn Gustavo zurück auf seinen Sitz und ging mit langen Schritten davon.

»Bist du lebensmüde?« Michel keuchte.

Piet schüttelte den Kopf. Es dauerte eine Weile, bevor er wieder sprechen konnte. Früher schon zwang er ein entspanntes Lächeln auf seine Gesichtszüge.

»Keine Sorge, es geht alles nach Plan.«

»Nach Plan?«

Fassungslos schüttelte Michel den Kopf. Piet antwortete nicht. Ja, es ging alles nach Plan. Tief in Gustavos Augen hatte er die Saat gesehen, die sehr bald aufgehen würde.

Drittes Kapitel

Die Arbeit im Hause Alvarez war schwer, doch es gab keine andere. Früh morgens, noch bevor die Familie aufgestanden war, trafen Lenchen und Anna ein und gesellten sich zu den anderen guten Geistern, die den Haushalt durch ihre Anwesenheit still und zurückhaltend am Laufen hielten. Zu Festlichkeiten blieben die Schwestern oft bis tief in die Nacht. Sie halfen bei der Zubereitung der Speisen und bei der Vorbereitung der Räumlichkeiten, später beim Abtragen der Teller und beim Spülen. Manchmal mussten sie bedienen, aber das geschah eher selten. Zuweilen gelang es ihnen, die Gäste im Salon oder beim Tanzen zu beobachten. Manchmal sprachen sie über die schönen Kleider der Damen, über die Schuhe, die Frisuren, über Spitze, Federn, Schmuck und edle Stoffe. Besonders Lenchens Augen begannen dann zu strahlen, und Anna wusste, dass sich die Schwester Dinge wünschte, die nie in Erfüllung gehen würden.

Anna stieß einen tiefen Seufzer aus und machte sich daran, das Frühstücksgeschirr abzuräumen. Señor und Señora Alvarez hatten nicht alles Weißbrot gegessen und würden dieses Brot hier auf dem Tisch auch nicht mehr essen, sodass es ganz sicher im Abfall landete. Für einen Moment überlegte Anna, ob sie sich etwas davon mitnehmen sollte, doch sie entschied sich dagegen. Das war zu gefährlich, was, wenn man sie Diebin nannte und wegjagte? Sie hatte keine andere Möglichkeit, Geld zu verdienen, bis auf... Anna verzog den Mund beim Gedanken daran, was Breyvogel ihr vorgeschlagen hatte.

Sie begann damit, die Teller zusammenzuräumen und die Essensreste in den bereitstehenden Behälter zu werfen. Auf einem der Teller lag ein angebissenes Marmeladenbrötchen, den anderen zierte ein beinahe abgenagter Hühnerknochen. In beiden Tassen waren Reste von Milchkaffee. Anna knurrte der Magen. Sie hatte am Morgen lediglich ein Stück trockenes Brot und Wasser zu sich genommen. Señor Alvarez hatte sich sogar einen weiteren Teller mit Kuchen bringen lassen, den er jedoch nicht vollständig leergegessen hatte. Auch das Milchkännchen war noch halb voll und würde gleich zu den Nahrungsresten hinzukommen, mit denen man die Schweine fütterte.

Erneut krampfte sich Annas Magen zusammen. Einen Augenblick war ihr so schwach, dass sie innehalten musste. Sie starrte das weiche Milchbrötchen an, in das offenbar nur einmal hineingebissen worden war. Wie würde sich die kleine Marlena freuen, wenn sie ihr so etwas mitbrachte? Aber sie konnte nicht, es war zu gefährlich.

Anna stellte das Geschirr auf ein Tablett und schickte sich an, den Tisch abzuwischen, um eine neue Tagesdecke aufzulegen. Noch einmal schweifte ihr Blick zu dem Milchbrötchen, dann ließ sie es kurzerhand in ihre Schürzentasche gleiten. Ihr Herz hämmerte, und sie musste mehrmals tief durchatmen, bevor sie weiterarbeiten konnte. Sie durfte nicht darüber nachdenken, was geschah, wenn man sie erwischte. Anna stellte sich Marlenas Freude vor, ihr Lachen, wenn sie das Brötchen sah, ihre kleine Stimme, wenn sie »Oh, danke, Mama«, sagte.

An Señor Alvarez' Platz lagen verstreut die Seiten eines Briefs. Anna schüttelte die Krümel herunter und machte sich daran, die Blätter zu ordnen und neu zu falten, als ihr Blick auf ein Bild fiel, das unter den Briefseiten zum Vorschein kam. Ein stattlicher dunkelhaariger Mann war darauf zu sehen, an seiner Seite sitzend eine Frau, die den Fotografen mit Hochmut betrachtete. Viktoria.

Anna konnte es nicht glauben. Sie musste sich irren. Sie wollte Brief und Bild gerade wieder an ihren angestammten Platz legen, als sie sich entschied, die Daguerreotypie umzudrehen. Tatsächlich stand auf der Rückseite etwas geschrieben, in zierlichen Buchstaben, klein aber lesbar: *Señor Humberto Santos de Salta e su esposa Victoria Santos.*

Santos, wiederholte eine leise Stimme in Annas Kopf, Viktoria Santos.

Sie sah ein übermütig lachendes Gesicht vor ihrem inneren Auge, legte Bild und Brief kurz entschlossen auf ein Beistelltischchen und machte sich daran, die Stühle zurechtzurücken. Anna hörte die Stimmen von Señora Alvarez und ihren Freundinnen aus dem Innenhof. Um diese Uhrzeit trafen sich die Damen zum Tee. Später würden sie gemeinsam in die Kirche gehen.

Santos, sagte die kleine Stimme in Annas Kopf erneut. Aus Salta.

War das nicht alles ein zu großer Zufall? Was, wenn sie sich irrte? Wenn ihre Sinne ihr etwas vorgaukelten, wenn es nicht Viktoria war?

Anna legte die Tagesdecke auf und platzierte den großen silbernen Leuchter in der Tischmitte.

Und wenn es doch so war?

Unruhig wischte Anna sich die Hände an ihrer Schürze ab. Nur ein paar Schritte, und sie hielt das Bild neuerlich in den Händen. Nein, das war Viktoria, und hinten drauf hatte jemand notiert: Señor Humberto Santos und seine Ehefrau Victoria Santos aus Salta. Victoria mit C, nicht mit K.

»Salta«, flüsterte Anna, »Salta.«

Da war der Name wieder, den sie vergessen hatte: Salta. Er müsse an Salz denken, hatte Julius damals auf dem Schiff gescherzt.

Aber wo lag Salta? Wahrscheinlich hatte Viktoria sie ohnehin längst vergessen. Anna starrte erneut das Bild an. Das also war Humberto, der Erbe von Ricardo Santos, Viktorias bewundernswerter Ehemann. Ein neuer Gedanke nahm langsam, aber stetig Gestalt in ihr an.

Ich werde nach Salta reisen, dachte sie, ich werde Viktoria um Hilfe bitten. Auch ich will endlich ein besseres Leben. Sie wird mir helfen. Wir sind doch Freundinnen.

Als Anna sich spät abends auf dem Weg nach Hause befand, war ihr Plan schon ausgereift: Marlena würde bei ihren Großeltern bleiben. Sie würde Maria darum bitten, ein Auge auf die Kleine zu haben. Den älteren Bruder konnte sie um das nötige Geld für die weite Reise bitten. Es fiel ihr schwer, aber es war nötig, wenn sie den Weg je wieder aus dem Elend herausfinden wollten, in das sie geraten waren.

»Hast du dir das alles gut überlegt, Kleines?«, fragte der sie, als sie sich in der kommenden Woche ein Herz nahm und ihn aufsuchte.

Anna nickte. »Ja, und das weißt du.«

Eduard lächelte. »Du hast Recht. Du hast dir immer alles gut überlegt.« Er hielt einen kurzen Moment inne. »Ich freue mich, dir helfen zu können.«

Als der Bruder ihr das Geld überreichte, hielt er einen Moment lang ihre rechte Hand fest. »Wie willst du reisen?«

»Den Río Paraná hinauf bis nach Santa Fe, und dann auf dem Landweg...«

»In der Gegend von Santa Fe wohnen viele Deutsche.«

»Ja.«
»Es ist eine gefährliche Reise.«
»Ja.«
»Du bist eine mutige Frau, Anna.«
»Ich werde dir alles zurückzahlen. Auf Heller und Pfennig.«
»Das musst du nicht.«
Anna stand auf. »Ich will es aber.«

Viertes Kapitel

Es vergingen noch einige Wochen, bis es endlich losgehen konnte. Marlena zurücklassen zu müssen, zerriss Anna schier das Herz, aber es ging nicht anders.

Für das erste Stück ihrer weiten Reise hatte Eduard seiner Schwester einen Platz auf einem Frachtwagen verschafft, was sie sehr erleichterte.

»Das Geld hierfür«, hatte er streng gesagt, »wirst du mir keinesfalls zurückzahlen, hörst du? Hätte ich dir etwas schenken wollen, würdest du in einer Kutsche fahren. Nimm es an und schweig, der Weg wird dir beschwerlich genug werden.« Er hatte sie ernst angeblickt. »Ich hoffe, du weißt, was du dir vorgenommen hast.«

Anna hatte ebenso ernst genickt, wenn sie auch keinesfalls sicher war, was da vor ihr lag. Sie wollte einfach nicht darüber nachdenken. Wenn sie nachdachte, lief sie Gefahr, auf dem Fuß kehrtzumachen und einfach wieder in ihr altes, trauriges Leben zurückzukehren. Der Karren sollte sie also bis zum Fluss Tigre bringen, auf dem sie wiederum bis nach Rosario reisen würde. Von dort aus, hatte Eduard gesagt, dauere es noch vier bis sechs Wochen zu Pferd, bis sie Salta erreiche. Anna brauche vielleicht sogar etwas länger, weil sie keine erfahrene Reiterin sei. Anna war blass um die Nase geworden, als Eduard ihr die Reiseroute beschrieben hatte, obwohl er ihr für einen Teil der Wegstrecke einen seiner besten Männer zur Seite stellen wollte – er würde sie in Rosario empfangen. Anna musste sich gestehen, dass sie sich noch niemals zuvor Gedanken um die Ausmaße des Landes gemacht hatte, in dem sie lebte.

Obwohl ihre Sorgen und Ängste sie schwer bedrückten, hatte die Fahrt auf dem Río Tigre bis zum Río Paraná doch etwas Entzückendes an sich, denn der Fluss war so schmal, dass das Schiff oft die Bäume an beiden Ufern streifte. Die Ufer waren zudem mit Oleander und ganzen Waldungen von Orangenbäumen bewachsen. An Nebenkanälen lagen kleine, hoch auf Pfahlwerk erbaute Ansiedlungen, wo Seeschiffe Häute und Knochen luden, während über allem, wie in La Boca, ein Geruch nach Gerbsäure und Verwesung lag.

Der mächtige Paraná, in den sie schließlich einfuhren, zeigte sich eher monoton mit teils bewaldeten und steilen, teils flachen, auf weiten Strecken von Schilf bewachsenen Ufern. Hier hielten sich große Scharen Reiher und andere Wasservögel auf.

Die Stadt Rosario endlich lag an einem stellenweise senkrecht abfallenden Ufer. Anna stand an der Reling, während sie sich der Stadt näherten, die Augen mit einer Hand gegen die Abendsonne schützend. Am Strand standen ein paar Holzverschläge und einige reetgedeckte, von hohen Trauerweiden umgebene Hütten sowie die eine oder andere Matrosenkneipe. Einige Männer standen bereit, den Reisenden das Gepäck zur Unterkunft zu tragen.

Welcher von denen dort mochte Pablito sein? Nachdem sie das Boot verlassen hatte, drückte Anna unschlüssig ihr kleines Bündel an sich, bereit, es gegen die ungeduldig auf die Reisenden zudrängenden Helfer zu verteidigen. Jetzt kam sie sich wieder vor wie an ihrem ersten Tag in Buenos Aires. Alles war erschreckend fremd, und sie wusste nicht, an wen sie sich wenden sollte.

»Señora Weinbrenner?« Ein Mann, gewiss einen Kopf größer als Anna und mindestens doppelt so breit, trat auf sie zu und schaute sie prüfend an. »Ich bin Pablito. Man hat mich benachrichtigt, dass Sie kommen.«

Pablito, dachte Anna bei sich und musterte den massigen Leib des Mannes. Kleiner Pablo hieß das und war wohl eher als Scherz gemeint. Eduard hatte ihr berichtet, dass Pablito einige Zeit in Salta gelebt hatte und deshalb der richtige Mann zu ihrer Begleitung war. Zudem sprach er ein paar Brocken Deutsch.

»Ja, ich bin Anna Weinbrenner«, bestätigte sie und reichte Pablito zur Begrüßung die Hand, die er mit einem Grinsen, aber erstaunlich vorsichtig drückte.

Während er Anna zu ihrer Unterkunft führte, erzählte ihr neuer Beschützer von Salta. Offenbar wollte er sie ihre Unsicherheit vergessen lassen. Saltas Schönheit musste in jedem Fall unübertroffen sein. Bald wagte Anna es, Fragen zu stellen, aber von der Familie Santos wusste Pablito nichts zu berichten, auch wenn er von ihr gehört hatte. Sie war hoch angesehen.

Als sie die kleine Herberge erreichten, in der sie für eine Nacht unterkommen wollten, fühlte Anna sich schon sehr viel besser. Obwohl sie sich sicher gewesen war, keine Ruhe zu finden, schlief sie in jener Nacht in Rosario tief und traumlos.

Sehr früh schon am nächsten Morgen ging es weiter. Anna hatte sich kaum notdürftig Gesicht und Hände gewaschen und etwas Brot heruntergewürgt, als sie Pablitos durchdringender Pfiff in den Hof rief. Er hatte Pferde besorgt, einen größeren Braunen für sich und einen kleinen Schecken für Anna. Zweifelnd schaute Anna die Tiere an, aber es ging nicht anders: Sie würde reiten müssen, wenn sie die Strecke in absehbarer Zeit bewältigen wollten. Zu Fuß kamen sie niemals weit genug.

Von Rosario aus ging es für lange Zeit durch vollkommen ebenes Land, wo viele Schafe, gelbliches Gras, aber weder Busch noch Baum zu sehen waren. Gegen Morgen, als sie aufgebrochen waren, war es recht kühl gewesen, und doch schon so hell, dass Anna die Augen hatte zusammenkneifen müssen. Am Horizont hatte sich die Steppe in den Morgennebeln verloren, während die mächtige, weiß glänzende Sonne durch den Dunst gebrochen war und die Erdoberfläche zum Glitzern gebracht hatte. Immer wieder hatten sich in näherer und weiterer Entfernung die Silhouetten von Pferden oder Rindern, manchmal auch von Reitern abgezeichnet.

Sehr bald schmerzte Anna das Gesäß, und sie musste immer neue Sitzhaltungen versuchen, von denen keine auf lange Sicht Besserung versprach. Abends kehrten sie auf einer Estancia ein.

Es war der erste argentinische Bauernhof, den Anna kennenlernte. Es gab ein größeres Gebäude und mehrere Einfriedungen, in denen das Vieh gehalten wurde. Angebaut wurde nichts, weder Brotgetreide noch Gemüse. Als sie auf den Hof zuritten, fiel Anna sofort der seltsame faulig süßliche Geruch auf, der über der Anlage lag. Schaudernd stellte sie bald fest, dass man überall Spuren von geschlachtetem Vieh sah. Stapel von Häuten warteten auf ihren Weitertransport. Schädel, Eingeweide, Hörner, Hufe und Knochen lagen herum, umschwärmt von Aasgeiern, Möwen und anderen Vögeln. Anna spürte, dass ihr übel wurde, und griff die Zügel fester. Pablito warf ihr grinsend einen Seitenblick zu.

»Der Argentinier liebt sein Fleisch«, bemerkte er, »Gemüse, Getreide und der ganze Viehfraß ist ihm ein Graus. Kein *criollo* würde die Viehwirtschaft mit der Milchwirtschaft oder dem Gemüseanbau verbinden, wie ihr Deutschen das macht.«

Anna antwortete nicht, presste stattdessen die Lippen noch fester aufeinander, weil sie fürchtete, sich gleich übergeben zu müssen.

Nach einer Weile aber gewöhnte sie sich an den Geruch, und später tranken sie und Pablito Mate-Tee, ein typisch südamerikanisches Getränk, mit dem Verwalter der Estancia, einem Deutschen, der sich vollkommen angepasst hatte, und dessen Söhne, wie Anna am nächsten Morgen beobachten konnte, in *chiripá* und Poncho wie echte Gauchos auf ihren Pferden hingen.

Zum Abendessen gab es natürlich Fleisch, das allerdings salzlos gegessen wurde. Während Anna schon bald gegen die Müdigkeit ankämpfte, lauschte sie den Reden Pablitos und des Verwalters, die über die Zeiten sprachen, in denen das Vieh noch wild über die Steppe gerannt war und im Bedarfsfall gejagt werden konnte. Zeiten, in denen jeder das Recht gehabt hatte, ein Tier zu töten, wenn er das Fleisch brauchte, nur die Haut musste man dem Besitzer überlassen.

Früh am nächsten Tag ging es weiter durch die Ebene. Anna hatte immer noch Schmerzen, aber sie jammerte nicht. Ab und an tauchten wie schon tags zuvor jene großen Laufvögel auf – Nandus, wie Pablito ihr erklärte –, auch Hirsche waren zuweilen zu sehen, Rinder natürlich, hin und wieder lange Züge beladener Maultiere, die von wild aussehenden Reitern begleitet wurden.

»*Troperos* nennt man sie«, knurrte Pablito, auf Annas Nachfrage hin und fügte dann grinsend hinzu: »Schlimmes Pack.«

Anna runzelte die Stirn. Sie hatte den Eindruck gehabt, Pablito grüße die *troperos* freundlich, als ob ihm manche der Männer nicht unbekannt gewesen wären. Nach einer Weile fasste sie sich ein Herz und fragte ihn.

»Waren Sie auch einmal ein *tropero*?«

Abschätzig blickte Pablito sie an. »Sie sind eine gute Beobachterin, Señora Weinbrenner. Ja, das war ich tatsächlich. Ich war Teil einer solchen Truppe, einer *tropa*, die Waren vom Süden in den Norden und vom Norden in den Süden brachte. Das ist ein uraltes Geschäft in diesen Breiten. Die Maultierkarawanen bewegen sich schon, seitdem die ersten Spanier eintrafen, auf diesen Wegen. Sie brachten und bringen das Silber aus Bolivien zur Küste und transportieren zu den Silberleuten, was diese eben zum Leben brauchen.«

Pablito spuckte aus und trieb sein Pferd dann an, sodass Anna nichts anderes übrig blieb, als ihr Pferd ebenfalls zu einer schnelleren Gangart anzuhalten, um den Anschluss nicht zu verlieren. Mit jedem Tag ritt sie besser. Die Schmerzen beim Sitzen ließen langsam nach.

Im Verlauf der nächsten Tage schlossen sie sich einer *tropa* an, die Waren nach San Miguel de Tucumán brachte. Während Pablito mit dem Anführer verhandelte, an dessen Seite sein Sohn, ein Halbwüchsiger, sowie ein englischer Reisender warteten, bestaunte Anna den Verband von gut zwanzig Knechten und Mägden und einem Vorarbeiter, *capataz* genannt, dazu fünfzig Reservemaultiere und zwölf zweirädrige Karren mit Leinendach, von je drei nebeneinander gespannten Tieren gezogen. Zwar murrte Pablito noch eine Weile über den Preis, den man ihm abverlangte, doch Anna merkte ihm auch die Erleichterung an, die die Sicherheit des Reisens in einer Gruppe mit sich brachte.

Jeden Morgen vor dem Aufbruch nahmen der Herr, die Mägde und Knechte Mate-Tee zu sich, jenes Getränk, das Anna auf der Estancia erstmals probiert hatte. Dem Ritual, das mit der Zubereitung dieses Gebräus einherging, konnte sie aber erst jetzt beiwohnen. Zuerst wurde in eine aus einem

Kürbis gefertigte Schale etwas Yerba gegeben. Diesen Tee gewann man, wie Pablito Anna erklärte, aus den gedörrten Blättern und Zweigen eines Busches oder Baumes. Man mischte ihm großzügig Zucker bei, schließlich goss man kochendes Wasser auf. Der entstehende gelbe Extrakt wurde dann durch eine unten siebartig durchlöcherte Metallröhre, die *bombilla*, aufgesogen. Die Kalebasse war schon nach wenigen Zügen leer und musste neu befüllt werden, stets hielt man einen Kessel kochenden Wassers bereit. Eine ganze Weile gingen so das immer wieder aufgefüllte Gefäß und die *bombilla* von Mund zu Mund, von Herr zu Magd und Knecht, von Frau zu Mann. Alle sogen an dem Trinkröhrchen und niemals, bemerkte Anna, wurde es abgewischt. War dieses Ritual abgeschlossen, brach man auf.

Mittags wurde abgesattelt, um der Hitze zu entgehen. In der Pampa sammelten die Männer des Trupps trockenen Dung zusammen, entzündeten ein Feuer und bereiteten ein Essen zu. Stets gab es *caldo* mit *ají* gewürzt, eine Fleischsuppe mit Pfefferschoten, dazu *asado*, eine Art Kekse, *galletas* genannt, und Wein, und abends, wenn sie auf irgendeiner Estancia Halt machten, noch einmal das Gleiche. Während der Anführer der *tropa* mit seinem Sohn und dem Engländer an einem kleinen Tisch speisten, lagerten Pablito, Anna und die Knechte ringsherum. Die Männer erzählten einander Geschichten, sprachen von Liebesabenteuern, und manch einer lauste genüsslich den Kopf seines Nachbarn. Dort draußen wurde dann das spätere Nachtlager bereitet.

Die *tropa* verließ nun das ebene Land, auf dem weder Baum noch Strauch wuchsen, und kam durch dichte Wälder, in denen hohe, immergrüne Algarrobos, Johannisbrotbäume, mit ihren kräftigen Stämmen und ausladenden Kronen neben Chañares standen, einer Baum- und Strauchart, deren süßliche Samenhüllen dem Verzehr dienten. Sie passierten den breiten, flachen Río Segundo und erreichten in knapp zehn Tagen das in einem Tal gelegene Córdoba mit seinen Kirchen, Klöstern und altertümlichen Gebäuden aus weißem Kalkstein. Auch hier gab es die obligatorische Plaza, doch es blieb keine Zeit zum Verweilen, der erste *tropero* drängte zum Weiterreiten. Im Osten erschienen die ersten Hochanden wie riesige Wellen, die sich am Strand brachen.

Etwa zwei Wochen nachdem sie Córdoba verlassen hatten und nach einem anstrengenden Ritt durch einen fast undurchdringlichen Wald, in dem Quebrachos, eine Baumart mit außerordentlich festem Holz, Chañares und Kakteen standen, erreichten sie schließlich Salinas, die berüchtigte Salzsteppe, mit ihrem weichen, feuchten, blendend weißen Salzboden. Anna konnte nicht glauben, was sie sah. So weit das Auge reichte, Salz, Salz und nochmals Salz. Es warf das Licht zurück und blendete sie, sodass ihre Augen brannten. Nie zuvor war ihr ein Landstrich weniger einladend erschienen. Gerippe von Ochsen und Maultieren lagen am Wegrand, und manches Mal meinte Anna voller Grauen, ein menschliches Skelett gesehen zu haben. Die Quejenes, eine Fliegenart, die sie schon vorher geplagt hatte und deren Stiche langanhaltendes Jucken verursachte, traten jetzt vermehrt auf. Dafür konnten sie sich alle endlich vom Staub erholen, der sie über die letzten Tage der Reise geplagt hatte.

Nach drei Tagen in dieser Einöde erreichte die *tropa* wieder eine bewaldete, jedoch sandige Region. Nur langsam kam man durch den lockeren Boden voran. Abends am Lagerfeuer machten Räubergeschichten die Runde. Anna konnte nicht umhin, Pablito dann und wann einen ängstlichen Blick zuzuwerfen, doch der Gesichtsausdruck des massigen Mannes blieb unbewegt.

In einer der folgenden Nächte übernachteten sie zum ersten Mal seit langem wieder bei einem Haus. Es war nur ein einfaches Lehmziegelgebäude, strohgedeckt und ohne Fenster, ein Stück Leder diente als Tür. Im Inneren standen ein Tisch, einige mit Schaffellen überzogene Sessel und lederne Koffer, in denen die Bewohner ihre Kleidung und weitere Habseligkeiten aufbewahrten. Während der Engländer, der Anführer der Truppe und dessen Sohn dort Unterschlupf fanden, legten sich seine Männer, Pablito und Anna auf der Veranda zur Ruhe. Bettrahmen, mit Lederriemen bespannt und mit Fellen und Ponchos bedeckt, dienten ihnen als Lagerstatt.

Zum Essen gab es an diesem Abend eine große Schüssel Ziegenmilch und Ziegenbraten, von dem sich jeder mit seinem eigenen Messer etwas absäbelte. Der Anführer spendierte Wein. Irgendwann spielte einer der Männer Gitarre, die anderen begannen zu singen, und kurz darauf tanzten einige mit den Mägden.

Etwa einen Monat nach ihrem Aufbruch überschritt der Trupp die Grenze zur Provinz Tucumán und erreichte kurz darauf die gleichnamige Stadt. Der Ort lag in einer Ebene, in der Zuckerrohr ebenso wie Reis, Mais und Tabak angebaut wurde. Außerdem betrieb man Viehzucht. Die meisten Gebäude der Stadt waren von *quintas* umgeben, Gärten, die mit hohen Lehmmauern geschützt wurden. An der mit prächtigen Orangenalleen bepflanzten Plaza lagen zwei Hauptkirchen, das Stadthaus, mehrere Kaffeehäuser und einige ansehnliche Wohnhäuser. In Tucumán verließen Anna und Pablito die *tropa*. Anna war erschöpft, und doch hatten sie ihr eigentliches Ziel noch lange nicht erreicht. Nach zwei viel zu kurzen Tagen der Erholung ging es endlich weiter in Richtung Salta, das sie nach zwölf Tagen erreichten.

Salta war im 16. Jahrhundert an den Ausläufern der Anden gegründet worden und zählte zurzeit der spanischen Besiedlung zu den bedeutendsten Zentren der indianischen Bevölkerung. Der wichtigste Zugang zu den Hochebenen der Anden führte von Salta aus durch das Hochtal der Quebrada del Toro. Trotz der kargen Landschaft hatte diese Route den Vorteil, dass man ohne nennenswerte Höhenunterschiede bis in die Bevölkerungszentren Hochperus kam. Im Osten schirmte die schwer zugängliche und wirtschaftlich weniger interessante Chaco-Ebene sowohl Salta als auch das weiter nördlich gelegene Jujuy gegen die dort lebenden kriegerischen Nomadenstämme ab.

Salta lag wie Tucumán in einer Ebene am Eingang eines breiten Tals. Nach Osten erhob sich der San Bernardo. Nach Norden und Westen stieg das Land langsam an, bis im Westen die Berge ganz urplötzlich in die Höhe wuchsen. Salta lag am Río Arenales, einem Quellfluss des Río Salado, und war umgeben von Tabakplantagen und subtropischen Nebelwäldern. Im Süden begrenzte der Arias-Fluss die Stadt. Die Einheimischen nannten sie *la linda*, die Schöne.

Pablito hatte nicht zu viel versprochen. Es war wärmer als in Buenos Aires, und es war fremdartiger. Die meisten Straßen Saltas waren sehr schmal und von altertümlichen Häusern gesäumt. Der Verkehr war lebhaft und viele Einwohner indianischer Abstammung. Deutlich war dieser Stadt anzumerken, dass das Inka-Reich in seiner südlichen Ausdehnung einst bis in diese Gegend gereicht hatte. Verstört hatte Anna zuerst bemerkt, dass ihr Spanisch sie hier ganz und gar verlassen wollte, bis Pablito sie lachend aufgeklärt hatte, dass es sich bei dem Gehörten wohl um Quechua oder Aymara handelte, beides alte Indianersprachen.

»Sprechen Sie diese Sprachen?«, fragte Anna ihren Begleiter.

»Warum sollte ich eine Indio-Sprache sprechen?«, entgegnete der nur knapp.

Nachdenklich blieb Anna zurück. Pablito war nicht der Erste, der sich abfällig über die Ureinwohner des Landes äußerte.

Für die kommende Nacht hatte Pablito ihr eine private Unterkunft bei einer Familie beschafft. Es gab keine Hotels in Salta, und Reisende mussten sich deshalb auf die Gastfreundschaft der Salteños verlassen.

»Soll ich Sie denn nicht auch das letzte Stückchen Ihres Wegs begleiten?«, fragte er.

Anna zögerte einen Moment. Sollte sie einfach Ja sagen? Was machte das schon – Pablito hatte sie doch gut und verlässlich geführt? Dann aber stellte sie sich vor, mit jemandem wie ihm an der Seite auf der sicherlich hochherrschaftlichen Estancia der Santos aufzutauchen. Nein, dachte sie, das kann ich nicht tun. Also nahm sie allen Mut zusammen und lächelte ihn an.

»Vielen Dank, aber dieses letzte Stückchen Weg werde ich allein gehen müssen.«

Pablito lächelte freundlich zurück. »Dann werde ich mich wohl heute von Ihnen verabschieden. Eduardo hatte Recht, als er sagte, seine kleine Schwester sei eine mutige Frau.«

Anna errötete, und als Pablito wenig später auf sie zuritt und noch einmal schwungvoll den schwarzen Hut vom Kopf riss, hätte sie ihn doch gerne gebeten zu bleiben.

»Mieten Sie sich ein Maultier«, sagte Pablito, den Schecken hatten sie schon bei ihrer Ankunft in Salta abgegeben, »und reiten Sie gleich morgen los.«

Anna nickte. Wenig später war Pablito im Gewühl am Ende der Gasse verschwunden, und Anna war allein. Ein leises Zittern überkam sie, und obwohl sie sich vorgenommen hatte, sich noch ein wenig umzusehen, zog sie sich nun ängstlich in ihr wenig behagliches Zimmer zurück. Ihre Unterkunft hatte keine Fenster, und Anna stellte entsetzt fest, dass sie zudem voller Ungeziefer war. Vollkommen zerstochen erwachte sie am nächsten Morgen und verließ ihre Gastgeber so schnell als möglich.

In den Hauptstraßen und auch auf dem Marktplatz herrschte, wie Anna bald feststellte, schon am Morgen ein ziemliches Gedränge. Wohl aus den umliegenden Tälern kamen Indios auf kleinen Eseln und brachten Holz, Früchte, Gemüse und Getreide zum Verkauf. Am Ufer des nahen Flusses herrschte ein ebensolches exotisches Treiben. Die Angst, die Anna verspürte, wurde langsam von Neugier vertrieben. Sie blieb stehen, um sich genauer umzuschauen.

Am Río Arenales konnte sie keine Weißen entdecken, dafür Frauen aller Hautfarben. Kleinere Indianerinnen standen hier neben groß gewachsenen schwarzen Frauen, schmale neben kräftigen, rundlichen. Unter Lachen wurde Wäsche gewaschen, gespült und ausgewrungen. Muntere Stimmen ließen die Luft vibrieren.

Zum ersten Mal dachte Anna daran, wie lange sie kein deutsches Wort mehr gehört hatte. Als sie sah, wie eine Mutter ihr Kind liebkoste, wurde sie von den Erinnerungen an ihre Tochter von einem Moment auf den anderen überwältigt.

Marlena, dachte sie, und konnte die Tränen plötzlich nur noch mit Mühe zurückhalten. So lange Zeit hatte sie ihr Kind nun nicht mehr gesehen.

Gleich darauf blickte Anna sich unsicher um. Wen sollte sie nur fragen, wie man zur Estancia der Santos gelangte? Wenn sie sich umhörte, so war sie sich sicher, kein Wort zu verstehen, das hier gesprochen wurde. Sie fühlte sich plötzlich entsetzlich müde, die Strapazen der letzten Wochen verlangten ihren Tribut.

Es war wohl ein Moment der Unachtsamkeit, ein Moment, in dem sie die Müdigkeit der langen Reise überwältigte, in dem es passierte. Während Anna sich in Gedanken bei Marlena befand und gleichzeitig die riesige Kathedrale bewunderte, machten Schreie sie darauf aufmerksam, dass irgendetwas nicht stimmte, doch es war schon zu spät. Ein Dieb hatte den Beutel mit ihren Habseligkeiten gepackt und war damit davongestürmt. Ein Mann, der ihn aufzuhalten suchte, kehrte bald unverrichteter Dinge wieder zurück. Zwei Frauen eilten mit mitleidiger Miene auf sie zu. Vor Angst und Panik verstand Anna kein Wort von dem, was sie sagten.

Ich bin allein, dachte sie, allein, ohne Geld, weit entfernt von Buenos Aires und meiner Familie. Die Frauen und der Mann sprachen so schnell auf sie ein.

»Ich bin Deutsche«, stotterte Anna. »Deutsche.«

Der Mann starrte sie fragend an. Eine der Frauen sagte schnell etwas auf Spanisch, und er nickte.

»Es tut mir leid«, sagte er dann langsam, ebenfalls auf Deutsch, aber an seiner Aussprache erkannte sie, dass er ihre Sprache noch weitaus schlechter sprach als sie das Spanische.

Die beiden Frauen hatten sich schon abgewandt, als Anna noch einmal allen Mut zusammennahm: »Die Estancia der Santos? *Permiso*, ich suche die Estancia der Familie Santos.«

Der Mann lächelte plötzlich. »Liegt draußen, nach Westen, ist weit, kann nicht zu Fuß gehen.«

Damit hatte Anna schon gerechnet. Freundlich nickte sie ihren Helfern zu, obgleich es in ihr schrie, sie um Hilfe zu bitten, doch sie konnte nicht. Sie konnte keine wildfremden Menschen um Hilfe bitte. Sie würde sich auf den Weg machen müssen, zu Fuß, ohne ein Reittier, für das sie nun kein Geld mehr hatte.

Entschlossen trat Anna ihren Weg an. In der staubbraunen Ebene fühlte sie sich bald winzig klein. Die Septembersonne war erstaunlich warm. Zuerst begegneten ihr noch Menschen, dann war sie allein. Anna kam an saftig grünen Tabakfeldern vorbei, dann schien die Welt wieder nur aus Staub und Steinen zu bestehen. Bald hatte sie furchtbaren Durst. Seit langer Zeit hatte sie keinen Brunnen, keinen Fluss und kein Wasserloch mehr gefunden. Die Landschaft verschwamm vor ihren Augen. Sie fror und schwitzte gleichzeitig. Wie lange würde es dauern, bis sie die Estancia erreichte? Würde sie am selben Tag noch ankommen, und was würde Viktoria sagen, wenn sie ihre alte Schiffsbekanntschaft wiedersah? Anna fühlte sich vollkommen verloren in der Weite des Landes. Was, wenn Viktoria sie einfach fortschickte? Sie hatte mit einem Mal Angst, furchtbare Angst.

Zwei Arbeiter der Estancia Santa Celia waren es, die die schmale Gestalt als Erste bemerkten, die auf die Hauptgebäude zuwankte. Sie waren es, die der jungen Señora Bescheid sagten, die gerade im Salon einen Tee zu sich nahm. Verwirrt machte die sich in den Hof auf, gerade noch rechtzeitig, um die stürzende Anna aufzufangen.

»Viktoria«, hauchte Anna, »bitte, hilf mir.«

Dann verlor sie das Bewusstsein.

Fünftes Kapitel

»Der Krieg ist ein Geschäft wie jedes andere, Eduard. Er könnte unser Geschäft werden.«

Gustav hatte sich vor seinem Bruder aufgebaut, den rechten Fuß auf einem der Stühle platziert und stützte sich mit beiden Armen auf dem angewinkelten Knie ab. Mit Paraguays Angriff auf das argentinische Corrientes hatte 1865 auch für Argentinien jener blutige Krieg seinen Ausgang genommen, der seit März desselben Jahres zwischen Paraguay und der verbündeten Dreier-Allianz Argentinien, Brasilien und Uruguay tobte.

»Und womit sollen wir Geschäfte machen? Mit Ausstattung und Waffen, mit geschmuggelter Ware für den Gegner? Ich denke doch nicht, dass wir uns für eine Seite entscheiden...«

Von der Zigarre, die Eduard paffte, war nicht viel mehr als ein Stumpen übrig. Er musterte seinen Bruder abschätzig.

»Zum Beispiel.« Gustavs Tonfall signalisierte, dass er wütend war und sich nur mit Mühe beherrschte. »Sie alle müssen ihre Armeen versorgen. Sie alle werden bezahlen, und das nicht schlecht.« Der Jüngere verschränkte die Hände vor der Brust und nahm den Fuß vom Stuhl. »Wir sollten etwas wagen. Wir sollten mehr wagen, als das hier.« Er machte eine verächtliche Bewegung mit der Hand.

Eduard lehnte sich in seinem Sessel zurück. »Aber wir sind gut im Geschäft, Gustav. Ich denke, es ist gut so, wie es ist.«

»Nein. Wir haben keinen Zuwachs mehr. Das ist unsere

Gelegenheit. Alle Truppen, alle Flotten, alle Verpflegung muss über den Hafen von Buenos Aires und über den Paraná. Wer die Waren zusätzlich transportieren kann, ist ein gemachter Mann. Wir haben Verbindungen, und wir sollten sie nutzen, Eduard. Dieser Krieg wird uns reich machen.«

»Sagt wer?«

»Piet.«

»Muss ich den kennen?«

Eduard paffte noch einen Zug. Natürlich kannte er Piet. Dieser Mann war keiner, den er je aus den Augen zu lassen gedachte. Vom ersten Augenblick an hatte er ihn für gefährlich gehalten. Eine falsche Schlange, die sich in seiner Höhle wärmte, bereit, zuzubeißen, wenn die Zeit gekommen war.

Für einen Moment überzog ein Ausdruck jugendlichen Unwillens Gustavs Gesicht. »Piet ist ein kluger Mann«, beharrte er dann.

Eduard ließ die Zigarre sinken und sah seinen Bruder kurz nachdenklich an, bevor er einen Batzen Spucke in der Mundhöhle sammelte und auf den bereitstehenden Spucknapf zielte. Er traf präzise. Gustav verschränkte die Arme vor der Brust. Etwas in Eduard rührte mit einem Mal an den älteren Bruder, der er war, den, der den jüngeren beschützt hatte, der immer für ihn da gewesen war. Sie waren einmal unzertrennlich gewesen. Mit einem Seufzer legte er den Zigarrenstumpen im Aschenbecher ab.

»Und was sagt er, dein Piet?«

»Er sagt, dass wir uns den Krieg nicht entgehen lassen sollten. Er sagt, dass Krieg immer ein gutes Geschäft ist.«

Krieg ... Eduard ließ seinen Bruder nicht aus den Augen. Dann schüttelte er den Kopf.

»Krieg ist vor allem ein schmutziges Geschäft, Gustav, ein sehr, sehr schmutziges Geschäft. Menschen sterben in Kriegen.«

»Das tun sie auch anderswo.« Gustavs Gesicht hatte jetzt etwas Herausforderndes. »Menschen sterben jeden Tag, Eduard. Auch du hast schon getötet.«

Eduard verschränkte die Arme vor dem Leib. »Wenn ich musste.«

»Wenn du musstest? Wirklich?« Das Jungenhafte war auf einen Schlag aus Gustavs Gesicht verschwunden. »Du hast auch töten lassen, mein Lieber. Wenn es dir um das Geschäft ging, war dir doch alles recht, oder etwa nicht, Bruderherz? Es war dir jedenfalls recht, dass ich mir die Finger schmutzig gemacht habe.«

Eduard zuckte kaum merklich zusammen. Er wusste heute, dass das falsch gewesen war, aber es gab eben Dinge, die sich nicht mehr ändern ließen. Heute, dachte er, würde ich die Sache womöglich anders angehen. Er schluckte das Engegefühl in seiner Kehle herunter.

»Ich habe dich nie zu etwas gezwungen, Gustav.«

»Nein? Nun, aber ich habe auch so getan, was nötig war, und das war gut für dich, nicht wahr? Manchmal muss es einen geben, der die hässlichen Entscheidungen trifft.«

Eduard spuckte erneut aus, nahm dann seinen Zigarrenstumpen auf und bemerkte, dass er ihn neu entzünden musste. Während er sich daranmachte, musterte er seinen jüngeren Bruder unter halb gesenkten Augenlidern. Früher hatte ihn der Jüngere rückhaltlos bewundert. In Argentinien hatten sie sich immer mehr voneinander entfernt. Manchmal erschreckte Eduard Gustavs Brutalität, aber er wusste auch, was er an ihm hatte: Gustav hatte von Anbeginn dafür gesorgt, dass sein Platz unangefochten blieb. Er hatte für den Respekt gesorgt, den Eduard sich niemals allein hätte verschaffen können. Der Ältere sog erneut an seiner Zigarre, blies einen Rauchkringel aus.

Vielleicht hatten Gustav und dieser Piet ja Recht. Vielleicht lohnte es sich wirklich, in den Krieg zu investieren. Und wenn er, Eduard, sich jetzt fragte, auf welcher Seite, dann kannte er die Antwort doch schon, oder etwa nicht? Er musste auf allen Seiten investieren. Im Krieg fiel manches Gesetz, das einen am Fortkommen hinderte.

Durch das Fenster des Büros starrte Julius nun schon seit geraumer Zeit in Richtung Hafen. Seine Familie war stets reisefreudig gewesen, und früher war ihm das mutig erschienen, doch nun hatte er den Eindruck, dass sie doch weit weniger wagte als jemand wie Anna. Konnte er nicht immer erwarten, einen Freund der Familie zu treffen oder einen Geschäftspartner des Vaters, ganz gleich, wo er sich befand? War er sich nicht immer sicher, sich Geld leihen zu können, wenn er etwas benötigte? Unterschied sich die Welt der Kaufleute und Händler in Buenos Aires denn so sehr von der, die er von zu Hause gewohnt war? In den meisten Fällen genügte doch sein Name, um sich aller Annehmlichkeiten zu versichern. Vielleicht hatte er sich nur vorgestellt, ein Abenteurer zu sein? Vielleicht hieß wirkliches Abenteurertum, Soldat zu werden oder nach Patagonien zu gehen.

Mit einer Hand stützte Julius sich gegen den Fensterrahmen und seufzte. Er hatte diesen Ozean dort überquert, um sich etwas zu beweisen. War ihm das gelungen? Nun, auf seine Art hatte er sicherlich Erfolg gehabt. Er hatte schnell eine Arbeit gefunden und Freunde, mit denen man seine Abende verbringen konnte. Er hatte seiner Mutter das geliehene Geld früher als erwartet zurückerstatten können und sich bei seinem Vater entschuldigt. Für den hatte allerdings, wie es zu erwarten gewesen war, nur der Erfolg gezählt. Und

Erfolg hatte Julius gehabt. In naher Zukunft stand ihm sicher eine Teilhaberschaft offen, und er hatte auch schon eigene Verbindungen geknüpft. Seit geraumer Zeit *redeten* sein Vater und er wieder miteinander, was in diesem Fall bedeutete, dass sie sich regelmäßig schrieben. Dann berichtete Julius von den Fortschritten, die er machte, und sein Vater teilte Erfahrungen mit, die er im Laufe eines langen, langen Geschäftslebens gemacht hatte. Es war, als hätte Julius nie den Versuch unternommen, sein Leben zu ändern.

Und das war falsch. Julius legte eine Hand an die Stirn. Er hatte einfach nicht den Eindruck, seine Ziele erreicht zu haben, und das würde sich ändern müssen. Noch einen Moment verfolgte Julius das Treiben im Hafen, dann, und mit einem Grinsen, fingerte er einen Silber-Peso aus seiner Westentasche hervor: Kopf oder Zahl, Soldat oder Patagonien – wie würde die Entscheidung wohl ausfallen?

Fünfter Teil

Der alte Norden
September 1866 bis Juni 1867

Erstes Kapitel

Als Anna erwachte, wusste sie im ersten Moment nicht, wo sie war. Sie musste lange geschlafen haben – ihr war, als wäre sie von den Toten erwacht. Verwirrt stützte sie sich auf beide Hände und schob sich in eine sitzende Position. Sie befand sich in einem mit schönen Holzschnitzereien verzierten Bett, das mit hellblauen Vorhängen und einem gleichfarbigen Himmel dekoriert war. Eine weiche Wolldecke und ein Laken hatten ihr als Zudecke gedient, mehrere Kissen lagen verstreut um sie herum. Nachdenklich sah Anna sich in dem prächtig ausgestatteten Zimmer um. Auf dem Boden lag ein gewebter Teppich. Die teils holzgetäfelten Wände zierten Landschaftsgemälde. Vor einem Fenster, dessen Fensterflügel weit geöffnet waren, stand ein zierlicher Damenschreibtisch aus rötlichem Holz. Eine leichte Gardine wehte im lauen Wind.

Von draußen waren Stimmen zu hören, Laute, die man mit der Arbeit auf einem Bauernhof in Verbindung brachte, ab und an das Brüllen einer Kuh, das Geblöke von Schafen und Hundegebell.

Anna setzte die Füße auf den Boden, direkt neben ein Paar Hausschuhe, von dem sie nicht wusste, ob sie es benutzen sollte. Am Fußende des Bettes lag ein Morgenmantel. Sie sah erstaunt, dass sie ein weiches Nachthemd trug. Ihre Kleidung konnte sie nirgendwo entdecken.

Und dann kam auf einmal die Erinnerung zurück: die Reise nach Norden, der lange Fußweg von Salta bis zur Estancia der Santos. Die Begegnung mit Viktoria.

Bin ich tatsächlich angekommen? Habe ich es tatsächlich geschafft?

Anna schaute hinauf in den prächtigen, himmelblauen Betthimmel. Decken und Kissen waren so weich, als wären sie für eine Prinzessin gemacht. Eine Kristallkaraffe – mit Zitronenwasser, wie sie bald feststellte – stand auf einem Nachtschrank neben dem Bett. Sie bemerkte eine Klingelschnur. Gerade noch überlegte Anna, ob sie davon Gebrauch machen sollte, da öffnete sich leise die Tür. Ein blonder Haarschopf schob sich durch den Spalt.

»Anna, bist du wach?«, war eine neugierige Stimme zu hören.

»Viktoria!«

»Darf ich hereinkommen?«

»Natürlich.«

Das ließ sich Viktoria nicht zweimal sagen. Mit raschen Schritten hatte sie Anna erreicht und sich neben sie gesetzt.

»Wie geht es dir? Konntest du dich etwas erholen? Man sagte mir, du seist den ganzen Weg von Salta hierher gelaufen? Stimmt das?«

Anna nickte und musterte die sichtlich aufgeregte Freundin. »Ich bin sogar den ganzen Weg aus Buenos Aires hergekommen.«

Viktoria riss die Augen auf. »Wirklich?« Sie runzelte die Stirn. »Es ist so schön, dass du mich besuchen kommst. Du musst mir unbedingt mehr erzählen. Aber wolltet ihr nicht Land bewirtschaften? Hast du nicht erzählt... Ich nehme nicht an, dass man in Buenos Aires Land bewirtschaften kann.«

»Nein, Buenos Aires ist eine Stadt. Das weißt du ja selbst«, bestätigte Anna. »Mein Vater und mein Mann haben...«, sie zögerte, »... haben dort gearbeitet. Meine Mutter und meine Schwester...«

»Ach ja, dein Mann«, Viktoria lachte. »Wie geht es Kaleb? Kaleb, so hieß er doch, nicht?«

»Er ist tot«, antwortete Anna.

Viktorias munterer Redefluss verstörte sie. Wie sollte es ihr nur gelingen zu erzählen, warum sie gekommen war?

»Oh!« Verunsichert schaute die Freundin Anna an. »Das tut mir leid«, fügte sie leise hinzu.

»Er war krank. Die Schwindsucht, weißt du ...« Anna verdrängte den Gedanken an Kaleb. Sie hatte sich Mühe gegeben, den fröhlichen und starken Mann im Gedächtnis zu behalten, von dem sie ihrer Tochter später erzählen wollte, aber sie sah immer nur den schwächer werdenden, Blut hustenden Kaleb vor sich. »Zum Ende war es eine Erlösung für ihn zu sterben«, fügte sie hinzu und senkte dann den Blick.

Es war eine lange Zeit vergangen, seit sich die beiden Frauen auf dem Schiff getrennt hatten. Drei Jahre lang hatten sie einander nicht gesehen, doch Anna kam es vor, als wären Jahrzehnte vergangen. Sie konnte jetzt nicht mit ihren Bitten herausplatzen, noch nicht.

»Und wie geht es dir, Viktoria?«, fragte sie also.

Viktoria lachte auf. »Ach, was denkst du. Gut geht es mir. Es ist so, wie ich es mir gewünscht habe. Ich habe hier alles, was ich brauche. Wir geben häufig Gesellschaften und Empfänge und Ähnliches, und manchmal geht es auch nach Salta – zum Carnaval zum Beispiel oder am 15. September zu der großen Prozession. Schade, dass du sie gerade verpasst hast. Ich hätte sie dir gerne gezeigt. Es ist nämlich ziemlich beeindruckend.« Sie schenkte Anna ein strahlendes Lächeln. »Konntest du dir Salta ein wenig ansehen? Es ist so eine schöne Stadt. Man nennt sie ja auch die Schöne.« Sie breitete unvermittelt die Arme aus. »Du siehst also, hier ist alles so, wie ich es schon auf der *Kosmos* erzählt habe, einzig ...«

Viktoria hielt einen Augenblick inne und runzelte die Augenbrauen. »... einzig es gibt keine junge Frau außer mir, und manchmal langweile ich mich doch ein wenig. Ich bin also ziemlich froh, dass du ein bisschen Abwechslung bringst.«

»Wie geht es Humberto?«

»Gut. Er arbeitet viel.«

»Er hat sich sicherlich sehr gefreut, dich wiederzusehen.«

»Oh ja, das hat er.« Mit energischen Handbewegungen strich Viktoria ihren Rock glatt, dann lächelte sie Anna an. »Wir haben schon zwei Kinder – Estella, die gerade zwei geworden ist, und den kleinen Paco. Er ist drei Monate alt.«

»Wie schön. Ich habe eine Tochter – Marlena. Sie wird Ende des Jahres auch zwei Jahre alt.« Anna schaute zum Fenster, erneut waren von draußen Stimmen zu hören. »Ich vermisse sie so«, sagte sie traurig.

Einen Augenblick hielten sie die Erinnerungen an Marlena gefangen, dann sah sie Viktoria wieder an. Die musterte Anna eingehend und hatte offenbar gar nicht gehört, was die Freundin gesagt hatte. Aber vielleicht war das auch gut so. Es waren ihre Sorgen, nicht Viktorias.

»Jetzt müssen wir dir aber etwas zum Anziehen besorgen«, rief die jetzt aus, »und dann denken wir uns eine Geschichte aus. Weißt du, wie damals auf dem Schiff. Das war lustig!«

Du hast dir eine Geschichte ausgedacht, dachte Anna, während sie mit einem Mal ein Frösteln überlief, und ich fand es alles andere als lustig. Doch sie beschloss zu schweigen.

Mit einem Mal wusste Anna, dass es nicht leicht werden würde.

Die Estancia der Familie Santos war riesig. Von Viktoria erfuhr Anna, dass man so gut wie alles für den Eigenbedarf anbaute und die Überproduktion verkaufte. Es gab Schafe, Rinder, sogar Milchvieh, Hühner, ein paar Schweine. Auf manchen Feldern wurde Mais angebaut, auf anderen Tabak. In einem großzügigen Garten wuchsen Obst und Gemüse. Sogar eigener Wein wurde gezogen, und der war durchaus schmackhaft.

Obwohl Anna die Sehnsucht nach ihrer Tochter zuweilen überwältigen wollte, konnte sie in den ersten Tagen gar nicht genug bekommen von der prächtigen Einrichtung des Hauses, von jenem fremdartigen Gemisch aus europäischen und einheimischen, sogar indianischen Kunstwerken, die sich auf Santa Celia zu einem ganz eigenen Ensemble zusammenfanden. Durch ein Säulenportal und eine Eingangshalle hindurch führte der Weg in den ersten Patio, von dem aus man in kleinere Büro- und Empfangsräume gelangte. Darüber befand sich ein zweiter Stock mit weiteren Räumlichkeiten und kleinen Balkonen, von denen aus man den Patio überblicken konnte. Gewöhnlich, wusste Viktoria zu berichten, wohnten verheiratete Söhne und Töchter in diesem Teil des Hauses, allerdings standen die Zimmer derzeit leer. Manchmal wurden Gäste dort untergebracht. Sowohl Humberto als auch sie selbst bewohnten Zimmer im unteren Stockwerk, am zweiten Innenhof gelegen.

Dieser zweite, deutlich größere Patio war wiederum durch einen Gang mit dem ersten verbunden und bildete den Lebensmittelpunkt der Familie Santos. Als sie ihn zum ersten Mal betrat, stellte Anna überrascht fest, dass sich dort neben einem wild bewachsenen Bereich, der sie an einen kleinen Dschungel erinnerte, ein kultivierter Garten samt Brunnen befand. Ein Korallenbaum, Zitronen- und Orangenbäume spendeten Schatten. Ganz am hinteren Ende war die Küche untergebracht, außerdem die Vorratsräume und die Unterkünfte der Hausdienerschaft. Und wiederum dahinter lagen die Latrinen, vor deren Eingang ein Trompetenbaum mit seinen charakteristischen Blüten für besseren Duft sorgte.

An diesem Tag zeigte Viktoria Anna die repräsentative Eingangshalle, wo die Porträts der Familie Santos hingen. Anna bewunderte den stattlichen Patriarchen Don Ricardo und seine schöne Frau Doña Ofelia. Stolz und unnachgiebig sah sie auf ihren Betrachter herab, wie ein General, der seine Truppen musterte.

»Sie ist eben eine *de* Garay«, platzte Viktoria unvermittelt heraus.

»Wie bitte?« Anna schaute die Freundin perplex an.

»Eine Nachkommin eines der Gründer von Buenos Aires. Sagt sie jedenfalls. Später sind sie verarmt, nicht durch eigene Schuld natürlich.« Viktoria verzog das Gesicht, als Anna ihr einen prüfenden Blick zuwarf. »Ich habe mir einmal das Haus der Familie in Salta angesehen.«

Gab es da Differenzen? Doch Viktorias Gesicht wirkte schon wieder entspannt. Ich muss mich geirrt haben, dachte Anna. Ihr Blick wechselte zu dem Bild, das Viktorias Ehemann darstellte.

Humberto musste wirklich einmal so gut aussehend gewesen sein, wie Viktoria behauptet hatte, wenn Anna das Bild zum Vergleich nahm, allerdings hatte er in den vergangenen Jahren ganz offensichtlich zugenommen.

Viktorias Kinder dagegen waren wunderhübsch und wirkten sehr zufrieden. Die kleine Estella hatte die dunklen Haare vom Vater, war aber ansonsten ihrer Mutter bis zu den strahlend blaugrauen Augen wie aus dem Gesicht geschnitten. Jetzt schon machte sich bei der Kleinen eine Durchsetzungskraft bemerkbar, die, wie Anna vermutete, noch zu einigen Auseinandersetzungen führen würde. Die Kleine war verwöhnt, aber konnte man es ihr verdenken? Sowohl die Mutter als auch der Großvater lasen ihr jeden Wunsch von den Augen ab.

Der kleine Paco hatte eine dunklere Hautfarbe als seine Schwester und kam mit seinem schwarzen Haar und den dunklen Augen insgesamt wohl eher nach seinem Vater. Er war natürlich noch zu klein, um wirklich am Familienleben teilzunehmen und schlief meist im Arm seiner Kinderfrau Rosalia, einer kleinen Indio-Frau, deren gebogene Nase und glattes schwarzes Haar Anna immer wieder fasziniert betrachtete.

Hier ist das Familienglück perfekt, dachte Anna an einem der ersten Abende, als sie und Viktorias Familie gemeinsam auf der Veranda saßen und zuhörten, wie die Geräusche des Tages verklangen und durch das Wispern und Knistern der Nacht ersetzt wurden. Bei dem Gedanken daran, dass sie diesen Frieden bald mit ihren eigenen Problemen belasten musste, wurde ihr flau im Magen. Die Menschen auf Santa Celia waren so freundlich zu ihr. Don Ricardo und sein Sohn bemühten sich redlich, ihren Gast ins Gespräch einzubeziehen. Doña Ofelia lud Anna sogar ein, sie einmal nach Salta zur Beichte zu begleiten, die sie in regelmäßigen Abständen zu jenem Karmeliterkonvent führte, der einst zu Ehren San Bernardos, des ersten Schutzheiligen Saltas, erbaut worden war. Beinahe besitzergreifend legte Viktoria da eine Hand auf Annas rechten Arm.

»Nun lasst sie doch erst einmal ankommen. Sie hat Salta doch gerade hinter sich gelassen. Vielleicht möchte sie gar nicht so schnell dorthin zurückkehren, nach dem, was passiert ist.«

Natürlich hatte Anna den Santos von dem unglücklichen Diebstahl berichtet, und Don Ricardo hatte ihr angeboten, seine Verbindungen spielen zu lassen und die Diebe zur

Rechenschaft zu ziehen. Mit einem seltsam mulmigen Gefühl in der Magengrube hatte Anna abgelehnt. Jetzt suchte sie nach Worten, doch so schnell wollte ihr das Spanisch nicht über die Lippen kommen.

»Salta ist ohnehin ein einziger Sumpf«, ließ Humberto mit einem leise meckernden Lachen hören. »Man könnte meinen, hier befände sich das Paradies: Die Sonne scheint viel, das Klima ist trocken. Aber von unten, von unten, da drückt die Feuchtigkeit unablässig nach oben. Es gibt Leute, die nennen unsere schöne Stadt ein großes Krankenasyl. Jedes Jahr gibt es Tote – Cholera, die Pocken, Diphtherie, Malaria...«

Mit einer Handbewegung brachte Don Ricardo seinen Sohn zum Schweigen. »Hören Sie nicht auf ihn, Señora...?«

»Weinbrenner.«

»Ach ja, Weinbrenner.« Der Name hörte sich seltsam aus Don Ricardos Mund an. Er lächelte sie freundlich an. »Darf ich Anna sagen?«

Ana sagte er, nicht Anna, kurz gesprochen wie im Deutschen.

Anna nickte, bemerkte den scharfen Blick, den ihr Doña Ofelia zuwarf, und beugte sich verwirrt über den Teller mit *empanadas*, gefüllten Teigtaschen, und Früchten, den ihr eines der Indio-Mädchen reichte. Mit Essen wurde sie auf Santa Celia stets gut versorgt, doch es wollte ihr einfach nicht gelingen, die Dinge anzusprechen, wegen derer sie gekommen war. Im Geiste hatte sie ihre Bitten schon mehrfach formuliert, doch sie wollten ihr nicht über die Lippen kommen. Die Santos hatten sie mit offenen Armen als ihren Gast empfangen. Viktoria hatte ihr Kleidung geschenkt, denn das, was sie noch am Leib trug, war auf der langen Reise verschlissen und so verschmutzt, dass es kaum noch zu reinigen gewesen war. Wie konnte sie da noch mehr fordern? Anna nahm ein paar Weintrauben von ihrem Teller. Sie kam sich undankbar vor und wusste doch, dass sie sich solche Gedanken nicht leisten konnte. Sie war hier, damit es ihrer Familie und vor allem Marlena einmal besser ging.

»Es ist so schön, dass du mich besuchen kommst!«, rief Viktoria nicht zum ersten Mal unvermittelt aus und hielt Annas linken Arm fest umschlungen, als sie später noch einen Spaziergang durch den äußeren Garten machten.

Anna seufzte innerlich auf. Warum machte es ihr Viktoria nur so schwer? Glaubte sie wirklich, dass sie, Anna, sich auf den langen Weg von Buenos Aires in den Norden gemacht hatte, nur um ihre alte Schiffsbekanntschaft wiederzusehen? Warum fragte sie nicht, was Anna nach Salta geführt hatte? Aber diesen Gefallen tat Viktoria ihr nicht. Anna atmete durch und nahm allen Mut zusammen.

»Viktoria?«, sagte sie dann mit leiser Stimme. »Viktoria, ich ...«

»Eistee?« Sie hatten ein Tischchen mitten im Garten erreicht, auf dem eine Karaffe mit einer verlockenden karamellbraunen Flüssigkeit stand. Am Nachmittag hatte es geregnet, und von den Ästen fielen Wassertropfen herab. »Es ist für diese Jahreszeit schon ganz schön warm«, fügte Viktoria hinzu.

Noch bevor Anna hatte antworten können, hielt sie ein Glas in der Hand. Auch Viktoria füllte sich etwas von dem Getränk ein und trank gleich einen großzügigen Schluck.

»Probier doch mal«, forderte sie die Freundin auf.

Anna tat, wie ihr geheißen, ließ das Glas dann wieder sinken.

»Viktoria, ich ... ich wollte dir sagen, warum ich hier bin. Ich wollte dich um etwas bitten.«

Viktoria hob die Augenbrauen. Anna fühlte sich plötzlich

klein und elend, doch Viktoria hörte ihr aufmerksam zu, als sie in groben Zügen schilderte, was seit ihrer Ankunft passiert war und wie sie darauf hoffte, ihr Leben zum Besseren wenden zu können.

»Natürlich werde ich dir helfen«, rief sie dann leichthin aus. »Das versteht sich doch von selbst.« Anna öffnete den Mund, um sich zu bedanken, wurde jedoch schon von der Freundin unterbrochen. »Aber jetzt denken wir erst mal nicht daran, ja? Du bist gerade angekommen. Es gibt noch so viel von früher zu erzählen!«

Anna schloss den Mund unverrichteter Dinge. Irrte sie sich, oder hatte Viktorias Stimme gezittert? Sie konnte sich einfach keinen Reim darauf machen. Eigentlich konnte sie sich auf vieles, was sie in der Zeit seit ihrer Ankunft erlebt hatte, keinen Reim machen.

Viktoria saß an ihrem Frisiertisch, hatte beide Ellenbogen auf die Tischplatte abgestützt und verharrte mit dem Gesicht nur wenige Fingerbreit vom Spiegel entfernt. Das vierte Weihnachten in der Neuen Welt näherte sich. Der vierte Heiligabend, an dem sie schwitzen würde, an dem sie deutsche Weihnachtslieder sang und sich falsch dabei vorkam. Nicht zum ersten Mal hatte sie schlecht geschlafen. Der Gedanke an das, was die Zukunft bringen mochte, hatte die Furcht vor Annas baldiger Abreise noch verstärkt. Sie wollte nicht, dass die Freundin schon wieder wegfuhr. Sie wollte sich nicht wieder einsam fühlen, und deshalb konnte sie auch nicht zulassen, dass Anna ihre Abreise vorbereitete.

Natürlich hatte sie gewusst, dass es einen Grund geben musste, der Anna den weiten Weg hatte antreten lassen. Nun kannte sie ihn, aber sie würde dafür sorgen, dass Anna noch blieb. Mit einem Anflug von schlechtem Gewissen dachte sie an Annas kleines Mädchen und schob den Gedanken wieder von sich. Sie fühlte sich einsam. Noch niemals hatte sie sich so einsam gefühlt wie in den Monaten nach Pacos Geburt, und sie war sich doch die Nächste. Sie konnte Anna nicht gehen lassen. Sie hasste dieses Leben hier, dieses Leben zwischen Lug und Trug. Sie wollte Pedro die Wahrheit sagen und sah sich außerstande dazu. Wenn sie doch nur Anna von dem jungen Halbindianer erzählen könnte, aber auch das war unmöglich. Das Leben war wie ein Spinnennetz, in dem sie sich verfangen hatte.

Ich sehe müde aus, dachte Viktoria, und betastete mit den Fingerspitzen die zarte Haut unter ihren Augen. Ich hasse dieses Leben hier, diesen Käfig, in den man mich gesteckt hat.

»Ich werde Anna nicht von Pedro erzählen«, flüsterte sie ihrem Spiegelbild zu.

Die Freundin würde den jungen Vormann in den nächsten Tagen als denjenigen kennenlernen, der die junge Señora und ihren Besuch aus Buenos Aires auf Ausritten begleitete. Jetzt, da Anna da war, würden sie einander wieder näher sein können. Zum ersten Mal seit langem würden sie stolz und aufrecht gemeinsam zum Tor hinausreiten, das hatte sie Don Ricardo abgerungen.

»Ich möchte Señora Weinbrenner die schöne Gegend zeigen, und Humberto wird auf der Estancia gebraucht. Erlaubst du es, dass Pedro uns begleitet, Don Ricardo? Bitte!«

Sie erinnerte sich daran, dass ihre Stimme geklungen hatte wie die eines kleinen Mädchens. Sie erinnerte sich an den Blick aus Don Ricardos dunklen Augen. Er hatte sie taxiert, wie er einen *peso feble* zu betrachten pflegte, der zwischen seine guten Pesos geraten war, einen jener bolivianischen Pesos mit niedrigem Silbergehalt. Als er brummend und sehr plötzlich zu lachen begonnen hatte, hatte sie sich nur mit Mühe beherrschen können, nicht zusammenzuzucken.

»Gut«, hatte er dann gesagt, »wie die Dinge stehen, werde ich dir die Ausflüge wohl gewähren können.«

Ich bin sechsundzwanzig Jahre alt, eine erwachsene Frau, hatte Viktoria da gedacht, ich habe zwei Kinder. Ich sollte nicht um Erlaubnis bitten müssen. Doch sie hatte nur gelächelt und sich darüber gefreut, dass sie Pedro würde nah sein können, ohne sich verstecken zu müssen. Sie würde ihm nah sein, und sie würde es genießen.

Viktoria riss sich aus ihren Gedanken und sah ihr Spiegelbild erneut an. Da glomm etwas in ihren Augen, etwas, das von der Unzufriedenheit zeugte, die sie mit aller Macht verborgen hielt. Sie war immer ehrlich gewesen – im Grunde genommen hasste sie nichts mehr als Lügen –, doch in ihrem Leben war Ehrlichkeit kein Gut mehr von Bedeutung.

»Du hast eine wirklich schöne Frau, Humberto, und sie ist darüberhinaus sehr verständig. Ich weiß nicht, wie jemand wie du ausgerechnet an eine solch schöne, verständige Frau geraten konnte.« Don Ricardo bedachte seinen Sohn mit einem langen Blick. »Nun gut, schön bist du auch, aber ob du verständig bist?« Ricardo lachte auf. »Vielleicht sollte ich meinen Besitz ja deiner Frau überlassen, sie würde sicher etwas daraus machen.«

»Das kannst du nicht tun.«

Humberto, der sich in den Besuchersessel des Arbeitszimmers seines Vaters gefläzt hatte, als sei er dreizehn Jahre alt und nicht schon fünfunddreißig, setzte sich auf und schenkte sich aus einer Karaffe, die auf einem Beistelltisch stand, ein Glas Rum ein.

»Was kann *ich nicht* tun?« Hohn verzog Don Ricardos Gesicht. »Du hast wohl immer noch nicht verstanden, was ich alles kann, mein Lieber.« Er lehnte sich in seinem Stuhl zurück. »Hast du sie geliebt?«, fragte er dann.

»Nein.«

Humberto sah seinen Vater an, als könne er seine Antwort selbst nicht fassen. Er dachte an jenen Tag vor Notre-Dame zurück, als er Viktoria zum ersten Mal in Begleitung ihrer Eltern gesehen hatte, so frei und ungebunden und wunderschön war sie ihm da vorgekommen. Sie hatte einen tänzelnden Schritt gehabt – war nicht so hüftsteif gegangen wie die anderen europäischen Frauen. Die ist es, hatte er gewusst. Er hatte sie verfolgt, hatte vor ihrem Hotel gewartet wie ein liebestoller Grünschnabel, bis er sie allein in der Lobby gesehen hatte – und dort hatte er sie dann angesprochen. Zum ersten Mal in seinem Leben hatte er eine eigene Entscheidung getroffen. Es hatte sich gut angefühlt.

Don Ricardo lachte und holte so seinen Sohn in die Realität zurück. »Also wenigstens geliebt hast du sie nicht, wenigstens das nicht, wenigstens das. Es macht nämlich keinen Sinn, die Frauen zu heiraten, die man liebt, mein Sohn, das sage ich dir. Obwohl ich's nicht verstehen kann, sie ist eine schöne Frau. Nun gut, ich glaube, ich habe dich ohnehin noch nie verstanden.«

Humberto wich dem Blick seines Vaters aus und antwortete nicht. Er hatte gelogen, er hatte Viktoria tatsächlich geliebt, aber er konnte sich ums Verrecken nicht mehr daran erinnern, wie es begonnen hatte. Vielleicht war es dieser erste Moment gewesen: sie, vor Notre-Dame, wie sie ihre Haube mit einer Hand festhielt, damit der Wind sie nicht davonwehte, ihr blondes Haar, die schmale Taille, die ausladende Krinoline, die ihm zeigte, dass sie jemand war, der sich nicht versteckte. Ja, es war ihre Stärke gewesen, die ihm imponiert hatte. Vielleicht hatte er aber auch zu viel Rotwein getrunken in Paris oder zu viel von diesem grünen Höllenzeug, dem Absinth. Es gab Tage, an die er sich nicht erinnern konnte, Tage, die er im Rausch verbracht hatte.

Er musste sich plötzlich anstrengen, ein Grinsen zu unterdrücken. Humberto hatte sich stets die Bewunderung seines Vaters gewünscht, aber eigentlich wusste er längst, dass er diese nie erhalten würde. Für einen Moment dachte er an die kleine Hure aus Salta, die er kürzlich zu sich ins Bett geholt hatte. Vielleicht würde er sie wieder einmal zu sich holen. Er bezahlte gut, sie würde nicht Nein sagen, trotz der blauen Flecken, die er ihr zugefügt hatte. Dass er zugeschlagen hatte, war zum ersten Mal passiert. Als er ihre Schmerzensschreie gehört hatte, hatte er plötzlich nicht mehr aufhören können. Ihre vor Angst geweiteten Augen hatten ihm ein seltsames Wohlbefinden verschafft, ein Gefühl der Macht, von dem er nicht mehr hatte lassen wollen. Danach hatte er verlangt, ihn in den Arm zu nehmen und zu trösten. Hatte sie da nicht gesagt, sie würde immer mit ihm kommen, wenn er sie nur fragte?

Humberto leerte sein Glas. Er sah seinen Vater immer noch nicht an.

»Viktoria ist charmant. Sie weiß sich zu benehmen«, sagte Don Ricardo in die Stille.

Sie ist nicht so ordinär wie deine Huren, ergänzte Humberto bei sich die Worte seines Vaters. Aber was sollte er tun? Er liebte diese anschmiegsamen dunkelhäutigen Weiber – und besonders eines davon. Ich würde sie heiraten, dachte er, wäre ich nicht schon verheiratet. Ich würde sie heiraten, um nur einmal im Leben zu sehen, wie dieser blasierte Ausdruck aus deinem Gesicht weicht, Vater. Und weil ich sie liebe. *Sie* liebe ich wirklich. Entschlossen räusperte er sich.

»Aber du hast mich sicherlich nicht hergebeten, um über meine Frau zu sprechen, oder etwa doch, Vater?«

Don Ricardo seufzte. »Nein, das habe ich tatsächlich nicht.« Er begann damit, einige Papiere auf dem Schreibtisch zu ordnen. »Es geht um ein Geschäft.«

Endlich sah Humberto seinen Vater an. Das Geschäft – seine Augen begannen zu leuchten. Vielleicht war es ja nun an der Zeit, dass der Vater ihn in jene Dinge einweihte, von denen sein Sohn lediglich etwas ahnte – auf welche Weise es dem Vater beispielsweise immer wieder gelang, schlechte bolivianische Silbermünzen gegen gute Waren einzutauschen.

Anna war jetzt seit einigen Wochen auf Santa Celia und ihrem Ziel keinen Schritt näher gekommen. Wenn sie wieder auf ihre Bitte zu sprechen kommen wollte, beschied Viktoria sie, dass eine Rückreise während der Sommerzeit mit ihren teils heftigen Regenfällen ohnehin besser vermieden werden sollte. Viktoria blieb dabei gleichbleibend freundlich und zeigte sich immer wieder geradezu überschäumend vor Glück, die Freundin zu Gast zu haben. Manchmal hatte Anna den Eindruck, Viktoria wolle sie in Wirklichkeit gar nicht mehr gehen lassen.

Vielleicht, überlegte sie, fühlt sich Viktoria einsam. Humberto war schließlich oft unterwegs, und es gab sonst kaum jemanden, mit dem sich die junge Frau austauschen konnte. Auf Ausflügen wurden sie jetzt von einem Pedro Cabezas begleitet, einem der Vorarbeiter Santa Celias, der die beiden jungen Frauen höflich behandelte, sich ihnen gegenüber aber sonst verschlossen gab. Pedro war der erste Indianer – nun ja, Halbindianer –, mit dem Anna einige Worte wechselte, doch als sie mehr von ihm zu erfahren versuchte, wollte er ihre Neugier nicht befriedigen.

»So sind sie eben«, hatte Viktoria einmal gesagt, als Anna wieder einmal Fragen gestellt hatte, auf die sie höfliche, aber zumeist einsilbige Antworten erhalten hatte, »verschwiegen wie ein Grab.«

Anna war rot geworden. Eigentlich war es wirklich unhöflich von ihr. Sie hatte kein Recht, diesen Mann auszufragen. Sie lenkte ihr Pferd zur Seite, ließ es zurückfallen und ritt hinter Viktoria und Pedro her.

Wie so häufig musste Anna plötzlich an Marlena denken. Sie vermisste ihr Kind. Es tat schrecklich weh, die Kleine nicht bei sich zu haben, noch mehr, wenn sie Estella beim Spielen beobachtete. Sicherlich hatte Viktoria Recht, wenn sie darauf hinwies, dass der Hochsommer nicht die richtige Reisezeit war, aber zugleich konnte Anna ihre Tochter unmöglich länger als nötig allein lassen. Sie musste sich also zweifelsohne noch einmal einen Ruck geben und mit Viktoria über den Ernst der Lage sprechen.

Eines Abends – Anna saß in einem Schaukelstuhl im zweiten Patio, aß von den Feigen, die ihr eine der Indio-Dienerinnen gebracht hatte, und dachte darüber nach, was sie Viktoria zu sagen gedachte – war draußen Hufgeklapper zu hören, dann klangen Männerstimmen aus dem ersten Patio. Bald danach klappte die Haustür. Offenbar hatte Don Ricardo Geschäftsfreunde zu Gast. Es würde also keine gemeinsame Abendplauderei geben, und sie konnte Viktoria in Ruhe aufsuchen. Vielleicht war ja der heutige Abend die Gelegenheit, auf die sie so lange gewartet hatte.

Doch Viktoria war nicht in ihrem Zimmer. Anna fand sie auch nicht auf der Veranda und nicht im Stall bei ihrem Lieblingspferd oder in der kleinen grünen Dschungelhölle des zweiten Patios. Wo steckte sie nur? Anna beschloss, es im Salon zu versuchen. Erwartungsvoll öffnete sie die Tür – und erstarrte.

Nein, das war unmöglich, das war ganz und gar unmöglich. Ein junger Mann stand, beleuchtet vom Schein einer Öllampe, vor dem nachtdunklen Fenster, schlank, ordentlich gekleidet, das dunkle Haar sorgfältig gekämmt – nur eine Strähne hatte sich daraus gelöst und fiel ihm verwegen in die Stirn. Anna erkannte ihn sofort. Sie hatten Glück und Leid der Reise miteinander geteilt. Sie hatten sich getrennt und wiedergetroffen. Sie hatte versucht, ihn zu vergessen, hatte ihn dann wieder vergeblich gesucht, und doch war er immer in ihren Gedanken gewesen.

»Julius«, hauchte sie.

Er schaute sie einen Moment lang nur an, wohl ebenso überrascht wie sie, denn er suchte offensichtlich nach Worten.

»Anna«, brachte er endlich heraus.

Eine ihrer Hände schloss sich um den Stoff des Rocks. Sie war mehr als froh, dass Viktoria ihr mit Kleidung ausgeholfen hatte – wie erbärmlich hätte sie sonst jetzt ausgesehen.

»Was machst du hier?«

Sie konnte sehen, wie Julius schluckte, sah die Verblüffung in seinem Gesicht. Seine Stimme klang heiser, als er antwortete.

»Ich bin Geschäftspartner der Santos geworden. Du erinnerst dich an meinen Plan?«

»Ja.«

Anna nickte. Sie erinnerte sich auch noch an so viele andere Dinge, Dinge, die ihr wesentlicher erschienen: seine Art, sie anzublicken, eine flüchtige Berührung, seine Stimme. Besonders seine Stimme, die sie aus so vielen anderen heraus erkannt hätte. Sie holte tief Luft.

»Und Jenny? Was macht sie, geht es der Kleinen gut?«

Julius nickte. »Ich habe eine Familie für sie gefunden und

besuche sie regelmäßig. Sie fragt auch immer nach dir.« Er hielt kurz inne. »Ich habe von deinem Mann gehört.«

Anna schüttelte den Kopf. Sie wollte nicht darüber reden. Einen Augenblick breitete sich Schweigen wie ein schweres Tuch über den Raum, dann holte Julius tief Luft.

»Ich habe dich vermisst, Anna. Einmal habe ich dich in Buenos Aires gesehen, aber dann warst du gleich weg...« Er trat einen Schritt auf sie zu, sprach jetzt leiser. »Bist du vor mir davongelaufen?«

Anna konnte Julius nicht ansehen. Ja, dachte sie, das bin ich. Ich wollte nicht, dass du mich so siehst, und du solltest mich nicht so ansehen, denn das, was ich in deinen Augen lese, kann ich auch heute nicht erwidern. Sie zuckte die Achseln.

Julius lächelte. »Reden wir nicht darüber. Jetzt bist du hier. Jetzt haben wir Zeit, einiges nachzuholen.«

Die nächsten Wochen gehörten zu den schönsten, die Anna seit ihrer Ankunft in der Neuen Welt verlebt hatte. Sie und Julius waren sich auf dem Schiff doch fremd geblieben, nun kamen sie sich in wahrer Freundschaft näher. Morgens frühstückten sie gemeinsam an einem Tisch im Garten. Die Tage vergingen in träger Gleichmäßigkeit.

Immer wieder überlegte Anna jedoch, ob sie Julius auf Viktorias seltsames Verhalten ansprechen sollte. Sie war sich mittlerweile sicher, dass irgendetwas mit der Freundin nicht stimmte. Oder bildete sie sich das doch nur ein? Warum sollte jemand wie Viktoria, der ein so sorgloses Leben führen konnte, etwas vor den anderen verbergen? Anna verwarf den Gedanken, Julius zu fragen, wieder.

Abgesehen von ihrer Tochter, die ihr schmerzlich fehlte,

vermisste Anna nichts. Abends dachte sie viel an Marlena. Manchmal stellte sie sich vor, wie ihr kleines Mädchen mit Estella zusammen spielte, wie sie, die viel zu ernst war für ihr Alter, einfach nur Kind sein konnte. Aber dies blieb der einzige Wermutstropfen.

Seit Julius auf der Estancia der Santos eingetroffen war, schlief Anna fester in ihrem weichen Bett, geschützt vor dem Lärm und den Mühen der fernen Stadt. Seit er eingetroffen war, war sie sich sicher, dass es für alles eine Lösung gab, und sie war sich ebenso sicher, dass Viktoria ihr helfen würde, wenn sie sie nur danach fragte. Sie konnte es genießen, keinen Hunger mehr zu leiden. Sie musste um nichts kämpfen, und sie hatte sich um nichts anderes zu kümmern, als es sich gut gehen zu lassen. Es war verführerisch. Verführerisch war es auch, zu vergessen, was hinter ihr lag, zu vergessen, was sie geplant hatte. Hier gab es Sicherheit. Manchmal wünschte Anna sich, das alles mit ihrer Familie teilen zu können – doch das war unmöglich.

Seit ihrer ersten Begegnung im Salon wich ihr Julius kaum von der Seite. Er erzählte von dem Kontor, in dem er arbeitete, von den ersten Geschäften auf eigene Rechnung und seinen ersten Erfolgen. Er erzählte von seinen Kollegen und von größeren und kleineren Reisen durch das Land. Er sprach von Jenny, die bei den Goldbergs wohnte. Er berichtete ihr von einem Buenos Aires, das sie bisher nur aus der Ferne kannte. In diesem Buenos Aires gab es kein Leid und keinen Hunger. In diesem Buenos Aires gab es Restaurants und Kaffeehäuser und glückliche Menschen, die aufs Land – auf den *campo* – hinausfuhren, um sich von der Stadt zu erholen und sich ein *asado* schmecken zu lassen.

Manchmal wünschte Anna sich, diese gemeinsame Zeit möge niemals zu Ende gehen. Dann wieder sehnte sie sich zurück an die Seite ihrer Familie – und vor allem zu ihrer Tochter. Am Weihnachtsabend weinte Anna in ihr blütenweißes Kissen, obwohl sie keinen Hunger litt und keine Angst vor dem nächsten Tag zu haben brauchte. Sie fühlte sich, als habe man ihr das Herz herausgerissen, und die Trennung schmerzte sie, als habe sie sich selbst ins Fleisch geschnitten.

Eines späten Abends zu Beginn des neuen Jahres fand sich Anna allein mit Julius im Salon. Nach einem warmen Tag ließen samtweiche Winde die Seidenvorhänge vor den Fenstern wehen und streichelten ihre erhitzten Gesichter. Eine kleine Gesellschaft war zu Gast gewesen. Männer von den umliegenden Estancias, Geschäftsleute aus Salta. Man hatte gut gegessen und eigenen Wein getrunken. Das Gespräch hatte sich unter anderem um Felipe Varela gedreht, einen aus Catamarca stammenden Aufrührer, der auf das Recht der Provinzen pochte, eigene Zölle zu erheben, und die Gegend um Salta in den letzten Jahren immer wieder einmal in Angst und Schrecken versetzt hatte. Vor kurzem erst waren die Gäste zu Kutsche oder zu Pferd aufgebrochen, begleitet von einigen Männern Don Ricardos, denn vor Strauchdieben oder Männern vom Schlage Varelas konnte man in diesen Zeiten nie sicher sein.

Anna und Julius standen vor den weit geöffneten Verandatüren und lauschten dem verklingenden Knirschen der Kutschenräder im Kies und dem stetig leiser werdenden Hufschlag.

»Señora Sancha Rodriguez sieht aus wie ein Pelikan«, sagte Julius unvermittelt.

Anna, die eben noch in Gedanken versunken gewesen war,

musste lachen. Julius hatte ihr die seltsam aussehenden Vögel damals auf der Reise, als das Land schon nahe gewesen war, gezeigt. Sie hatten das Wasser mit ihren seltsamen Schnäbeln nach Fischen durchpflügt. Es waren keine besonders schönen Vögel, und Julius hatte Recht: Señora Rodriguez sah ihnen tatsächlich ähnlich.

Anna drehte sich zur Seite und musterte Julius' Profil. Seine Nase war gerade und nur eine Winzigkeit zu lang. Die Unterlippe war ein wenig voller als die obere, was auf einen cholerischen Charakter hinwies, wie ihre Mutter immer zu sagen pflegte. Anna stieß einen Seufzer aus. Julius wandte sich ihr jetzt zu. Für einen Moment dachte sie, er wolle sie berühren. Unwillkürlich hielt sie den Atem an.

»Anna?«

Seine Stimme erschien ihr so samtig wie der Abendwind. Ich will, dass er mich berührt, schoss es ihr durch den Kopf, ich will seine Haut spüren. Aber ich darf so etwas nicht denken, ich darf es nicht. Ich habe eine Tochter. Meine Familie in Buenos Aires wartet auf mich.

»Ja?«

Sie sah seinem angespannten Gesicht an, wie es in ihm arbeitete. Mit einem Mal streckte er die Hand aus.

»Gib mir bitte deine Hand.«

Obwohl sie sich vorgenommen hatte, Distanz zu wahren, zögerte Anna nicht. Julius' Händedruck war fest und warm. Einen Moment schwieg er noch, sah sie an, schien etwas in ihrem Blick zu suchen.

»Als du das Schiff verlassen hast, damals in Buenos Aires«, sprach er dann langsamer weiter, »habe ich befürchtet, dass ich dich nie wiedersehe.«

Anna wich seinem Blick aus. Und ich habe dich nicht wiedersehen wollen, fuhr es ihr durch den Kopf, ich habe gedacht, dass nun jeder von uns in seine Welt zurückgekehrt, und dass das gut so ist.

»Und dann habe ich dich gesucht«, fuhr Julius fort. »Ich wollte die Hoffnung einfach nicht aufgeben. Als ich dich dann plötzlich wiedersah, damals vor dem Restaurant, da war ich überrascht, dass du ... Sag mir, warum bist du vor mir davongelaufen?«

Anna hob, wie schon beim ersten Mal, als er sie darauf angesprochen hatte, die Schultern und ließ sie wieder sinken. Sie wusste es selbst nicht mehr. Es war ihr einfach unmöglich gewesen, stehen zu bleiben. So hatte er sie nicht sehen sollen, so schmutzig und übel riechend, so müde und hungrig. So verzweifelt. Mit einem Ruck zog Anna ihre Hand aus Julius' Umklammerung.

Er räusperte sich. »Ich habe lange über das nachgedacht, was ich dich jetzt fragen werde, Anna«, sagte er dann entschlossen. »Glaube also nicht, dass dies ein Einfall des Moments ist.«

Julius versuchte sie anzulächeln, doch das Lächeln geriet unsicherer, als sie es von ihm gewohnt war. Irgendetwas im Tonfall seiner Stimme ließ sie den Kopf heben. Julius' Gesichtsausdruck war sehr ernst.

»Anna Weinbrenner«, sagte er mit rauer Stimme, »willst du meine Frau werden?«

Zweites Kapitel

Hatte Julius wirklich um ihre Hand angehalten?

Anna hatte die ganze Nacht keine Ruhe gefunden und war erst gegen Morgen in einen unruhigen Schlaf gefallen. Als sie erwachte, stand die Sonne schon hoch am Himmel. Sofort nagte das schlechte Gewissen an ihr.

Himmel, wie spät mochte es sein? Als sie zum letzten Mal der Glocke der Standuhr gelauscht hatte, war es fünf Uhr gewesen, und sie hatte immer noch wach gelegen.

Draußen waren plötzlich Stimmen zu hören, dann rasche Schritte. Es klopfte.

»Herein.«

Anna sah zur Tür. Ein Kopf mit sorgfältig gescheiteltem pechschwarzem Haar schob sich sogleich durch den Türspalt. Schwarze Augen blitzten sie an.

Rosita, dachte Anna, Viktorias persönliche Dienerin. Rosita lächelte sie an.

»Die junge Señora hat gesagt, dass ich beim Ankleiden helfen soll.«

»Mir? Beim Ankleiden? Ich werde mich doch wohl noch allein anziehen können.«

Anna wollte auflachen, da fiel ihr Blick auf ein Kleid, das über den zierlichen Frisierstuhl drapiert worden war. Lag es für sie dort bereit? Unvermittelt stieß sie einen leisen Laut des Erstaunens aus. Zwei Schritte, und sie konnte es mit den Händen berühren. Noch nie zuvor hatte sie so etwas Prachtvolles gesehen. Noch nicht einmal zu ihrer Hochzeit hatte sie so etwas Schönes getragen. Sie erinnerte sich, dass sie und Kaleb ihren Sonntagsstaat trugen. Die Farben waren ausgewaschen, Kalebs Hemd war geflickt, und an seinem Rock fehlte ein Knopf. So lange hatte sie nicht mehr an ihren Mann gedacht. Für einige Atemzüge empfand Anna Schmerz darüber. Es war ein Teil ihres Lebens, der hinter ihr lag und niemals wiederkehren würde. Eines schweren Lebens, in dem sie sich doch Hoffnungen gemacht hatte, in dem sie geträumt hatte, gemeinsam mit Kaleb, mit dem sie alt hatte werden wollen.

Anna betrachtete den in Braun- und Goldtönen schimmernden Stoff und den spitzenverzierten Kragen des Kleides auf dem Frisierstuhl und fragte sich, wie Viktoria dazu kam, ihr eine solche Kostbarkeit zu geben. Wusste sie...? Aber nein, Anna verwarf den Gedanken wieder. Sanft strich sie mit den Fingerspitzen über den Spitzenbesatz der Ärmel, so hauchfein, dass sie befürchtete, ihn durch eine unbedachte Bewegung zu zerstören. Mit aller Beherrschung verdrängte sie den Gedanken an den Tag auf dem Schiff, als sie schon einmal ein ähnlich schönes Kleid getragen hatte, doch heute war etwas anderes viel wichtiger.

Hatte Julius wirklich ehrlich gemeint, was er ihr am Abend zuvor gesagt hatte, oder trieb er einen bösen Scherz mit ihr?

Anna warf den Kopf zurück. Ihr dunkles lockiges Haar tanzte über ihren Rücken und streichelte ihre Arme. Sie erhaschte einen Blick von sich in dem großen Spiegel über dem Frisiertischchen, und sie wusste, dass er es ernst gemeint hatte: Sie sah es an ihrem eigenen Gesicht. Sie las es in ihren Augen, die strahlten wie schon lange nicht mehr.

»Darf ich anfangen, Señora?«

Anna schaute die Indio-Frau an. »Natürlich, Rosita.«

Anna betrachtete die kleine Frau genauer. Wie alle Hausdienerinnen trug Rosita das lange Haar zu einem Knoten aufgesteckt, ein graues Kleid und eine weiße Schürze. Auf Ausflügen hatte Anna andere ihres Volkes in ihren bunten Trachten gesehen: Die Frauen in kurzen, wippenden, kaum über knielangen Röcken und mit Hüten auf dem dunklen Haar, die Männer in bunten Ponchos. Pedro hatte erklärt, dass es sich um Quechua oder Aymara handelte, die hier schon seit langen Zeiten in den Bergen wohnten.

»Hier, bitte, Señora.«

Rosita hatte das Kleid vorsichtig auf das Bett gelegt und deutete auf den Frisierstuhl. Anna setzte sich. Das Gesicht, das ihr aus dem Spiegel entgegenblickte, sah trotz des Glücks, das sie empfand, blass und übernächtigt aus. Immer und immer wieder hatte sie Julius' Stimme in ihrem Kopf gehört, hatte sich gefragt, ob sie geträumt habe, um dann festzustellen, dass dem nicht so war.

Sie beobachtete genau, wie Rosita ihr die zerwühlten Locken kämmte und zu einer Frisur aufsteckte. Wie sie dann Creme und Puder auftrug und Annas Lippen und Wangen schließlich mit einem Hauch Röte versah.

Noch nie hatte sich Anna Zeit genommen, das eigene Gesicht so genau zu betrachten wie an diesem Morgen. Sie hatte einfach keine Zeit für solchen Firlefanz gehabt, außerdem hatte Aussehen ohnehin keine Bedeutung in ihren Augen gehabt.

Bisher. Mit dem rechten Zeigefinger fuhr sich Anna nacheinander über beide Augenbrauen. Sie waren etwas dicht, die Nase dafür schmal und zierlich, der Mund voll. Ihre Augen wiederum waren groß und braun.

Wieder musste sie an Julius denken. Hatte er tatsächlich ernst gemeint, was er gesagt hatte?

Rosita bat sie leise, aufzustehen. Anna tat wie ihr geheißen.

Obwohl sie selbst nicht groß war, überragte sie die junge Indio-Frau fast um Haupteslänge. Schon das Unterkleid, das ihr Rosita überstreifte, fühlte sich unübertrefflich weich an gegenüber der groben Kleidung, die sie zu tragen gewohnt war. Als Rosita ihr in das Kleid half und Annas Augen den Spiegel wiederfanden, entfuhr ihr ein Laut zwischen Glück und Erstaunen. Die Farbe des Kleides brachte ihren Hautton zum Leuchten. Ihre Augen strahlten.

Ich sehe aus wie eine Prinzessin, dachte Anna überwältigt, ich *bin* eine Prinzessin.

Das Schnüren des Korsetts erwies sich als weniger angenehm. Rosita ließ sich trotz flehentlicher Bitten nicht davon abbringen, ihre Aufgabe auf das Genaueste zu erfüllen. Beim ersten Atemzug meinte Anna, sie müsse ohnmächtig werden. Einige Zeit später hatte sie sich zumindest etwas an das Gefühl gewöhnt. Die feinen Stoffschuhe, in der Farbe passend zum Kleid, erwiesen sich als nächste Hürde, da sie hohe Absätze hatten, doch als Anna den Flur erreichte, bewegte sie sich schon sehr viel graziler.

Unschlüssig blieb sie stehen und blickte den Flur entlang in Richtung des Esszimmers.

»Die junge Señora hat im Garten decken lassen«, sagte Rosita.

»Danke.« Anna lächelte die Indio-Frau an. »Du kannst jetzt gehen, vielen Dank.«

Rosita knickste und war schon kurze Zeit später am Ende des Ganges verschwunden. Vorsichtig bewegte sich Anna weiter. Zu dieser Stunde lag die Veranda noch im Schatten. Die Schaukelstühle waren verwaist. Einer von Viktorias zahmen Papageien kletterte auf seinem Käfig herum. Er beäugte Anna neugierig, als diese an ihm vorbeitrippelte, ließ sie jedoch in Frieden. Anna musste sich am Geländer festhalten, während sie die Treppe in den Garten hinabstieg. Sie hatten oft im Garten gefrühstückt oder dort einige angenehme, müßige Stunden verbracht, seit sie auf Santa Celia angekommen war.

Sobald sie den Schatten verließ und einige Schritte gegangen war, trat ihr der Schweiß auf die Stirn. Die Sonne stand schon hoch am Himmel. Es musste tatsächlich bald auf Mittag zugehen. Anna schüttelte den Kopf: Noch nie zuvor hatte sie so lange geschlafen.

Sie folgte dem bekiesten Gartenweg, vorbei an den Zitronen- und Orangenbäumen, an Kakteen, Rosensträuchern und Yucca-Palmen. Immer mal wieder sah sie eine der kleinen zahmen Meerkatzen durch das Geäst huschen. Zarte Schmetterlinge tanzten in der flirrenden Luft. Kolibris labten sich an den unzähligen blühenden Blumen.

Bald konnte Anna die anderen hören, Viktoria und Julius. Ab und zu mischte sich eine weitere Stimme dazwischen, die sie vorerst nicht einordnen konnte. Als sie die letzte Biegung nahm, und die kleine Lichtung mit dem weißen Tisch und den Korbstühlen in ihr Sichtfeld kam, sah sie Pedro Cabezas. Zwischen ihm und Julius saß Viktoria. Offenbar hatte einer von ihnen gerade etwas Witziges gesagt, denn die drei lachten lauthals.

Anna blieb stehen. Die Sonne vertiefte den Goldton von Viktorias Haar. Ihr Kleid war von einem schimmernden Blau. Um den Hals blitzte an einem weißen Band ein goldenes Medaillon. Es passt, dachte Anna und schaute die Freundin an, es ist, als wäre Viktoria dafür gemacht, zwischen zwei jungen Männern zu sitzen und sich von ihnen unterhalten zu lassen. Als habe er ihre Gedanken gehört, hob Pedro Cabezas den Kopf und sah sie an. Eine Strähne seines halblangen schwarzen Haars fiel ihm in die Stirn. Er strich sie zurück, sagte etwas zu Viktoria und Julius, die daraufhin ebenfalls zu Anna hinüberschauten.

»Anna!« Viktoria lachte. »Hast du endlich ausgeschlafen, du Murmeltier? Wie findet ihr das Kleid? Ich habe es gestern ganz hinten in meinem Kleiderschrank entdeckt und dachte sofort, dass es Anna gut stehen müsste. Jetzt komm aber, Anna, setz dich zu uns und iss etwas.«

Aber ich habe doch gar nicht geschlafen, dachte Anna, sieht man das denn nicht? Julius erhob sich, rückte ihr einen Stuhl an seiner Seite zurecht und winkte sie zu sich. Anna setzte sich, spürte, wie sie auf einmal von Unruhe ergriffen wurde. Sie ließ den Blick über das reichhaltige Angebot an Gebäck, Grillfleisch und Obst wandern. Zögerlich nahm sie sich ein süßes Brötchen.

Julius nahm wieder Platz und hob eine Kanne hoch. »Schokolade?«

Anna nickte.

Pedro Cabezas betrachtete die drei anderen schweigend. Seine hohen Wangenknochen, die dunklen Augen und Haare, die gebogene Nase und die bräunliche Hautfarbe waren ein eindeutiges Erbe seines indianischen Elternteils, doch an Größe überragte er alle Indios auf dem Gut.

»Ich hoffe, ich habe dich gestern nicht beunruhigt«, sagte Julius mit gesenkter Stimme.

»Nein.«

Anna spürte, wie sie errötete. Sie war froh darum, dass er darauf achtete, dass Viktoria und Pedro nichts hörten. Das hier war doch etwas, was nur sie beide etwas anging. Über ihnen im Gebüsch raschelte es. Eine der zahmen Meerkatzen sprang auf den Tisch und stibitzte sich ein Stück Banane.

»Es stand nicht in meiner Absicht, dich zu beunruhigen«, flüsterte Julius.

»Du hast mich nicht beunruhigt.«

Dieses Mal hatte Anna lauter gesprochen als beabsichtigt. Viktoria hob den Kopf. Anna wich ihrem Blick aus, indem sie einen Schluck Schokolade nahm. Julius schenkte sich Kaffee nach.

»Ist etwas?« Viktoria schaute fragend vom einen zum anderen.

»Nein.« Julius warf seine Serviette auf seinen Teller. »Ich habe ihr gesagt, sie solle nicht essen wie ein Spatz.«

Viktorias Blick ruhte eine Weile auf Anna. Dann stand die Freundin auf.

»Er hat Recht«, sagte sie. »Versuch von allem etwas. Ich muss jetzt nach meinen Kindern schauen. Wie wäre es, wenn wir heute Nachmittag ausreiten? Señor Cabezas kann uns noch ein wenig mehr von der Gegend zeigen, nicht wahr?«

Pedro Cabezas nickte, ohne die Miene zu verziehen.

»Eine gute Idee.« Julius lächelte Viktoria an.

»Ich freue mich darauf«, fügte Anna hinzu.

»Dann bis später«, sagte Viktoria und machte Anstalten, sich zu entfernen.

Anna sprang auf. Mit einem Mal hatte sie panische Angst davor, mit Julius allein zurückzubleiben.

»Ich gehe auch zum Haus zurück«, rief sie aus. »Es ist, es ...«, sie suchte nach Worten, »... es ist einfach zu warm.«

Pedro begleitete Viktoria noch einige Schritte weit und machte sich dann wieder an seine übliche Arbeit. Er ritt die bepflanzten Felder ab und begutachtete den Stand des Wachstums. Er sah nach den Stieren des jungen Don Humberto und nach den Schafherden, besuchte die Alpakas, von denen sich die Familie Santos einige wenige hielt. Zwar hatte es ihm Don Ricardo an diesem Tag zur Aufgabe gemacht, die junge Señora und ihre Gäste zu begleiten, aber das hieß nicht, seine anderen Aufgaben vollkommen zu vernachlässigen. Trotzdem und nicht zum ersten Mal, seit er wieder mehr Zeit an Viktorias Seite verbrachte, drehten sich Pedros Gedanken um die junge Señora. Vielleicht würde es ihm gelingen, ein paar Worte mit ihr zu wechseln, wenn sie unterwegs waren? Es schmerzte ihn, dass sie ein zweites Kind von ihrem Mann empfangen hatte, und ja, er hatte etwas wie Eifersucht verspürt, aber er war nun bereit, wieder nach vorn zu blicken. Er war bereit, das Vergangene vergangen sein zu lassen. Er musste sie verstehen, natürlich konnte sie sich ihrem Mann nicht verweigern.

Als Pedro auf die Estancia zurückkehrte, lief ihm der Schweiß in Strömen vom Körper. Er wusch sich rasch. Don Ricardo hatte ihm weitere Aufgaben gegeben, die er gewissenhaft und zur Zufriedenheit des alten Patriarchen erfüllen wollte. Immer war er dabei auf der Hut vor Humberto. Nicht weil er sich vor dem Mann fürchtete, sondern weil er die endlosen Beleidigungen und Sticheleien leid war. Für einen Augenblick erlaubte Pedro sich, dass ein Ausdruck der Verachtung sein Gesicht verzog. Humberto – er stieß scharf Luft aus. Wer sollte sich schon vor einem Mann fürchten, der als kleiner Junge ständig heulend hinter der Scheune gehockt hatte?

Mehr als ein Menschenleben schien das nun her zu sein, dass sie beide auf Santa Celia aufgewachsen waren – Pedro dort, wo die Dienerschaft untergebracht war, Humberto im Herrenhaus. Früh hatte sich herausgestellt, dass die beiden gleichaltrigen Jungen nichts miteinander verband als eine entschlossene Abneigung. Kaum sechs Jahre alt, hatten sie sich erstmals geprügelt. Pedro erinnerte sich noch heute, wie die edle, stolze Doña Ofelia ihrem Sohn wie eine Furie zur Seite gesprungen war, wie sie mit dem Schürhaken auf ihn, Pedro, eingeschlagen hatte, und er sich wie ein geprügelter Hund in der alten Mühle verkrochen hatte, um seine Wunden zu lecken. In späteren Jahren hatte er den Eindruck gehabt, dass sie ihm nicht verzeihen konnte, dass er es war, der sie dazu gebracht hatte, die Beherrschung zu verlieren. Danach war dergleichen nie wieder passiert. Sie hatte ihre Männer gehabt, die ihn von Stund an bestraften, und meist waren keine drei Tage vergangen, bis er wieder Schläge erhalten hatte.

Anfangs war da noch seine Mutter gewesen, eine kleine, schlanke Indio-Frau, die ihrem Sohn die Liebe entgegenbrachte, die er seit ihrem frühen Tod so vermisste, und die ihn die Schläge vergessen ließ. Ihre Zuneigung und die des alten Señor hatten ihn gestärkt. Dass Don Ricardo sein Vater war, hatte er allerdings erst mit zwölf Jahren erfahren, und das auch noch von Ofelia, die den Bastard an jenem Tag wieder einmal hatte grün und blau schlagen lassen. Wenige Tage nach dem Tod seiner Mutter war das gewesen, die einer jener harmlosen Krankheiten der verfluchten Weißen erlegen war, an denen die amerikanischen Ureinwohner wie die Fliegen starben. Pedro kannte die Geschichten zur Genüge, Geschichten von den Decken kranker Menschen, die man den lästigen Indios geschenkt hatte, damit diese sich ansteckten und zugrunde gingen.

Das Pferd schnaubte und rief ihn zurück in die Gegenwart. Er musste sich beeilen. Es galt noch zwei weitere Tiere zu satteln und aufzuzäumen.

»Was machst du da?«

Als Pedro Humberto in der Stalltür stehen sah, gelang es ihm gerade noch, ein wütendes Stöhnen zurückzuhalten.

»Ich bereite die Tiere für den Ausritt der jungen Señora und der Gäste vor.«

»Ach, tatsächlich? Hast du nichts Besseres zu tun?«

»Don Ricardo hat mich dazu angehalten, der jungen Señora und ihren Gästen zu Diensten zu sein.«

Humberto kam ein paar Schritte näher. Pedro drehte sich so, dass er den Halbbruder weiter im Blick hatte. Ich habe dich heulen sehen, dachte er bei sich, Rotz und Wasser hast du geheult, weil dich dein Hauslehrer getadelt hat. Ich habe dich heulen sehen, weil Don Ricardo dir eine kleine Ohrfeige gegeben hat, eine Ohrfeige wie ich sie nach all den Schlägen nicht einmal bemerkt hätte. Pedro konnte nicht verhindern, dass sich sein Mund zu einem höhnischen Lächeln verzog.

»Was gibt es denn da zu lachen, Bastard!«

Pedro ließ das Wort an sich abprallen wie die anderen Schimpfwörter, mit denen Humberto ihn ständig bedachte... dreckiger Indio, Mestize, *hijo de puta*.

»Komm doch her, wenn du etwas willst!«, spuckte er dann aus.

Er war sich sicher, dass Humberto es nicht wagen würde, näher zu kommen. Ebenso wenig würde er seine Mutter zu Hilfe rufen. Er wusste, dass diese Zeiten vergangen waren, wollte Doña Ofelias Sohn sich nicht zum Gespött der Leute machen. Heute waren sie Männer, und sie würden ihre Probleme irgendwann wie Männer lösen müssen.

Doña Ofelia stand an einem der Fenster im ersten Stock, als Humberto den Pferdestall verließ. Sie stand schon eine ganze Weile dort, hatte ihn auch schon hineingehen sehen. Sie wusste, dass er mit Pedro sprechen wollte, dem verdammten Bastard, den sie am liebsten tot gesehen hätte.

»*Hijo de puta*«, flüsterte sie, »Hurensohn.«

In Gesellschaft erlaubte sie es solchen Worten niemals, ihre Lippen zu verlassen, aber jetzt war sie allein. Wenn sie allein war, erlaubte sie es sich, die Beherrschung zu verlieren, dann erlaubte sie es sich, die Schimpfwörter auszusprechen, die sonst nur in ihrer Kehle brannten. Dann verbarg sie die Wut nicht, die unter ihrem ruhigen Stolz lauerte und der sie es sonst nie gestattete, ihre edlen Gesichtszüge zu verzerren. Wenn sie in solchen Momenten ihr Spiegelbild sah, erschrak sie. Nein, das konnte nicht sie sein. Dieses gewöhnliche Weib, das war sie nicht. Das war sie nicht. Sie war die schöne Tochter von Hernan de Garay. Bevor die Familie ins Elend gestürzt war, hatten sie in einem prächtigen Haus an der großen Plaza in Salta gelebt. Damals hatte ihre Familie zur besten Gesellschaft Saltas gehört.

Doña Ofelia trat einen Schritt vom Fenster zurück und verschränkte die Finger ineinander. Ihre Hände waren eiskalt. Die Wut in sich ließ sie zittern. Ach, die Männer, dachte sie, die können hinausziehen und töten und Kriege führen. Sie musste mit dieser Wut leben, die sie schier zerreißen wollte, sie musste sie beherrschen, damit niemand erkannte, wie es wirklich in ihr aussah.

Ja, es hatte sie geschmerzt, dass Ricardo ungefähr zu jenem Zeitpunkt eine seiner Indio-Dienerinnen geschwängert hatte, als auch sie von ihm empfangen hatte. Manchmal hatte sie sich vorgestellt, dass er noch warm von der dreckigen Indianerin zu ihr gekommen war, dass er den Schmutz dieser Frau in sie hineingepflanzt hatte. Indio-Frauen waren schmutzig. Sie stanken. Sie waren nicht besser als Tiere.

Vielleicht war er aber auch – sie wusste nicht, was schlimmer war – immer wieder zu der Indianerin gegangen, weil sie, die schöne Ofelia, ihm nicht genügte.

Ihre Ehe war nach nur wenigen Wochen zur Illusion geworden. Vielleicht war aber auch das nicht das Schlimmste gewesen, das Schlimmste war, dass ihr Mann dieses Weib wohl tatsächlich geliebt hatte. Der große Ricardo Santos hatte eine kleine braune Indio-Frau geliebt, die mit stämmigen Beinen so auf dem Boden stand, als sei sie damit verwurzelt, die bunte Ponchos und sieben Röcke übereinandertrug, dazu einen runden Filzhut, die nach Rauch und Essen stank, die keine Konversation zu führen wusste und kulturlos war, wie es Indianer, diese dreckigen Hunde, eben waren. Noch nicht einmal der Bitte seiner Frau, das Weib von der Estancia zu werfen, war er nachgekommen.

»Damit ich neben dir ersticke?«, hatte er gehöhnt und dann kalt hinzugefügt: »Ich habe dich nicht geheiratet, weil ich dich liebe.«

An diesem Abend hatte Doña Ofelia lange vor ihrem Frisierspiegel gesessen und sich gefragt, was so falsch sein konnte an einem Gesicht, das als das schönste von Salta gegolten hatte, dass man es nicht lieben konnte. Sie hatte ihren fein geschwungenen Mund betrachtet, auf den sie immer einen leichten Hauch von Rosé auftrug, die frischen rosigen Wangen, das schwarze Haar und die Augenbrauen über den großen dunkelbraunen Augen mit den dichten Wimpern. Aber sie hatte einfach keinen Fehler finden können. Ihr Gesicht war perfekt.

Hufklappern ließ sie neuerlich den Kopf heben. Pedro Cabezas führte ein Pferd in den Hof und band es dort an. Doña Ofelia lehnte sich mit der Stirn gegen die Fensterscheibe.

»*Hijo de puta*«, zischte sie noch einmal, »Hurensohn.«

Er hatte ihr Leben zerstört, und dafür würde er eines Tages büßen müssen.

Anna war froh, dass sie sich auf dem langen Weg nach Salta an das Reiten gewöhnt hatte. Trotzdem war sie dankbar, dass Pedro Cabezas ihr eine sanfte braune Stute zugeteilt hatte. Eine gute Reiterin war sie wahrlich immer noch nicht. Viktoria hatte ihr ein paar lederne Reitstiefel geborgt, die ihr nur ein wenig zu groß waren, und ein altes rostfarbenes Reitkostüm. Die Freundin selbst trug dunkelgrüne Reitkleidung, dazu einen kecken Hut mit Feder auf dem aufgesteckten Haar. Julius steckte in einem rauchgrauen Anzug, ein breitkrempiger Strohhut schützte ihn gegen die Sonne. Im gemächlichen Trab ging es aus dem Gutstor hinaus und den breiten Fahrweg entlang, bis Pedro sie auf einen schmaleren Pfad linker Hand lenkte. An den Sätteln der Pferde waren *guardamontes* befestigt worden – zum Schutz der Reiterbeine gegen stachelige Äste.

Bald hatten sie den dichten Baumbestand rings um das Gut hinter sich gelassen. Sie durchquerten ein Flussbett, das nach dem letzten heftigen Sommerguss etwas mehr Wasser führte, und ritten ein Stück hügelanwärts, bis sie eine Ebene erreichten. Unvermittelt hielt Anna ihr Pferd an und schaute um sich. Diese Hochebene, Puna genannt, war endlos weit. Am Horizont erhoben sich die Gipfel der Anden bis weit in den blauen Himmel. Der Hochebene vorgelagert war die Prepuna, eine von verschiedenen Hochtälern stark eingeschnittene Zone, wie Julius ihr erzählt hatte, die weiter östlich in den Waldgürtel überging, der sich wiederum bis in die heißen subtropischen Tieflagen erstreckte, um sich schließlich in der periodisch überschwemmten Tiefebene des Chaco zu verlieren. Obwohl das Gebiet nur dünn besiedelt war und es kaum Viehweiden gab, durchzogen mehrere, teils aus vorspanischer Zeit stammende Handelsrouten die Hochebene.

»Lamas!«, rief Julius plötzlich.

Er zügelte sein Pferd und wies auf die Tiere. Die anderen hielten ebenfalls an.

»Wo?«

Anna reckte den Hals, während Pedro der Aufregung der beiden ein Schmunzeln zollte. Zwei der Tiere hoben ihre Köpfe und schauten neugierig zu ihnen hinüber. Die anderen rupften gemächlich weiter Gräser. Anna musterte die langen, schlanken Beine und den ebenfalls recht langen Hals mit dem kleinen, dreieckigen Kopf des ihr am nächsten stehenden Tiers. Anders als seine Gefährten, deren Fell alle möglichen Braun- und Grautöne aufwies, war dieses fast reinweiß.

»Alpakas«, sagte Pedro, »eine Herde aus einem der Dörfer in der Umgebung.«

»Lamas, die man der Wolle wegen züchtet«, erklärte Julius Anna.

Und wirklich tauchte jetzt ein kleiner Hirte zwischen den kargen Büschen auf, ein Indio-Junge in bunter, gewebter Kleidung, der ihnen zuwinkte. Pedro trieb sein Pferd auf ihn zu, wechselte einige Worte mit ihm und ritt dann zu ihnen zurück. Erneut stand die kleine Gruppe einträchtig beieinander.

»Wie ich schon sagte. Eine Herde Alpakas aus einem Dorf dort hinten«, bestätigte Pedro.

Anna schaute dem Jungen, der sich inzwischen wieder näher zu seiner Herde gesellt hatte, nach.

»Los, wer zuerst bei dem Baum dort hinten ist!«, rief Viktoria mit einem Mal aus und trieb ihren Schimmel mit einem undamenhaft schrillen Ruf an.

Pedro war ihr sofort auf den Fersen. Julius und Anna folgten langsamer. Als sie den Baum erreichten, warteten Viktoria und Pedro schon. Viktorias Schimmelstute tänzelte erregt, während Pedros Falbhengst gelassen schnaubte.

Ihr Ziel, eine alte Ruinenstadt, lag an den Ausläufern eines Berges in der Nachmittagssonne. Während Pedro bei den Pferden zurückblieb, machten sich Julius, Anna und Viktoria auf Entdeckungsreise. Manche der alten Mauern waren hoch genug, um Schatten zu werfen. Von anderen war kaum etwas übrig. Wieder andere waren vollkommen zu Staub zerfallen. Mit jedem Schritt, den sie machten, huschten Eidechsen vor ihnen davon. Ab und zu wirbelte ein Windstoß Sand und feineren Staub auf. Über ihnen erhoben sich die Andengipfel nun noch majestätischer. Anna entdeckte eine Scherbe und hob sie auf.

»Schaut nur!«, rief sie aus und hielt Julius und Viktoria ihren Fund entgegen.

»Zeig!« Julius streckte die Hand danach aus.

Viktoria musterte das Fundstück nur flüchtig. »Humberto hat ein ganzes Zimmer voll davon«, beschied sie die beiden knapp, »aber den Goldschmuck einer Inkaprinzessin, den hat er noch nicht gefunden. Der würde mir allerdings gefallen.«

»Stell dir nur vor, Anna«, sagte Julius aufgeregt, »diese Scherbe mag zu einer Vase gehören, die vor Tausenden von Jahren hergestellt wurde.«

Viktoria schnaubte. »Na, so lange wird's schon nicht her sein.« Sie drehte sich um und machte sich daran, den Weg, auf dem sie gekommen waren, wieder hinabzuklettern. »Kommt ihr?«

»Einen Moment noch«, riefen Julius und Anna beinahe gleichzeitig aus und lachten dann auf.

Mit auf den Boden gerichtetem Blick stiegen sie noch weiter den Hügel hinauf. Als Anna nach einer Weile den Kopf hob, sah sie, wie Julius sich bückte, wohl, um etwas aufzuheben. Sie beobachtete ihn, und ein warmes Gefühl überkam sie. Sollte sie es erlauben? Er war ein Kaufmann. Seine

Familie war reich. Was würden sie sagen, wenn sie von ihr erfuhren? Würde man sie, Anna, die Witwe eines kleinen Landarbeiters aus der Gegend von Bingen, akzeptieren? Nein, denn so etwas konnte nicht sein. Es durfte nicht sein. Seine Eltern würden sie ablehnen, und das war richtig so.

Warum hatte sie ihm nicht gleich gesagt, dass es ihr unmöglich war, mit ihm zusammen zu sein? Sie hatte doch stets mit beiden Beinen fest auf dem Boden gestanden. Sie hätte ihm sagen sollen, dass sie ihn nicht heiraten konnte, gleich nachdem er sie gefragt hatte.

Kurz streiften ihre Augen erneut Julius Gestalt, dann lenkte sie den Blick in die Ebene, die sich weit vor ihr ausbreitete. Gelb, Braun und Grau waren die vorherrschenden Farben, dazwischen zeigte sich ab und zu ein Tupfer Grün oder sogar Rot. Hier und da waren Bewegungen anderer Lebewesen zu sehen, ob Mensch oder Tier war auf die Entfernung nicht zu erkennen. Weiter hinten lagen die Berge nun bläulich im Nachmittagsdunst. Steine knirschten unter Annas Füßen, als sie ein paar Schritte weiterging. Aus den Augenwinkeln sah sie eine Eidechse davonhuschen. Über ihr, am weiten Himmel, zog ein Vogel seine Kreise.

Anna entschied, noch ein Stück weiterzugehen – Julius war nicht mehr zu sehen. Vielleicht gab es weiter oben noch mehr zu entdecken. Dort befand sich ein kleines Felsplateau, von dem aus man sicherlich einen wunderbaren Ausblick auf die Bergketten hatte. Viktoria hatte schon einen Ausflug auf einen dieser Berge dort gemacht, die sich so riesenhaft über ihr erhoben. Sie hatte erzählt, dass man sich als Weißer dort oben nur langsam bewegen konnte, dass sie ob der Höhe der Schädel gedrückt habe und es einem leicht schlecht werden konnte.

Irgendetwas riecht hier seltsam, fuhr es Anna durch den

Kopf, während sie noch in Gedanken bei Viktorias Ausflug weilte. Trotzdem ging sie weiter.

Mit jedem Schritt, den sie ihrem Ziel näherkam, wurde der dumpfe, faulige Geruch stärker, doch jetzt wollte Anna nicht mehr umkehren. Sie war einfach zu neugierig, wie die Aussicht von oben war. Sie keuchte leise, während sie den letzten Fels umrundete, dann prallte sie zurück: ein verendetes Lama, vielleicht war es auch ein Alpaka, lag vor ihr in einem Rund aus Steinen. Sein Körper war aufgebrochen. An den offen liegenden Rippen hingen Fetzen von Fleisch und Sehnen. Anna blieb stehen. Jetzt, da sie den Geruch identifiziert hatte, war sie wieder ruhiger.

Sie schaute das tote Tier genauer an. Sein Maul stand leicht offen. Leer starrten die Augenhöhlen gen Himmel. Die aufgerissene Bauchdecke bewegte sich mit einer Vielzahl von Insekten. Unvermittelt schauderte sie doch. Im nächsten Moment würgte es sie. Anna schluckte heftig. Mit einem kurzen Blick stellte sie enttäuscht fest, dass der Ausblick von hier oben doch nicht spektakulärer war als angenommen, also war der Aufstieg auch noch umsonst gewesen.

Gerade wollte sie den Rückweg antreten, als sie ein Geräusch zusammenfahren ließ. Der Vogel, den sie eben noch in großer Höhe ausgemacht hatte, war mit einem Mal direkt über ihr. Im Begriff zu landen, streifte er ihren Kopf. Mit einem Aufschrei warf Anna sich zu Boden. Sand wirbelte auf, geriet ihr in Mund und Nase, ließ sie husten. Sie hörte, wie das riesige Tier wenig von ihr entfernt auf dem Boden aufsetzte. Ängstlich hob sie dennoch sofort den Kopf, sah einen Augenblick nur Schwarz, dann einen riesigen, geierartigen Schnabel.

Wieder schrie Anna auf.

Der Vogel war größer als jeder, den sie je zuvor gesehen

hatte. Kaum mehr als eine Armlänge von ihr entfernt hockte er da. Seine noch halb ausgebreiteten Schwingen ließen Anna den Atem anhalten. Hüpfend und mit weit geöffnetem Schnabel bewegte sich der Vogel dann auf sie zu. Nochmals schrie sie auf.

Gleich wird er nach mir hacken, dachte Anna, er wird mir das Fleisch von den Knochen reißen wie diesem Alpaka dort. Vor Angst wie erstarrt blieb sie liegen.

Was soll ich nur tun?, fuhr es ihr gleich darauf durch den Kopf. Aber sie konnte sich ohnehin nicht regen. Sie schloss die Augen, sehnte eine Ohnmacht herbei. Schon meinte sie die Schnabelhiebe zu spüren, sah das Tier vor sich, das ihr das Fleisch herausriss, um es herunterzuschlingen.

»Nein!«, schrie Anna auf. »Nein, nein, nein!«

»Ruhig, Anna. Ich bin's.«

Julius' Stimme. Anna öffnete die Augen und brach unvermittelt in Tränen aus. Dieses Mal wehrte sie sich nicht gegen die Arme, die sie umschlungen hielten. Sie wehrte sich auch nicht gegen die Lippen, die ihre Wangen berührten, die erst zögerten und sie dann küssten, wie nur ein Liebender küssen konnte.

»Anna, ich will immer für dich da sein. Glaubst du das jetzt? Lass mich für dich da sein, bitte. Du wirst es nicht bereuen.«

Wie von allein neigte sich ihr Kopf zurück. Ich werde es nicht bereuen, dachte sie, nein, das werde ich nicht.

Julius beugte sich über sie, und seine Lippen fanden ihre. Wieder küsste er sie und sie erbebte.

»Du bist schön, Anna«, flüsterte er, als er sich von ihr löste. »So schön. Bleib bei mir. Für immer.«

»Lass uns zurückgehen«, wisperte sie.

Er half ihr auf. Ihre Beine, bemerkte sie nun, zitterten.

Dankbar hielt sie sich an Julius fest, während sie den Rückweg antraten.

»Was ist geschehen?«, fragte Pedro, als sie die beiden anderen endlich erreichten.

»Ein Kondor hat Anna angegriffen.«

»Ein Kondor?« Pedro zog die Augenbrauen hoch.

Viktoria kam näher, ihren Schimmel locker am Zügel hinter sich her führend. Sie sah makellos aus, wie immer. Anna schaute an sich herunter und errötete. Ihr Reitkostüm und Julius' Anzug waren von gelbgrauen Staub überzogen. Sie klopften sich notdürftig ab.

Himmel, dachte Anna, wir sehen ja aus, als hätten wir uns auf dem Boden gewälzt. Was mochten die anderen nur von ihnen denken?

»Der Kondor ist ein Aasfresser«, fuhr Pedro fort. »Er greift keine Menschen an. Gab es dort sonst irgendetwas, was ihn angelockt haben könnte?«

»Ein totes Lama.« Anna spürte, wie sie nochmals errötete.

»Ein Alpaka«, sagte Julius ernst.

Pedro nickte nur. »Lasst uns zurückreiten«, sagte er endlich und half Viktoria in den Sattel. »Es wird spät, und ich möchte nicht, dass man einen Suchtrupp nach uns schickt, aus Furcht, Varela oder ein anderer Strauchdieb könnte uns verschleppt haben.«

Julius half Anna, aufzusteigen. Einen Moment stand er noch vor ihr, dann lächelte er sie an. Er zupfte ein Taschentuch aus der Brusttasche seines Anzugs, befeuchtete es mit etwas Wasser aus seiner Trinkflasche.

»Hier, für dein Gesicht.«

Anna nahm das Tuch schweigend entgegen und säuberte sich das Gesicht. Sie wollte es Julius sofort zurückreichen, doch der schwang sich schon in den Sattel und trabte an, so behielt sie es unschlüssig in der Hand.

Als Anna ihr Pferd wendete, um ihm zu folgen, bemerkte sie, dass Viktoria sie nachdenklich anschaute. Warum nur fröstelte es sie auf einmal?

Er liebt sie.

Viktoria starrte ihr Spiegelbild an und lauschte dem Schmerz in sich nach, den diese Worte in ihr auslösten.

Und sie ist frei für ihn. Sie können heiraten. Sie können glücklich werden. Anna und Julius können heiraten.

Langsam bewegte sich die Bürste durch ihr Haar. Im Spiegel konnte sie Rosita beobachten, die geschäftig die Unordnung ihrer Herrin beseitigte. Klirrend räumte die junge Indio-Frau das Teegeschirr zusammen, wischte Krümel vom Tisch, sammelte Kleidungsstücke auf, die Viktoria nachlässig zu Boden geworfen hatte.

Ich bin nicht glücklich, dachte Viktoria, und ich werde nie wieder glücklich sein. Mein Leben ist vorbei. Ich bin gebunden an einen Mann, den ich nicht liebe. Ich bin gefangen in einer Einöde, in einem Leben, das mir jeden Tag das Gleiche bringt.

Mit einem Seufzer lenkte sie den Blick wieder auf das eigene Gesicht. Sie wollte wunderschön aussehen auf dem Fest an diesem Abend. Es war nur eines dieser Feste, ein Zusammentreffen, das für sie ohne Bedeutung war, aber sie wollte die Schönste von allen sein. Eine Prinzessin. Wenigstens das.

Wieder hielt sie inne.

Eine Prinzessin ohne Prinz, denn sie würde den, den sie liebte, niemals heiraten können. Das war unmöglich.

Viktoria legte die Bürste auf dem Frisiertisch ab, betrachtete ihr Dekolletee, dann erneut ihr Gesicht mit den großen graublauen Augen und dem fein geschnittenen Mund. All diese Schönheit für nichts und wieder nichts. Der Gedanke, dass dies alles nur noch Humberto vorbehalten sein sollte, ließ sie die Stirn kraus ziehen.

»Rosita!«

Die Indio-Frau kam sofort herbei.

»Ja, Señora?«

»Besucht er sie?«

Rosita wusste offenbar sofort, wen sie meinte. »Ob der junge Kaufmann die Frau aus der Stadt besucht? Nein.«

»Und was findet er an ihr, Rosita?«

Viktoria hatte den unglücklichen Tonfall aus ihrer Stimme heraushalten wollen, aber es wollte ihr nicht ganz gelingen. Wütend biss sie sich auf die Lippen.

»Sie gefällt ihm, Señora Viktoria.«

Viktoria schaute wieder ihr Spiegelbild an, biss die Lippen noch fester aufeinander, kniff sich dann in die Wangen, dass sie rosig schimmerten. Ich sehe nicht gut aus, wenn ich wütend bin, dachte sie. Ich muss mich besser beherrschen. Wenn ich die Stirn runzle, sehe ich aus wie eine alte Frau.

Sie musterte die steile kleine Falte, die sich zwischen ihren Augenbrauen gebildet hatte, strich dann mit einem Finger darüber, doch sie wollte sich nicht glätten lassen. Es war zu schwer, das Glück der Freundin zu sehen. Es war zu schwer zu wissen, dass ihr solches Glück niemals mehr widerfahren würde.

Ich werde Anna einfach kein Kleid geben für heute Abend, fuhr es ihr als Nächstes durch den Kopf, und gleich darauf:

Nein, die Verräterin soll nicht merken, dass ich ihr auf die Schliche gekommen bin. Denn das war Anna: eine Verräterin.

Viktoria schob ihren Stuhl zurück und stand auf.

Verräterin, dachte Viktoria, und ich dachte, dass sie meine Freundin ist.

»Tja, so kann man sich täuschen«, stieß sie dann halblaut aus.

»Was sagten Sie, Señora?«

»Nichts.« Viktoria wandte sich vom Spiegel ab. »Ich werde doch noch ein Bad nehmen und dann, dann...«, sie blickte sich um, »dann werde ich das blaue Kleid anziehen.«

Humberto, ihr Ehemann, der keinen Blick für sie hatte, hatte es ihr aus Salta mitgebracht, von einem seiner Ausflüge zu seinen Huren, aber das machte ihr ja gar nichts aus. Wenigstens ließ er sie dann in Ruhe. Das Kleid betonte ihre Augen und verwandelte ihr Haar in noch wärmeres Gold. Im warmen Badewasser würde sie am besten darüber nachdenken können, was sie mit Anna machen wollte. Ein feines Lächeln kerbte sich in Viktorias Mundwinkel.

Drittes Kapitel

An diesem Abend war das Gut Santa Celia ein einziges Lichtermeer. Lampions, Kerzen und Öllampen standen oder hingen überall verteilt in den Bäumen im Garten, im Speisesaal, im großen Tanzsaal und in den Gängen. Weiteres Personal war für den Abend angestellt worden, sodass stets ein guter Geist zur Stelle war, um den Gästen jeden Wunsch von den Augen ablesen zu können. Der Tag war heiß gewesen, doch nachdem es am späten Nachmittag geregnet hatte, war es etwas abgekühlt. Die wichtigsten Familien aus Salta und von den umliegenden Estancias waren gekommen, sogar Geschäftsfreunde von den Zucker-Estancias in der Chaco-Ebene, die die Nacht bei den Santos verbringen würden, denn der Weg zurück war viel zu weit.

Nach der Vorstellungsrunde und einem Aperitif waren die Gäste in den Speisesaal gebeten worden. Entlang der Wände standen Tische, die sich unter den dargebotenen Speisen schier zu biegen schienen. Auf den Tisch mit Meeresfrüchten und Fisch folgte der mit Grillfleisch. Teller mit eingelegten Tomaten und Paprika brachten bunte Farbtupfer. Ein Maiseintopf, *locro,* durfte natürlich ebenso wenig fehlen wie *empanadas* und *tamales,* herzhaft gefüllte gedämpfte Teigtaschen aus Maismehl, die in Maisblätter gewickelt wurden. Zum Schluss warteten Süßspeisen wie Karamellcreme, *dulce de leche*, Obstsalat und *queso con membrillo*, Frischkäse mit Quittenmus, darauf, auch noch den Letzten zufrieden zu stellen.

Und die Gäste waren zufrieden, wie das muntere Schwatzen im Ballsaal zeigte, den man nunmehr aufgesucht hatte. Noch untermalte die eigens engagierte Musikkapelle die angeregte Unterhaltung, aber bald würde man zu tanzen beginnen. Kein Abend war perfekt ohne Tanz.

Viktoria hob das Champagnerglas an ihre Lippen und nippte daran. An einem feisten Mann mittleren Alters vorbei fiel ihr Blick auf Don Ricardo. Humbertos Vater hob sein Glas und nickte ihr zu.

Gut gemacht, Schwiegertochter, formten seine Lippen lautlos.

Viktoria nahm einen größeren Schluck aus ihrem Glas. Dass Ricardo mit ihr zufrieden war, wusste sie, das hatte er ihr schon mehrfach gesagt. Ob sie glücklich war, interessierte niemanden.

Dabei habe auch ich ein Recht darauf, glücklich zu sein, dachte Viktoria.

Dieses Mal musste sie damit kämpfen, die heraufdrängenden Tränen zurückzuhalten. Das Glas klirrte, als sie es heftig auf dem Kaminsims abstellte, neben dem sie stand. Kurz musste sie sich sammeln, dann zauberte sie erneut das Lächeln auf ihr Gesicht, hinter das sie niemals jemanden würde blicken lassen. Niemand durfte wissen, was sie fühlte, niemand.

Während Viktoria sich auf den Weg durch den Saal machte, um weitere Gäste persönlich zu grüßen und hier und da ein paar Worte zu wechseln, suchten ihre Augen unablässig nach Anna. Sie hatte sie während des Essens gesehen, neben Julius, dem es irgendwie gelungen war, den Platz an ihrer Seite zu ergattern. Wunderschön hatte sie ausgesehen in der cremeweißen Robe mit dem Besatz aus roséfarbenen Seidenrosen, die sich auch als Schmuck in ihren dunklen gelockten Haaren gefunden hatten. Der Freundin das Kleid zu versagen, war Viktoria nach reiflicher Überlegung tatsächlich nicht passend erschienen.

War sie überhaupt noch eine Freundin?

Jemand zupfte Viktoria am Ärmel. Im steten Gemurmel war ihr die Aufmerksamkeit wohl doch abhanden gekommen. Sie blieb stehen. Sancha Rodriguez, die Ehefrau eines benachbarten Gutsbesitzers, schaute sie aus ihren leicht vorgewölbten Augen an, während Viktoria den Blick für einen Augenblick nicht von deren Überbiss nehmen konnte.

Julius hat gesagt, dass sie aussieht wie ein Pelikan, fiel ihr unvermittelt ein, und sie musste sich beherrschen, um nicht einfach loszulachen. Oh, verdammte Einfalt, manchmal hatte sie einfach keine Lust mehr, sich zu beherrschen.

»Euer Gast«, lispelte Sancha aufgeregt, »man hört, sie käme aus einem der schrecklichsten Viertel in Buenos Aires. Ist das wirklich so?«

»Señora Weinbrenner?« Viktoria dehnte die Silben, während sie flink nachdachte. »Wissen Sie, wir haben uns auf dem Schiff nach Argentinien kennengelernt. Ich weiß wirklich nicht, wo sie in Buenos Aires wohnt. Sie sagte mir, sie sei die Frau eines unverschuldet in Not geratenen Handwerkers. Sie mag arm sein, aber sie hat bisher sicherlich nichts Unrechtes getan.«

Sancha Rodriguez' Augen weiteten sich ein wenig, wie Viktoria zufrieden feststellte. Von etwas Unrechtem hatte Doña Sancha gar nicht gesprochen. Deutlich konnte Viktoria sehen, wie es in der klatschsüchtigen Gutsbesitzerfrau arbeitete. Wenn alles lief, wie sie beabsichtigte, würde Doña Sancha das, was sie erfahren hatte, so rasch wie möglich weitererzählen wollen.

»Wie finden Sie übrigens ihr Kleid? Ich hatte es erst einmal an, aber es macht mich einfach zu blass, und sie hatte ... Nun ja, sie hatte nichts Rechtes anzuziehen.«

»Es steht ihr wunderbar«, murmelte Doña Sancha. »Sie

sind eine gute Freundin, wenn Sie ihr sogar mit ihren eigenen Kleidern aushelfen. Ich hoffe, sie wird es Ihnen vergelten.«

Viktoria zauberte ein strahlendes Lächeln auf ihre Lippen.

»Sonst ist alles zu Ihrer Zufriedenheit, Doña Sancha?«

»Ja, vielen Dank! Gehen Sie nur weiter, Doña Viktoria, Ihre Gäste brauchen Sie.«

Sancha Rodriguez schaute sich längst suchend um. Schon bewegte sie sich in Richtung von Conchita Trujillo, einer Kaufmannsgattin aus Salta, zweifelsohne, um weiterzugeben, was sie eben erfahren hatte.

Zufrieden nahm sich Viktoria ein weiteres Champagnerglas und leerte den Inhalt beinahe auf einen Zug. Der Alkohol prickelte in ihrem Bauch. Kurzzeitig war ihr wunderbar schwindelig.

Nur wenig später zog sie sich für einen Moment in das Zimmer zurück, in dem sich die Damen ein wenig frisch machen konnten. Sauberes Wasser stand dort zum Händewaschen bereit, Gesichtspuder, Duftwässer und Minzbonbons. Viktoria stellte sich in die geöffnete Flügeltür, die zum Garten hinausführte, und blickte zum Mond hinauf, der sie in den ersten Tagen nach ihrer Ankunft in der Neuen Welt so fasziniert hatte. Sie genoss die frische Nachtluft.

Unter einem solchen Mond habe ich Pedro geküsst, dachte sie, und ich kann jeden einzelnen Moment davon, jede Berührung, jeden warmen Atemzug, der meine Haut traf, wieder in mein Gedächtnis holen. Ich weiß, wie mir der Staub in der Nase kitzelte, und ich spüre die Steine in meinem Rücken. Ich rieche trockenes Gras und sehe einen weiten blauen Himmel über mir.

Aus dem Hof war Hufgeklapper zu hören, ein paar Männerstimmen aus Richtung des Stalls, in dem Humbertos bester Zuchtstier stand. Humberto konnte sich über Stiere und ihre Potenz in unglaublicher Ausführlichkeit auslassen. Selten hatte Viktoria einen zärtlicheren Ausdruck auf seinem Gesicht gesehen, wie angesichts seines neuesten Spielzeugs, eines Jungbullen.

Drinnen öffnete sich die Zimmertür. Frauenstimmen waren zu hören. Viktoria verharrte stumm, wo sie war. Dann schälte sich Sancha Rodriguez' Stimme heraus, darauf die von Conchita Trujillo, gefolgt von Rosa Veras, einer Viehhändlerswitwe und deren Mädchen. Bevor Rosa Veras' Mann im letzten Sommer der Schlag getroffen hatte, waren sie beide häufige Gäste auf dem Santos-Gut gewesen.

»Ich würde doch gerne einmal wissen, womit diese Anna Weinbrenner ihr Geld verdient«, sagte Doña Sancha, während sie sich Puder in das erhitzte rote Gesicht stäubte.

Conchita, die im Begriff war, sich die Hände zu waschen, hielt inne.

»Sie ist eine schöne Frau«, sagte Doña Rosa gedehnt, die seit dem Tod ihres Mannes stets überall Verderbtheit sah. Sie lispelte stark, wie sie es immer tat, wenn sie aufgeregt war. »Schöne, verzweifelte Frauen haben schon häufig...« Sie brach ab. »Aber nein, das kann ich nicht sagen.«

»Was?« Conchita, langsamer im Verstehen, hob den Kopf.

Doña Sancha stand starr. »Aber nein, Sie meinen doch nicht etwa...?«

Doña Rosa schüttelte den Kopf, und ihr strenges Gesicht nahm einen düsteren Ausdruck an. Sie bekreuzigte sich. »Ich kann es nicht aussprechen, aber der Gedanke drängt sich auf, oder etwa nicht?«

Sancha Rodriguez stäubte sich noch einmal Puder ins Gesicht. Doña Conchita wusch sich endlich die Hände. Wenig später drängte es die Frauen offenbar wieder zurück in den Saal, um dort ihr neu erworbenes Wissen mit weiteren Frauen zu teilen.

Viktoria wartete noch einen Moment und schlüpfte dann wieder ins Zimmer. Hatte sie das geplant, als sie darüber nachgesonnen hatte, Anna einen Denkzettel zu verpassen? War es ihr Wunsch gewesen, dass man sich das Maul über sie zerriss? Sie wusste, dass der Klatsch nunmehr kaum aufzuhalten sein würde.

Kurz verharrte sie vor einem der Spiegel und betrachtete sich. Ihr Gesicht war immer noch mehr oder weniger makellos. Die Nase glänzte ein wenig, aber das ließ sich mit etwas Puder beheben. Viktoria frischte gleich auch Rouge und Lippenfarbe auf, obwohl das kaum nötig war. Kurz grummelte das schlechte Gewissen in ihr, und doch, als sie sich neuerlich Anna und Julius gemeinsam vorstellte, krampfte sich etwas in ihr zusammen.

Ich kann die beiden nicht gemeinsam sehen, dachte sie, nicht so, nicht so glücklich, während mir nichts bleibt.

Ihre Ehe hatte sich wieder aushalten lassen mit dem Gedanken an Anna, der es auch nicht besser erging, die ebenfalls niemanden hatte. Sie ließ sich nicht aushalten mit dem Gedanken an Anna, die mit Julius glücklich war. Viktoria zupfte ihr Kleid zurecht und verließ das Zimmer. Im Gang traf sie auf Rosita.

»Wo ist Señora Weinbrenner?«, fragte sie die junge Indio-Frau.

»Señora Anna? Sie steht im Ballsaal und guckt den Tänzern zu. Ich glaube, sie hat Angst, weil sie nicht tanzen kann.«

»Danke, Rosita.«

Viktoria machte sich auf den Weg in den Saal. Durch die geöffneten Flügeltüren konnte sie die ersten tanzenden Paare sehen. Anna drückte sich auf der anderen Seite des Saals, der

Tür beinahe genau gegenüber, gegen die Wand. Julius war nirgendwo zu sehen. Ob Anna ahnte, welcher Klatsch sich über ihrem Kopf zusammenbraute? Zumindest was das Tanzen anging, war sie sicher. Keine der anwesenden Ehefrauen oder Mütter würde dem Ehemann oder dem Sohn erlauben, mit der schönen Deutschen zu tanzen.

Die letzten Gäste gingen erst in den frühen Morgenstunden, und obwohl Viktoria todmüde war, wusste sie, dass sie keinen Schlaf finden würde. Unter munterem Geplapper entfernte Rosita Haarnadeln und Haarschmuck. In Gedanken versunken, hörte Viktoria nur halbherzig zu. Immer wieder sah sie Sancha, Conchita und Rosa vor sich und hörte, was sie sprachen, hörte, was sie nicht richtiggestellt hatte. Nun saß sie endlich allein vor ihrem großen Frisierspiegel und ließ die Bürste nachlässig durch ihr langes Haar gleiten.

War es richtig gewesen, den Dingen ihren Lauf zu lassen?

Aus dem Garten drang das Zirpen der ersten Grillen zu ihr herein. Sie lauschte, konnte jedoch sonst kein Geräusch ausmachen. In den Quartieren der Dienerschaft würden sich allerdings sehr bald die ersten schlafmüden Köpfe von den Kissen heben. Vielleicht waren einige der Hausangestellten auch schon in der Küche, um die Überreste des Festes zu beseitigen und das Frühstück für die Herrschaften zu bereiten.

War es wirklich recht gewesen zu schweigen, als man diese Dinge über Anna angedeutet hatte?

Verdammt!, dachte sie. Viktoria warf die Bürste auf den Frisiertisch und sprang auf. Sie hatte niemals an sich gezweifelt. Sie war Viktoria Hofmeister aus Hamburg, die allen Männern den Kopf verdrehte, um dann den zu heiraten, den sie sich auserwählt hatte: Humberto Santos aus Salta in Argentinien, einen weltgewandten, schönen und reichen Mann. So reich, dass sogar ihr Vater zugeben musste, dass sie einen guten Schritt getan hatte. Humberto war der Erbe einer Estancia, für deren Besichtigung man zwei strenge Tagesritte brauchte.

Don Humberto, dachte Viktoria, der Fehler meines Lebens.

Viktoria seufzte, zog den Morgenmantel enger über der Brust zusammen. Ein Geräusch draußen vor der Tür, die in den Garten führte, ließ sie gleich darauf herumfahren. Etwas raschelte. Die großen roten Blüten des Hibiskus bewegten sich. Dann war ein leises Klopfen zu hören.

Pedro! Das konnte nur Pedro sein. Niemand sonst würde sie um diese Uhrzeit aufsuchen.

Sie sprang zur Tür und öffnete. Geschmeidig wie eine Raubkatze schob Pedro sich zu ihr hinein. Im frühen Morgenlicht erkannte sie seine markanten Gesichtszüge. Das Haar trug er im Nacken zusammengebunden. Sein weißes Hemd stand über der Brust offen. Draußen im Flur waren endlich die ersten Taggeräusche zu hören, aber die Gefahr, entdeckt zu werden, spornte Viktoria mit einem Mal nur mehr an. Sie hatte sich niemals gefürchtet. Oft hatte sie die Aufregung erst spüren lassen, was es hieß, lebendig zu sein. Entschlossen zog sie Pedro weiter ins Zimmer.

»Ich habe dich vermisst«, sagte sie, bevor er noch den Mund geöffnet hatte. Dann schmiegte sie sich an ihn, endlich bereit, loszulassen nach diesem viel zu langen Tag voller Anspannung.

Sie wollte nicht fragen, warum er hier war. Er war ihretwegen gekommen, das war ihr genug. Wortlos legte Pedro die Arme um sie, hielt sie einen Moment lang fest an sich gedrückt. Sie schmiegte die Wange gegen seine warme, nackte Haut.

Auch er hat mich vermisst, dachte sie. Wir gehören zusammen. Für Pedro war sie von Bedeutung, auch wenn sie ihn immer nur im Geheimen würde lieben können, denn sie war Viktoria Santos, die angesehene Frau von Señor Humberto Santos aus Salta. Sie wusste, was sich schickte.

Nochmals drückte sie sich an Pedro, genoss jeden Zoll seines Körpers an ihrem. Er roch gut, nach Heu und Leder, Pferden und Tabak. Nach Freiheit.

Ich will ihn nie mehr loslassen, dachte sie, während sie nunmehr seine Küsse erwiderte.

Gemeinsam, schwankend wie zwei Betrunkene, bewegten sie sich zu ihrem Bett hinüber. Als sie direkt davorstanden, machte Viktoria sich von Pedro los und drehte sich um. Er zögerte, dann umfassten seine Hände ihre Brüste. Sie senkte die Augenlider, sah die braune Haut seiner Finger, die sich auf dem Weiß ihres Nachthemds abzeichneten.

»Viktoria«, wisperte er, drehte sie wieder zu sich herum und schaute sie an, als sähe er sie seit langer Zeit zum ersten Mal.

Verstehst du jetzt endlich, fuhr es ihr durch den Kopf, wir gehören zusammen.

Als er sie erneut küsste, schloss Viktoria die Augen. Gleich darauf spürte sie seine Lippen an ihrem Schlüsselbein. Ein Frösteln überlief ihren Körper. Sie platzierte drei rasche kleine Küsse auf seiner Brust, dann suchten ihre Hände seine Hüften, nestelten im nächsten Moment an seinem Gürtel. Kurz horchte sie, doch von draußen war nichts Bedrohliches zu hören. Nur die Grillen, nur die ersten Vögel, die ihr Morgenlied begonnen hatten, etwas ferner Hufgeklapper und das Kläffen eines Hundes. Mit einem Seufzer umfasste Viktoria Pedros Gesäß, spürte eine Bewegung in Höhe seines Geschlechts, trat dann mit einem Lächeln einen halben Schritt zurück. Langsam ließ sie die Hände über Pedros Arme gleiten, und plötzlich spannten sich seine Muskeln an. Sie sah, dass er seine Stirn in strenge Falten legte.

»Ist etwas?«

»Nein.«

Er machte keine Anstalten mehr, ihre Berührungen zu erwidern. Unschlüssig setzte Viktoria sich auf ihr Bett. Er schaute ihr dabei zu, wie sie ihren Morgenmantel von der Schulter gleiten ließ. Dann legte sie den Kopf zur Seite. Endlich setzte er sich neben sie und ließ eine ihrer Haarsträhnen durch seine Finger gleiten.

So waren wir hier noch nie zusammen, dachte sie.

Damals, in jenen viel zu kurzen Monaten, in denen Paco gezeugt worden war, hatten sie das Haus stets gemieden. Sie hatten sich draußen geliebt, Sand und Gras auf der nackten Haut, oder in alten Unterständen, sogar inmitten einer alten Indianersiedlung und in der Mühle.

Viktoria neigte den Kopf zurück, die Augen geschlossen, um Pedro den Mund zum Küssen darzubieten, doch nichts geschah. Sie öffnete die Augen.

»Was ist?«

Er schien nicht sogleich antworten zu wollen, ließ sie los und stand abrupt auf. Kurz musterte er sie, dann trat er einen weiteren Schritt von ihr weg.

»Die Leute reden«, sagte er.

»Über uns?« Viktoria fröstelte mit einem Mal.

»Nein, natürlich nicht, wie sollten sie? Über Señora Weinbrenner.« Pedro verschränkte die Arme vor der Brust. »Es heißt, sie sei...«, er suchte nach Worten, »... es heißt, sie sei eine Hure aus Buenos Aires. Kannst du dir vorstellen, wie sie darauf kommen?«

Viktoria schaute zu Boden. So weit war der Klatsch also schon gediehen, und sie hatte doch nichts dazu beigetragen als ihr Schweigen. Sie hob den Kopf wieder, reckte stolz das Kinn nach vorn. Dann stand sie ebenfalls auf. Wahrscheinlich hatte es das Mädchen von Rosa Veras nach draußen zu den anderen getragen, und die hatten es weitergeplappert. Gerüchten wuchsen hier schnell Flügel. Stets galt es deshalb, vorsichtig zu sein. Viktoria streckte die Hand aus und fuhr über Pedros Arm.

»Küss mich«, forderte sie.

Er schaute sie an, der Ausdruck seines Gesichts war mit einem Mal düster. »Was hast du getan, Viktoria?«

»Nichts.« Ihre Hand ruhte jetzt auf seinem Arm.

Nein, sie hatte wirklich nichts getan. Sie hatte nichts tun müssen, nur schweigen. Dank Doña Sancha und den anderen nahm alles von selbst seinen Lauf.

Pedro räusperte sich. »Ich habe dich mit Doña Sancha gesehen. Ich habe dich auch vor der Verandatür gesehen, als Doña Sancha, Doña Conchita und Doña Rosa sich frisch gemacht und miteinander geredet haben.« Er schaute sie eindringlich an. »Willst du mir nicht etwas sagen?«

Er musste irgendetwas in ihrem Gesicht gelesen haben. Viktoria holte tief Luft, um sich zu sammeln.

»Nein«, entgegnete sie. »Ich war die Gastgeberin. Ich musste mit jedem reden, und Doña Sancha ...« Sie hob die Schultern und ließ sie wieder fallen. »Seien wir ehrlich, Doña Sancha ist einfach eine furchtbare Schwätzerin, nicht wahr?«

Pedro schaute sie nachdenklich an. Dunkel waren seine Augen jetzt, unergründlich, aber es gelang ihr, seinem Blick standzuhalten.

»Ich habe nichts gemacht«, wiederholte sie und streichelte wieder über seinen Arm.

»Das ist wohl richtig«, entgegnete Pedro langsam. »Du hast *nichts* gemacht, das ist genau das Problem, Viktoria.« Kurz spannte sich sein Körper wieder an, dann holte er tief Luft und zog sie an sich. »Doña Rosas Mädchen erzählt allerdings, du hättest gesagt, Señora Weinbrenner sei eine Hure.«

»Nun, das habe ich gewiss nicht.«

»Gut, Viktoria, aber irgendjemand muss sie doch auf diese Idee gebracht haben. Wirst du denn dafür sorgen können, dass das Gerede wieder aufhört?«

Viktoria antwortete nicht. Nein, das konnte sie nicht, und sie wollte es auch gar nicht.

Wie erstarrt stand Anna im Garten vor Viktorias Tür. Dann begann sie so sehr zu zittern, dass sie sich gegen die Hauswand stützen musste. Wild hämmerte das Herz in ihrer Brust. Sie musste um Atem ringen und bemühte sich gleichzeitig darum, keinen Laut von sich zu geben. Viktoria sollte sie keinesfalls bemerken, sollte sie nicht sehen, nicht hier und nicht so. Es war Anna, als stünde sie nackt da, all ihrer Kleidung beraubt, bereit, von allen begafft zu werden.

Viktoria und sie hatten den ganzen gestrigen Tag über und auch auf der Feier kaum ein Wort gewechselt, und Anna war unbehaglich darob gewesen. Deshalb hatte sie auch entschieden, die Freundin sobald wie möglich aufzusuchen. Als sie dann beim morgendlichen Spaziergang durch den Garten Licht in Viktorias Zimmer gesehen hatte, hatte sie nicht länger warten wollen. Offenbar, hatte sie gedacht, hat auch Viktoria nach dem Fest keinen Schlaf gefunden. Schon hatte sie die Hand heben wollen, um zu klopfen, da war sie auf die leisen Stimmen drinnen aufmerksam geworden, denn die Tür stand einen Spalt offen. Wie hätte sie denn ahnen sollen ...

Viktoria und Pedro.

War Pedro Viktorias Geheimnis und hatte sie richtig gehört? Man hielt sie für eine Hure aus Buenos Aires, und

Viktoria hatte tatsächlich nichts getan, um dem Geschwätz entgegenzutreten? Anna rief sich die Blicke ins Gedächtnis, die sie getroffen hatten, kurz bevor sie das Fest verlassen hatte. Sie dachte an die Verachtung in den Augen der Frauen und das mit einem Mal anzügliche Lachen der Männer, auf das sie sich keinen Reim hatte machen können. Wie dumm war es gewesen zu glauben, dass sie sich irrte.

Annas Gedanken überschlugen sich. Aber warum, Viktoria? Was habe ich dir getan? Ihre Augen brannten, aber Tränen wollten keine kommen. Sie fühlte sich leer und kalt. Wie hatte Viktoria ihr das antun können? War es falsch gewesen, ihr zu trauen?

Anna lächelte bitter. Ja, ganz offenbar war es das. Sie gehörte nicht in diese Welt, das hatte sie am Abend zuvor wieder erkennen müssen. Offenbar war jeder bereit gewesen zu glauben, dass eine Frau wie sie ihren Lebensunterhalt nur auf unlautere Weise verdienen konnte.

Anna konnte später nicht sagen, wie sie zurück auf den Gartenpfad gelangt war und dann in den zweiten Innenhof. Sie fröstelte heftig unter dem zu leichten Umhang, den sie über ihr einfaches Nachtkleid gezogen hatte.

Ob Julius mich auch für eine Hure hält? Ja, ganz sicher tut er das. Ganz sicher. Wie konnte ich nur so dumm sein, etwas anderes zu glauben!

Anna hörte jemanden lachen, dann die Stimme eines Mädchens und darauf den dunkleren Tonfall eines Mannes. Sie fuhr sich mit dem Handrücken über das Gesicht. Nur nicht weinen, nicht weinen. Niemand sollte sehen, dass sie weinte.

Vorsichtig ging Anna ein paar Schritte weiter. So betrog Viktoria ihren Ehemann also mit dem ersten Vorarbeiter. In ihrer Zeit hier hatte sie eine Ahnung davon gewonnen, dass die Freundin nicht glücklich war, aber Viktoria hatte nicht darüber sprechen wollen.

Anna hob den Kopf und schaute in das dschungelartige Pflanzengewirr, das sie umgab. Don Ricardo hatte diesen Garten in Erinnerung an die Wildnis anlegen lassen, die seine Vorfahren einst für den Bau des Gutes hatten bezwingen müssen. Heute lebten zahme Affen hier, Geckos, Papageien und andere Vögel. Auf einem goldenen Käfig saß ein Ara, hielt eine Mandel in einer Kralle und beäugte sie, den Kopf schräg gelegt, aus seinen runden, dunklen Augen.

Wieder hörte Anna Stimmen – sie kamen aus dem Küchentrakt. Aus den Augenwinkeln sah sie eine der Indio-Dienerinnen vorüberhuschen. Nur wenig später tauchte Humberto Santos auf. Sein Hemd stand offen. In eindeutiger Weise nestelte er an seiner Hose. Röte ließ Annas Wangen aufglühen. Mit einem kurzen Blick überprüfte sie ihre eigene Kleidung. Als er ihrer gewahr wurde, kam Humberto breit grinsend auf sie zu.

»Señora Anna! Sind Sie schon wieder auf?«

Anna schluckte. »Ich bin es nicht gewöhnt, lange zu schlafen, Señor Santos«, entgegnete sie dann fest.

»Nein?«

Anna gab keine weitere Antwort. Nach einer Weile räusperte Humberto sich, dann fingerte er seine Taschenuhr hervor und warf einen Blick darauf.

»Da Sie nicht schlafen, vermute ich, dass meine Frau auch noch wach ist. Ich sollte ihr mal wieder einen Besuch abstatten! Genau, am besten schaue ich gleich nach dem Rechten.«

Humberto lachte und machte sich schon auf. Entsetzt starrte Anna ihm nach. Nein, Pedro war noch bei Viktoria.

Humberto durfte nicht zu ihr gehen. Aber wie sollte sie das nur verhindern? Oder ...

Anna holte tief Luft. Sollte sie, nach allem, was geschehen war, den Dingen einfach ihren Lauf lassen?

Humberto hatte den Gang, der zu Viktorias Zimmern führte, schon fast erreicht. Wild drehten sich die Gedanken in Annas Kopf. Jetzt war der Moment. Jetzt musste sie eingreifen, oder Humberto würde Pedro im Zimmer seiner Frau antreffen. Anna wollte sich nicht ausmalen, was dann geschah. Während der Länge eines Lidschlags traf sie ihre Entscheidung: Wenn Humberto jetzt zu Viktoria ging, dann würde diese Anna nicht mehr helfen können. Dann war alles verloren, alles, was sie sich erhofft hatte und damit auch die Möglichkeit eines besseren Lebens für Marlena. Der Gedanke an ihre Tochter bestärkte Anna in ihrer Entscheidung.

»Señor Santos!«, rief sie.

Humberto Santos drehte sich um und schaute sie fragend an. Entschlossen lief Anna auf ihn zu und griff nach seinem Arm. »Señor«, hauchte sie, »Señor, würden Sie ...« Verwundert blickte Humberto auf ihre Hand. Errötend zog Anna sie zurück. »Äh ...«, sie zögerte, »... würden ... würden Sie mich bitte zu meinem Zimmer begleiten? Es ist schon spät, und ich fürchte mich so vor ... vor den Papageien.« Die Worte platzten geradezu aus ihr heraus.

»Vor den Papageien?« Entgeistert schaute Humberto Anna an. »Sie haben Angst vor Vögeln?«

»Seit dem Erlebnis mit dem Kondor«, hauchte Anna und nickte heftig, bemüht, ängstlich auszusehen.

Viktoria hatte es sich nicht nehmen lassen, Annas Begegnung mit jenem Aasfresser wiederholt in den buntesten Farben und zum Amüsement ihrer Zuhörer zu schildern. Anna senkte die Augenlider. Jetzt musste Humberto nur noch darauf anspringen. Noch schien er zu überlegen. Anna stieß einen leise klagenden Seufzer aus. Erleichtert bemerkte sie gleich darauf das Lächeln, das Humbertos Gesicht verzerrte. Sicherlich erinnerte er sich nun an ihre Eskapade mit dem Kondor, an das Missgeschick, von dem man auf Santa Celia über mehrere Tage gesprochen hatte. Er gab eine Art Knurren von sich.

»Nun gut, ich begleite Sie. Meine Frau wird auf mich warten können.«

Anna atmete tief durch. Ihre Finger suchten wieder nach Humbertos Arm. »Dürfte ich? Ich fühle mich dann sicherer.«

Sie schlug die Augen nochmals nieder, hakte sich unter, wie es eine Dame tun würde. So hoffte sie jedenfalls.

Humberto schien nicht beeindruckt, aber er führte sie in Richtung ihres Schlafzimmers. Sie hatten den Innenhof schon fast durchquert, als Don Ricardo plötzlich aus einem der angrenzenden Zimmer trat.

»Humberto?« Er schien überrascht, seinen Sohn zu sehen. »Señora!« Ein kurzer, prüfender Blick streifte Anna, dann blickte er wieder seinen Sohn an.

»Ich muss dich sprechen. Es gibt Nachrichten von unseren Partnern aus Bolivien.«

Anna ließ Humbertos Arm los. »Dann will ich nicht stören.«

»Aber...« Humberto schaute sie verwundert an.

»Es ist nicht mehr weit«, sagte Anna, »Sie haben jetzt Wichtigeres zu tun, als sich um die Ängste eines dummen Weibs zu kümmern. Gute Nacht, Señores.«

Sie schlang ihr Umschlagtuch fester um ihren Oberkörper und entfernte sich gemessenen Schrittes. Hinter ihr war kein Laut zu hören. Offenbar schweigend schauten ihr die Santos-Männer hinterher.

Doña Ofelia stieß die Luft aus. Niemand hatte sie gesehen, Don Ricardo und ihr Sohn Humberto nicht, Señora Weinbrenner ebenso wenig. Auf leisen Sohlen schlich sie in den flusssteingepflasterten zweiten Patio hinüber, in dem sie unter dem Korallenbaum täglich ihren Mate-Tee zu sich zu nehmen pflegte. Manchmal gab es Tage, an denen sie diesen inneren Patio nicht verließ, Tage, die sie nur damit verbrachte, die wandernden Schatten der Algarrobos zu beobachten. Jetzt ließ sie sich auf den Schaukelstuhl sinken und wiegte sich vor und zurück, wie sie das früher mit Humberto auf den Knien getan hatte. Sie erinnerte sich gern an das zarte, schwarz gelockte Kind in ihren Armen, das ihr anfänglich wie eine Puppe erschienen war.

Als Humberto noch klein gewesen war, hatte es nur sie beide gegeben. Ihm hatte sie all ihre Liebe geschenkt, und er hatte sie geliebt. Sie hatte ihm hübsche Kleidung angezogen, dunkle Hosen und weiße Hemden, einen kleinen Hut, einen mit Silber beschlagenen Gürtel. Später hatte er auch dem Vater gefallen wollen, und nach und nach hatte der Interesse an seinem Sohn bekundet. In den ersten Jahren dagegen hatte Don Ricardo sich kaum um Humberto gekümmert. Wie viele seiner Freunde und Geschäftskollegen war er ganz einfach der Meinung gewesen war, dass Kinder leere Gefäße seien, die es zuerst zu füllen galt. Es war an ihr gewesen, Humberto einzubläuen, dass er seinem Vater gegenüber Bewunderung und Respekt hegen musste, und das hatte sie getan. Doña Ofelia hatte ihn gelehrt, den Vater zu ehren, genauso wie er gelernt hatte, dass es nie eine bessere Frau geben würde als seine Mutter.

Nie hatte er sich in all den langen Jahren für eine andere Frau interessiert. Sie hatte sich sicher gefühlt. Als er ihr aus Paris geschrieben hatte, er habe sich in eine Frau verliebt, war es ihr deshalb auch gewesen, als hätte man ihr ein Messer in die Brust gerammt. Der Schmerz hatte über Tage in ihr gebrannt, war so stark gewesen, dass sie sich hatte hinlegen müssen. Sie habe Kopfschmerzen, hatte sie verlauten lassen. Sie hatte sich zwingen müssen, einen fröhlichen Brief an ihren Sohn zu schreiben. Sie hatte gewusst, dass sie die Heirat nicht verhindern konnte, aber sie hatte auch gewusst, dass seine Liebe nicht von Dauer sein würde, denn dafür hatte sie sich vorgenommen zu kämpfen.

Es konnte nur eine geben, die er auf Dauer liebte.

Und so hatte sie dafür gesorgt, dass Humberto sich von Viktoria entfremdete, nachdem die beiden auf der Estancia eingetroffen waren. Sie hatte es geschickt getan und ohne großen Druck auszuüben. Dafür hatte sie erduldet, dass er sich immer wieder Flittchen und Huren aus Salta mit nach Hause brachte.

Was aber, wenn er sich jetzt in diese Anna Weinbrenner verliebte? Humberto war so ein weicher Junge. Er war so ein guter Junge. Er war ihr Kind. Sie musste ihn schützen. Sie hatte die Huren bestraft, die nur sein Geld wollten. Sie hatte ihn immer geschützt wie eine Löwin, sie hatte doch niemand anderen, der sie liebte.

Doña Ofelia verschränkte die Finger ineinander, drückte die Fingernägel in die Haut, um des Schmerzes Herr zu werden, der in ihr tobte, seit sie sich erinnern konnte. Sie war es so satt, immer die gleichen Kämpfe auszufechten.

Viertes Kapitel

»Nein? Du sagst unwiderruflich nein? Hast du darüber nachgedacht, Anna? Hast du wirklich über das nachgedacht, was ich dir gesagt habe?«

»Ich habe darüber nachgedacht.«

Anna wandte den Blick ab. Sie konnte ihn jetzt nicht ansehen. Der Ausdruck von Schmerz in Julius' Gesicht wollte sie schier zerreißen. Mit einem tiefen Atemzug trat sie noch einige Schritte von ihm weg, um Abstand zwischen sie zu bringen. Sie musste alle Kraft dazu aufwenden. Ihrem Herzen hatte sie verboten zu sprechen – es pochte wild in ihrer Brust, aber sie wusste, dass es besser so war.

Dass es zwischen ihr und Julius Freundschaft gegeben hatte, grenzte schon an ein Wunder. Zwischen ihresgleichen konnte es aber keine Ehe geben. Zwischen ihresgleichen lagen Welten. Er lebte in der seinen, sie in der ihren. Wenn sie sich ausmalte, wie er aufgewachsen war, mit Dienern und Hauslehrern, wie sie es von den Bethges kannte, mit Schneidern, die persönlich ins Haus kamen, um einem die neue Kleidung anzupassen. Wenn er sie heiratete, würde er irgendwann unglücklich werden, das wusste sie. Irgendwann würde ihm bewusst werden, dass er einen Fehler gemacht hatte. Es gab so viele, die ihm mehr bieten konnten als sie. Vielleicht würde es eine Weile dauern, aber er würde sie vergessen. Sie wusste, dass sie diese Entscheidung für ihn treffen musste. Es gab keine andere Möglichkeit.

Anna unterdrückte einen Seufzer. Sie würde in den nächsten Tagen abreisen und zu Marlena zurückkehren. So wie sie es schon lange hatte tun sollen, lange bevor dies alles geschehen war, bevor sie sich von der Leichtigkeit des Lebens auf Santa Celia hatte verführen lassen. Sie würde zurückkehren, mit leeren Händen, wenn ihr nicht noch etwas einfiel.

Sie schämte sich.

Der Gedanke kam plötzlich und versetzte ihr einen Stich. Sie war aufgebrochen, um für sich und ihre Familie ein besseres Leben zu erkämpfen. Doch das war ihr nicht gelungen, und jetzt war es zu spät. Viktoria würde ihr den Gefallen nicht mehr tun, den sie sich von ihr erhofft hatte. Es machte keinen Sinn, darum zu bitten. Es war vorbei. Kurz kämpfte Anna mit den Tränen, dann räusperte sie sich entschlossen.

»Was wirst du jetzt tun?«

Sie hob den Kopf, um Julius anzusehen, konnte sie ihm doch nicht ewig ausweichen. Julius' Miene war mit einem Mal verschlossen. Was geht es dich an – sie konnte die Worte hören, auch wenn er sie nicht aussprach. Mit einer Hand stützte er sich auf dem Tisch in seinem Zimmer ab.

»Ich werde abreisen. Die Geschäfte warten nicht, das weißt du ja.«

Kam es ihr nur so vor, oder klang seine Stimme plötzlich kalt? Ich habe richtig entschieden, dachte sie, ich hätte es nicht ausgehalten, wenn ich diesen Ton irgendwann als seine Ehefrau gehört und gewusst hätte, dass er es bedauert, mich geheiratet zu haben. Und deshalb musste doch auch er verstehen, dass das hier das Beste für alle war? Alles andere bedeutete Unglück, alles andere war es nicht wert, darüber nachzudenken. Anna suchte nach etwas in Julius' Gesichtsausdruck, das ihr sagte, dass auch er verstand, dass auch er ihre Entscheidung guthieß. Schweigen senkte sich über das Esszimmer, das nur vom Summen einer Fliege unterbrochen wurde und von den Geräuschen, die einen ganz normalen Tag auf der Estancia begleiteten.

»Du musst sicherlich auch bald nach Buenos Aires zurück«, sagte Julius endlich.

Seine Stimme klang flach, nichts von der Wärme war in ihr geblieben, die Anna so liebte.

Sie nickte. Sie konnte nichts sagen. Wenn sie jetzt sprach, würde sie in Tränen ausbrechen.

Früh am nächsten Morgen, noch vor dem Frühstück, reiste Julius ab, um, wie er sagte, vor der großen Mittagshitze noch Strecke zu machen. Anna aber wusste, dass sie es war, die ihn davongejagt hatte.

Das gemeinsame Frühstück mit der Familie Santos verlief wie auch in den Tagen zuvor zumeist schweigend. Danach zog sich Viktoria mit ihren Kindern zurück, und Anna machte sich auf den Weg in ihr Zimmer. Als sie an Julius' ehemaligem Gästezimmer vorbeiging, bemerkte sie, dass dort die Tür offenstand. Noch bevor sie wusste, was sie tat, war Anna durch den Spalt geschlüpft und sah sich um.

Tatsächlich war er so überhastet abgereist, dass sich offenbar noch niemand darum gekümmert hatte, aufzuräumen. Das Bett war so zerwühlt, wie Julius es wohl am Morgen verlassen hatte – es zeugte von einer unruhigen Nacht. Auf einem kleinen Beistelltisch stand ein Glas Wasser neben einer Karaffe. Die Türen des Kleiderschranks standen offen. An der Zimmertür hing noch der Morgenmantel, den Julius sich von den Santos geliehen hatte. Anna versenkte ihre Nase in den Stoff und schnupperte.

Julius' Geruch ließ Erinnerungen an schönere Tage in ihr aufsteigen, an gemeinsame Ausritte und Gespräche, an Gelächter und Spiele. Es dauerte eine Weile, bevor sie sich davon lösen konnte. Sie horchte nach den Schritten der Dienerin, die das Zimmer sicher bald in Ordnung bringen würde, doch immer noch blieb alles still.

Nach kurzem Zögern ging Anna auf den Schreibtisch zu, an dem sie Julius in den letzten Wochen zuweilen vorgefunden hatte, wenn er hatte arbeiten müssen, und setzte sich daran. Ein Stapel Papier lag dort. Julius hatte auf dem obersten Blatt offenbar Reiserouten notiert. Anna überflog die Namen, von denen ihr manche bekannt waren und manche nicht. In eine Ecke hatte er – gar nicht unbegabt – einen kleinen Affen gezeichnet. Als sie den Stapel aufnahm, ertastete sie etwas Dickeres zwischen den Seiten. Neugierig fingerte sie den Gegenstand hervor. Es war ein Bild, das Julius offenbar in der Hast seines Aufbruchs vergessen hatte. Es zeigte ihn selbst vor dem Zollgebäude in Buenos Aires.

Anna biss sich auf die Lippen. Sie erinnerte sich, dass er gesagt hatte, dass er sich für die Daguerreotypie interessiere. Auf dem Bild hatte Julius die Arme vor der Brust verschränkt und hielt den Kopf leicht schief. Er lächelte. Bevor sie sichs versah, hatte Anna das Bild in der Tasche ihres Rocks versenkt. Wenn ihr schon nichts anderes blieb, so blieb ihr damit doch wenigstens eine bleibende Erinnerung.

Fünftes Kapitel

Die nächsten und letzten Tage, die Anna auf der Estancia verbringen würde, vergingen in träger Gleichmäßigkeit. Sie und Viktoria frühstückten nun nicht mehr im Garten, sondern wieder gemeinsam mit den Santos. In regelmäßigen Abständen richtete Viktoria das Wort an sie. Jemand, der sie nicht kannte, hätte wohl nichts bemerkt, doch Anna wusste, dass die Gespräche schleppender geworden waren – nur noch selten machten sie Späße. Es war, als habe man Fremde an einen Tisch gesetzt, deren Interessen vollkommen unterschiedlich waren, und nicht zwei Frauen, die sich einmal Freundinnen genannt hatten.

Mittags zogen die beiden Frauen sich jetzt wieder in die Zimmer zurück, am späten Nachmittag stand Pedro weiterhin bereit, sie auf ihren Ausritten zu begleiten, doch es sollte zu keinen weiteren Ausflügen mehr kommen. Häufig schützte Viktoria Kopfschmerzen vor, Anna gab vor, ihre Abreise vorzubereiten. Den Abend verbrachten sie meist mit der Familie auf der Veranda und schwätzten miteinander.

Zuweilen gelang es Pedro und Viktoria, sich gemeinsam zurückzuziehen. Anna beobachtete das und bewahrte ihr Wissen für sich. Es ging sie nichts mehr an, dass Viktoria mit dem Feuer spielen wollte, und doch fragte sie sich hin und wieder, ob und wie sie ihr Wissen nutzen konnte. Noch hielt sie etwas davon ab – die Erinnerung an die Freundschaft auf dem Schiff, die vielen gemeinsamen fröhlichen Erlebnisse auf Santa Celia.

Es war ein Sonntag, und Anna wollte gerade einen kleinen Spaziergang machen, als sie Paco und Estella, Viktorias Kinder, gemeinsam mit ihrer Kinderfrau Rosalia auf der Veranda entdeckte. Die beiden spielten unbeschwert. Das kleine Mädchen mit seinen in dieser Gegend fremdartig blauen Augen war seiner Mutter wie aus dem Gesicht geschnitten, wenn es auch dunkle Haare hatte. Der kleine Junge sah auf seine Weise fremdartiger aus, auch wenn Anna bestimmte Gesichtszüge Viktorias zu erkennen vermeinte. Während der mittlerweile acht Monate alte Paco auf seinem kleinen Po saß und sich glucksend an den Grimassen seiner Kinderfrau erfreute, hatte Estella all ihre Puppen nach draußen gebracht und um einen Tisch gesetzt, der mit einem winzigen Teegeschirr gedeckt war. Ernst ließ sie zwei der kleinen Spielgefährten miteinander plaudern. Der Anblick versetzte Anna einen unerwarteten Stich.

Was Marlena wohl gerade macht?, schoss es ihr durch den Kopf. Sie war jetzt schon zwei Jahre alt. Beim Gedanken an die dünnen Ärmchen und Beinchen ihrer Tochter und die Blässe ihrer Haut musste Anna die Kiefer aufeinanderbeißen. Hatte sie Marlena je so unbekümmert spielen sehen? Nein, und sie wünschte sich doch so sehr ein besseres Leben für ihr Kind. Sie wünschte sich, ihr Spielzeug kaufen zu können und schöne Kleidung, *dulce de leche*, weiche Milchbrötchen und Schokolade. Sie wünschte sich, mit ihr Ausflüge machen zu können. Sie wünschte sich, dass sie genauso unbeschwert spielen konnte wie Estella und dass aus jeder ihrer Bewegungen das Wissen darum sprechen würde, dass man sie liebte. Estella war sich der Liebe ihrer Mutter deutlich bewusst, genauso wie der Liebe ihres Großvaters, der das kleine Mädchen nach Strich und Faden verwöhnte.

Stumm schaute Anna zu, wie Estella nun einer der Puppen

aus einer filigranen Tasse Tee anbot. Ihr Bruder beschäftigte sich derweil damit, nach einem Schmetterling zu haschen und fiel dabei vornüber. Sofort war Rosalia bei ihm, herzte und küsste den propperen kleinen Jungen.

Marlena hat nicht eine einzige Puppe, schoss es Anna durch den Kopf, sie hat überhaupt kein Spielzeug. Sie musste sich auf die Unterlippe beißen, um die Tränen zurückzuhalten. War es recht, dass sie davor zurückschreckte, alles zu tun, um Marlena ein besseres Leben zu verschaffen? War es recht, nicht die einzige Gelegenheit beim Schopf ergreifen zu wollen, die sich ihr bot? Anna drückte die Hände gegen ihren Magen, der plötzlich schmerzte vor Angst und Unbehagen.

Die nächste Puppe bekam Tee gereicht. Estella plapperte dabei munter nach, was sie bei den Erwachsenen aufgeschnappt haben musste.

Anna hatte vergessen, wie rund und rosig Kinderwangen sein konnten. Marlenas Wangen waren niemals so rosig gewesen. Nein, sie hatte kein Recht, ihrer Tochter ein besseres Leben zu versagen, nur weil sie Gewissensbisse hatte.

»Marlena«, flüsterte sie unvermittelt, und presste sich dann die Hand gegen den Mund.

Sie wollte, dass es ihrem kleinen Mädchen gut ging, und sie wusste jetzt, dass sie eine Entscheidung treffen musste, die ihr nicht leicht fallen würde.

»Wie meinst du das?«

Viktoria machte einen Schritt von Anna weg, als könne sie die Nähe der anderen mit einem Mal nicht mehr ertragen. Ihre Stirn runzelte sich.

»So wie ich es gesagt habe, Viktoria.« Anna schluckte. »Ich habe euch beide gesehen.«

Viktoria starrte ihr Gegenüber an und trat dann noch einen Schritt zurück, sodass sie gegen ihre Frisierkommode stieß. Der Frisierspiegel polterte gegen die rückwärtige Wand, klirrend fiel ein Parfumfläschchen um. Viktoria überlegte fieberhaft. Stimmte, was Anna sagte? Hatte sie wirklich gesehen, wie Pedro und sie...? Ein Hitzeschauer überlief sie.

Sie drehte sich um, griff blindlings nach ihrem silbernen Kamm und ließ den rechten Daumen über die Zinken gleiten, erhaschte ein bleiches Abbild ihrer selbst im Spiegel. Nur auf ihren Wangen waren rote Flecken zu sehen. Über den Spiegel warf sie Anna einen Blick zu, drehte unschlüssig den Kamm in der Hand, bevor sie sich wieder umwandte.

Waren Pedro und sie tatsächlich so leichtsinnig gewesen?

Plötzlich war ihr kalt. Sie spürte, wie eine Gänsehaut ihren Körper überlief, wie sich die feinen Haare auf ihren Armen aufrichteten. Anna trat unvermittelt einen Schritt auf sie zu. Viktoria schreckte zurück.

»Ich habe nichts gesagt«, stotterte Anna. »Wirklich, ich...«

Viktoria zog die Augenbrauen hoch. »Aber du willst etwas sagen, wenn ich nicht das mache, was du von mir verlangst, oder habe ich dich da falsch verstanden?«

Sie hatte nicht laut gesprochen, und doch klang jedes ihrer Worte wie ein Peitschenhieb, unter dem Anna zusammenzuckte. Sie war wütend, wütend und doch auch ängstlich, dass es ihr nicht gelungen war, ihr Geheimnis zu bewahren. Was, wenn Anna nicht die Einzige war, die aufmerksam geworden war? Beim Gedanken an Don Ricardo musste Viktoria ein neuerliches Schaudern unterdrücken. Seine Drohung war ihr noch gut im Gedächtnis.

Dabei habe ich doch auch ein Stückchen Glück verdient, dachte sie, ich doch auch. Warum sollen nur die anderen glücklich sein? Julius liebt Anna. Doña Ofelia liebt Humberto – oh ja, sie war nicht dumm, sie hatte das bemerkt. Ihre Schwiegermutter war so vernarrt in ihren Sohn, dass Viktoria nur den Kopf schütteln konnte.

Viktorias Finger schlossen sich fester um den Kamm. Die Zinken bohrten sich in ihr Fleisch, aber der äußere Schmerz war ihr gleichgültig, denn er würde niemals an das heranreichen, was in diesem Moment an ihrem Inneren riss.

»Übrigens, du glaubst doch nicht, dass er dich wirklich heiraten wollte, oder? Unser Julius entstammt einer feinen Hamburger Familie, wusstest du das nicht? Sehr protestantisch. Die heiraten gewöhnlich keine katholischen Gossenmädchen«, höhnte sie dann.

Es tat gut zu sehen, wie Anna erneut zusammenzuckte.

»Außerdem arbeitet er für ein deutsches Handelshaus. Wenn er sich bewährt, steht ihm alles offen, sogar eine Teilhaberschaft, hat er mir gesagt. Sein Vater wird stolz auf ihn sein, und das ist in Wirklichkeit alles, was Julius will ... Er will, dass sein Vater stolz auf ihn ist, dann holt er sich seine Braut aus Deutschland und heiratet.« Viktoria legte den Kamm zur Seite, nahm eine Perlenkette von ihrem Frisiertisch und ließ sie durch ihre Finger gleiten. »In diese Planung, das kannst du dir sicher vorstellen, passt ein Mädchen aus Barracas wenig. Ich hoffe ja, dass du dich ihm nicht schon ... nun ja, hingegeben hast.«

»Ich wohne nicht in Barracas.«

Viktoria schaute Anna, die heftig den Kopf schüttelte, nur mitleidig an. Mit ihrem sauber gescheitelten Haar und dem ovalen Gesicht erinnerte sie Viktoria nicht zum ersten Mal an eine Madonna. Sie fragte sich, wie viel Anna wirklich wusste. *Vielleicht hätte ich ihr das gegeben, was sie jetzt von mir erpressen will – am Anfang, als sie hier ankam –, aber es war zu viel geschehen, und zu viel stand mittlerweile zwischen ihnen.*

»Ich habe meinem Mann zwei Kinder geschenkt«, sagte Viktoria leise und musste gegen die große Müdigkeit ankämpfen, die sie mit einem Mal in sich spürte. »Meinst du nicht, dass ich meine Pflicht getan habe? Vielleicht wird er das ja auch so sehen...«

»Ja, vielleicht.« Annas Augen huschten unruhig durch den Raum. »Aber du wirst es nicht darauf ankommen lassen, oder, Viktoria?«

Viktoria antwortete nicht. Ihre Gedanken überschlugen sich. Offenbar wusste Anna von Pedro, aber sie wusste wohl nicht, dass Paco Pedros Sohn war. Niemand wusste das. Sie hatte es bisher auch Pedro nicht gesagt. Aus irgendeinem Grund war ihr der Gedanke angenehm gewesen, etwas zu wissen, von dem keiner sonst etwas ahnte. Aus irgendeinem Grund hatte sie geglaubt, dass es ihr vielleicht nützlich sein würde, auch wenn sie das inzwischen nicht mehr glaubte, aber nun war es wohl zu spät für die Wahrheit.

»Ich möchte Marlena ein besseres Leben bieten«, sagte Anna, mit einem Mal um Verständnis heischend.

»Mit meinem Geld und indem du mich erpresst.« Viktorias Stimme klang höhnisch. »Das nenne ich einen guten Anfang.«

Sie sah, wie Anna zusammenschreckte. Sie würde ihr keinen Schritt entgegenkommen. Wenn Anna sich für eine Erpressung entschieden hatte, so würde sie mit ihrer Entscheidung leben müssen.

Es wollte Anna in dieser Nacht kaum gelingen, Schlaf zu finden. Lange lauschte sie den Geräuschen, die bis in die Nacht hinein auf der Estancia zu hören waren. Dann wieder waren es Schritte und Stimmen im Haus selbst, die sie wachhielten, und zu guter Letzt zerrte die Stille an ihren Nerven.

Als am Morgen endlich wieder Stimmen draußen zu hören waren, war es ihr, als sei sie gerade erst eingeschlafen. Die Unruhe, die sie seit dem Gespräch mit Viktoria nicht verlassen hatte, verstärkte sich. Sie konnte nunmehr die Stimmen Don Euphemios und seiner jüngsten Tochter Teofila im Innenhof hören, die den Santos offenbar mal wieder einen Besuch abstatteten. So würde sie beim Frühstück also nicht mit der Familie allein sein.

Anna stand auf und ging zu einem der Fenster hinüber. Es dauerte einige Minuten, bevor ihr auffiel, dass Rosita noch immer nicht gekommen war. Anna wartete noch eine Weile, dann verstand sie, dass Rosita an diesem Morgen wohl nicht kommen würde, um ihr beim Ankleiden zu helfen. Auch lag keines von Viktorias Kleidern bereit.

Unschlüssig sah Anna an sich herunter, dann öffnete sie den Kleiderschrank – er war leer bis auf die Kleidung, die sie auf der Reise getragen hatte. Das Kleid war gewaschen und geflickt worden, aber es blieb, was es war: ein graues, unförmiges Gewand, das niemals bessere Zeiten gesehen hatte, und das, allen Mühen der Dienerinnen zum Trotz, zerlumpt aussah.

Doña Ofelia jedenfalls riss Mund und Augen auf, als Anna ihr dergestalt gegenübertrat. Die musste alle Kraft aufwenden, um sich wie immer zu verhalten. Wenn bisher auch keiner gewusst haben mochte, dass Viktoria und sie sich zerstritten hatten, so war es jetzt unübersehbar. Höflich grüßte sie die Mitglieder der Familie Santos, nickte Don Euphemio und Señorita Teofila zu. Die Blicke der Anwesenden schmerzten ebenso wie Viktorias süffisantes Lächeln, aber der Gedanke an Marlena hieß Anna den Kopf hochhalten.

Das, was sie getan hatte, mochte schlecht sein, aber sie hatte es für ihre Tochter getan. Sie hatte es dafür getan, dass

Marlena das bessere Leben leben konnte, von dem sie doch alle träumten. Für ihre Tochter, das wusste Anna jetzt, konnte sie erpressen, für sie konnte sie auch lügen und betrügen, wenn es nötig war, für sie würde sie alles tun.

Es war eine andere Anna, die in der Nacht zuvor zu Bett gegangen war, als die, die nun hier am Tisch saß. Am Morgen hatte sie entschieden, was sie mit dem Schmuck machen würde, den ihr Viktoria im Gegenzug für ihr Stillschweigen überlassen hatte. Sie war nicht gerne zur Erpresserin geworden, aber hatte es eine andere Möglichkeit gegeben? Zurück in Buenos Aires würde sie die Pferdevermietung eröffnen, von der sie in den letzten Jahren so oft geträumt hatte.

Kurz hielt Anna inne, während ihr ein Diener einen Korb mit frischen Milchbrötchen hinhielt, dann wählte sie und schob den Gedanken an Stefan Breyvogel beiseite. Sie durfte keine Angst haben vor dem, was vor ihr lag. Sie musste jetzt entschlossen sein.

Viktoria musterte Anna mit einem langen Blick, während sie die Tasse Schokolade entgegennahm, die ihr von einer Dienerin gereicht wurde.

»Trägt man so etwas in Buenos Aires?«, fragte sie dann an Anna gewandt.

Die junge Señorita Sanchez unterdrückte ein Kichern. Doña Ofelia hob die Augenbrauen, sagte aber nichts, während die Männer einfach ihr Gespräch fortführten, als seien die Frauen nicht anwesend.

Anna antwortete nicht. Was auch immer Viktoria sagte, es konnte sie nicht berühren. Sie hatte ihre Entscheidung getroffen. Sie wusste, dass es die richtige war.

»Viktoria, bleib stehen!«

»Was willst du?«

Vielleicht war es das schlechte Gewissen, das Viktoria schroff reagieren ließ, aber das wollte sie sich nicht eingestehen. Sie presste die Lippen aufeinander, unterdrückte den leisen Schmerzensschrei, als Pedro sie bei den Oberarmen packte. Einen Augenblick starrten sie einander an. Nicht zum ersten Mal maßen sich blaue Augen mit tiefschwarzen. Viktoria schob das Kinn vor. Sie würde sich keinesfalls maßregeln lassen. Sie war kein kleines Kind mehr, über das alle bestimmen konnten.

»Was willst du?«, wiederholte sie.

Pedro hielt sie immer noch fest und schaute sie nun an, als suche er etwas in ihrem Blick. Dann räusperte er sich.

»Was hast du plötzlich gegen Anna?«

»Nichts.« Viktorias Stimme klang spitz. Wütend funkelte sie ihn an. »Lass mich los, oder ich rufe um Hilfe.«

Er schien gar nicht gehört zu haben, was sie sagte.

»Aber ich habe gehört, was du gesagt hast. Du hast dafür gesorgt, dass Teofila über sie gelacht hat. Ausgerechnet Señorita Sanchez.«

Viktoria biss sich auf die Lippen, während sie daran dachte, dass die junge Teofila kürzlich alle Indios als stinkende, dreckige Diebe bezeichnet hatte, als Säufer und Lügner, denen man nicht trauen konnte und bei denen man sich doch fragen müsse, ob es sich überhaupt um Menschen handle. Sie wusste, wie sehr Pedro die junge Sanchez verabscheute, aber sie konnte dem jetzt nicht nachgeben. Anna hatte sie ausgenutzt. Das musste bestraft werden.

»Lass mich los«, zischte sie noch einmal.

Pedro musterte Viktoria noch einen Moment lang und trat dann einen Schritt weg von ihr.

»Was hat sie gemacht, dass du dich mit der kleinen Sanchez gemeinmachen musstest?«

Viktoria reckte das Kinn vor. »Anna weiß von uns.«

»Wie das?«

Viktoria zuckte die Achseln.

»Und warum musstest du sie deshalb demütigen?«

»Das geht dich nichts an.«

»Aber es geht mich etwas an, wenn es um uns beide geht.«

»Du bist nicht mein Ehemann. Du bist lediglich jemand, mit dem ich mich ab und an vergnügt habe.«

Viktoria wusste nicht, warum sie den letzten Satz gesagt hatte – aus Wut vielleicht. Doch als sie in Pedros Gesicht sah, hätte sie ihn am liebsten wieder zurückgenommen. Mit einem Mal war seine Miene so verschlossen, wie sie es sonst nur von Begegnungen mit Humberto kannte. Schweigend wollte er sich abwenden. Dieses Mal war sie es, die ihn bei seinem rechten Arm packte.

»Pedro, ich ...«

»Ich glaube, es ist tatsächlich alles gesagt, Señora Santos.«

Seine Stimme klang kalt. Viktoria ließ ihre Hand wieder sinken.

»Lass uns später darüber reden, ja? Wenn wir beide wieder ruhiger sind«, bat sie mit brüchiger Stimme.

Pedro antwortete nicht.

Früh am nächsten Morgen erwachte Viktoria von Hufgeklapper. In fliegender Hast warf sie einen Morgenrock über und stürzte noch barfüßig hinaus in den Hof. Anna war eben dabei, auf ein Maultier zu steigen, das Don Ricardo ihr am Vortag für den Weg bis nach Salta zugesagt hatte. Pedro trieb sein Pferd schon zum Tor hinaus.

Rosita, Viktorias Mädchen, trat aus den Schatten des Eingangs und stellte sich an ihre Seite.

»Pedro bringt Señora Weinbrenner bis nach Salta«, sprach sie Viktoria an, als habe die ihr eine Frage gestellt.

Viktoria antwortete nicht. Sie wusste, dass das nicht stimmte. Pedro würde nicht zurückkehren. Er hatte sie verlassen.

Aber Paco ist dein Kind, sagte eine leise Stimme in ihrem Kopf.

Viktoria öffnete den Mund, doch es kam kein Wort heraus. Pedro hätte sie ohnehin schon nicht mehr hören können.

Sechstes Kapitel

Es war Juni, als Anna in Buenos Aires eintraf, bald würde der fünfte Winter in der Neuen Welt beginnen. Als sie das kleine Haus ihrer Familie erreichte, atmete sie tief durch. Es war ihr gelungen, ihren Schatz über Meilen hinweg zu transportieren, ohne ihn zu verlieren: Perlen, Diamanten, Silber- und Goldschmuck – alles war noch da. Während der langen Stunden, die sie im Sattel verbracht hatte, hatte sie viel Zeit gehabt, über ihren Plan nachzudenken. Pedro Cabezas hatte sie auf dem langen Weg bis nach Córdoba begleitet, wo sie sich erneut einer *tropa* hatte anschließen können. Wieder war es wochenlang durch das Land gegangen, wobei sich allerdings ihre Reitfähigkeiten deutlich verbessert hatten. In den nächsten Tagen würde sie sich nach einem geeigneten Objekt für ihr Unternehmen umsehen.

»Und, hat deine Reise etwas gebracht?«, höhnte der Vater, als Anna zur Tür hineinkam.

Wie stets war er betrunken. Marlena dagegen musterte sie vom Arm ihrer Mutter aus mit großen Augen. Noch wollte die Zweieinhalbjährige diese ihr fremd gewordene Frau nicht umarmen. Sie drückte sich an ihre Großmutter und verbarg das Gesicht hinter einem Arm. Elisabeth sagte nichts. Erst später, als Lenchen nach Hause kam, setzten sich die Frauen zusammen.

»Wie ist es dir ergangen?«, fragte Elisabeth.

Anna erzählte, stockend erst, dann immer schneller. Sie erzählte von der Estancia, vom Norden und den Indios, von

Kakteen und Lamas und ihrer Begegnung mit dem Kondor, die Lenchen einen spitzen Schrei entlockte.

»Du warst lange fort«, sagte Elisabeth, als sie endlich geendet hatte, und Anna fühlte, wie das schlechte Gewissen in ihr stach.

»Es war ein weiter Weg«, entgegnete sie leise.

»Konntest du dir Geld leihen?«

Anna nickte und spürte sogleich, wie das Herz in ihrer Brust wild zu hämmern begann. Und dann erzählte sie Mutter und Schwester, was sie vorhatte.

»Und, wirst du mir helfen?«

Eduard ließ eine Perlenkette durch seine Finger gleiten, den Blick auf den Beutel mit den Schmuckstücken gerichtet.

»Wo hast du die her, Kleines? Machst du es deinen Brüdern jetzt nach? Das ist nichts für dich, du bist zu gut für so etwas. Mach dir die Hände nicht schmutzig. Den Schmutz wirst du nie wieder los, das sage ich dir.«

Heftig schüttelte Anna den Kopf. »Nein, ich mache es euch nicht gleich, und doch habe ich mir die Hände schmutzig gemacht, ich...«, sie holte tief Luft. »Ach, es ist gleich. In jedem Fall brauche ich jetzt deine Unterstützung. Wirst du mir helfen?«

»Natürlich. Habe ich dich je allein gelassen?«

Sie schauten einander lange an. Anna hob die Hand und legte sie Eduard an eine Wange. Erinnerungen stürmten auf sie ein, Bilder aus der gemeinsamen Kindheit, aus der gemeinsamen Heimat, vom Rhein, von der Nahe und von den Weinbergen.

»Nein, das hast du nicht, Eduard, niemals, und wenn ich dir je zur Seite stehen kann, zögere nicht, ich bitte dich.«

Anna ließ die Hand sinken und musterte ihren Bruder, kam sich mit einem Mal dumm vor. Eduard trug einen neuen modischen Anzug. Sein Bart war gestutzt, doch das Haar stand ihm störrisch wie eh und je um den Kopf. Das wird sich nie ändern, dachte sie. Auch wie er jetzt vor ihr saß, sah sie noch den Jungen vor sich, mit dem sie gespielt hatte.

»Da wäre noch etwas, Eduard...«

»Ja?«

Anna räusperte sich, dann erzählte sie ihm, was sie vorhatte. Nachdem sie geendet hatte, starrte Eduard sie nachdenklich an.

»Und das traust du dir zu? Stefan Breyvogel und all den anderen die Stirn zu bieten?«

»Ja«, antwortete Anna einfach. »Das traue ich mir zu.«

Sechster Teil

Die Geschäftsfrau
August 1870 bis April 1871

Erstes Kapitel

»Wo ist sie, zum Teufel?«

Noch durch die geschlossenen Türen und Fenster hindurch konnte Anna die kräftige Stimme Stefan Breyvogels bis in ihr Büro hinein hören. Es war nicht das erste Mal, dass er so großspurig bei ihr auftauchte. Er redete mit ihr, als wäre sie immer noch seine kleine Stallmagd.

Anfangs, als das Fuhrunternehmen Brunner-Weinbrenner noch in den Kinderschuhen steckte, hatte er sie ausgelacht, dann, als das Geschäft sich schnell besser zu entwickeln begann, hatte er ihr eine Partnerschaft angeboten. In den letzten Wochen hatte sich die Zahl ihrer Geschäftskunden noch einmal erhöht. Offenbar erkannte man, dass Anna rasch und pünktlich zu liefern verstand und dass auf ihre Pferde Verlass war. Hatte man sie zuerst misstrauisch beäugt, vertrauten ihr die Leute jetzt längst. Man kannte sie als ruhige Frau, in deren dunkles Haar Trauer und harte Arbeit erste silbrige Strähnen gewebt hatten, wenn auch ihr Gesicht von einem noch jungen Alter zeugte. Mit nunmehr dreißig Jahren trug Anna stets schmucklose Kleider aus gutem Stoff, jedoch in gedeckten Farben, und dies nicht nur, wenn sie gemeinsam mit ihrer Mutter, der Schwester und der kleinen Tochter zum Gottesdienst kam.

Sie arbeitete viel. Da sie gut bezahlte, waren auch ihre Lieferanten zuverlässig. Die besten Pferde bekam deshalb neuerdings zuerst Señora Weinbrenner angeboten. Auch das konnte Stefan Breyvogel nicht entgangen sein. Anna atmete tief durch und lächelte ihr Gegenüber freundlich an. Nur sie wusste, wie hart sie über die letzten Jahre für dieses Vertrauen hatte arbeiten müssen. Das Geschrei draußen setzte für einen Moment aus.

»Bitte, Herr Goldberg, meine Schwester wird sich heute um die weiteren Formalitäten kümmern müssen, so leid es mir tut, nicht selbst für Sie da sein zu können. Sie hören, ich werde schon wieder gerufen.«

Es gelang ihr zu lächeln. Goldberg zwinkerte ihr aufmunternd zu. Schon zu Anfang, als er erstmals bei ihr aufgetaucht war, um ein Pferd zu mieten, hatte Anna sich gefragt, ob es sich um die Familie handeln mochte, die Jenny ein neues Heim geschaffen hatte. Sie hatte allerdings nicht gleich zu fragen gewagt. Später war es Herr Goldberg selbst gewesen, der darauf zu sprechen gekommen war.

»Sie ist ein Sonnenschein«, hatte er gesagt. »Sie ist unser ganzes Glück.« Er hatte nachdenklich in die Ferne geblickt und dann hinzugefügt. »Seit sie da ist, erkenne ich meine Rahel nicht wieder.«

Anna hatte versprochen, die Familie bald besuchen zu kommen, doch dazu war es bisher nicht gekommen. Sie wohnten in einem anderen Stadtteil von Buenos Aires, sehr weit weg, und es gab einfach immer zu viel Arbeit. Auch nach drei Jahren hatte sie nicht den Eindruck, dass sie schon locker lassen konnte. Sie hatte immer noch Angst, alles wieder zu verlieren. Manchmal, wenn die Angst überhand zu nehmen drohte, dann setzte sie sich vor die Truhe, in der sie ihre Hüte und Accessoires aufbewahrte, nestelte mit den Fingerspitzen den doppelten Boden heraus und betrachtete den Smaragdring mit den kleinen Rubinsplittern, den sie als Sicherheit zurückbehalten hatte und den sie neben Julius' Bild dort aufbewahrte. Nur der Gedanke daran ließ sie auch dieses Mal wieder ruhiger atmen.

Vor der schweren Haustür blieb sie noch einmal stehen und strich über Rock und Oberteil ihres neuen Kleides. Lenchen hatte sie zum Schneider begleitet.

»Du bist jetzt eine Geschäftsfrau«, hatte sie gesagt. »Du kannst nicht in Kleidern herumlaufen, die längst aus der Mode sind... Und die Farben! Ich bitte dich, Anna, wie lange ist Kaleb jetzt tot? Schwarz oder Grau sind nun wirklich nicht mehr nötig.«

Doch, sie sind nötig, hatte Anna gedacht.

Sie konnte keine fröhlichen Farben tragen. Sie war eine Witwe, und sie hatte niemals genügend um Kaleb getrauert. Er hatte kaum zwei Jahre im Grab gelegen, da hatte sie sich schon von Julius küssen lassen, und hatte sie Kaleb nicht schon auf der Reise mit ihm betrogen? In den ersten Jahren harter Arbeit war es Anna gelungen, den Gedanken an Julius ein wenig zu verdrängen, aber jetzt, da ihr die Arbeit ab und an auch Zeit ließ, nachzudenken, kam er um so heftiger in ihre Gedanken zurück. Schmerzhaft wurde ihr klar, dass sie ihn wohl niemals würde vergessen können – und dass sie niemals einem anderen ihr Herz schenken konnte.

Anna drückte die Klinke herunter und öffnete die Tür. Stefan Breyvogel stand breitbeinig da und schaute sich in dem sauberen Hof des kleinen Fuhrunternehmens Brunner-Weinbrenner um. Aus den Stallungen heraus, in sicherer Entfernung, gafften zwei der Stallburschen. Annas Vater Heinrich saß, wie häufig, auf seiner Bank unter ihrem Bürofenster, eine Branntweinflasche in der rechten Hand, und paffte einen Zigarillo. Anfangs hatte sie versucht, ihn davon abzuhalten, doch es war ihr nicht gelungen, und die Kunden störte es nicht. Der alte Heinrich Brunner gehörte zum Fuhrunternehmen Brunner-Weinbrenner dazu. Man grüßte ihn, wechselte ein paar Worte, wenn der Alte zu Freundlichkeit aufgelegt war. Er sah älter aus, als er an Jahren zählte. Seit die Frauen genügend Geld heranschafften, arbeitete er gar nicht mehr.

»Hast du über mein Angebot nachgedacht?«, fuhr Breyvogel Anna an, ohne sich die Mühe zu geben, sie zu begrüßen. »Breyvogel-Weinbrenner, wie klingt das? Könntest auch meinen Joris heiraten, wird ohnehin Zeit, dass der mal in den Hafen der Ehe einfährt. Der Junge braucht ein Weib, das ihm Zügel anlegt. Was meinst du? Er sieht doch nicht schlecht aus, und du bist eine patente Frau.«

Anna verschränkte die Arme vor der Brust. Es war fast ein halbes Jahr her, dass sie Joris Breyvogel zuletzt gesehen hatte. Damals war er gerade von einer Reise nach New York zurückgekehrt, die er im Auftrag seines Vaters angetreten hatte. Sie fragte sich, was er dort wohl getan haben mochte.

»Also, willst du meinen Jungen heiraten? Ich richte das Fest aus, du musst dich um nichts kümmern. Auch ich brauche schließlich Nachkommen.« Stefan Breyvogel grinste Anna nunmehr breit an, wie sie es von früher gewöhnt war, aber der Ausdruck auf seinem Gesicht geriet schief. »Komm schon, ich habe keine Enkel, und du hast nur ein Mädchen. Was wird aus unseren Geschäften, wenn wir einmal nicht mehr sind?«

Kurz fragte sich Anna, ob Breyvogel getrunken hatte, aber der Mann sagte schließlich vieles, was andere nur betrunken aussprachen. Sie schaute ihn an.

»Ich lehne ab«, sagte sie dann fest.

Breyvogel, der den Mund gerade wieder zum Reden geöffnet hatte, schloss ihn. Es war Heinrich Brunner, der das Schweigen zwischen ihnen unterbrach. Er hatte sich von seiner Bank wegbequemt, war an sie beide herangetreten und ließ nun eine schwere Hand auf Breyvogels Schulter fallen.

»Aber es ist ein gutes Angebot, Tochter, warum gehst du

nicht darauf ein? Kaleb ist tot und unter der Erde, das Leben muss weitergehen. Dein Kind braucht einen Vater. Und willst du hier weiter Tag und Nacht schuften? Das ist doch keine Weiberarbeit. Du solltest es besser haben. Solltest daheim sitzen und mit den Frauen Tee trinken, so wie es sich gehört.«

Annas rechte Hand, verborgen in den Falten ihres Rocks, ballte sich zu einer Faust. »Mit Verlaub, Vater, aber das geht dich nichts an«, sagte sie ruhig. Dann drehte sie sich wieder zu Breyvogel hin. »Würden Sie jetzt bitte meinen Grund und Boden verlassen? Ich lehne Ihr Angebot ab. Ich habe es schon einmal abgelehnt, und ich werde es wieder tun. Mir liegt nichts an einer Zusammenarbeit.«

Fassungslos starrte Stefan Breyvogel sie an. »Hochnäsiges Weib«, spie er aus. »Es kann noch viel passieren, und ich wage vorauszusagen, dass du irgendwann noch an meine Worte denken wirst, Anna Weinbrenner.«

»Anna?«

Anna bemerkte Lenchen erst hinter sich, als diese sie ansprach. Wieder einmal war ein anstrengender Tag zu Ende gegangen. Zwar war die Arbeit nach den ersten schwierigen Jahren übersichtlicher geworden und vor allem ertragreicher, da es Anna gelungen war, einen festen Kundenstamm zu erlangen. Trotzdem verlangte einem das tägliche Geschäft einiges ab. Außerdem musste sie stets auf der Hut sein. Sie durfte Stefan und Joris Breyvogel keinesfalls unterschätzen.

Sie schaute ihre Schwester an, die nicht weitergesprochen hatte. Schon lange arbeitete keiner mehr von ihnen für die Alvarez-Familie. Lenchen und Elisabeth besorgten nunmehr den eigenen größer gewordenen Haushalt, Lenchen half zusätzlich im Büro des Fuhrunternehmens aus. Marias Luca arbeitete in den Ställen – er konnte sehr gut mit Pferden umgehen –, und Maria selbst kümmerte sich um die Küche und Marlena, wenn deren Mutter, wie häufig, im Geschäft zu tun hatte. Für einen kurzen Moment erinnerte sich Anna daran, wie der Vater gegeifert hatte, als er die »dreckige Italienerin« im Haus entdeckte.

»In meinem Haus«, hatte er gebrüllt, »eine verdammte Italienerin!«

»Es ist mein Haus«, hatte Anna ruhig entgegnet, »und es sind meine Regeln. Du kannst hierbleiben und dir von mir dein Essen kaufen lassen und deinen Alkohol. Du kannst dich an meinem Feuer wärmen, aber du wirst nichts gegen Maria sagen, hast du mich verstanden? Niemals wieder.«

Anna seufzte, während sie nun mit geweiteten Augen auf den schwarzrindigen Jacaranda-Baum im Hof schaute. Hier, in Buenos Aires benannte man den kurzen Frühling nach diesem Baum. Anfang November trieben die Jacaranda-Bäume ihre violetten Blüten aus und kündigten das Ende der kühlen Jahreszeit an. Wenn die fallenden Blüten dann den Boden mit einem lilafarbenen Teppich bedeckten, näherte sich bereits der Sommer mit seinen heißen, feuchten Tagen.

»Was ist?«, fragte Anna knapp und schaute ihre Schwester an. Eigentlich hatte sie keine Zeit zu reden.

Lenchen lächelte zaghaft. »Vater meint es nicht so, Anna«, sagte sie dann flüsternd.

Anna löste den Blick vom Fenster und sah kurz auf die Papiere in ihrer Hand, die sie zuletzt bearbeitet hatte. Sie drehte sich nicht um. Sie beide wussten sehr genau, dass der Vater jedes einzelne Wort meinte, das er aussprach. Seit er älter geworden war, schien er es für ein Privileg zu halten, stets das auszusprechen, was er für die Wahrheit hielt. Anna sortierte die Unterlagen, legte sie in die Schublade ihres

Schreibtisches und drückte sie heftiger zu, als sie beabsichtigt hatte. Eigentlich war es ihr lieber, wenn Lenchen nicht merkte, wie sehr sie Heinrichs Worte immer noch trafen, wie sehr sie sich fühlte wie ein kleines Kind, das es den Eltern nicht recht machen konnte. Gestern, als sie noch mit Maria und Luca draußen in der Küche gesessen hatte, um den Tag ausklingen zu lassen, war es wieder einmal besonders schlimm gewesen.

»Denk daran«, fuhr Lenchen fort, »er hat sich so gewünscht, in der Neuen Welt auf einem Bauernhof zu arbeiten. Auf seinem eigenen Bauernhof mit seinen eigenen Tieren und seinen eigenen Knechten und Mägden.«

Anna blieb stehen und starrte vor sich, die Arme vor der Brust verschränkt. Ja, sie wusste, was sich der Vater gewünscht hatte. Sie wusste, wovon er geträumt hatte. Sie wusste auch, dass sie ihm und seiner Leichtgläubigkeit die Schuld an den ersten schrecklichen Jahren gab. Er war es auch, dem sie insgeheim die Verantwortung an Kalebs Tod gab, obwohl das nicht recht von ihr war. Aber war es ihre Schuld, dass aus seinen Träumen nichts geworden war? Er hatte ihr hart verdientes Geld verschleudert und dann, als der Abgrund drohte, hatte er sich der Sauferei ergeben. Sie alle mussten hart arbeiten, doch der Vater hatte es vorgezogen, nichts zu tun und sich in Selbstmitleid zu ergehen, und jetzt sah er sich in der Rolle des kauzigen Alten, der die Wahrheit aussprach und niemandem Rechenschaft schuldete.

Anna drehte sich so plötzlich um, dass Lenchen zusammenzuckte. Ihre Hände ballten sich zu Fäusten.

»Dann hätte er nicht so früh aufgeben dürfen«, brachte sie hervor, spuckte die Worte beinahe aus, während sie ihre Schwester nicht aus dem Blick ließ.

Und noch dazu hat er nie auch nur ein einziges freundliches Wort für mich, fuhr es ihr durch den Kopf, dabei wäre er schon in der Gosse, wenn ich das hier nicht aufgebaut hätte. Er hat ein Dach über dem Kopf, saubere Kleidung und warmes Essen. Sogar seinen Branntwein kaufe ich ihm, und doch höre ich nie ein gutes Wort von ihm.

Aber sie war kein Kind mehr, war nicht von seinen guten Worten abhängig.

Anna bemerkte, dass Lenchen sie ebenso musterte. »Es tut mir leid, dass ihr euch nur noch streitet.« Die jüngere Schwester räusperte sich. »Vielleicht hat Vater ja auch Recht, und es ist alles zu viel für uns Frauen. Du siehst müde aus, Anna, und traurig. Ich glaube, ich habe dich noch nie im Leben so traurig gesehen, noch nicht einmal als ...«

Anna schüttelte den Kopf. »Red nicht weiter, Lenchen, das rate ich dir. Ich bin müde, weil ich viel arbeite, nicht, weil ich eine Frau bin, der die Arbeit zu schwer ist.«

Warum ich traurig bin, fügte sie in Gedanken hinzu, geht auch meine Schwester nichts an. Auch Eduard hatte sie am Tag zuvor darauf angesprochen, und er hatte ihr auf den Kopf zugesagt, dass sie jemanden vermisse.

Julius.

Anna biss sich auf die Lippen. Es war ihr nicht gelungen, ihn zu vergessen, sosehr sie es sich auch wünschte. Sogar der Erfolg fühlte sich schal an ohne ihn. Wie gern hätte sie ihn geteilt, wie gern hätte sie Julius davon erzählt. Wie gern hätte sie irgendjemandem von dem erzählt, was ihr hier gelungen war: von den ersten Monaten, in denen sie beinahe unablässig gearbeitet hatte, von den ersten Arbeitern, die sie hatte anstellen können, denn das erste Geld hatte natürlich für Pferde und Fuhrwerke ausgegeben werden müssen. Vom ersten Kunden, der zurückgekehrt war, weil er zufrieden mit ihrer Arbeit gewesen war. Bald hatte Anna die Schulden bei Eduard begleichen können, wie es ihr schon lange ein sehr persönliches Anliegen gewesen war. In einigen Jahren, so hatte sie sich vorgenommen, würde sie auch Viktoria alles auf Heller und Pfennig zurückzahlen. Manchmal malte sie sich aus, wie sie im großen Salon auf Santa Celia auf eine älter gewordene Viktoria zutrat und ihr einen dicken Lederbeutel mit Münzen auf den Tisch legte. Dann war sie niemandem mehr etwas schuldig. Niemandem.

Lenchen stand immer noch da.

»Und?«, fragte Anna ungeduldig.

Sie wollte jetzt endlich allein sein. Sie wollte die Fassade nicht mehr aufrechterhalten, die sie für jeden aufrechterhielt, auch für ihre Familie.

»Nichts, Anna, denk über das nach, was ich dir gesagt habe.«

»Das werde ich«, entgegnete Anna halbherzig. Dann straffte sie die Schultern. »Ich muss noch die Bücher prüfen«, sagte sie knapp.

Das hatte sie zwar schon getan, aber sie wusste auch, dass sie an diesem Tag noch lange keine Ruhe finden würde.

Die Abendsonne übergoss die Umgebung mit ihrem roten Licht, als Anna ihren Federhalter zur Seite legte, das Büro verließ und hinter sich abschloss. Zuerst hatte sie auf direktem Weg über den Hof ins Wohnhaus gehen wollen, wo sie schon Elisabeths, Lenchens und Marlenas Stimmen hörte. Dann aber bog sie ab und ging durch das Tor hinaus. Ihr Weg führte sie in die Richtung, in der sie früher gewohnt hatten. Bald wurde das Stimmengewirr größer, die Sprachen unterschiedlicher. Die Einwanderer stammten nicht nur aus Deutschland. Sie stammten aus allen Ecken der Welt, und vor allem aus den verarmten italienischen Provinzen. Man hörte Genuesisch und Neapolitanisch auf den Straßen, das sich mit dem Spanisch der Einheimischen mischte. Die Italiener hatten auch ihre Speisen mitgebracht. *Tallarines* nannte man die *tagliatelle*, aus Marias *gnocchi* waren im italienisch-spanischen Gemisch *ñoquis* geworden.

Zu Maria führte Anna auch heute ihr Weg. Sie hatte sich lange keine Zeit mehr für einen Besuch genommen, und obwohl Luca und Maria täglich bei ihnen waren, hatte Anna den Eindruck, dass sie weniger Zeit hatte als vorher, mit ihnen zu sprechen. Gemeinsame Abende waren selten geworden. Schon von weitem sah sie Luca draußen auf seiner Bank sitzen. Er war warm angezogen mit einem dicken Wollpulli, langen Hosen und einer Mütze. Nur seine Füße waren nackt. Anna nickte ihm zu. Er schenkte ihr ein Lächeln, sagte aber nichts.

»Wir sind keine Bettler«, hatte Maria gesagt, damals als Anna ihnen Geld hatte schenken wollen. »Wir arbeiten.« Also hatte sie die beiden angestellt.

Anna winkte Luca zu. »Ist sie drinnen?«, fragte sie dann.

Luca nickte. »Sie wird sich freuen, dass du uns einmal wieder besuchst«, sagte er in dem ihm eigenen, sanften Tonfall.

Anna nickte.

Es dauerte einen Moment, bevor sie sich an das Dämmerlicht im Inneren des Hauses gewöhnte. Maria stand am Tisch, ein Messer in der Hand, mit dem sie eben noch Kartoffeln geschält hatte. Als sie Anna bemerkte, ließ sie das Messer sinken.

»Anna! Setz dich doch bitte.« Die italienische Freundin rückte einen Stuhl zurecht, und Anna nahm Platz. »Willst du etwas essen?«

Anna wollte ablehnen, besann sich dann. Maria mochte

schmal sein wie eine Bohnenstange und zerbrechlich wirken wie ein Stück Glas, aber sie war eine gute Köchin, die aus wenig viel zu zaubern verstand. Und sie war stolz darauf.

»Ja, gerne.«

Nur einen Augenblick später stand ein Teller mit Brühe vor Anna, in die Maria ein Stück Brot eingetunkt hatte. Schweigend löffelte Anna ihre Suppe. Es schmeckte wie immer köstlich.

»Ich möchte mich für meinen Vater entschuldigen«, sagte sie dann. »Er meint es nicht so.«

Sie musste den Kopf senken, weil sie log. Heinrich, das wusste sie, hatte jedes einzelne Wort, mit dem er Maria und Luca am Tag zuvor einmal wieder beleidigt hatte, so gemeint.

Maria antwortete nicht. Sie hatte die Kartoffeln inzwischen sämtlich geschält und warf sie nun in einen Topf mit heißem Wasser. Anna bemerkte, wie sie sich plötzlich für einen kurzen Moment schwankend am Tisch festhielt und sprang auf. Schon vor ein paar Tagen hatte Maria einen Schwächeanfall erlitten, hatte sich aber so schnell wieder gefangen, dass Anna geglaubt hatte, sie habe sich getäuscht. Jetzt wusste sie, dass dem nicht so gewesen war. Ernst blickte sie die Freundin an. «Was ist, Maria? Sag mir jetzt bitte sofort, was los ist mit dir!«

Maria zog einen Hocker zu sich heran und setzte sich. Ein Lächeln zwischen Wehmut, Glück und Angst malte sich auf ihre Gesichtszüge.

»Ich bin schwanger.«

»Was? Aber ich dachte...« Anna starrte die Freundin an.

»Doch, ich kann Kinder bekommen. Es ist nur nicht...« Vorsichtig streifte Maria über ihren Bauch. »Es ist nur nicht so leicht für mich.«

»Wie weit bist du?« Anna konnte den Blick nicht von der Freundin nehmen.

»Schon im fünften Monat.« Maria lächelte.

Jetzt hielt es Anna nicht mehr. Mit einem Freudenlaut schloss sie Maria in die Arme, konnte spüren, wie die immer noch schmale Italienerin in ihrer Umarmung zitterte, spürte endlich auch den zart gewölbten Bauch. Ihre Gedanken überschlugen sich.

»Ich werde sofort eine Kinderfrau für Marlena besorgen«, überlegte sie dann laut, »oder Lenchen übernimmt deine Aufgabe. Wirst du denn weiter kochen können?«

Sie trat einen Schritt von Maria zurück. Die sah sie an. Anna hielt die Luft an.

»Nichts lieber als das«, sagte Maria dann, »aber Marlena... sie wird traurig sein.«

Anna ließ die Freundin los. »Sie wird sich daran gewöhnen. Du musst vorsichtig sein – für das Kind. Bitte, Maria!«

»Wie ist das möglich, verdammt?« Stefan Breyvogel schlug mit beiden Händen auf den Tisch. »Wir waren sonst immer ausgebucht. Jetzt stehen noch zwei Pferde im Stall. Sag nichts!« Aus blutunterlaufenen Augen sah er seinen Sohn an. »Es ist dieses Weib oder etwa nicht? Sie nimmt uns unsere Kunden weg. Erst waren's nur ein paar, aber jetzt beginnt es sich niederzuschlagen. Ach, ich könnte...« Breyvogel ballte die rechte Faust.

Joris Breyvogel, angetan mit dem modischsten Anzug, der derzeit in Buenos Aires zu bekommen war und der selbstverständlich ein Vermögen gekostet hatte, schlug die Beine übereinander und konnte sich ein Lächeln nicht verkneifen. Mit wutrotem Gesicht kam der Vater jetzt auf ihn zu und bekam davon, Gott sei Dank, nichts mit. Joris verbarg sein Gesicht hinter einem Glas Branntwein, nahm einen Schluck und nickte, während er das Glas abstellte.

»Ja, das Fuhrunternehmen Brunner-Weinbrenner macht seinen Schnitt, so habe ich jedenfalls gehört. Sie sollen gute Tiere haben, saubere Kutschen und ihre Kunden prompt bedienen.«

Fluchend lief der alte Breyvogel wieder einige Schritte auf und ab, bevor ihn irgendetwas zum Innehalten brachte. Einen Moment lang starrte er seinen Sohn an. Mit einem Mal unsicher streckte der die Hand erneut nach dem Branntweinglas aus, zog sie dann aber zurück. Der Vater zwinkerte plötzlich.

»Gibt es da noch etwas, das ich wissen sollte, Joris?«

Joris strich sich mit zwei Fingern über den Schnurrbart, den er sich neuerdings stehen ließ. Noch war dieser etwas dünn, aber mit ein wenig Geduld würde das Ergebnis einigermaßen prächtig sein, dessen war er sich sicher. Er überlegte. Dann fiel ihm tatsächlich etwas ein.

»Man sagt, es gebe mittlerweile ganze Kontore, die ihren Bedarf zuerst bei Brunner-Weinbrenner stillen.«

»Was?«

Der Aufschrei Breyvogels schien die Zimmerwände zum Erzittern zu bringen. Gefährlich schwoll die Ader an seiner Schläfe an. Kurz erging sich Joris in der Vorstellung, seinen Vater könne der Schlag treffen – ein nicht unangenehmer Gedanke, musste er zugeben. Er hatte es entsetzlich satt, ihm quasi untergeben zu sein, seinen Launen und Entscheidungen ausgesetzt, wollte er nicht sein Erbe verlieren. Der Vater hatte ihm schon des Öfteren mehr als deutlich gemacht, was geschehen würde, wenn sich der Sohn nicht verhielt, wie er das von ihm erwartete.

Joris unterdrückte einen Seufzer, während er aufstand. Mit wenigen Schritten war er beim Schrank mit den Spirituosen, füllte ein Glas mit Branntwein und hielt es seinem Vater hin.

»Jetzt beruhige dich. Sie ist eine Frau, es wird nicht ewig so weitergehen. Jedes Weib ist letztendlich schwach. Sie braucht jemanden, der sich um sie kümmert, und dann ...«

»Herrschaftszeiten, wieso sollte ich mich beruhigen? Wer weiß, wie lange wir das hier noch durchhalten können? In diesem Monat schlagen weniger Einnahmen zu Buche als im letzten, ganz zu schweigen von den vergangenen Jahren, und deine verdammten Anzüge gibt es auch nicht umsonst, und deine Mutter ...«

Stefan entriss seinem Sohn das Glas, schüttete den Alkohol in einem Zug herunter und stand dann reglos da. Deutlich konnte Joris sehen, dass er über irgendetwas nachdachte und zog unbehaglich die Schultern hoch. Nur einen Augenblick später nahm ihn der Vater wieder in den Blick.

»Aber du hast Recht, mein Lieber. Ich hätte ja nicht gedacht, dass aus deinem Mund noch einmal ein vernünftiger Gedanke kommt.« Er lachte. »Dem Weib fehlt der Mann, das ist es, und ich weiß auch schon, wer ihr zeigen sollte, wo der Hammer hängt. Du musst da ran, Joris. Die Weiber lieben dich. Zeig ihr, was ihr fehlt.«

»Aber, Vater, ich ...«

»Keine Widerrede, verdammt! Ich bin nicht in der Stimmung dafür.«

Stefan Breyvogel, rundum zufrieden mit seiner Idee, ließ sich auf einen Stuhl fallen und grinste seinen Sohn an.

»Kommen Sie doch herein, Herr Meyer.«

»Ich störe wirklich nicht?« Lächelnd trat Julius einen Schritt näher.

»Aber, nein, wo denken Sie hin!« Rahel Goldberg streckte ihm mit einem strahlenden Lächeln die rechte Hand entgegen, dann machte sie eine einladende Bewegung. »Etwas Mate-Tee?«

Jetzt bemerkte Julius die silberne *bombilla*, die Jennys Adoptivmutter in der anderen Hand hielt.

»Gern.«

»Setzen Sie sich doch, bitte.«

Rahel Goldberg deutete auf den zweiten Sessel in dem kleinen Wintergarten, auf dem eine geschmackvolle indianische Webdecke lag. Mit einem Lächeln nahm Julius die Tasse aus Wedgwood-Porzellan entgegen, die ihm ein Diener reichte.

»Ich hoffe, Sie verdenken es mir, wenn wir nicht – wie es die Tradition will – aus einem Gefäß trinken?«

Aus ihren warmen braunen Augen sah Frau Goldberg ihn an. Licht, das durch die Fensterscheiben des Wintergartens fiel, ließ ihr ebenfalls braunes Haar golden schimmern. Julius kannte niemanden, dessen Gesicht eine solche Güte ausstrahlen konnte, und wieder einmal war er froh darum, dass Jenny in diesem Haus eine neue Familie gefunden hatte.

Er schüttelte den Kopf. »Es ist vollkommen in Ordnung, wenn wir die Tradition ein wenig schleifen lassen«, entgegnete er mit besonders ernsthaftem Gesichtsausdruck. Rahel Goldberg zwinkerte ihm zu. »Ich finde, Traditionen werden mitunter überbewertet.«

Julius nahm den ersten Schluck Mate-Tee. Auch nach Jahren hatte er sich nicht an den eigenen Geschmack gewöhnt.

»Sind Sie zufrieden mit dem Fuhrunternehmen Brunner-Weinbrenner?«, fragte er dann.

»Aber natürlich.« Frau Goldberg lächelte ihn an, während sie mit spitzen Lippen an ihrer *bombilla* sog. »Eine sehr gute Empfehlung und gut geführt von dieser Señora Weinbrenner. Ich habe meinem Mann schon öfter gesagt, eine Frau kann ihren Mann genauso stehen wie ihr Männer selbst.«

Rahel Goldbergs hübsches, schmales Gesicht war kurz von Entschlossenheit erfüllt.

Julius konnte sich eines Gefühls der Erleichterung nicht erwehren. Tatsächlich hatte er Anna anfangs nur vergessen wollen, aber das war ihm nicht gelungen, und dann hatte er plötzlich eine Anzeige des Fuhrunternehmens Brunner-Weinbrenner in der Zeitung entdeckt. Er hatte sofort gewusst, dass sie es war. Der Gedanke, sie aufzusuchen, war ihm als Nächstes gekommen, doch das hatte er nicht getan. Still, aber beharrlich, hatte er stattdessen dafür gesorgt, dass sich der Zulauf an Kunden der Firma Brunner-Weinbrenner rasch erhöhte.

Sollte er jetzt zu ihr gehen? Aber was erwartete er? Dankbarkeit für das, was er getan hatte? Eine Entschuldigung gar, weil sie ihm nicht getraut hatte? Je mehr er darüber nachdachte, desto deutlicher wurde ihm, dass nichts einfacher geworden war. Trotzdem oder vielleicht gerade deshalb dachte er viel an Anna: im Büro, im Barbierstuhl, den Kopf zurückgelegt, während er auf das Schaben des Messers auf seiner Haut lauschte. Dunkel, wie er war, zeigte sich der Bartwuchs schnell, und da er weder Bart noch Schnurrbart etwas abgewinnen konnte, musste er stetig dafür sorgen, dass die Haare gestutzt blieben. Wenn er ehrlich war, genoss Julius diese Zeit des Stillsitzens allerdings auch. Sie gab ihm die Gelegenheit zum Nachdenken, die er während des hektischen Tagesgeschäfts im Kontor oft vergebens suchte. Dort konnte er sich die Fragen durch den Kopf gehen lassen, die ihm keine Ruhe ließen.

Würde es Anna als bedrängend empfinden, wenn er sie jetzt wieder aufsuchte? Hatte sie ihm nicht unmissverständlich klargemacht, dass ihr Weg kein gemeinsamer sein konnte? Vollkommen in Gedanken nahm er einen weiteren Schluck Mate-Tee und schüttelte sich unwillkürlich.

»Aber, aber...« Frau Goldberg lachte. »Sie müssen mir doch sagen, wenn Sie unseren guten Mate nicht mögen.«

Julius schaute sie schuldbewusst an. »Ich denke immer wieder, ich gewöhne mich noch daran.«

Rahel Goldberg lachte abermals. »Glauben Sie mir, das werden Sie nicht. Mein Herschel kann das Gebräu auch nicht leiden.«

Julius stellte die Tasse auf dem Tischchen zu seiner Linken ab.

»Sie sehen nachdenklich aus, Herr Meyer«, fuhr Frau Goldberg gleich darauf in seine Gedanken. »Das ist mir gleich aufgefallen, als Sie hereingekommen sind.«

»Vielleicht bin ich etwas übermüdet«, entgegnete Julius und lächelte seine Gastgeberin an. »Ist Jenny zu Hause?«

Er war noch immer zu keinem Schluss gekommen, wie es mit ihm und Anna weitergehen sollte.

Zweites Kapitel

Wenn man sie einmal beerdigte, Monica de la Fressange lächelte ihr Spiegelbild an, dann würde man auf ein reiches Leben zurückblicken. Sie würde Ohrringe hinterlassen, Ringe, silberne Fingerhüte, wenngleich sie nie genäht hatte, ebenso Nadeln und Scheren, silberne und bronzene Haarnadeln, Kämme mit Perlmutt besetzt, Halsketten, kleine Schmuckkästen, Rosenkränze und elegante Kleider aus europäischen Stoffen, dazu Parfums aus Paris, Kölnisch Wasser, Behälter für Maispuder, mit dem man die Haut aufhellte. Man würde Objekte aus Elfenbein finden, Kristallgläser und silberne Teller, europäisches Porzellan und teure Weine.

Mit einem leichten Kopfnicken bedeutete Monica ihrer jungen Dienerin, ihr Glas und das ihres Gastes neu zu füllen. Don Eduardo war nicht zum ersten Mal hier. Manchmal schliefen sie miteinander, manchmal redeten sie nur. Sie ließ sich für beides bezahlen, auch wenn sie die Zeit mit ihm mochte. Geschäft war Geschäft, und sie war eine Geschäftsfrau. Sie würde niemals eine Señorita sein, würde niemals einen weißen Mann heiraten, der ein Haus besaß und Diener. Sie würde niemals Mutter werden, zur Kirche gehen oder Bekanntschaften mit anderen Familien in der gleichen Position schließen. Sie würde keine Empfänge geben. Sie achtete auf ihr Äußeres, wie man es auch von einer Señorita erwartete, und sie ging niemals in die Nähe der Küche oder verrichtete schwere Hausarbeit. Aber auch das machte sie nicht zu einer Señorita, die sich tagein, tagaus ausruhte und Mate-Tee trank, den ihr ihre *negrita* servierte.

Monicas Mutter war eine solche *negrita* gewesen, die der Glaube an die Liebe eines Mannes ins Verderben gestürzt hatte. Schwanger hatte man sie vor die Tür gesetzt. Für mehrere Jahre hatte sie ihren Lebensunterhalt auf der Straße verdienen müssen, auf der Monica aufgewachsen war, hatte Essen verkauft, Webarbeiten, Alkoholisches, dem sie irgendwann selbst zugesprochen hatte, Kerzen, Spielkarten oder Streichhölzer, zuerst allein, dann mit ihrem Kind an der Seite. Monica hatte schnell gewusst, dass sie sich mit einem solchen Leben nie würde abgeben wollen.

Manchmal hatten sie sonntags nach der Messe vor ihrem kleinen Haus gesessen. Monica konnte sich noch gut an ihre Mutter erinnern, eine schöne schwarze Frau mit ebenmäßigen Gesichtszügen war sie damals noch gewesen, die an solchen Tagen in aller Ruhe ihre Pfeife geschmaucht hatte. Manchmal hatte Monica dann nur dagesessen und ihr zugeschaut. Wenn sie das lange genug tat, dann hatte sie irgendwann in ihre eigene Welt entkommen können, eine Welt, in der es keinen Hunger gab und keine Schläge. Denn die Stimmungen ihrer Mutter waren oft schwankend gewesen, und man hatte nie wissen können, was einen erwartete.

Dann hatte die Mutter wieder Arbeit in einem Haushalt gefunden, hatte Monica als jüngere Schwester ausgegeben, und die Herrin hatte bald an dem hübschen Dingelchen ihren Narren gefressen. Als persönliche Dienerin der Kinder hatte Monica die Nächte in einem kleinen Zimmer im Haupthaus verbringen dürfen, wofür die Familie große Dankbarkeit erwartet hatte. War sie ungezogen gewesen, hatte man sie in den *patio del fondo*, den hinteren Hof, geschickt, damit sie über ihr Vergehen nachsinne. Als sie älter geworden war, hatte sie zusätzlich leichte Arbeiten im Haushalt verrichten müssen. Man hatte sie Botengänge erledigen lassen. Zuweilen hatte sie ihre Mutter begleitet, wenn diese für den Herrn Hühner auf dem Markt verkaufte. Manchmal hatte sie den Mate-Tee kniend serviert. Als die Herrin eines Tages verlangt hatte, dass sie die *negrita del coscorrón* spiele, diejenige, die man schlagen oder an den Haaren ziehen durfte, wenn man aus irgendeinem Grund schlechter Laune war, war sie fortgelaufen.

Don Eduardo blickte auf. »Heirate mich«, sagte er nicht zum ersten Mal, »heirate mich, Monica de la Fressange.«

Monica schüttelte den Kopf. Das würde sie niemals tun, niemals, niemals, niemals. Heute gab es keine Sklaven mehr, und sie sah keinen Sinn darin, freiwillig eine zu werden. Sie liebte ihre Freiheit. Für sie gab es kein höheres Gut, das es zu bewahren galt.

Gustav wusste, wann Eduard von Monica kam. Er erkannte es an dem seltsamen Leuchten auf dem Gesicht des Bruders, und er wusste, dass der Graben zwischen ihnen an solchen Tagen nicht zu überwinden war.

Er wusste auch, dass der Ärger, den er darüber empfand, eines Mannes nicht würdig war.

Ob Eduard wohl Geschäftliches mit der schwarzen Hure besprach? Gustav hätte solcherlei nie mit Corazon besprochen, aber bei Eduard war er sich nicht sicher, und das machte ihn rasend. Warum ordnete er sich dem Älteren überhaupt noch unter? Warum ließ er es zu, dass Eduard ihre Geschicke bestimmte?

Gustav hob das Branntweinglas und schluckte den Inhalt in einem Zug herunter. Der Alkohol brannte in seiner Kehle. Sofort ließ er sich nachschenken. Er hatte stets immer und überall darauf geachtet, einen klaren Kopf zu behalten, doch heute...

»Ach, verdammt...«

Jemand schob sich auf den Schemel neben ihn. Gustav drehte den Kopf zur Seite und runzelte die Stirn.

»Stedefreund«, sagte er dann.

Der Mann mit den eisigen Augen nickte ihm zu. »Don Gustavo.«

Ich kann ihn nicht ausstehen, fuhr es Gustav durch den Kopf, aber er schwieg. Für einen Moment schwiegen sie, dann begann Stedefreund vorsichtig von neuem zu sprechen.

»War das Ihre Schwester, die ich da kürzlich bei Ihrem Bruder gesehen habe?«

Die Schwester... Die Wut stieg erneut in Gustav hoch. Wieder eine der Entscheidungen, die Eduard allein getroffen hatte. Und Anna, die sich doch für etwas Besseres hielt. Wenn er nur an das verdammte Weib dachte. Er spuckte aus.

»Man sagt, sie habe ein Geschäft mit Don Eduardo gemacht.«

Gustav fuhr auf. »Was seid ihr? Waschweiber, die den lieben langen Tag nichts anderes zu tun haben, als zu schwatzen?«

Er leerte sein Glas und ließ es erneut füllen. Der Alkohol zeigte längst deutlich seine Wirkung, doch er wollte nicht mehr aufhören.

»Ich habe gehört, sie war lange bei Ihrem Bruder.«

»Verschwinden Sie, Señor Breyvogel.«

Joris Breyvogel grinste Anna breit an. »Aber mein Vater hat mich ausdrücklich gebeten, mich um dich zu kümmern, und ich denke, er hat Recht. Einsame Frauen, die nicht wissen, wo ihr Platz ist, sind hässlich. Er meinte jedenfalls, wir würden ein gutes Paar abgeben. Ich bin gewillt, ihm zuzustimmen.« Sein Lächeln wurde noch breiter.

Anna musste alle Selbstbeherrschung aufbringen, um nicht zurückzuweichen. Mit allergrößter Mühe hielt sie dem süffisanten Grinsen Joris Breyvogels stand. Sie wusste, dass ihn viele Frauen für einen gut aussehenden Kerl hielten, und manche hätte sich sicher ob seines Angebots geehrt gesehen. Sie aber schüttelte es. Sie verband zu viele schlechte Erinnerungen mit ihm.

»Ihr Vater irrt sich«, brachte sie knapp hervor. »Ich bin Witwe, und ich denke nicht daran, mich erneut zu vermählen. Ich bitte Sie beide, das zu akzeptieren.«

»Wer spricht denn von vermählen?« Joris lachte hässlich. »Wird es dir nie einsam in deinem Zimmer? Ich bin mir sicher, auch du hast ein um das andere Mal an mich gedacht.«

»Was erlauben Sie sich!«

Anna spürte, wie ihr die Schamesröte in die Wangen schoss. Joris drehte sich halb um und spähte durch das Fenster hinaus in den Hof und auf das Wohngebäude auf der gegenüberliegenden Seite.

Er hat genau diesen Moment abgepasst, fuhr es Anna eiskalt durch den Körper, er weiß, dass wir allein sind.

Joris Breyvogel wandte sich ihr wieder zu. »Also, sag schon, wird es dir einsam? So wie jetzt, wenn niemand, aber auch gar niemand da ist? Da fühlt man sich doch sehr allein, oder etwa nicht?« Der junge Breyvogel trat noch einen Schritt näher auf das Fenster zu. »Komm, sag nicht, du fühlst dich niemals allein. Gibt es wirklich niemanden, mit dem du abends über den Tag sprechen möchtest, Anna?«

Seine Stimme klang jetzt samtig und ließ sie doch schaudern. Und woher wusste er...? Aber er wusste es ja nicht. Er nahm es nur an. Sie musste ihm nicht sagen, wie sehr sie sich wünschte, ihre Erlebnisse mit jemandem teilen zu können, der nicht Mutter, Schwester oder Vater war.

Mit einem Mal drehte er sich wieder um. Da war ein freundlicheres Lächeln auf seinem schönen Gesicht, und doch wirkte er weiterhin gefährlich. Anna spannte den Körper an. Als er Anstalten machte, näher zu kommen, beeilte sie sich, den Tisch zwischen sich und ihren ungebetenen Gast zu bringen.

»Ich habe mich oft gefragt, was du dort oben so allein machst, abends, wenn ich noch Licht hinter deinen Scheiben sah«, sagte Joris mit einem Ausdruck im Gesicht, der ihr wohl sagen sollte, dass auch dieser Tisch sie nicht vor dem retten würde, was kommen musste.

Dieses Mal gelang es Anna nicht, das ängstliche Schaudern zu bekämpfen. Joris Breyvogel registrierte es mit einem winzigen Lächeln. Die Abendsonne, die durch das kleine Bürofenster fiel, brachte sein rosskastanienfarbenes Haar zum Glänzen. Mit zwei Fingern strich er sich über seinen modischen Schnurrbart. Seine ganze Haltung zeugte davon, dass er von seiner Wirkung auf die Damenwelt wusste. Anna unterdrückte ein erneutes Zittern, bemühte sich, Verachtung in das Lächeln auf ihren Lippen zu legen.

Unvermittelt hatte Joris Breyvogel an diesem Abend in ihrem Büro gestanden. Sie hatte noch über den Büchern gesessen. Keiner außer ihr war mehr in diesem Teil des Hauses.

Was will er von mir?, dachte Anna. Mit einem unguten Gefühl verschränkte sie die Arme vor der Brust, doch anstatt näher zu kommen, sah sich Joris jetzt um.

»Schmucklos«, meinte er, »kein Bild, keine Dekorationen, nicht einmal Blumen, Señora Weinbrenner? Wo bleibt der zarte Verstand einer Dame für die Schönheiten des Lebens? Wie willst du deinem Ehemann ein schönes warmes Heim bereiten?«

Anna klappte das Buch zu, das sie aufgeschlagen vor sich

bemerkte, stapelte Papiere übereinander, die sie zuvor studiert hatte. Auf keinen Fall sollte Joris Breyvogel einen Blick auf ihre Korrespondenz erhaschen, auch wenn sie den Eindruck hatte, dass er nur auf sie konzentriert war. Trotzdem, sein Vater hatte ihn geschickt. Man konnte nie wissen.

»Hier wird gearbeitet, Señor Breyvogel«, sagte sie knapp, »und das würde ich jetzt auch gern weiter tun.«

Joris hob entschuldigend die Hände. »Ich bin nicht gern hier, Señora«, wieder lächelte er, »aber, wie schon gesagt, mein Vater hat mir aufgetragen, mich um dich zu kümmern.« Er drehte die Handflächen gen Himmel. »Und wer bin ich, meinem Vater nicht gehorsam zu sein?«

Abrupt trat er einen Schritt auf den Tisch zu. Obwohl sie innerlich immer noch zitterte, zwang sich Anna, seinem Blick standzuhalten.

»Und ich habe Ihnen schon gesagt, dass ich Ihrer Hilfe nicht bedarf. Ich möchte Sie jetzt noch einmal bitten zu gehen, sonst...«

»Sonst was?« Der junge Breyvogel hatte ihren Tisch erreicht und lehnte sich dagegen. »Wir sind allein hier. Du weißt das, kleine Anna, und ich weiß das auch.«

Er beugte sich noch ein Stückchen weiter vor, sodass sie unwillkürlich zurückwich. »Willst du jetzt schreien? Wer soll dich hören, soll dir glauben? Ich bin ein gut aussehender Mann. Du bist eine einsame Frau. Jeder weiß, was sich eine einsame Frau wünscht. Wir sind allein...«

»Nun, was den letzten Punkt angeht, irren Sie sich gründlich, Señor Breyvogel.«

Anna und Joris Breyvogel fuhren zusammen. Keiner von ihnen hatte gehört, dass sich die Tür geöffnet hatte. Ein dunkelhaariger Mann stand dort, einen Spazierstock mit silbernem Knauf in der linken Hand, die rechte noch am Türgriff: Julius.

Anna öffnete den Mund, bekam aber keinen Ton heraus.

Julius schaute sie an und lächelte. »Ich hoffe, ich komme nicht ungelegen, und Sie erinnern sich noch an unseren Termin, Señora Weinbrenner.«

Anna nickte. Endlich räusperte sie sich und wandte sich Joris Breyvogel zu.

»Sie sehen, ich kann mich heute wirklich nicht um Sie kümmern, Señor Breyvogel.« Ihre Stimme klang belegt.

Auf Joris Breyvogels Gesicht zeichnete sich flüchtig der Unmut eines kleinen Jungen ab, der seinen Willen nicht bekommen hat. Kurz schien er mit sich zu ringen, dann ging er zur Tür.

»Gut, Señora Weinbrenner, aber denken Sie über mein Angebot nach. Ich finde, ich war bisher sehr kulant.«

Julius und Anna standen eine scheinbare Ewigkeit wortlos voreinander und starrten sich an. Ich dachte, ich würde ihn nicht wiedersehen, schoss es Anna durch den Kopf, ich dachte, wir würden nie wieder miteinander reden. Von einem Moment auf den anderen wurde ihr warm. Von einem Moment auf den anderen musste sie an die Weite des Andenhimmels denken, an den Kondor, an ihre Angst und an Julius, der sie in den Armen hielt. Damals hatte er sie geküsst. Sie erinnerte sich auch jetzt noch an seine Lippen auf ihren – an weiche, warme und nachgiebige Berührungen, die Gefühle in ihr ausgelöst hatten, von denen sie vorher nichts geahnt hatte.

Es darf nicht sein, sagte die Stimme in ihrem Kopf, es ist unmöglich. Doch sie konnte nichts sagen. Sie konnte ihn nur anstarren, weil sie sich so sehr wünschte, dass er sie wieder in den Arm nahm und dass die guten Tage von Salta zurückkehrten. Sie wollte vergessen, was Viktoria ihr gesagt hatte und was seitdem zwischen ihnen stand.

Sie hat gelogen, dachte Anna mit einem Mal. Viktoria hat gelogen, Julius hat niemals ...

Sie bemerkte, dass ihre Hände zu zittern begannen und verbarg sie in den Falten ihres Rocks. »Vertrau mir endlich«, sagte Julius da ruhig, »vertrau mir, Anna.«

So unendlich sanft sprach er ihren Namen aus, so sanft. Anna spürte, wie sich ihre Erstarrung löste. Ihre Blicke trafen sich. Julius breitete die Arme aus, und Anna stürzte sich hinein, vollkommen von ihren Gefühlen überwältigt.

»Julius«, hauchte sie, »Julius, ich bin so froh, dass du da bist.«

»Was soll das heißen, du wurdest gestört?«

Stefan Breyvogel war rot angelaufen vor Wut. Es sah so aus, als wollte er seinen Sohn am Kragen packen und ihn aus seinem Sessel reißen, wie er das mit ihm getan hatte, als Joris noch jünger und schwächer gewesen war. Unsicher sprang der auf und wich einen Schritt zurück. Zwar war sein Vater kaum mehr handgreiflich ihm gegenüber geworden, seit Joris selbst ein erwachsener Mann war, aber in diesem Augenblick war sich Joris dessen nicht mehr sicher. Er spürte, wie ihm der Schweiß ausbrach, wie seine Hände feucht wurden, und wischte seine Handflächen unauffällig an den Seiten seiner Hosen ab. Dem Vater entging auch dies nicht.

»Du fürchtest dich vor mir, Söhnchen? Ich habe immer gewusst, dass du keine Eier in der Hose hast. Keine *cojones*, wie sie hier sagen.« Er wollte ausspucken, doch im letzten Moment bemerkte er offenbar den teuren Teppich auf dem Boden.

Joris schwieg. Die Wutanfälle seines Vaters hatten ihm von jeher Angst eingejagt, und manchmal fragte er sich, was dieser wohl getan hatte, bevor er nach Argentinien gekommen war. Er konnte sich einfach nicht vorstellen, dass er sich jemals irgendjemandem untergeordnet hatte. Es gab hässliche Stimmen, die sagten, Stefan Breyvogel sei in den dunkelsten Zeiten ein Mann Juan Manuel de Rosas gewesen. Joris war in Buenos Aires geboren worden.

Er unterdrückte einen leisen Seufzer. Nein, seine Mutter würde ihm nicht helfen können. Zurzeit weilte sie ohnehin bei ihrer Schwester in Santa Fe. Joris erinnerte sich daran, wie sie ihn zum Abschied auf die Stirn geküsst hatte, wie sie es früher getan hatte, als er noch ein kleiner Junge gewesen war. Ich muss dieses ungehobelte Scheusal für ein paar Wochen vergessen, hatte sie ihm ins Ohr geflüstert, und er hatte sich gewünscht, es ihr gleichtun zu können.

»Du sagtest also, du wurdest gestört!«, herrschte ihn sein Vater an.

Joris schob das Kinn vor, verschränkte die Arme vor der Brust und konnte sich doch keinen Halt geben.

»Sie ist ohnehin nicht mein Fall.«

»Glaubst du, das interessiert mich?« Stefan Breyvogel stieß ein Schnauben aus und lachte dann spöttisch. »Es geht nicht darum, mit wem oder was du deine Zeit verbringen möchtest, du Hasenhirn. Es geht darum, was gut für unser Unternehmen ist. Wir machen Verluste, seit diese Hexe ins Geschäft eingestiegen ist. Und deshalb hast du die Wahl. Entweder du bringst sie dazu zu erkennen, wo ihr Platz ist, oder wir verlieren all das hier.«

»Und wie stellst du dir das vor?« Mit einer nervösen Bewegung fuhr sich Joris durch sein Haar. »Sie hasst mich. Sie würde eher ins Kloster gehen, als...«

»Das ist deine Sache. Zwing sie, lass deinen Charme spielen, ich weiß, du kannst das. Denk daran, was wir sonst verlieren, das wird es dir leichter machen.«

Joris fühlte sich schlagartig ernüchtert. »Nein«, sagte er entschlossen.

»Ich bin dein Vater.«

»Und ich sage nochmals: Nein.«

Mit einem breiten Grinsen wies Stefan Breyvogel um sich. »Du willst also auf all das hier verzichten?«

Seufzend musterte Joris die teure Einrichtung des Zimmers. Nein, natürlich wollte er darauf nicht verzichten. Er wollte auf nichts verzichten, was sein Leben bisher annehmlich gemacht hatte.

Bevor der Vater das nächste Mal sprach, ging er noch einen bedrohlichen Schritt näher auf seinen Sohn zu.

»Wenn nicht, rate ich dir, Anna Weinbrenner von deinen Qualitäten zu überzeugen. Haben wir uns verstanden?«

»Verdammt«, murmelte Joris nicht zum ersten Mal.

Der junge Breyvogel starrte in sein Glas Branntwein und nahm einen großen Schluck. Er war lange nicht mehr in einer *pulpería* gewesen, aber an diesem Abend gab es nur eines: Er wollte sich betrinken, bis die Erinnerung an sein derzeit so bedauernswertes Leben verschwamm und alles dem Vergessen anheimfiel.

Hatte er das wirklich richtig verstanden? Wollte sein Vater, dass er sich zum Wohle des Unternehmens vor einem Weib erniedrigte? War er denn jemand, mit dem man so etwas tun konnte? Sicher, es gab Menschen, die ihm sagen mochten, dass er den Vater endlich verlassen müsse, aber er hatte noch niemals allein gelebt, hatte sich noch niemals sein Leben mit eigener Hände Arbeit verdient. Dafür war er einfach nicht geschaffen. Angewidert schüttete Joris auch den letzten brennenden Rest Alkohol herunter und knallte das Glas auf die Theke.

»*Una más?*«, fragte der Wirt.

Joris wollte den Kopf schütteln – ganz sicherlich würde er morgen einen furchtbaren Brummschädel haben, wenn er jetzt noch weiter soff –, da nahm jemand auf dem Hocker neben ihm Platz.

»Zwei noch«, sagte eine unbekannte Stimme.

»Ich trinke nicht mit Fremden.«

Joris wollte aufstehen, doch seine Beine trugen ihn wider Erwarten nicht.

»Ich würde dir raten zu bleiben. Ich habe dir einen Vorschlag zu machen.«

Joris spürte eine Berührung an seiner Schulter. Unwillig wollte er die fremde Hand wegschlagen, doch als er dem Fremden ins Gesicht sah, hielt er unwillkürlich inne. Der Unbekannte hatte die unheimlichsten, hellsten, die kältesten Augen, die er jemals zuvor gesehen hatte, sein Haar war strohblond. Joris schluckte unwillkürlich. Wieder kroch ihm die Angst in den Nacken. Er packte sein neu gefülltes Glas und trank es auf einen Zug leer.

»Wer bist du?«

»Ich heiße Piet.«

»Und was willst du von mir?«

Der Fremde lächelte, nein, eher konnte man sagen, er bleckte die Zähne: »Das sagte ich doch schon, ich habe dir einen Vorschlag zu machen.«

Joris überlegte, doch schon im nächsten Moment legte ihm der Fremde die Hand auf die Schulter, jovial und freundschaftlich einerseits, andererseits drängend, sodass der junge Breyvogel seine Abscheu herunterschlucken musste.

Vorerst sagte der Mann, der sich als Piet vorgestellt hatte, allerdings nichts weiter, sondern nahm selbst einen tiefen Schluck aus seinem Glas.

»Und?« Joris wurde langsam ungeduldig.

»Du hast Schwierigkeiten mit Anna Weinbrenner?«

Joris streckte die Brust heraus. »Ich habe keine Schwierigkeiten mit Frauen.«

Piet zog einen Mundwinkel hoch, lachte jedoch nicht. »Das Unternehmen Brunner-Weinbrenner nimmt euch die Kunden weg, hörte ich.«

Joris antwortete nicht. Piet nahm einen neuen Schluck.

»Hast du dich einmal gefragt, woher die arme Anna das nötige Kleingeld hatte?«

Joris schaute sein Gegenüber beleidigt an. Natürlich hatte er das.

»Dann sage ich dir, das Weib hat es nicht auf ehrlichem Weg bekommen«, fuhr Piet fort. »Verstanden? Sie hat das Geld nicht auf ehrlichem Weg bekommen. Sie ist eine Erpresserin, und mit deiner Hilfe können wird das beweisen.«

Drittes Kapitel

Julius hatte immer vorgehabt, als erfolgreicher Mann in seine Heimatstadt zurückzukehren und sich dann eine Frau zu suchen. Eine aus der Gesellschaft. Eine, die vor seinen Eltern bestehen konnte. Eine, die seine Mutter zu wohltätigen Veranstaltungen begleitete. Auch als er fortgelaufen war, hatte er letztendlich genau gewusst, wie sein Leben aussehen würde, bis er *sie* getroffen hatte.

Anna.

Während er Anna an ihrem Schreibtisch beobachtete, konnte er sich ein Lächeln nicht verkneifen. Gut drei Monate waren vergangen, seit sie einander wiedergetroffen hatten.

»Was ist?«

Wie aufmerksam sie war. Julius schüttelte den Kopf. »Nichts, ich muss dich einfach nur ansehen, du bist so schön.«

»Nicht hier!«

Ein sanfter roter Schimmer huschte über Annas Wangen. Sie raschelte mit den Papieren, die sie fahrig neu sortierte.

»Wenn du Scherze mit mir treiben willst, dann muss ich dich leider vor die Tür setzen.«

Ein verschmitztes Lächeln ließ ihre Mundwinkel beben.

Julius hob abwehrend die Hände. »Oh nein, wo denkst du hin.« Er überlegte. »Dann werde ich allen erzählen, dass du mein Bild gestohlen hast.«

Erschrocken sah sie ihn an. »Das würdest du nie tun.«

Julius lachte. Anna hatte ihm eines Tages gestanden, dass

sie sein Bild in Santa Celia gefunden und mitgenommen hatte und seither wie einen Schatz hütete.

»Sei dir da nicht zu sicher.«

Sie antwortete nicht, vertiefte sich kurz in ihre Geschäftspapiere und machte sich Notizen.

»Alle, denen ich dein Unternehmen empfehle, haben sich bisher sehr zufrieden geäußert«, sagte Julius nach einer Weile in die Stille hinein.

»Möchtest du heute Abend mit uns essen?«, fiel ihm Anna ins Wort, als sage sie etwas, über das sie schon länger nachgedacht hatte.

»Aber gern.«

Sie sahen einander an, suchten nach Vertrautem in den Zügen des anderen, fanden auch im Schweigen Verbundenheit miteinander. Ein Klopfen ließ sie kurz darauf beide zusammenfahren. Einer der Stallburschen trat auf Zuruf ein, gefolgt von einem hageren Mann.

»Señora Weinbrenner, Utz hier sucht nach einer Anstellung.«

Aus dem Mund des spanischen Stallburschen hörte sich der Name an, als spucke er aus. Annas Blick fiel auf das hagere, seltsam bleiche Gesicht des Bittstellers. Ihr Magen zog sich zusammen. Unwillkürlich wollte sie abwehrend die Hände heben, doch sie beherrschte sich im letzten Augenblick.

Was dachte sie sich? Sie musste ihren Kopf benutzen, durfte nicht reagieren wie ein schwaches, dummes Weib. Lenchen, die hätte einen armen Mann abgelehnt, weil ihr sein Anblick Bauchgrimmen verursachte, aber sie doch nicht, nicht die vernünftige Anna Weinbrenner.

»Danke, José, du kannst gehen.«

Sie blieb trotzdem hinter dem Schreibtisch stehen, stützte beide Hände ab, um nicht zu zittern.

»Nach welcher Art von Arbeit suchst du, Utz?«

Unterwürfig senkte der Angesprochene den Kopf. »Ich mache alles, wirklich alles, was Sie mir anbieten können. Ich musste meine Frau und mein Kind in Deutschland lassen und möchte sie nun gerne nachholen, aber es fehlt das Geld.«

Er hob den Kopf leicht an, schaffte es aber immer noch, sie von unten herauf zu fixieren. Anna biss sich auf die Lippen.

Irrte sie sich, oder lief dem Mann eine Träne über die Wange? Nach dem, was er gesagt hatte, konnte sie ihn noch weniger ablehnen. Auch sie war einst in einer ähnlichen Lage gewesen, hatte auf das Geld gewartet, das ihr die Reise zu ihren Lieben ermöglichen sollte.

Sie spürte Julius' Blick auf sich. Mit einem verbindlichen Lächeln drehte sie sich zu ihm hin.

»Würden Sie bitte im Salon auf mich warten, Herr Meyer?«

Er hatte verstanden, dass sie allein sein wollte, und quittierte ihren Wunsch mit einem leichten Hochziehen der rechten Augenbraue.

Zurück blieben Utz und sie. Annas Unbehagen wuchs mit jeder Minute, die sie einander gegenüberstanden, aber der Mann tat ihr leid. Sie selbst hatte so oft erlebt, wie es war, ohne Anstellung zu sein. Sie würde ihm eine Chance geben.

Als Julius und Anna etwas später ins Wohnhaus kamen, duftete es schon nach Essen. Dieses Mal hatte Lenchen gekocht, da Maria sich für ein paar Tage schonen musste. Vorab gab es mit Gemüse gefüllte *empanadas*, danach eine dicke Bohnensuppe und darauf für jeden ein Stück Fleisch. Der Abend schritt fort, und irgendwann fing einer der Knechte an, auf seiner Gitarre zu spielen. Ein zweiter sang dazu.

Julius saß an Annas Seite, und sie erlaubte es sich an diesem

Abend, ein wenig zu entspannen. Sie hatte es sich verdient. Die letzten Monate waren gut gewesen, die Geschäftsbücher waren voll. Zum ersten Mal seit langer Zeit sah Anna zuversichtlich in die Zukunft.

Viertes Kapitel

Julius hatte Anna in Richtung des Dorfes Belgrano geführt, von dem aus man einen guten Blick auf das im warmen Nachmittagslicht liegende Buenos Aires hatte. Nun hielten sie inne.

Wie schön, dachte Anna, wie wunderwunderschön es hier ist.

Sie lenkte ihren Blick zum Meer hin, das in der Ferne glitzerte. Es lag so friedlich da, man konnte sich nicht ausmalen, welche Sturmgewalten es zu anderen Zeiten wüten ließen. Und niemand konnte sich vorstellen, wie viele Leben es auf immer verschlungen hatte.

Seit jeher hatten die *porteños* viel Zeit damit verbracht, auf den Ozean hinauszustarren, denn von dort konnte alles kommen: Gutes und Böses, Leben und Tod. Auch heute kam noch alles Wichtige über das Meer. Auf der anderen Seite lag Europa, dem sich jeder reiche Argentinier verbunden fühlte. Mancher wohlhabende Bürger ließ sich sein Haus in Europa zimmern und herüberschiffen, denn man fühlte sich als Europäer und strebte an, sein Heim nach den neuesten Pariser oder Londoner Moden auszustatten. Einige der Schiffe, die weiter dort draußen ankerten, hatten dementsprechend Pflaster-, Backsteine und Marmor aus Europa geladen. Julius' Kontor wiederum vermittelte Agrarprodukte und mineralische Rohstoffe nach Europa und führte im Gegenzug Industriegüter nach Argentinien ein.

Ein plötzlicher Windstoß zerzauste Annas Haar. Sie raffte

es zusammen und wand den Knoten in ihrem Nacken neu, bevor sie ihn mit einigen Haarnadeln befestigte. Seit wie vielen Monaten hatte sie sich keine Ruhe gegönnt, hatte gearbeitet von morgens bis abends in der stetigen Angst, wieder alles zu verlieren. In dieser Zeit hatte sie sich nicht vorstellen können, einmal mit einem Mann spazieren zu gehen, und auch Julius' Einladung hatte sie absagen wollen, doch Lenchen und Maria hatten darauf bestanden, dass sie annahm.

»Du musst gehen«, hatte Lenchen gesagt, »du hast es dir verdient.«

Und später, als Lenchen Anna beim Ankleiden half – der Schwester, die, wie sie fand, einfach keinen rechten Sinn für Kleidung hatte, da hatte sie gesagt: »Wir haben dir so viel zu verdanken, Anna, nun lass es *dir* einmal gut gehen.«

Da hatte Anna die Schwester ohne zu zögern in den Arm genommen und überlegt, ob sie solche Nähe auch einmal mit ihren Eltern erleben würde. Weder das Verhältnis zu ihrer Mutter noch das zu ihrem Vater hatte sich gebessert, seit Anna das Schicksal der Familie bestimmte.

Wieder schaute sie auf das Meer hinaus, die Fäuste in den Falten ihres großzügig ausgestellten Rocks verborgen. Julius hatte ein Lächeln nicht verbergen können, als er sie in dem ungewohnten Aufzug gesehen hatte, und Anna hatte mit dem Wunsch gekämpft, sofort kehrtzumachen und sich hinter der Arbeit in ihrem Büro zu verbarrikadieren. Was hatte sich Lenchen nur gedacht, als sie der älteren Schwester dieses Kleid aufgeschwatzt hatte? Es war viel zu pompös. Anna kam sich vor wie eine Torte mit Zuckerguss. Zu einem Unterrock aus blauen Organdy trug sie einen spitzenbesetzten gebauschten weißen Rock und einen mit blauen Bändern versehenen kleinen Strohhut.

»Was werden die Leute sagen?«, hatte sie zu Julius gesagt

und an den Fransen gezupft, die das blau-rot geblümte Umschlagtuch zu allem Überfluss noch verzierten.

»Es ist mir gleich, was die anderen sagen.« Julius hatte ihre Hand formvollendet geküsst. »Ich bin der glücklichste Mann, der heute mit der schönsten Frau von Buenos Aires spazieren geht.«

Anna wandte den Blick vom Meer ab zur Stadt hin. Inzwischen umfasse Buenos Aires etwa mehr als fünfhundert Häuserquader, hatte Julius ihr vor kurzem erzählt. Die eigentliche Stadt war zuerst rund um die Plaza Mayor, die heutige Plaza de la Victoria, entstanden, in deren Norden sich die große Kathedrale erhob, während im Westen das Cabildo stand. 1811, zum ersten Jahrestag der Unabhängigkeit war die Pirámide de Mayo, ein Obelisk auf der Plaza errichtet worden. 1856 hatte man das Denkmal renoviert. Der Obelisk war von einem Garten und zwei Brunnen eingefasst worden. An der Spitze der Pyramide wurde ein Sonnenrelief eingefügt, hinzu kamen fünf allegorische Figuren, die für den Handel, die Landwirtschaft, die Künste, die Wissenschaft und die Freiheit standen – Letztere symbolisiert durch eine Frauengestalt mit phrygischer Mütze, das Nationalwappen in der einen, eine Lanze in der anderen Hand.

Anna wandte ihren Blick nach Süden. Im dort gelegenen San Telmo wohnten die wohlhabenden Bürger der Stadt. Kurz legte sie den Kopf in den Nacken und ließ die goldene Nachmittagssonne ihr Gesicht liebkosen. Dann schaute sie in Richtung des Deltas des Río Paraná, das aus einer Vielzahl von Wasserarmen bestand, die in den Río de la Plata oder in den Río Uruguay mündeten. Inseln unterschiedlicher Größe prägten hier das Landschaftsbild, subtropische Pflanzen und Bäume wuchsen dort. Auf einem Ausflug dorthin hatte Julius Theodor Habich getroffen, der damals gemeinsam mit ihnen gereist war. Inzwischen hatte er gemeinsam mit Jens Jensen Patagonien, Feuerland und einen Großteil der Pampa bereist und war auf dem Weg nach Nordosten zu den Iguazú-Wasserfällen.

Anna seufzte tief.

»Was ist?«, fragte Julius, der höflich Abstand hielt, obwohl sie sich in Salta doch schon so nahegekommen waren.

»Nichts.« Anna schüttelte den Kopf. »Ich bin glücklich.«

Er lachte auf, zog sie mit einem Mal zu sich herum, sodass sie einander direkt gegenüberstanden. Dann strich er sanft mit dem Zeigefinger über die Kerbe zwischen ihren Augenbrauen.

»So finster siehst du also aus, wenn du glücklich bist?«

»Ja.«

Anna kämpfte mit dem Wunsch, sich einfach an ihn zu lehnen, doch das kam ihr unschicklich vor, und so hielt sie sich mit aller Macht von ihm fern, wenn auch alles in ihr schrie, einfach loszulassen.

Lange Zeit schauten sie einander an, dann sagte Julius: »Die Singakademie gibt heute einen Beethoven-Abend im Teatro Argentino. Würdest du mich dorthin begleiten, Anna?«

»Aber, das ist nichts für... Ich kenne Beethoven doch...«

Julius hob die Hand. »Bitte«, wiederholte er einfach, »komm mit, es wird dir gefallen.«

Lenchen war hochzufrieden, ihre Künste an diesem Tag noch einmal spielen lassen zu können. Statt eines Mantels sollte Anna für den Abend eine vornehmere Mantilla tragen. Das Haar wurde zu einem aufwändigeren Chignon aufgesteckt und mit Zierkämmen geschmückt.

Julius holte sie ab. Eine Kutsche brachte sie zum Ort des Ereignisses. Als sie ihr Ziel erreichten, war Anna neuerlich verunsichert, doch Julius streichelte beruhigend ihren Arm.

Der Abend war einfach wunderbar, noch niemals zuvor hatte Anna eine solche Musik gehört. Das Programm sah Beethovens Missa Solemnis vor, die Egmont-Ouvertüre, ein Klavierquartett, die Kantate *Meeresstille und glückliche Fahrt*, Klaviersoli und die Konzertarie *Ah perfido!*, gesungen von Berta Krutisch. Anna lauschte, und etwas berührte ihr Herz, während sie das tat, und wenn nicht so viele Menschen da gewesen wären, hätte sie einfach den Kopf an Julius' Schulter gelehnt und die Augen geschlossen.

Als sie nach dem Konzert beide wieder ins Freie traten, wandte Anna sich Julius zu. »Du hattest Recht, es war einfach bezaubernd«, sagte sie. »Ich hätte immer weiter zuhören können. Es ist schade, dass es schon vorüber ist.«

Julius streichelte den Arm, mit dem sie sich bei ihm untergehakt hatte. »Es muss nicht vorüber sein. Wir können weitere Konzerte besuchen, Anna.«

Sie lächelte. »Das würde ich gern.«

Später, auf der Heimfahrt bat sie ihn, die Kutsche schon einige Häuserblöcke vor ihrem Fuhrunternehmen anhalten zu lassen, damit sie noch ein paar Schritte gemeinsam in der warmen Sommerluft gehen konnten.

»Ich würde mich freuen«, sagte Anna, »wenn wir unseren Spaziergang am nächsten Sonntag fortsetzen könnten.«

Sie sah ihn forschend an, mit einem Mal überwältigt und verunsichert vom eigenen Mut. Zum ersten Mal seit langer Zeit hatte sie ausgesprochen, was sie sich wünschte, ohne über die Folgen nachzudenken.

Julius lächelte. »Das würde ich auch, sehr sogar.«

Viel zu schnell hatten sie Annas Zuhause erreicht. Julius

küsste Annas Hand, um sich von ihr zu verabschieden, und sie suchte nach Worten, wie sie ihm für diesen Abend danken konnte. Doch sie sollte nicht dazu kommen.

Lenchen kam über den Hof auf sie zugerannt, schon von weitem sah Anna, dass sie völlig außer sich war.

»Anna!«, rief sie, »Anna, Marlena ist krank. Du musst schnell kommen. Das Fieber steigt und steigt. Es will einfach nicht sinken. Wir wissen nicht mehr, was wir tun sollen!«

Fünftes Kapitel

Nachdem das Fieber gegen Morgen endlich gesunken war, stieg es am kommenden Tag wieder stetig an. Marlena glühte, auch ihrem Großvater Heinrich und Lenchen ging es seit der vergangenen Nacht plötzlich schlecht. Unablässig legte Anna Wadenwickel an, wischte Schweiß von der Stirn und benetzte die ausgetrockneten Lippen der drei mit Wasser. Der Vater zeigte sich unwillig, Marlena und Lenchen waren kaum mehr bei Sinnen. Elisabeth stand in der Tür und beobachtete ihre älteste Tochter aus großen Augen, reglos und nicht in der Lage, etwas zu tun. Anna war längst zu müde, sie zur Mithilfe aufzufordern. Sie hatte alle Mitarbeiter, die sie nicht unbedingt brauchte, nach Hause geschickt, damit diese sich nicht ansteckten. Inzwischen hatte es überall die Runde gemacht: Das Gelbfieber hatte nicht nur das Haus Brunner-Weinbrenner in seinem erbarmungslosen Griff, ganz Buenos Aires litt unter der gefährlichen Krankheit, und Besserung war auf Weiteres nicht in Sicht.

Es war nicht das erste Mal, seit Anna in Buenos Aires angekommen war, dass die Stadt unter einer Epidemie zu leiden hatte. Es war einfach zu feucht. Zu lange Zeit hatte man sich weder Gedanken um die Müllbeseitigung gemacht noch um den Umgang mit den zu erwartenden menschlichen Hinterlassenschaften einer stetig wachsenden Stadt. 1867 waren achttausend Einwohner der Cholera zum Opfer gefallen. Nun war das Gelbfieber von Brasilien nach Montevideo gekommen, und von dort rasch auf das andere Ufer des Río de la Plata übergesprungen. Im ersten Jahr der Krankheit hatte man nur zweihundert Opfer beklagt. Nun wurden neue Krankheitsfälle gemeldet, und es würden noch mehr Menschen sterben.

Warum habe ich nicht aufgepasst?, fragte sich Anna nicht zum ersten Mal. Wir hätten gehen sollen, als es noch eine Gelegenheit dazu gab. Ich hätte mein Kind vor dem Schlimmsten bewahren können.

Aber wohin?, fragte eine andere Stimme in ihrem Kopf. Wir haben doch nur das hier. Dies hier ist unser Leben, hier ist unser Heim. Wohin hätten wir denn gehen sollen? Sie hatten keine Landsitze, auf die sie sich, wie die reicheren Bewohner der Stadt, bei Gefahr zurückziehen konnten. Wie den anderen armen Schluckern blieb auch Annas Familie keine andere Möglichkeit, als in ihrem Zuhause zu bleiben.

Anna konnte den Blick nicht von Marlena nehmen. Ein paar Tage lag sie nun schon krank danieder. Es war Anna, als sei sie es selbst, die dort lag, schweißüberströmt, nach Atem ringend. Immer wieder schrak die Kleine aus den Fieberträumen auf.

»Mir ist so schlecht«, weinte sie nun. »Mama, mir ist so schlecht.«

»Es lohnt doch nicht, dass ich mich auch anstecke«, wisperte Elisabeth in der Tür stehend zum wiederholten Mal. »Ich bleibe hier stehen. Ich werde euch Wasser holen, wenn ihr welches braucht. Ich werde euch etwas zu essen kochen, aber es hilft euch nicht, wenn ich auch krank werde. Wer soll dann die Arbeit tun? Nein, ich darf mich nicht anstecken.« Sie schüttelte den Kopf. »Es ist das verdammte Land, das uns krank macht, sage ich euch. Warum sind wir nicht zu Hause geblieben? Warum mussten wir hierherkommen?«

Anna antwortete nicht mehr. Anfangs hatte sie Antworten

gesucht, doch sie hatte es aufgegeben. Dann hatte es eine Zeit gegeben, während derer sie die Mutter nur noch hatte anschreien wollen, damit das Gejammer endlich aufhörte, doch zu viele Gedanken drängten sich längst in ihrem Kopf. Was würde aus ihrem Unternehmen werden, wenn sich herumsprach, dass es auch die Brunner-Weinbrenners getroffen hatte? Hatte sie genügend Geld zur Seite gelegt, um eine Durststrecke durchstehen zu können? Was passierte wohl, wenn sie nicht persönlich in ihrem Büro stand, um sich um die Angelegenheiten des Fuhrunternehmens zu kümmern? Seit Tagen hatte sie ihr Geschäft nicht mehr betreten. Kunden, das hatte ihr Maria berichtet, bevor sie die mittlerweile Hochschwangere mit einem Vorratspaket an Nahrung ebenfalls nach Hause geschickt hatte, waren auch kaum welche gekommen.

Anna hob den Kopf, wollte Elisabeth fragen, ob es Neuigkeiten von Julius gab, dem sie vorsorglich ihr Haus verboten hatte, ob sich an diesem Tag Kunden hatten blicken lassen, oder ob es sonst irgendwelche Nachrichten gab, doch die hatte zu beten begonnen.

»Was soll das!«, schimpfte Anna erbost.

All die Anspannung der letzten Stunden und Tage brach sich mit einem Mal Bahn. Sie erschrak vor der Heftigkeit des Ausbruchs. Niemals zuvor hatte sie so mit ihrer Mutter geredet.

Elisabeth schaute sie perplex an. »Ich bete«, antwortete sie. »Ich bete für die Kranken.«

»Hol lieber frisches Wasser, und dann geh hinüber ins Büro und sag mir, wie das Geschäft läuft.«

Ohne ein weiteres Wort drehte sich Elisabeth auf dem Absatz um und ging. Als sie einige Zeit später zurückkam, war ihr Gesicht ernst.

»Es ist noch niemand da gewesen«, sagte sie und füllte Wasser aus dem Eimer in die Schüssel.

Anna biss sich auf die Lippen. Sie hatte so etwas geahnt. War alles Kämpfen vergebens gewesen?

»Mama, Mama!«

Der Ruf ihres Kindes ließ Anna von dem Stuhl aufschrecken, auf dem sie in einen unruhigen Schlaf gefallen war. Langsamer und vorsichtiger, als sie wollte, sprang sie auf, musste sich erst recken und strecken, um ihre steifen Glieder wieder beweglich zu machen. Als sie endlich an Marlenas Seite stand, strich sie dem Kind über das verschwitzte Haar.

Die Kleine hatte abgenommen in den Tagen der Krankheit. Die Augen wirkten größer in dem abgezehrten Gesicht, die Wangen waren immer noch gerötet, doch erstmals wieder lag ein leichtes Lächeln auf ihren Zügen. Anna spürte, wie ihr Tränen in die Augen stiegen. In den letzten Tagen war Marlena kaum bei Bewusstsein gewesen, der Blick stets umschleiert, als schaue sie schon eine andere Welt. Mehr als einmal hatte Anna gemeint, aufschreien zu müssen vor Schmerz und Angst. Der Gedanke, ihr Kind verlieren zu können, war schlimmer gewesen als alles, was sie sich bis zu diesem Zeitpunkt ausgemalt hatte. Die Kleine war doch erst gerade sechs Jahre alt.

»Ich habe Hunger, Mama«, sagte Marlena nun und lächelte ihre Mutter an.

Jetzt musste sich Anna auf die Lippen beißen, um die Tränen zurückzuhalten. Alle hatten ihr gesagt, wie gefährlich das Gelbfieber war. Durfte sie sich tatsächlich schon Hoffnungen machen? War ihr kleines Mädchen auf dem Weg der Genesung? Sie wagte es nicht, die Worte auszusprechen, wagte es ja kaum, sie zu denken.

»Ich gebe dir etwas Hühnerbrühe«, sagte sie und hörte, wie belegt ihre Stimme klang. »Maria hat sie heute vorbeigebracht.«

»Bist du traurig, Mama?« Marlena schaute sie ernst an.

»Nein, Kleines.«

Anna bemühte sich, ihre Stimme fest klingen zu lassen und strich ihrem Kind über den Kopf. Kurz warf sie einen Blick auf die beiden anderen Kranken, denen es sehr schlecht ging. Heinrich röchelte mit weit geöffnetem Mund. Lenchen warf immer wieder stöhnend den Kopf hin und her. Anna entschied, Marlena nach dem Essen in ein anderes Zimmer zu bringen.

Behutsam half sie ihrer Tochter, etwas Suppe zu sich zu nehmen, und auch wenn diese sich nach nur wenigen Löffeln erschöpft zurücklegte, fühlte Anna zum ersten Mal seit langem Erleichterung. Sie brachte Marlena in ein anderes Zimmer und zog das Bettzeug der Krankenstatt ab. Laken und Bezüge entschied sie, sollten später im Hof verbrannt werden.

Auch in den nächsten Stunden fand Anna keine Ruhe. Unablässig forderten die Kranken ihre Aufmerksamkeit. Anna war auf dem Weg zu Marlena, da zerriss plötzlich ein markerschütternder Schrei den kleinen Hof des Fuhrunternehmens. Mutter, schoss es Anna durch den Kopf. Da war so viel Schmerz und so viel Entsetzen in deren Stimme, dass es sie schaudern ließ. Ohne nachzudenken stürzte Anna zum Bürogebäude hinüber und riss die Tür auf.

Anna fand Elisabeth vor ihrem Schreibtisch auf dem polierten Dielenboden. Sie presste eine Hand gegen die Stirn, ihre Augen waren rotgerändert. Die Haut unter den Augen war schwarzfleckig, als habe sie tagelang nicht geschlafen. Schweißtropfen glänzten auf ihrem Gesicht. Sie musste sich erbrochen haben, ein säuerlicher Geruch lag in der Luft.

»Mir ist übel, Anna«, wimmerte Elisabeth angesichts ihrer Tochter angstvoll auf. »Ich habe Fieber.« Sie reckte Anna die Hände entgegen. »Schau, schau nur!« Elisabeth zog einen Fingernagel über ihren Handrücken. Ein deutlicher roter Strich umgeben von jenen zwei charakteristischen gelben Strichen zeichnete sich ab. »Ich bin krank. Ich habe das Fieber. Hilf mir, bitte hilf mir, Anna! Ich will nicht sterben!«

Sechstes Kapitel

»Maria? Maria!«

Luca stolperte über die Straße auf die Tür seines Hauses zu, stürzte wenige Schritte davon entfernt und verfehlte mit dem Kopf nur knapp die Bank vor dem Haus. Diese Markierung, was bedeutete sie? Er erinnerte sich dunkel, dass Männer da gewesen waren, die ein Symbol an die Tür gemalt hatten.

Es ist ein verseuchtes Haus, nagte es in seinem Kopf, es ist ein krankes Haus, haltet euch fern davon. Das hieß das Symbol.

Jetzt schmeckte er Blut auf seinen Lippen. Seine Nase blutete schon wieder. Sie blutete häufig, seit er krank war. Zudem war ihm entsetzlich schlecht. Mehr als einmal hatte er an diesem Tag erbrechen müssen, und das, was er da erbrach, war schwarz wie die Hölle und machte ihm furchtbare Angst.

»Maria!«, rief er noch einmal.

Seine Stimme war schwach und kaum zu hören, sie erinnerte ihn an das klägliche Fiepen einer Maus, bevor die Katze ihr das Genick brach. Luca stützte sich auf dem Boden ab, dann stemmte er sich mit aller Mühe hoch. Mit jeder Bewegung dröhnte sein Schädel, als würde er im nächsten Moment zerplatzen. Seine Kehle war ausgedörrt, die Augen brannten wie Feuer. So sehr er sie auch aufriss, er konnte nur noch verschwommen sehen.

Was, wenn Maria gestürzt war und sich selbst nicht helfen konnte? Die Schwangerschaft schränkte sie inzwischen zunehmend ein. Oder war das Kind schon geboren? Luca konnte sich nicht erinnern, er konnte sich einfach nicht erinnern. Warum hatte er das Haus verlassen? Wohin hatte er gehen wollen? Hatte er Hilfe holen wollen? Schwankend stand er endlich und musste sich gleich wieder an der Wand festhalten, doch die Angst um seine geliebte Maria bohrte in ihm und ließ ihn nicht stehen bleiben.

»Maria!«, keuchte er wieder und wusste mit einem Mal nicht mehr, ob er nach ihr rief, um Hilfe zu bringen, oder ob er selbst um Hilfe flehte.

Die Kopfschmerzen schienen seinen Schädel schier sprengen zu wollen. Luca musste sich anstrengen, um über die Schwelle zu gelangen und nicht gleich wieder zu stürzen. Im Halbdunkel des Raumes stand er kurz da und versuchte, über das Sausen und Hämmern in seinem Kopf hinwegzuhorchen. Eine ganze leise Stimme war plötzlich in weiter Ferne zu hören, eine schmale Gestalt kam auf ihn zu. Eine Stimme, von der er nicht wusste, ob er sie kannte oder nicht.

Waren Fremde im Haus? Hatten sie Maria etwas angetan? Seit die Krankheit in der Stadt war, hörte man von den schrecklichsten Dingen! Die Seuche brachte das Schlimmste in den Menschen hervor. Es wurde geplündert, gemordet, dem Sterbenden das letzte Hemd vom Leib gestohlen. Suchend fuhren Lucas Hände durch die Luft. Er würde sich zu verteidigen wissen, sich und seine geliebte Frau. Noch einmal nahm er alle Kraft zusammen, trat einen Schritt vor – und stürzte in die Nacht.

Jenny stand allein in ihrem Zimmer, die Hände fest zu Fäusten geballt.

Papa ist tot.

Auch ihn hatte die Krankheit nicht verschont, die nicht unterschied zwischen Arm und Reich, Mann oder Frau, Kind oder Erwachsenem. Bei manchen ging es schnell, bei anderen zog sich das Sterben dahin. Das Fieber raffte einen Signor Pelegrini, der nur noch einen Regenschirm sein Eigen nannte, genauso dahin wie jemanden, der sich Regenschirme für jeden Tag des Jahres hätte kaufen können. Herschel Goldberg hatte sich eines Nachmittags zu Bett gelegt und war der Krankheit kaum eine Woche später erlegen.

Jenny wollte ihre Augen schließen, aber dann fiel ihr Blick auf ihre alte Puppe, und nun gelang es ihr nicht mehr. Herschel hatte ihr diese Puppe mit dem hübschen Porzellangesicht geschenkt. Dann hatte sie kleine Tassen und Teller dazu bekommen und sogar eine Kanne, damit sie ihrer Puppe Tee servieren konnte. Mama und Papa hatten diese Dinge in Paris für sie bestellt. Sie hatte viel mit ihnen gespielt, als sie jünger gewesen war. Und wie hatte sie es ihnen gedankt? Nachdem sie jahrelang nur selten an ihren leiblichen Vater gedacht hatte, waren die Erinnerungen im letzten Jahr wieder hochgekommen. Zu ihrem fünfzehnten Geburtstag hatte sie Rahel und Herschel vorgeworfen, niemals wirklich nach ihm gesucht zu haben.

Ich bin undankbar, dachte Jenny und schluchzte leise, so undankbar.

Noch an dem Tag, als Herschel sich krank zu Bett gelegt hatte, hatte sie Rahel und ihm Vorwürfe gemacht. Zu diesem Zeitpunkt hatte sie sich, wohlbehütet wie sie war, noch kaum Gedanken um die Krankheit gemacht. Um den Carnaval herum hatte sie erstmals von Opfern gehört. Dass ihre Eltern ihr verboten hatten, in diesem Jahr auf ein Kostümfest zu gehen, hatte sie wütend in ihr Zimmer stapfen lassen. Einen Monat später hatte die Opferzahl dreihundert überschritten, und schon in den nächsten Monaten, so hatte Rahel an ihre Tochter appelliert, waren der Krankheit viele Tausend Menschen zum Opfer gefallen. Jetzt hatte es auch Herschel Goldberg getroffen.

Sie haben alles immer nur für mich getan, fuhr es Jenny durch den Kopf, nur für mich.

Sie ging zu ihrem Schreibtisch hinüber und rückte Tintenfass und Schreibfeder zurecht. Ihr Blick fiel auf den Brief an ihren Adoptivvater, den sie begonnen hatte und nun nicht mehr würde beenden können. Sie hatte ihm nicht noch einmal sagen können, dass sie ihn liebte, und das schmerzte sie jetzt ungeheuer.

»Ach, Papa«, schluchzte sie leise. »Ach, Papa. Ich möchte es doch alles wiedergutmachen.«

Aber das war unmöglich.

Stumm saßen Frau Goldberg und Jenny später an Herschels Totenlager, zu schmerzerfüllt, um noch sprechen zu können, und hielten einander bei den Händen. Wieder erinnerte Jenny sich, wie ungerecht sie in letzter Zeit gegenüber den Goldbergs gewesen war. Besonders seit sie das Jugendalter erreicht hatte, war sie häufig zickig gewesen, hatte sich geweigert, aus ihrem Zimmer zu kommen und hatte jeden Versuch der Goldbergs, sie fröhlicher zu stimmen, scharf zurückgewiesen. Sie wusste selbst nicht, was sie gegen diese Launenhaftigkeit tun sollte, die sie manchmal einfach überkam.

Sanft drückte sie Rahel Goldbergs Arm. Die schluchzte endlich auf, und es war mit einem Mal, als breche sich aller Schmerz und alles Entsetzen Bahn.

In der gemeinsamen Trauer, dachte Jenny unvermittelt, sind wir uns näher, als in den ganzen letzten Monaten nicht mehr, und plötzlich erkannte sie, wie sehr ihr Rahel Goldberg fehlen würde, wenn sie diese auch noch verlor. Sie würde ihr fehlen, wie die Mutter und der Vater, die sie schon viel zu lange hatte entbehren müssen. Sie legte die Arme um ihre Adoptivmutter, drückte ihren Mund gegen deren goldbraunes Haar und hielt die kleine, zierliche Frau mit einer Festigkeit umfangen, die nicht nur sie selbst überraschte. Erst zögerte Rahel, dann erwiderte sie entschlossen die Umarmung ihrer Adoptivtochter.

»Weine nicht, Mama, weine nicht«, flüsterte Jenny.

Rahel Goldberg schluchzte. »Aber ich muss doch weinen«, rief sie aus, »wie kann ich es sonst aushalten? Es zerreißt mich, Jenny, es zerreißt mich. Mein Herschel und ich, wir waren doch niemals getrennt, seit wir geheiratet haben, niemals, nicht einen Tag!«

Jenny hielt inne. Ja, dachte sie, wie kann man es aushalten, wenn man nicht weint? Vielleicht hatte sie bisher zu wenig geweint, vielleicht war der Schmerz deshalb immer noch da und ließ sich nicht bewältigen. Vielleicht hätte sie, bei allem, was ihr widerfahren war, doch einmal weinen sollen. Sie streichelte das Haar ihrer Adoptivmutter und spürte, wie die Tränen über ihre Wangen rannen, und zum ersten Mal seit langem fühlte sie etwas wie Erleichterung in sich.

Inmitten von Schmerz und Trauer war sie angekommen.

Wie kann ich es nur aushalten?

Anna presste die schmerzende Stirn gegen die Handflächen und stützte die Ellenbogen auf die zitternden Knie. Am Morgen war Jenny kurz zu Besuch gewesen, hatte etwas Brot, Obst und eine Hühnerbrühe und die Nachricht vom Tod Señor Goldbergs gebracht. Im Haus Brunner-Weinbrenner hatte sich die Lage kaum gebessert. Zwar war Lenchen aus ihren Fieberträumen erwacht, dafür war Elisabeths Fieber im Verlauf der vergangenen Tage rasch gestiegen, und es gab keine Anzeichen dafür, dass es herunterging. Die Augen der Mutter waren blutunterlaufen. Dazu blutete sie aus Nase und Mund. Mehrmals hatte sie sich übergeben, und auch unter Durchfall hatte sie zu leiden. Die Krankheit nahm bei Elisabeth einen besonders schweren Verlauf, und obwohl Anna immer noch kämpfte, befürchtete sie insgeheim, sie längst verloren zu haben.

Heinrich war derjenige, der sich neben Marlena am besten erholte und inzwischen wieder nach Branntwein verlangte, als sei nichts geschehen. Als Anna sich weigerte, hatte er gehöhnt: »Noch nicht einmal deinem kranken Vater willst du etwas bringen, herzloses Weib! Verrecken könnte ich, und es wäre dir gleich.«

Schweigend hatte sie ihm weiter seine Mahlzeiten gebracht, hatte dafür gesorgt, dass seine Kissen und Decken aufgeschüttelt und gelüftet wurden und hatte seinen Nachttopf ausgeleert. Doch er hatte sie weiter verhöhnt. Geifer war aus seinem Mund geflossen, während er Anna Schimpfwörter an den Kopf geworfen hatte.

Er wird gesund werden, schoss es ihr nun durch den Kopf, er wird gesund werden. Wie kann ich es nur aushalten, dass so viele gute Menschen sterben, und er wird wieder gesund?

Sie wusste, dass sie sich solcher Gedanken schämen musste, immerhin handelte es sich um ihren Vater, aber sie konnte es nicht. Er hatte sie noch niemals zuvor so angeekelt.

Anna regte sich immer noch nicht. Julius hatte die Nachricht gebracht, dass Luca und Maria überfallen worden waren. Maria ging es den Umständen entsprechend, Luca war kurz nach dem Überfall dem Gelbfieber erlegen.

Dass diese Bestien sogar einen sterbenden Mann überfallen... Wer tut so etwas?

Sie dachte daran, dass viele Kranke nicht ins Krankenhaus gegangen waren. Nicht nur, weil man sich Schauerliches von diesem Ort und den Ärzten erzählte, sondern auch, weil man es nicht wagte, das Wenige, was man besaß, allein zu lassen.

Anna vergrub das Gesicht in den Händen, wollte immer noch nicht aufblicken. Wollte nichts mehr sehen von einer Welt voller Krankheit, Falschheit und Bosheit. Ob Eduard oder Gustav bei dem Überfall ihre Finger mit im Spiel gehabt hatten? Gustav vielleicht, Eduard nicht, dessen war sie sich sicher. Anna biss sich auf die Lippen. Nein, der geliebte ältere Bruder hatte Luca und Maria nicht überfallen – unmöglich.

Aber ich kann mir auch dessen nicht sicher sein, sagte die kleine Stimme in ihrem Kopf. Sie stand auf. Vielleicht würde sie auf andere Gedanken kommen, wenn sie arbeitete. Vielleicht konnte sie die Grübelei dann endlich lassen.

Sie ging zu den Kranken hinüber, wechselte das kalte Tuch auf Elisabeths Stirn und brachte Lenchen und Heinrich einen Teller Suppe. Heinrich war zwar kräftig genug, um selbst zu essen, bestand aber darauf, gefüttert zu werden. Während Anna ihm Löffel um Löffel einflößte, dachte sie an Julius, den sie fortgeschickt hatte, um ihn nicht zu gefährden.

Ach, Julius, sie biss sich auf die zitternde Unterlippe, jetzt bräuchte ich dich. Ich bräuchte dich so sehr.

»Heulst du, Dirne?«

Verdammt!

Anna konzentrierte sich wieder auf den Teller mit Hühnersuppe, warum hatte sie sich nur ausgerechnet vor ihrem Vater so gehen lassen?

»Nein, Vater.«

»Weinst du um deinen Hurenbock? Ja, ich habe Augen im Kopf. Wo ist er denn, der feine Herr? Hat er dich verlassen wie die Ratten das sinkende Schiff?«

Anna spürte, wie die Verzagtheit plötzlich von ihr abfiel und eisiger Wut Platz machte. Sie knallte den Teller mit dem Rest Suppe auf das kleine Tischchen an der Seite ihres Vaters und stand auf.

»Nein, Vater, das hat er nicht, und jetzt iss. Ich habe noch zu tun.«

Siebtes Kapitel

Als das Gelbfieber endlich vorüber war, hatte die Seuche insgesamt vierzehntausend Einwohner von Buenos Aires dahingerafft.

Auch Breyvogel hatte die Krankheit zugesetzt, doch in seinem Haus war niemand gestorben. Für einen Moment senkte Anna den Kopf, um den Blicken der anderen auszuweichen, die sich ebenfalls im Hof ihres Fuhrunternehmens versammelt hatten. Sie starrte ihre behandschuhten Hände über dem dunklen Trauerkleid an. Elisabeths Tod hatte sie tiefer getroffen, als sie es sich je hatte vorstellen können. Ihre Mutter und sie hatten sich nie viel zu sagen gehabt, und in den letzten Monaten war ihr Schweigen drückend geworden. Der Schmerz, den Elisabeths Verlust ausmachte, war also nicht abzusehen gewesen. Immer wieder erwischte sich Anna dabei, zu den Orten zu schauen, an denen sich Elisabeth besonders gern aufgehalten hatte. Manchmal hörte sie ihre Stimme. Anfangs war sie dann sogar zusammengezuckt und hatte sich nach den vermeintlichen Lauten umgedreht. Wenn sie nachts wach lag, dachte Anna an ihre Mutter. Manchmal wünschte sie sich, die Zeit zurückdrehen zu können, wünschte sich zu sprechen über Dinge, über die sie niemals hatten sprechen können und über die sie niemals mehr sprechen würden.

Breyvogels angelegentliches Hüsteln riss Anna aus den Gedanken. Als sie zu ihm hinblickte, räusperte er sich umständlich.

»Es ist Zeit«, sagte er dann, »Zeit, Anklage zu erheben gegen das Geschäftsgebaren einer gewissen Anna Weinbrenner.«

Hat er schon immer so pompös gesprochen?, fuhr es Anna durch den Kopf.

Zustimmendes Raunen war zu hören. Anna wusste, dass es hier Männer gab, die sich nur ungern den Schneid hatten abkaufen lassen von einer wie ihr. Ihren Erfolg hatten ihr viele geneidet, doch erst jetzt, da sie am Boden lag, wagten sie es, zuzutreten. Sie hob den Kopf und straffte die Schultern. Niemand würde sie hier zittern sehen. Vor niemandem würde sie den Nacken beugen. Fest sah sie einen nach dem anderen an. Wie viele von ihnen hatten sich freundschaftlich gegeben, als die Zeiten besser gewesen waren.

Heuchler, dachte Anna, Lügner, Feiglinge und Heuchler.

Jetzt wichen ihr mehrere Blicke aus. Anna war froh, dass ihre Stimme fest klang, als sie zu sprechen anfing.

»Ich habe gute Arbeit geleistet, meine Herren. Wie jeder von Ihnen hier, der Erfolg hatte.«

Es gelang ihr, ein siegessicheres Lächeln auf ihr Gesicht zu zaubern.

»Sie hat unsere Angebote unterlaufen«, war eine Stimme aus der sicheren Mitte der Menge zu hören.

Wer wann wie viel bezahlte, war ein ungeschriebenes Gesetz, aber um nach oben zu kommen, hatte Anna es durchbrechen müssen. Das wusste jeder hier, und jeder von ihnen hatte ein solch ungeschriebenes Gesetz auch schon einmal gebrochen.

Sie können dir nichts anhaben, versuchte Anna sich zu beruhigen. Im Moment leiden wir noch alle unter der Seuche, aber es wird weitergehen. Es muss. Allerdings konnte sie nicht umhin, sich unbehaglich zu fühlen, da Breyvogel sie immer noch ansah.

»Holt den Zeugen«, ließ sich eine andere Stimme vernehmen.

Anna schaute in die Richtung, in der Bewegung in der Menge entstanden war. Sie hatte sich niemals vorwerfen müssen, ihre Knechte schlecht zu behandeln. Knechte und Mägde, sie hatten alle gutes Geld verdient. So wusste sie auch, dass man keine Zeugen unter ihren Angestellten finden würde. Die Männer und Frauen hielten ihr die Treue, dessen war sie sich sicher.

Sie straffte die Schultern, doch dann erstarrte sie. Vor ihr stand jemand, den sie lange nicht gesehen und von dem sie gehofft hatte, dass sie ihn niemals wiedersehen würde. Seine eisigen toten Augen bannten sie wie ein böser Fluch.

Piet Stedefreund, fuhr es Anna durch den Kopf, und ihr Magen krampfte sich zusammen. Er war nicht allein. An seiner Seite ging jener bleichgesichtige Mann, den sie kurz vor Ausbruch der Epidemie eingestellt hatte: Utz.

Unwillkürlich schauderte sie. Sie hatte ein schlechtes Gefühl gehabt bei diesem da und hatte sich doch entschlossen, ihn einzustellen. Nun musterte sie sein verkniffenes, schmales Gesicht und fragte sich, ob sie ihn irgendwoher kannte, fragte sich, ob es einen Grund dafür gab, dass er bereit war, ihr Leben zu zerstören. Doch sosehr sie auch nachdachte, sie fand keinen.

Siebter Teil

Abgründe
Oktober 1874 bis Mai 1875

Erstes Kapitel

»Erinnert ihr euch noch an das Gelbfieber in Buenos Aires?« Sensationslüstern riss Humberto die Augen auf und spitzte die Lippen.

»Man hört, dass die besser gestellten Bürger damals sämtlich in den höher gelegenen Norden geflohen sind, nach Belgrano«, fügte Don Ricardo hinzu.

Viktoria hob den Kopf und hörte auf, auf dem Klavier herumzuklimpern, das die Familie Santos kürzlich erstanden hatte.

Buenos Aires, dachte sie, in Buenos Aires wohnt Anna.

Sie klimperte weiter, eine kurze Melodie entstand, die sie wiederholte, wieder und wieder.

Aber Anna geht mich nichts an. Ich habe sie vergessen.

Viktorias Finger bewegten sich in der trägen, immer gleichen Weise, die ihr Leben ausmachte: Immer gleiche Tage, die zwischen sechs Uhr im Sommer und acht Uhr im Winter mit einer Tasse Tee begannen, die ihr Rosita noch im Schlafzimmer servierte. Dann gab es Frühstück, vielleicht machte sie einen Spaziergang, danach verbrachte sie viel Zeit auf der Veranda, mal mit den Kindern, mal ohne. Manchmal hieß Doña Ofelia sie die Dienerinnen beaufsichtigen, wenn diese den Hof fegten oder die Kacheln im ersten Patio reinigten, wenn sie Räume auswischten, Wäsche wuschen, bügelten und Kleidung im hinteren Teil des zweiten Patios flickten. Um zwölf Uhr aß die Familie zu Mittag, danach folgte die Siesta, die bis mindestens vier Uhr dauerte. Zwischen sechs und sieben gab es ein leichteres Abendbrot mit Grillfleisch und Gemüse oder dicker Maissuppe, *empanadas* und Obst.

Meist waren es einsame Tage, die gemeinsamen Nachmittage hasste Viktoria allerdings noch mehr. Sie hasste das Klirren des Porzellans, sie hasste die ziellosen Gespräche, die zu nichts führten, weil man sich ohnehin nichts zu sagen hatte. Es gab nichts, was sie tun konnte. Sie hatte keine regelmäßige Aufgabe, noch nicht einmal zu wohltätigen Veranstaltungen nahm Doña Ofelia sie mit.

Ob es wohl möglich war, vor Langeweile zu sterben?

Viktorias Finger spielten eine kurze, dissonante Melodie. Es gab nur eine Sache, die sie ein wenig am Leben hielt und die sie tunlichst vor ihrer Verwandtschaft zu verbergen hatte. Ein leises Lächeln kerbte sich in ihre Mundwinkel. Der Reiz des Verbotenen hatte ihr Herz von jeher schneller schlagen lassen.

Sie spielte ein kurzes Stück aus Beethovens *Für Elise* – gar nicht mal so schlecht – und erntete hochgezogene Augenbrauen von Doña Ofelia. Es hieß, Humbertos Mutter sei einst eine recht gute Klavierspielerin gewesen. Ohne ihre Schwiegermutter aus den Augen zu lassen, ließ Viktoria noch einige vollkommen unpassende Töne folgen. Ofelia und sie würden sich ohnehin niemals miteinander anfreunden, niemals würde es auch eine Gemeinsamkeit zwischen ihnen beiden geben.

Jemand schlug von draußen gegen die Tür. Einen Atemzug später polterten die zehnjährige Estella und der achtjährige Paco hinein. Wie gewöhnlich stürzten die beiden Kinder auf den Großvater zu – Estella mit hellem Lachen, Paco in seiner ihm eigenen Tapsigkeit. Don Ricardo brachte seine Enkel mit einem spielerischen Knurren zum Lachen, bevor er einer Dienerin auftrug, Milchbrötchen für sie zu holen. Was immer man sagen wollte, Don Ricardo konnte gut mit Kindern umgehen – zumindest die Herzen der beiden hatte er im Sturm erobert. Jetzt streckte Paco die Arme zu ihm hin und ließ sich von Ricardo hochheben. Viktoria hörte auf zu klimpern. Als Paco den Kopf an die Brust des Großvaters bettete und aus seinen großen, viel zu dunklen Augen zu ihr hinübersah, zog sich ihr Magen zusammen.

Seit seiner Geburt hatte sie ständig Angst, irgendjemand könnte entdecken, wessen Kind er wirklich war. Irgendwann musste doch jemandem auffallen, dass diese Augen zu dunkel und diese Haare zu schwarz waren, als dass er der Sohn Humbertos sein konnte.

Doch nicht einmal Doña Ofelia schien etwas zu bemerken. Jetzt streckte diese ihre Arme aus, und Paco rutschte zu Boden, wenig später umarmte er seine Großmutter. Am liebsten hätte Viktoria ihn dieser Frau entrissen. Ihr zog sich der Magen zusammen beim Gedanken daran, dass Estella niemals so viel Liebe von ihrer Großmutter erfuhr.

»Sie ist ja nur ein Mädchen«, wie oft hatte Doña Ofelia das gesagt.

Viktorias Tochter wiederum schien die mangelnde Zuneigung der Großmutter nicht zu stören. Sie war immer eigenständiger gewesen als der kleine Bruder, hatte früh allein gespielt und auch seltener Liebkosungen über sich ergehen lassen. Jetzt hatte sie sich auf den Rand des flauschigen Teppichs gesetzt und spielte mit ihrer neuen Puppe.

Viktoria stand unvermittelt auf. »Ich gehe ein wenig in den Garten«, sagte sie.

Don Ricardo nickte nur, während er Paco mit einem Schüsselchen *dulce de leche* lockte. Doña Ofelia und Humberto schwiegen. Auch Paco sah seine Mutter nicht an. Gemessenen Schrittes ging die zur Tür.

Viktoria lief durch den Patio und über die Veranda hinunter in den Garten. Es war schon recht warm für die Jahreszeit. Der Kies knirschte unter ihren Füßen. Ein großer blauer Schmetterling flatterte an ihr vorbei. Sie hörte Zirpen, die Laute eines Affen. Eine Spur Blattschneiderameisen kreuzte ihren Weg.

Viktoria beschleunigte ihre Schritte, eilte über den Platz hinweg, auf dem sie so oft das Frühstück eingenommen hatten, damals als Anna und Julius bei ihr gewesen waren und sie sich weniger einsam gefühlt hatte, wie sie jetzt zugeben musste. Auch Pedro war damals an ihrer Seite gewesen. Tränen drängten Viktorias Kehle hinauf, sie schluckte sie rasch herunter.

Am Ende des kleinen Gartens, wo sich der Kiesweg verlor und die Vegetation dichter wurde, lief sie langsamer. Endlich blieb sie stehen. Wo war er? War er nicht gekommen? Unwillkürlich fröstelte sie. Sollte sie rufen?

»Alberto?«

Sie musste drei Mal rufen, bevor Alberto Navarro hinter dem Algarrobo hervortrat. Noch bevor sie sich beschweren konnte, hatte er sie in die Arme genommen. Sein junges, schönes Gesicht strahlte.

Neunzehn Jahre, dachte sie, er ist gerade mal neunzehn Jahre alt.

»Hast du mich vermisst, Viktoria?«, fragte er, »hast du mich vermisst, meine Schöne?«

»Ja«, log sie, »das habe ich.«

Ausritte mit ihren beiden Kindern waren zu einer willkommenen Abwechslung in Viktorias Leben geworden. Gemeinsam mit Paco und Estella erkundete sie die weiten Hochebenen bis zu den Ausläufern der Anden. Gemeinsam besuchten sie Rositas Dorf und verbrachten Nachmittage an dem Flusslauf, an dem Pedro und sie so wunderschöne Stunden verlebt hatten. Sowohl Estella als auch Paco waren gute Reiter, wobei ihre Tochter etwas wagemutiger war als der Bruder. Auch jetzt war sie Mutter und Bruder, wie so oft, ein wenig voraus. Das schwarze Haar wehte im Wind, und sie saß stolz und aufrecht auf ihrem kleinen Pony.

Meine kleine Königin, dachte Viktoria, meine Amazone.

Dann schluckte sie. Endlich war der Winter vorbei. Die Temperaturen stiegen, es würde etwas häufiger regnen. Ich bin nicht mehr im Haus gefangen, schoss es ihr durch den Kopf. Wie stets in den letzten Jahren hatte sie sich nicht vorstellen können, wie sie die ruhigere Winterzeit überleben sollte, ohne schwermütig zu werden.

Sie hatten nunmehr den Bachlauf erreicht, der auf ihrem Weg zurück zur Estancia lag, und der mit einigen auch für diese Jahreszeit ungewöhnlich heftigen Regenfällen in der Woche zuvor zu einem Fluss geworden war.

Für einen Moment unsicher zügelte Viktoria ihr Pferd, während Estella ihr Pony weiterhin energisch vorantrieb. Paco hatte auch angehalten und schaute seine Mutter fragend an. Viktoria lächelte ihm aufmunternd zu. Folgten sie einem anderen Weg, würden sie eine Stunde Umweg in Kauf nehmen müssen. Die Kinder aber, vor allem Paco, waren müde. Ob sie es wagen konnte?

Ach, überlegte Viktoria, was soll schon geschehen! Sicher konnte sie es wagen. Es hatte doch nicht zu viel geregnet, oder?

»Estella«, rief sie.

Die Kleine brachte ihr Pony nicht sofort zum Stehen, doch sie tat es und kam dann im munteren Trab zu ihrer Mutter zurück.

»Dort entlang«, wies Viktoria die beiden Kleinen an.

»Och, müssen wir schon nach Hause?«, murrte Estella wie erwartet und schob schmollend die Unterlippe vor.

»Keine Widerrede!« Viktoria hob den Zeigefinger und kam sich schon vor wie die eigene Mutter. »Es ist schon spät. Juanita wartet mit dem Abendessen.«

»Das stimmt nicht, sie...«

»Keine Widerrede!«

»Du musst tun, was Mama sagt«, mischte sich Paco ein, und Viktoria musste sich das Lachen verkneifen. Gott sei Dank schaute Estella nicht in ihre Richtung, sondern musterte empört den kleinen Bruder.

»Du musst mir gar nichts sagen, du Zwerg!«

»Estella, lass deinen kleinen Bruder in Frieden.«

Viktoria lenkte ihr Pferd an den Kindern vorbei, diese folgten ihr. Der nächste Abschnitt des Weges brachte neuerlich schmerzhaft schöne Erinnerungen zurück. Fast konnte sie Pedros und ihre eigene Stimme hören, und die letzten gemeinsamen Stunden vor nunmehr schon mehr als sieben Jahren waren so lebendig, als sei es eben erst gewesen. Erst das Rauschen des kleinen Flusses riss sie aus ihren Gedanken. Estella hatte ihr Pony schon zum Ufer vorgetrieben, wandte sich jetzt um und schaute ihre Mutter an.

»Soll ich als Erste?« Es klang mehr wie eine Aufforderung als eine Frage. »Ich kann das.«

»Warte...«

»Ich kann das, das habe ich doch gerade gesagt.«

Estella ließ ihren Worten ein ungeduldiges Schnauben folgen. Viktoria warf einen unsicheren Blick auf das wirbelnde Flüsschen und schaute sich dann um. Oh nein, es war schon später, als sie angenommen hatte. Wenn sie nun zurückritten, würden sie das letzte Stück Weg im Finsteren zurücklegen.

Vielleicht musste sie es einfach wagen. Was sollte schon passieren? So heftig floss das Wasser nun auch wieder nicht, da hatte sie schon Schlimmeres gesehen. Viktoria wandte sich wieder ihrer Tochter zu.

»Estella, du bist aber vorsichtig!«

Sie hatte den Satz noch nicht beendet, da war schon lautes Platschen zu hören. Energisch trieb Estella ihr Pony voran, setzte Fersen und Peitsche ein, als das Tier zögerte. Ein wenig wurden die beiden abgetrieben, aber alles in allem klappte es besser als erwartet. Mit einem fröhlichen Schnalzen ermunterte Estella ihr Pony, das andere Ufer zu erklimmen, und drehte sich dann zu ihrer Mutter und dem Bruder um.«Und jetzt du, du Wickelkind!«, rief sie Paco zu.

Viktoria wollte ihrem Sohn in die Zügel fallen, um ihm letzte Anweisungen zu geben, doch der hatte sein Tier schon ins Wasser gelenkt. Kaum einen Lidschlag später erkannte sie mit einem mulmigen Gefühl, dass er sich weniger leichttun würde. Pacos Pony war erst wenige Schritte weit gekommen, doch es kämpfte schon darum, aufrecht zu bleiben. Auch Paco selbst wurde bald unsicher und drohte, von seinem Rücken zu rutschen. Angstvoll hielt Viktoria den Atem an, sah wie gelähmt, wie das Pony sich mühevoll Schritt um Schritt vorankämpfte. Fast hatte es das Tier geschafft, da passierte es: Das Pferdchen rutschte aus, Paco verlor den Halt. Der Laut, mit dem er auf dem Wasser aufschlug und auch gleich unterging, durchdrang Mark und Bein.

»Paco!«

»Mama!«, kreischte Estella auf.

Es brauchte nur einen Wimpernschlag, da hatte Viktoria ihr Pferd zum Wasser gelenkt. Im nächsten Moment war Hufgetrappel zu hören. Jemand hielt sein Pferd neben ihr an und hinderte sie am Weiterkommen. Viktoria riss den Mund auf, da setzte der Reiter auch schon zum Sprung an. Wasser spritzte auf, im nächsten Augenblick war der Mann bei Paco, der jetzt darum kämpfte, den Kopf über Wasser zu halten.

Pedro...

Viktoria konnte es nicht fassen. Mit weit aufgerissenen Augen starrte sie auf die Stelle, an der Pedro im Wasser stand und ihr Kind im Arm hielt. Während die Gedanken wirr durch ihren Kopf rasten, lenkte sie ihr Pferd in den Fluss und trieb es auf die andere Uferseite. Etwas weiter unten kämpfte sich das Pony an Land. Wenig später stand Pedro klatschnass vor ihr, ihren Jungen im Arm.

»Ich wollte das nicht«, jammerte Estella. »Ich wollte das doch nicht. Geht es ihm gut?«

Mit einem Lächeln beugte Pedro sich zu ihr herunter. »Ja, es geht ihm gut, aber du darfst ihn nie wieder necken. Er ist doch noch so klein.«

Estella schaute Pedro aus verweinten Augen an und nickte. Sie hielt Pacos Beine fest umklammert, während der den fremden Mann aus großen Augen musterte.

Pedro wiederum hatte jetzt nur noch Augen für Viktoria: »Du hast nichts gelernt auf unseren Ausflügen, oder?«

Eine Mischung aus Ärger und gleichzeitig so etwas wie Freude darüber, sie zu sehen, zeichnete sich auf seinem Gesicht ab. Viktoria konnte ihn nur anstarren. Dann fiel ihr Blick auf Paco. Jetzt, da Pedro den Jungen auf dem Arm hielt, war die Ähnlichkeit einfach unverkennbar: die dunklen Augen, das schwarze Haar, die ganze Haltung, sogar die Art, die Augenbrauen zu runzeln. Sie schluckte. Es war nur eine Frage der Zeit, bis auch Pedro diese Ähnlichkeit erkennen würde, ja, erkennen musste.

Paco streckte die Hände nach ihr aus, und Viktoria schloss ihren Sohn in die Arme. Erst jetzt wurde ihr das Ausmaß des

Unglücks bewusst, dem sie gerade knapp entkommen waren. Sie drückte ihren Jungen an sich, schloss die Augen und küsste ihn. Als sie sie wieder öffnete, sah Viktoria, dass Pedro Paco ungläubig anstarrte.

»Das glaube ich nicht«, flüsterte er im nächsten Moment heiser. »Wann ... wann wolltest du es mir sagen?«

»Du warst nicht da!«, warf ihm Viktoria entgegen.

Pedro schüttelte den Kopf. »Du lügst. Sag nicht, dass du je vorhattest, mir die Wahrheit zu sagen!« Er bebte vor Wut.

Viktoria drückte ihren Sohn, der ob der lauten Stimmen verwirrt um sich blickte, wieder fest an sich. Auch Estella war zusammengezuckt.

»Ach, Wahrheit«, flüsterte sie dann müde, »was ist schon Wahrheit.«

Pedro fügte sich in Santa Celias Tagesablauf ein, als sei er nicht sieben Jahre lang fort gewesen, und viel hatte sich ja tatsächlich nicht geändert. Humberto war immer noch nicht der, der die Entscheidungen zu treffen hatte, wie sich wieder einmal deutlich herausstellte. Es war Don Ricardo, der den alten Vorarbeiter gegen den Widerstand des Sohnes wieder einstellte. Wenn er gute Arbeit leiste, fügte er hinzu, und so etwas wie ein erwartungsvolles Lächeln zeichnete sich auf seinem Gesicht ab, so könne Pedro seine alte Stellung wieder erhalten. Dann klopfte er Pedro, der vielen immer noch als der beste Vorarbeiter galt, den die Santos je gehabt hatten, auf die Schulter. Pedro zuckte seine Achseln und schwieg. Fortan tat er wieder seine Arbeit, und er tat sie gut.

In den ersten Wochen seiner Rückkehr zeigte sich keine Veränderung in Viktorias Leben. Oft sah sie Pedro nur spät abends, wenn er von der Arbeit auf den Weiden zurückkehrte. Manchmal schaute sie ihm am sehr frühen Morgen beim Aufbruch zu. Dass er ihr nur wenig Aufmerksamkeit schenkte, schmerzte sie. Die Treffen mit Alberto wurden ihr jetzt lästig. Sie hatte ihn auf einem Fest auf der Estancia der Sanchez kennengelernt – er war ein Neffe Don Euphemios – und sich mit ihm die Zeit vertrieben. Um ihn loszuwerden, zeigte sie sich dem jungen Mann gegenüber nun unwirsch und kühl. Der dachte, sie sei kapriziös und wurde nur noch fordernder. Je mehr sie ihm auswich, desto heftiger setzte er ihr nach. Alberto war bereit, ihr die Wünsche von den Augen abzulesen. Er brachte ihr Geschenke, fragte sie, warum sie so traurig wirke, aber Viktoria wollte nichts erklären. Mehr als ein paar Küsse tauschten sie nicht mehr. Mit einem glutvollen Lächeln beschied Alberto sie, er könne warten.

Die Schwierigkeiten fingen an, als Viktoria Pedro eines Sonntags zum ersten Mal zusammen mit Paco sah. Pedro hatte den jauchzenden Jungen auf sein großes Pferd gesetzt und führte ihn im Hof herum. Als Pedro ihm schließlich wieder herunterhalf, begann Paco aufgeregt loszuplappern. Viktoria stand wie erstarrt da. Jeden Moment fürchtete sie, müsse es einem der Anwesenden auffallen, wie ähnlich sich die beiden waren. Pedro machte eine Handbewegung, Paco tat es ihm nach. Pedro nickte, in dem er den Kopf kaum merklich schräg legte, Paco tat das ebenfalls. Sie waren wie Ebenbilder, niemandem konnte das auf Dauer entgehen.

Viktoria verschränkte die Arme vor der Brust und krampfte die Hände um die Unterarme. Sie hörte ihren Sohn lachen, mit einem Mal war ihr zum Speien übel.

Warum tut Pedro das, fragte sie sich, will er mich bestrafen?

Als Doña Ofelia und Humberto aus dem Haus kamen und

auf sie zuliefen, dachte Viktoria, sie müsse in Ohnmacht fallen, doch Humberto spitzte nur verächtlich die Lippen.

»Ist das der richtige Umgang für den Erben der Santos?«, fragte Doña Ofelia unterdessen in eisigem Tonfall.

Viktoria schluckte und schickte Rosalia, die Kinderfrau, um Paco zu holen. Den ganzen Weg zum Haus blickte Pedro ihm nach, und als Rosalia und Paco den Türeingang erreichten, lächelte er spöttisch.

Es blieb nicht dabei. In den nächsten Wochen suchte Pedro immer wieder Pacos Nähe, bis sich Viktoria entschloss, ihn darauf anzusprechen. Sie musste einige Tage warten, bevor sich die Gelegenheit ergab. Als sie ihn eines frühen Morgens hinter der Scheune verschwinden sah, folgte sie ihm einfach. Pedro stand da und rauchte. Zum ersten Mal seit er zurück war, nahm Viktoria sich Zeit, ihn in Ruhe anzusehen. Er schien reifer geworden. Sie entdeckte Falten, die sie vorher nicht bemerkt hatte, dazu eine feine Narbe auf seiner linken Wange.

Viktoria wollte so viel fragen. Sie wollte wissen, wo diese Narbe her war, wollte wissen, wie es ihm ergangen war in der Zeit ihrer Trennung. Sie wollte wissen, ob er an sie gedacht hatte. Sie spürte, wie ihr Herz pochte, spürte, wie ihr abwechselnd heiß und kalt wurde, wie ihre Knie weich wurden und sie doch nicht stürzte.

Nimm mich in den Arm, dachte sie, küss mich, lass es werden, wie es früher war. Ich liebe dich, Pedro, ich habe dich immer geliebt.

»Wo bist du gewesen?«, fragte sie dann. »Was hast du gemacht?«

Die Spitze seines Zigarillos glühte auf. Pedro betrachtete sie nachdenklich.

»Ich war bei meinem Volk«, sagte er dann, »ich ...«

»Du warst die ganze Zeit hier in der Nähe, in den Bergen?«

Viktoria spürte Ärger in sich aufsteigen, Enttäuschung – wie hatte er es nur ausgehalten, sie nicht zu sehen? Sie dachte an die schlaflosen Nächte, die auf sein unerwartetes Verschwinden gefolgt waren. Sie dachte an die Nächte, in denen sie von ihm geträumt hatte.

Pedro wurde ernster. »Ich war im Süden«, sagte er dann, »in der Pampa.«

Die Pampa, wiederholte Viktoria stumm. Im Süden also. Ihre Augen hielten sich wieder an der Narbe fest. Hatte er in dieser Zeit an sie gedacht? Aber das konnte sie nicht fragen. Das verbot ihr der Stolz. Entschlossen straffte sie die Schultern und schob das Kinn vor, als müsse sie ihm Paroli bieten.

»Aber dort lebt niemand von deinem Volk. Die Leute deiner Mutter, die leben doch dort in der Bergen, bei Jujuy und in Bolivien und Peru und weiß Gott wo noch. Im Süden leben die ... die ...«

Viktoria suchte nach dem Wort. Himmel, es war ihr doch immer gleich gewesen, welche Wilden wo lebten.

»... die Tehuelche, die Mapuche, die Pampasindianer, wie die Weißen sie nennen«, half ihr Pedro ruhig aus. »Und diese Krieger sind fähig zu kämpfen. Sie haben die richtigen Führer, deshalb war ich dort.«

Zu kämpfen? Viktoria öffnete den Mund und schloss ihn unvermittelt wieder. Ihr Blick fiel wieder auf Pedros Narbe.

Er ist verletzt worden, dachte sie, er ...

Hatte er gekämpft? Getötet gar? Gegen Weiße, gegen *ihre* Leute? Hatte er auch Frauen geraubt? Das taten diese Wilden doch, sie raubten Frauen und verschleppten sie. Viktoria leckte sich über die Lippen. Ihre Kehle war mit einem Mal wie ausgetrocknet.

Er war dort, um zu kämpfen? Gute Güte, was meinte er damit? Wovon sprach er? Offenbar redete er wirr. Wollte er sich etwa den Banden anschließen, über die Don Ricardo herzog und deren Mitglieder er mitleidslos aufknüpfen ließ, wenn er ihrer habhaft wurde?

Viktoria fröstelte. »Und? Hast du gekämpft? Bist du ... bist du verletzt worden?«

Nunmehr fast angstvoll starrte sie die Narbe an, und Pedro strich unwillkürlich mit dem rechten Zeigefinger darüber.

»Würde dir das Sorgen bereiten?«

Zum ersten Mal sprach er freundlich mit ihr, ohne den Spott und die Abwehr, die bisher in jedem seiner Sätze mitgeschwungen waren.

»Ich ... ich ...«, stotterte sie.

Ja, sagte die Stimme in ihr, tausend Mal Ja! Aber das würde sie ihm nicht gestehen, niemals. Sie war diejenige, die die Kontrolle behielt. Niemals, niemals durfte er erfahren, wie viel ihr an ihm lag. Sie straffte die Schultern.

»Ich wollte mit dir reden. Es ist gefährlich, wenn du Paco so nahekommst.«

»Gefährlich? Für wen?«

Die Freundlichkeit war genauso schnell aus seiner Miene verschwunden, wie sie aufgetaucht war. Viktoria starrte Pedro an und fühlte Wut in sich aufsteigen. Für mich, dachte sie, für mich ist es gefährlich, während eine andere Stimme in ihr sagte: Warum streiten wir, wenn ich doch eigentlich so froh bin, ihn wiederzusehen. Warum können wir nicht einfach miteinander reden? Sie straffte die Schultern.

»Ich will, dass du dich von ihm fernhältst, verstanden?«

Pedro zuckte die Achseln. Er blieb ihr eine Antwort schuldig.

Alberto lag neben Viktoria im Gras, den Kopf mit den braunen Locken in ihren Schoß gebettet, und schaute zu den Baumwipfeln hinauf. Zwischen den kräftig grünen Ästen lugte ein tiefblauer Himmel hervor. Die Schleierwolken des frühen Morgens hatten sich verzogen. Schmetterlinge und Kolibris tanzten in der Luft, flatterten Nektar suchend von Blüte zu Blüte. Grillen waren zu hören, von fern das Brüllen einer Kuh. Viktoria starrte auf Albertos dichten Haarschopf, seinen energischen Kiefer, die weichen Lippen, konnte sich aber nicht entscheiden, ihn zu berühren und nichts anderes denken als: Himmel, Viktoria, er ist ein Kind. Er ist noch ein Kind.

Sie wusste nicht, wie es ihm gelungen war, sie wieder hier an ihren Treffpunkt unter den Algarrobo zu locken. Über Wochen hinweg hatte sie sich geweigert, hatte er sich jede Begegnung mit ihr stehlen müssen. Sie holte tief Atem. Alberto öffnete seine hübschen braunen Augen – er hatte Wimpern, für die eine Frau hätte töten können – und blickte sie verliebt an. Sie war zu ihm zurückgekehrt, er hatte sie wieder für sich erobert. Viktoria lächelte, während sie ihm über die Stirn strich. Nein, man musste das nicht falsch verstehen. Sie machte sich keine Vorwürfe – Freiheit hatte ihr stets viel bedeutet. Regeln waren da, um gebrochen zu werden. Das Schlimme war nur, dass sie nicht glücklich war. Das Schlimme war Pedros Desinteresse, das er ihr nach ihrem letzten Zusammentreffen, umso deutlicher zeigte. Er beachtete sie nicht, und sie konnte ihn nicht zur Rede stellen, musste den Schein wahren an der Seite eines Ehemannes, der ihr immer fremder wurde.

Fast täglich brachte er nun Frauen aus Salta mit sich. Manchmal sah sie eines der aufgetakelten Weiber morgens im Flur. Manche verschwanden, ohne dass Viktoria sie gesehen hatte, wenn sie auch ihr schrilles Gelächter irgendwo im Santos-Haus hörte. Einmal, sie war abends noch einmal in die Küche gegangen, um sich einen Becher Kakao zu holen, war sie Doña Ofelia begegnet, die vor dem Zimmer ihres Sohnes stand und offenbar lauschte. Viktoria war so perplex gewesen, dass sie stehen geblieben war. Ofelia hatte sie nicht bemerkt. Im Schimmer des Kerzenleuchters, den sie in einer Hand gehalten hatte, hatte ihre Schwiegermutter ausgesehen wie ein Gespenst. Ihr Gesicht hatte bleich gewirkt, die Falten waren tief ausgeprägt gewesen, ihre Augen schienen, tief in die Höhlen gesunken, zu brennen wie glühende Kohlen.

Viktoria hatte geschaudert und ein leises Stoßgebet zum Himmel geschickt, ihre Schwiegermutter möge sie nicht entdecken. Aus irgendeinem Grund hatte sie sich gefürchtet. Doña Ofelia aber hatte wie in Trance gewirkt – als befände sie sich in einer anderen Welt. Für einen Augenblick hatte sie in Viktorias Richtung geschaut, ihre Augen jedoch hatten durch die Schwiegertochter hindurchgeschaut, so als wäre diese gar nicht da. Trotzdem hatte sich Viktoria für eine Weile nicht rühren können. Als sie es endlich geschafft hatte, wieder zurück in ihr Zimmer zu schleichen, hatte ihr das Herz bis zum Hals geklopft, und sie war schweißgebadet gewesen.

Obwohl sie müde gewesen war, hatte sie an diesem Abend lange Zeit keine Ruhe gefunden. Bis in die frühen Morgenstunden hatte sie darüber nachgesonnen, was sie in Doña Ofelias Gesicht gesehen hatte. Sie konnte es nicht sagen, doch es ließ ihr das Blut in den Adern gefrieren, wenn sie daran dachte.

Viktoria schaute auf Albertos Haarschopf herunter. Ich habe ein Recht auf Glück, dachte sie dann trotzig, ich habe ein Recht auf Glück. So kann es nicht weitergehen. Wie soll ich meinen Eltern sonst weiter vorgaukeln, dass ich glücklich bin? Ich bin nicht glücklich, und sie werden es irgendwann bemerken. Schon aus dem letzten Brief ihres Vaters hatte sie Misstrauen herausgelesen.

Alberto griff plötzlich nach ihrer Hand, streichelte über ihren Handrücken und steckte sich dann ihren Daumen in den Mund, um daran zu saugen. Als er leise Laute des Wohlgefühls von sich gab, kämpfte Viktoria nicht zum ersten Mal ein Gefühl der Irritation herunter. Was hatte sie sich nur dabei gedacht, eine Affäre mit diesem Kind anzufangen?

Du wolltest ihn nicht mehr sehen, Ehebrecherin, höhnte die vernünftige Stimme in ihrem Kopf. Wenn es dir keinen Spaß macht, dann komm nicht mehr zu den Treffen. Du bist eine erwachsene Frau, verheiratet und Mutter.

Viktoria versuchte, ihre Hand zurückzuziehen. Alberto, belustigt über ihre Gegenwehr, hielt ihre Hand nur noch fester und knabberte an ihrem Daumen. Viktoria kämpfte ein Gefühl der Entnervtheit herunter, Alberto jedoch seufzte in ihrem Schoß wohlig, dann ließ er sie mit einem Mal los und setzte sich auf.

»Die Sanchez geben in der nächsten Woche einen Empfang. Sehen wir uns dort, meine Schöne?«

Viktoria überlegte. Pedro hatte sie in den letzten Tagen noch abweisender als gewöhnlich behandelt. Er verdiente eine Erinnerung daran, was sie ihm bedeuten musste. Sie würden also zu den Sanchez fahren, und Pedro würde sie begleiten. Es waren schließlich immer noch gefährliche Zeiten. Etwas Schutz konnte nicht schaden. Und dann würde sie ihm zeigen, was er verpasste. Sie unterdrückte ein befriedigtes Lächeln.

»Natürlich«, sagte sie und strich mit zwei spitzen Fingern über Albertos Wange, »natürlich sehen wir uns dort.«

Die Vorbereitungen auf den Abend bei den Sanchez nahmen viel Zeit in Anspruch. Die Kleidung wollte sorgfältig ausgesucht sein. Dazu wählte Viktoria eine aufwändige Frisur mit Zierkämmen und Blütenschmuck. Alberto hatte ihr einmal gesagt, dass ihr das blendend stünde.

Nachdem sich ihre Aufregung über den Tag hinweg stetig gesteigert hatte, entschied Viktoria, am Nachmittag zuerst einmal ein Bad zu nehmen, um etwas zur Ruhe zu kommen. Rosita und Juanita füllten den Holzzuber mit den Silberbeschlägen, den man gegen die Splitter mit einem Leinentuch ausgelegt hatte, mit warmem, duftendem Wasser, während Viktoria schon ungeduldig wartete. Draußen auf dem kleinen Rasenstück vor dem Fenster hörte sie ihre Kinder spielen. Estella war vorsichtiger mit ihrem kleinen Bruder geworden, seitdem der beinahe ertrunken wäre. Zwar hatte sie ihn stets verteidigt, war dabei aber doch zuweilen etwas grob gewesen. So hatte der Unfall zumindest doch sein Gutes gehabt.

Pedro ist wieder da, dachte Viktoria, heute wird sich alles zum Guten wenden. Sie liebte ihn doch, das musste er wissen. *Und er liebt mich auch.*

Für den Hauch eines Augenblicks erlaubte sie sich, an seinen nackten Körper zu denken, an die braune Haut, die festen Muskeln, und sich daran zu erinnern, wie es war, in seinen Armen zu liegen. Sie empfand kein schlechtes Gewissen darüber. Sie konnte es einfach nicht, denn das Gefühl bei ihm zu sein, war zu schön gewesen. Wir lieben uns, dachte sie, daran ist nichts Falsches. Es kann nichts Falsches an der Liebe sein. Wieder begannen ihre Gedanken zu wirbeln, eine Überlegung jagte die nächste, wurde weiterverfolgt, verworfen. Sie musste ihn einfach wieder für sich gewinnen, sie musste ihn auf ihrer Seite wissen, wenn doch sonst niemand auf ihrer Seite war.

Als Viktoria schließlich in dem wohlig warmen, duftenden Wasser versank und den Kopf an den Rand des Zubers lehnte, kam sie endlich etwas zur Ruhe. Nach kurzer Zeit jedoch drehten sich ihre Gedanken schon wieder um den kommenden Abend, doch nun waren es angenehme Vorstellungen von Sieg und Triumph. Sie würde die Schönste sein. Jeder Mann würde ihr an den Lippen hängen und auf ein einziges Wort von ihr hoffen. Selbst Pedro würde die Augen nicht von ihr nehmen können – Alberto selbstredend auch nicht, aber das war nicht wichtig. Das war nur noch Mittel zum Zweck.

»Rosita!«, rief sie ihre Dienerin, als das Wasser nur noch lauwarm war, und ließ sich in ein großes, weiches Leintuch hüllen.

Während die junge Indio-Frau ihr die Haare kämmte, überlegte sie weiter. Welches Kleid soll ich nur anziehen? Das cremefarbene? Das nachtblaue? Das grüne, das sie so frisch und sehr jung wirken ließ? Das einfache Kleid in gedecktem Rot? Wollte sie lieber eine Königin sein oder doch lieber eine Prinzessin?

Viktoria schloss die Augen. Ich muss die Schönste sein, fuhr es ihr durch den Kopf. Sie krallte die Fingernägel ihrer rechten Hand so fest in die Handfläche der linken, dass es schmerzte. Aber sie durfte auch nicht zu auffällig sein. Es musste ein Kleid sein, das zu ihr passte und nur zu ihr. Ein Kleid, das die Blicke lenkte, ohne dass sich der Betrachter dessen bewusst war.

Viktoria wählte schließlich ein schimmerndes graublaues Kleid mit einem Spitzenkragen samt goldenem Medaillon mit den Bildern ihrer Kinder. Als sie Pedro später aufforderte, die Pferde anzuschirren und sich bereitzuhalten, sagte der keinen Ton, doch sie war sich sicher, dass er ihr einen bewundernden Blick zugeworfen hatte, bevor sich seine Augenlider senkten und sein Gesicht den üblichen undurchdringlichen Ausdruck annahm.

Doch er konnte sie nicht täuschen, sie hatte gesehen, was sie gesehen hatte.

Im ersten Innenhof kam bald die ganze Familie zusammen. Don Ricardo elegant und hoch aufgerichtet wie immer in einem hellen Anzug wie auch sein Sohn Humberto, der damit jedoch nicht über seinen in den letzten Jahren gewachsenen Leibesumfang hinwegtäuschen konnte. Er war mürrischer Laune, doch Viktoria ließ sich davon nicht stören. Sie hatte die richtige Entscheidung getroffen, dessen war sie sich sicher. Auf ihre Anweisung an Pedro, er solle die Kutsche fahren, hatte der nichts gesagt. Entschlossen hängte sie sich an Humbertos Arm. Dieser blickte sie verwundert von der Seite an, war aber offenbar zu träge, um sie abzuschütteln, was Doña Ofelia ein kurzes Schnauben entlockte.

In der Kutsche erzählte Viktoria unablässig, wobei sie selbst nicht wusste, was sie daherplapperte. Sie konnte einfach nicht aufhören. Sie war aufgeregt, es war wie ein Zwang. Die Kutschfahrt kam ihr trotzdem länger vor als sonst. Ab und zu fing sie einen belustigten Blick von Don Ricardo auf. Als sie sich der Sanchez-Estancia näherten, verfielen alle in abruptes Schweigen.

Schon die Auffahrt zu den Hauptgebäuden war mit Laternen und Lampions geschmückt. Am Tor stauten sich bereits mehrere Wagen wichtiger Persönlichkeiten aus Salta und Umgebung. Erst nach einigen Minuten konnten auch die Santos ihren Weg fortsetzen, wurden ums Haus herumgeleitet. Viktoria wartete, bis Humberto ihr aus dem Wagen half und nutzte die Gelegenheit, sich neuerlich an seinen Arm zu schmiegen. Sehr bald spürte sie die ersten Blicke auf sich. Sie musste sich beherrschen, um die Wirkung auf Pedro nicht sofort zu überprüfen. Als sie ihm einen letzten Blick zuwarf, lehnte er an der Tür der Kutsche, die Miene verschlossen, die Augenlider gesenkt. Viktoria jedoch war sicher, dass er bemerkt hatte, wie viel Aufmerksamkeit sie erregte.

Beschwingt trat sie in das hitzige Spiel aus Licht und Musik, das die folgenden Stunden begleiten sollte. Sie hatte gewonnen. Am liebsten hätte sie geschrien vor Freude.

Viktoria tanzte und tanzte. Sie tanzte so viel, wie schon seit langem nicht mehr, es war, als rücke die zu enge Welt etwas von ihr ab. Plötzlich war wieder Luft zum Atmen da, sie konnte wieder lachen. Sie aß wenig, trank aber umso mehr. Sie flirtete. Zumeist mit Alberto, jedoch auch mit anderen Männern. Manchmal gab sie vor, auf der Veranda frische Luft schnappen zu müssen und ließ ihren Fächer wirbeln. Sie tanzte an der Grenze des Anstands entlang, aber sie übertrat die Grenze nicht. Man konnte ihr nichts vorwerfen. Das Einzige, was man sah, war eine lebensfrohe Frau, die von ihren Kindern und ihrem Mann sprach, die aber ebenso großäugig an den Lippen ihres jeweiligen Bewunderers hängen konnte. Sie kannte dieses Spiel, und sie spielte es gut.

Auf der Veranda, dachte sie, als sie wieder einmal draußen stand, wird Pedro mich beobachten. Er wird sehen, wie schön ich bin. Er wird Sehnsucht nach mir haben. Er wird sich entschuldigen für sein Verhalten. Alles wird sein wie früher. Sie ließ die Hand mit dem Fächer sinken und starrte in die vor Lichtern funkelnde Nacht hinaus.

»Champagner?« Alberto stand wieder einmal plötzlich neben ihr.

Viktoria nickte. Ein Glas noch, warum nicht? Ein Glas, das konnte nicht schaden. Sie ließ den Fächer in ihrem Beutelchen verschwinden. Sie mochte Champagner. Sie fühlte sich unbeschwert, wenn sie ihn trank.

»Mir ist etwas warm«, sagte sie, nachdem sie das Glas ausgeleert hatte.

»Ich kann es dir noch wärmer machen«, wisperte Alberto in ihr Ohr.

Viktoria antwortete nicht. Gemeinsam standen sie jetzt da und schauten in den Garten hinaus, wo Diener mit Fackeln hin und her eilten und Laternen wie kleine Sonnen im Geäst hüpften. Viktoria atmete so tief durch, wie es ihr das Korsett erlaubte. Trotz der Wärme musste sie dann jedoch ein Frösteln unterdrücken. Alberto erzählte irgendetwas, aber sie hörte nicht zu. Sie dachte an einen Sonnenuntergang, den sie mit Pedro betrachtet hatte, rotgoldener Honig, der sich über der Hochebene ausgebreitet hatte. Sie dachte an seinen Arm um ihre Schultern, wie er sie an sich gezogen hatte, als sie fror. Sie mochte seinen Geruch nach Erde, Tabak und warmem Gras. Sie liebte es, seinen Körper zu spüren.

Viktoria unterdrückte einen Seufzer, als etwas ihre Aufmerksamkeit weckte. Es war nur eine Bewegung, nur ein kurzer Blick auf eine ihr wohlbekannte Gestalt, doch der hatte sie erstarren lassen. Sie hatte Pedro um die Hausecke gehen sehen, in Richtung der, wie sie von früheren Besuchen wusste, Behausungen der Sanchez-Dienerschaft. Was hatte er vor?

Einen Moment dachte Viktoria nach. Die Veranda war umgeben von Buschwerk. Unauffällig ließ sie ihren Beutel dort hineinfallen.

»Alberto«, hauchte sie kurz darauf.

Sofort drehte er sich zu ihr um. »Ja?«

»Ich brauche etwas aus meiner Tasche. Ich glaube, ich glaube ...« Sie legte die Hand gegen die Stirn. »Ich werde ohnmächtig.«

»Setz dich, setz dich doch!«

Eilig zog Alberto sie zu einem der Schaukelstühle hinüber, die auf der Veranda standen. Viktoria ließ sich hineinsinken und stöhnte leise.

»Bitte geh, such meinen Beutel, aber sei diskret. Ich muss ihn dort drinnen gelassen haben, aber ich will niemanden aufmerksam machen.«

Unter gesenkten Lidern hervor beobachtete sie, wie Alberto durch die Tür eilte. Als er im Haus verschwunden war, sprang sie auf und folgte Pedro.

Schon bald nachdem Viktoria den Weg vom Haupthaus in Richtung der Behausungen der Dienerschaft genommen hatte, leuchteten keine Laternen mehr, aber im fahlen Schein des Mondes fand sie ihren Weg. Die dunklen Umrisse einfacher Hütten zeichneten sich vor ihr ab, dann bemerkte sie kleine Feuer und Stimmengemurmel. Es war Pedro, der da sprach, der Name des Sanchez-Dieners, der antwortete, fiel ihr nicht ein. Vorsichtig schlich Viktoria weiter, horchend, bedacht darauf, nicht auf sich aufmerksam zu machen. Die Stimmen wurden lauter. Sie verstand ein paar Worte.

Als Viktoria die erste Hütte erreichte und um die Ecke spähte, sah sie Pedro im Schneidersitz auf dem Boden sitzen. Ihm gegenüber, auf der anderen Seite eines der Feuer, erkannte sie nun Esteban, wie Pedro selbst das Kind eines Weißen und einer Indio-Frau. Die beiden redeten Spanisch vermischt mit Quechua oder Aymara oder was auch immer, dessen sie jedoch offenbar nicht ausreichend mächtig waren. Viktoria war froh darum, denn die Sprache der einstigen Bewohner dieses Landstrichs sprach und verstand sie gar nicht.

Viktoria sah weitere Menschen um das Feuer sitzen,

schweigend, als seien Pedro und Esteban Anführer, denen man lauschte, auch Frauen, von denen einige Kinder in den Armen hielten. Sie horchte angestrengt, doch nun herrschte mit einem Mal Schweigen. Endlich räusperte sich Esteban.

»In den Süden? In die Pampa?«

Offenbar hatte Pedro einen Vorschlag gemacht, der bei Esteban Fassungslosigkeit auslöste. Kurz war es Viktoria, als werfe Esteban einen Blick in ihre Richtung, aber es war wohl eine andere junge Frau, die er ansah. Sie trat jetzt an seine Seite. Trotz ihrer Jugend trug sie ein Kind auf dem Arm.

Als Nächstes sprach Pedro wieder. »Die Mapuche«, sagte er, »die Mapuche kämpfen um ihre Freiheit. Sie kämpfen auch um unsere Freiheit. Sie haben sich unter Calfucura, einem Kaziken, einem Anführer, wie die Weißen sagen, zusammengeschlossen, sie werden die Weißen davonjagen.«

»Ach, Pedro, die Weißen davonjagen. Es sind doch schon viel zu viele. Wir können sie nicht mehr verjagen.«

Esteban streckte die Hand nach dem jungen Mädchen aus, das sich nun wortlos zu ihm gesellte. Die Kleine, überlegte Viktoria jetzt, konnte höchstens vierzehn sein. Sie war schmal wie ein Kind, und doch legte sie nun den Säugling an, um ihm die Brust zu geben. Für einen Moment herrschte Schweigen. Estebans Blick ruhte liebevoll auf der jungen Frau an seiner Seite.

»Willst du, dass er weiter Hand an deine Schwester legt?«, fragte Pedro und wies mit dem Kopf zu der jungen Frau. »Willst du, dass er euch das Kind abnimmt, wenn ihm danach ist? Ihr wisst, dass er das schon getan hat! Er kennt kein Mitleid. Für die *criollos* hier sind wir nichts als dreckige Tiere.«

Esteban senkte den Kopf. »Die Mapuche sind Krieger«, sagte er dann. »Wir sind es nicht. Wir sind Bauern, wir haben lange nicht mehr gekämpft.«

»Und deshalb willst du dich immer nur ducken wie ein Hund? Willst du ihnen irgendwann den Stock noch selbst schnitzen, mit dem sie dich prügeln? Jeder kann kämpfen, jeder, auch wir.«

Viktoria hörte Wut aus Pedros Stimme heraus, eine Wut, die sie selbst in der letzten Zeit öfter gespürt hatte. Ein Schauder lief über ihren Rücken. Sie hatte es nicht ernst genommen, aber es war ihm ernst, furchtbar ernst, wie sie jetzt von einem auf den anderen Moment verstand.

»Sei vorsichtig mit deinen Worten«, entgegnete Esteban scharf und legte seine Hand auf den Kopf des Kindes, während sich seine jüngere Schwester an ihn drückte. »Unbedacht darf nur die Jugend sprechen, Pedro, und so jung bist du nicht mehr.«

»Ja, vielleicht.« Pedro biss die Zähne zusammen, bevor er weitersprach. »Aber ich bin auch noch nicht tot.«

Er stand auf. Viktoria konnte sehen, wie er den Rücken straffte. Seine Stimme klang fest, als er wieder sprach.

»Ich werde jedenfalls nicht weiter warten, ich werde gehen«, sagte er endlich, »ich werde mich den Kämpfern anschließen. Selbst der Tod ist besser als das hier.«

Viktoria zuckte bei seinen Worten zusammen, rührte sich jedoch nicht von der Stelle.

»Weiße!«, rief Pedro in angewidertem Tonfall und spuckte ins Feuer.

Viktoria war mit einem Mal ganz elend zu Mute. Die Wirkung des Alkohol, der sie eben noch beschwingt hatte, schien vollkommen verflogen. In ihrem Schädel begann es zu pochen. Es sprach so viel Hass aus Pedros Worten. Hatte sie sich geirrt? Hasste er sie auch? Aber er war doch der Vater ihres Sohnes, das musste ihm doch etwas bedeuten. Mit steifen Gliedern machte sie einige Schritte zurück, bis sie ganz sicher außer Sichtweite war. Dann drehte sie sich um und eilte davon. Es gab viel, über das sie sich Gedanken hätte machen können, aber es war nur ein Gedanke, der sich immer und immer wieder wiederholte: Pedro wollte sie verlassen. Er wollte sie verlassen, würde sie zu ewiger Einsamkeit verurteilen. Viktoria stolperte, fing sich gerade noch und rannte dann weiter, taub vor Schmerz und blind für ihre Umgebung.

Die Nacht um sie war plötzlich voller Kälte. Doña Ofelia hatte die Feier verlassen, um nach ihrer Schwiegertochter Viktoria zu sehen, und war dann, als sie diese auf der Veranda nicht vorgefunden hatte, lautlos wie die Schatten der Nacht in den Garten gegangen, um einen kurzen Augenblick allein zu sein. Sie straffte die Schultern und hielt den Rücken so steif, dass sie das Gefühl hatte, sie könne gleich mitten entzweibrechen. Das war nicht zum ersten Mal so. Manchmal kam sie sich neuerdings wie ein schlecht gebranntes Gefäß vor, das im nächsten Moment zerbersten würde. Aber sie wusste sich zu benehmen. Sie war eine Dame. Sie kannte alle, die bei den Sanchez zu Besuch waren. Mit manchen von ihnen hatte sie ihre Kindheit verbracht, sie hatten sie gekannt, bevor ihre Familie ins Unglück gestürzt war. Später, als sie sich erneut in den richtigen Kreisen bewegt hatte, hatten sie sie wiedergetroffen.

Wenn Alberto nicht gewesen wäre... Eigentlich hatte Doña Ofelia gerade wieder mal Humberto gesucht, da war ihr Alberto aufgefallen, der sich auf dem Weg zur Veranda befand.

Hatte er nicht eben noch mit ihrer Schwiegertochter getanzt? Doña Ofelia hatte die Lippen aufeinandergepresst und kurzerhand entschieden, dass sie herausfinden musste, was da los war.

Ohnehin war alles besser, als Humberto beobachten zu müssen. Den Sohn inmitten von lüsternen Weibern zu sehen, hatte ihr noch nie behagt. Je älter sie wurde, desto schwerer fiel es ihr, bei dem Anblick ruhig zu bleiben. Manchmal malte sie sich aus, wie sie diesen anmaßenden Frauen die Augen auskratzte, wie sie ihre Frisuren ruinierte und ihre Kleider zerfetzte.

Ihr Mann, der sich mit anderen Estancieros in eine ruhige Ecke verzogen hatte, um über den Markt, die Ernte und die Preise zu reden, hatte ihr Verschwinden nicht bemerkt. Wenn sie gewusst hätten, dass er sie zuweilen mit schlechten Pesos betrog, hätten sie ihm niemals so interessiert zugehört, aber von Don Ricardos Betrügereien ahnte niemand etwas, und Doña Ofelia war seit langem gleichgültig, was ihr Mann tat.

Nachdem Alberto wieder zurück in den Saal gekommen war – mit seltsam perplexem Gesichtsausdruck –, war sie auf die Veranda gegangen und hatte in die sternenklare Nacht hinausgesehen. Mehr zufällig war ihr Viktorias Beutel im Gebüsch aufgefallen. Was hatte Alberto damit zu tun? Als junge Frau hatte sie sich vor der Dunkelheit gefürchtet, doch das tat sie nicht mehr. Niemand brauchte sich vor der Dunkelheit zu fürchten.

Doña Ofelia schreckte aus ihren Gedanken auf, als ihre Schwiegertochter plötzlich auf einem der Gartenwege auftauchte, kreidebleich und offenbar mit den Tränen kämpfend. In der Richtung, aus der sie kam, lagen die Behausungen der Dienerschaft. Doña Ofelia konnte sich darauf keinen Reim machen.

Noch nicht.

Viktoria war noch nie um Worte verlegen gewesen, doch dieses Mal wollten ihr keine einfallen. Noch auf dem Weg nach Hause hatte sie Pedro zur Rede stellen wollen, dann war sie doch davor zurückgeschreckt. Immer wieder hatte sie darüber nachgegrübelt, was sie ihm sagen sollte. Wollte sie ihn bitten zu bleiben, wollte sie unnahbar sein und so schön, dass er sie einfach nicht verlassen konnte? Sollte sie ihn an sein Kind erinnern? Ständig lief er ihr über den Weg, und jedes Mal durchfuhr sie sein Anblick wie ein schmerzhafter Stich.

Einst war Pedro der Grund dafür, dass ich mich besser auf der Estancia gefühlt habe, dass ich endlich angekommen bin und mich beinahe zu Hause gefühlt habe, dachte Viktoria, als sie einige Tage später allein auf der Veranda saß und sich träge Luft zufächelte. Die anderen zogen es während der Mittagshitze vor, ihre Räumlichkeiten aufzusuchen. Paco und Estella spielten im Kinderzimmer. Vielleicht machten sie auch einen Mittagsschlaf.

Viktoria spürte, wie sich Schweiß an ihrem Haaransatz bildete. Heftiger noch fächelte sie sich Luft zu, doch es wollte nicht besser werden. Gegen die Hitze des Sommers konnte ihr Fächer nichts ausrichten. Es war tatsächlich sehr warm.

Ärgerlich setzte Viktoria sich auf. Verdammt, sie musste mit Pedro reden. Er konnte nicht einfach gehen. Schon gar nicht, um solch absurden Träumen hinterherzujagen, wie sie sie hinter seinen Worten vermutete. Worum es wirklich ging, hatte sie nicht richtig herausbringen können. Entschlossen sprang sie auf, eilte die Stufen in den Garten hinunter und nahm dann einen kleinen Weg seitlich zwischen den Büschen, der sie in weitem Bogen zu den Behausungen der Dienerschaft führte, wo derzeit auch Pedro wohnte. Bald hatte sie das niedrige Haus aus Lehmziegelmauern erreicht. Es sieht sauber aus, besser als die kleinen Hütten der Sanchez-Leute, dachte Viktoria in einem ihr unerklärlichen Bedürfnis, sich zu rechtfertigen.

Zögernd klopfte sie und trat ein. Das Haus war leer. Auch die Überprüfung des kleinen benachbarten Stallgebäudes brachte keine Erkenntnis. Offenbar war Pedro ausgeritten, hatte irgendwo wie die anderen Bediensteten auf der Estancia zu tun, aber er konnte überall sein. Es würde keinen Sinn machen, ihn zu suchen.

Viktoria überlegte einen Moment lang und entschied sich dann, in der Nähe des Dienstbotenhauses auf ihn zu warten. Unter einem alten Baum mit einem dicken, knorrigen Stamm, der dort seine Schatten spendenden Äste ausbreitete, setzte sie sich auf den Boden, sprang jedoch bald wieder auf und lief ungeduldig auf und ab. Die Minuten dehnten sich in die Unendlichkeit, wurden zu Stunden. Viktoria hockte sich wieder in ihr Versteck, versuchte, die Vögel zu beobachten, konnte sich aber nicht konzentrieren. Sie versuchte, sich die richtigen Worte zurechtzulegen, doch auch das wollte ihr nicht gelingen.

Erst am frühen Abend kehrten die ersten Dienstboten zurück, Pedro war nicht unter ihnen. Viktoria wurde unruhig. Doch dann kam er endlich. Sicherlich war es gut, dass er als Letzter kam, dann konnte auch keiner sehen, dass sie ihn ansprach. Es war ohnehin unverantwortlich gewesen, herzukommen. Sie trat unter den Ästen des Baumes hervor und rief leise seinen Namen. Pedro fuhr herum, entdeckte sie sofort und kam mit ernster Miene auf sie zu.

Viktoria wollte ihn anlächeln, es gelang ihr aber nicht.

Rede mit ihm, sagte sie sich, zeig ihm, dass er dir fehlt, zeig ihm, dass du bedauerst, was geschehen ist. Er muss bei dir bleiben. Er muss einfach.

»Wo warst du?«

Ihre ersten Worte klangen unbeabsichtigt scharf und hochmütig. Pedro hob eine Augenbraue.

»Hätte ich denn hierbleiben müssen, Señora? Don Ricardo hat mir heute Morgen seine Anweisungen gegeben, ich wusste nicht, dass Ihr Wort mehr gilt als seines.«

Don Ricardo, fügte Viktoria seinen Worten stumm hinzu, nicht du, die du mir gar nichts zu sagen hast.

Sie straffte sich, warf ärgerlich einen Zweig weg, den sie während des Wartens gebrochen hatte und der nun in ihrer Hand zu zittern begann.

»Wir müssen reden«, sagte sie.

Pedro entgegnete nichts.

»Komm!«, forderte sie.

Er verschränkte die Arme vor der Brust und machte keine Anstalten, ihr zu folgen.

»Bitte.«

Es fiel Viktoria schwer, das Wort auszusprechen, dabei hatte sie doch weich sein wollen und nachgiebig. Stumm folgte er ihr bis zum Rand des Gartens. Dann drehte sich Viktoria zu ihm um.

»Du kannst nicht weggehen!«

Pedro schaute sie an, ohne die Miene zu verziehen. Er fragte sie nicht, woher sie wusste, dass er zu gehen beabsichtigte.

»So? Kann ich das nicht?«, entgegnete er lediglich spöttisch.

»Du musst hierbleiben, bei mir und deinem Sohn.«

»Bei dem Kind, das nicht wissen darf, dass ich sein Vater bin? Warum? Um darauf zu warten, dass ich zu dir kommen kann wie ein Schoßhund, wenn du mich rufst?«

»Du wusstest, dass nie mehr daraus werden konnte. Ich bin verheiratet, du wusstest das.«

»Ja, und ich habe auch nie mehr erwartet. Ich gehe doch, weil ich nie mehr erwartet habe. Viktoria...« Mit einem Mal war seine Stimme weicher geworden, und dann spürte sie seine Hand auf ihrer Wange. Zärtlich streichelte er sie. »Wir wussten doch beide, dass dies hier nicht ewig andauern konnte. Wir haben zwei Leben, die sich gekreuzt haben. Wir hatten Glück, uns überhaupt kennenzulernen, und ich werde dich gewiss nie vergessen, aber ich kann dich nicht teilen, Viktoria, das kannst du nicht von mir verlangen, dazu...«

Er brach ab. Sag es, flehte Viktoria innerlich, sag, dass du mich zu sehr liebst.

Aber er schwieg.

Viktoria biss sich auf die Unterlippe. »Und dein Sohn?«, brach es nochmals aus ihr heraus.

Pedro schüttelte den Kopf. »Du hast dir doch alle Mühe gegeben, ihn zu Humbertos Sohn zu machen. Ich habe deine Angst gesehen, wenn ich den Jungen nur einmal auf das Pony hob oder mit ihm sprach. Fass ihn nicht an, sagte dein Gesicht, man könnte erkennen, wessen Kind du bist.« Er unterbrach seine Rede kurz, als er weitersprach, klang seine Stimme weicher. »Du hattest sicher Recht damit, aber du musst auch den nächsten Schritt tun«, sagte er dann. »Ich werde also gehen, und wir werden unsere gemeinsame Zeit als die schönste unseres Lebens im Gedächtnis behalten.«

Viktoria schloss kurz die Augen und öffnete sie dann wieder. »Ist das dein letztes Wort?«

Pedro nickte. Tief holte sie Atem. Sie hatte überlegt, ob sie das Nächste sagen sollte, hatte es verworfen und doch erschien es ihr jetzt wie die einzige Möglichkeit, ihn zu halten.

»Ich könnte sagen, was ich gehört habe.« Pedro hob die rechte Augenbraue. »Bei den Sanchez«, ergänzte sie. »Als du mit Esteban gesprochen hast.«

»Das würdest du nicht tun.« Er klang unbesorgt, und das machte sie wütend.

»Und wenn doch?«

»Sie würden mich töten. Willst du das?«

Sie spürte, wie sich ihr Körper gegen das Korsett drängte und wurde noch wütender. Ihre nächsten Worte klangen kindisch, und doch musste sie sie aussprechen.

»Tu, was du willst, Pedro Cabezas. Sei dir gewiss, es ist mir gleichgültig.«

Doña Ofelia krallte die schmalen Finger ineinander und mühte sich, nicht in Gelächter auszubrechen, während sie den Weg zurück auf das Haus zueilte. Wirklich, sie hatte nicht gedacht, dass sie noch in der Lage sein würde, zu schleichen wie ein Schatten. In früheren Zeiten, als sie noch jung gewesen war, hatte sie diese Kunst perfektioniert, damals, als sie verstanden hatte, dass sie ihren Mann mit Huren teilen musste, mit Weibern, die es nicht wert waren, denselben Boden wie sie zu betreten. Die anderen hatten stets gedacht, sie sei zu schwach, zu nachsichtig, aber sie hatte immer gewusst, wie sich eine de Garay zu verhalten hatte, denn eine de Garay, das war und blieb sie. Damals hatte sie es sich auch zur Aufgabe gemacht, ihren Sohn zu schützen. Niemals würde es jemanden geben, der ihr wichtiger war als Humberto. Er war ihr Fleisch und Blut, ihr Kostbarstes. Hätte sie wählen müssen, dann hätte sie ihren Mann in den Tod geschickt, niemals aber ihren Sohn.

Doña Ofelia schnaubte, während sie ein neuerliches Lachen herunterschluckte. Sie hatte nicht geglaubt, dass sie sich Pedro und Viktoria nähern konnte, ohne von ihnen bemerkt zu werden. Sie musste das, was sie gehört hatte, von Humberto fernhalten, so wie sie stets alle Unbill von ihm ferngehalten hatte. Er durfte nicht wissen, dass er betrogen wurde. Er war ihr Wichtigstes, nachdem Don Ricardo das Interesse an ihr verloren hatte, ihr Geliebter, das Liebste, was es auf der Welt für sie gab. Sie stieg die Stufen zur Veranda hoch. Sie würde ihr Wissen nicht gleich nutzen, aber sie würde es im rechten Moment zu nutzen wissen. Es würde einen rechten Moment geben, das wusste sie.

Pedro verschwand noch in der folgenden Nacht, doch Viktoria verstand wohl erst am Abend des folgenden Tages, dass er wirklich fortgegangen war. Niemand bemerkte es, nur Doña Ofelia sah die kleinen Flammen in den Augen ihrer Schwiegertochter, die kurz aufflackerten und dann zu verblassen schienen, als Don Ricardo ihnen aufgebracht erzählte, dass sein bester Vorarbeiter wieder einmal gegangen war.

In den nächsten Tagen ließ Doña Ofelia ihre Schwiegertochter nicht aus den Augen. Der Gedanke an das, was sie wusste, jagte ihr einen warmen Schauder über den Rücken, jedes Mal, wenn sie es sich ins Gedächtnis rief. Sie fühlte sich so lebendig wie schon lange nicht mehr.

Es war einige Wochen später, zu einem Nachmittagskaffee, als Doña Ofelia sich zu handeln berufen fühlte. Nicht zum ersten Mal bemerkte sie, dass Viktoria offenbar das Gespräch mit Humberto suchte. Dass die Schwiegertochter sich bemühte, dem Ehemann Kaffee nachzuschenken oder ihm den besten Kuchen zukommen ließ. An diesem Tag hob Humberto den Kopf und schenkte der Hure sogar ein Lächeln. Doña Ofelias knochendünne Finger legten sich um ihre Serviette, dann zwang sie ebenfalls ein Lächeln auf ihre blassen Lippen. Sie räusperte sich. Das, was jetzt geschehen würde, zauberte rote Flecken auf ihre Wangen. Sie musste sich beherrschen, um nicht einfach unkontrolliert loszuplappern.

»Mein lieber Sohn, mein lieber Ehemann«, sagte sie an Humberto und Don Ricardo gewandt, dann heftete sich ihr Blick auf Viktoria, »ich muss euch beiden etwas sagen.«

Zweites Kapitel

»Paco«, Ofelia hörte die eigene Stimme glasklar und schneidend wie neues Glas, »ist ein Bastard.«

»Was?«, polterte Don Ricardo los.

Doña Ofelia wiederholte, was sie gesagt hatte. Auf Humbertos Gesicht zeichnete sich Unverständnis ab – er war so unschuldig, er war ihr unschuldiges kleines Lämmchen –, auf Ricardos hingegen Erkennen.

»Paco ist«, Doña Ofelias Blick war erneut auf Viktoria gerichtet, um auch ja keine Regung im Gesicht der Schwiegertochter zu verpassen, »Pedros Sohn.«

»Dieser Hurenbock!«

Humberto war jetzt so heftig aufgesprungen, dass der Stuhl hinter ihm polternd umkippte. Mit hoch erhobenen Händen wollte er auf Viktoria losstürzen, die wie erstarrt sitzen geblieben war. Süße Genugtuung überkam Ofelia. Schlag sie, dachte sie und spitzte die Lippen, prügle die Ehebrecherin, dass ihr Hören und Sehen vergeht. Blut, ich will ihr Blut sehen.

»Humberto«, bellte Don Ricardo, »auf deinen Platz!«

Humberto gehorchte umgehend. Wie einen Hund, schoss es Ofelia durch den Kopf, er behandelt ihn wie einen Hund, aber sie sagte nichts. Sie musste sich auf das Weitere konzentrieren. Für einen Moment sprach keiner von ihnen etwas, dann schickte Don Ricardo die Diener hinaus und verriegelte die Tür. Niemand sollte Zeuge dessen werden, was jetzt geschah. Das ging nur die Familie an. Langsam, gefährlich langsam, wie Doña Ofelia fand, drehte Don Ricardo sich zu Viktoria hin.

Was würde er tun? Ofelia verspürte eine beinahe fiebrige Erwartung. Würde er das falsche Weib tatsächlich schlagen? Wie gut würde es ihr tun, wenn er sie schlug, und danach sollte er ihr die Kinder wegnehmen und sie einsperren. Sie sollte um ihr Leben fürchten. Um ihres und um das ihres Hurenbocks. Doña Ofelia musste schlucken.

Don Ricardo schaute Viktoria zuerst nur lange an. »Ich verstehe schon, dass dir an diesem Schwächling nichts liegt«, sagte er endlich und warf seinem Sohn einen knappen Blick zu, »aber ich kann auch nicht zulassen, dass du unseren Familiennamen mit Füßen trittst, Viktoria *Santos*.«

Nun hatte er sie endlich doch beim Arm gepackt. Mit Befriedigung sah Doña Ofelia den Schmerz und die Angst in Viktorias Augen aufleuchten, doch die Schwiegertochter gab keinen Laut von sich. Ja, sie hatte Angst. Das hochmütige Weib, das sich stets zu viel herausgenommen hatte, hatte Angst, aber sie wusste sich zu beherrschen. Ofelia hasste sie zu sehr, um ihr dafür Respekt zu zollen.

Schau, wollte sie ihrem Sohn zurufen, sie sieht aus wie eine getretene Hündin, und das ist auch alles, was sie ist: eine Hündin, die deiner nicht würdig ist.

Humberto aber regte sich nicht. Er saß auf dem Stuhl, auf den er sich nach den scharfen Worten seines Vaters hatte fallen lassen, schlaff wie eine Marionette, der man die Fäden durchschnitten hatte. Er sah unglücklich aus. Doña Ofelia zog sich der Magen zusammen. Später würde sie ihn in den Arm nehmen und trösten, wie sie das immer mit ihm getan hatte, als er noch ein kleiner Junge gewesen war. Sie würde über sein Haar streichen. Sie würde ihn mit *dulce de leche* füttern und ihm Kosenamen geben.

Viktoria erhob sich langsam. Reglos standen Ricardo und sie voreinander. Ein Erkennen breitete sich auf Viktorias Gesicht aus. Etwas wie Bedauern huschte über das Gesicht des alten Mannes, bevor er ausholte und mit voller Wucht zuschlug. Viktoria taumelte und verlor den Halt, stürzte und wurde wieder hochgerissen. Noch einmal schlug Don Ricardo zu. Dieses Mal flog Viktorias Kopf zur Seite, aber sie stürzte, von ihm gehalten, nicht.

Endlich, dachte Doña Ofelia, endlich. Ich habe lange genug gewartet.

Mit Genugtuung bemerkte Ofelia, dass die Lippe ihrer Schwiegertochter aufgeplatzt war und Blut über deren Kinn lief. Immer noch gab Viktoria keinen Laut von sich. Sie machte auch keine Versuche, das Blut zu stoppen, ließ es einfach von ihren Lippen über ihr Kinn rinnen und weiter auf ihr Kleid tropfen, wo es in den Stoff einsickerte. Diese hässlichen Flecken, dachte Doña Ofelia, wird niemand mehr entfernen können.

Don Ricardo zerrte Viktoria zu einem Stuhl hin.

»Wisch dir das Blut ab«, herrschte er sie an.

Viktoria tat, wie ihr geheißen. Zufrieden bemerkte Ofelia, dass immer noch Angst in ihrem Blick flackerte. Angst davor, weiter geschlagen zu werden und Angst davor, was noch kommen mochte. Als Don Ricardo abermals die Hand hob, riss Viktoria die Arme hoch, um sich zu schützen. Jemand lachte schrill, und Doña Ofelia verstand erst nach einer Weile, dass sie es war, die diese Geräusche von sich gab. Ricardo ließ die Hand jäh wieder sinken.

Viktoria drückte sich ein Taschentuch gegen die Lippe, hielt es dann vor sich und starrte die Blutflecken darauf an. Mit einem Mal atmete sie mühsam, dann schneller, und dann, von einem Moment auf den anderen, verlor die Schwiegertochter das Bewusstsein und fiel ohnmächtig zu Boden.

Die Abendsonne wob rotgoldene Fäden in die Luft, als Viktoria wieder erwachte. Honigfarben und kupfern zugleich floss das letzte warme Tageslicht durch das Fenster zu ihr hinein. Viktoria bewegte sich vorsichtig, ihr Kopf schmerzte. Sie wollte stöhnen, unterdrückte dann jedoch jeden Schmerzenslaut, denn sie war nicht allein. Doña Ofelia, ihre Schwiegermutter, saß in einem Sessel nahe an ihrem Bett und ließ sie nicht aus den Augen. Viktoria konnte nicht umhin zu erschrecken. Ofelia war dunkel gekleidet. Ihr graues, sorgsam gescheiteltes Haar war im Nacken zu einem Dutt gewunden. Bleich war ihr Gesicht und bleich waren ihre dünnen Finger, als sei es kein lebendiges Fleisch, das man sah, sondern das einer Toten.

»Dachtest du wirklich, du kommst damit davon? Ahnst du überhaupt, wie lange ich dein kleines schmutziges Geheimnis schon kenne?«, zischelte sie nun.

Viktoria setzte sich auf und musste die Hände in die Bettdecke krallen, um ja keinen Schmerzenslaut von sich zu geben. Don Ricardo hatte erbarmungslos zugeschlagen. Noch niemals zuvor war sie solchermaßen geschlagen worden. Noch beim Gedanken daran wollte sie zusammenzucken.

»Warum hast du dann nicht schon früher etwas gesagt, Ofelia?« Viktoria versuchte Verachtung in ihre Stimme zu legen, aber sie klang nur müde. »Die Wahrheit muss dir doch auf den Lippen gebrannt haben.«

Ihre Schwiegermutter lachte schrill. »Gute Güte, als ob ich das nötig hätte.«

Einen Moment lang bedrückte Schweigen den Raum, dann strich Doña Ofelia mit gleichmäßigen Bewegungen über ihren Rock, ein knisterndes Geräusch, das Viktoria zum Schaudern brachte.

»Natürlich wird dein Galan bestraft werden müssen. Wie

mir Señor Sanchez zugetragen hat, hat ihm einer seiner Diener berichtet, dass Pedro Cabezas auf dem Weg ist, sich irgendwelchen Rebellengruppen im Süden anzuschließen...«

Ofelia schüttelte den Kopf. Man hätte glauben können, ein Lächeln kerbe sich in ihre Mundwinkel, aber der Blick aus ihren dunklen Augen blieb eisig.

Viktoria starrte sie an. Wer hatte Señor Sanchez das zugetragen? Esteban? Hatte Esteban geredet? Und was hatten sie mit ihm gemacht, um ihn zum Reden zu bringen? Viktoria wusste, dass er Pedro keinesfalls verraten hatte. Sie kämpfte darum, die hervordrängenden Tränen zurückzuhalten. Nicht Esteban, bitte nicht Esteban. Einen Teil von ihr verlangte es zu wissen, was geschehen war, ein Teil fürchtete sich davor.

Doña Ofelia schien keine Regung ihres Gesichts zu entgehen.

»Man musste den Mann übrigens etwas überzeugen, Schwiegertöchterchen. Señor Sanchez hat ihn auspeitschen lassen, bis ihm die Haut in Fetzen vom Rücken hing und ihn dann davongejagt. Ihn und seine Brut.«

Viktoria drehte den Kopf zum Fenster. Wie konnte ein solch feiner Mund nur solch furchtbare Dinge von sich geben? Woher wusste Doña Ofelia das, verdammt, woher wusste sie das alles?

Ofelia räusperte sich. »Ach, ich weiß, was du dich fragst«, hauchte sie dann mit einem Lächeln. »Du erinnerst dich doch hoffentlich, dass die Sanchez zu meiner Familie gehören? Sie halten gern die Augen für mich offen. Das haben sie schon immer getan.« Sie hielt einen Moment inne. »Also, meine Liebe, wir werden deinen Hurenbock zur Strecke bringen, aber keine Angst, dir werden die Erinnerungen bleiben. Letztendlich sind Erinnerungen ohnehin alles, was uns bleibt.«

Viktoria konnte nicht umhin, ihre Schwiegermutter anzusehen. Etwas wie Schmerz schien über deren Gesicht zu huschen, dann hatte sie sich auch schon wieder unter Kontrolle.

Aber er ist unwichtig, wollte sie ausrufen, lasst ihn in Frieden. Ich habe ihn verloren. Er ist fortgegangen. Lasst ihn gehen, und ich will mich fügen. Doch das würde Doña Ofelia nicht genügen, das wusste Viktoria, als sie wieder in das Gesicht ihrer Schwiegermutter sah. Doña Ofelia musste Pedro zur Strecke gebracht sehen. Um ihres eigenen Seelenfriedens willen.

Die nächsten Tage verbrachte Viktoria allein in ihrem dunklen Zimmer im Bett, Fenster und Türen waren verriegelt. Manchmal hörte sie ihre Kinder auf der Veranda spielen. Sie fragte sich, ob sie schreien sollte, nach ihnen rufen, oder ob sich die Kinder darüber zu sehr beunruhigen würden. Einmal waren sie draußen ganz in ihrer Nähe. Viktoria hörte, wie Estella nach ihr fragte, und musste für einen Moment die Tränen unterdrücken. Sie stand auf, rannte zur Tür, hob kurz entschlossen die Fäuste und hämmerte dagegen.

»Estella, mein Liebes? Mama ist hier, hörst du? Mama hat euch lieb.«

»Mama? Mama? Mama!«

Noch während Estella rief, wurde ihre Stimme schon schwächer. Offenbar zerrte sie jemand den Gang entlang von ihr fort, und das machte Viktoria noch wütender, sodass sie ungeachtet aller Schmerzen weiter gegen die Tür hämmerte.

Einen Augenblick später verlor sie fast den Halt, weil jemand die Tür öffnete. Die Person gab sich keine Mühe, sie aufzufangen, und Viktoria konnte sich gerade noch an der

Wand festhalten. Kurz überlegte sie, ob sie fliehen sollte. Vielleicht würde es ihr ja gelingen, wenn sie einfach losrannte.

»Denk nicht einmal daran«, rief sie die Stimme ihrer Schwiegermutter zurück in die Gegenwart.

Viktoria straffte den Rücken. Über Doña Ofelias Schultern hinweg sah sie einen muskulösen Kerl im Gang stehen, der ihr unbekannt war. Der hätte mich bestimmt gleich festgehalten, schoss es ihr durch den Kopf. Sie musste sich etwas anderes überlegen.

Vorerst aber kam sie nicht dazu, sich weitere Gedanken zu machen, denn mit einem Mal schlug Ofelia der ungeliebten Schwiegertochter mit voller Kraft mitten ins Gesicht. Viktoria fühlte, wie sich Fingernägel in ihre Haut gruben, der Schmerz war unerwartet stark.

»Hure«, zischte Ofelia, so leise, dass es nur sie beide hörten. Dann drehte sie sich auf dem Fuß um, ging zur Tür, knallte sie hinter sich zu und schloss ab.

In der nächsten Zeit ließ Viktoria die Frage, wie es weitergehen sollte, keine Ruhe. Nachdenklich berührte sie immer wieder ihr Gesicht. Die Kratzer begannen zu verheilen, ihre verletzte Seele heilte nicht. Die Frage, wie es weitergehen sollte, ließ sie in einem Moment wie ein Tier in ihrem Zimmer auf und ab laufen und im nächsten wie erstarrt in einer Ecke sitzen. Wenn ihr nicht einfallen wollte, wie es weitergehen sollte, dann schaute sie den Schatten zu, die die Fensterläden auf den Boden warfen, schwenkte den Tee in der Teetasse, verknotete die Troddeln eines Kissens zu winzigen Zöpfen.

Wollten die Santos sie auf ewig eingesperrt in diesem Zimmer halten? Würde nicht irgendjemand nach ihr fragen oder sie suchen? Was war mit Alberto, würde der seine Geliebte vermissen, oder hatte er sich schon die nächste genommen? Der Gedanke daran, austauschbar zu sein, schmerzte im ersten Moment, doch der Schmerz ließ sich überwinden. Viktoria hatte ihn ja auch nie geliebt.

Wenigstens einer Sache war sie sich sicher: Die Jagd auf Pedro hatte noch nicht begonnen. Sie konnte sowohl Don Ricardos als auch Humbertos Stimmen hören, und auch die ihrer besten Männer. Bisher hatte keiner Santa Celia verlassen. Soweit war Pedro also in Sicherheit, trotzdem wusste Viktoria, dass sie keine Ruhe haben würde, bis sie ihn gewarnt hatte.

Aber wie soll ich das anstellen? Viktoria betrachtete die Lichtstreifen, die durch die Spalten in den Fensterläden fielen. Nach den Geräuschen zu urteilen, musste es Mittag sein. Bald würde man ihr das Essen bringen, dann würde sie wieder allein sein.

Sie stand auf und lief einige Schritte auf und ab. Noch nie zuvor war sie so lange allein gewesen. Es war schwer, sich daran zu gewöhnen, aber es fiel ihr jeden Tag ein wenig leichter.

Wieder einmal blieb Viktoria vor einem der Bilder in ihrem Zimmer stehen, das irgendein Durchreisender von der Estancia gemalt hatte. Wieder einmal ließ sie ihren Blick über die Gebäude wandern, den neu angelegten Garten, das, was von der Wildnis übrig geblieben war, den Korallenbaum. Zuerst wusste sie nicht, was ihre Aufmerksamkeit geweckt hatte, dann hielt sie inne.

Was war das noch für ein Gebäude dort? Sie kniff die Augen zusammen. Das musste die alte Mühle sein. Inzwischen war eine neue gebaut worden, die andere musste schon Jahre nicht mehr in Betrieb gewesen sein, aber sie kannte das Gebäude. Nachdenklich runzelte sie die Stirn. Wenn ich fortlaufe, überlegte sie dann, könnte ich mich dort verstecken und abwarten, bis sie Santa Celia auf der Suche nach mir und den Kindern verlassen haben – das wird mir Zeit geben für die Flucht.

Dass sie die Kinder mitnehmen würde, stand in jedem Fall außer Frage.

Entschlossen ballte Viktoria die Hände zu Fäusten, dann aber wurde ihr wieder ganz elend. Wie sollte sie das allein bewerkstelligen? Allein konnte die Flucht mit zwei kleinen Kindern nicht gelingen, das war unmöglich. Sie schaffte es noch, die paar Schritte bis zum Bett zu laufen, bevor sie enttäuscht darauf zusammenbrach.

Ein leises Geräusch an der Tür, ein Schaben, als sich der Schlüssel im Schloss bewegte, ließ sie verharren. Wer war das? Offenbar jemand, der nicht gehört werden wollte. Viktoria sprang auf. Für das Essen war es noch zu früh. Oder hatte sie sich in der Zeit geirrt? In jedem Fall hatte sie den Gong noch nicht gehört, mit dem die Arbeiter der Estancia zum Essen zusammengerufen wurden. Ein Schauder überlief sie. Unwillkürlich starrte sie die Tür an. Sie hatte Angst gehabt in den Tagen ihrer Gefangenschaft, Angst vor allen Dingen vor Humbertos Mutter, die ihr zuweilen den Eindruck gemacht hatte, als habe sie den Verstand verloren. Mit angehaltenem Atem beobachtete Viktoria, wie sich die Tür öffnete. Ein dunkler Kopf schob sich herein.

»Rosita!«, keuchte Viktoria und bemerkte im nächsten Moment schon, wie alle Anspannung von ihr abfiel.

Mit einer geschmeidigen Bewegung schlüpfte die junge Indio-Frau hinein und schenkte ihrer Herrin ein breites Lächeln, das ihre weißen Zähne blitzen ließ. Dann kam sie schnellen Schrittes auf Viktoria zu und streckte ihr die Hände entgegen. Ohne zu zögern fassten sie einander an, lagen sich im nächsten Atemzug in den Armen. Es tat so gut, einen anderen Menschen zu spüren, so gut, dass Viktoria weinen musste, doch sie hatte sich schnell wieder gefangen.

»Wie geht es Estella und Paco?«, fragte sie.

»Es geht ihnen gut.« Rosita lächelte sie an. »Wir passen auf sie auf. Wir trösten sie. Wir sagen, dass ihre Mama bald wieder gesund ist.«

»Ich habe sie gerufen«, sagte Viktoria.

»Ich weiß«, entgegnete Rosita, »auch das haben wir gehört.«

Viktoria konnte ein Zittern nicht mehr unterdrücken. Ihr Atem flog plötzlich. Sie war erleichtert, und doch wurden ihre Knie mit einem Mal so weich, dass sie sich kaum mehr halten konnte. Rosita schob sie zu dem nahe stehenden Bett hin. Die beiden Frauen setzten sich.

»Und die Santos?«, fragte Viktoria dann, nachdem sie ein paar tiefe Atemzüge genommen hatte, um sich wieder zu beruhigen.

»Sie reden darüber, Pedro zu finden. Er hat ihnen einen Kuckuck ins Nest gelegt, sagen sie.« Rosita schüttelte den Kopf und rang die schlanken braunen Hände. »Sie wollen ihn töten. Sie sagen, er ist ein Rebell.«

Viktoria schwieg einen Moment lang, dann sah sie Rosita fest an: »Ich muss zu ihm. Ich muss ihn warnen.«

Als habe sie gewusst, dass es um nichts anderes gehen konnte, schaute Rosita sie fest an: »Wir werden Ihnen helfen.« Sie lächelte.

Viktoria hatte gerade den Mund geöffnet, als draußen vor dem Fenster Schritte zu hören waren.

»Wo gehst du hin, Mutter?«, fragte Humberto.

Viktoria und Rosita wechselten einen Blick miteinander. Die Schritte draußen verharrten, dann war eine Stimme zu hören.

»Ich besuche deine Frau.«

Viktorias und Rositas Augen weiteten sich vor Entsetzen.

»Lauf«, wisperte Viktoria.

Rosita tat wie ihr geheißen. Ihre leisen Schritte entfernten sich, kurz bevor die Doña Ofelias im Gang zu hören waren. Viktoria schaute in den Spiegel. Wenn ihre Schwiegermutter sie so sah, dann wusste sie sofort, dass etwas nicht stimmte.

»Mir wird etwas einfallen«, sagte Viktoria halblaut zu sich selbst. »Ganz ruhig, mir fällt schon etwas ein.«

Keinen Augenblick zu spät hatte sich Viktoria auf dem Bett zusammengerollt. Sie hörte, wie der Schlüssel im Schloss gedreht wurde, dann näherten sich Schritte. Dünne feste Finger berührten ihre Schulter. Ofelia – sie wusste, wer da hinter ihr stand, ohne dass bisher auch nur ein Wort gefallen war.

»Steh auf!«, herrschte ihre Schwiegermutter sie endlich an.

Langsam drehte sich Viktoria um, bemerkte das Leuchten in Ofelias Augen, als sie das tränenverschmierte Gesicht ihrer Schwiegertochter sah. Dann wurde ihr Blick misstrauisch.

»Hast du geschlafen?«

»Warum nicht?« Viktoria gelang es, ihre Stimme weinerlich und träge klingen zu lassen. »Was soll ich denn sonst den ganzen Tag tun?«

Doña Ofelia ließ sie nicht aus den Augen. Langsam, als bereite es ihr große Mühe, setzte sich Viktoria auf. Sie musste gegen ein Schaudern ankämpfen. In diesen Lichtverhältnissen erinnerte sie Ofelias Gesicht nicht zum ersten Mal an einen Totenschädel: Die Augen lagen in tiefen Höhlen, die Wangen waren eingefallen. Es sah aus, als blecke sie die Zähne. Sie ist tatsächlich dünner geworden, seit ich hier in Gefangenschaft bin, schoss es Viktoria durch den Kopf. Waren denn schon so viele Tage vergangen?

»Ich habe versucht zu schlafen«, murmelte sie abwesend, als werde sie sich erst jetzt wieder gewahr, wo sie sich befand. Immer noch flackerte Misstrauen in Doña Ofelias Augen. Sie lief zum Fenster hinüber und rüttelte an den Läden, dann schaute sie erneut ihre Schwiegertochter an.

»Du entkommst mir nicht, Viktoria Santos, du wirst das büßen, was du meinem Sohn und der Familie angetan hast.«

Verborgen unter der Bettdecke ballte Viktoria die Finger ihrer rechten Hand zu einer Faust. Sie hatte es satt, mit diesem wahnsinnigen Weib zu sprechen, aber jetzt musste sie ihre Rolle weiterspielen. Wenn sie frei sein wollte, musste sie ihre Rolle jetzt weiterspielen.

»Ich habe schon andere bestraft. Seine kleinen Huren aus Salta. Ich musste nur den Sanchez Bescheid sagen, und weißt du, was die dann mit ihnen gemacht haben?« Ofelia lachte schrill auf. »Manche von den ganz Unvorsichtigen, die den Hals nicht vollkriegen konnten, hat man nicht wiedergesehen. Du hast davon gehört, nehme ich an? Dreckige, kleine Huren, dreckige, dreckige kleine Huren...«

Doña Ofelia spuckte die Worte aus, das anfängliche Misstrauen schien vergessen.

Viktoria fröstelte. Ganz offenbar hatte Ofelia tatsächlich den Verstand verloren. Warum hatte das keiner gemerkt? Als ihre Schwiegermutter einen Schritt auf sie zuging, schreckte sie zurück. Ofelia lachte.

»Keine Angst«, spie sie aus, »ich tue dir nichts. Ich werde warten, bis mein Sohn so weit ist, dich für das zu strafen, was du ihm angetan hast. Dann aber werde ich mit Freude dabei zusehen.«

Viktoria war nicht bewusst gewesen, was für ein Leben die Indios auf der Estancia führten, und jetzt erschien es ihr, als gebe es eine zweite, eine parallele Welt auf Santa Celia, von der sie in all den langen Jahren nichts geahnt hatte. Täglich brachte ihr jemand Nachrichten von den Kindern, beinahe stündlich entwickelte sich der Plan weiter, der ihnen die Flucht ermöglichen sollte. Sobald diese gelungen war, würden sie und die Kinder nach Süden reiten. Zuerst einmal würden sie ihr Glück in Buenos Aires suchen müssen. Natürlich brauchten sie auch dort Hilfe, allerdings kannte Viktoria dort niemanden, außer ...

In den ersten Stunden verbot sich Viktoria, darüber nachzudenken, aber es gab keine andere Möglichkeit: Um Pedro, sich und ihre Kinder zu retten, würde sie Julius aufsuchen müssen – und Anna, von der sie seit jenen elenden Tagen nichts mehr gehört hatte.

Warum war ich damals nur so kindisch?, fragte sie sich nun ein ums andere Mal. Zugleich fühlte sie sich seltsam erleichtert, eine Entscheidung getroffen zu haben. Beinahe ruhig ließ sie sich von Rosita, Rosalia oder Juanita den Fortgang der Fluchtvorbereitungen schildern: Es war den Frauen gelungen, unauffällig Proviant beiseitezuschaffen. Die Stallburschen hatten Pferde ausgesucht. Zuerst würden Viktoria und ihre Kinder sich in der Mühle verstecken. Ein junger Mann, ein Cousin Estebans, sollte eine falsche Fährte legen, Miguel, sein jüngerer Bruder, würde sie so weit wie möglich begleiten.

»Sie tun es für ihn«, sagte Rosita ruhig, als Viktoria darauf hinwies, wie gefährlich es war, sich mit den Sanchez anzulegen. »Für Esteban.«

Esteban hatte die Peitschenhiebe nicht überlebt. Seine Frau war in ihr Dorf zurückgekehrt und fristete dort als Witwe ihr

Leben. Zwei seiner jüngsten Kinder waren Hungers gestorben. Viktoria biss sich auf die Lippen. So viel Leid war auch durch ihre Schuld über diese Familien gekommen, so viel unvorstellbares Leid.

Sie begann zu weinen, doch als sie schließlich sagte, weswegen, schüttelte Rosita traurig den Kopf: »Du warst es nicht, die die Peitsche geschwungen hat, Viktoria. Wir wissen, wer schuld an Estebans Tod ist.«

Am dem Abend, den sie für die Flucht gewählt hatten, wollte und wollte die Zeit nicht vergehen. Spät erst hörte Viktoria, wie die Tür leise geöffnet wurde. Auf Zehenspitzen, die Schuhe in der rechten Hand, huschte sie hinaus in den Gang. Bis sie das Freie erreicht hatte, fürchtete Viktoria, allein die Lautstärke ihres wild pochenden Herzens müsse sie verraten. Bei jedem Geräusch, bei jedem Knarren, jedem Klappern zuckte sie zusammen.

Helfer hatten die Pferde schon von den Gebäuden weggeführt, um nicht durch den Hufschlag unnötig Aufmerksamkeit zu erregen. Als Viktoria in der Mühle ihre Kinder nach Wochen der Gefangenschaft erstmals wieder in die Arme nahm, konnte sie die Tränen nicht zurückhalten. Auch Estella und Paco schluchzten auf. Viktoria konnte sich nicht daran erinnern, wann sie Estella zuletzt hatte weinen sehen. Beide wichen ihrer Mutter in den Stunden darauf kaum von der Seite.

Die folgende Nacht war die längste in Viktorias bisherigem Leben. Von den Geschehnissen auf der Estancia bekamen sie nichts mit. Auch der folgende Tag wurde unter größter Anspannung verbracht. Immer wieder mussten die Kinder, die sich langsam sicherer fühlten, dazu angehalten werden, leiser zu spielen. Die Besuche von Viktorias Unterstützern wurden auf ein Mindestmaß reduziert, um nicht unnötig Aufmerksamkeit auf sich zu ziehen. Manchmal war Viktoria übel vor Angst.

Am frühen Morgen des zweiten Tages, es dämmerte gerade, gab Juanita das Signal zum Aufbruch. Estella würde bei Miguel mitreiten. Paco saß mit Viktoria im Sattel.

»Danke«, sagte Viktoria mit fester Stimme, als Rosita und Rosalia sich verabschiedeten.

Die beiden Frauen schauten sie ernst an. »Gott behüte euch«, antworteten sie.

Drittes Kapitel

Die ersten Tage der Flucht vergingen wie hinter einem Schleier der Anstrengung. Miguel, Viktoria und die Kinder ließen Salta schnell hinter sich und ritten auf Tucumán zu. Im Sommer ist es oft so entsetzlich heiß, versuchte Viktoria sich aufzumuntern. Jetzt, da der Sommer bald vorbei war, war es angenehmer. Manchmal gab es allerdings starke Regenfälle und Gewitter. Dann konnte man die angeschwollenen Flüsse nicht überqueren und war gezwungen zu warten oder längere Umwege zu machen.

Obwohl am Ende eines jeden Tages ihr ganzer Körper schmerzte, die Kinder oft weinten und Viktoria auf der Stelle hätte einschlafen können, zwang sie sich, vor Estella und Paco Haltung zu bewahren. Sie gab ihnen zuerst zu essen. Sie sorgte dafür, dass die Kleinen in Decken gewickelt in den Schlaf fanden, bevor sie an sich selbst dachte. Vorerst war ohnehin das Einzige, was sie wollte, eine immer größere Wegstrecke zwischen Santa Celia und sich zu bringen.

Miguel führte sie gut, und doch verloren sie des Öfteren den Weg. Viktoria fürchtete dann jedes Mal, dass sie ihre Verfolger nun bald eingeholt haben mussten. Dass man sie verfolgte, da war sie sich sicher. Weder Humberto und schon gar nicht Don Ricardo würde es ihr erlauben zu entkommen, und so sehr sie sich auch mühten, keine Spuren zu hinterlassen, so waren sie doch eine auffällige Reisegruppe: eine blonde Frau, zwei Kinder und ein Indio.

Viktoria entschloss sich deshalb bald, ihr langes blondes

Haar unter einem Kopftuch zu verbergen. Estella trug ohnehin schon seit dem ersten Tag einen kleinen Poncho zu Hosen und das Haar in steife Zöpfe geflochten. Aber die Anspannung blieb. Immer wieder schreckte Viktoria des Nachts aus dem Schlaf hoch. Tagsüber meinte sie zuweilen, ihre Verfolger am Horizont entdeckt zu haben. Am ersten Tag hatte sie sich kaum dazu überreden lassen wollen, eine Pause einzulegen. Estella dämmerte in Miguels Armen vor sich hin, Paco war längst in den Armen seiner Mutter eingeschlafen. Als sie schließlich doch Rast gemacht hatten, war er in Tränen ausgebrochen und hatte sich kaum mehr beruhigen lassen. Bevor sie ihm etwas hatte zu essen geben können, war er wieder auf seiner Decke eingeschlafen.

Viktoria verspürte seit Tagen keinen wirklichen Hunger mehr. Ihr Leben hatte sich in einen Albtraum verwandelt. Morgens erwachte sie oft sehr früh, vollkommen steif vom harten Boden und der Kälte der Nacht. Nachdem sie sich über Tage von Brot und Trockenfleisch ernährt hatten, jagte Miguel schließlich einen Truthahn, sodass sie zum ersten Mal seit langem wieder frisches Fleisch essen konnten. Truthähne, befand Estella allerdings unumwunden kindlich, sahen seltsam aus. Sie weigerte sich, davon zu essen, doch zum ersten Mal sah Viktoria wieder so etwas wie ein Lächeln auf dem Gesicht ihrer Tochter, und darüber wäre sie fast in Tränen ausgebrochen.

Nachdem sie fast zwei Wochen unterwegs waren, zügelte der junge Indio unvermittelt sein Pferd, hob die Hand und horchte dann.

»Was ist?«, wisperte Viktoria voller Angst.

Miguel schüttelte den Kopf, horchte noch einmal und sprang dann von seinem hellbraunen Wallach, um aufmerksam den Boden zu inspizieren.

»Ein Jaguar war hier«, sagte er schließlich. »Die Gegend ist verrufen dafür.«

Viktoria schauderte unwillkürlich. Bald saß Miguel wieder auf und drängte ihre kleine Gruppe zu noch größerer Eile. Sie machten an diesem Tag keine Mittagspause. Am späten Nachmittag zitterten Viktorias Beine so sehr, dass es sie kaum noch im Sattel hielt. Sie umkrampfte mit einer Hand den Sattel, während sich die andere in Pacos Kleidung krallte. Schweiß lief ihr über die Stirn in die Augen. Sie blinzelte, doch sie wagte nicht, loszulassen und sich Erleichterung zu verschaffen aus Angst, sie könnte den Halt verlieren und einfach aus dem Sattel rutschen. Estella weinte längst still vor sich hin.

»Wir werden es nicht schaffen«, murmelte Miguel plötzlich.

»Was?«, fragte Viktoria erschöpft.

Miguel schaute zu ihr zurück. »Wir schaffen diesen Wald heute nicht, Señora Santos. Wir werden hier übernachten müssen.«

Viktoria fühlte sich mittlerweile zu müde, um ihrer Angst Ausdruck zu verleihen. Noch ein Stück ritten sie weiter, bis Miguel einen passenden Rastplatz ausmachte. Endlich konnten sie sich vom Rücken der Tiere gleiten lassen. Viktoria und die Kinder standen schwankend da, kaum in der Lage, sich auf den schmerzenden Beinen zu halten. Die Pferde waren merklich unruhig.

»Sind denn«, Viktoria musste sich räuspern, weil ihre Stimme so rau war, »Jaguare in der Nähe?«

Miguel sah von einem Pferd zum anderen und runzelte die Stirn. »Kann schon sein«, knurrte er dann.

Viktoria sah, wie er jetzt den Kopf hob und schnupperte, als sei er selbst ein Tier, das einen Angriff fürchten musste.

Dann schaute Miguel sich nochmals prüfend um. Viktoria schauderte.

»Wir bleiben trotzdem hier.«

Er machte sich daran, seinen Wallach festzubinden, warf dann einen Blick über die Schulter zu Viktoria hin.

»Gut festzurren«, wies er sie an.

Viktoria nickte. Wieder schnaubten die Pferde. Miguel hatte sein Tier rasch mit einem Lasso befestigt, überprüfte dann auch noch Viktorias Knoten und entfachte endlich ein Feuer. Obwohl sie sicher gewesen war, in dieser Nacht trotz Erschöpfung kein Auge schließen zu können, schlief Viktoria sehr bald ein. Sie erwachte von einem heftigen Rütteln an ihrem Arm.

»Er ist da«, wisperte Miguel in ihr Ohr. »Nehmen Sie die Kinder und setzen Sie sich näher ans Feuer, Señora Santos!«

Schlagartig war Viktoria hellwach. Wie Miguel ihr bedeutete, konnte man die Anwesenheit des Raubtiers am Verhalten der Reittiere erkennen.

»Ist gut, dass wir die Pferde gut festgebunden haben«, sagte er mit einem aufmunternden Lächeln.

Viktoria konnte nur nicken. Mittlerweile waren auch die Kinder erwacht und hatten sich in die Arme ihrer Mutter geflüchtet.

»Frisst uns der Jaguar jetzt?«, fragte Paco.

»Um Gottes willen, nein«, entgegnete sie und wechselte einen Blick mit Miguel.

Der junge Indianer legte neues Holz auf das Feuer, die Waffe geladen und griffbereit im Schoß. Jedes kleinste Geräusch, das Viktoria nicht einordnen konnte, ließ sie nun zusammenzucken. Manchmal meinte sie sogar, den Geruch des Raubtiers wahrzunehmen, den sie von einem Zirkus kannte, den sie als Kind mit ihren Eltern besucht hatte. Immer wieder überprüfte sie den Himmel. Die Nacht wollte und wollte einfach nicht vorübergehen. Sie nahm sich fest vor, nicht einzuschlafen, doch irgendwann überwältigte sie der Schlaf. Als sie erneut jemand am Arm rüttelte, schrie sie auf.

»Ruhig, es ist alles gut«, sagte Miguel mit einem Lächeln. »Ich will nur so schnell wie möglich aus diesem Gebiet heraus«, forderte er sie auf.

Schlaftrunken kämpfte Viktoria sich auf die immer noch schmerzenden Beine. Als sie sich in den Sattel schwang, musste sie die Zähne aufeinanderbeißen. Die letzte Nacht hatte wieder keine Erholung gebracht.

Tage später erreichten sie endlich die weite, von bewaldetem Gebirge begrenzte Ebene mit ihren vielen kleinen Ortschaften, die sich bis zur Stadt Tucumán erstreckte. Viktoria und die Kinder waren zu erschöpft, um irgendein Gefühl zu äußern. Sie hatten Tage in der Wildnis verbracht, und doch betrachteten sie die grünen Wiesen mit den Rindern und Pferden, die Felder mit Mais, Tabak und Zuckerrohr bepflanzt und von unzähligen Gebirgsbächen durchzogen, die mächtigen Zedern-, Lorbeer- und Nussbäume, an denen sich bis zu den Wipfeln Schlingpflanzen hochrankten und an deren Fuß Farne und Aloearten wuchsen, beinahe gleichgültig.

In Tucumán suchte Miguel nach einer *tropa*, der sie sich anschließen konnten. Mit Erleichterung entdeckte Viktoria einen Engländer unter den wilden Gesellen, den *troperos*, mit denen sie schließlich reisten. Auch Anna hatte damals von einem englischen Reisenden berichtet, doch es handelte sich wohl kaum um denselben Mann. Unter Tränen verabschiedeten sie sich von Miguel.

In den folgenden Tagen ritten sie durch ärmliche Walddörfer, in denen die Einwohner nur vom Maisanbau und der Ziegenzucht lebten. Das Wasser war hier knapp, und jeden Vormittag hob ein Wind an, der zwischen den Bäumen große Sanddünen zusammenwehte. Sie durchquerten die Salzwüste bei Santiago del Estero, von der auch schon Anna berichtet hatte. Darauf folgte niedriger Buschwald, dessen Einerlei nur von riesigen Kakteen, unterbrochen wurde. Sie sahen Leuchtkäfer, die von solcher Leuchtkraft waren, dass der englische Reisende drei von den Tieren als Kerzenersatz nutzte. Bei Córdoba wurde es wieder gebirgiger. Sie passierten ein altes Jesuitenkloster, dessen prächtig angelegte Gärten voll der schönsten Weinreben, Orangen-, Feigen-, Granat- und Pfirsichbäume waren – jedoch in einem sehr verwahrlosten Zustand, was der Engländer bedauerte.

Als Viktorias Blick auf die Kapelle der Klosteranlage fiel, fragte sie sich nicht zum ersten Mal an diesem Tag, ob die Santos sie verfolgten. Sie und ihre Kinder konnten sich nicht sicher sein. Das wusste sie.

Sie hoffte, dass Gott ihnen beistand.

Viertes Kapitel

Humberto hasste es, den ganzen Tag über zu reiten. Er hasste es, nicht in seinem Bett schlafen zu können, sondern auf dem staubigen, dreckigen und immer zu harten Boden. Er hasste es, abends noch nicht einmal in den Armen irgendeiner Frau Vergessen zu finden. Über Tage hinweg ritt er nun schon seinem Vater, dem er ohnehin niemals genügte, niemals genügt hatte und niemals genügen würde, hinterher. Warum nur versuchte er immer noch, ihm zu gefallen?

Noch einmal griff er die Zügel fester und hieb seinem Pferd die Sporen in die Seite. Das Tier machte einen Satz. Als Viktorias Flucht entdeckt worden war, hatte Don Ricardo sofort die Pferde satteln lassen. Eine deutliche Spur hatte nach Westen geführt. Viktoria, so waren sie sich einig gewesen, versuchte wohl über die Berge zu entkommen. Vielleicht hatte sie geplant, nach Chile zu reiten. Vielleicht wollte sie dort einen der Pazifikhäfen erreichen und mit den Kindern das Land verlassen. Es klang absurd, aber nicht unmöglich, schließlich war Viktoria schon immer sehr eigensinnig gewesen.

Was will er von mir?, fragte sich Humberto erneut, während er mit den Zähnen malmte wie das Pferd auf seiner Gebissstange. Warum genüge ich ihm nicht? Ich bin ein Sohn, sein Erbe. Ich bin ansehnlich, nicht dumm, nichts fehlt an mir. Ich habe die beste Erziehung genossen. Ich weiß mich zu benehmen. Ich habe ihm eine gute Schwiegertochter gebracht. Ich weiß, dass er sie mag, trotz allem, was sie getan hat – und jetzt wahrscheinlich noch mehr.

Humberto starrte auf den Streifen Haut, der sich zwischen dem Kragen von Don Ricardos dunkelblauem Hemd und seinem silberfarbenen Haar zeigte. Der schwarze Hut schützte den Vater vor der Sonne, im Gürtel steckte neben dem Revolver auch das typische *facon*, das Messer, ohne das ein Gaucho nicht leben konnte. Humberto tastete unvermittelt nach dem *facon* in seinem Gürtel – Pedros Messer, wie ein kleines Zeichen im Griff zeigte, er musste es auf seiner Flucht verloren haben, und er, Humberto hatte es an sich genommen.

Warum bin ich Vater gleichgültig, bohrte es weiter in ihm, und gleich darauf höhnte eine Stimme, die ihm nicht unbekannt war: Weil es ihn gibt. Ihn, Pedro. Den *Bruder*. Den Bastard.

Seit er es wusste, war ihm alles klar. Pedro hatte ihn der Liebe des Vaters beraubt. Wenn er fort war, dann würde alles besser werden. Wenn er fort war, dann würde ihm der Vater die Anerkennung zollen, die ihm gebührte.

Töte ihn, hatte ihm die Mutter ins Ohr geflüstert, als sie ihn zum Abschied umarmt und geküsst hatte, besser noch, töte sie beide: das falsche Weib und den Bastard.

Humberto wusste nicht, ob er dazu in der Lage sein würde, aber ja, er wollte sie tot sehen, und er würde alles daransetzen, dass sie bezahlten für das, was man ihm angetan hatte. Und bald, da war er sich sicher, würden sie auch die Fährte gefunden haben.

Fünftes Kapitel

Anna strich sich das Haar aus der Stirn und stemmte die Hände in die Seiten. Obwohl die Lage ernst war, musste sie gegen ein Lächeln ankämpfen.

»Was habt ihr denn jetzt schon wieder getan?« Sie blickte abwechselnd von der zehnjährigen Marlena zu Marias Sohn Fabio, der mittlerweile schon vier Jahre zählte, und wieder zurück. »Nun sagt schon, wer ist auf die Idee gekommen, mit den Nandufedern zu spielen?«

Wie erwartet, erwiderte Marlena ihren Blick, ohne mit der Wimper zu zucken. Fabio schaute sie lediglich aus großen Augen an und grabschte schon wieder nach einer Feder. Anna bemühte sich, eine ernste Miene beizubehalten. Ach, dachte sie, wenn es nur das wäre, was einem Sorgen bereiten würde. Ein paar Nandufedern, was war das schon? Sie presste die Lippen aufeinander, um nicht laut loszulachen.

Die Monate, die auf das furchtbare Fieber gefolgt waren, waren nicht leicht gewesen, aber sie hatte es geschafft – auch mit Julius' Hilfe, der weiterhin ihr Kunde geblieben war, und mit der Unterstützung seiner Bekannten und Geschäftsfreunde.

Für einen Moment schaute Anna wieder in Fabios dunkle Augen, die sie so sehr an seinen Vater erinnerten. Wenige Tage nach Fabios Geburt hatte auch Marias Leben am seidenen Faden gehangen, und Anna hatte den Kleinen aufpäppeln müssen. Jetzt wohnten Maria und Fabio bei ihnen. Die schlimmen Zeiten waren endlich vorbei.

Im Mai 1871 war der erste deutsche Gesandte in Buenos Aires eingetroffen. Der Reichsadler war an die Stelle der vielen Länder- und Städtewappen getreten. Der deutsch-französische Krieg im alten Europa hatte die Bewohner der deutschen Kolonie enger zusammengeschweißt. In fieberhafter Erwartung hatte man in dieser Zeit der Ankunft des Postdampfers entgegengesehen. Siegesnachrichten waren gefeiert worden, auch wenn es Anna seltsam erschien, dass etwas, das so weit weg war, Einfluss auf ihr Leben haben sollte. Vier Jahre war das alles nun her.

Anna seufzte. Julius hatte sie am Abend zum Essen eingeladen, und nun, da das Kleid mit dem Besatz aus Nandufedern ausgeschlossen war, plagte sie sich wieder einmal mit der Entscheidung darüber, was sie anziehen sollte. Marlena – Anna war sich sicher, dass ihre Tochter die Anstifterin gewesen war – hatte einen Haufen weicher Erde im Hof aufgeschüttet, und die Federn schauten wie Trophäen daraus hervor. Anna seufzte. Sie wusste, dass es ein Fehler war, dass sie ihrer Tochter nie lange böse sein konnte. Nachdem Marlena in der ersten Zeit ihres Lebens so viel hatte entbehren müssen, war sie heute viel zu nachgiebig mit dem Kind.

»Kommt Julius heute Abend?«, fragte Marlena längst wieder vorwitzig. Die Ermahnungen der Mutter waren schon vergessen.

Anna fragte sich nicht, woher Marlena das nun schon wieder wusste. Aber ihre Tochter hatte eben wache Ohren und ebenso wache Augen. Eigentlich entging ihr nie etwas.

»Lenchen hat gesagt, dass er dich eingeladen hat«, fuhr sie nun fort.

Anna nahm sich vor, ihre Schwester zur Rede zu stellen. Warum konnte sich das kleine Klatschmaul nicht um seine Sachen kümmern. Böse sein konnte sie allerdings auch ihr nicht. Das Verhältnis zu ihrer Schwester hatte sich nach Lenchens Genesung deutlich gebessert. Lenchen würde ihr sicherlich auch einen guten Ratschlag hinsichtlich der Frage geben können, was sie an diesem Abend tragen konnte. Das Einzige, was sie immer öfter traurig stimmte, war, dass die Schwester selbst noch niemanden gefunden hatte, mit dem sie ihr Leben teilen konnte.

Anna biss sich auf die Lippen. Aber vielleicht machte sie sich ja grundlos Gedanken, und Lenchen war glücklich, so wie es war. Etwa zu der Zeit, als die letzten Schwierigkeiten mit dem Fuhrunternehmen Brunner-Weinbrenner aufgetreten waren, hatte Lenchen angefangen, mit Näharbeiten die Kasse aufzubessern. Bald hatten die Kundinnen Gefallen an ihren kleinen Besonderheiten gefunden: eine gestickte Blumenranke auf einem Ärmel, ein Muster aus winzigen Perlen, ein Kragen aus Nandufedern. Lenchen, das wusste sie, würde ihr helfen können.

Anna wandte sich ab, um ins Haus zu gehen. Nur kurz blickte sie zu der Bank, auf der wie immer ihr Vater saß. Sie schaute ihn nicht an. Seit dem Tod der Mutter sprachen sie kaum mehr das Nötigste miteinander. Sie wusste, dass sie ihn nicht von ihrem Hof weisen würde, aber er würde auch nicht mehr Teil ihres Lebens sein – soweit sie das verhindern konnte. Er war ein selbstgerechter alter Mann, und sie gab nichts mehr um seine Liebe.

Lenchen saß, wie so häufig, im Salon und stichelte konzentriert an einer neuen Arbeit. Für einen Augenblick blieb Anna in der Tür stehen, lehnte sich mit einer Schulter an den Türrahmen und beobachtete ihre Schwester. Die Hand mit der Nadel vollführte leichte, fast schwebende Bewegungen.

Früher, dachte Anna, habe ich mir zu häufig Gedanken

darum gemacht, was sie nicht kann und was mich an ihr stört. Ich habe sie für ein flatterhaftes, weinerliches Wesen gehalten. Ich hätte mir mehr Mühe geben sollen, herauszufinden, wo ihre Fähigkeiten liegen.

Lenchen hatte ein Händchen für Näharbeiten, für Stoffe, für Ausschmückungen und Zierwerk. Aus nichts, so jedenfalls schien es Anna, konnte sie ein Gewand schneidern, wie man auch im feinen Paris kein besseres fand. Sie wusste, wie man den Schmuck zur besten Geltung brachte, wusste, wie sich Schals drapieren ließen und wie man schäbige Schuhe versteckte.

»Liebes«, sagte Anna in jenem freundlichen Tonfall, den sie neuerdings der Schwester vorbehielt.

Lenchen hob den Kopf. »Brauchst du meine Hilfe? Weißt du wieder einmal nicht, was du anziehen sollst?«

Anna hob die Schultern und seufzte. »In der Tat, das weiß ich nicht.«

Obwohl sie seit Jahren eine erfolgreiche Geschäftsfrau war, war Anna noch niemals zuvor in diesem teuersten Restaurant der Stadt gewesen. Vor der Tür zögerte sie, doch Julius hielt sie fest und hinderte sie daran, davonzulaufen.

»Ich glaube...«, druckste sie, während er sie unerbittlich auf den Eingang zuzog.

»Was denn?« Julius warf Anna einen amüsierten Seitenblick zu.

»Ich glaube, ich sollte nicht hier sein«, brach es aus ihr heraus.

Julius zog sie weiter. »Doch«, flüsterte er, während er sich zu ihr beugte, »genau hier solltest du sein, denn nichts weniger hast du verdient.«

Und damit schob er sie über die Schwelle. Der Empfangsherr warf Julius ein erkennendes Lächeln zu.

»Herr Meyer, wir freuen uns, Sie wieder einmal bei uns begrüßen zu dürfen.«

»Ich freue mich auch.«

Julius nahm Annas Arm und zog sie mit sich. Anna, die es vorher kaum gewagt hatte, sich umzuschauen, hob jetzt den Kopf. Vor sich bemerkte sie ein Paar und erkannte sich dann selbst in einem großen, goldgerahmten Spiegel. Julius sah höchst elegant aus. Anna musterte sich prüfend. Lenchen hatte tatsächlich ein Wunder vollbracht. Ihr dunkles Haar mit den silbernen Strähnen war sorgsam gescheitelt und im Nacken zu einem kunstvollen Knoten gewunden. Um ihren Hals lag eine Goldkette, ein Geschenk von Julius. Das champagnerfarbene Seidenkleid mit dem aufwändigen Spitzenkragen betonte ihre schlanke Taille, die Krinoline war ansehnlich, aber nicht zu gewagt.

»Komm«, bestärkte Julius sie mit einem Lächeln.

Anna atmete tief durch. Es wird ein schöner Abend werden, dachte sie bei sich. Ein Ober näherte sich ihnen. In ihrer Aufregung hörte sie nicht, was er sagte, aber Julius kümmerte sich ja darum. Wenig später wurden sie zu einem Tisch geführt. Ein weiterer Ober bot Wein an, ein anderer stellte die Speisen des Abends vor. Anna ließ Julius wählen. Als sie an ihrem Weinglas nippte, fühlte sie sich glücklich wie schon lange nicht mehr. Verstohlen beobachtete sie Julius, dem wieder eine gelockte Haarsträhne in die Stirn gefallen war, wie an jenem ersten Tag, an dem sie ihn auf dem Schiff gesehen hatte. So viel Zeit war seitdem vergangen. Sie hatte Höhen und Abgründe erlebt. Julius hatte um ihre Hand angehalten, sie hatte abgelehnt. Trotzdem waren sie noch ... Freunde ...

»Geht es dir gut?«, fuhr Julius in ihre Gedanken.

»Ja ... ja!«, murmelte Anna.

Sie starrte das Kristallglas an. Es ist gut so, sagte eine Stimme in ihrem Kopf, es ist gut so. Ich habe doch das Beste von ihm, was ich haben kann. Dann schaute sie ihn an. Mit einem Lächeln erwiderte er ihren Blick.

Das Essen, das er gewählt hatte, war ungewohnt, aber wunderbar. Sie tranken Wein dazu und danach noch Champagner. Es war spät, als sie sich auf den Heimweg machten. Ein wenig schwankten sie beide. Anna ließ es zu, dass Julius sie festhielt.

Ich bin beschwipst, dachte sie. Sie hatte viel Champagner getrunken. Die einfachsten Dinge erschienen ihr lustig. Anna verspürte den unbändigen Drang, ihre Schuhe auszuziehen und den schmerzenden Füßen Freiheit zu gewähren, aber irgendetwas hielt sie noch davon ab. Julius öffnete seinen Rock und zupfte an seinem Hemdkragen. Viel zu früh tauchte das Schild des Fuhrunternehmens Weinbrenner-Brunner vor ihnen auf. Wenigstens schenkte ihnen der Toreingang genügend Schatten, um vom Haus aus nicht gesehen zu werden.

Ich will ihn küssen, fuhr es Anna durch den Kopf, und gleich darauf: Denkt er auch, was ich denke? Julius zog sie mit einem Mal sanft, aber entschlossen näher zu sich. Mondlicht fiel auf sein Gesicht. Sie konnte seine Augen leuchten sehen.

Anna legte den Kopf etwas zurück. Küss mich, dachte sie.

»Küss mich«, sagte ihre Stimme.

»Willst du das wirklich?«

Himmel, Herrgott, natürlich!, wollte Anna ausrufen.

Julius blickte sie an. Da war etwas in seinem Blick ... War es Glück? Langsam und vorsichtig beugte er sich zu ihr herunter. Anna öffnete erwartungsvoll ihre Lippen.

Sein Kuss war so, wie sie ihn sich vorgestellt hatte und noch viel wunderbarer. Anna spürte eine seiner Hände in ihrem Nacken, die andere an ihrer Taille.

Halt mich fest, dachte sie, halt mich, halt mich fest, und lass mich nie wieder los. Wir haben so viel Zeit verschwendet, damit muss jetzt Schluss sein.

»Anna?«

Anna zuckte zusammen. Eine Frau. Jemand, dessen Stimme sie sehr lange Zeit nicht gehört hatte. Anna und Julius fuhren auseinander. Fassungslosigkeit zeichnete ihre Gesichter.

Vor ihnen, im fahlen Nachtlicht, stand Viktoria mit ihren zwei Kindern.

Viktoria und ihre beiden Kinder waren staubbedeckt und vollkommen erschöpft. Ihr Haar war wirr und verschmutzt. Schrammen und Hautabschürfungen zeichneten Arme, Beine und sogar die Gesichter. Gut zwei Monate hatten sie für den Weg nach Buenos Aires gebraucht. Sie hatten unter Hitze und Staub gelitten und waren in schwere Regenfälle geraten. Den letzten Tag über hatten sie nichts gegessen und kaum etwas getrunken. Aus Viktorias etwas wirrer Erzählung entnahm Anna, dass sie von Salta bis nach Santa Fe geritten waren, dort ihre Pferde zurückgelassen und sich auf ein Schiff begeben hatten. In Santa Fe hatte man ihnen allerdings alles gestohlen, was sie nicht direkt am Leib getragen hatten. Auch jetzt noch wäre Viktoria darüber beinahe in Tränen ausgebrochen, doch mit einem Blick auf ihre Kinder beherrschte sie sich. Estella und Paco waren ohnehin vollkommen verwirrt und ängstlich und verstanden offenbar überhaupt nicht, was sie an diesen fremden Ort verschlagen hatte. Aus großen Augen blickten sie sich um.

»Estella kennst du ja schon, obwohl sie noch so klein war

damals«, sagte Viktoria seufzend. »Und das ist Paco.« Sie schob den Jungen etwas vor, der sich jedoch sofort wieder an ihren Rock presste.

»Guten Tag, Estella!« Anna reichte dem Mädchen die Hand. »Ich habe auch eine Tochter. Marlena heißt sie. Morgen werdet ihr sicherlich miteinander spielen können. Sie ist zehn Jahre alt, genau wie du.«

»Ja, ich bin auch zehn.« Estella runzelte die Stirn und schaute Anna prüfend an.

»Und ich werde im Juni neun«, meldete sich Paco zu Wort.

Es war Maria, die dafür sorgte, dass sie etwas zu essen bekamen und einen heißen Kakao. Viktoria kümmerte sich liebevoll um ihre Kinder. Anna wurde ganz weich ums Herz, als sie das sah. Die Reisegefährtin und einstige Freundin wirkte ruhig, während sie mit den beiden sprach, nichts schien von ihrem Egoismus geblieben. Anna bemerkte, wie etwas von der Ablehnung in ihr schwand, die sie Viktoria gegenüber immer noch empfand. So viele Gedanken jagten ihr durch den Kopf. Sie hatte so oft darüber nachgedacht, wie es sein würde, Viktoria wiederzusehen. Sie hatte sich ausgemalt, wie sie ihr Geld gab als Ersatz für den erpressten Schmuck. Stolz war sie in ihren Vorstellungen gewesen, hatte nur wenige knappe Worte an Viktoria gerichtet und den Schmerz über das Verhalten der einzigen Freundin, die sie in der Neuen Welt zu haben geglaubt hatte, heruntergeschluckt. Aber erst wenn Estella und Paco im Bett lagen, wollte sie Viktoria zur Rede stellen.

Als die aufgeregten, vollkommen übermüdeten Kinder endlich in den Schlaf gefunden hatten und auch Maria ins Bett gegangen war, setzten Julius, Viktoria und sie sich schließlich in den Salon. Julius hatte bisher wenig gesagt, doch Anna konnte an seinem Gesichtsausdruck sehen, dass es in ihm arbeitete. Sie wusste inzwischen, wie wütend er damals über

Viktorias Verhalten gewesen war. Manchmal hatte er Andeutungen gemacht, darüber, wie er sie zur Rechenschaft ziehen wollte, und jetzt bewunderte sie ihn für seine Zurückhaltung. Viktoria löffelte ihre Hühnersuppe und aß das von Maria gebackene weiße, weiche Brot dazu.

Anna, die es plötzlich fror, schlang ihr Umschlagtuch enger um die Schultern. Sie hatte noch keine Gelegenheit gefunden, ihre Kleidung zu wechseln, saß nun da in ihrer champagnerfarbenen Robe, einen Mann im teuren Rock auf der einen Seite, eine Frau mit zerzaustem Haar und abgerissener Kleidung auf der anderen Seite des Tisches in ihrem Salon.

Endlich nahm Anna sich ein Herz und richtete das Wort an Viktoria. »Wie«, fragte sie, »war die Reise? Und was, um Himmels willen, machst du hier allein?«

Viktoria hob den Kopf. Ihre Hand verharrte mit dem Löffel in der Suppe. Ein kaum hörbares Klirren zeugte davon, dass sie zitterte.

»Die meiste Strecke zu Pferd, wie ich schon sagte, aber in Santa Fe mussten wir die Tiere verkaufen – wir hatten nichts mehr zu essen. Und da...« Viktoria hielt einen Moment inne. »Wie können Menschen nur so furchtbar sein? Wir hatten doch ohnehin nichts mehr. Meine Kinder weinten schon vor Hunger, und trotzdem...«

Anna dachte daran, was Viktoria ihr selbst vor einigen Jahren angetan hatte. Vielleicht würde Viktoria das, was sie am eigenen Leib erfahren hatte, eines Besseren belehren und sie künftig anders handeln lassen. Unter dem Tisch drückte Julius kurz ihre Hand. Anna schenkte ihm ein Lächeln.

»Sie standen plötzlich da«, fuhr Viktoria fort, »in einer Gasse, die zum Hafen führte.« Ihre Augen weiteten sich, während sie sich die Ereignisse offenbar ins Gedächtnis rief. Angst zeichnete ihre Miene. »Es waren zwei, der eine hatte ein Messer, das er mir an die Kehle hielt, aber das hätte er gar nicht tun müssen.« Sie schob den fast leeren Teller zurück. »Ich hätte ihnen ohnehin alles gegeben, damit sie nur meinen Kindern nichts tun. Ich hatte eine solche Angst um die beiden, dass ich glaubte, ich müsste sterben.«

Obwohl Anna sich dagegen hatte verwehren wollen, verspürte sie Mitleid. Was ihr widerfahren war, musste schrecklich gewesen sein. Sie konnte sich gut vorstellen, welche Panik Viktoria ergriffen haben musste.

»Haben dir die Männer etwas getan?«, fragte sie leise.

Viktoria schüttelte den Kopf. »Es kam jemand vorbei. Wenn nicht...« Sie schauderte. »Ich weiß nicht, was dann passiert wäre.« Viktoria starrte einen Moment lang nur vor sich, dann fuhr sie fort. »Es war übrigens ein Landsmann, der mir zu Hilfe kam«, sagte sie leise. »Ein Deutscher aus Kiel.«

»Es leben viele Deutsche in Santa Fe«, sagte Julius.

Viktoria sah ihn an und nickte dann. »Wir sind danach zum Fluss gelaufen«, erzählte sie weiter, »und haben nach einem Boot gesucht, das uns mitnehmen könnte. Den beiden Dieben war ein Goldring an meiner Hand entgangen. Ich hatte ihn verstecken können, als der eine das Messer zückte.«

»Was für ein Glück!« Anna konnte nicht umhin, Viktoria bewundernd anzulächeln.

»Ich weiß auch nicht, wie ich das ausgerechnet in dem Moment geschafft habe«, erwiderte Viktoria mit einem schiefen Grinsen. »Jedenfalls gelang es mir, mit diesem Ring eine Passage für uns drei zu erwerben.«

»Der Ring war sicher viel mehr wert«, warf Julius dazwischen.

»Es kommt wohl darauf an, wie viel mir die Sache wert war«, entgegnete Viktoria und schaute zu Anna. »Ich verstehe jetzt, wie viel einem eine Sache wert sein kann, Anna«, sagte sie dann leise.

»Gibt es einen Grund, weshalb du ausgerechnet hierhergekommen bist?«, fragte Anna jetzt.

»Es ist etwas geschehen...« Viktoria suchte offenbar nach Worten.

»Was ist geschehen?«, forderte Julius zu wissen.

Viktoria zögerte, doch dann erzählte sie von einem Leben, das so anders war, als sie es sich erträumt hatte. Sie erzählte von ihrem Ehebruch, von Doña Ofelia und der Rache, die sie von den Santos befürchtete.

»Und deshalb«, schloss sie endlich, »brauche ich eure Hilfe.«

Wie damals so oft auf der *Kosmos* und aller Müdigkeit zum Trotz saßen Viktoria, Anna und Julius bis tief in die Nacht zusammen und redeten miteinander. Sie redeten über die Vergangenheit, die Gegenwart und die Zukunft. Sie redeten über Fehler, die sie gemacht hatten. Sie redeten über Hoffnungen und Träume, über Dinge, die einfach passiert waren, und Dinge, die sie verloren hatten.

Trotz der Aufregungen der vergangenen Tage schliefen Viktorias Kinder im Gästezimmer, seit man sie zu Bett gebracht hatte, ohne sich auch nur einmal gerührt zu haben. In der folgenden Nacht, wenn etwas Ruhe eingekehrt war und sie sich an die neue Umgebung gewöhnt hatten, würden sie bei Marlena im Zimmer schlafen, die noch nichts von allem ahnte.

»Ich muss zu Pedro. Ich muss ihn finden«, sagte Viktoria. »Versteht ihr? Ich...« Sie suchte nach Worten. »Wenn ich an die Santos denke, dann...« Viktoria drückte sich beide

Hände gegen den Unterleib. »Ich bin sicher, dass Pedro in Lebensgefahr ist. Wenn es mir nicht gelingt, ihn zu warnen, werde ich meines Lebens nicht mehr froh. Ich liebe ihn. Ich habe noch nie jemanden so geliebt wie ihn, versteht ihr?«

»Meinst du wirklich, dass Humberto...?«, setzte Julius an.

»Du kennst Humberto nicht«, warf Viktoria ihm aufgeregt entgegen. »Er und seine Mutter würden alles tun, um mir Schmerz zuzufügen.« Zitternd barg sie dann das Gesicht in den Händen.

»Ich kenne ihn schon«, bemerkte Julius. »Wenn ich mich recht erinnere, sind wir Geschäftspartner.«

Viktoria schien ihn gar nicht zu hören. »Er und seine Mutter...«, wiederholte sie.

Viktoria schüttelte sich bei dem Gedanken an ihre letzten Wochen auf Santa Celia. Manchmal hatte sie geglaubt, Doña Ofelia habe den Verstand verloren. Nein, eigentlich war sie sicher, dass dem so war. Ihr fiel wieder ein, wie sie Doña Ofelia einmal nachts vor den Zimmern ihres Sohnes gesehen hatte. Dieses leichenblasse Gesicht würde sie nie vergessen. Sie war sich sicher, dass das nicht Ofelias erster nächtlicher Spaziergang gewesen war.

Kurz kam ihr etwas in den Sinn, was Doña Ofelia während ihrer Gefangenschaft gesagt hatte, etwas über kleine Huren, die verschwunden waren. Hatte sie das ernst gemeint? Nein, das konnte nicht sein, unmöglich, nicht die vornehme Doña Ofelia... Aber vielleicht die Sanchez-Verwandtschaft, vielleicht...

Viktoria ließ die Hände sinken und schaute Anna und Julius abwechselnd an. »Bitte helft mir. Ich muss zu Pedro, bevor Humberto ihn findet.«

»Bist du dir denn sicher, dass er nach ihm suchen wird?«,

fragte Julius. »So weit im Süden? Das klingt doch einigermaßen verrückt.«

»Ja, genauso klingt es«, entgegnete Viktoria, »und deshalb weiß ich, dass ich Recht habe. Die Santos werden uns niemals mit dem davonkommen lassen, was wir getan haben.«

Wieder musste sie an Humberto und vor allem an Doña Ofelia denken. Sie dachte an die Blicke, die ihre Schwiegermutter ihr zugeworfen hatte, Blicke voller Hass, der sich in all den Jahren aufgestaut zu haben schien. Auch wenn sie sich irrte, sie würde es sich niemals verzeihen können, wenn Pedro durch ihre Schuld starb. Es war ihre Liebe gewesen, die ihn davongetrieben hatte. Außerdem musste sie ihn wiedersehen. Sie musste. Sie konnte nicht leben ohne ihn. Das musste sie ihm sagen.

»Bitte«, flehte sie also noch einmal, »helft mir!«

Anna schaute die Freundin an, bemerkte den zitternden Mund, die Augen, die sich der Welt nicht mehr so gewiss waren, wie zu Anfang ihres Kennenlernens.

»Ich werde dir helfen.«

Fragend schaute Julius sie an. »Wie willst du das anstellen?«

Anna atmete tief durch. »Ich werde Eduard fragen.«

Es war Zeit, sich mit der Tätigkeit ihres Bruders zu versöhnen und das Vergangene vergangen sein zu lassen.

Marlena blieb erstaunt stehen, als sie an diesem Morgen in die Küche kam und zwei fremde Kinder, einen Jungen und ein Mädchen, am Tisch vorfand. Maria hatte den beiden gerade Schokolade gekocht. Fabio mümmelte ein Hefehörnchen. Auch die Fremden aßen Lenchens berühmte süße Hefehörnchen. Marlenas Hefehörnchen. Der Junge saß sogar auf Lenchens Schoß. Dieser Ort war Marlena früher vorbehalten gewesen, und sie sah ihn immer noch als den ihren an. Marlena runzelte die Stirn, näherte sich dem Tisch noch etwas unschlüssig und blieb dann in sicherer Entfernung stehen.

Maria wurde als Erste auf Marlena aufmerksam. Sie hörte auf, in dem Topf auf dem Herd zu rühren und drehte sich zu ihr um. Sofort griff sie nach Marlenas Lieblingsbecher und füllte ihn mit süßer, flüssiger Schokolade.

»Guten Morgen, Marlena! Na, genug geschlafen?«

Marlena runzelte die Augenbrauen. »Ich habe gespielt«, sagte sie dann. »Ich bin schon lange wach.« Dann wandte sie sich an die beiden Kinder: »Wer seid ihr?«, fragte sie auf Spanisch und mit mehr Sicherheit in der Stimme, als sie verspürte.

»Willst du die beiden nicht erst einmal begrüßen?«, fragte Lenchen.

Vom Schoß ihrer Tante aus starrte der fremde Junge Marlena an, als sei es sein unumstößliches Recht, gerade da zu sitzen, wo bisher nur Marlena hatte sitzen dürfen. Auch wenn Marlena traurig darüber war, beschloss sie, sich nichts anmerken zu lassen. Nicht vor diesen Fremden. Sie ignorierte Lenchens Einwand und schaute das Mädchen an. Dieses erwiderte ihren Blick sehr direkt. Es hatte dunkles Haar, dafür aber blaue Augen, während der Junge schwarzhaarig und schwarzäugig war. Er war auch jünger. Viel zu klein für sie, befand Marlena.

»Ich heiße Estella«, sagte das Mädchen nun und wies auf den Jungen. »Und das ist mein kleiner Bruder Paco.«

»Ich bin gar nicht so klein«, krähte der dazwischen. »Ich bin schon groß, ich bin bis nach Santa Fe geritten.«

»Bist du nicht«, sagte Estella. »Du bist auf Mamas Pferd mitgeritten.«

»Und du auf Miguels!«

»Pffft, sei still, Kleiner!«

Das Mädchen wandte sich wieder Marlena zu und schaute diese einen Augenblick an, bevor sie sie auf Deutsch fragte:

»Und wer bist du?«

»Ich«, entgegnete Marlena, ebenfalls auf Deutsch. »Ich bin Marlena.«

»Setz dich, Marlena«, forderte Lenchen sie nun auf. »Frühstücke mit uns.«

Marlena bemerkte, dass das fremde Mädchen sie immer noch ansah, während der Junge vergnügt ein weiteres Hörnchen aß und noch eine Tasse Schokolade dazu verlangte.

»Ich möchte auch ein Hörnchen«, sagte Marlena an Lenchen gewandt und schaute ihre Tante herausfordernd an.

Die lächelte. »Natürlich, du bekommst eines. Hattest du Angst, du würdest keines bekommen?«

»Ich habe niemals Angst.« Marlena schüttelte bekräftigend den Kopf dazu.

»Woher kannst du Deutsch?«, warf die fremde Estella dazwischen.

»Wir sprechen hier alle Deutsch«, sagte Marlena. »Meine Mutter kann es sogar besser als Spanisch, aber ich kann beides. Mein Freund Fabio kann sogar Italienisch.« Sie blickte beifallheischend in die Runde. »*Come stai?* Wie geht es dir?«, piepste sie. »*Sto bene.* Mir geht es gut.«

Mit Genugtuung stellte sie fest, dass Estella sie bewundernd anblickte. Womöglich waren diese fremden Kinder doch nicht so schlimm, wie sie befürchtete. Marlena biss in ihr Hörnchen.

»Wo kommt ihr her?«, fragte sie mit vollem Mund.

»Aus Salta«, sagte Estella.

»Und dann mit dem Schiff aus Santa Fe«, fügte ihr Bruder hinzu.

»Oh!« Jetzt war es an Marlena bewundernd die Augen aufzureißen.

»Wir sind auch sehr lange geritten«, sagte Estella.

»Durch den Wald!«, krähte Paco dazwischen.

»Und durch die Salzwüste«, ergänzte Estella und schaute sinnend in die Ferne. »Da waren viele tote Tiere.«

»Und wir haben einen Jaguar gesehen. Und wir wurden überfallen!«, rief ihr Bruder aufgeregt dazwischen. »Von bösen Männern!«

Das wird ja immer besser, dachte Marlena. Sie überlegte.

»Wollt ihr mit in mein Zimmer kommen?«, fragte sie dann. »Dann könnt ihr mir mehr erzählen, und ich zeige euch mein Spielzeug.« Offenbar war es ja doch recht spannend, was diese Kinder erlebt hatten.

Estella nickte, während sie schon von ihrem Stuhl herunterrutschte. Marlena tat es ihr gleich nach, und Paco sprang von Lenchens Schoß. Noch ehe ein Erwachsener auch nur ein Wort sagen konnte, waren die drei aus der Küche verschwunden.

Sechstes Kapitel

Viktoria war fort, und mit ihr, so erschien es Humberto plötzlich, die Chance auf ein anderes Leben. Nicht zum ersten Mal stand er in der Tür zu den Gemächern seiner Frau, eine Schulter gegen den Türrahmen gelehnt, und ließ die letzten Wochen Revue passieren. Irgendwo in den Bergen hatte sich die Spur verloren. Noch ein paar Tage waren sein Vater und er kreuz und quer geritten, aber ohne Erfolg. Bei Don Ricardos und seiner Rückkehr nach Santa Celia war es offensichtlich gewesen, dass Viktoria Hilfe gehabt hatte, doch die Verantwortlichen hatten nicht mehr zur Rechenschaft gezogen werden können: Rosita und Juanita, sowie Rosalia, die Kinderfrau, waren ebenfalls wie vom Erdboden verschluckt. Vermutlich waren sie in ihre Berge zurückgekehrt und würden dort nicht mehr zu finden sein, jedenfalls nicht von ihm und auch nicht von seinem Vater. In diesen Höhen waren die dreckigen Indios ihnen gegenüber im Vorteil. Während die meisten Weißen mit Kopfschmerzen auf die Höhe reagierten und sich nur langsam bewegen konnten, waren die Indios flink wie Wiesel. Auch Humberto hatte der Schädel gebrummt – und selbst seinem Vater, was ihm ein gewisses Wohlgefühl verschafft hatte.

Humberto verschränkte die Arme vor der Brust. Seine Mutter wusste, wie er sich fühlte. Das kleine Biest hatte ihn hintergangen, zum Narren gehalten. Als sie unverrichteter Dinge nach Hause hatten zurückkehren müssen, hatte sein Vater auch noch seiner Wut freien Lauf gelassen und den Sohn vor der versammelten Dienerschaft niedergemacht, dann hatte er ihn zu Boden geschlagen.

Mit zwei Fingerspitzen betastete Humberto sein linkes Auge und unterdrückte ein Stöhnen. Die Haut war noch gelblich schwarz verfärbt, wenigstens die Schwellung hatte sich zurückgebildet. Der Hass auf Pedro war seitdem nur noch stärker geworden. Manchmal schreckte er nachts sogar aus dem Schlaf hoch, nass geschwitzt, mit einem pelzigen Geschmack im Mund und der unbändigen Lust, etwas zu zerschlagen. Oft stand er dann auf und betrank sich, aber so konnte das nicht weitergehen. Er musste mit Don Ricardo sprechen. Er musste ihn dazu bringen, zumindest den verdammten Bastard weiterzuverfolgen, denn nur so konnte die Ehre der Santos wiederhergestellt werden. Nur so würde ihm, Humberto, Genugtuung widerfahren.

Verdammt, ich zittere, dachte Humberto, nahm die Hand von seinem Auge und schlang die Arme fest um seinen Leib. Kurz erlaubte er sich an Paris zu denken, wo er wirklich glücklich gewesen war. Vielleicht hätten wir in Paris bleiben sollen, vielleicht war das das Leben, das mich zufrieden gemacht hätte. Er dachte an Abende in Spelunken, an Absinth und Farbkleckser, die seine Frau Künstler genannt hatte. Künstler – er wollte lachen, aber das Lachen misslang, wurde zum Meckern einer Ziege.

Sobald er damals aus Europa zurück in Salta gewesen war, war alles gewesen wie immer. Den Mann, den Viktoria geheiratet hatte, hatte es nicht mehr gegeben. Es hatte nur noch den Sohn gegeben, geliebt von der Mutter, vom Vater als Missgeburt betrachtet.

Es war ein Fehler gewesen, zurückzukehren. Er hatte es immer gewusst. In Paris hatte er atmen können. In Paris war er glücklich gewesen.

Ohne seine Mutter.
Aber es würde für ihn kein Leben mehr ohne Doña Ofelia geben. Sie gehörten zusammen. Auf immer und ewig.

Pfeifend sog Humberto Luft durch die Zähne. Und, verdammt, war es nicht müßig, darüber nachzudenken, was hätte sein können? Seine Mutter liebte ihn, sonst brauchte er nichts. Vielleicht sollte er sich also einfach damit abfinden ...

Humberto löste sich endlich vom Türrahmen, schloss die Tür mit einem Ruck und schloss ab. Je mehr er sich dem Büro seines Vaters näherte, desto langsamer wurden seine anfänglich entschlossenen Schritte. Kurz davor blieb er stehen. Stimmen waren aus dem Zimmer zu hören, die seines Vaters und die seiner Mutter, in schnellem, immer heftigerem Wechsel. Humberto war überrascht, seine Mutter so zu hören. Sie war stets so beherrscht, so zurückhaltend, wie man es von einer spanischen Adelsfamilie erwartete, der sie doch entstammen sollte. Jetzt klang ihre Stimme schrill.

Nach kurzem Überlegen entschloss sich Humberto, auch die letzten Schritte zu tun. Mit einem entschlossenen Ruck klopfte er und öffnete gleich darauf die Tür. Das, was er sah, ließ ihn erneut stocken. Don Ricardo hielt Doña Ofelia beim Oberarm gepackt. Das Haar seiner Mutter hatte sich aus der stets so sorgfältigen Frisur gelöst, ihr Gesicht war gerötet, das Schultertuch zu Boden gefallen. Und dann geschah etwas, das Humberto niemals für möglich gehalten hatte. Sein Vater schlug zu, schlug der Mutter mit dem Handrücken mitten ins Gesicht. Es klatschte, sie taumelte und ging zu Boden.

»Mama!«, stieß er entsetzt hervor.

Schneeweiß war das Gesicht, das sie ihm zuwandte. Ein dünner Blutfaden rann von ihrer Unterlippe über das Kinn.

»Nein!«, schrie Humberto auf.

Don Ricardo drehte sich zu ihm um, während sich Doña

Ofelia am nächsten Stuhl hochzog und schwankend zum Stehen kam.

»Was machst du hier?«, bellte der Vater.

Humberto zitterte vor Ekel, vor Wut, vor Entsetzen über das, was er eben gesehen hatte. Der Vater hatte Hand an die geliebte Mutter gelegt. Er hatte dieses geliebte Gesicht dort geschlagen. Sein Blick wechselte erneut zu Doña Ofelia.

»Lass, lass ...«, Humberto schluckte, im Versuch, das plötzliche Stottern zu überwinden, »... lass sie in Frieden. Wage es nicht, sie noch einmal anzufassen.«

»Du drohst mir?« Don Ricardo lachte höhnisch auf.

Humberto ballte die Fäuste und hob sie vor den Körper, doch sie fühlten sich an wie Pudding.

»Du drohst mir!«, höhnte Don Ricardo nochmals. »Ich schlage meine Frau, wann es mir passt. Was willst du schon dagegen tun? Was willst du Schwächling dagegen tun, ha? Ich sehe doch, dass du nichts mit deinen Händen anzufangen weißt.«

»Du rührst Mutter nicht noch einmal an, sonst ...«

Humbertos Stimme hörte sich unsicher an. Er wagte es nicht mehr, seine Mutter anzusehen. Die hatte sich ein paar Schritte zurückgezogen und drückte ein Taschentuch gegen ihre blutende Lippe.

»Sonst? Und, wie willst du das verhindern, du Schlappschwanz?« Don Ricardos dichte Augenbrauen wurden zu einer einzigen drohenden Linie. »Du bist doch nicht Manns genug, ihr zu helfen.«

Humberto atmete tief durch, hob die Arme höher, krampfte die Finger zusammen in der Hoffnung, dass sie zu Fäusten wurden. Don Ricardo hatte nun ebenfalls die Fäuste gehoben und nahm eine Kampfposition ein.

»Na, komm schon her, du kleiner Hund, du traust dich ja

doch nicht, du traust dich nicht. Pedro war immer mehr Mann als du. Weißt du auch, warum? Weil er mein Sohn ist, aber nicht der Sohn deiner hysterischen Mutter. Mein Sohn, die Kraft meiner ungebändigten Lenden, nicht das, was deine Mutter aus dir gemacht hat!«

»Hör auf, sie zu beleidigen!«

»Warum, was willst du denn dagegen tun?«, höhnte Don Ricardo neuerlich.

Humberto fühlte, wie ihn ein Schauder überlief, der ihn zittern ließ wie Espenlaub. Plötzlich hatte er ein Messer in der Hand, Pedros Messer, das er gefunden und mitgenommen hatte, ohne zu wissen, was er damit tun wollte. Er hatte genügend Messer, er brauchte nicht das *facon* eines *peon*, eines Arbeitssklaven. Er musste sich anstrengen, es festzuhalten, denn angesichts der verächtlichen Miene seines Vaters wollte es ihm aus den Händen gleiten. Don Ricardo lachte nur. Das Messer in der Hand des Sohnes schien ihn gar nicht zu schrecken. Humberto hörte sich atmen – schnell und stoßweise. Sein Vater lachte noch einmal und drehte dem Sohn dann den Rücken zu.

Er war sich seiner Sache so sicher. Er hatte überhaupt keine Angst, seinem Sohn den Rücken zuzukehren, für so schwach hielt er ihn. Humberto wollte aufheulen vor Wut und Enttäuschung.

Später erschien es Humberto wie eine Geschichte, die man ihm erzählt hatte, die aber nichts mit ihm zu tun hatte. Er konnte nicht derjenige gewesen sein, der das Messer fester packte. Er war es auch nicht, der dann zwei Schritte machte, um den Vater zu erreichen. Er war es nicht, der Don Ricardo die Klinge in den Rücken rammte, sie herausriss und noch einmal zustach, noch einmal und noch einmal, bis die Klinge brach und der Schaft polternd zu Boden fiel. Er war es auch nicht, der danach wimmernd wie ein Säugling auf dem Boden zusammensank, würgend vor Übelkeit und besudelt mit dem Blut des Vaters.

Was habe ich getan, schrie es in ihm, was habe ich nur getan?

Mit einem Mal konnte er sich nicht mehr rühren. Das warme Blut an seinen Fingern war längst getrocknet, er saß nur da, reglos, auf einem Stuhl, von dem er nicht wusste, wie er dorthin gekommen war, die Augen weit aufgerissen. Das Licht, das durch das Fenster fiel, schimmerte rötlich. Doch vielleicht nahm er es auch nur so wahr, denn alles war rot: seine Hände, sein Hemd, der Boden, der Teppich.

Als jemand Humbertos Schulter berührte, schrie er auf.

»Ruhig«, wisperte seine Mutter.

Humberto wandte sich ihr zu und starrte sie an. Oh ja, sie war noch da. Sie würde wissen, was zu tun war. Sie würde ihn retten vor der Hölle, die sich vor ihm aufgetan hatte.

Sie verbrachten den Rest der Nacht damit zu, das Büro zu verwüsten, Polster zu zerschneiden, Geschirr zu zerschlagen. Das zerbrochene Messer ließen sie neben der Leiche liegen. Die Leiche rührten sie nicht an. Wenn er nicht zu der Stelle hinsah, an der der Tote lag, konnte Humberto fast vergessen, was geschehen war. Als sie fertig waren, kam das Zittern zurück. Kaum noch schaffte er es, sich zurück auf den Stuhl zu kämpfen, bevor die Beine unter ihm nachgaben. Ihm war schlecht. Er wollte weinen und schreien gleichzeitig.

»Mein Guter, mein Herzblut«, sagte Doña Ofelia und strich ihm über die Wange, »komm, komm, ganz ruhig, mein Engel. Es ist gut, dass du dieses Messer genommen hast, das

Messer von diesem Bastard, dessen bloßes Dasein mich beleidigt hat. Das war sehr klug. Du hast mich gerettet.«

Humberto schaute seine Mutter an. Sie wusste es also, sie kannte das Messer... Wahrscheinlich hatte sie Recht.

»Du musst jetzt fort von hier.«

Sie streckte ihm die Hand hin, aber Humberto konnte sie nicht fassen. Er hatte keine Kontrolle mehr über seinen Körper. Er konnte sich einfach nicht rühren. Sein Kiefer war so steif, dass er noch nicht mal einen Ton herausbekam, oder etwas sagen konnte. Mit sanfter Gewalt musste ihn Doña Ofelia schließlich von der Leiche seines Vaters wegzerren.

»Hat dich heute Abend jemand gesehen?«, fragte Ofelia.

»Ich glaube nicht«, stotterte Humberto.

»Dann schleich in dein Zimmer zurück, und pass auf, dass dich auch jetzt niemand sieht. Vorher allerdings musst du mich niederschlagen und fesseln. Wenn man uns findet«, sie warf einen Blick auf ihren toten Mann, »werde ich bezeugen können, was hier geschehen ist.«

»Und was soll hier geschehen sein?«, fragte Humberto, dessen Stimme seltsam kratzig klang.

Mit einer zuckenden Bewegung wandte ihm Doña Ofelia den Kopf zu, und mit einem Mal hatte er das Gefühl, dass es da etwas an seiner Mutter gab, das er nicht kannte und nicht kennen wollte. Da war eine Kälte in ihren Augen, die ihn entsetzte. Er schauderte erneut.

»Das haben wir doch schon besprochen.« Doña Ofelias Stimme klang sehr viel beherrschter, als es ihr Gesichtsausdruck vermuten lassen wollte. »Er ist zurückgekehrt. Er hat deinen Vater getötet und mich niedergeschlagen und gefesselt.«

»Niedergeschlagen? Ich soll dich niederschlagen?«

»Natürlich.« Doña Ofelia sah plötzlich sehr geschäftsmäßig aus.

Humberto nickte. Es ist eine einfache Idee, sie wird funktionieren, sagte er sich im Stillen, sie wird funktionieren. Und morgen stellen wir einen Suchtrupp zusammen, und dann jagen wir den Bastard, bis wir ihn zur Strecke gebracht haben. Wie das wilde Tier, das er ist.

Achter Teil

Die Suche
Mai bis November 1875

Erstes Kapitel

»Das hast du alles mithilfe meines Schmucks auf die Beine gestellt?« Viktoria sah sich um. »Respekt, das hätte ich dir nicht zugetraut.«

Es klang einfach und ehrlich, und als Anna der Freundin prüfend ins Gesicht blickte, wusste sie, dass diese es auch so meinte.

Annas Blick fiel auf Marlena, Fabio, Estella und Paco. Marlena hatte all ihre Puppen nach draußen gebracht, die sie, Anna, der Tochter geschenkt hatte, als die schweren Jahre endlich vorüber gewesen waren. Eigentlich waren es viel zu viele für ein einzelnes kleines Mädchen, aber Anna hatte geglaubt, etwas nachholen zu müssen. Sehnsüchtig blickte Estella gerade die blonde Porzellanpuppe an, die Marlena Alba genannt hatte und die diese nun fest im Arm hielt, während Fabio und Paco einander unschlüssig musterten. Jetzt drehte sich Marlena zu ihrer Mutter hin.

»Darf ich ihnen die Pferde zeigen, Mama? Bitte!«

»Ja, und die Wagen, Mama!«, fügte Paco an Viktoria gewandt hinzu. »Sie sollen uns die Wagen zeigen. Ich will die Wagen sehen.«

Kaum hatte Anna genickt, rannten die Kinder auch schon los. »Seid vorsichtig«, rief Anna ihnen hinterher, doch die Kleinen hörten sie schon nicht mehr.

Viktoria drehte sich zu ihr hin. »Gibt es da etwas Gefährliches?«, fragte sie.

Vorsicht klang aus ihren Worten. Die Ereignisse der letzten Monate hatten Viktoria ganz offenbar zutiefst verunsichert.

Anna dachte einen Moment nach. Diablo stand seit einigen Wochen in ihrem Stall, seit sie ihn Breyvogel abgekauft hatte, der nicht zum ersten Mal in Geldschwierigkeiten steckte. Gerüchte besagten, er spiele. Sie schüttelte trotzdem den Kopf.

»Wusstest du schon, dass du das hier machen wolltest, als du aus Salta fortgegangen bist?«, fragte Viktoria dann.

»Ja.«

Anna schaute auf ihre blank polierten Lederstiefel, als die Erinnerung sie übermannte. So schwere Zeiten sind das gewesen, dachte sie, die monatelange Rückreise, die Angst davor, überfallen zu werden. Die ersten Tage in Buenos Aires. Damals hatte ihr nur ihr eiserner Wille geholfen, durchzuhalten. Es waren harte Jahre gewesen, nicht schlimmer als die, die sie davor erlebt hatte, aber beileibe nicht einfacher.

Als Anna wieder aufsah, bemerkte sie, dass Viktoria durch den Hof auf die Ställe zuging und einen Blick hineinwarf. Lächelnd kam sie dann wieder zu Anna zurück. Sie hat sich etwas erholt, dachte Anna, gestern hat sie noch bedrückter gewirkt. Nun war sie ausgeschlafen, hatte gut gegessen und offenbar Mut geschöpft.

Maria stand im Küchenfenster und hob die bemehlten Hände. Sie lachte. Zum Mittagessen würde es für alle *gnocchi* geben.

Die Vorbereitungen der Suche nach Pedro nahmen ihre Zeit in Anspruch und auch die Informationen, die Don Eduardo eingefordert hatte, waren nicht so schnell zur Hand, wie man sich das wünschte. Es dauerte fast drei Wochen, bis Annas Bruder erstmals eine Nachricht schickte. Wenig später trafen sie sich am verabredeten Treffpunkt, und Anna folgte ihm zu seiner neuesten Bleibe. Sie wusste, dass er seine Unterkünfte in letzter Zeit öfter gewechselt hatte. Die Zeiten waren gefährlich. Er musste sich schützen.

»Ich dachte immer, du würdest dir wünschen, sesshaft zu werden. Hast du nicht einmal von deinem eigenen kleinen Hof geträumt?«, fragte sie, als sie seine Räume betrat.

Ein Fenster stand offen. Durch die geschlossenen Fensterläden fielen Lichtstreifen auf den dunklen Dielenboden. Möbel und Bilder waren wohl ausgesucht, trotzdem sah es nicht so aus, als ob sich der Besitzer der Räumlichkeiten hier wohl fühlte. Eduard runzelte die Stirn.

»Ist dir nie aufgefallen, dass Träume nicht immer in Erfüllung gehen?«, fragte er dann und forderte sie mit einer Handbewegung auf, sich an den Tisch zu setzen.

Wenig später brachte eine junge Frau eine Kanne Kaffee und zwei Tassen. Eduard schenkte seiner Schwester ein. Kaffeeduft erfüllte den Raum. Anna schnupperte, starrte das dunkle Gebräu nachdenklich an.

»Aber man darf seine Träume auch nicht vergessen«, entgegnete sie dann und hob den Kopf. »Wie geht es Gustav?«

»Gut, schätze ich.«

Offenbar wollte Eduard nicht über den jüngeren Bruder reden. Auch sich selbst schenkte er jetzt Kaffee ein und trank sofort einen großen Schluck.

Er sieht müde aus, dachte Anna, er ist älter geworden. Eduards Schläfen waren grau geworden, die Geheimratsecken ausgeprägter. Er stellte seine Tasse ab.

»Gustav ist geschäftlich unterwegs.«

Für einen Moment schaute Eduard Anna an, nachdenklich, wie sie fand. Sie schwieg.

»Was den Gesuchten angeht...«, hob Eduard dann wieder

unvermittelt an, »... man berichtet mir von einem neuen Gesicht bei den Mapuche in der Pampa südlich von Buenos Aires. Das ist nur eine vage Information, aber sie erschien mir besser als alle anderen. Es ist nicht einfach, nachdem Calfucura und andere so lange Zeit ihr Unwesen getrieben haben.«

Anna nickte. Sie hatte damals in den Zeitungen davon gelesen. Calfucura war ein Mapuche-Anführer gewesen, der die Pampa in Angst und Schrecken versetzt hatte. Ihre Tasse klirrte leise, als sie sie abstellte.

Sie biss sich auf die Lippen, dann fragte sie: »Wer hat dir die Nachricht gebracht?«

Eduard lächelte müde. »Ich glaube nicht, dass du das wissen willst, Schwesterchen.«

»Vielleicht will ich es ja doch wissen.«

Anna hörte, dass ihre Stimme zitterte. Sie hatte ihren Bruder immer bewundert. Sie liebte ihn, aber sie konnte und wollte einfach nicht gutheißen, was er tat. Eduard stand abrupt auf, lief ein paar Schritte zum Fenster, wo er wieder stehen blieb. Einen Moment lang blickte er auf die Straße hinaus, dann schaute er seine Schwester wieder an.

»Es gibt Banden dort draußen. Männer, die auf der Flucht sind, aus welchen Gründen auch immer. Gauner, Ganoven, Halsabschneider und Strauchdiebe, nenn sie wie du willst. Ich kenne sie, sie kennen mich.«

Eduards Stimme klang jetzt hart. Er sprach von seiner Welt, von einer Welt, an der sie, die ehrliche Geschäftsfrau, keinen Anteil hatte. Anna war mit einem Mal unwohl. Sie sprang auf und griff nach ihrem Umschlagtuch.

»Ich glaube, ich gehe jetzt besser.«

Mit einem Mal stand Eduard wieder bei ihr und griff nach ihrem Arm. »Warum fragst du, wenn du es doch nicht hören willst, Anna?«

Seine Stimme klang jetzt sanft. Er war wieder ihr geliebter großer Bruder.

»Ich ... ich weiß nicht«, stotterte sie, dann riss sie sich los und rannte davon wie ein kleines Mädchen.

Die nächsten Tage vergingen mit der Planung. Proviant musste gekauft werden, Pferde wurden ausgesucht, erhitzte Diskussionen wurden darüber geführt, wer Viktoria begleiten sollte.

»Ich werde dich selbstverständlich nicht allein reiten lassen«, sagte Julius mit einem Blick, der keine Widerrede erlauben wollte.

»Ich begleite euch«, fuhr Anna dazwischen, bevor sie recht nachgedacht hatte.

»Und wer soll sich um das Geschäft kümmern?«

»Lenchen«, entgegnete Anna matt und wusste, indem sie noch sprach, wie absurd das klang. »Maria«, fügte sie trotzdem schwach hinzu.

Julius lachte. »Lenchen kann gut nähen, aber sie ist keine Geschäftsfrau, ebenso wenig Maria ... Anna, du wirst hierbleiben müssen. Einer muss die Stellung halten. Wem sollten wir denn berichten?«

»Nein, ich kann nicht ... Ich muss ...« Anna sackte in ihrem Sessel zusammen. Für einen Moment schwieg sie, dann hob sie den Kopf. »Ja, natürlich. Du hast Recht.«

Es war der Gedanke gewesen, Julius allein mit Viktoria zu wissen, der sie hatte sprechen lassen, bevor sie recht nachgedacht hatte. Sie warf Viktoria einen Blick zu, doch die hatte sich längst wieder in ihre Listen vertieft.

»Vielleicht kennt ja dein Bruder jemanden, der sie begleiten könnte«, überlegte Julius.

Anna schüttelte heftig den Kopf. »Nein, begleite du sie, das wird das Beste sein.«

Ich werde auf dich warten, wollte sie hinzufügen, doch das klang ihr dann doch etwas melodramatisch.

Der Rest des Tages verging mit Packen, letzten Planungen und Gesprächen. Die Kinder wurden in Kenntnis gesetzt und gelobten, bis zur Rückkehr ihrer Mutter brav zu sein. Als Paco seine Mutter früh am nächsten Morgen auf dem Pferd sah, und diese keine Anstalten machte, ihn mitzunehmen, begann er trotzdem, herzzerreißend zu schluchzen. Estella dagegen blickte stoisch drein, die linke Hand fest in Marlenas rechter.

»Er ist doch noch ein Wickelkind«, hörte Anna sie der neuen Freundin zuflüstern – die beiden Mädchen waren kaum noch getrennt voneinander anzutreffen.

Viktoria nahm Paco ein letztes Mal auf den Arm und sprach leise auf ihn ein, nach einer Weile hörte er auf zu schluchzen und zog die Nase hoch. Aus Viktorias Armen nahm Anna ihn entgegen und trug ihn zu Fabio. Der kleine Kerl streckte Paco unvermittelt sein Holzpferdchen entgegen. Viktoria und Julius lenkten ihre Pferde zur Torausfahrt, drehten sich noch einmal um, winkten, und im nächsten Moment war nur noch das Klappern der Pferdehufe auf dem Pflaster zu hören.

Paco, Fabios Holzpferdchen im Arm, rannte wieder zu Anna und krallte sich mit den Fingern seiner freien Hand in ihrem Rock fest.

»Kommt Mama bald wieder?«, fragte er, die Augen weit aufgerissen.

»Ja«, sagte Anna und strich dem Kind über seinen dicken, schwarzen Schopf.

Ich hoffe es, fügte sie in Gedanken hinzu, ich hoffe es sehr.

Zweites Kapitel

Die Furcht, die noch bei ihrem Aufbruch aus Salta und auf der langen Reise nach Buenos Aires wie eine lastende Gewitterwolke auf Viktoria gelegen hatte, war wie weggeblasen. Nun, da sie ihre Kinder sicher bei Anna und deren Familie in Buenos Aires wusste, trieb sie einfach nur noch die Sehnsucht nach Pedro voran. Trotz der Strapazen des Ritts verging kaum eine Stunde, in der sie nicht an ihn dachte. Manchmal, wenn es gar zu anstrengend wurde, rief sie sich die schönen Zeiten ins Gedächtnis, die sie miteinander verbracht hatten. Sie dachte an das Gefühl seiner Haut auf ihrer, dachte an seine rauen Handflächen, dachte an den dunklen Schatten auf seinen Wangen, wenn er sich länger nicht rasiert hatte. Sie stellte sich vor, wie sie sich an seine breiten Schultern gelehnt und er sie mit seinen Armen umfangen gehalten hatte, sodass sie sich warm und sicher fühlte. Es half ihr, die Anstrengungen durchzustehen, denn jeden Tag ritten Julius und sie so lange es nur irgend möglich war.

Eduard hatte ihnen gesagt, wo sie ihre Pferde wechseln und neuen Proviant fassen konnten. Der erste Weg hatte sie zur Brücke von Barracas geführt, in Quilmes verbrachten sie die erste Nacht.

Die Pampa war tatsächlich so unendlich, dass man sich darin verlieren konnte, der Himmel darüber so weit, dass es Viktoria schier überwältigte. Nach Süden ging es, immer weiter nach Süden. Niemand begegnete ihnen, und Viktoria war froh darum, war sie sich doch nicht sicher, ob die Pistolen, die ihnen Eduard überlassen hatte, im Falle der Gefahr irgendeine Hilfe sein würden.

Unvermittelt warf sie einen Blick auf Julius, der vor ihr ritt. Er trug Hut, Poncho und eine lederne Reithose. Viktoria dachte an den jungen Hamburger Kaufmann vom Schiff. An den Geschäftspartner ihres Mannes und Schwiegervaters. Seit ihrer Kindheit kannten sie einander nun. Wären sie länger getrennt gewesen, hätte sie ihn jetzt vielleicht gar nicht wiedererkannt. Sogar ein Bart war ihm in den Wochen ihrer gemeinsamen Reise gewachsen. Julius sah verwegen aus, und er hatte sich tatsächlich als gar nicht so schlechter Schütze herausgestellt, wenn es um die Beschaffung von Nahrung ging. Zuweilen besserten sie ihren Proviant an Hartwurst, Trockenfleisch und Brot mit Frischfleisch auf. Trotzdem, fuhr es Viktoria plötzlich durch den Kopf, werden wir uns kaum gegen mehrere Angreifer verteidigen können.

Sie schauderte, dann schlug sie ihrem Pferd die Fersen in die Seiten und animierte es, schneller zu laufen, denn Julius war ihnen schon wieder etwas voraus.

Den Rock ihres Reitkleids leicht geschürzt, saß Viktoria seit Beginn ihrer gemeinsamen Reise im Herrensitz. Die Reitstiefel reichten ihr bis knapp unter die Knie, darüber war zuweilen ein Stück ihrer Unterwäsche zu sehen, aber hier draußen gab es ohnehin niemanden, der sie dieser Unschicklichkeit anklagen konnte.

Für einen Moment legte Viktoria den Kopf in den Nacken und schaute in den weiten Himmel hinauf, lenkte den Blick dann wieder zur Erde zurück, die sich meilenweit und endlos um sie her ausdehnte, manchmal unterbrochen von Flussläufen, in denen sich Wasserschweine und Wasservögel tummelten. Auch Reiher und Flamingos hatte sie schon gesehen, Nandus, Herden wilder Rinder und Pferde, die vor den Zeiten der Stacheldrahtzäune, die ein Deutscher hier eingeführt hatte, vollkommen frei durch die Landschaft gezogen waren. Ab und an traf man auf ein Gehöft. Buschwerk gab es kaum, dafür umso mehr Disteln, die nun, im Winter, allerdings nur den Boden bedeckten, während sie im Frühjahr übermannshoch wurden und im Sommer dann oft dem *pampero*, einem starken Wind, oder den häufigen Feuern zum Opfer fielen. Lagen die Disteln in der Sommerzeit am Boden, begann die Saison der Indianerüberfälle. Bäume wie der Ombú, der riesige Elefantenbaum, den Viktoria und Julius vor einer Weile am Horizont ausgemacht hatten und dem sie sich nun näherten, schienen gar so selten wie Diamanten.

Ein Vogel schrie, dann war Rascheln zu hören. Viktoria warf den Kopf herum und griff die Zügel fester. Sie setzte sich etwas im Sattel auf.

Was war das? War da nicht eben schon wieder ein seltsames Geräusch gewesen, etwas anderes als das Hufgetrappel ihrer Pferde, das Vogelgeschrei oder einer der anderen Tierlaute, die sie täglich begleiteten? Oder täuschte sie sich?

Viktoria schaute zu dem Ombú, in dessen Nähe sich ein Gestrüpp fand – in diesem weiten Meer aus Gras eher selten. Wieder meinte sie etwas zu hören. Sie überlegte einen Moment lang, ob sie Julius auf das Geräusch ansprechen sollte, da war ein sirrendes Geräusch zu hören. Ehe sie noch etwas sagen konnte, brach Julius' Pferd mit einem Mal in die Knie. In hohem Bogen flog ihr Begleiter über den Hals seines Tiers und kam hart auf.

»Verdammt«, konnte sie ihn gleich darauf fluchen hören.

Viktoria atmete tief durch. Wenn er fluche, konnte er sich nicht schwer verletzt haben. Sie wollte gerade vom Pferd springen und zu ihm eilen, da tauchten rechts und links von ihr Männer auf. Eine dunkle Gestalt griff nach ihren Zügeln.

Ein anderer zog sie halb vom Pferd, ließ sie aber im nächsten Augenblick wieder los. Viktoria wollte schreien, doch der Schreck schnürte ihr ohnehin die Kehle zu. Sie konnte sehen, wie Julius auf die Füße gerissen wurde. Ihre Augen suchten das gestürzte Pferd, das eben versuchte, wieder auf die Beine zu kommen. Entsetzt starrte Viktoria auf die an langen Schnüren hängenden Kugeln, die sich um die Vorderläufe des Tieres gelegt und es so zu Fall gebracht haben mussten. Dann schaute sie die Bande abgerissener Männer an, die wie aus dem Nichts gekommen war und nun um sie herumstand. Drei weitere Angreifer kamen um den Ombú herum, die Pferde am Zügel hinter sich her führten. Jemand stieß Julius auf Viktoria zu und bedeutete ihm, hinter ihr auf das Pferd zu steigen. Natürlich, zu zweit auf einem Pferd hatten sie kaum eine Chance zu entkommen. Das hatten ihre Angreifer sich zweifelsohne gut überlegt.

»Alles in Ordnung?«, wisperte Julius ihr zu, als er hinter ihr aufsaß. »Bist du verletzt?«

Viktoria schüttelte den Kopf. »Nein, mir geht es gut. Was ist mit dir?«

»Mein Schädel brummt ein wenig.«

»Maul halten«, brüllte einer der Angreifer auf Spanisch, lenkte sein Pferd näher und sah sie beide wütend an.

Viktorias Blick suchte denjenigen, der ihr in die Zügel gefallen war. Sie hatte sich tatsächlich nicht geirrt. Der Mann war dunkelhäutig. Auf der Estancia der Santos-Familie hatte es kaum Schwarze gegeben, weil Doña Ofelia darauf bestanden hatte. Sie fürchtete sich angeblich vor diesen »Kreaturen«. Verstohlen beobachtete Viktoria den schlanken Mann mit dem krausen Haar und der Haut, die tatsächlich so schwarz war wie Ebenholz. Jetzt warf der Mann ihr einen wütenden Blick zu. Viktoria drehte schnell den Kopf weg und verlor sich wieder in der weiten Ebene der Pampa. Sie musste sich auf andere Gedanken bringen, dann würde sie nicht darüber nachdenken müssen, wohin man sie wohl brachte und was man dort mit ihnen tun wollte. Sie sah zum Horizont, wo Himmel und Erde ineinander überzugehen schienen, doch wenig später hatte sie die Männer wieder in den Blick genommen. Sie hatte Angst, furchtbare Angst, und sie konnte einfach nichts dagegen tun.

Was würde jetzt geschehen?

Nach einem langen Ritt, der sie kreuz und quer, aber stetig nach Osten geführt hatte, wie Julius behauptete, kamen sie im Versteck der Bande an. Viktoria hatte einige Hütten ausgemacht, zerlumpte Männer und einige Pferde. Geschehen war nichts. Wortlos hatte man sie in einen Verschlag gestoßen, notdürftig aus Gestrüpp, Geäst und Lederhäuten gefertigt, und während nun draußen die Stimmen lauter wurden, sahen Viktoria und Julius sich für einen Moment stumm an. In ihren Gesichtern arbeitete es. Ihre Gedanken jagten sich.

»Sie werden bald entdecken, dass es bei uns nichts zu holen gibt«, sagten sie beide fast gleichzeitig.

Viktoria wusste nicht, ob das gut oder schlecht war. Was würde wohl geschehen, wenn die Männer entdeckten, dass es bei ihnen nichts zu holen gab? Würde man ihnen einfach die Kehle durchschneiden und ihre Leichen den wilden Tieren zum Fraß überlassen? Eine neuerliche Welle von Angst durchströmte sie, gleichzeitig konnte sie sich mit einem Mal vor Müdigkeit kaum mehr auf den Beinen halten. Viktoria setzte sich auf den Boden, öffnete ihren Kragen und weitete durch Bewegungen ihr geschnürtes Korsett. Wo waren sie da nur hineingeraten, und wie sollten sie da wieder herauskommen? Es war durchaus ein Unterschied, atemlos schaudernd Geschichten über Entführungen anzuhören und sich danach in sein weiches Bett zu kuscheln, während man sich noch eine heiße Schokolade bringen ließ, als selbst entführt zu werden.

»Die Frage ist«, Julius, der eben noch mit eingezogenem Kopf in der niedrigen Behausung gestanden hatte, setzte sich ebenfalls, »ob wir ihnen irgendetwas bieten können, das sie milde stimmt.«

»Unsere Pferde?« Viktoria spürte, wie sich Schweiß in ihrem Nacken bildete. »Aber dann würden wir hier festsitzen«, stellte sie tonlos fest. Sie schüttelte den Kopf. »Abgesehen davon haben sie uns die Pferde ohnehin schon abgenommen«, fügte sie dann müde hinzu. »Es gibt einfach nichts, was wir ihnen anbieten können.«

Sie konnte Julius nicken sehen und wusste, dass ihr Gesicht ebenso ratlos aussah wie seines. Mit Blicken suchten sie den Verschlag ab, auf der Suche nach einer Lösung, die sich jedoch nicht finden wollte. Dann saßen sie einfach schweigend da – es gab nichts mehr zu sagen, sie mussten abwarten.

Wenig später schlug jemand die Decke beiseite, die als Tür diente. Ein bärtiges Gesicht blickte hinein und die dazu gehörige kräftige Männerstimme forderte sie auf, herauszukommen. Beide mussten sie sich ducken, als sie durch die Öffnung nach draußen traten. Stachlige Zweige verfingen sich in Viktorias und Julius' Haaren. Mit aller Macht unterdrückte Viktoria das Zittern, das sie angesichts der kleinen Gruppe verwegener, abgerissener Gestalten überkommen wollte, die sich draußen versammelt hatte. Einen Moment lang herrschte Stille, nur ab und an durch leises Gemurmel oder das Schnauben eines Pferdes unterbrochen.

»Wer seid ihr? Was macht ihr hier?«, fragte endlich einer aus ihrer Mitte, der etwas besser gekleidet war.

Viktoria und Julius wechselten einen Blick, dann holte Viktoria tief Luft und sagte das Einzige, was ihr richtig erschien: »Ich heiße Viktoria Santos, und ich bin auf der Flucht vor meinem Mann. Wir brauchen Hilfe.«

Das Gelächter legte sich erst nach einer Weile. Dann trat der, in dem Viktoria den Anführer erkannt hatte, auf sie zu. Nur wenig von ihr entfernt blieb er stehen. Fast meinte sie, seinen warmen Atem auf ihrem Gesicht spüren zu können und fröstelte dennoch. Für einen Lidschlag lang schaute er sie nur an. Er hatte schmale graue Augen und volles braunes Haar mit einem roten Schimmer. Sein Gesicht war kantig, die Nase krümmte sich nach links, als sei sie ihm einmal gebrochen worden. Er erinnerte sie an einen schottischen Kaufmann, mit dem Ricardo Santos Geschäfte gemacht hatte, allerdings trug ihr Gegenüber zerlumpte Kleidung. Trotzdem sah er nicht bedauernswert aus. Seine Gestalt war kräftig und sehnig, die Hautfarbe zeigte, dass er sich meist draußen aufhielt. Der Mann streckte eine Hand nach ihr aus und strich ihr über die Wange. Vier Finger, zählte Viktoria, der kleine fehlte.

»Und ich dachte, meine Männer hätten euch entführt«, sagte er mit einer Stimme, die vor Amüsement vibrierte.

»Warum fragt ihr dann, was wir hier machen?«, gab Viktoria zurück, bevor sie es sich versehen hatte.

Ihr Gegenüber lachte wieder laut auf. »Und wer sagt dir, Täubchen, dass wir dich nicht direkt zu deinem Mann zurückschicken? Vielleicht bezahlt er uns ja ein nettes Sümmchen für dich?«

»Er hasst mich. Er würde niemals für mich zahlen.« Viktoria zwang sich, den Mann nicht aus dem Blick zu lassen.

»Ihr beide seid also wertlos für uns?« Dieses Mal verzog ihr Gegenüber keine Miene.

»Wenn er wüsste, dass ich ...«, Viktoria wagte einen kurzen Blick an der Schulter des Mannes vorbei zu den anderen wilden Gestalten hin, »... hier bei euch bin, würde er mich mit Freude zurücklassen, aber ich ... wir ...«, sie warf Julius einen flehenden Blick zu, »... sind bereit zu zahlen, sobald uns das möglich ist.«

Ohne dass sie es wollte, senkte Viktoria den Blick. Sie musste allen Mut zusammennehmen, um den Mann erneut anzublicken.

»Ein interessanter Gedanke«, sagte der. »Ungewöhnlich.«

Viktoria meinte ein leichtes Lächeln auf seinem Gesicht zu sehen. Sein Spanisch klingt gepflegt, fuhr es ihr durch den Kopf, wie seltsam. Sie zwang sich, seinem Blick nicht auszuweichen.

»Du bist also deinem Mann davongelaufen, meine Schöne?«

Viktoria sah ein leichtes Funkeln in den Augen des Mannes, von dem sie nicht wusste, wie sie es einschätzen sollte. Tief holte sie Luft.

»Sind wir hier nicht alle auf der Flucht, Señor ...?«, fragte sie kecker als ihr zumute war.

Etwas Abfälliges grub sich im nächsten Augenblick um die Mundwinkel ihres Gegenübers.

»Nein«, entgegnete er scharf, »wir sind nicht auf der Flucht. Wir sind hier zu Hause, dies hier ist unser Königreich, und wir sind die Könige.«

»Gut, Señor ...«, bemühte sich Viktoria noch einmal, seinen Namen zu erfahren.

»Loco«, sagte er liebenswürdig, »nennt mich Loco.«

Loco, wiederholte Viktoria bei sich, Verrückter. Sie wollte nicht darüber nachdenken, was der Name zu bedeuten haben mochte. Der Bandit hatte sich nunmehr von ihr abgewandt und warf Julius einen Blick zu.

»Und er? Ist er dein Geliebter?«

»Nein.« Zu ihrem Erstaunen bemerkte Viktoria, dass sie errötete.

»Nein?« Der Banditenführer fletschte die Zähne. »Wenn er es wäre, Täubchen, ich würde ihn töten. Für dich.«

Nun packte er sie an einem Arm, legte den anderen um ihre Taille. Für einen Moment wollte Viktoria der Atem stocken, dann griff sie entschlossen die Hand an ihrer Taille, drehte sich aus der Umarmung und stieß dem Mann gegen die Brust.

»Hey, Rufus!«, rief einer der anderen, »sie ist eine kleine Teufelin. Nimm sie härter ran.«

Rufus, der sich selbst Loco genannt hatte, hatte Viktorias Arm losgelassen und verschränkte lachend die Arme vor der Brust.

»Ich glaube, ich gebe dich doch deinem Mann zurück. Wenn er dich nicht will, kann er mir das immer noch sagen. Ich weiß dann schon, was ich mit dir machen werde.«

Viktoria bemühte sich, sein Grinsen zu ignorieren. »Mein Mann ist einer von denen, wegen derer ihr hier draußen sitzt und nicht auf eurem eigenen Land«, sagte sie, »ein Großgrundbesitzer.«

Von einem Moment auf den anderen war das Grinsen aus Rufus' Gesicht verschwunden. »Vielleicht wollen wir ja hier draußen sitzen, hier, wo wir frei sind, Señora.«

Viktoria tat so, als habe sie nicht gehört, und wandte sich den anderen zu: »Ich bin mir sicher, dass es unter euch welche gibt, die vor Schulden fliehen mussten, welche, die um ihrer

Freiheit willen flohen, und welche, denen solche wie mein Mann und sein Vater das Leben zur Hölle gemacht haben...«

Rufus riss sie am Arm herum. »Ich glaube, es ist an der Zeit, dass die feine Señora ihr Maul hält.«

Julius wollte ihr zu Hilfe eilen, doch Viktoria schüttelte den Kopf. »Lasst mich reden!«, forderte sie.

»Ja, lasst sie reden!«, waren mehrere Stimmen zu hören.

Viktoria musste sich einen Moment lang sammeln. »Lasst mich und meinen Begleiter weiterreiten, und ich verspreche euch, dass es nicht zu eurem Nachteil sein wird.«

Drittes Kapitel

Anna seufzte tief. Der Tag war zufriedenstellend verlaufen. Die Auftragsbücher waren voll, und nur wenige Pferde standen im Stall. Auch die meisten Kutschen, Droschken und Karren waren vermietet. Im Hof reparierten zwei ihrer Männer einen Wagen, zwei weitere putzten eine Kutsche. Mit einem Seufzer klappte Anna das Buch zu, lehnte sich in ihrem Sessel zurück und starrte gegen die Wand. Es war nun etliche Wochen her, dass Viktoria und Julius aufgebrochen waren. Ob sie Pedro mittlerweile gefunden hatten? Mit einem Grummeln meldete sich das Gefühl von Eifersucht zurück, das Anna besonders in den ersten Tagen gequält hatte. Unglaublich, rief sie sich zur Ruhe, Julius liebt dich, und du bist außerdem kein kleines Mädchen mehr. Vertrau ihm. Mit einem Seufzer beugte sie sich nach vorn und stützte die Ellenbogen auf den Tisch. Sie war erschöpft, aber das war gut. Wenn sie viel arbeitete, dann musste sie nicht über die beiden nachdenken. Wahrscheinlich machte sie sich ohnehin vollkommen zu Unrecht Sorgen.

Anna starrte auf das Auftragsbuch, das immer noch vor ihr auf dem Tisch lag, als die Tür knarrte. Sie sah über ihre Schulter zurück. Lenchen hatte den Kopf durch den Türspalt geschoben und lächelte zaghaft.

»Darf ich hereinkommen?«

»Natürlich, warum fragst du?«

Lenchen gab keine Antwort. Anna zeigte auf einen Stuhl in der Nähe, und die Schwester setzte sich.

»Machst du dir Sorgen, Schwesterchen?«, fragte sie dann.

»Julius und Viktoria werden es schaffen. Sie werden wieder zurückkommen.«

»Ja.« Anna lächelte schwach. »Ja, natürlich.«

Ein wenig schämte sie sich ihrer Eifersucht, die sie trotz aller Bemühungen immer noch nicht bezähmt hatte. Gleichzeitig kam sie sich so albern vor. Die Reise war gefährlich, niemand konnte wissen, ob Viktoria und Julius gesund zurückkehren würden. Die beiden hatten weiß Gott Wichtigeres zu tun als das, worum Anna sich Sorgen machte. Es war lachhaft, sie sich Arm in Arm im Gras liegend vorzustellen. Anna schaute in Lenchens lächelndes Gesicht.

»Julius kann es sicherlich kaum erwarten, zu dir zurückzukehren«, sagte die. »Er liebt dich so sehr, Schwesterherz. Manche Frau wäre glücklich, jemanden wie ihn zu haben.«

Ich bin glücklich, dachte Anna.

Zu ihrer Schwester hin aber schüttelte sie unwillig den Kopf. »Was weißt du denn davon?«

Ihre Stimme klang barsch. Sie wollte mit niemandem über ihre Gefühle reden, mit niemandem über ihre Ängste. Sie rückten viel zu nahe heran, wenn sie darüber nachdachte.

»Ich bin nicht vollkommen blind, auch wenn sich in meinem Leben bisher nie die Gelegenheit ergeben hat ... zu lieben«, entgegnete Lenchen jedoch ungerührt.

»Ich dachte immer ...«

Lenchen strich mit den Händen über ihre Schürze. »Was dachtest du? Hast du überhaupt je über solche Dinge nachgedacht? Für dich gab es doch immer nur die Arbeit.«

Und die Familie, dachte Anna, und ganz besonders Marlena ... Ich wollte doch nur euer Bestes ... Sie leckte sich über die Lippen.

»Ich dachte, du würdest vielleicht doch jemanden treffen.«

Lenchen biss sich auf die Lippen und schwieg einen Moment lang. »Ich habe mich mit jemandem getroffen, aber da war nie mehr, verstehst du? Niemals. Das waren nur ein paar Atemzüge, während denen ich dem Alltag entrinnen konnte, ein paar Lidschläge, während denen ich nicht an Señora Alvarez und die anderen dachte, für die wir uns krumm schufteten.« Noch einmal strich Lenchen über ihre Schürze. »Wir sind eine Zeitlang spazieren gegangen, aber er hat eine andere kennengelernt, ein junges Mädchen, das er heiraten wollte.« Sie hob die Schultern und ließ sie wieder fallen.

»Aber, Lenchen, ich wusste ja nicht...«

Anna war aufgesprungen und um den Tisch herumgelaufen, doch anstatt ihre Schwester zu umarmen, wie sie es vorgehabt hatte, blieb sie unschlüssig vor ihr stehen.

Lenchen schaute sie müde an. »Hätte es dich interessiert? Du hattest doch immer so viel im Kopf.«

Die Jüngere versuchte zu lächeln, konnte aber nicht verhindern, dass ihr die Tränen in die Augen stiegen. Jetzt endlich nahm Anna ihre Schwester in den Arm.

»Nein, wahrscheinlich hätte ich dir nicht zugehört, und das tut mir leid.«

»Dann hör mir jetzt zu. Julius liebt dich. Vertrau ihm.«

»Ja, das werde ich«, flüsterte sie.

»Gut.« Lenchen löste sich von Anna und tätschelte ihre Schulter. »Eduard ist da.«

Anna blickte ihre Schwester erstaunt an. Ihr Bruder war noch nie zu ihnen ins Haus gekommen.

»Eduard? Dann werde ich wohl zu ihm gehen müssen.«

Sie trat in den Hof. Es dauerte einen Moment, bis Anna ihren Bruder entdeckte, denn Eduard nutzte geschickt die Schatten, um sich zu verbergen.

»Ich dachte, es ist besser, wenn man mich hier nicht sieht«, sagte er mit leiser, rauer Stimme.

»Du bist mein Bruder.«

»Ja, natürlich, aber ...« Sie konnte ein Lächeln in seiner Stimme hören. »Wir sind immer ehrlich zueinander gewesen, Anna. Es wäre nicht gut, wenn man mich hier sieht. Du kannst dir vorstellen, warum. Du hattest schon genug Ärger wegen deiner Brüder.«

Anna antwortete nicht. Eduard musste nicht aussprechen, dass er auf die schwere Zeit ansprach, die dem gelben Fieber gefolgt war. Einige ihrer Mitarbeiter und ihre Konkurrenten hatten alles daran gesetzt, das Fuhrunternehmen Brunner-Weinbrenner zu zerstören. Doch sie hatte ihnen allen die Stirn geboten.

Eduard machte einen Schritt nach vorn, sodass ihn das frühe Mondlicht erfasste. »Ich dachte, es interessiert dich vielleicht, dass ich ein paar Männer auf die Familie Santos angesetzt und ein paar interessante Sachen erfahren habe.«

Wenige Minuten später wusste Anna mehr.

»Sie schmuggeln wirklich Silber?«, versicherte sie sich.

»Seit Jahrzehnten schon«, bestätigte Eduard. »Wahrscheinlich hat Don Ricardos Vater schon seine Hände schmutzig gemacht, wenn ich auch nicht weiß, ob er ebenfalls schlechte Münzen gegen gute Ware eingetauscht hat.«

Anna nickte nachdenklich. Noch wusste sie nicht, was sie mit diesem Wissen anfangen sollte, aber eine Gelegenheit würde sich sicher ergeben.

Viertes Kapitel

Viktoria hatte sich ausgemalt, wie sie den letzten Abstand zwischen sich überwinden und sich einfach in die Arme fallen würden. Aller Streit würde vergessen sein, alles, was sie einander angetan hatten, wäre aus der Erinnerung getilgt. Sie hielt sich sehr gerade und versuchte den Blick nicht von ihm zu nehmen. Noch hatte Pedro sie nicht bemerkt. Er sah fremd aus in der Mapuche-Kleidung, und doch hatte sie ihn sofort und aus so vielen heraus erkannt. Sie liebte ihn, liebte ihn von ganzem Herzen, mit jeder Faser ihres Körpers, der so laut danach schrie, ihn zu berühren, dass sie befürchtete, man könne es hören. Wie, fragte sie sich, habe ich es nur so lange ohne ihn ausgehalten? Wie habe ich das Leben auf Santa Celia auch nur einen Tag ohne ihn ertragen? Wie habe ich ihn belügen können? Sie wusste es nicht, doch sie wusste, dass sie nicht ohne ihn sein konnte. Nein, das konnte sie nicht, niemals mehr. Sie würde ihn nicht mehr belügen und auch sich selbst nicht. Niemals mehr würde sie es zulassen, dass man sie voneinander trennte.

»Danke, Rosita«, flüsterte sie, »danke Juanita, Rosalia, Miguel, Anna ... Julius.«

Julius musste seinen Namen gehört haben, denn er warf ihr einen Blick zu. Viktoria bemerkte es, ohne den Kopf zu drehen. In die wartende Gruppe vor ihnen war Bewegung geraten. Rufus lenkte sein Pferd so dicht an ihres heran, dass sich ihre Beine berührten. Ein Windstoß erfasste sein volles Haar über der sonnengegerbten Haut. Der Hut wurde nur durch die Schnur an seinem Platz gehalten, die Silber-Pesos an seinem Gürtel glitzerten in der Sonne. Rufus' Rappe schnaubte und warf den Kopf etwas zurück, als ihr Brauner seinen Schädel zur Seite bewegte und nach dem anderen Pferd zu schnappen suchte.

»Da sind sie«, sagte Rufus, »wie ich es dir versprochen habe, schöne Viktoria. Du kannst es dir natürlich überlegen. Ein Wort, und ich werfe dich über meinen Sattel, dann verschwinden wir beide auf Nimmerwiedersehen. Ich bin ein guter Mann. Ich kann eine Frau glücklich machen, und das mehr als einmal...«

Viktoria schüttelte den Kopf und musste ein Lachen unterdrücken. In Paris hatte sie sich solcherlei manchmal vorgestellt, wenn Humberto angeekelt von den wilden Gauchos der Pampa erzählt hatte, deren Leben ihr so verlockend erschienen war in Anbetracht der Enge, die das eigene Leben ausmachte. Später hatte sie überlegt, ob sie nicht damals schon hätte aufmerken müssen. Keine der Vorstellungen, die sie sich abends in ihrem Bett gemacht hatte, hatte je etwas mit Humberto zu tun gehabt – vor der Ehe nicht, und später erst recht nicht mehr. Nein, vielmehr hatte sie sich vorgestellt, von einem Wilden entführt zu werden. Aber dass das dumme Mädchenträume gewesen waren, erfuhr sie jetzt am eigenen Leib. Sie konnte Gott danken, dass Julius und sie an jemanden wie Rufus geraten waren.

Nach dem Furcht einflößenden Überfall waren sie gut miteinander ausgekommen. Sie hatte sogar in Erfahrung gebracht, dass Rufus, genannt Loco, lesen konnte, doch was seine Herkunft anging, hatte er sich bedeckt gehalten. Niemand, noch nicht einmal seine Kumpane wussten, wo er herkam. Eines Tages, hieß es, habe er plötzlich einfach auf seinem Rappen mitten im Lager gestanden. Zumindest hatte er erstaunlich gute Manieren. Rufus war es auch gewesen, der Pedros Aufenthaltsort ausfindig gemacht hatte.

Ein leiser Schauder durchrieselte Viktoria mit einem Mal. Pedro hatte sie in der Gruppe der Reiter entdeckt. Stolz streckte sie nochmals den Rücken. Niemals würde sie zeigen, dass sie trotz allem Angst hatte, Angst vor den Indianern, auf die sie zuritten, Angst auch vor der wilden Meute, in deren Mitte Julius und sie sich befanden. Die Ersten hielten ihre Pferde an, auch Viktorias Pferd kam zum Stehen. Julius und sie wechselten einen Blick. Julius sah sie beruhigend an. Wir haben es bis hierher geschafft, sagten seine Augen, wir werden es weiter schaffen. Rufus lenkte sein Pferd auf denjenigen zu, den er als Anführer ausgemacht hatte. Schnelle spanische Worte, vermischt mit einer Sprache, die sie nicht kannte, flogen hin und her. Dann lenkte Rufus sein Pferd wieder auf Viktoria zu.

»Es ist alles geklärt.« Kurz musterte er sie eindringlich, dann fuhr er fort: »Halte dein Versprechen, Viktoria Santos, sonst soll dich der Teufel holen.«

Viktoria nickte. Rufus rief etwas Lautes, für sie Unverständliches und ließ sein Pferd steigen, bevor er es herumriss und mit seinen Leuten fortgaloppierte. Für einen Moment überkam Viktoria ein ihr unerklärliches Frösteln, dann war auf einmal Pedro an ihrer Seite.

»Was machst du hier?«

Eine Mischung aus Erstaunen und Misstrauen war aus seiner Stimme herauszuhören. Ein junger Mann aus Pedros Trupp ritt auf sie zu und rief diesem etwas entgegen. Er antwortete rasch. Der Mann zügelte sein Pferd dicht vor ihnen und sah erst Viktoria dann Pedro düster an. Pedro wiederholte, was er gesagt hatte. Der junge Indianer spuckte aus, lenkte sein Pferd jedoch zurück zu den anderen. Pedro schaute ihm kurz nach, bevor er sich wieder Viktoria zuwandte.

»Man wird euch zum Häuptling bringen«, sagte er auf Spanisch. Dann fragte er noch einmal, und die Fassungslosigkeit in seiner Stimme hatte sich um keinen Deut vermindert: »Was machst du hier, Viktoria?«

Sie mussten ein geraumes Stück reiten, bevor sie das Lager der Mapuche erreichten. Es war kein festes Lager, die Männer hatten aus Buschwerk und alten Ästen kleine Hütten errichtet, über die man zum Schutz gegen die Nachtkühle und die Tageshitze Lederhäute und Decken geworfen hatte. Ein Lager für einen Kriegs- oder Jagdtrupp. Pedro führte Julius und Viktoria zu einem der größeren Verschläge.

»Hier ist euer *toldo*«, sagte Pedro unvermittelt.

»Wie?«

»Die Hütten, man nennt sie *toldos*«, erklärte Pedro.

Viktoria nickte verstehend. Hatte er in solchen Verschlägen gehaust in den Monaten, in denen sie erneut getrennt gewesen waren? Hatte er Weiße angegriffen? Hatte er getötet? Sie wusste, dass er es ihr nicht erzählen würde. Noch nicht.

»Sie werden sich jetzt beraten.« Pedro zögerte. Viktoria hatte seine Frage immer noch nicht beantwortet. »Was um Himmels willen machst du hier? Wo sind die Kinder?«

Sie atmete tief durch, spürte, wie sich die seltsame Ruhe in ihr verstärkte, die sie überkommen hatte, als sie ins Lager geritten waren.

»Sie sind in Sicherheit, Pedro. Der Rest ist eine lange Geschichte. Ich werde Zeit und Ruhe brauchen, um sie dir zu erzählen.«

Sie schaute ihn fest an. Pedro erwiderte ihren Blick, dann nickte er. Einen Moment später fanden Julius und Viktoria sich im Dämmerlicht der Hütte wieder.

»Señor Cabezas scheint nicht erfreut zu sein, dich zu sehen«, stellte Julius fest.

»Ja«, entgegnete Viktoria. Sie versuchte, durch ein Loch im Buschwerk nach draußen zu spähen.

»Ist irgendetwas passiert zwischen euch beiden?«, bohrte Julius weiter.

Viktoria beugte sich etwas vor, doch es war vergebens. Sie sah nichts außer der nächsten Hütte, ein paar Grasbüscheln und staubigem Boden.

»Wir haben uns im Streit getrennt, aber mach dir keine Sorgen.«

»Im Streit getrennt«, echote Julius.

Er hockte sich auf den Boden. Die Zuversicht, die er ihr eben noch vermittelt hatte, war aus seinem Gesicht verschwunden. Viktoria lächelte ihn beruhigend an.

»Alles wird gut werden.«

»Wenn ich das meinen Freunden in Buenos Aires erzähle ... oder in Hamburg ... Ich unter Wilden, entführt von Banditen ...«

Das Grinsen geriet Julius gespenstisch. Viktoria fiel auf, wie selten er bisher von Hamburg gesprochen hatte, eigentlich nie, seit sie das Schiff verlassen hatten. Ob er wohl häufiger daran dachte? Sie jedenfalls dachte häufig an die Heimat und hatte den Eltern auch regelmäßig geschrieben, das letzte Mal vor dem Aufbruch aus Buenos Aires. Da hatte sie ihnen von einer längeren Reise berichtet, die sie antreten müsse. Alles andere war noch zu ungewiss gewesen und hätte Vater und Mutter nur unnötig aufgeregt. Sie schaute Julius fest an.

»Wir werden es schaffen«, sagte sie.

Julius nickte nur. Dann saßen sie beide da und hingen ihren Gedanken nach, bis vor dem Verschlag wieder Stimmen zu hören waren und sich die Decke vor dem Eingang hob. Pedro blickte zu ihnen herein.

»Kommt«, sagte er nur.

Nichts ließ sich aus seiner ruhigen Stimme heraushören, er bereitete sie in keiner Weise auf das vor, was sie nun zu erwarten hatten.

Viktoria und Julius folgten ihm durch das Lager hindurch. In Grüppchen standen Männer beieinander. Viktoria machte nur eine Frau zwischen ihnen aus. Verwundert drehte sie den Kopf zu ihr hin, aber sie gingen zu schnell an ihr vorüber, als dass sie Näheres hätte erkennen können. Pedro führte sie zu einem Verschlag, vor dem mehrere Indianer auf sie warteten. Einer von ihnen trug einen Kopfschmuck. Das muss der Kazike sein, dachte Viktoria. Neben ihm wartete der junge Mann, der sie so wütend angeschaut und vor Pedro ausgespuckt hatte. Julius sog angestrengt Luft durch seine Zähne. Einen Augenblick standen sie schweigend voreinander. Dann sagte der Mann mit dem Federschmuck etwas.

»Setzt euch«, übersetzte Pedro.

Viktoria und Julius gehorchten. Die Indianer um sie blieben noch kurz stehen, dann setzten sie sich ebenfalls. Nur der junge Indianer mied den Kreis und starrte sie weiterhin wütend an.

Wieder sagte der Anführer etwas.

»Er fragt, wo ihr herkommt und was ihr hier macht«, übersetzte Pedro.

»Und wie heißt er?«, entgegnete Viktoria und schaute Pedro an.

»Wer?« Pedro schaute sie perplex an.

Viktoria schob entschlossen das Kinn vor und betete darum, dass ihre Stimme nicht zitterte: »Der, der die Fragen stellt.« Sie sah den Mann jetzt an. »Wie heißt er?«

»Ich ...«

Pedro schien verwirrt. Er schaute zwischen Viktoria und dem Anführer hin und her. Viktoria straffte die Schultern. Sie war dem Blick des Mannes nicht ausgewichen und meinte nun so etwas wie Anerkennung darin lesen zu können.

»Ich möchte wissen, mit wem ich rede«, setzte sie ruhig hinzu.

Der Anführer erwiderte ihren Blick ebenso ruhig. Seine Gesichtszüge wirkten scharf, die Nase war schmal und etwas gebogen, die Augen von einem unergründlichen Schwarz. Viktoria riss sich von seinem Anblick los und schaute wieder Pedro an. Der war offenkundig immer noch unentschlossen, ob er ihre Worte übersetzen sollte.

»Ich bin der *toqui*«, sagte der Mann nun plötzlich auf Spanisch, »der Kriegshäuptling. Mein Name ist Nehuen. Wie nennt man dich, Frau?«

»Viktoria.«

Er ist der Kriegshäuptling, dachte sie bei sich, nicht der Kazike ...

»Die Siegreiche.« Er schaute sie ernst an. »Was machst du hier, im Land der Mapuche?«

Viktoria deutete auf Pedro. »Ich habe ihn gesucht.« Sie ließ den *toqui* nicht aus den Augen. »Mein Mann will ihn töten.«

»Warum?«

»Weil ...«, Viktoria suchte nach Worten, »... weil er mir viel bedeutet.« Sie hielt kurz inne, dann fügte sie hinzu: »Und mein Sohn ... ist auch sein Sohn.«

Der *toqui* schwieg einen Moment lang, dann nickte er. »Du weißt, dass wir uns im Krieg befinden? Die Weißen haben uns den Krieg erklärt, seit sie in dieses Land gekommen sind.«

»Nein, das wusste ich nicht, und es tut mir leid.« Viktoria deutete auf Pedro. »Ich wollte ihn retten, für meinen Sohn.«

Und für mich, fügte sie in Gedanken hinzu.

Der *toqui* stand auf. »Ihr werdet für einige Zeit unsere Gäste sein«, sagte er dann unvermittelt in einem Tonfall, der keinen Widerspruch duldete. »Die Weißen sollen wissen, wen sie bekämpfen.«

Viktoria bemühte sich, sich ihre Überraschung nicht anmerken zu lassen. Sie nickte nur und stieß Julius in die Seite.

»Was bleibt uns anderes übrig?«, murmelte der unterdrückt auf Deutsch.

Der junge, wütende Mann wandte sich nun wortlos ab und sprang auf ein Pferd, das in unmittelbarer Nähe stand. Er stieß einen Schrei aus, dann lenkte er das Tier auf Viktoria zu und ließ es steigen. Sie sah die Hufe vor ihrem Gesicht und schützte es mit ihren Händen, aber da hieb der junge Mann schon dem Pferd die Fersen in die Seiten und galoppierte in einer Staubwolke davon. Viktoria stand wie erstarrt da. Dann bemerkte sie, dass Pedro nach ihrem Arm gegriffen hatte. Ein erstes Gefühl von Erleichterung breitete sich warm in ihr aus. Julius schaute dem jungen Indianer ungläubig nach.

»Ich entschuldige mich für meinen Bruder«, sagte der *toqui* nun. »Weiße haben vor kurzem seine Frau und sein Kind ermordet. Er trauert.«

»Ich ...«, stotterte Viktoria, nach den richtigen Worten suchend, »... das ... das tut mir leid.«

In den Augen des *toqui* stand ruhige Freundlichkeit. »Ich danke dir, Viktoria. Mein Bruder hat seine Frau sehr geliebt. Ich hoffe, er wird lernen zu sehen, dass nicht alle Weißen schlecht sind. So wie ihr lernen müsst, dass nicht alle Indianer Wilde sind.«

Viktoria nickte stumm. Sie glaubte nicht, dass der junge Mann seinen Hass so bald überwinden würde.

Pedro brachte Viktoria und Julius zurück zu ihrer Hütte und verschwand dann. Einer der Männer gab ihnen ihre Taschen und Decken, aber es dauerte bis zum nächsten Morgen, bis Pedro erneut auftauchte. Julius und Viktoria saßen vor dem Verschlag und aßen etwas Brot und Fleisch aus ihren eigenen Vorräten, zu dem sie frisches Wasser tranken.

Als sie am Morgen aus der Hütte hervorgekrochen waren, um sich zu erleichtern, hatten sie festgestellt, dass niemand sie daran hinderte, sie zu verlassen. Entweder hielt man sie nicht für Gefangene oder man wusste, dass sie ohnehin nicht entkommen konnten. Auch Wachen gab es keine. Sie hatten ihre Trinkgefäße am Fluss aufgefüllt und waren zu ihrer Hütte zurückgekehrt. Rechts des Eingangs hatte Julius eine der beiden Decken ausgebreitet, die sie in der Nacht vor der Kälte geschützt hatten. Bemüht, nicht allzu offensichtlich zu starren, hatten sie das Leben im Lager verfolgt. Auch sie waren beobachtet worden.

Im Verlauf des Vormittags tauchte dann Pedro auf. Mit einer Handbewegung winkte er Viktoria, ihm zu folgen. Sie gingen den Pfad entlang, der an den Verschlägen vorbei aus dem Lager hinausführte. Am Ufer des kleinen Flusses blieben sie stehen. Die Sonne stand längst hoch über der Ebene. Schweigend standen sie zuerst voreinander, unschlüssig, was sie tun sollten; und auch wenn sie sich das jeden Abend, seitdem er gegangen war, mehr als einmal vorgestellt hatte, wagte Viktoria es nun nicht, Pedro zu berühren. Stumm betrachtete sie ihn. Sein Haar war länger geworden und fiel ihm bis über die Schultern. Er trug ein Stirnband. Ein Schatten auf dem Kinn und um den Mund zeigte, dass er sich geraume Zeit nicht rasiert hatte.

»Nun erzähl mir«, sagte er jäh, »was ist geschehen?«

Viktoria musste tief Luft holen, dann erzählte sie ihm alles in knappen Worten. Pedro unterbrach sie nicht. Als sie geendet hatte, blickte er drein, als könne er nicht glauben, was geschehen war.

»Man hat dich eingesperrt? Und Esteban ... ist er wirklich tot?«

»Ja, es tut mir so leid um Esteban. Es tut mir wirklich, wirklich leid.«

»Es war nicht deine Schuld.«

Auch er sagte das, aber sie fühlte sich schuldig. Sie konnte nichts dagegen tun.

»Ich...«, Viktoria stockte und setzte dann neu an, »... manchmal dachte ich während dieser Tage, Doña Ofelia habe den Verstand verloren. Sie war so seltsam, so ...«

Ein schnaubendes Lachen unterbrach sie. Düster blickte Pedro über die Ebene hinweg. »Doña Ofelia hat schon lange den Verstand verloren. Ich halte sie für gefährlich.«

»Wirklich?« Viktoria schauderte unvermittelt, und entschied sich dann, das Thema zu wechseln: »Warum«, fragte sie und versuchte, das Beben in ihrer Stimme unterdrücken, »warum bist du hierhergekommen?«

»Ich wollte kämpfen. Das habe ich doch damals schon gesagt.«

»Und? Hast du gekämpft?«

Pedro sah sie jetzt an, aber sein Blick verlor sich irgendwo, sie konnte nicht ergründen, was in seinem Kopf vor sich ging.

»Manchmal«, war alles, was er dann entgegnete.

Früh am nächsten Morgen wurde plötzlich zum Aufbruch gerufen. Fragend runzelte Julius die Stirn.

»Was geschieht jetzt?«, fragte er.

»Ich weiß es nicht genau.« Viktoria zuckte die Achseln. »Ich glaube, sie wollen in ihr Dorf zurückkehren.

Fünftes Kapitel

Humberto war in den letzten Jahren selten länger als zwei Tage in Buenos Aires gewesen. Hatte er sich auf Reisen befunden, hatte zumeist seine Mutter zur Rückkehr gedrängt – oder sein Vater hatte behauptet, er werde gebraucht. Was nie gestimmt hatte. Der Vater hatte ihn höchstens gebraucht, um zu sehen, wie gut er noch selbst im Saft stand und wie unnütz der Sohn war. Humberto hatte stets den Eindruck gehabt, dass sein Vater sein Leben lieber ohne sie gelebt hätte, dass er es aber zuweilen genoss, Macht über sie auszuüben. In solchen Momenten zitierte er den Sohn zurück, oder er schickte ihn weg, ganz wie es ihm eben passte. In solchen Momenten stauchte er ihn vor der versammelten Dienerschaft zusammen oder nahm sich ein junges Weib, das sein Sohn mitgebracht hatte, selbst auf sein Zimmer.

Inzwischen waren Doña Ofelia und er schon eine Woche lang in der Stadt. Es war eine lange Reise gewesen von Salta bis nach Buenos Aires, die sie teils zu Pferd, teils auf einem Karren und zum Schluss auf einem Schiff zurückgelegt hatten. Sicherlich hatte die Reise länger gedauert, als er allein benötigt hätte, aber Doña Ofelia hatte darauf bestanden, ihn zu begleiten.

Humberto hatte seine Mutter noch niemals so befreit erlebt. Noch nie hatte sie so oft gelacht und so viel gesprochen. Sie hatte sich sogar neue Kleider gekauft, die Frisur machen lassen und darauf bestanden, auszugehen. Doch ihr schriller Frohsinn machte ihn schaudern, und der Magen krampfte sich ihm zusammen, wenn er daran dachte, wie kalt sie vor der Leiche des Vaters gestanden hatte, als handle es sich lediglich um ein verendetes Rind. Er hatte sie immer für zart und sanftmütig gehalten, doch er hatte sich offenbar geirrt. Er wusste mittlerweile auch, dass er seiner Mutter genauso wenig widersprechen konnte wie dem Vater.

Jetzt schaute sie ihn an. Gerade noch konnte er ein Zusammenzucken verhindern. Unvorstellbar, dass er einmal warm und weich in ihren duftenden Armen gelegen und ihren Geschichten gelauscht hatte. Unvorstellbar, dass sie einmal eine schöne Frau gewesen war mit glänzendem Haar, mit fein gezeichneten Augenbrauen und einem Mund, dessen zartes Rosa an eine Rosenblüte erinnerte.

»Kommst du?« Sie war schon aufgestanden und winkte ihn nun, näher zu kommen. »Ich habe endlich jemanden gefunden, der uns helfen kann. Die Kutsche wartet schon.«

Humberto blieb sitzen. Nach einer Woche nur, fuhr es ihm durch den Kopf. Wie hatte sie das geschafft?

»Komm jetzt, Kind.«

Hatte sie ihn wirklich Kind genannt? Er stand auf und folgte ihr langsam. Seine Füße versanken fast in dem weichen Teppich. Kurz hinter der Tür stieß er beinahe mit einem der Dienstmädchen aus dem Hotel zusammen. Wenn er nicht Doña Ofelias Blick bemerkt hätte, hätte er die junge Frau angelacht, aber so tat er es lieber nicht. Er wusste nicht warum, aber die Art, wie sie ihn musterte, wenn er einer Frau hinterherschaute, stimmte ihn neuerdings unbehaglich. Früher war ihm das nicht aufgefallen. Heute erschien es ihm, als wollten ihre Blicke töten. Es war besser, wenn er dem armen Ding keine Aufmerksamkeit schenkte.

»Ein hübsches Mädchen, nicht wahr?«, fuhr Doña Ofelia in seine Gedanken.

»Wer ... wer?«, stotterte Humberto. Sie hatte es doch bemerkt. Ärgerlich schüttelte er den Kopf und folgte ihr. »Sie ist nichts«, murmelte er dann, »nur ein Dienstmädchen, nichts weiter.«

Doña Ofelia schaute ihren Sohn prüfend an, schien aber zufrieden mit der Antwort und wandte sich ab, um weiterzugehen. Humberto atmete durch. Stolz schritt seine Mutter nun vor ihm her auf den Eingang zu. Ein Hotelbediensteter öffnete die Tür und ließ sie beide hindurch. Es war früher Abend, bald würde ein runder, satter Mond aufgehen. Vollmond. Doña Ofelia ging zielstrebig auf die wartende Kutsche zu.

»Wohin geht es?«, fragte er, als sich das Gefährt in Bewegung setzte.

»Zu einem Treffen.«

Seine Mutter lächelte fein. Humberto spähte durch das Fenster nach draußen. Offenbar hielt es auch seine Mutter für unnötig, ihn auf dem Laufenden zu halten, doch er schwieg und beschwerte sich nicht. Die Gegend wurde bald schäbiger, ein übler Geruch nach verrottetem Fleisch lag in der Luft, aber seine Mutter wirkte nicht überrascht. Erst schien es so, als würden sie in Richtung Hafen fahren, dann wechselten sie die Richtung wieder. Kurzzeitig fuhren sie schneller, dann wurde die Kutsche wieder langsamer und hielt schließlich ganz. Waren sie hier nicht schon einmal gewesen?

»Wo sind wir? Was tun wir hier?«, fragte Humberto, nachdem eine Weile nichts passierte.

»Wir warten.« Seiner Mutter schien es wirklich zu gefallen, ihn im Ungewissen zu lassen.

Humberto mochte die beiden nicht. Es waren Deutsche, mit demselben Schiff wie Viktoria gekommen, wie seine Mutter irgendwie in Erfahrung gebracht hatte. Doch das, was sie über seine Frau erzählten, wollte er nicht glauben. Nein, er wusste sogar, dass es nicht stimmte. Er mochte diese beiden dreckigen Männer nicht. Er kannte Viktoria, wenn sie einander auch verloren hatten, und er wusste, dass die beiden logen. Der große Vierschrötige hieß Michel. Der Kleinere mit dem Narbengesicht, der angeblich wusste, wo Pedro zu finden war, nannte sich Piet.

Humberto hatte noch niemals in seinem Leben Augen gesehen, die so kalt waren wie die dieses Piet. In diesen Augen war kein Leben, war keine Liebe, war kein Hass, nur kalte Berechnung. Fröstelnd lehnte sich Humberto zurück und nippte an dem Rum, den der Wirt ihm gebracht hatte. Dann sah er auf die Uhr. Seine Mutter und diese beiden Gauner saßen nun schon seit über einer Stunde in diesem engen Hinterzimmer und beratschlagten das weitere Vorgehen.

In der letzten Woche waren sie zum ersten Mal hier gewesen, und Humberto hatte gehofft, diesen Raum nie wiedersehen zu müssen. Er hasste es nicht nur, weil er seine Mutter nicht mehr zu kennen meinte, sondern auch, weil er sich jedes Mal wie das fünfte Rad am Wagen vorkam, wie ein kleiner Junge, der keine Entscheidungen zu treffen hatte. Sein Vater hatte ihn stets unterschätzt, und seine Mutter sah auch niemanden in ihm, dessen Meinung interessieren konnte. Er fragte sich, ob sie ihre Meinung irgendwann geändert hatte, oder ob sie ihn schon immer so gesehen hatte.

Humberto blickte erneut zu Doña Ofelia. Sie war vollkommen schwarz gekleidet, trug dazu noch Hut und Schleier. Seine Mutter hielt sich sehr aufrecht und handelte mit einer Souveränität, die ihn wieder einmal vollkommen verwunderte.

Sie hatte Santa Celia und die Gegend von Salta ihr ganzes Leben lang nur selten verlassen, doch seit sie unterwegs waren, war es, als hätte sie nie etwas anderes getan. Sie hatte den Kontakt zu diesen Männern gesucht und gefunden. Sie verhandelte mit ihnen, und sie sah dabei nicht aus, als sei sie in der Rolle einer schwachen Frau gekommen oder in der der Bittstellerin.

Doña Ofelia, so war Humberto überzeugt, war diejenige, die die Fäden in der Hand hatte, nicht diese beiden schrecklichen Männer. Und sie, so war er sich sicher, würde Entscheidungen treffen können, an die er nicht einmal zu denken wagte. Schreckliche Entscheidungen über Tod und Leben.

Manchmal, Humberto setzte das Glas an und schüttete den Rest seines Rums in einem Zug herunter, manchmal, das musste er zugeben, war ihm seine Mutter mehr als unheimlich.

Sechstes Kapitel

Über dem Feuer vor dem Eingang einer der Hütten hing ein Topf, in dem Gemüse garte – Mais, Kartoffeln, Maniok und Karotten. Die Mapuche-Frau, die neben der Feuerstelle kauerte, hob den Kopf nicht, obwohl sie Viktorias Schritte gehört haben musste. Auf ihrem Rücken trug sie festgeschnürt einen Säugling in der *kupülwe*, wie die Trage hieß, in der die Kinder der Mapuche die ersten Monate ihres Lebens verbrachten. Viktoria erinnerte sich, wie sie die kleinen Bündel anfänglich staunend betrachtet hatte, die auf ein Brett etwa in der Größe des jeweiligen Kindes geschnürt waren. So eine Trage war praktisch. Wenn die Mutter sie nicht auf dem Rücken trug, konnte sie beispielsweise auch an einen Baum gehängt werden, wo dann der Wind das Kleine in den Schlaf wiegte.

Wieder schaute sie die Mapuche-Frau an, die mit gleichmäßigen Bewegungen in dem Topf rührte. Ein angenehmer Duft stieg auf. Viktoria hörte ihren Magen knurren, doch sie wagte es nicht zu fragen. Das Essen war knapp im Dorf, darauf hatte Pedro sie schon in den ersten Tagen nach ihrer Ankunft hingewiesen.

Anders als Viktoria erwartet hatte, bestand auch das Dorf aus jenen *toldos*, die sie schon im Lager des Jagd- und Kriegstrupps kennengelernt hatten. Recht weitläufig verstreut standen diese am Ufer eines kleinen Sees, der von Schilf und Buschwerk umgeben war.

Entschlossen riss sich Viktoria vom verlockenden Anblick des Essens los und setzte ihren Weg durch das Lager fort. Es lag ihr viel daran, Pedro zu zeigen, dass sie nicht mehr das verwöhnte Kind war, das sie einst gewesen sein musste. Im Dorf der Mapuche hatte Viktoria endlich auch den Kaziken, den Stammesführer, kennengelernt. Yerrimen, wie man ihn nannte, war ein kräftiger, großer Mann mit einer ausgeprägten Nase, einem ebenso ausgeprägten Kinn und einem niedrigen Haaransatz. Viktoria schätzte ihn auf etwa fünfzig Jahre. Narben zeugten von einem bewegten Leben voller Kämpfe. Aufmerksam hatte Yerrimen Viktoria betrachtet, als sie erstmals vor ihm standen, und dann Julius und sie willkommen geheißen.

Viktoria strich sich eine blonde Haarsträhne zurück hinter das Ohr. Mittlerweile hatte sie sich an die Blicke gewöhnt, die der seltsam gekleideten weißen Frau folgten. Obwohl die Mapuche schon häufig Weißen begegnet waren, obwohl sie weiße Frauen entführt, obwohl Schmiede unter ihnen gelebt hatten, denn das Handwerk des Schmieds galt bei diesem Volk als besonders begehrt, obwohl der Kazike sogar Zeitung las, wie Viktoria eines Morgens staunend beobachtet hatte, blieben sie neugierig.

Auch die Kinder interessierten sich für die weiße Frau. Nachdem sie ihre Scheu überwunden hatten, waren sie bald auf Viktoria zugelaufen, hatten den Stoff ihres Rocks betastet und an den Knöpfen gezupft. Viktoria hatte lachen müssen. Sie hatte bedauert, keinen Reifrock zu tragen, die Kleinen hätten Augen gemacht.

Sujay, ein etwa siebenjähriges Mädchen und sein kleiner Bruder Pichi waren ihre treuesten Begleiter, ständig waren sie an ihrer Seite. Die beiden sprachen wenig Spanisch, Deutsch natürlich erst recht nicht, doch Viktoria ließ sich davon nicht entmutigen. Ihren Namen hatte sie den Kleinen schon beigebracht, und jedes Mal, wenn sie da waren, redete sie einfach drauf los. Sie erzählte von ihren Kindern, deutete auf Gegenstände und benannte sie. Mit ernstem Gesichtsausdruck hörte ihr das Mädchen zu, während der kleine Junge ab und zu einfach jauchzend davonrannte, jedoch immer wieder zurückkehrte.

Viktoria hatte inzwischen den kleinen See erreicht, setzte sich ans Ufer und schaute gedankenverloren über das Wasser hinweg. Plötzlich musste sie, wie so oft, an ihre eigenen Kinder denken. Estella und Paco ging es gut bei Anna, davon war Viktoria überzeugt, aber die Sehnsucht nach ihnen ließ sie manchmal in ein tiefes Loch fallen. Sie vermisste die beiden schmerzlich.

Wie aus dem Nichts gekommen, flogen plötzlich vier Vögel über den See.

»Flamingos«, sagte eine Stimme hinter ihr.

Viktoria fuhr herum. Pedro – er hatte nicht gerade oft ihre Gesellschaft gesucht, seit Julius die Mapuche verlassen hatte. Wieder einmal wollte sie etwas sagen, doch ihr fehlten die Worte. In ihren Gedanken hatte es keine Scheu gegeben. Sie hatten einander gesehen. Sie waren einander in die Arme gefallen und hatten sich geküsst, hatten alles um sich her vergessen.

Langsam stand Viktoria auf und klopfte ihren Rock ab. Pedro schaute sie ernst an, und dann sprach sie, ohne dass sie weiter darüber nachdachte.

»Ich habe Angst um dich.«

Pedro hob die Hand und streichelte ihre Wange. »Sorge dich nicht«, sagte er sanft. »Niemand wird mir etwas tun. Niemand ... und dir auch nicht.«

Viktoria trug kein Korsett mehr, seitdem sie sich überwunden hatte, Pedro zu bitten, es ihr auszuziehen. Auch ihr Haar trug sie inzwischen in einen einfachen Zopf geflochten, der ihr weit in den Rücken herabfiel. In den Wochen, in denen sie jetzt schon im Dorf lebte, hatte sie sich auch mit der Kleidung der Mapuche vertraut gemacht. Traditionell trugen die Frauen ein viereckiges schwarzes Tuch, das man um den Körper wickelte, dazu über den Schultern ein – ebenfalls schwarzes – Umhängetuch und des Weiteren eine reich verzierte Schärpe um die Hüften. Die Kleidung der Männer, Ponchos und *chiripás*, kannte Viktoria schon. Sowohl Männer als auch Frauen trugen Stirnbänder und Silberschmuck, jedes Schmuckstück hatte seinen eigenen Namen und seine eigene magische Bedeutung.

Die meisten Mapuche sprachen gut Spanisch. Einige Zeit zuvor hatte Viktoria einen alten Mann vor einem der *toldos* bemerkt, und da er der Erste gewesen war, der ihr zugelächelt hatte, war sie entschlossen näher getreten. Kurze Zeit später schon waren sie beide in ein Gespräch vertieft. Auch am nächsten Tag ging sie zu ihm und am Tag danach und an jedem folgenden. Sogar die *machi*, die weise Frau der Mapuche, hatte sich eines Tages zu ihnen gesetzt. Viktoria traute sich endlich, die Fragen zu stellen, die ihr keine Ruhe ließen.

Sie erfuhr, dass man die Mapuche auch Araukaner nannte und dass sich ihr Gebiet einst über Chile und Argentinien erstreckt hatte. Der Alte nannte ihr die drei Volksgruppen der Mapuche: die Picunche, das Volk des Nordens, die Huilliche, das Volk des Südens, und die Pehuenche, die die bekannteste und größte Gruppe bildeten. Er erzählte Viktoria auch vom Gilhatun, einem Bitt- und Dankritual, das mehrere Tage dauern konnte. Dann gab es reichlich zu essen, typischerweise ein Stück Fleisch und ein Stück *iwiñ kofke*, in Pferdefett frittiertes Brot. Nicht selten schlachtete eine Familie ein Pferd und ein Schwein, um alle Gäste bedienen zu können. Er sprach vom We Tripantu, dem größten Fest des Jahres, das am kürzesten Tag des Jahres gefeiert wurde, denn an diesem Tag, so sagte der Alte, ruhe sich die Sonne aus, und der Mond übernehme ihre Arbeit, damit die Sonne gestärkt für ein neues Jahr wieder scheinen könne. Die Mapuche badeten im Morgengrauen, um sich zu reinigen, und weil die Wasser an diesem Tag am wärmsten seien.

Manchmal setzte sich auch Pedro zu ihnen und hörte zu, denn auf seine Weise war er doch ebenso fremd im Dorf wie sie.

Viktoria dachte viel nach in jenen Tagen. Früher war sie stets auf der Suche nach etwas gewesen, das ihr Befriedigung verschaffen konnte, und hatte es doch nie gefunden, und manches Mal war sie auf dieser Suche über die Wünsche und Gefühle anderer hinweggegangen. Sie war stets rastlos gewesen. Nun hatte sie das Leben gezwungen, innezuhalten.

Auch an diesem Tag saß Viktoria wieder bei dem klugen alten Mapuche-Mann. Über das Feuer hinweg sah sie ihn an. Der Alte erwiderte ihr Lächeln. Seine Haut war braun und ledrig und von tiefen Falten zerfurcht. Die schwarzen Augen konnten ebenso ernst dreinblicken wie schelmisch. Die Adlernase schien die schmalen Lippen fast zu berühren. Er trug sein graues Haar gescheitelt. Viktoria legte ihre Hände in den Schoß.

»Großvater«, sagte sie ehrerbietig, denn so sprachen alle den weisen Mapuche an, »du wolltest mir mehr von eurem Volk erzählen.« Der Alte nickte. »Es gibt viel, was ich noch nicht weiß, Großvater, und viel, was ich nicht verstehe.«

»Ja, das will ich, meine Tochter. Ich will dir mehr von uns erzählen, von uns, den Mapuche«, sagte der alte Mann. »In unserer Sprache, die wir *mapudungun* nennen, bedeutet *mapu* Erde und *che* Mensch. Wir nennen uns also Menschen der Erde.«

Viktoria nickte. Sie wusste inzwischen auch, dass die Mapuche in Familienverbänden lebten und keine Städte kannten.

»Aber du wolltest mir heute auch etwas von euch erzählen, von den Weißen«, sagte der Alte nun. »Ich möchte wissen, wie ihr lebt.«

Viktoria schaute zu Boden. »Du weißt, wie wir leben. Die Mapuche haben doch schon lange Kontakt mit Weißen.«

Der Alte lächelte. »Aber ich möchte etwas von deinem Leben wissen, Viktoria.«

Viktoria hob den Blick immer noch nicht. Wie sollte sie ein Leben beschreiben, das Gewohnheit gewesen war, ein Leben, über das sie niemals nachgedacht hatte? Sie war so lange nicht zu Hause bei ihren Eltern gewesen. Sie musste nachdenken, bevor sie etwas sagte.

»Ich komme aus einem Land, das weit im Osten, hinter dem großen Meer liegt«, begann sie dann zögernd. »Dort habe ich meinen Mann kennengelernt. Er kam aus Salta. Er erzählte mir von diesem Land hier, und ich wollte es kennenlernen.« Viktoria hielt einen Moment inne, um nachdenklich in die Ferne zu blicken. Seit diesen Tagen war viel Zeit vergangen. Sie holte tief Luft, bevor sie fortfuhr. »Ich bin dann lange auf einem großen Schiff gefahren, um hierherzukommen.«

Der alte Mann wiegte den Kopf hin und her. »Sind viele Menschen auf solchen Schiffen gekommen?«

»Ich weiß es nicht genau, aber ich vermute es.« Viktoria hob den Kopf und sah den alten Mann an. Sie räusperte sich. »Alle Weißen sind über das Meer gekommen. In den Städten leben schon viele Menschen aus vielen Ländern der Erde.«

Auch wenn einem dieses Land noch so verlassen erscheint, setzte sie in Gedanken hinzu.

Der Alte runzelte die Stirn. »Ist es eine lange Reise?«

»Ja.« Viktoria zupfte an ihren Ärmeln. »Es ist eine lange Reise, und man sieht über lange Zeit nur Wasser. Es ist wie eine Wüste aus Wasser. Manchmal stürmt es, dass einem angst wird, dann wieder ist es windstill ... Dann glaubt man, man werde nie weiterkommen. Alle sind beunruhigt und streiten sich.«

»Hast du Kinder, Tochter?«, fragte der Alte unvermittelt.

»Ein Mädchen und einen Jungen. Sie sind bei einer guten Frau, bis ich zurückkomme. Einer Freundin, der ich vertraue.«

»Das ist gut.« Der Alte lächelte und hob die Hände. »Ich habe fünf Kinder und fast zwanzig Enkel.« Er bewegte die Finger und zählte, wohl um sicherzugehen, dass sie die Zahl richtig verstanden hatte. »So oft wie möglich spiele ich mit ihnen.«

»Ich vermisse meine Kinder«, sagte Viktoria.

Sie fühlte sich den Tränen nah. Das war ihr in den letzten Tagen öfter passiert. Wann nur würde sie wieder nach Hause gehen können? Wann nur war Pedro in Sicherheit? Sie wusste es nicht, und das ließ sie einfach nicht zur Ruhe kommen.

Der Alte wollte gerade wieder zu sprechen anheben, da peitschte eine scharfe Stimme über sie hinweg.

»Was macht sie hier, Großvater? Hat sie dich belästigt?«

Viktoria zuckte zusammen. Sie hatte nicht bemerkt, dass sich Nahuel, der Bruder des *toqui* genähert hatte. Noch bevor sie reagieren konnte, hatte er sie auf die Füße gezerrt. Sie stolperte einige Schritte, dann ließ er sie genauso unvermittelt los. Viktoria strauchelte und fing sich im letzten Augenblick. Der junge Mann starrte sie aus seinen schwarzen, hasserfüllten Augen an. Viktoria kämpfte darum, seinem Blick nicht auszuweichen. Ihm würde sie nicht zeigen, dass sie Angst hatte. Niemals. Einen Lidschlag lang zuckte Viktorias Blick zu dem großen Messer an Nahuels Gürtel. Sie biss die Zähne aufeinander. Niemals, mahnte sie sich, und ballte die Fäuste, niemals.

»Halte dich von meinem Großvater fern, Weib«, zischte Nahuel.

Viktoria nahm allen Mut zusammen und trat einen Schritt auf den jungen Mann zu. »Ich habe nichts anderes getan, als mit ihm zu reden.«

»Er hat Wichtigeres zu tun, als mit einer weißen Hündin zu sprechen.«

»Ich denke«, entgegnete Viktoria und nahm all ihren Mut zusammen, »er würde mir sagen, wenn ich ihn störe.«

»Vielleicht würde er das auch nicht«, spie Nahuel aus.

Seine Augen funkelten nunmehr bedrohlich, und Viktoria zog unwillkürlich die Schultern ein. Als er ihren Zopf packte und sie so näher an sich heranriss, entfuhr ihr ein Schmerzenslaut. Tränen schossen ihr in die Augen, dann biss sie die Zähne aufeinander, damit ihr ja kein weiterer Laut entfuhr. Sie hatte Angst, doch das würde sie diesem wütenden jungen Mann keinesfalls zeigen. Sie wusste, dass er Frau und Kind verloren hatte, doch was hatte sie damit zu tun? Nichts, gar nichts. Es tat ihr leid, aber *sie* hatte die beiden nicht getötet.

Wieder riss er an ihrem Zopf. Viktoria starrte ihn entschlossen an.

»Lass mich los«, sagte sie, als sie sich ihrer Stimme wieder sicher war.

Aus den Augenwinkeln bemerkte sie, dass der alte Mann aufgestanden war.

»Nahuel«, sprach er den jungen Mann an, »lass sie los. Sie ist unser Gast.«

»Mein Gast ist sie nicht.«

Wieder riss er an ihrem Haar, und Viktoria war sich sicher, dass sie den nächsten Schmerzenslaut nicht mehr lange zurückhalten konnte.

»Lass sie los«, sagte plötzlich eine wütende Stimme.

Pedro.

Nahuels Augen verengten sich. »Der Fremde«, brauste er auf und spuckte dann aus, »der dreckige Mestize.«

Er hatte kaum ausgesprochen, da traf Pedros Faust sein Gesicht. Dieses Mal war es Nahuel, der ins Schwanken geriet, doch er hatte sich rasch wieder gefangen und ging nun brüllend auf Pedro los. Nur einen Moment später wälzten sich die beiden im Staub. Wie erstarrt stand Viktoria da. Keuchend und stöhnend schlugen Pedro und Nahuel aufeinander ein. Viktoria wusste, dass sie Messer bei sich trugen. Was, wenn einer von ihnen es in der Hitze des Gefechts zog?

Der Alte, fuhr es ihr durch den Kopf, er muss mir helfen, sie voneinander zu trennen.

Doch als sie sich umdrehte, zog sich ihr Magen zusammen: Sie war allein mit den Kampfhähnen. Der alte Mapuche war verschwunden. Keuchend rang sie im nächsten Augenblick nach Atem.

»Auseinander!«, brüllte Viktoria.

Nahuel und Pedro ließen nicht voneinander ab. Sie werden sich umbringen, dachte Viktoria, sie werden sich umbringen. Sie rang die Hände, wollte auf die Knie fallen und blieb dann doch stehen. Wenige Augenblicke später sah sie den alten Mann, begleitet von anderen Männern des Dorfes und einigen neugierigen Frauen und Kindern, auf sich zukommen. Ungläubig sah Viktoria, dass auch der Kazike unter ihnen war.

»Auseinander«, brüllte einer.

Pedro und Nahuel gehorchten sofort. Schwer atmend, schweißüberstömt und blutverschmiert standen sie endlich Yerrimen gegenüber.

»Was fällt euch ein?« Der Mapuche-Stammesführer sah sie drohend an. »Unsere Frauen und Kinder und auch wir selbst hungern, und ihr vergeudet eure Kraft im Zweikampf? Dieser Mann«, er deutete auf Pedro und schaute jetzt zu Nahuel, »ist ein guter Mann. Er ist gekommen, uns zu helfen.«

»Er ist ein Bastard.« Nahuel spuckte aus.

»Er ist das Kind zweier Menschen.« Die *machi* war aus der Gruppe hervorgetreten. »Wie wir alle. Ein Kind der Erde.«

Viktoria sah, dass Nahuel eine scharfe Erwiderung auf der Zunge brannte, doch er wagte es nicht, sie auszusprechen. Mit einem Kopfnicken wies der Kazike eine junge Indianerin an, Pedros Blut abzuwaschen – sie war die Schwester des *toqui*.

»Ich danke euch, aber das mache ich«, sagte Viktoria.

Die Indianerin senkte den Kopf, offenbar unschlüssig, was sie tun sollte, bis Pedro ihr ebenfalls mit leisen Worten dankte und sie fortschickte. Ohne ein weiteres Wort wandte er sich ab und ging zum Seeufer hinunter, wo er sich auf den Stein setzte, auf dem Viktoria so oft saß und ihren Gedanken nachging. Zuerst befürchtete sie, dass Pedro wütend war, doch das war er nicht. Sein Lächeln geriet ihm mit der geschwollenen Lippe etwas schief. Seine Nase war dunkel vor Blut. Er streckte einen Arm nach ihr aus.

»Hier gehören wir wohl zusammen«, sagte er. »Ich habe mir gewünscht, dass dies der Ort ist, an den ich gehöre, aber ich habe mich geirrt. Für sie bin ich ein Weißer. Ach Gott, nein, ich bin sogar lediglich ein dreckiger Mestize.«

»Nicht für alle.« Viktoria schüttelte den Kopf. »Du hast dich nicht geirrt, du hast ...«

»Still, Viktoria Santos.«

Er legte ihr den rechten Zeigefinger auf die Lippen und schien einen diebischen Gefallen daran zu haben, ihren vollen Namen auszusprechen. Dann zog er sie herunter auf seinen Schoß und umfing ihre Taille.

»Du bist schön, Viktoria«, sagte er nach Weile. »Habe ich dir das je gesagt? Wenn ja, habe ich es dir bestimmt nicht oft genug gesagt, also hör es dir jetzt an: Du bist schön, Viktoria, wunderschön.«

Sie schaute ihn an. Soll ich ihn küssen, fragte sie sich, soll ich dieses blutverschmierte, dreckige Gesicht küssen? Vorsichtig gab sie ihm einen Kuss auf die Wange, die weniger in Mitleidenschaft gezogen war. Schmerzlich verzog er das Gesicht.

»Es tut mir leid.« Viktoria konnte sich ein Grinsen nicht verkneifen. »Aber wir kennen andere Stellen, die es zu erforschen gilt, später, wenn es dunkel ist, nicht wahr?«

Er nickte, dann lehnte er den Kopf an ihre Brust. »Einige Männer werden in den nächsten Tagen zur Jagd aufbrechen. Ich wollte mich ihnen anschließen.«

»Ich komme mit«, sagte Viktoria in einem Tonfall, der keine Widerrede erlaubte.

Sie würde sich nicht mehr trennen lassen von diesem Mann, den sie liebte.

Siebtes Kapitel

Pedro spielte nervös mit seinen *boleadoras*. Seit Menschengedenken jagten die Mapuche mit diesen lederumhüllten Wurfkugeln, die wie ein Lasso geschleudert wurden und sich um die Beine des Gejagten legten, ob es sich nun um Mensch oder Tier handelte.

Für einen Moment konnte Viktoria den Blick nicht von der so gefährlichen Waffe lassen, die doch fast harmlos daherkam. Unvermittelt erinnerte sie sich an den Tag, an dem sie das erste Mal mit ihr in Berührung gekommen war. Julius war ruhig vor ihr hergeritten, als sein Pferd plötzlich zu Boden gerissen wurde. Im nächsten Augenblick waren sie von Banditen umzingelt gewesen. Viktoria schauderte. Der gute Julius. Hoffentlich hatte er Buenos Aires unbeschadet erreicht, um Anna vom Stand der Dinge in Kenntnis zu setzen und Paco und Estella der Liebe ihrer Mutter zu versichern.

»Eine solche Jagd ist nicht ungefährlich«, sagte Pedro plötzlich und griff nach ihrem Arm. Viktoria fuhr zusammen. »Es sind schon Jäger durch einen Hieb der messerscharfen Krallen eines Nandus getötet worden.«

Viktoria nickte, sagte aber nichts. Es mochte sich um Vögel handeln, aber es waren andere Vögel, als man sie in Europa kannte. Viel größer waren sie. Nandus konnten nicht fliegen, dafür aber sehr schnell laufen. Was die Gefahren der Jagd anging, so war die Sache einfach: Die Mapuche brauchten Nahrung. Sie alle hatten Hunger, ganz besonders die Kinder, und niemand konnte lange das Weinen eines hungrigen Kindes aushalten. Es gab zu viele hungrige Kinder im Dorf und zu wenig zu essen. Dieses Mal mussten die Jäger einfach Beute mit zurückbringen.

Noch standen sie alle neben ihren Pferden, die Hand sanft auf deren Nüstern gelegt, um das Schnauben etwas zu dämpfen. Aber die ersten Jäger griffen schon fester nach den Zügeln. In wenigen Augenblicken würden sie aufspringen. Viktoria würde es ihnen gleichtun. Sie machte sich bereit, den Fuß in den Steigbügel zu setzen, um sich am Sattel hochziehen zu können.

Einen Moment lag Spannung wie zum Zerreißen in der Luft, im nächsten war der Trupp aufgesessen. Zufrieden spürte auch Viktoria die Kraft des Reittiers unter sich. Sie war stolz darauf, ohne Hilfe auf den Pferderücken gelangt zu sein.

Willst du das wirklich tun?, fragte Pedro stumm.

Viktoria nickte ihm zu. Natürlich will ich, formte sie die Antwort mit den Lippen, ohne einen Laut von sich zu geben.

Sein Lächeln war voller Anerkennung. Sie musste sich beherrschen, um nicht vor Freude zu jubeln. Viktoria war so glücklich, dass es ihr kaum gelingen wollte, auf ihre Umgebung zu achten. Vielleicht hatte sie zu lange auf ein Lob von Pedro gewartet, sodass es ihr jetzt vorkam, als sei sie eine Ertrinkende, der man doch noch die rettende Leine zugeworfen hatte.

Bald aber wurde die Geduld aller auf eine schwere Probe gestellt. Sie waren schon eine lange Strecke geritten, und doch war weit und breit keine Jagdbeute zu sehen, und weit, so weit wie ein Meer aus Gras, breitete sich die Landschaft um sie her aus. Verlassener noch als ohnehin schon erschien sie den hungrigen Menschen. Hatten sich die Späher geirrt? Stunde um Stunde, so kam es Viktoria, die in der Natur ohnehin jedes Zeitgefühl verloren hatte, bald vor, ritten sie voran, bis plötzlich einer der vorderen Reiter Laut gab.

Wieder einmal wurden die Pferde angehalten. Flüsternd wurde die Neuigkeit Mann für Mann an die Gruppe weitergegeben, zitternd und kaum fassbar wie die Hoffnung, die man sich machte: Die Späher hatten endlich Nandus gesehen.

Viktoria reckte den Hals und lauschte angestrengt in die Weite. Nan-du, nan-du, so balzte der männliche Vogel, und hatte sie nicht eben so etwas gehört? Wirklich da war es wieder: Nan-du, nan-du, erscholl es in der Weite.

Einer der Jäger ganz vorn hob die Hand und bedeutete den anderen, die Pferde weiter im Zaum zu halten. Mit Handzeichen unterhielten sich die Männer, deuteten in die Richtung, in der sie die Beute vermuteten. Dann trieben sie ihre Tiere mit einem Mal an, die *boleadoras* wurfbereit. Der Nandu war schnell, sie durften keinen Fehler machen, wenn es am Abend Fleisch geben sollte.

Viktoria schaute in die Richtung, in die die Jäger galoppierten. Erst sah sie nichts, dann griff Pedro erneut nach ihrem Ärmel.

»Dort«, flüsterte er, kaum lauter als ein Windhauch.

Und tatsächlich, im hohen Gras konnte sie den kleinen Kopf des Vogels ausmachen. Es schien, als würde er mit den Grasspitzen wippen, dann hörte sie wieder die Rufe des balzenden Tiers.

Jetzt hieb auch Pedro seinem Pferd die Fersen in die Seiten, und über die Weite der Pampa erschollen die Hufschläge der Pferde. Wildes Geschrei mischte sich hinzu. Mit einem Mal war die Graslandschaft zu donnerndem Leben erwacht. Die Reiter wirkten wie mit ihren Pferden verwachsen. Viktoria, obwohl sie eine gute Reiterin war, war nur damit beschäftigt, sich festzuhalten, damit sie nicht stürzte und verlorenging in dieser Weite, die ihr Angst machte. In rasender Geschwindigkeit eilte der Vogel vor ihnen her.

Noch niemals zuvor, hatte Viktoria dieses seltsame Tier aus der Nähe gesehen. Pedro hatte ihr viel erzählt, wie der Nandu aussah, wovon er sich ernährte und dass er laufen konnte, er konnte ganz unglaublich schnell laufen.

Endlich hatte es einer der Jäger geschafft, sich in eine passende Wurfposition zu bringen. Schon flogen seine *boleadoras*. Der Vogel schlug einen Haken. Viktoria hielt den Atem an. Erst schien es ihr, als habe der Mann seine Beute verfehlt, dann aber stolperte der Nandu in vollem Lauf und ging zu Boden. Noch bevor das Pferd zum Stehen gekommen war, sprang der siegreiche Jäger von seinem Rücken, eilte zu seiner Beute und durchtrennte ihm mit einem Streich die Kehle.

Viktoria zügelte ihr Pferd, und obwohl sie eben noch an nichts anderes hatte denken können als eine siegreiche Jagd, klopfte ihr das Herz nun bis zum Hals. Der stolze Vogel, der eben noch den Eindruck gemacht hatte, er könne entkommen und damit ihr Herz berührt hatte, war tot. Viktorias Magen krampfte sich zusammen, und doch wusste sie, dass auch sie essen würde. Sie würde essen, denn sie hatte Hunger. Sie alle hatten schrecklichen Hunger.

Es gab Fleisch, endlich wieder, und Viktoria war überzeugt, nie etwas Wohlschmeckenderes gegessen zu haben. Bisher hatte sie im Nandu nur einen Lieferanten von Federn gesehen, mit denen man herrlichen Schmuck herstellen konnte. Nun sah sie ihn mit den Augen einer Hungernden. Der kleine Pichi hatte ihr aufgeregt erzählt, dass die Eier des Nandus hoch geschätzt waren, aber auch das Fleisch des Vogels galt als wohlschmeckend. Es war dem des Puters ähnlich. Die Männer füllten das ausgenommene Tier mit heißen Steinen und garten es auf diese Weise.

Viktoria ließ sich schließlich gesättigt an einem der Feuer nieder und strich über die Nanduhaut mitsamt den graubraunen Federn, die wie ein flaumweicher Teppich wirkten. Pedro hatte ihr erzählt, dass die spitzen Vogelknochen den Mapuche als Nadeln dienten. Sie hatte sich einen davon geben lassen und berührte nun staunend die scharfe Spitze.

Wie eine Nadel, dachte sie. Viktoria war schrecklich müde, denn der Rückweg hatte sich lange hingezogen, doch Pichi und auch seine Schwester Sujay saßen an ihrer Seite und warteten auf neue Geschichten von der Jagd. Pire, die *machi*, und Pedro, die sich nun ebenfalls zu ihnen gesellt hatten, schmunzelten, während die Kleinen immer mehr Fragen stellten. Seit jenem Tag, an dem Nahuel und Pedro sich geprügelt und die *machi* sich eingemischt hatte, waren auch andere Mitglieder der Mapuche-Gruppe freundlicher geworden. Die oder der *machi*, denn es gab männliche und weibliche Schamanen, wie Viktoria inzwischen wusste, waren hoch angesehen.

»Erzähl, Viktoria, erzähl noch einmal, wie der Vogel gefangen wurde«, bettelte Pichi jetzt, und Sujay fügte hinzu: »Hast du auch die *boleadoras* geworfen?«

Lächelnd schüttelte Viktoria den Kopf.

»Hättest du das gerne getan?«, bohrte Sujay weiter.

Viktoria wiegte den Kopf hin und her. Seit sie die Männer auf der Jagd begleitet hatte, wich ihr das kleine Mädchen kaum noch von der Seite. Von Pire wusste sie, dass es sich um eine Nichte Nehuens und Nahuels handelte. Das Kind wünschte sich offenbar sehr, selbst zur Jagd zu gehen, aber der ältere Bruder wollte es nicht ernst nehmen. Nichtsdestotrotz ließ sich die Kleine immer wieder beschreiben, wie die Wurfkugeln geflogen waren.

»Morgen«, wisperte sie Viktoria jetzt zu, »werde ich selbst mit den *boleadoras* üben.«

Viktoria war froh, als die Mutter Sujay anwies, die müden jüngeren Geschwister ins Bett zu bringen. Eigentlich hatte sie den Eindruck, kaum noch auf den Beinen stehen zu können, doch als Pedro ihr einen Arm hinhielt und sie dann mit sich zog, wehrte sie sich nicht.

»Du warst mutig, Viktoria«, sagte er, als sie den Rand des Dorfes erreicht hatten. »Ich bin stolz auf dich.«

Viktoria wollte abwehren und schwieg dann einfach, den Kopf gegen seine Schulter gelehnt. Sie genoss es, Pedros warme Haut zu spüren.

Arm in Arm gingen sie weiter auf den See zu und dann an dessen Ufer entlang. Plötzlich musste Viktoria an das denken, was Pire ihr gesagt hatte. Für die Mapuche, hatte die weise Frau des Stammes ihr erklärt, komme alles paarweise vor, Gut und Böse, Mann und Frau. Für einen Moment noch lauschte Viktoria auf Pedros und ihre Schritte, dann bedeutete sie ihm stehen zu bleiben. Erst zögerlich, dann entschlossen, ließ sie ihre Hände unter seinen Poncho gleiten und berührte seinen nackten Oberkörper. Ihre Blicke trafen sich. Es bedurfte keiner Worte. Wenig später fanden sie sich im Schutz von Schilf und Buschwerk wieder.

Pedro half ihr, die Knöpfe ihres Kleides zu öffnen, und streifte es dann sanft von ihren Schultern. Nackt stand sie endlich vor ihm, doch sie schämte sich nicht wie früher. Sie war keine Ehebrecherin. Pedro war die Liebe ihres Lebens. Es war richtig so.

Sanft liebkoste er ihre Brüste – erst mit Blicken und dann mit seinen Händen. Viktoria schloss die Augen und genoss die Berührungen. Pedro und sie ließen sich auf dem Boden nieder, und Viktoria schlang die Arme um Pedros muskulösen Leib. Sie spürte seine Atemzüge, als wären es die eigenen. Wir sind eins, dachte sie, wir gehören zusammen. Sie wollte jetzt nicht an das denken, was die Zukunft bringen mochte, sondern nur an das, was hier und jetzt auf sie wartete.

Das frohe Fest blieb vorerst das letzte, denn das Leben in der Pampa wurde nicht einfacher, die Nachrichten waren düster. Von allen Seiten drängten Weiße in das Gebiet der Mapuche vor. Immer weitere Forts wurden gebaut, Verteidigungslinien abgesteckt, und Viktoria meinte zu verstehen, in welcher Bedrängnis diese Menschen lebten.

Die kommenden Tage brachten viel Leid über die Mapuche. Scharmützel, von weißen Landbesitzern in Auftrag gegeben, forderten mehrere Tote. Um den Rachedurst vor allem der jungen Männer bezähmen zu können, stellte Nehuen einen Trupp Krieger zusammen, die Vergeltung üben sollten. Mit schrillen Schreien machten die jungen Männer ihrer Wut und wohl auch ihrer Angst vor dem, was kommen mochte, Luft, während sich Mütter, Töchter, Kinder, Alte und alle, die zurückblieben, schweigend aneinanderdrängten. Auch Nahuel gehörte dem Kriegstrupp an, wie Viktoria bemerkte, die mit Pichi und Sujay in der Menge stand, die die Männer verabschiedete. Immer noch verhielt er sich unverändert abweisend.

Auch jetzt wieder, bemerkte Viktoria, dass er sie düster ansah. Dann näherte er sich ihr mit einem Mal, flankiert von zwei anderen jungen Kriegern, ließ sein Pferd auf sie zujagen und brachte es erst kurz vor ihr zum Stehen. Viktoria musste sich beherrschen, nicht zur Seite zu springen, aber es gelang ihr. Ihm gegenüber wollte sie keine Furcht zeigen, niemals.

Noch bevor Nehuen den Jüngeren zurück in die Reihen befehlen musste, hatte Nahuel seinen Platz wieder eingenommen.

Nehuen und Pedro wechselten einen kurzen Blick. Pedro würde im Dorf bleiben, der Kazike hatte ihn gebeten, bei jenen zu bleiben, die auf das Dorf aufpassten. Gleich einer Reiterstatue saß er nun da und musterte seine Schar. Der *toqui* sah ernst aus, als er sein Pferd noch einmal auf Pedro zulenkte.

»Ich bin froh«, rief er laut und deutlich aus, »dass es Männer wie dich gibt. Besonnene Männer, auf die man sich verlassen kann.«

Nehuen und Pedro sahen einander von neuem an. Pedro nickte kaum merklich. Dann riss Nehuen sein Pferd herum und galoppierte an die Spitze des Trupps. Erst als die Staubwolke sich gelegt hatte, zerstreuten sich die Dorfbewohner. Ein paar Jungen gingen auf die Jagd nach Kleintieren. Pedro machte sich auf, um sich mit den anderen im Dorf verbliebenen Männern zu besprechen.

Am Abend lud der Kazike Pedro und Viktoria an sein Feuer. Das Essen war nicht reichhaltig, aber gut, danach teilte Pedro etwas Tabak mit dem Stammesführer. Reglos saß Yerrimen da, den Blick starr auf die Flammen gerichtet. In seinem faltigen Gesicht zeigte sich keine Bewegung, seine Augen blieben im Spiel der Flammen verborgen. Nur seine Stimme war plötzlich zu hören, ruhig und fest, wenn auch leise, und es erschien Viktoria, als würden die Anwesenden näher zusammenrücken, damit ihnen keines seiner Worte entging.

»Es kommen schwere Zeiten auf unser Volk zu, schwerere als die, die hinter uns liegen, und auch von denen glauben einige, sie seien zu schwer gewesen für einen Menschen. Einmal waren wir es, die alleinig die südlichen Pässe beherrschten und wie die Weißen Handel mit Rindern betrieben, aber das wollten sie nicht zulassen, und wo wir früher jagten, weiden nun die Schafe der Weißen. Wir finden auch keinen Platz mehr für unsere Felder. Für uns gibt es überhaupt keinen

Platz mehr, weder hier noch dort. Denn es werden immer mehr Weiße kommen, und sie werden immer mehr Land wollen, und während die Weißen immer mehr und mehr werden, gehen unsere Leute an Krankheiten zugrunde, am Hunger und am Alkohol.«

Viktoria fröstelte. Sie hatte an diesem Tag an der Seite der Mapuche-Frauen gearbeitet und von einer weißen Frau gehört, die als Kind entführt und bei den Mapuche geblieben war, doch noch nie zuvor hatte sie sich so fremd gefühlt. Noch nie zuvor war ihr so bewusst gewesen, dass sie nicht hierher gehörte.

Mehrere Tage hörte man nichts von den Kriegern. Auch Weiße wurden nicht mehr in der Nähe des Dorfes gesehen. In das Leben kehrte eine seltsam bedrohliche Ruhe ein. Krieg und Kampf schienen mit einem Mal ganz fern. Viktoria verbrachte viel Zeit mit Pichi und Sujay. Auch Pire stattete sie häufige Besuche ab, während Pedro dafür sorgte, dass Späher die Umgebung des Lagers überwachten und auch in der Nacht Wachen aufgestellt wurden.

Die *machi* wirkte häufig bedrückt, wenn Viktoria sie besuchte. Düstere Träume plagten die weise Frau, doch sie wollte nicht darüber sprechen. Manchmal beobachtete Viktoria sie von der Seite. Pire war jünger als sie selbst und wirkte im Wesen doch viel älter. Sie hatte niemals *machi* werden wollen, doch dann hatten die Träume begonnen. Träume, die auf ihre Weise die Zukunft gezeigt hatten. *Machi* wurde man nicht, man war dafür bestimmt, und wer dafür bestimmt war, konnte sich dieser Bestimmung nicht entziehen.

Viktoria sah auf Pires nackte Schulter, die unter ihrem Gewand hervorlugte, was ihr vor nicht allzu langer Zeit noch so unzivilisiert erschienen war. Inzwischen war diese Frau zu ihrer Freundin geworden. Pire sah müde aus.

»Konntest du wieder nicht schlafen?«, fragte Viktoria leise.

Pire nickte. »Die Träume ... Ich sehe schlimme Dinge«, entgegnete sie ebenso leise.

Sie schien zu überlegen, ob sie weitersprechen sollte, schwieg dann aber.

Etwa eine Woche später sollten sich Pires Vorahnungen bewahrheiten: Der Kriegstrupp kehrte zurück. Auf den ersten Blick schien keiner zu fehlen. Schon waren die ersten erleichterten Seufzer zu hören. Unruhe geriet in die Menge, die ersten Kinder wollten den Männern entgegenlaufen, wurden aber von den Älteren zurückgehalten. Pedro war der Erste, der bemerkte, dass etwas nicht stimmte. Kaum merklich wandte er sich Viktoria zu.

»Es ist Nahuel, der an der Spitze reitet. Ich kann Nehuen nirgendwo entdecken«, wisperte er.

»Nehuen!«, war fast im gleichen Augenblick der angstvolle Schrei von Nehuens junger Frau Lilen zu hören, die bald ihr drittes Kind erwartete.

Sie hatte das reiterlose Pferd ihres Mannes entdeckt. Die Unruhe, die sich in der Menge hatte breitmachen wollen, wich der Erstarrung. Die fröhlichen Stimmen verklangen. Nahuel ritt in die Mitte der versammelten Menschen. Sein Gesicht wirkte verschlossen. Mit einem geschmeidigen Sprung kam er auf dem Boden auf und begab sich in den Kreis, der sich rasch um den Kaziken gebildet hatte.

»Nehuen«, sagte Nahuel, »ist tot. Mein Bruder wurde feige ermordet.«

Und dann berichtete er von Nehuen, der so tapfer gewesen war, den Rückzug seiner Männer zu decken, und den man hinterrücks erschossen hatte. Nur mit Mühe war es ihnen gelungen, den Mördern seinen Leichnam zu entreißen. Nahuel hob eine Hand, und zwei junge Männer aus der Truppe trugen einen in eine Decke gewickelten Körper in die Mitte des Kreises. Lilen brach schluchzend zusammen. Viktoria spürte, wie sich Pichi und Sujay unwillkürlich an ihr festklammerten. Unruhe legte sich nun wie die Vorwarnung eines Gewittersturms über das Dorf. Viktoria schob sich näher an Pedro heran.

»Das sind keine guten Nachrichten«, presste sie zwischen halb geschlossenen Lippen hervor.

Lilen hatte unterdessen die Decke auseinandergerissen und sich über den Toten geworfen. In der Menge konnte Viktoria ihre Eltern mit ihren Kindern sehen.

»Nein«, wisperte Pedro ihr zu, während er im Umdrehen seinen Blick über die Dorfbewohner gleiten ließ.

Als habe Nahuel die Bewegung bemerkt, wandte er sich mit düsterem Gesichtsausdruck Pedro und Viktoria zu.

»Ich habe es schon immer gesagt, wir brauchen keine weißen Spione hier im Dorf. Verschwindet!« Die letzten Worte zischte er. Viktoria hielt seinem wütenden Blick stand. »Ich bin jetzt der *toqui*«, rief Nahuel aus, »ich bin der Beilträger!«

Er trat drohend auf Viktoria zu, doch die wich nicht von der Stelle. Mit einem Sprung war Pedro bei ihr.

»Lass sie in Ruhe!«, war im gleichen Moment Pires Stimme zu hören. »Sie hat dir nichts getan.«

Nahuel schaute die *machi* an. »Sie hat uns nichts getan? Die Weißen haben uns nichts getan? Ha!«

Er warf die Hände in die Luft. Kurz sah es aus, als habe man sämtliche Anwesenden in Stein gemeißelt. Pire schob sich jetzt zwischen Nahuel und Viktoria.

»Du bist kein *toqui*«, sagte sie dem Mann, der die zarte Frau um einen Kopf überragte, mitten ins Gesicht. »Nichts und niemand hat dich zum *toqui* gemacht. Ein Kriegshäuptling handelt mit Besonnenheit. Du benimmst dich wie ein kleines Kind. Nun geh! Berichte dem Kaziken ausführlich, was geschehen ist, und lass uns den Toten betrauern.«

Die Totenfeier zog sich bis spät in die Nacht hinein. Als sie vorüber war, führte Pedro Viktoria zum See. Ein voller Mond war über ihnen aufgegangen und überzog die Landschaft mit seinem Silberglanz.

»Wir werden nach Buenos Aires zurückkehren, nicht wahr?«, fragte Viktoria unvermittelt und schmiegte sich an Pedro.

Er beugte sich zu ihr herunter und küsste ihr Haar. Sie sieht wunderschön aus, dachte Pedro, ich liebe sie, o Gott, wie ich sie liebe.

»Ja«, entgegnete er dann und richtete sich auf. Ein paar Atemzüge schwieg er.

»Ich dachte, ich gehöre hierher«, murmelte er, »aber für sie bin ich ein ebensolcher Bastard wie für alle anderen.«

»Nicht für alle«, parierte Viktoria rasch. »Für mich nicht.«

»Nein«, er zog sie an sich und hob ihr Kinn. »Für dich nicht.«

»Ich liebe dich«, sagte Viktoria, »bei mir bist du zu Hause.«

Pedro lächelte, aber er antwortete nicht.

Achtes Kapitel

Noch niemals zuvor, so erschien es ihm, hatte Julius sich so sehr darüber gefreut, Buenos Aires wiederzusehen. Fast täglich hatte er an Anna gedacht, hatte Gespräche mit ihr imaginiert, hatte von ihr geträumt. An den Ausläufern der Stadt konnte er es vor Sehnsucht kaum noch aushalten, doch das Pferd war müde und musste geschont werden, und er kam langsamer voran, als er sich das wünschte. Je weiter er in die Stadt vordrang, desto dichter wurde der Verkehr. Ab und zu waren ein paar zerlumpte Männer und Frauen am Straßenrand zu sehen. Manchmal jagten Kinder hintereinander her, und er musste vorsichtig sein.

In ein paar Wochen ist Weihnachten, dachte Julius, musste plötzlich an einen Weihnachtsbaum denken und würziges Weihnachtsgebäck, das er in seiner Kindheit so geliebt hatte. Vielleicht feiern wir dieses Jahr Weihnachten gemeinsam, fuhr es ihm gleich darauf durch den Kopf. Annas Gesicht tauchte vor ihm auf, dann die Gebäude des Fuhrunternehmens Brunner-Weinbrenner. Er erinnerte sich an die knarrende Treppe, die zu den Schlafräumen hinaufführte, und an den feinen Geruch des Duftwassers, das Lenchen benutzte. Er schmeckte Marias *gnocchi* auf der Zunge und die Sauce aus frischen Tomaten, die sie dazu reichte, er freute sich darauf, endlich wieder abwechslungsreicher essen zu können. Tatsächlich widerte ihn das ungesalzene Fleisch, das er in den letzten Wochen hatte vertilgen müssen, mittlerweile so an, dass er sich schwor, nie wieder Fleisch zu sich zu nehmen.

Weihnachten ... Julius fragte sich, wo er in Argentinien wohl einen Weihnachtsbaum kaufen konnte. Sobald wie möglich würde er sich auf die Suche machen. Ebenso würde er jemanden finden müssen, der Weihnachtsgebäck in der Stadt verkaufte.

Die Vorstellung, zu beobachten, wie überrascht Anna sein würde, ließ ihn lächeln. Sie konnten Frau Goldberg und Jenny zum Fest einladen, Jenny, die inzwischen zu einer zwanzigjährigen hübschen jungen Frau herangewachsen war. Julius besuchte die beiden immer noch regelmäßig. Sie konnten Weihnachten feiern und sich gemeinsam an das Land erinnern, aus dem sie gekommen waren. Vielleicht, haderte er im nächsten Moment mit seiner Idee, würde Anna seinen Vorschlag aber auch irrwitzig finden. Anna konnte zuweilen sehr harsch sein. Mumpitz!, würde sie womöglich ausrufen, wir gehen an Weihnachten in die Kirche, um zu beten. Was will ich mit Weihnachtsplätzchen und einem Baum?

Wie sie Weihnachten wohl in Deutschland gefeiert hatte? Ihre Familie war arm, ein großes Fest wie im Haus seiner Eltern hatte es sicherlich nie gegeben. Einen Augenblick lang erinnerte sich Julius daran, wie er als Junge an den Tagen vor dem Fest durchs Haus geschlichen war, um einen frühen Blick auf den Baum und vielleicht sogar auf das Christkind zu erhaschen, doch seine Mutter war stets aufmerksam gewesen. Der Baum und sein Schmuck waren ihm bis zum rechten Moment verborgen geblieben, und das Christkind ... Julius lächelte bei der Erinnerung.

Dann tauchte er aus seinen Gedanken auf, um sich neu zu orientieren. Bald hatte er sein Ziel erreicht, fast meinte er schon, das Schild quietschend im Wind schaukeln zu hören. Dann ritt er endlich durch das Tor des Fuhrunternehmens Brunner-Weinbrenner.

Im Hof herrschte die übliche arbeitsame Betriebsamkeit, untermalt vom Geruch nach Pferden, Heu und Hafer. Heinrich Brunner saß auf seiner Bank im Hof, das Gesicht vom Alkohol gerötet, und beobachtete seine Umgebung aus wässrigen, jedoch scharfen Augen. Julius machte Anna sofort zwischen ihren Mitarbeitern aus. Klein und zierlich wie sie war, strahlte sie dennoch Autorität aus. Sein Blick fiel auf den Knoten, zu dem sie ihr Haar gewunden hatte, nahm das einfache graue Kleid auf. Noch bevor er ein Wort sagen konnte, drehte sie sich zu ihm um.

»Julius!«, rief sie aus.

Für einen Lidschlag sah sie nicht mehr streng aus, für einen Lidschlag war ihr Gesicht wie ein offenes Buch für ihn. Er sah, dass sie auf ihn zulaufen wollte, dann aber hielt sie sich zurück. Als Julius von seinem Pferd glitt und die Arme ausbreitete, eilte Anna plötzlich doch auf ihn zu und warf sich in seine Umarmung.

»Was sollen die Leute nur von mir denken?«, stieß sie atemlos flüsternd hervor.

»Ach, lass doch die Leute.« Er schlang die Arme um ihre Schultern und zog sie an sich.

»Ich habe dich vermisst«, hörte er sie neuerlich flüstern. »Ich hatte eine solche Angst, du würdest nicht zurückkommen. Ich habe dich so sehr vermisst.«

»Warum...«, Julius nahm nun ihr Gesicht in seine Hände, »...warum sollte ich denn nicht zurückkommen?«

Anna wich seinem Blick aus. »Man hört schlimme Sachen über die Wildnis«, entgegnete sie und versuchte, tapfer zu lächeln.

Julius streichelte ihre Wange. »Wirklich, tut man das?«
Sie nickte heftig.
»Aber ich bin doch wieder da.«
»Ja, das bist du, und ich bin so froh darüber.«
Nunmehr schaute sie ihn fest an, dann huschte ihr Blick an ihm vorbei. Ein Gedanke, der ihm eben gekommen war, verflüchtigte sich wieder, doch er würde ihn aussprechen – an diesem Tag noch.

»Wo ist Viktoria?«, hörte Julius im nächsten Moment ihre Stimme.
»Sie ist dort geblieben.«
»Bei den Mapuche?«, versicherte sich Anna.
»Ja. Sie braucht Zeit. Sie und Pedro brauchen Zeit.«
»Es gibt sicherlich viel zu erzählen.« Ihre Stimme klang nachdenklich.
»Ja, das gibt es. Sehr viel.«
Julius hatte das unbändige Bedürfnis, Anna nochmals an sich zu drücken und zu küssen, doch er tat es nicht. Und dann hörte er ihre Stimme.
»Lenchen, Maria, heute feiern wir ein Fest.«

Maria kochte *gnocchi* und *tagliatelle*. Lenchen bereitete Bratwürstel und Kraut und machte *empanadas* nach einem Rezept einer spanischen Freundin. Dazu ließ Anna ein halbes Rind braten, denn Julius' Rückkehr konnte durch nichts als ein großes *asado* gefeiert werden. Und Julius, der doch wenigstens vorerst kein Fleisch mehr hatte essen wollen, sah sich gezwungen, sein Vorhaben noch einen Tag aufzuschieben. Früher als gewöhnlich begannen sie mit der Feier. Noch am Nachmittag hatten sich die ersten Gäste im Hof versammelt, samtweich senkte sich endlich der warme südliche Frühsommerabend über die Feiernden herab.

Einer der Stallburschen spielte das *bandeon*, ein paar klopften den Rhythmus dazu, andere hatten sich zu einem ersten Tanz in einer Ecke des Hofs zusammengefunden. Ein paar Frauen tauschten mit Maria und Lenchen Rezepte, bewunderten Lenchens neue Näharbeiten. Etwas weiter entfernt hörte man das Geschrei der Kinder, die an diesem Abend nicht so früh wie sonst zu Bett geschickt worden waren. Der alte Brunner saß auf seiner Bank. Anna und Julius hatten sich an das Feuer gesetzt, das einer der Stallknechte im Hof entzündet hatte.

»Anna?«, fragte Julius jetzt leise.

Sie wandte ihm das Gesicht zu.

Julius räusperte sich. »Anna, ich weiß, ich habe dich schon einmal gefragt, doch die Umstände ...«, er zögerte und sah sich um, aber niemand beachtete sie, »... ich will dich heute noch einmal fragen. Willst du meine Frau werden, Anna? Sag ja, bitte. Vertrau mir dieses Mal.«

Dann hielt er ihr ein kleines Kästchen hin und öffnete es. Anna schaute erst Julius an, dann auf das Kästchen. Auf einem kleinen Samtkissen lag ein goldener Ring. Und so wie sie es in Gedanken schon an die hundert Mal durchgespielt hatte, nahm Anna ihn heraus. Er fühlte sich fein an, fein und zierlich, und doch auch wieder verlässlich, ein Kreis, das Symbol für die Ewigkeit.

Eine Weile hielt Anna das Schmuckstück in der Hand, dann gab sie es Julius zurück. Sie schauten einander wortlos an. Stumm steckte Julius den Ring an Annas Finger. Sie schloss die Augen, und einen Moment später fühlte sie seine Lippen auf den ihren, fordernd dieses Mal, nicht mehr zurückhaltend. Für zwei, drei Atemzüge versank die Welt um sie.

Das Nächste, was sie hörten, war Lenchens Stimme.
»Ein Hoch auf das Brautpaar!«, rief die Schwester. »Sie leben hoch, hoch, hoch!«
Und dann ging alles in tosendem Beifall unter.

Neunter Teil

Freundinnen
Dezember 1875 bis Juli 1876

Erstes Kapitel

Viktoria hielt Annas Arm fest und wollte gar nicht mehr aufhören zu reden.

»Die Mapuche kennen zwar weder Bücher noch Schriftsteller, doch ihre Erzählungen sind bunt und reichhaltig«, rief sie jetzt aus. »Ihr oberster Gott ist zugleich Vater, Mutter, Bruder und Schwester. Der Osten und der Süden sind den Mapuche heilig, da von dort die guten Winde kommen, auch das Blau des Himmels ist ihnen heilig. Die Pferde werden hauptsächlich zum Reiten verwendet, an hohen Feiertagen aber schlachtet und isst man sie – auch sie sind den Mapuche heilig.«

»Man isst sie?«

Anna riss die Augen auf. Unwillkürlich sah sie zu den Stallungen hinüber. Sie ballte die Fäuste, als sie Diablo vor den Stallungen bemerkte. Diablo essen? Wie konnte man ein Tier wie Diablo essen?

»Ja.« Viktoria sah in die Ferne. »Zuerst habe ich gedacht, ich könnte mich nicht daran gewöhnen, aber es ist ihre Art zu leben. Je länger ich bei ihnen war, desto besser habe ich das verstanden.« Sie sah Anna wieder an. »Pedro hat mich gelehrt, es zu akzeptieren, und als ich das tat, oh Anna, da habe ich ein vollkommen neues Leben kennengelernt. Es war unglaublich. Ich habe mich noch niemals so frei gefühlt, noch niemals so glücklich, und ich habe mich noch niemals so sehr für die Dinge geschämt, die ich dir und Julius angetan habe. Ich habe gehört, dass ihr heiraten werdet, und ich freue mich so sehr für euch.«

Anna wusste nicht, was sie sagen sollte. Sie schaute zu Marlena und Estella, die im Hof spielten, sah, dass Fabio und Paco Pedro bei der Arbeit halfen. Pedro hatte sich sofort nach seiner und Viktorias Rückkehr daran gemacht, in den Stallungen auszuhelfen. Unablässig versuchten die Kinder mehr von seiner Zeit bei den Indianern zu erfahren, wollten wissen, ob er gekämpft hatte, und bettelten darum, in den Gebrauch der Wurfkugeln eingeführt zu werden.

»Dein Mann ist in der Stadt«, sagte Anna unvermittelt.

Viktorias Gesicht, auf dem sich während ihrer Erzählung ein Lächeln ausgebreitet hatte, wurde ernst.

»Ich weiß, Humberto und Doña Ofelia, meine Schwiegermutter. Dein Bruder hat es mir erzählt. Ich frage mich, wie lange sie schon hier sind.« Sie fröstelte.

Anna zuckte die Achseln. »Sie bewegen sich in der Gesellschaft der vornehmen *porteños*, sagt mein Bruder. Man sieht sie im Theater, in der Calle Florida, auf der Plaza. Es ist, als wären sie gekommen, um sich zu vergnügen.«

Viktoria schüttelte zweifelnd den Kopf. »Doña Ofelia ist bestimmt nicht hier, um ins Theater zu gehen oder Konzerte zu besuchen. Sie will Pedro und mich bestrafen, und ich wüsste zu gerne, wie sie dabei vorzugehen beabsichtigt.«

»Vielleicht hat sie längst vergessen...«

Viktoria schüttelte heftig den Kopf. »Sie wird niemals vergessen, ganz gleich, wie viel Zeit vergangen ist. Wie viele Monate bin ich jetzt aus Salta fort? Neun Monate? Oder schon zehn? Würdest du Doña Ofelia fragen, sie wüsste es auf den Tag genau. Diese Frau vergisst nichts.«

Anna nickte langsam. »Wie hast du überhaupt meinen Bruder kennengelernt?«, fragte sie dann. Die Freundin zog die Schultern hoch.

»Ach, er stand eines Abends einfach da. Du hattest noch im Büro zu tun. Ein gut aussehender Mann muss ich sagen...«

»Viktoria!«

»Beruhige dich.« Viktoria lachte leise, doch es klang traurig. Sie schlang die Arme um den Körper. »Weißt du, am liebsten wäre ich niemals verheiratet gewesen.« Sie hielt einen Moment inne und schien sich zu besinnen. »Aber dann hätte ich Estella nicht, und sie und Paco sind das Beste, was ich habe... Und Pedro...«

Annas Gedanken schweiften ab. Marlena hatte ihren Vater nie kennengelernt. Wie oft hatte sie um die Zeit getrauert, die sie nicht miteinander hatten verbringen können. Doch so spielte das Leben. Es gab einem nicht immer das, was man sich erhoffte und manchmal doch so viel mehr. Anna blickte auf den Ring, den Julius ihr geschenkt hatte. Sie hatte sich nie vorstellen können, noch einmal zu heiraten. Als könne sie Gedanken lesen, legte Viktoria unvermittelt den Arm um Annas Schultern.

»Ich bin so froh, dass du Ja gesagt hast. Ihr seid solch ein schönes Paar.«

»So? Findest du?«, rief Anna neckend aus. »Hättest du das damals auf der *Kosmos* auch gedacht?«

»Damals«, sagte Viktoria und sah ihre Freundin ernst an, »war ich noch ein Kind. Ich musste noch viel lernen, und ich hoffe, dass du mir eines Tages verzeihen wirst, was ich dir angetan habe.«

»Ich habe dir doch verziehen, und ich... also das, was ich getan habe... es tut mir heute leid, Viktoria. Ich möchte mich dafür bei dir entschuldigen.«

Anna konnte sehen, dass sich Viktoria auf die Unterlippe biss. Im nächsten Moment lagen sich die Freundinnen in den Armen und versprachen sich ewige Freundschaft. Anna wusste, dass sie sich auf Viktoria verlassen konnte, was immer passieren würde. Viktoria konnte das Gleiche von ihr erwarten. Und irgendetwas sagte Anna, dass sie ihr Versprechen bald würden einlösen müssen.

»Julius, ich habe mich ja so gefreut, von Ihrer Verlobung zu hören!« Frau Goldberg tätschelte seine Hand.

Julius setzte die Teetasse ab, die er vorsichtig in der Hand balancierte und strahlte seine Gastgeberin an. »Danke, Frau Goldberg. Übrigens möchte ich meiner Zukünftigen eine Freude machen und habe deshalb heute auch einige ganz spezielle Fragen an sie. Wissen Sie, ich würde Anna gerne mit einem Weihnachtsbaum und Weihnachtsplätzchen überraschen, und ich erinnere mich daran, dass Sie ...«

»Und da fragen Sie ausgerechnet mich, Rahel Goldberg?« Frau Goldberg unterdrückte ein schelmisches Lachen.

»Ja, weil ich mich eben an Ihre Plätzchen erinnere und man sie nirgends in der Stadt kaufen kann, Frau Goldberg«, erklärte Julius. »Es war mein erstes Weihnachten in Buenos Aires. Ich hatte Heimweh und fühlte mich allein. Sie luden mich ein, weil Sie beschlossen hatten, ein Weihnachtsfest für Jenny auszurichten ...«

Für einen Moment versanken sie beide in Erinnerungen. Jenny hatte es damals kaum gewagt, die Geschenke auszupacken und dann darauf bestanden, mit ihrer neuen Porzellanpuppe ins Bett gehen zu dürfen. Noch jetzt hatte Julius den Anblick des schlafenden, schokoladenverschmierten Rüschenengels inmitten der weichen Kissen und Decken lebhaft vor Augen. An diesem Tag war ihm Jenny zum ersten Mal wie das Kind vorgekommen, das sie ja noch war, ein kleines rothaariges, achtjähriges Mädchen.

Frau Goldberg musste jetzt doch lachen, aber ihr Lachen geriet wehmütig. Für einen Augenblick sah sie aus dem Fenster auf die funkelnden Lichter der Stadt herunter.

»Ich habe nicht mehr gebacken, seit mein Mann gestorben ist«, sagte sie dann traurig.

»Oh, das tut mir leid.«

»Sie müssen sich nicht entschuldigen.«

Julius folgte Rahels Blick aus dem Fenster. Wie viele der reicheren Bürger der Stadt war Frau Goldberg mit Jenny nach Belgrano umgezogen, nachdem die Seuche vorüber gewesen war. San Telmo, das einstige Viertel der Reichen, nahm inzwischen Emigranten auf. Vor einigen Tagen war er noch einmal durch die alten Straßen geritten. Irgendjemand war auf die Idee gekommen, die alten, verfallenden Häuser der Reichen, die früher nur von einer Familie bewohnt gewesen waren, wie Honigwaben aufzuteilen, sodass sich nun drei oder mehr Familien ein Haus teilten. Sogar in einzelnen Zimmern wohnten zuweilen mehrere Familien. Auf den Straßen war Italienisch, Spanisch, Deutsch und auch Arabisch zu hören. In der Luft lagen die unterschiedlichsten Essensdüfte, stets aber auch der Gestank nach Fäkalien, Schweiß und zu vielen Menschen. Julius musste sich einen Ruck geben, um wieder in die Gegenwart zurückzukehren.

»Dafür backt Jenny umso mehr«, sagte Frau Goldberg mit einem Mal in die Stille hinein.

Julius nahm noch einen Schluck Tee. »Wie geht es ihr?«

»Gut, ich glaube übrigens, sie ist zum ersten Mal wirklich verliebt. Sie verhält sich wie ich, als ich zum ersten Mal verliebt war. Manchmal wird sie aus heiterem Himmel rot. Sie stottert und wirkt häufig, als sei sie in Gedanken.«

»Mutter!«

Weder Julius noch Frau Goldberg hatten bemerkt, dass

noch jemand das Zimmer betreten hatte. Eine hübsche, hochgewachsene Rothaarige trat selbstbewusst zu ihnen an den Tisch.

»Jenny?« Julius riss die Augen auf, stand auf und küsste der jungen Frau formvollendet die Hand. »Ich war doch erst kürzlich da, aber du bist ja schon wieder hübscher geworden.«

»Dein letzter Besuch ist ja auch schon eine ganze Weile her, Onkel Julius.«

»Tatsächlich?«

Er musterte sie, wie immer überrascht, nicht mehr das kleine Mädchen zu sehen, sondern eine erwachsene Frau. Jenny strahlte ihn an.

»Du brauchst Hilfe, Onkel Julius?«

»Ich wäre dir sehr verbunden, wenn du mir Weihnachtsplätzchen backen könntest, Jenny.«

»Für deine zukünftige Frau?«

»Ja, für Anna.«

Jenny nickte entschlossen. »Für Anna«, sagte sie, »würde ich alles tun. »Dich kann ich mit einer solchen Aufgabe ja auch nicht allein lassen.«

Zweites Kapitel

Die Sonne, die über Buenos Aires aufgegangen war, schmerzte an diesem Tag in ihrer Klarheit. Weihnachten war vorüber, der Januar schickte seine Hitze über Stadt und Land. Obwohl es später Nachmittag war, und die Siesta bald vorüber sein würde, stand die Wärme unverändert in den Gassen. Es roch übel, doch die *porteños* waren dergleichen gewöhnt. Es war nicht der erste Nachmittag, den Gustav in diesem Teil der Stadt verbrachte, doch heute hatte er seinen besten Anzug angezogen, sich rasieren und das Haar schneiden lassen. Er wusste, dass er gut aussah. Die flatternden Augen vorübergehender Weiber hatten es ihm mehr als einmal gesagt. Noch waren wenige Menschen auf der Straße, unter ihnen die, die keine Heimat hatten, und Gesindel wie er selbst.

Gustav grinste. Er hatte – anders als sein Bruder – nie mit diesem Schicksal gehadert, hatte nie Schwierigkeiten gehabt, sich in das Leben, das er in Buenos Aires führte, hineinzufinden. Seit einiger Zeit verfolgte er Pläne, aber erst vor kurzem hatten sich neue Türen geöffnet. Bald würde er sein eigener Herr sein, und dann war es nur noch eine Frage der Zeit, bis er Eduard vom Markt gedrängt hatte.

Endlich, er straffte die Schultern, spuckte das Hölzchen aus, an dem er gerade gekaut hatte, und trat in den Schatten eines Hauseingangs. Es hatte ihn eine kleine Summe gekostet, in Erfahrung zu bringen, dass es sich bei dem jungen Mädchen, das nun ebendiese Straße entlangkam, um Estella Santos handelte. Der Stallknecht, den er bestochen hatte, hatte sich ihm gegenüber noch mehrfach versichert, nichts Unrechtes getan zu haben.

Was war schon dabei, zu bestätigen, was der andere ohnehin schon wusste, und dafür einen kleinen Batzen Geld zu erhalten? Gar nichts. Man hatte schließlich Kinder und eine Frau, die sich über etwas mehr Geld freuten. Für einen kurzen Moment angeekelt, schüttelte Gustav sich. Er hasste es, wenn sich brave Bürger auf diese Weise rechtfertigten. Verdammtes verlogenes Pack, dachte er.

Die Schritte des Mädchens, das selbst noch kaum ahnte, dass es an der Schwelle zum Dasein einer jungen Frau stand, näherten sich. Es fiel Gustav leicht, den rechten Augenblick abzupassen, der sie gegeneinanderprallen ließ, als er unvermittelt aus dem Hauseingang in Señorita Santos' Weg trat. Der Zusammenstoß ließ das Mädchen straucheln, doch er hielt sie galant am Arm fest.

»Señorita?« Gustav blickte Estella tief in die Augen. »Verzeihen Sie mir diesen Frevel. Ich wollte Sie nicht verletzen. Geht es Ihnen gut?«

»Natürlich, Señor...«

»Garibaldi.«

»Sie sind Italiener?«

»Meine Mutter stammte aus Italien.«

Gustav zauberte ein Lächeln auf seine Lippen, das Estella Santos deutlich aus der Fassung brachte. Er war froh darum, dass ihm Lügen schon immer leichtgefallen waren.

»Und wer sind Sie? Ich glaube, ich habe Sie hier noch nie gesehen.«

»Ich bin Estella Santos aus Salta. Wir sind zu Besuch...« Das Mädchen brach ab, offenbar unsicher, ob sie das wirklich erzählen durfte. Gustav ließ sie nicht aus den Augen. Natürlich, er wusste ja selbst, dass Viktoria Santos mit Argusaugen über ihre Kinder wachte. Deshalb war es ihm ja auch erst jetzt gelungen, diese Begegnung herbeizuführen. Unglaublich, wie schwer es ihm dieses Weib gemacht hatte. Er hatte wirklich Geduld zeigen müssen.

Gustav lehnte sich mit einer Schulter gegen die Hausmauer und winkelte ein Bein lässig an.

»Sie fragen sich sicher gerade, ob es sich überhaupt schickt, mit einem wildfremden Mann zu sprechen, nicht wahr?«

Estella errötete, als sei sie ertappt worden. Gustav nahm sich einen Moment länger Zeit, das junge Mädchen zu betrachten. Die kleine Santos war zweifelsohne schon jetzt eine Schönheit, was das Gespräch mit ihr durchaus angenehm machte. Ihr rabenschwarzes gelocktes Haar bildete einen reizvollen Kontrast zu den tiefblauen Augen. Das Gesicht war oval, die Lippen zart geschwungen. Die Haut der Kleinen war eher hell. Wurde sie älter, würde er ihr raten, sich stets mit einem Sonnenschirm vor zu großer Sonnenstrahlung zu schützen.

»Aber ich denke, Sie sind auch jemand, der eigene Entscheidungen trifft«, setzte er dann, präzise wie ein Meisterschütze, seinen Treffer ins Schwarze.

»Das tue ich in der Tat«, entgegnete Estella.

»Sie gefallen mir«, sagte Gustav. »Tatsächlich, ich würde Sie gern wiedersehen.«

Estella errötete erneut.

»Sie erscheinen mir nicht so langweilig wie manche der Weiber, die ihren Kopf überhaupt nicht zum Denken benutzen wollen«, fuhr Gustav fort und grinste Estella nun herausfordernd an.

Diese fing den verbalen Ball sofort auf. »Das ist aber nicht nett, was Sie da über uns Frauen sagen«, entgegnete sie, wobei sie doch, wie er deutlich bemerkte, allen Mut zusammennehmen musste.

Offenbar hielt sie ihr kleines Gespräch für ein Spiel, dabei hatte sich der schöne Schmetterling, der sie war, längst in seinem Netz verfangen.

Manchmal hatte Humberto den Eindruck, die Nacht fiele in Buenos Aires schneller und erbarmungsloser herab, als in seiner nordargentinischen Heimat. Sanfter war ihm dort alles erschienen, die Farben, die Geräusche, die Frauen, die ihm zu Willen waren, ein Leben vollkommen nach seinen Wünschen geschaffen. Leider hatte er das zu spät erkannt. Warum war er nicht bei seinen Stieren geblieben, hatte sich mit seinen Mädchen vergnügt und das Leben seinen Gang gehen lassen? Warum hatte er immer mehr gewollt? Die Liebe und Anerkennung des Vaters beispielsweise. Die Bewunderung seiner Männer. Er wusste, dass er seiner Mutter davon nichts erzählen durfte. Seine Gedanken stockten.

Stimmte es, was man in der Dienerschaft erzählte? Hatte es tatsächlich Weiber aus Salta gegeben, die auf Santa Celia verschwunden waren? Er hatte dem Geschwätz nie viel Bedeutung beigemessen, aber heute ...

Wie lange war es jetzt her, dass sie den Vater begraben und die Estancia verlassen hatten? Anfangs war es ihm noch gelungen, sich zu sagen, dass Don Ricardos Tod nicht seine Schuld war, aber dies wollte ihm immer weniger gelingen. Manchmal wünschte er sich einfach nur noch, beichten zu können, irgendjemandem zu erzählen, was seine Seele belastete. Doch seine Mutter ließ ihn nicht aus den Augen. Auch jetzt nicht. Offenbar traute sie ihm nicht.

Ein seltsames Kribbeln überlief Humberto, als er Doña Ofelias steifen Rücken betrachtete. So gerade, als trage sie ein Brett unter der Kleidung, saß seine Mutter auf dem einzigen

Stuhl in seinem Hotelzimmer und ordnete Papiere auf dem Tisch. Er wusste genau, warum sie nicht in ihrem eigenen Zimmer war. Sie überwachte ihn wie ein Kind, dem man die richtigen Entscheidungen nicht zutraute.

Unvermittelt runzelte Humberto die Stirn. War sie schon wieder dünner geworden? Aß sie überhaupt noch etwas? Er konnte sich nicht erinnern, wann sie die letzte Mahlzeit zu sich genommen hatte. Er hatte vor etwa zwei Stunden nur Kaffee getrunken, und natürlich hatte er schon wieder Hunger. Am Abend zuvor hatten sie Steaks gegessen ...

Er versuchte, sich zu besinnen. Seine Mutter hielt ihr Besteck zwar immer in den Händen, aber er sah nie, dass sie etwas in den Mund steckte. Wein hatte sie allerdings getrunken. Sehr viel Wein. Sie trank mehr, seit sie in Buenos Aires waren.

»Wir sollten etwas essen gehen«, sagte er, immer noch auf seinem Bett liegend.

Doña Ofelia drehte den Kopf etwas zur Seite, sodass er ihr klassisches Profil sehen konnte. Wenn man sie so anblickte, wirkte sie wie eine Großmutter, der die Enkel zu Füßen saßen, um schönen Geschichten zu lauschen.

»Geh nur«, sagte sie in sanftem Tonfall, »ich habe hier noch etwas vorzubereiten.«

Humberto schluckte. Wenn sie ihn jetzt einfach gehen ließ, dann glaubte sie offenbar doch, dass von ihm keine Gefahr ausging. Warum können wir die ganze Sache nicht einfach vergessen, überlegte er dann weiter, warum können wir nicht einfach nach Santa Celia zurückkehren, Mama und ich. Wir hätten ein schönes Leben dort. Er richtete sich halb auf. Es raschelte, als Doña Ofelia in den Papieren blätterte.

»Es ist Zeit, ein paar Entscheidungen zu treffen«, sagte sie dann. »Wie du weißt, sind die Hure und ihr Bock nach Buenos Aires zurückgekehrt. Ich will, dass sie beide bekommen, was sie verdienen.«

Humberto ließ sich zurück in seine Kissen fallen und starrte gegen die holzgetäfelte Decke. Und was verdienen sie?, fragte er sich.

»Außerdem will ich die Kinder zurück«, platzte Doña Ofelia in seine Gedanken.

Humberto begann, an seinem Daumennagel zu nagen. »Aber du mochtest Estella nie, und Paco ist noch nicht einmal mehr mein Kind«, stieß er dann hervor.

»Das macht nichts.« Doña Ofelia stand endlich auf und schaute ihn an. »Es würde diesem falschen Weib das Herz zerreißen, wenn man ihr die Kinder nähme, ganz einfach.« Sie lächelte sanft. »Und deshalb werde ich sie ihr nehmen. Komm, lass uns etwas essen gehen. Ich habe jetzt doch Hunger.«

Sie streckte die Hand zu ihm hin. Humberto richtete sich auf. Er würde sich ihren Entscheidungen nicht entziehen können. Nein, das war unmöglich.

An diesem Abend trafen sie wieder die beiden Deutschen, die Humberto nicht ausstehen konnte. Sie mochten einem bei der Suche nach den Flüchtigen eine Hilfe gewesen sein, aber er hatte den Eindruck, dass diese Ganoven den besten Freund ans Messer liefern würden, wenn es ihnen nur passte oder einen Gewinn einbrachte. Sie hatten weder Stolz noch Ehre im Leib. Humberto war froh, als Doña Ofelia und er ins Hotel zurückkehrten. Er war ebenso froh, als seine Mutter sagte, sie sei müde und werde sich zu Bett begeben. Auch an diesem Abend hatte sie kaum etwas gegessen, oder er hatte es nicht gesehen, aber eigentlich hatte er sie kaum aus den Augen gelassen.

Für einen Moment noch stand Humberto mit einem Brandy am Fenster seines Zimmers und schaute auf die gegenüberliegenden Häuser hinüber. Die Gasse war still, aber auch das behagte ihm nicht. Er erwartete von dieser Stadt nichts Gutes. Wie ein wildes Tier kam sie ihm vor, umso gefährlicher, da es Trägheit vortäuschte. Und was waren das für Schatten dort draußen? Er kniff die Augen zusammen im Bemühen, besser zu sehen, doch die Nacht blieb schwarz und gab ihre Geheimnisse nicht preis. Am liebsten wäre er abgereist, je schneller sie wieder nach Salta kamen, desto besser. Dort würde er wieder Spaß am Leben haben.

Das Glas klirrte leise, als er es auf dem Tisch abstellte, an dem Doña Ofelia vor Stunden noch gesessen hatte. Mit einem Mal fühlte er sich einsam. Er hatte sich schon lange nicht mehr so einsam gefühlt.

Verdammt, er nestelte an seinem Hemdkragen, warum saß er jetzt nicht auf Santa Celia, mit Viktoria und den Kindern an seiner Seite? In Paris waren sie doch so glücklich gewesen, warum hatte er das Glück nicht mit nach Hause gebracht? Warum war es ihm entglitten, ihm, der doch jedes Recht darauf hatte?

Mit einem Seufzer zog Humberto seine Schuhe aus, schlüpfte aus der Hose und stand endlich in Unterhose und Hemd da.

Sanchita – der Name des Mädchens war so unvermittelt in seinem Kopf, dass es ihn verwirrte. Er dachte an ihr Lächeln, ihr dunkles krauses Haar. Mit einem leisen Stöhnen warf er sich auf das Bett und rollte sich auf den Rücken. Sanchita war eines der süßen Mädchen gewesen, die er sich immer aus Salta mitbrachte. Der Vater ein Mulatte, die Mutter eine Indio-Frau. Sie hatten der Tochter beide nur das Schönste ihrer Völker mitgegeben, wenn auch kein sicheres Heim. Was wohl mit ihr geschehen war? War sie nach Salta zurückgekehrt? Beim ersten Mal sicher, aber er hatte sie ein zweites Mal mitgenommen, und danach – so fiel ihm jetzt ein – hatte er sie nicht wiedergesehen. Irgendjemand hatte doch gesagt, sie sei nach Brasilien gegangen. Wer war das noch gewesen? Doña Ofelia? Nein, sie hatte nie etwas zu seinen Frauen gesagt, für sie waren sie nicht existent. Doch er konnte sich einfach nicht erinnern, wer ihm berichtet hatte, was mit Sanchita geschehen war. Ach was, beruhigte er sich, sicherlich geht es der Kleinen gut.

Humberto schloss die Augen und ließ die Hand unter sein Hemd gleiten, wo schon eine Bewegung zu spüren war. Entschlossen packte er nach seinem Geschlecht. Bald wurde sein Atem schneller. Er begann zu keuchen. Das Bett knarrte unter seinen Bewegungen. Stöhnend bäumte er sich endlich auf und sank dann in sich zusammen. Er fühlte sich befreit, und mit dem Gedanken an Sanchita würde er auch gut schlafen können.

»Du bist spät dran, Gustav.«

Die Stimme seines Bruders ließ Gustav zusammenzucken. Sie hatten sich gemieden in den letzten Wochen, doch nun hatte ihn Eduard offenbar gesucht – und gefunden. Gustav hob den Kopf, reckte den Hals und straffte die Schultern. Früher, als sie noch Kinder gewesen waren, hatte es etwas ausgemacht, dass er der Jüngere war, heute waren sie beide kräftige Kerle.

»Wo warst du?«, drang Eduards Stimme zu ihm.

»Was geht dich das an?«

Gustav kniff die Augen zusammen und versuchte, besser zu sehen, doch er konnte einfach nichts erkennen. Wieder war Eduards Stimme zu hören. «Es geht mich etwas an, wenn Dinge hinter meinem Rücken geschehen.«

Es knarrte, dann plötzlich im Halbdunkel leise scharrende Schritte. Gustav versuchte erneut, das Dämmerlicht zu durchdringen. Offenbar hatte Eduard sich schon an die Lichtverhältnisse auf dem Speicher gewöhnt, er jedoch nicht, und so kam er sich vor, als sei er blind. Der Gedanke, dass Eduard sein Versteck entdeckt hatte, den Ort, an den er sich zurückzog, behagte ihm gar nicht.

»Ein hübsches Eckchen hast du dir hier angelegt«, war Eduards Stimme wieder zu hören.

Gustav bewegte den Kopf etwas zur Seite. Jetzt sah er den Bruder endlich. Dort drüben, an einem der nächsten Pfosten stand er, neben einer der Kisten, die dort gestapelt waren. »Ein hübsches Eckchen«, das klang, als spreche der Ältere von dem Baumhaus, das sie sich als Jungen gezimmert hatten, oder von ihrem Verschlag am Fluss. Gustav hasste den nachlässigen Tonfall in Eduards Stimme, der ihm weismachen wollte, er sei immer noch das junge Bürschchen, das sich alles sagen lassen musste.

»Wo hast du das Zeug her?«, fragte Eduard nun. »Abgezweigt?«

»Gekauft.« Gustav verschränkte die Arme und ließ seinen Bruder nicht aus dem Blick. »Oder dachtest du, ich würde ewig die Drecksarbeit für dich erledigen? Ich baue mir mein eigenes Geschäft auf.«

»Und wie man sieht, wohl recht erfolgreich.« Eduard kam noch ein paar Schritte näher und schaute dann auf eine der Kisten herunter, die zwischen ihnen standen. »Dein eigenes Geschäft, also ... Ich will dir mal glauben. Dein eigenes Weib, meinetwegen. Ich werde es dir nicht verwehren, dir dein eigenes Leben zu schaffen, allerdings ...«

»Du kannst es mir nicht verwehren. Du bist nicht mein Vater, du hast mir gar nichts zu sagen.«

»...allerdings...«, wiederholte Eduard mit erhobener Stimme.

»Was?«

Gustav spürte mit einem Mal eine kaum bezähmbare Wut in sich. Er musste an sich halten, damit er nicht mit einem Satz über die Kiste hinwegsetzte und dem Bruder das überhebliche Grinsen aus dem Gesicht prügelte.

»Was hast du vor einigen Tagen bei Anna gemacht?«

Gustav runzelte die Stirn. Irgendeiner von Eduards Aufpassern hatte ihn offenbar verraten, das war klar. Er hoffte nur, dass er nicht am falschen Tag beobachtet worden war, nicht, als er mit Annas Knecht gesprochen hatte.

»Ist es verboten, seine Schwester zu besuchen?«

»Wolltest du sie denn besuchen?«

Gustav zuckte die Achseln. »Vielleicht habe ich auch nur nach einem Unternehmen gesucht, das mir demnächst meine Waren transportiert.«

Einen Moment lang schwieg Eduard. »Und was machen dieser Piet und dieser Michel ständig in deiner Nähe?«, fragte er dann. »Gib ihnen den Laufpass, Gustav, das sind keine guten Menschen.«

Gustav konnte nicht umhin, höhnisch aufzulachen. »Aber wir sind gute Menschen, ja? Wir Schmuggler und Diebe, ja? *Wir* sind gute Menschen, glaubst du das, Eduard? Was ich ganz sicher weiß, ist, dass Piet und Michel ihren Wert haben.«

Eduard seufzte. »Es gibt Unterschiede. Manchmal muss man auf Gott hören, um zu wissen, wie weit man gehen kann. Piet und Michel sind keine guten Menschen.«

»Wirst du fromm auf deine alten Tage?«, gab Gustav zurück und schnaufte dann heftig durch die Nase.

Wie weit sie sich doch voneinander entfernt hatten. Es hatte Zeiten gegeben, da hatte er seinen Bruder rückhaltlos bewundert, doch das war vorbei. Er war es, der die letzten paar Schritte hinter sich brachte, die sie beide noch trennten. Sie standen nun so dicht voreinander, dass sie den Atem des jeweils anderen auf dem Gesicht spürten.

»Gott«, zischte Gustav dann, »sagt mir gar nichts. Ich scheiße auf ihn.«

Drittes Kapitel

Estella rückte ihren neuen Sonnenhut zurecht und rannte hinter Marlena her. Sie hatte vor dem Spiegel getrödelt, hatte verschiedene Frisuren ausprobiert, hatte erst eines ihrer Häubchen aufgesetzt, sich dann jedoch für den neuen Hut entschieden, den sie lange Zeit unentschieden mal keck zur Seite gerückt hatte, um ihn dann wieder auf den Hinterkopf zu schieben.

Seit sie in Buenos Aires eingetroffen waren, war Annas Tochter Marlena zu ihrer besten Freundin geworden. Glücklicherweise zog Paco gern mit Fabio herum, wenn er nicht gerade darauf aus war, die Mädchen zu ärgern. Es war Marlena, die vorgeschlagen hatte, im Parque Tres de Febrero spazieren zu gehen, nachdem ihr Estella von der Begegnung mit dem schönen Mann erzählt hatte. Dort würden sie ihn sicherlich treffen, hatte Marlena gesagt, denn dort zeige sich dieser Tage ganz Buenos Aires.

Estella verlangsamte ihre Schritte. Von einem Moment auf den anderen war ihr der Gedanke gekommen, dass es für eine Dame unschicklich war zu rennen, und sie hatte doch seit einiger Zeit den Eindruck, erwachsener geworden zu sein. Nein, sie war nicht mehr das kleine Mädchen, das Santa Celia verlassen hatte. Sie war nun auf dem Weg dazu, eine junge Frau zu werden. Vielleicht irrte sie sich ja, aber während ihrer Spaziergänge mit Marlena kam es ihr manchmal vor, als würden die jungen Männer sie anders ansehen. Der Schönste von allen aber war der Mann, der sie damals in der Gasse angesprochen hatte. Estella hoffte so sehr darauf, ihn wiederzusehen.

Sie hatte sich nur für ihn hübsch gemacht. Für ihn trug sie auch das Korsett gerne, dazu das helle Kleid mit den blauen Streifen und den gebauschten Röcken, die ihr vorher nur hinderlich erschienen wären. Noch einmal überprüfte Estella den Sitz des kleinen Huts und rückte ihn dann so, dass sein Schatten zum Teil über ihr Gesicht fiel. Zwei blaue Bänder in der Farbe ihrer Augen fielen am Hinterkopf über ihre schwarzen Locken herab. Damit ihr das Haar nicht in die Augen fiel, hatte sie vorne links und rechts zwei Haarsträhnen abgeteilt und diese am Hinterkopf zu einem kleinen Knoten gewunden. Die eine Hand am Hut, die andere mit dem Kleid beschäftigt, beschleunigte sie nun wieder ihre Schritte.

Sie war froh darum, dass ihre Mutter nicht bemerkt hatte, wie sie das Haus verlassen hatte. Seit sie hier waren, hatte sie eigentlich stets darauf bestanden, dass Estella und Marlena von einem Knecht begleitet wurden. Ganz selten nur war es Estella gelungen, ein paar Schritte allein zu tun. Mittlerweile war es einfach lästig, dass ihre Mutter sie immer noch für ein kleines Mädchen hielt, das ein Kindermädchen brauchte. Estella wusste schließlich, dass sie keines mehr war. Die Augen der jungen Männer bestätigten es, und dann war da jene Begegnung gewesen, die ... Sie konnte sich immer noch keinen rechten Reim darauf machen. Vor allem enttäuschte es sie ein wenig, dass sie den Mann danach nicht wiedergesehen hatte.

Sie hatte den Park endlich erreicht. Der Tres de Febrero war erst im November des vergangenen Jahres eingeweiht worden und damit eine der neueren Parkanlagen. Estella hörte, wie sie leise keuchte. Himmel, seit sie in Buenos Aires war, war sie einfach nichts mehr gewöhnt. Früher war sie oft mit Paco zusammen ausgeritten und hatte sich den ganzen Tag über irgendwo auf der Estancia herumgetrieben, doch das war in Buenos Aires unmöglich. Für einen Moment hielt Estella inne, um sich zu orientieren. Da drüben, da war Marlena ja schon. Die Freundin hatte nicht mehr warten wollen, nachdem Estella ihr Aussehen zum wiederholten Mal überprüft hatte, und war deshalb vorausgegangen.

Sofort eilte Estella weiter, verharrte dann wieder, denn die Freundin war nicht allein. Ein hagerer Mann stand an ihrer Seite. Als Marlena Estella sah, tat sie erst gar nichts, dann hob sie unvermittelt den Arm und winkte der Freundin zu. Estella, die eben noch hatte zögern wollen, lief wieder los, dann hatte sie Marlena auch schon erreicht. Die aber sah aus der Nähe elend aus. Ganz offensichtlich kämpfte sie mit den Tränen, und Marlena weinte sonst nie.

»Es tut mir leid«, hauchte sie und schluchzte auf.

Verständnislos blickte Estella sie an, da tauchte plötzlich ein zweiter Mann neben ihr auf und packte sie beim Arm. Estella öffnete den Mund, um zu schreien, da drehte sich der Hagere zu ihr hin.

»Still, oder sie stirbt!«

Erst jetzt sah Estella das Messer, das er Marlena versteckt in die Seite drückte. Stumm starrte sie ihn an und schauderte. Der Mann hatte die schrecklichsten blauen Augen, die sie in ihrem bisherigen Leben gesehen hatte.

»Aber wo sind sie denn nur? Sie wollten doch in ihrem Zimmer bleiben.«

In ihrem Zimmer waren die Mädchen nicht. Anna hatte nun zum dritten Mal sämtliche Gebäude und sogar die Stallungen durchsucht, doch auch dort waren Estella und Marlena nicht zu finden. Mit einem Seufzer ließ die sich auf die Treppenstufen vor dem Wohngebäude fallen. Aus der Außenküche drang immer noch Marias fröhlicher Gesang. Anna hatte der Freundin noch nichts gesagt. Maria beunruhigte sich immer viel zu schnell. Marlena, hatte sie einmal gesagt, ist wie eine Tochter für mich. Ich würde sie mit meinem Leben verteidigen, und ich wollte sterben, wenn ihr etwas geschähe.

Wie oft, fuhr es Anna durch den Kopf, hatte Maria in schweren Zeiten auf Marlena aufgepasst, hatte ihr Italienisch beigebracht und die ersten einfachen Gerichte.

»Vielleicht sind sie ja bei Pedro und Viktoria«, murmelte sie, doch noch während sie die Worte aussprach, wusste sie, dass dem nicht so war.

Viktoria hatte Pedro zu einem Musikabend ausgeführt. Außerdem war es schon spät, normalerweise waren Estella und Marlena um diese Uhrzeit längst zu Hause.

Anna hörte das Hoftor knarren und hob den Kopf. Keine Kunden, stattdessen schlurften im Schein des rötlichen Abendlichts Fabio und Paco durch das geöffnete Tor, jeder mit einer Angel über der Schulter, Ärmel und Hosenbeine hochgekrempelt, die Füße nackt und dreckig. Mit einem leisen Aufschrei, in dem sich all ihre Spannung entlud, stürzte Anna auf die beiden zu.

»Wo wart ihr denn?«

Der fünfjährige Fabio sah sie verständnislos an. Der ältere Paco hob die Angel. »Fischen.«

»Es hat aber nichts angebissen«, fügte Fabio enttäuscht hinzu.

»Aber wir hatten euch das doch verboten«, setzte Anna an, brach dann mit einem Seufzer ab.

Es war einfach unmöglich, die Kinder einzusperren. Es

drängte sie danach, die Welt zu sehen, und sie erkannten die Gefahren einfach nicht, die sie barg. Sie strich Fabio rasch eine seiner dunklen Haarsträhnen aus der Stirn. Er sah Luca sehr ähnlich, seinem Vater, der hatte sterben müssen, bevor der Sohn geboren worden war. Anna wusste, dass Maria eine Daguerreotypie ihres Mannes besaß, die Julius für sie hatte anfertigen lassen – sie hütete sie wie einen Schatz. So konnte Fabio sich wenigstens eine Vorstellung von seinem Vater machen.

»Beim nächsten Mal«, versuchte sie jetzt doch, dem Kleinen Mut zu machen.

»Wir brauchen andere Köder«, fuhr Paco dazwischen und drehte seine Angel hin und her. »Das haben die anderen gesagt.«

»Sonst beißen die nicht an, Tante Anna«, ergänzte Fabio.

Anna nickte. »Sagt einmal«, fragte sie die beiden Jungen dann, »wo sind denn Marlena und Estella?«

Paco zuckte die Schultern, den Blick auf den Angelhaken gerichtet, den er nunmehr zwischen den Fingern drehte. Fabio schaute den Freund an und schüttelte dann den Kopf.

»Die waren doch heute im Park.«

Paco rollte mit den Augen.

»Wirklich?«, fragte Anna misstrauisch.

Dass die Mädchen in den Park gegangen waren, hatte sie auch schon vermutet, aber war da noch etwas, das sie wissen musste?

»Ja. Sie haben sich dort mit ihren Verehrern getroffen«, ergänzte Paco gelangweilt.

»Wie bitte?«, stieß Anna ungläubig aus. Ihre elfjährige Tochter traf sich mit *Verehrern*? Anna wurde noch misstrauischer. »Wen genau haben sie dort getroffen?«

»Männer eben.« Paco schob die Unterlippe vor. »Kavaliere.«

»Hat Marlena das gesagt oder Estella?«

»Ich sage das.« Paco verschränkte die Arme vor der Brust. »So etwas weiß man doch.«

»Habt ihr sie gesehen?«

Fabio nickte heftig. »Wir sind ihnen ja gefolgt, Tante Anna.«

Anna spürte, wie sich unvermittelt ein flaues Gefühl in ihrer Magengegend ausbreitete.«

Als Paco ihr beschrieb, wie die »Verehrer« aussahen und Fabio bestätigend dazu nickte, begann Anna das Herz so wild zu klopfen, dass sie dachte, es müsse ihr aus dem Leib springen. Ohne sich etwas anmerken zu lassen, schickte sie die Jungen zu Maria, die ihnen zu essen geben sollte, und setzte sich dann in den Salon, um auf Viktoria und Pedro zu warten. Spät am Abend erst kamen die beiden zurück. Anna konnte sie im Hof lachen hören, zog das Umschlagtuch enger um die Schultern, denn es fröstelte sie.

Als sich die Tür öffnete und Pedro und Viktoria hereinkamen, brachte sie trotz aller Worte, die sie sich zurechtgelegt hatte, keines heraus. Längst war die Kerze heruntergebrannt, die sie angezündet hatte. Sie stand auf und räusperte sich, immer noch unsicher, wie sie anfangen sollte.

»Anna, was machst du denn hier im Dunkeln?«, fragte Viktoria, die Stimme leicht und beschwingt nach dem wohl gelungenen Abend.

Anna schluckte heftig. »Marlena und Estella sind fort, entführt, und ich weiß auch schon, wer dahintersteckt.«

Anna konnte sehen, wie Viktoria erstarrte, wie sie das, was sie gehört hatte, erst ablehnen wollte, wie dann die Erkenntnis einsetzte, die ihre Knie weich werden ließ.

»O mein Gott! Entführt? Bist du dir sicher?«

Viktoria gab einen gequälten Laut von sich. Von einem Moment auf den anderen war die Freude aus ihrem Gesicht gewichen. Sie wankte, doch Pedro hielt sie fest. Anna sprach nun schneller weiter, erzählte von den beiden Halunken, die sie noch vom Schiff her kannte, erzählte, wo Paco die beiden gesehen hatte. Viktoria hörte sich alles an, dann schüttelte sie den Kopf.

»Nein, die waren es nicht, Anna. Das waren nur Handlanger. Ich weiß, wer dahintersteckt.« Sie musste innehalten, weil ihr Stimme so sehr zitterte, dann hatte sie sich wieder gefasst: »Ofelia Santos, meine Schwiegermutter. Ich hätte wissen müssen, dass ihr nicht zu trauen ist. Jetzt hat sie es endlich geschafft.«

Marlena versuchte, mit ruckartigen Bewegungen ihres gefesselten Körpers die schmierige Wolldecke von ihrem Gesicht rutschen zu lassen, doch es dauerte eine Weile, bevor sie ihr Ziel erreicht hatte. In tiefen Zügen sog sie die warme Nachtluft ein. Dann versuchte sie sich umzublicken, doch außer dem Rand des Karrens und dem Himmel über sich, konnte sie nichts erkennen. Über ihr breitete sich ein Sternenhimmel aus, so schön, dass es schmerzte, ihn zu sehen. Unter ihr war das harte Holz des Karrens. Unbekannte Geräusche durchdrangen die Luft, Laute von aufgeschreckten Tieren, dazu gesellte sich das gleichmäßige Quietschen und Knirschen der Wagenräder.

»Estella?«, wisperte sie.

Alles blieb still. Marlena versuchte noch einmal, sich umzuschauen, keuchte vor Anstrengung, als sie für einige Augenblicke den Kopf hob. Seitlich waren die Ränder des Karrens zu hoch, als dass sie etwas hätte sehen können. Hinter ihr, auf dem Bock, saßen ihre beiden Entführer und achteten nicht darauf, was auf dem Wagen geschah. Warum auch, die Mädchen waren schließlich gefesselt und konnten sich kaum rühren.

»Estella?«, zischte Marlena noch einmal.

Die Decke neben ihr geriet in Bewegung, dann schob sich der Kopf der Freundin ins Freie. Einen Moment lang hörte Marlena, wie Estella ebenso gierig wie sie selbst nach Luft schnappte.

»Wo sind wir?«, wisperte sie dann.

»Ich weiß es nicht.«

Aus dem Park weg hatten die beiden Männer sie genötigt, mit ihnen zu gehen. Es war ihnen nicht gelungen, andere Spaziergänger auf ihre missliche Lage aufmerksam zu machen. Sobald sie zu nahe an jemandem vorbeikamen, hatten die Männer sie gepackt. Verzweifelt hatten sowohl Estella als auch Marlena versucht, sich aus ihren eisenharten Griffen zu befreien. In einer Gasse, nicht weit vom Parque Tres de Febrero entfernt, hatte dann der Karren gewartet, auf den ein Junge aufpasste. Er hatte von den Männern ein paar Papier-Pesos in die Hand gedrückt bekommen und sich entfernt, ohne die Mädchen eines Blickes zu würdigen.

Dann waren Marlena und Estella gezwungen worden, aufzusteigen. Der Dicke hatte sie gefesselt, während der mit den kalten Augen eine Waffe auf sie gerichtet hielt. Unter Androhung des Todes hatte man ihnen verboten zu schreien und dann schmutzige, nach Tieren stinkende Decken über sie geworfen. Zuerst waren sie durch die Stadt gerollt. Die Wagenräder waren mal über Erde, mal über Pflaster geknirscht. Die Mädchen hatten immer mal wieder ein Gewirr von Stimmen gehört, doch schon seit geraumer Zeit hörten sie nichts mehr dergleichen.

»Kennst du die beiden?«, fragte Estella jetzt leise.

»Nein.«

Marlena sah erneut in den Sternenhimmel hinauf, wandte das Gesicht dann wieder der Freundin zu, die sie in der von einem schwachen Mond beleuchteten Nacht nur schemenhaft sah. »Ich wollte dir noch sagen, dass ich froh bin, dass du bei mir bist, Estella.«

Estella antwortete erst nach einer Weile. »Und wenn es meine Schuld ist, dass wir hier sind?«

»Wieso?«

»Weil mich mein Vater vielleicht zurückhaben will?«

»Ach wo?«

Marlena drehte den Kopf wieder dem Himmel zu, starrte die Sterne an, als könnten die ihr Sicherheit geben. Estella hatte einiges von ihrem Vater erzählt und noch mehr von ihrer Großmutter, das sie schaudern machte. Was, wenn sie Recht hatte?

»Jetzt beruhige dich doch, wir werden die Mädchen schon wiederfinden.«

Pedro hielt Viktoria, die in seinen Armen schluchzte und bebte, wie es noch keiner von ihnen erlebt hatte, fest umschlungen. Alle Kraft war von ihr gewichen. Sie konnte sich kaum noch auf den Beinen halten, Angst verzerrte ihre Gesichtszüge. Nichts mehr war von der selbstsicheren Viktoria geblieben, die sie kannten. Anna stand mit dem Rücken gegen Julius gelehnt, der sie von hinten mit seinen Armen umfasste. Sie hatte ihn benachrichtigen lassen, und er war sofort gekommen.

Meine kleine Marlena, dachte sie, was haben sie mit meiner kleinen Marlena gemacht? Aber sie konnte nicht weinen, konnte ihrer Verzweiflung keine Stimme geben, wie Viktoria es tat.

»Wo würden sie die Mädchen wohl hinbringen?«, fragte Julius nun, und nur der Umstand, seine warme Stimme dicht an ihrem Ohr zu spüren, verschaffte Anna ein Gefühl von Sicherheit.

Tränenblind schaute Viktoria ihn an. »Ich weiß es nicht.« Dann schluchzte sie erneut so stark, dass ihre Worte kaum zu hören waren. »Ich kenne diese Stadt hier nicht, ich kenne die Gegend nicht. Ich weiß es nicht. Ich werde mein kleines Mädchen nie wiedersehen!«

Julius gab Anna einen leichten Kuss auf die Schläfe, löste sich dann von ihr und ging zu Viktoria, der er ein Taschentuch reichte.

»Du warst immer so stark, Viktoria«, sagte er dann ruhig zu ihr. »Du weißt, dass es sich nicht lohnt zu weinen. Denn das wird die Mädchen nicht retten. Wir müssen etwas tun. Jetzt.«

»Aber ich kann nichts tun.«

Viktoria machte nunmehr Anstalten, zu Boden zu sinken, doch Pedro hielt sie aufrecht. Es war, als ob mit einem Mal die ganze Anspannung der letzten Wochen und Monate über ihr zusammenbrach. Sie wollte und konnte sich einfach nicht beruhigen.

»Bitte, überleg noch einmal«, sagte Pedro. »Wo könnten sie sie hingebracht haben? Es könnte sein, dass sie gar nicht mehr in der Stadt sind. Wir wissen, dass Humberto und Doña Ofelia sich einige Monaten in Buenos Aires aufgehalten haben ... ›Ich weiß es nicht‹ lasse ich nicht gelten.« Pedros Stimme gewann an Schärfe. »Denk nach. Fällt dir irgendetwas ein, wo sie sein könnten, wenn sie abgereist sind, auch wenn es nur ein kleiner Hinweis ist?«

Viktoria bemühte sich deutlich um Fassung. »Vielleicht zu Hause.« Erneut drückte sie sich das Taschentuch gegen die

Nase. »Ja, am ehesten sind sie in Salta, schätze ich.« Sie versuchte, Zuversicht in ihre Worte zu legen, doch sie klang nicht ganz überzeugt.

»Das ist allerdings sehr weit weg«, warf Pedro ein.

»Du hast mich gefragt, was ich denke«, entgegnete Viktoria immer noch mit müder Stimme. »Wenn Humberto und Ofelia nicht mehr hier sind, dann weiß ich nicht, wo sie sonst sein könnten. Sie werden die Entführung der Mädchen organisiert und sie mitgenommen haben.«

»Ich werde zur Vorsicht alle Hotels überprüfen lassen«, warf Julius leise ein.

Pedro atmete tief ein und stieß die Luft geräuschvoll wieder aus. »Gut, wenn sie in keinem mehr anzutreffen sind, werden wir sie in Salta suchen«, sagte er und nahm Viktoria unvermittelt in die Arme. »Wir werden sie in Salta suchen und sie finden. Das verspreche ich dir, meine Liebste.«

Marlena hatte den Eindruck, dass sie mittlerweile seit Stunden unterwegs waren. Mit einer Bewegung ihrer gefesselten Hände stieß sie Estella vorsichtig an. Die hob kurz den Kopf und ließ ihn dann wieder sinken.

»Vielleicht bringen sie uns ja zu euch nach Hause«, überlegte Marlena. »Dort wird man uns sicher finden.«

»Vielleicht.« Estellas Stimme klang wenig überzeugt. »Aber bis Salta ist es furchtbar weit. Heute Abend werden wir bestimmt nicht bis dorthin kommen.« Sie überlegte. »Morgen sicher auch nicht. Mama, Paco, unser Führer Miguel und ich waren über zwei Monate unterwegs, und das zu Pferd. Ich frage mich, wo sie uns sonst hinbringen könnten.«

»Aber wo sollen Mama, Viktoria, Pedro und Julius uns suchen, wenn sie uns nicht nach Salta bringen?«

»Ich weiß es nicht«, flüsterte Estella.

Marlena konnte ihre Augen im Licht des Mondes glänzen sehen. Kurz schwiegen sie beide, dann wisperte Marlena der Freundin zu: »Es tut mir leid, dass ich dich nicht gewarnt habe. Du hättest fortlaufen können, wenn ich nicht so ein Hasenfuß gewesen wäre.«

Estella gab ein Schnauben von sich. »Hasenfuß? Nein! Sie hatten doch Messer.« Sie schüttelte den Kopf. »Ich hätte bestimmt nicht anders gehandelt. Außerdem – wenn ich nicht gewesen wäre, wärst du wahrscheinlich gar nicht entführt worden. Vielleicht ist es also eher meine Schuld.« Marlena konnte das kleine Geräusch hören, mit dem Estella ihre Unterlippe einsaugte und wieder losließ. »Wenn wirklich meine Großmutter hinter allem steckt«, sagte sie dann langsam, »dann sollte sicher Paco bei mir sein und nicht du, und dann ...« Estella brach ab.

»Du meinst ...«, stieß Marlena hervor.

Alarmiert schwiegen die Mädchen, als ihnen die Bedeutung ihrer mutmaßlichen Entdeckung klar wurde. Was würde geschehen, wenn die Männer entdeckten, dass sie ein falsches Kind entführt hatten?

In dieser Nacht fand keiner in den Gebäuden des Fuhrunternehmens Brunner-Weinbrenner Ruhe. Vollkommen übernächtigt trafen sie am frühen Morgen am Frühstückstisch zusammen. Anna hatte sich die ganze Nacht im Bett herumgewälzt, hatte Reisepläne ent- und wieder verworfen. Julius war kurz nach Morgengrauen aufgebrochen, um einige Erkundigungen einzuziehen und noch einmal das Hotel, in dem die Santos untergekommen waren, zu überprüfen. Pedro hatte Viktoria, die immer wieder in Tränen ausgebrochen war, die ganze Nacht über in den Armen gehalten und sie wie ein kleines Kind gewiegt. Vollkommen erschöpft war sie schließlich kurz eingeschlummert, doch der Schlaf hatte keine Erholung gebracht.

Zum ersten Hahnenschrei hielten Maria und Lenchen ein Frühstück aus Kaffee und süßen Brötchen bereit, doch keiner wollte etwas zu sich nehmen.

»Aber ihr müsst etwas essen!«, rief die Italienerin aus. Sie wirkte sehr gefasst. Anna war dankbar um ihre Unterstützung. »Ihr werdet all eure Kräfte benötigen. Die Mädchen brauchen euch. Seid nicht dumm.«

Pedro war der Erste, der stumm nach einem Brötchen griff. Paco und Fabio flehten darum, bei der Suche helfen zu dürfen, was Anna und Viktoria allerdings ablehnten. Als sie endlich alle eine Tasse Milchkaffee getrunken und ein Brötchen dazu gegessen hatten, war im Hof Hufschlag zu hören. Julius war zurück und kam bald mit eiligen Schritten ins Esszimmer. Es war immer noch früh, die Sonne stand noch nicht hoch am Himmel. Die Geräusche zeigten, dass die Umgebung erst langsam zu neuem Leben erwachte.

»Es ist entschieden, ich reise nach Salta«, rief er aus, während er noch an seinen Umhang nestelte und diesen dann über den nächsten Stuhl warf. »Ich habe alle Hotels überprüfen lassen, und es findet sich keine Spur Doña Ofelias und Humbertos. Vermutlich sind sie vorgestern abgereist. Wenn ich alles daransetze, könnte ich sie vielleicht sogar einholen. In jedem Fall habe ich schon eine Tasche gepackt. Ich kann mich sofort auf den Weg machen.«

»Du?« Viktoria riss die Augen auf.

»Wieso...?«, setzte Anna an.

»Wer sonst?« Mit einem dankbaren Kopfnicken nahm Julius die Kaffeetasse entgegen, die Maria ihm reichte. »Ich kenne den Weg. Ich bin ein Geschäftspartner von Ricardo Santos. Es wird nicht auffallen, wenn ich zu Besuch komme, und während wir Geschäftliches besprechen, kann ich mich ganz unauffällig umhören und umschauen. Ich bin der Einzige, der keinen Verdacht erwecken wird. Pedro können wir ja kaum schicken, oder?« Julius nahm einen Schluck Kaffee. »Hm, heiß...«, sagte er und sog scharf die Luft ein.

»Ich komme mit«, rief Viktoria aus. »Sie wollen mich. Ich komme mit. Wenn ich nicht fortgelaufen wäre, wäre das alles nicht geschehen.«

Wieder einmal brach sie in Tränen aus, die sie vergeblich fortzuwischen versuchte. Paco, der eben nach einem weiteren Brötchen gegriffen hatte, hielt erschrocken inne. Anna sprang auf und umarmte die Freundin.

»Du bist fortgelaufen, weil sie dich eingesperrt und bedroht haben, Viktoria. Lass Julius tun, was er vorgeschlagen hat. Er ist wirklich der Einzige, dem wir diese Aufgabe anvertrauen können.«

Die Freundin barg ihren Kopf am weichen Leib Annas. Pedro nahm den völlig verunsicherten Paco auf den Schoß und erklärte ihm im Flüsterton, was geschehen würde.

»Und wenn wir zu spät kommen?«, schluchzte Viktoria auf.

»Estella ist ihr Kind, sie ist eine Santos. Sie werden ihr nichts tun.«

Viktoria schaute Anna verzweifelt an. »Womöglich hast du Recht, aber ich bin mir nicht sicher. Doña Ofelia schreckt vor nichts zurück.«

Irgendwann waren die Mädchen eingeschlafen. Als sie wieder aufwachten, hatte sich nichts an ihrer Lage geändert: Sie waren Gefangene. Spät in der Nacht waren sie endlich an einem Gebäude angekommen, an dessen Seite Marlena einen riesigen Baum hatte ausmachen können, von dem sie annahm, dass es sich um einen Ombú handelte. Sie kannte die riesigen Bäume von der Alameda in Buenos Aires, am Abend zuvor allerdings war es viel zu dunkel gewesen, um ausreichend zu sehen.

Sie fragte sich, ob sie sich wohl in der Pampa befanden, aber eigentlich gab es gar keine andere Möglichkeit.

Marlena seufzte. Wie oft hatte sie Julius um seine Reisen beneidet. Wie oft hatte sie sich gewünscht, aus Buenos Aires herauszukommen, die Weite der Pampa kennenzulernen oder die hohen Berge, die Anden oder die Kordilleren, von denen er berichtet hatte. Zuweilen hatte sie sich ausgemalt, von wilden Indianern entführt und verschleppt zu werden, aber diese Träume waren immer gut ausgegangen, weil sie eben nichts anderes waren als das: Träume, Träume, die einem wohlige Schauer über den Rücken jagten, weil es sich nicht um die Wirklichkeit handelte. Sie biss sich auf die Lippen, um nicht doch noch vor Angst aufzuschluchzen.

Im Schein von Fackeln waren Estella und sie ins Haus getragen worden, nachdem sie sich kurz hatten erleichtern dürfen. In der Mitte des Raumes, der sich gleich hinter der Tür aufgetan hatte, war eine Klappe im Boden gewesen, durch die man sie in einen weiteren, flacheren Raum gebracht hatte. Unsanft hatten ihre Träger sie fallen lassen, doch Marlena hatte die Zähne aufeinandergebissen, um keinen Schmerzenslaut von sich zu geben. Vor den Banditen wollte sie keine Furcht mehr zeigen. Das hatte sie sich fest vorgenommen.

Halb ängstlich, halb neugierig schaute sie sich nun um. Es war kein richtiger Keller, das konnte sie im Morgenlicht ausmachen, denn der Raum befand sich nicht vollkommen unter der Erde. Von etwas oberhalb fiel durch Ritzen Licht zu ihnen herein. Marlena wälzte sich auf die Seite, zog die Beine an und kam, indem sie sich mit den gefesselten Händen abstützte, mühsam auf die Knie. Auf Knien robbte sie auf die Lichtstreifen zu, biss die Zähne zusammen, um keinen Schmerzenslaut von sich zu geben. Leise keuchend erreichte sie ihr Ziel, ließ sich mit einer Schulter gegen die Wand aus harten Rundhölzern fallen. Sie konnte jetzt ein Auge an eine der Ritzen pressen und nach draußen spähen.

Linker Hand war der Baum zu sehen – tatsächlich ein Ombú, den man in der Pampa auch *bella sombra*, schöner Schatten nannte, wie Julius ihr gesagt hatte. Sie bemerkte außerdem ein paar Weiden, die auf Wasser hindeuteten und zwei Eukalyptusbäume. Ein paar Rinder trotteten über den Hof. Rechts des Ombú stand ein Wagen. Vermutlich der, mit dem man sie hergebracht hatte. Marlena stöhnte leise, als sie plötzlich den Halt verlor und mit ihrem Gesicht schmerzhaft gegen die Holzwand prallte.

»Marlena?«, kam aus der Dämmerung hinter ihr Estellas Stimme.

Marlena brachte die gefesselten Hände in Brusthöhe und drückte sich von der Wand weg.

»Ich bin hier«, flüsterte sie. »Ich versuche, nach draußen zu sehen.«

Aus dem Dämmerlicht kamen undefinierbare Geräusche. Offenbar versuchte auch Estella, aufzustehen. Dann kam sie mit einem Mal herangehüpft. Sie war kleiner als Marlena und musste doch den Kopf schräg halten, um dabei nicht gegen die Decke zu stoßen.

»Ich werde versuchen, meine Fußfesseln zu lockern«, sagte sie, als sie Marlena erreichte. »Siehst du etwas?«

»Nicht viel. Den Ombú, den Wagen, Rinder und noch ein paar Bäume. Halt, warte mal ... Pst!«

Wieder drückte Marlena das Auge an die Ritze. Oberhalb ihrer Köpfe knarrte etwas, dann schlug Holz gegen Holz, Schritte waren zu hören, dann ein Poltern, endlich ein Knarren.

»Eine Treppe?«, hauchte Estella ihr ins Ohr.

Marlena zuckte die Achseln. Draußen bewegten sich Beine von ihr weg, dann erkannte sie einen der Männer, die sie hergebracht hatten. Es war der Hagere mit den bösen Augen. Wenig später kam der Dicke und führte zwei Pferde heran. Sie sah, wie sie sich in die Sättel schwangen. Unter dem Gewicht des Dicken ging der schmale Gaul etwas in die Knie. Gleich darauf war Hufgetrappel zu hören.

»Die beiden reiten fort«, bemerkte Marlena.

»Was? Sie lassen uns hier zurück?«

Estella hüpfte eilig näher heran. Sie keuchte, als sie an Marlenas Seite ebenfalls durch eine der Ritzen spähte.

»Aber sie lassen den Wagen hier«, murmelte Marlena, »bestimmt kommen sie zurück.«

»Und wenn nicht?«

Mühevoll kämpfte Estella die Panik herunter, die in ihr aufsteigen wollte. Die eiskalten blauen Augen des einen Mannes waren plötzlich vor ihr, als stünde er ihr direkt gegenüber.

Marlena wollte die Hand nach der Freundin ausstrecken, doch sie konnte es nicht.

»Wir sind entführt worden, Estella«, flüsterte sie. »Sie wollen etwas für uns haben. Sie brauchen uns.«

Draußen entfernte sich das Hufgetrappel weiter, bis nichts mehr zu hören war. Marlena spürte, wie sich die Angst auch in ihr ausbreitete. Was, wenn sie sich irrte? Was, wenn man sie nicht mehr brauchte? Hatte man sie etwa zum Sterben hergebracht?

»Einen Brandy?«

Gustav nickte zu dem Tischchen hin, auf dem er eine Auswahl von Branntweinen, Likören und Ähnlichem samt Gläsern für seine Gäste bereithielt. Stefan Breyvogel räusperte sich. Er fühlte sich sichtlich unbehaglich.

»Bitte.« Seine Stimme klang belegt, sodass er sich gleich noch einmal räusperte. »Einen Brandy, bitte.«

»Corazon«, forderte Gustav die junge Frau auf.

Einen Moment später hielten beide Männer ein gefülltes Glas in der Hand. Gustav trank einen Schluck, gab das Glas dann an die Frau weiter und fixierte Breyvogel.

»Sie waren uns eine große Hilfe, Señor Breyvogel. Bisher hatten wir keine Gelegenheit, Geschäfte miteinander zu machen, aber ich habe nur das Beste über Sie gehört und würde mich freuen, wenn unsere Beziehungen nicht gleich zum Erliegen kämen.«

Gustav lächelte seinen Gast süffisant an. Breyvogel wich seinem Blick kurz aus und schaute sein Gegenüber dann wieder an. Gustav liebte es, einen dieser braven, ehrlichen Kaufleute zappeln zu sehen. Natürlich wusste Stefan Breyvogel, dass er nach dieser Sache nie wieder in sein altes Leben zurückkehren konnte. Nie wieder.

Gustav musste plötzlich an sich halten, nicht laut zu lachen. Diese feinen Kaufleute und das ganze Pack halten sich für was Besseres als unsereins, schoss es ihm durch den Kopf, aber ihre Seelen sind genauso schwarz wie unsere, genauso höllenschwarz und verdorben. Gierig sind sie, neidisch, und das Beste wollen sie ohnehin nur für sich. Pack, verdammtes, elendes Pack. Er würde mit Vergnügen dafür sorgen, dass Breyvogel nie wieder ruhig schlafen konnte.

Gustav zog Corazon auf seinen Schoß und ließ seinen Daumen über die zarte Haut an der Innenseite ihres Arms wandern – den Fuhrunternehmer verlor er dabei nicht aus den Augen. Der schien noch etwas blasser zu werden, als er ohnehin schon war. Offenbar schwitzte er auch, denn er fuhr sich nun mit einem großen Taschentuch über die glänzende Stirn. Unter der Sommerbräune hatte seine Haut einen kränklichen Ton angenommen.

»Wenn das nur nicht herauskommt«, murmelte er tonlos.

»Was sollte herauskommen? Sie haben einem Vater zu seinem Kind verholfen.« Gustav ließ den zappelnden Breyvogel nicht aus dem Blick. »Wer sollte etwas dagegen zu sagen haben?«

»Ja, aber das andere Mädchen...«

Noch einmal wischte sich Breyvogel über die Stirn. Auf seinem bleichen Gesicht waren jetzt hektische rote Flecken zu sehen.

»Und wer sollte es überhaupt erfahren?« Gustav ließ Corazon ein wenig wippen, er genoss es, ihren runden Hintern auf seinen Knien zu spüren. »Wir sind doch Männer und keine geschwätzigen Klatschweiber. Wir handeln, wenn es nötig ist.«

»Ja.« Breyvogel hustete wieder.

Gustav streckte die Hand nach seinem Drink aus, streifte leicht Corazons Hand, als er nach dem Glas griff. In den Jahren, in denen seine Beziehungen stets nur von kurzer Dauer gewesen waren, war die kleine braune Corazon doch immer an seiner Seite geblieben und hatte ihm sogar eine Tochter – Blanca – geschenkt, die er allerdings selten sah. Wieder bewegte er den Daumen unmerklich über ihre Haut. Ein

Lächeln huschte über sein Gesicht, als er an Corazons kleine braune Brüste und ihre runden Hüften dachte. Sie tat ihm gut. Er schlang einen Arm um sie. Einen Moment lang schien Breyvogel nicht zu wissen, wo er hinschauen sollte, dann starrte er auf Corazons Oberschenkel. Ihr Kleid war verrutscht und gab ein Stück nacktes braunes Fleisch preis.

»Und war es nicht Ihr Wunsch, dass dieses Mädchen ebenfalls entführt wird?«, fragte Gustav, während er das Unbehagen Breyvogels in vollen Zügen genoss.

Er jedenfalls hatte keine Sekunde gezögert, auch seine Nichte verschleppen zu lassen. Er hatte nie viel auf die Familie gegeben. Die Familie suchte man sich nicht aus, Freunde und Geschäftspartner schon.

»Ja, aber...«

Gequält blickte Stefan Breyvogel auf, fand jedoch keine weiteren Worte. Dann stürzte er seinen Brandy in einem Zug hinunter.

Gustav bewegte einen Daumen sanft über Corazons Taille. Er hatte Erkundigungen über Breyvogel eingeholt. Der Mann war einmal ein wichtiger Geschäftsmann in der deutschen Kolonie gewesen, aber in den letzten Jahren war es nicht mehr so gut gelaufen. Es hieß, dass er trank und spielte. Für seinen Niedergang machte Breyvogel Anna Weinbrenner verantwortlich.

»Sorgen Sie sich nicht, es wird alles laufen, wie Sie es sich wünschen. Frau Weinbrenner wird ihr Kind zurückwollen, und Sie werden einen Konkurrenten weniger haben.«

Stefan Breyvogel nickte, doch das Glas in seiner Hand zitterte. Draußen auf der Treppe waren mit einem Mal polternde Schritte zu hören. Im nächsten Moment wurde die Tür aufgestoßen.

»Gustav!«

»Eduard.« Gustav schob Corazon von seinem Schoß herunter und stand auf. »Bruderherz.«

Das Wort stoppte Eduard für einen merklichen Atemzug in seinem Lauf. Er warf einen kurzen Blick auf Breyvogel, bevor er seinen Bruder erneut in den Blick nahm.

»Mir ist zu Ohren gekommen, dass du Geschäfte machst, von denen ich nichts weiß, Gustav.«

»Nein, nein, du weißt von all meinen Geschäften. Wir sind doch Brüder! Ein Herz und eine Seele.« Gustav nickte zu Corazon hin. »Stimmt's, Corazon?«

Eduard antwortete nicht, hatte er doch jetzt wieder Stefan Breyvogel in den Blick genommen, der unsicher auf die Füße kam.

»Was macht er hier?«

Gustav nahm ein sauberes Glas vom Tisch und füllte es. »Ich wollte ein Glas Brandy mit einem Geschäftspartner trinken. Er ist Fuhrunternehmer, wusstest du das? Ich suche doch ein gutes Fuhrunternehmen.«

Gustav reichte seinem Bruder das Getränk, der es wortlos entgegennahm.

»Corazon«, forderte er die junge Frau auf.

Sie schmiegte sich an ihn. Ihr weicher Körper ließ ihn ruhiger atmen. Natürlich wusste Eduard nicht, was los war, und das verunsicherte ihn. Gustav konnte nur mühsam ein Grinsen unterdrücken. Seit sie in Buenos Aires angekommen waren, hatte er die Drecksarbeit erledigt – wobei, Drecksarbeit machte ihm nichts aus. Es hatte ihm allerdings etwas ausgemacht, dass er niemals für sich gearbeitet hatte, aber damit war es jetzt vorbei.

»Ich gehe dann besser mal nach Hause«, war Stefan Breyvogels unsichere Stimme zu hören.

Noch so einer, der die Drecksarbeit gerne anderen überließ, aber hier würde Gustav aufpassen. Außerdem hatte er noch den jungen Breyvogel, der wie sein Vater ein übler Spieler war, wie man ihm zugetragen hatte. Sollte sich Breyvogel senior zurückziehen wollen, würde es genügend Gelegenheiten geben, den Jüngeren und damit auch ihn zu erpressen.

»Gehen Sie nur«, Gustav schenkte Breyvogel ein freundliches Lächeln, »ich würde mich freuen, Sie einmal zu einem Abendessen zu sehen.«

»Ja, ja«, entgegnete Breyvogel abwesend, kurz darauf fiel die Tür hinter ihm zu.

Eduard starrte seinen Bruder an. »Ich habe dich im Blick, Gustav«, sagte er dann. »Fühl dich nicht zu sicher.«

»Ich weiß nicht, warum du so beunruhigt bist. Warum traust du mir nicht mehr? Wir sind Brüder, Eduard.« Gustav schüttelte den Kopf. »Alles ist wie immer, ich habe nichts getan. Komm, lass uns noch einen trinken.«

»Nein, danke, ich habe noch etwas vor.«

»Ein Mädchen?«

Eduard antwortete nicht. An der Tür blieb er noch einmal stehen und drehte sich zu dem Jüngeren um. Dann nickte er nur und war wortlos verschwunden.

Gustav zog Corazon wieder zu sich auf den Schoß und drückte seine Nase gegen ihren weichen, nach Frau duftenden Körper. Er wollte eben nach seiner Tochter fragen, da öffnete sich eine Tür, die mit Tapete überzogen war. Von Unwissenden wurde sie gerne übersehen. Mit wenigen Schritten war Piet bei ihm, gefolgt von Michel.

»Weiß er etwas?« Piet nickte zur Tür hin, durch die Eduard verschwunden war.

Gustav schüttelte den Kopf. »Er blufft nur.«

Der alte Löwe hatte keine Zähne mehr.

Mit einer Hand öffnete Eduard die drei obersten Knöpfe seines Hemds. Die Februarnacht war lau. Tagsüber war es immer noch sehr warm für diese Jahreszeit. Aus den Häusern und Höfen waren Stimmen zu hören, in der Luft schwebte ein Geruch von *asado*. Er hörte Gesang. An einer Straßenecke drehte sich ein Paar in einem langsamen selbstvergessenen Tanz zu den Klängen eines *bandeons*, während ein kleines Grüppchen Zuschauer Beifall spendete. Er selbst hatte hier schon Gitarrespielern gelauscht, hatte Gauchos beim Glücksspiel zugesehen, bevor Messer gezückt wurden, um Fortunas Glück mit Gewalt auf die richtige Seite zu ziehen.

Eduard hatte sich entschlossen, den Abend allein zu verbringen und seinen beiden Leibwächtern freigegeben. Er war schon lange nicht mehr allein gewesen. Heute aber brauchte er die Einsamkeit, um nachzudenken. Ein wenig unwohl war ihm aber schon. Ja, vielleicht war es unvernünftig gewesen – besonders Elias hatte sich schwergetan, den Anweisungen seines Vorgesetzten Folge zu leisten –, aber Eduard war sich sicher, dass er allein für sich sorgen konnte.

»Ich bin stark«, hatte er gesagt, und seine Muskeln spielen lassen.

»Du bist zu ehrlich«, hatte Elias entgegnet und hinzugefügt, dass man vorsichtig sein müsse. Ihm seien Dinge zugetragen worden, wenn er auch noch nichts Konkretes wisse, Gerüchte, die er überprüfen müsse.

»Hat es etwas mit Gustav zu tun?«

Eduard hatte versucht, im Gesicht seines besten Mannes zu lesen.

Elias hatte die Schultern gezuckt.

»Ich will nichts sagen«, hatte er dann mit gepresster Stimme erwidert, »nicht, bevor ich alle Quellen überprüft habe.«

»Wenigstens einer, der nicht vom Hörensagen lebt«, hatte

Eduard entgegnet und seinem ältesten Mann auf die Schulter geklopft.

Er hatte viele kommen und gehen sehen. Männer, die ihn begleitet hatten, die etwas wie Freunde gewesen waren, waren an seiner Seite ermordet worden. Andere hatten seinen Kreis verlassen, waren fortgezogen, ins Gefängnis gekommen, gehängt worden, oder einfach verschwunden. Er hoffte, dass manche von ihnen ihr Glück gemacht hatten, denn das ließ auch in ihm die Hoffnung keimen, dass sich das Leben zum Besseren wenden würde.

»Ich werde mich umhören«, hatte Elias wiederholt.

Eduard legte kurz den Kopf in den Nacken und starrte nach oben in den Himmel. Dunkelgraue Wolken zogen über helleres Grau hinweg, gelbes Mondlicht schimmerte dahinter hervor und ließ die menschenleeren Straßenzüge gespenstisch aussehen. Man hätte sich allein wähnen können, wenn da nicht die Stimmen gewesen wären. Der Gestank war erdrückend. Die Luft fühlte sich feucht an. Wo die Gassen enger wurden, war es schwer, etwas zu sehen. Auch die Geräusche schienen sich an solchen Stellen zu ändern, wurden dichter und bedrohlicher. Waren da nicht gerade Schritte zu hören gewesen? Hatte er nicht eben eine Tür zuschlagen hören? War es wirklich die richtige Idee gewesen, einfach allein hier herumzulaufen? Wie viele Feinde mochte er sich in den letzten Jahren gemacht haben, und wenn er nicht einmal mehr seinem Bruder trauen konnte ... Aber er hatte doch zeigen wollen, dass er sich nicht fürchtete. Er war schließlich Eduard Brunner, der sich vor nichts und niemandem fürchtete.

Trotzdem, irgendetwas stimmte nicht.

Eduard blieb stehen und schaute sich um. Alles um ihn blieb jetzt still, grau, bewegungslos. In diesen Höfen, hinter diesen Fenstern gab es nichts zu feiern. Nichts, er konnte einfach nichts sehen.

Ich werde zu Monica gehen, schoss es ihm unvermittelt durch den Kopf, Monica, die erste Hure, bei der er Entspannung gesucht hatte. Es war auch gar nicht mehr weit. Noch zwei Blöcke, und er hatte ihr großzügiges Anwesen erreicht. Er beschleunigte seine Schritte. Plötzlich verspürte er eine Sehnsucht nach Monica, der er sich selbst nicht mehr für fähig gehalten hatte. Wie lange war er nun nicht mehr bei ihr gewesen, wie lange hatte er zu viel zu tun gehabt?

Eduard lief an der *pulpería* vorbei, in der er gern seine Geschäfte abwickelte, wenn er in der Gegend war. Dann ging es noch zweimal nach rechts und dann nach links, und er stand vor Monicas zweistöckigem, weißgetünchtem Haus. Es war das größte Haus in diesem Block und wirkte mit seinen kunstvoll geschnitzte Fensterläden, durch die warmes, honigfarbenes Licht schimmerte, wie ein Schmuckstück. Und doch wusste er, dass es keinem gelingen konnte, diese Burg zu stürmen, wenn ihre Einwohner vorbereitet waren.

Monica war stets gut vorbereitet. Der Messingklopfer an der schwarzen Tür schimmerte im diffusen Schein des Mondes. Eduard zögerte nicht, sondern klopfte sofort. Nur wenig später öffnete der schwarze Hüne, der ihr als Türsteher diente.

»Ist Monica da? Ist sie frei?«

Eduard hatte sich schon durch die Tür geschoben, ohne die Antwort abzuwarten. Die meisten erschraken vor dem schwarzen Riesen, doch er wusste, dass der Mann ein eher sanftes Gemüt hatte. Der Hüne musste sich beeilen, mit ihm Schritt zu halten.

»Madame ist da, Señor Brunner, aber sie will niemanden empfangen. Madame hat Kopfschmerzen.«

»Mich wird sie empfangen.«

»Madames Anweisungen waren sehr strikt.«

»Waren sie das? Sei dir sicher, sie wird mich empfangen.«

Eduard durchquerte nun den kleinen Garten. Inmitten von Buenos Aires hatte Monica ein kleines grünes Dschungelparadies geschaffen. Am Ende des Pfads bewegten sich die Wedel einer halbhohen Palme, dann trat ihm eine hochgewachsene Frauengestalt in den Weg.

»Bist du dir da sicher?«

Eduard stoppte sofort. »Monica.« Er senkte die Stimme. »Monica«, sagte er dann noch einmal. »Ich brauche dich.«

Sie hob eine Augenbraue. Sie war so schön, wie er sie in Erinnerung hatte – hochgewachsen, die Haut von der Farbe hellen Milchkaffees, das Gesicht oval, die schmalen, großen Augen leicht schräg gestellt, das krause schwarze Haar mit duftenden Ölen geglättet. Er wagte es, noch einen Schritt näher zu treten.

»Ich brauche dich, Monica, bitte. Ich brauche dich heute.«

Schweigend schaute sie ihn an, dann machte sie eine Bewegung mit ihrer rechten Hand. »Komm mit.« Sie wandte sich an ihren Türsteher. »Pass auf die Tür auf, Milo, ich will heute *wirklich* keine Gäste mehr.«

Sie ging voraus, noch ein Stück den Gartenpfad entlang, auf ein kleines Häuschen im hinteren Bereich des Gartens zu. Warmes Licht schien auch hier durch die geöffneten Fenster, vor denen Seidenvorhänge wehten. Monica öffnete die Tür, ging in den Raum hinein. Langsam drehte sie sich zu Eduard um, der ihr gefolgt war. Als sie ihn mit ihren unverwechselbaren grünen Augen ansah, war sein Kopf mit einem Mal wie leergefegt. Sie war so schön, die schönste Frau, die er je gesehen hatte. Dazu bewegte sie sich stets stolz und mit tänzelndem Schritt, ganz gleich, ob sie eine Galarobe trug oder nur einen dünnen, einfachen Mantel wie jetzt. Sie schaute ihn an, schaute ihn nur an und schien darauf zu warten, dass er etwas sagte.

Er erinnerte sich, dass sie ihm erzählt hatte, dass sie das Kind eines französischen Edelmannes und einer Schwarzen sei, weshalb sie sich Monica de la Fressange nannte. Er wusste nicht, ob die Geschichte stimmte. Es war ihm auch gleich. Für ihn war sie Monica, die Königin von Buenos Aires.

Er trat auf sie zu, ging in die Knie. »Halt mich, *mi reina*, küss mich, meine Schöne.«

Sie ließ es zu, dass er ihre Hüften umfasste. Manchmal gab er sich der Vorstellung hin, dass er auch ihr nicht ganz gleichgültig war, obwohl er nach diesem Abend die übliche großzügige Bezahlung zurücklassen würde.

Sie löste sich wieder von ihm und ging zum Bett hinüber. Er stand auf und folgte ihr. Vor dem Bett fiel der Mantel zu Boden. Eduard spürte, wie sich sein Geschlecht zu rühren begann. Allein die Bewegung ihrer Hüften ließ Wärme durch ihn hindurchschießen. Hier in ihren Armen würde er vergessen. Er würde seine Sorgen vergessen, und er würde vergessen, dass er sich von Gustav entfremdet hatte. Alles würde einfach sein. Für alles würde sich eine Lösung finden lassen. Monica zog ihn zu sich aufs Bett, warf ihn auf den Rücken und setzte sich auf ihn.

Ihr mit einem Diamanten geschmückter Bauchnabel war ihm so nah... Er drohte, schon zum ersten Mal zu kommen. Keuchend kämpfte er den Drang nieder. Im nächsten Moment schienen hunderte kleiner Küsse auf ihn niederzuprasseln. Es war so schön, so unaussprechlich wunderbar. Sie saß mit gespreizten Beinen auf ihm. Er konnte ihr feuchtes Geschlecht auf seinem spüren, und er roch ihre Weiblichkeit. Als sie ihn in sich aufnahm, zog er sie an den Hüften näher zu sich. Sie bewegte sich. Sie bewegten sich gemeinsam in einem wilden Tanz, und kurz noch blickte er in ihr Gesicht, bevor ihn der Tanz schwindeln machte und mit sich riss.

Später lagen sie nebeneinander, rauchten und bliesen Rauchkringel in die warme Zimmerluft.

»*Mi reina*«, flüsterte er, »meine Königin.«

Sie sah ihn nicht an, aber er konnte sehen, dass sie lächelte.

»Pass auf dich auf, wenn du nach Hause gehst«, sagte sie, »mir sind Dinge zu Ohren gekommen.«

Der Mond war voll und sattgelb über Buenos Aires aufgegangen, als Eduard sich auf den Weg machte. Die Straße vor Monicas Haus schien menschenleer. Irgendwo raschelte es, dann war das Geschrei von Katzen zu hören. Eduard legte den Kopf in den Nacken und dehnte den Rücken. Er war ruhiger geworden, seit er Zeit mit Monica verbracht hatte. Anders noch als früher am Abend, genoss er es nun, durch die Straßen zu spazieren. Er hatte die Straße, in der sein Haus lag, fast erreicht, als er plötzlich auf etwas Dunkles aufmerksam wurde, das mitten in seinem Weg lag. Von einem Moment auf den anderen begann sein Herz heftig zu schlagen. Er hielt kurz inne, dann ging er weiter. Je näher er dem Objekt kam, desto unruhiger wurde er.

Es war ein Mensch, der da lag, erkannte er jetzt. Ein Toter? Es würde nicht der erste Tote sein, den er sah. Ein Mann, machte er dann aus. Jetzt konnte Eduard seine Hand sehen. Er zuckte zusammen. Er kannte diese Narbe. Die Entdeckung schnürte ihm die Kehle zu. Elias.

Eduard fiel auf die Knie. Er fasste nach Elias' Schulter und zerrte den Freund auf den Rücken. Elias' Augen waren geöffnet. Starr blickten sie in den Nachthimmel. Sein Hemd war von Blut durchtränkt. Zitternd stand Eduard auf. Es war so weit. Man hatte ihm den Krieg erklärt.

»Ich habe Hunger«, war Estellas Stimme in der Finsternis zu hören. Marlena, die seit geraumer Zeit versuchte, ihre Handfesseln mit den Zähnen zu lösen, ließ die Hände sinken.

»Ich auch«, erwiderte sie.

»Was, wenn man uns hier doch einfach zurückgelassen hat?«, wiederholte Estella die Frage, die sich beide schon mehr als einmal gestellt hatten.

Marlena seufzte. »Das hat man bestimmt nicht. Wer sollte denn so etwas tun? Sie haben uns entführt. Sie wollen etwas für uns haben. Wir müssen nur warten, sie werden bald zurückkommen.«

Es raschelte, dann war wieder Estellas Stimme zu hören.

»Ich weiß nicht. Was, wenn sie schon längst haben, was sie wollten? Dann wären wir ihnen zu nichts mehr nütze, und sie könnten uns einfach hierlassen. Hier findet uns doch niemand. Da draußen ist kein Mensch, das weißt du selbst. Sooft wir auch geguckt haben, da war niemand.«

Marlena seufzte erneut. »Aber wir waren uns doch einig, dass sie dich wollen.« Sie lehnte den Kopf hinterrücks gegen die Balken, lauschte und atmete dann tief durch. »Und sie haben uns Wasser dagelassen. Sicher haben sie es nicht mehr rechtzeitig zurückgeschafft. Morgen sind sie wieder da, oder sie kommen doch noch heute Abend. Du wirst schon sehen.«

Die beiden Mädchen warfen einen Blick in Richtung des Holzeimers, den sie gegen Mittag entdeckt hatten, als die Sonne den Ort ihrer Gefangenschaft fast bis in den letzten Winkel ausgeleuchtet hatte.

»Hast du die beiden eigentlich jemals zuvor gesehen? Woher wussten sie überhaupt, dass es bei uns etwas zu holen gibt?«, fuhr Estella fort.

»Jemand wird es ihnen gesagt haben.« Marlena runzelte die Stirn. »Wir sollten jetzt etwas schlafen, Estella. Es ist stockfinster. Wir werden sicherlich noch all unsere Kräfte brauchen.«

»Meinst du?«

»Ja«, antwortete Marlena mit fester Stimme.

Keinesfalls wollte sie zugeben, dass sie keine Idee hatte, was sie erwartete.

Der Tag war vergangen, ohne dass sie eine Spur von den Mädchen entdeckt hatten. Wieder einmal fand keiner von ihnen zu gewohnter Zeit ins Bett. Die feuchte Spätsommerschwüle drückte sie ebenso nieder wie die Angst um die Kinder, und so saßen Viktoria, Anna, Lenchen und Maria noch spät in der Nacht in der Außenküche zusammen, sprachen miteinander, um sich zu beruhigen, wenn auch wenig erfolgreich, als plötzlich das Tor knarrte. Die Frauen wechselten rasch Blicke. Seufzend stand endlich Anna auf, nahm eine Petroleumlampe zur Hand, um zu sehen, wer so spät noch störte. Manchmal war es Stefan Breyvogel, der betrunken in ihrem Hof krakeelte. Seit es mit seinem Geschäft bergab ging, sprach er häufiger dem Alkohol zu. Kaum etwas erinnerte noch an den stattlichen Mann, für den sie einmal gearbeitet hatte, und auch sein Sohn Joris sah älter aus, als er war. Er hatte immer noch nicht geheiratet, besuchte aber regelmäßig Huren.

Entschlossen trat Anna auf die dunkle Gestalt in der Toreinfahrt zu. In den abendlichen Schatten konnte sie zuerst nur ausmachen, dass es sich um einen Mann handelte. Im nächsten Moment hätte sie die Lampe beinahe fallen lassen.

»Eduard!«

Ihr Bruder, der offenbar schwer an einem Gewicht auf seiner linken Schulter trug, stand jetzt da wie festgenagelt und hob den Kopf.

»Anna«, hörte sie gleich seine Stimme, eine Stimme, die so gequält klang, dass sie sie kaum erkannte.

»Eduard!«, wiederholte sie.

»Anna, kleine Anna«, entgegnete er tonlos.

Dann ging er mit einem Mal in die Knie und ließ das Gewicht von seiner Schulter gleiten. Es war ein menschlicher Körper, der vor Annas Augen langsam auf den Rücken rollte. Der Mond, der eben durch die Wolken lugte, und der schwankende Schein ihrer Lampe warfen ihr diffuses Licht auf sein blutbeflecktes Hemd. Anna holte erschrocken Luft. Für einen kurzen Moment war es still.

»Eduard!«, flüsterte sie dann. »Was ist geschehen, um Gottes willen?«

»Elias«, schluchzte Eduard. »Elias, oh Elias!«

Es war ein tierisches Weinen, das seinen Körper schüttelte. Eduard stützte sich bebend mit den Händen auf dem Boden auf.

Anna drückte Viktoria, die ihr nachgelaufen war, die Lampe in die Hand. Dann kniete sie auch schon an Eduards Seite nieder.

»Um Himmels willen, Eduard, sag, was ist geschehen?«

Eduard starrte seine Schwester tränenblind an. »Man hat Elias getötet. Meinen einzigen Freund Elias. Er war der Einzige, der wusste, dass noch etwas Gutes in mir ist. Der Einzige, der wusste, dass das Gute in mir nicht ganz verloren ist. Wäre er nicht mein Freund, würde er noch leben. Sie haben ihn getötet, um mich zu treffen.«

Wieder schluchzte er auf. Unvermittelt legte Anna einen Arm um seine Schultern und zog ihren Bruder an sich.

»Aber ich weiß das doch auch«, flüsterte sie ihm ins Ohr,

ungewiss, ob er sie überhaupt hörte. »Ich weiß doch auch, wie viel Gutes in dir steckt. Du bist mein Bruder, mein ältester und mein bester Bruder.«

»Er ist tot«, weinte Eduard neuerlich auf, »und es ist meine Schuld, allein meine Schuld. Sein Blut klebt an meinen Händen. Er wollte mich warnen, und ich habe ihm nicht geglaubt. Er sagte, dass er sich noch nicht sicher sei. Ich hätte jemanden an seine Seite stellen müssen. Ich hätte ...«

Er konnte nicht weitersprechen, schluckte neuerliche Tränen herunter. Anna drückte ihren Bruder an sich, damit er nicht auf den Gedanken kam, sich ihr zu entziehen.

»Es ist gut, Eduard«, sagte sie dann. »Du hast es nicht gewollt. Du hast Elias nicht getötet, das waren andere. Andere, hörst du? Du nicht!« Sie küsste seine raue Wange. »Bleib heute Nacht hier, ruh dich aus.«

»Elias«, begehrte er auf.

»Ich kümmere mich um Elias«, sagte Anna sanft.

Mit einer Handbewegung rief sie zwei ihrer Burschen herbei, die angesichts des Lärms aus den Angestelltenbehausungen gekommen waren, um ihrer Herrin notfalls zur Seite zu stehen. Auf ein paar leise Worte von ihr, nahmen die beiden den Leichnam auf.

»Bringt ihn in Elisabeths Zimmer«, rief sie nach kurzem Zögern Maria zu, die ebenfalls herbeigekommen war.

In diesem Zimmer war Elisabeth Brunner gestorben, und Anna hatte es seither nicht mehr benutzt. Maria nickte, als habe sie nur auf Annas Worte gewartet. An Anna blieb es nun, aufzustehen und den Bruder auf die Füße zu ziehen. Entschlossen nahm sie ihn beim Arm.

»Komm, wir gehen ins Haus. Morgen sieht es vielleicht nicht besser aus, aber morgen sind wir ruhiger. Morgen wissen wir, was zu tun ist.«

Sie sah, wie Eduard nickte. Er weinte nicht mehr. Umständlich fingerte er ein Taschentuch aus der Rocktasche und schnäuzte sich die Nase.

»Ich freue mich darauf«, sagte er dann mit belegter Stimme, »Marlena einmal wiederzusehen.«

Anna holte tief Luft. All die eigenen Sorgen, für einen Moment in den Hintergrund getreten, waren auf einen Schlag zurück. Eduard zog die Schwester am Arm zu sich herum und sah sie an.

»Was ist mit Marlena? Warum schweigst du plötzlich? Verschweigst du mir etwas? Sag schon!«

Anna wollte seinem Blick ausweichen, hielt den Kopf aber dann hocherhoben und schaute in Eduards warme braune Augen.

»Marlena«, sagte sie dann so leise, dass ihre Stimme kaum zu hören war, »ist entführt worden.«

Eduard erstarrte.

»Komm, lass uns hineingehen, dann erzähle ich dir, was geschehen ist.«

Sie saßen sich im Salon gegenüber, als Anna von Viktoria berichtete und davon, was sich in der Nacht zuvor zugetragen hatte.

»Julius ist schon auf dem Weg nach Salta«, beendete sie ihren Bericht.

Eduard ließ sich jedes Detail schildern, fragte, ob ihnen vor dem Verschwinden der Mädchen schon etwas aufgefallen und ob den Jungen ebenfalls etwas Seltsames passiert sei.

Anna schüttelte den Kopf. »Nein, die Jungen haben nichts erzählt, und die Mädchen…« Sie überlegte und biss sich auf die Lippen, eine leise Wehmut schlich sich in ihren Blick. »Es sind Mädchen und doch schon kleine Frauen. Die

Jungen sagten, sie hätten sich mit Kavalieren getroffen, aber das ...«

Eduard sprang auf, die Hände hinter dem Rücken verschränkt, wippte von den Fersen auf die Fußballen und wieder zurück.

In dieser Nacht redeten sie weiter, redeten und redeten bis zum Morgengrauen. Eduard setzte sich wieder, stand erneut auf und lief unruhig im Salon hin und her. Er sieht müde aus, dachte Anna, er ist nicht mehr der Schmuggler, nicht der mutige Bandit, der sich über das Morgen keine Gedanken machen musste. Er ist mein Bruder, mein armer Bruder, der einen Platz sucht, an dem er Ruhe findet. Einen Ort, an dem er sein Haupt in Frieden betten kann. Sie hatte ihm mehr als einen Brandy eingeschenkt, doch vom letzten hatte er bisher keinen Schluck getrunken. Jetzt drehte er das Glas langsam in den Händen.

»Glaubst du, Julius wird Erfolg haben?«

Anna zuckte die Achseln. »Ich hoffe es. Ich hoffe es sehr.«

Ich weiß nicht, wie ich sonst weiterleben sollte, fügte sie stumm hinzu. Ich weiß nicht, was geschehen soll, wenn ich Marlena nicht wieder in die Arme schließen kann, und Viktoria geht es sicherlich ähnlich.

»Gibt es irgendwelche Anzeichen, dass sich die Kinder in Salta befinden?«, fragte Eduard nicht zum ersten Mal.

»Nein.«

Anna spürte, wie sich ihr Magen zusammenkrampfte. Sie hatten keine Anhaltspunkte, gar keine. Es war nur eine Idee gewesen, die einzige, die ihnen möglich erschienen war. Wo sollten sie sonst suchen als dort? Eduard kam plötzlich auf sie zu.

»Ich werde mich auch umhören, Anna, vielleicht kann ich etwas herausfinden.«

Sie nickte, nahm das Glas entgegen, das er ihr reichte, und stellte es auf dem Tisch ab. Er war schon fast an der Tür, als er sich noch einmal umdrehte.

»Wo ist Elias? Ich möchte von ihm Abschied nehmen.«

Anna nahm ihn bei der Hand. »Komm mit.«

Wenig später standen sie gemeinsam an Elisabeths ehemaligem Bett, auf dem Maria den Toten aufgebahrt hatte. Sie hatte ihm auch ein frisches Hemd angezogen und ihm das Haar gekämmt. Sie hatte seine Hände auf der Brust gekreuzt und ein winziges goldenes Kreuz zwischen seine Finger geschoben. Als Anna und Eduard das Zimmer betraten, betete sie. Anna blieb neben der Tür stehen. Eduard trat an das Bett heran. Anna konnte sehen, wie sich seine Lippen bewegten. Betete er? Oder verfluchte er Elias' Mörder? Mit einem Mal war ihr kalt. Nie zuvor war ihr deutlicher geworden, wie wenig sie die Dinge noch unter Kontrolle hatte.

Gustav saß in der *pulpería*, in der Eduard und er manchen Coup geplant hatten, und hielt die Tür im Auge. Ihm zur Seite saßen Piet und Michel. Noch hatte es keiner ausgesprochen, aber jeder wusste, dass die beiden seine Leibwächter waren. Er sah es an den Blicken, die ihn ab und an streiften. Der Kampf hatte begonnen. Der junge König trat gegen den alten an. Er hatte sich nicht gewünscht, dass es so enden würde, und in den Jahren, in denen er Eduard bewundert hatte, war ihm eine solche Entwicklung unmöglich erschienen, aber es musste sein. Sie wussten es alle. Der alte Löwe war zahnlos geworden, weich, hatte keinen Biss mehr. Er ließ zu, dass andere in seinem Gebiet wilderten. Er hatte nicht mehr die Wut und die Entschlossenheit, die ein Leben wie das ihre brauchte.

»Hat er die Warnung erhalten?«, fragte Gustav Piet, ohne ihn anzusehen.

»Der Hund ist tot«, antwortete der und schnippte mit den Fingern, um einen weiteren Brandy zu bestellen.

Die junge Frau hatte langes schwarzes Haar und bräunliche Haut, offenbar eine Mestizin. Grellrot leuchteten ihre Lippen. Am anderen Ende der Theke wartete Corazon darauf, dass er sie heranwinkte. Es war schon seltsam, in all den Jahren war sie stets diejenige gewesen, die Gustav an seiner Seite geduldet hatte. Sie bedrängte ihn nicht, schrieb ihm nichts vor. Er hob die Hand und bedeutete ihr zu kommen. Er hatte ihr gesagt, dass er es nicht erlauben würde, wenn Blanca sich in der *pulpería* herumtrieb. Sie war seine weiße Blüte, sein kleines Mädchen, um das er sich viel zu selten gekümmert hatte. Corazon schmiegte sich jetzt in seinen Arm. Sie war die einzige Frau, der er dies in der Öffentlichkeit erlaubte. Er legte den Arm fest um ihre Taille, während er weiter der Dinge harrte, die geschehen würden.

Ein neuer Tag drang durch die Ritzen zu ihnen herein und warf ein streifiges Schattenmuster auf den schmutzigen Boden des Kellerverschlags. Die Mädchen hatten sich am Abend Geschichten erzählt, um sich abzulenken. Zuletzt hatte Estella davon geschwärmt, welches Kleid sie auf ihrem ersten Ball tragen wollte, aber der erste Ball erschien dann doch so fern aller Möglichkeiten, dass sie bald wieder in Schweigen verfielen.

Mit dem kleinen Becher, der in dem Eimer geschwommen hatte, schöpften Marlena und Estella die letzten Reste des Wassers. Es schmeckte brackig und abgestanden, aber es genügte ihren Zwecken, und sie schlürften es gierig. In einer

Ecke ihres Gefängnisses erleichterten sie sich. Dieses Mal vermieden sie es, darüber zu sprechen, ob die Männer, die seit einem Tag und einer Nacht wie vom Erdboden verschluckt waren, wohl an diesem Tag zurückkehren würden.

Gegen Mittag war draußen endlich Hufgeklapper zu hören.

»Sie sind zurück«, wisperte Marlena, die wieder einmal durch die Ritzen spähte, Estella zu.

»Sie werden bemerken, dass wir unsere Fesseln gelöst haben.« Estellas Stimme bebte.

»Ja.« Marlena hockte sich hin, den Rücken gegen die Wand gelehnt. Daran ließ sich wohl nichts ändern. Sie ballte die Fäuste. »Dann bemerken sie es eben«, murmelte sie trotzig. »Wir sind ihnen ja nicht entkommen.«

Und wo hätten sie auch hingesollt? Seit es hell geworden war, hatten sie nach Möglichkeiten gesucht, ihrem Gefängnis zu entkommen. Estella hatte sich von Marlena in die Höhe stemmen lassen, um gegen die Luke zu drücken. Vergebens. Sie hatten ringsherum alles abgesucht, jedoch keinen größeren Spalt entdecken können. Über ihnen waren jetzt Schritte zu hören, dann wurde etwas zur Seite gerückt. Estella huschte zu Marlena hinüber und kauerte sich an deren Seite. Die Luke öffnete sich. Im nächsten Moment waren zwei Beine zu sehen. Jemand ließ sich nach unten, kam federnd auf und hatte sie sofort im Blick.

»Seid gegrüßt, ihr Täubchen. Wolltet ihr etwa ausfliegen?«

Es war der Mann mit den eisblauen Augen, und er hatte sofort gesehen, dass sie nicht mehr gefesselt waren. Marlena wurde übel, als er nun auf sie zukam, erst sie anblickte und dann mit einem genüsslichen Schnalzen die zierlichere Estella auf die Beine zerrte. Mit einer Hand fuhr er durch Estellas dunkles, lockiges Haar.

»Bist ein hübsches Ding«, raunte er dann. »Was meint ihr,

vielleicht sollten wir uns ein wenig mit euch vergnügen, damit uns die Zeit in dieser Einöde schneller vergeht?«

Marlena sprang auf. »Lass sie los, du Mistkerl!«

»Oh, welch harsche Worte für solch ein feines Mädchen.«

Der Mann lachte höhnisch und hielt Estella weiterhin fest. Marlena stürzte sich auf ihn und versuchte, ihn zu kratzen.

»Auch das noch«, lachte er, »eine kleine Wildkatze.« Der Kerl mit den Eisaugen ließ Estella los und zerrte nun Marlena so dicht zu sich heran, dass sie seinen warmen Atem auf dem Gesicht spürte.

»Michel«, rief er seinem Kumpan nach oben zu. »Das Paket kommt!«

Marlena wurde emporgehoben und fast im gleichen Moment durch die Luke gezerrt. Estella folgte einen Atemzug später. Aus dem Dämmerlicht ihres Gefängnisses gerissen, blinzelten die Mädchen unsicher. Im nächsten Augenblick wurde Marlena auf einen Stuhl zugestoßen. Mühsam konnte sie sich gerade noch abfangen, bevor sie fiel. Sie drehte sich um und starrte ihren Peiniger an, der Estella festhielt und sich nun zu ihr beugte, als wolle er ihr einen Kuss geben.

»Nein!«, schrie Estella auf.

»Nein!«, gellte es aus Marlenas Mund.

Der Eisäugige, der nach ihnen nach oben geklettert war, lachte. »Nur zu«, sagte er, »nur zu. Michel und ich, wir mögen Kratzbürsten.«

Doch der Dickere der beiden schien anderer Meinung. »Lass die beiden doch, Piet. Die wollen das Paket sicher unversehrt.«

Das Paket? Marlena überlegte. Das mussten Marlena und sie sein.

Marlena sah die beiden an, dann huschte ihr Blick unversehens zur Tür, die wohl hinausführte. Piet, der Mann mit den kalten Augen, lachte.

»Denk noch nicht einmal daran. Ohne Pferde kämet ihr nicht weit, und für zwei kleine Mädchen, wie ihr es seid, ist die Pampa viel zu gefährlich.«

Er wechselte einen Blick mit seinem Kumpan. »Zwei Mädchen ... wollen wir uns nicht doch ein bisschen vergnügen? Komm, nimm dir die kleine Zicke. Und ich nehm das Prinzesschen.«

Marlena konnte sich nicht rühren, als der Vierschrötige, den sein Kumpan Michel genannt hatte, nun doch auf sie zukam. Sie konnte ihn nur anstarren, während sich auf ihren Armen die Haare aufrichteten, während der Schweiß ihren Rücken hinunterlief und ihre Kehle so trocken wurde, dass sie auch keinen Laut mehr herausbekommen würde. Ungelenk packte Michel sie bei den Armen und zog sie mit einem Ruck hoch. Für einen Moment standen sie nur da. Marlena bemerkte, dass er seine Augen über ihren Körper wandern ließ, der die ersten zarten Anzeichen von Weiblichkeit zeigte. Dann schlang er seinen Arm um ihre Schultern und zog sie an sich. Sie nahm Schweißgeruch wahr und Alkoholausdünstungen. Aus den Augenwinkeln sah sie, dass Estella wie eine Puppe in den Armen des Eisäugigen hing. Mit einem Mal wurde ihr so übel, dass sie zu würgen begann. Marlena würgte so heftig, dass Michel sie erschrocken losließ, sodass sie zu Boden fiel.

»Was ist?«, fragte Piet unwirsch.

»Ich ... ich ...«, stotterte Michel, doch dann sahen plötzlich beide nach draußen.

Auch Marlena hatte das neuerliche Hufgeklapper gehört. Die beiden Männer traten sofort ans Fenster. Estella begann zu weinen und klammerte sich an Marlena. Draußen waren

Schritte zu hören, dann flog die Tür auf. Der Mann, der eintrat, hatte die Situation offenbar mit einem Blick erfasst. Sein Schweigen schien schwerer zu wiegen, als jedes Wort, das er hätte sagen können. Michel und Piet wurden bleich. Durch die Tür traten zwei weitere Personen, ein Mann und eine Frau, und während Marlena »Gustav!«, krächzte, begann Estella wie Espenlaub zu zittern.

Viertes Kapitel

Man zeigte sich mehr als erstaunt, als Julius unerwartet auf Santa Celia auftauchte, um Geschäftliches mit Don Ricardo zu besprechen und Viktoria und ihre Kinder zu besuchen. Viktoria, Estella und Paco seien, so wurde ihm mitgeteilt, schon seit über einem Jahr verschwunden. Die alte Herrin, die im Übrigen auch fort sei, habe gesagt, die junge Herrin sei davongelaufen, nachdem sich herausgestellt hatte, dass sie ihren Mann betrogen habe. Die Kinder habe sie mitgenommen. Doch es gab auch andere Stimmen unter den Dienern, Stimmen, die Furchtbares munkelten, Unaussprechliches gar. Schlimme Dinge waren passiert. Don Ricardo ...

»Was denn?«, fragte Julius neugierig.

»Don Ricardo«, wisperte Jonás Vásquez, der Majordomus, nachdem er den Gast in den Salon geführt hatte, »ist ermordet worden.«

»Was?« Julius stellte die Tasse Mate-Tee ab, die man ihm zur Begrüßung gebracht hatte. »Ermordet? Wie ...?«

Er hörte sich selbst stottern, hörte sich nach Worten suchen.

»Es ist geschehen, nachdem die junge Herrin und die Kinder verschwunden waren.« Vásquez runzelte die Stirn. »Manche sagen, Pedro Cabezas sei zurückgekehrt, um sich zu rächen.«

»Und?«

Jonás Vásquez zuckte die Achseln, und fragte Julius dann unvermittelt, was er zum Abendessen wünsche. Er führte ihn dann zu seinem Zimmer und entschuldigte sich mit viel Arbeit. Julius hätte gerne noch viel mehr erfahren, doch er merkte, wie sehr ihm die lange Reise in den Knochen steckte.

An diesem Abend ging er früh zu Bett, aber er lag noch eine ganze Weile wach. Etwas Düsteres lag über Santa Celia, das hatte er sofort bemerkt. Was war nur wirklich geschehen?

Früh am kommenden Morgen, als das Gut erwachte, stand Julius auf und nutzte die Zeit vor dem Frühstück, um sich ein wenig im Haus umzusehen. Wieder einmal fiel ihm die erlesene Ausstattung auf. In jedem Zimmer fanden sich feingewebte Teppiche. Porzellanmohren hielten die Kandelaber in ihren Händen, in der Bibliothek standen Reihen um Reihen in Leder gebundene Bücher. Allerdings hatte er Don Ricardo und seinen Sohn Humberto niemals lesen sehen. Viktoria las sicher auch nicht viel, und ihre Schwiegermutter Doña Ofelia...

Julius überlegte, während er in den weitläufigen Garten mit den exotisch Bäumen blickte. Doña Ofelia hatte sich stets vornehm im Hintergrund gehalten. Er konnte sie sich durchaus mit einem Buch in der Hand vorstellen, aber er hatte sie niemals mit einem gesehen. Er wusste nicht viel mehr über sie. Mit einem Mal dachte er wieder an etwas, das Jonás Vásquez am Vortag in einem Nebensatz erwähnt hatte. Er hatte von Frauen gesprochen, die verschwunden seien, und damit offenbar nicht Viktoria gemeint...

Nachdenklich öffnete Julius den obersten Knopf seines Hemdes und zog dann die Jacke aus, die er sich mehr aus Gewohnheit angezogen hatte. Es war inzwischen April, der Sommer war vorüber. Ein Rumoren seines Magens erinnerte Julius daran, dass es Zeit war, etwas zu essen. Im Speisezimmer angekommen, fiel ihm erneut die Stille des Hauses auf.

Kaum einer der Diener sagte ein Wort. Sie alle schienen, bis auf die nötigsten Worte, eher schweigen zu wollen. Der Schatten, den er schon am Vorabend bemerkt hatte, wirkte noch drückender.

Wenig später saß Julius an dem großen alten Tisch aus glänzend poliertem dunklem Holz und ließ sich Kaffee, süße Hörnchen und *dulce de leche* schmecken. Das Mädchen, das ihn bediente, kam immer nur kurz herein und huschte dann sofort wieder weg. Erst nach einer Weile gelang es ihm, sie am Ärmel festzuhalten.

»Juanita?«, fragte er.

»*No, señor, soy Marisol.*« Die Kleine schlug die Augen nieder. »Juanita weg.«

Julius runzelte die Stirn. Offenbar war nicht nur Juanita weg, bisher hatte er kaum einen aus der Dienerschaft wiedererkannt. Der Gedanke, Marisol nach Don Ricardo zu fragen, kam ihm unvermittelt. Um sie daran zu hindern, schnell wieder zu gehen, hielt er sie am Handgelenk fest.

»Marisol, was ist mit Don Ricardo geschehen?«

Die Kleine zuckte mit den Achseln. »Nix verstehen.«

»Marisol«, bat er sie eindringlich.

Sie schüttelte heftig den Kopf.

»Und wo ist Rosita?«, versuchte er es erneut. »Sie heißt doch Rosita? Die Dienerin von Viktoria, meine ich.«

»Müssen warten«, wiederholte die Kleine und wollte sich wieder losreißen. »Nix verstehen.«

»Nein, nein!« Julius hielt sie fester. »Ich will jetzt wissen, was hier los ist. Wo ist Rosita, wo sind die anderen?«

Aus schwarzen Augen sah das Mädchen ihn nunmehr so undurchdringlich an, dass er sie unwillkürlich losließ.

»Rosita auch weg«, sagte sie dann, drehte sich auf dem Fuß herum und rannte davon.

»Hey«, Julius sprang auf und wollte ihr hinterher, »bleib doch hier!«

Die Tür klappte hinter dem Mädchen zu. Er riss sie wieder auf und wäre beinahe gegen Jonás Vásquez geprallt.

»Guten Morgen, Señor Meyer.«

»Guten Morgen, Señor Vásquez. Ich wollte gerade ...«

»Bemühen Sie sich nicht, sie wird Ihnen nichts sagen können.« Der Majordomus brach ab und schaute Julius nachdenklich an. »Wir wissen ja selbst nicht ...«

Beinahe hätte Julius ihn geschüttelt. »Jetzt sag mir doch um Himmels willen endlich einer, was hier wirklich geschehen ist.«

In den nächsten Minuten lauschte Julius ungläubig den Worten des Majordomus, und die Kälte, die sich seiner bemächtigte, wollte, auch nach dem dieser geendet hatte, nicht von ihm weichen. Es schien unglaublich, was Señor Vásquez erzählte. Einige Zeit später konnte Julius sich selbst von der Wahrheit der Geschichte überzeugen. Der große Blutfleck, über den man in Don Ricardos Arbeitszimmer einen Teppich gelegt hatte, war durch das Putzen heller geworden, aber er war nicht verschwunden. Stumm standen sie beide danach vor Don Ricardos Grab.

»Glauben Sie wirklich, dass Pedro Cabezas ...?«, fragte Julius.

Vásquez schüttelte den Kopf. »Ich kenne ihn, seit er ein Kind war. Ich habe jahrelang mit ihm zusammengearbeitet. Er mag manchmal etwas hitzig gewesen sein, aber so etwas ... So etwas Feiges, das hätte er niemals ... Niemals ...« Er schüttelte den Kopf nochmals heftiger. Dann senkte er die Stimme. »Don Ricardo wurde von hinten erstochen, verstehen Sie? Von hinten. Pedro hätte niemals ...«

Julius schaute erst ihn an, dann wieder auf den Grabhügel mit seinem einfachen Holzkreuz.

»Und wer ...?«, fragte er nach einer Weile leise.

»Es steht mir nicht an, darüber zu spekulieren.«

Jonás Vásquez verschränkte die Arme. Einige Minuten schwiegen sie.

»Wann sind Humberto Santos und seine Mutter abgereist?«, fragte Julius dann.

Vásquez, der wieder das Grab angestarrt hatte, musste sich offenbar aus den Gedanken reißen. »Nur wenig später«, antwortete er, »kurz nach der Beerdigung des Herrn ... Auch das hat mich stutzig gemacht, und dann ...« Er schwieg und setzte neu an. »Es war so eine kleine Feier«, murmelte er dann, »so eine kleine Feier. Es waren kaum Gäste da. Es gab auch kaum etwas zu essen. Der Herr hätte sich gegrämt.«

Julius sah nachdenklich in die Weite. Einige aus der Dienerschaft hatten Viktoria und ihren Kindern geholfen, fortzulaufen. Wenig später war Ricardo Santos erstochen worden. Dann waren Doña Ofelia und Don Humberto abgereist. Es war also gut möglich, dass sie beide trotzdem etwas mit der Entführung zu tun hatten. Er schaute Señor Vásquez an.

»Sie können jetzt gehen. Sie waren mir eine große Hilfe, ich danke Ihnen.«

Vásquez nickte und entfernte sich einige Schritte, bevor er sich noch einmal umdrehte. »Da ist noch etwas.«

»Ja?«

Bildete er sich das ein, oder war Jonás Vásquez blass geworden.

»Vor kurzem habe ich ein paar Männer angewiesen, einen der alten Brunnen zu säubern, der einige Jahre nicht genutzt wurde.«

»Ja?«

»Wir haben Knochen gefunden.«

Das Frösteln wurde wieder stärker. Julius schluckte.

»Der junge Herr hat manchmal junge Frauen aus Salta mitgebracht. Arme Frauen aus bestimmten Etablissements, Sie wissen schon. Es gab Gerüchte, dass manche von ihnen nie wieder aufgetaucht sind.«

Julius starrte den Majordomus an. Das war ja noch schlimmer, als er gedacht hatte. Noch viel, viel schlimmer. Wenn er Recht hatte, dann befanden sich die Mädchen in großer Gefahr. Wie sollte er nur so schnell Nachricht schicken?

Fünftes Kapitel

Sie ist meine Großmutter, dachte Estella, zog die Beine enger an den Körper und umschlang ihre Knie mit den Armen. Unglaublich erschien es ihr, aber Doña Ofelia, die jetzt wenige Schritte von ihr entfernt in einem Schaukelstuhl auf der Veranda saß und die Pistole in ihrem Schoß mit den Fingerspitzen liebkoste, war ihre Großmutter. Humberto, ihr Vater, schien etwas unsicherer zu sein, und obwohl sie den Kopf weggedreht hatte, als er sie zur Begrüßung hatte küssen wollen, wusste sie im tiefsten Innern, dass er sie liebte. Heimlich beobachtete sie ihn einen Moment lang.

Dann schaute sie zu Marlena, die auf der Treppe saß, die zur Veranda hochführte, und ihr Haar wieder einmal in einen Zopf flocht, den sie danach sofort wieder auflösen würde. Die Männer, die sie entführt hatten, standen etwas entfernt, in der Nähe des Ombú. Sie waren nun schon einige Wochen in Doña Ofelias Hand, doch bisher war nichts geschehen.

Estella stand auf und starrte über das Land hinweg. Endlos weit war die Landschaft, der Horizont unendlich, sodass es einem nicht gelingen wollte, einen Unterschied zwischen Erde und Himmel auszumachen. Kein einziger Baum unterbrach diese Weite. Die Erdwellen verschwammen mit der gleichen Regelmäßigkeit von Meereswellen am Horizont. Irgendwo in dieser Weite nahm sie wieder einmal Punkte wahr, Wildpferde vielleicht oder Rinder, die einst die ersten Spanier dagelassen hatten.

»Willkommen auf La Dulce«, hatte Doña Ofelia gesagt und Marlena und sie angelächelt.

Sie würden nicht entkommen können, deshalb hatte man sie auch nicht mehr eingesperrt. Hier war weit und breit nichts. Für einen Moment versuchte Estella, die Tränen zurückzuhalten, doch es wollte ihr nicht gelingen. Marlena stand auf und kam zu ihr. Tatsächlich hatte sie ihren Zopf schon wieder aufgelöst. Mit einem leisen Seufzer umfasste sie Estellas Arm und schmiegte sich an die Freundin.

Ich bin froh, dass du da bist, sagte die Berührung.

»Ich auch«, flüsterte Estella so, dass es nur Marlena hören konnte. Aus den Augenwinkeln konnte sie sehen, dass sich Marlenas Mundwinkel leicht anhoben.

»Estella«, war da die scharfe Stimme ihrer Großmutter zu hören. »Estella, Kind, komm doch einmal her.«

Estella musste schlucken, bevor sie sich umdrehte und auf Doña Ofelia zuging.

»Groß bist du geworden«, flötete die. »Es wird Zeit, dass wir einen Ehemann für dich suchen, Kleines. Was meinst du?« Sie streckte die knochigen Finger nach der Enkelin aus, die musste sich zusammenreißen, um nicht zurückzuzucken.

»Ich bin erst elf Jahre alt, Großmutter«, sagte sie dann fest.

Doña Ofelia lachte. »Ach, ja, ach ja ... Ihr Mädchen seht doch immer schon viel älter aus, kleine Nixen, kleine Hexen, die den Männern den Kopf verdrehen wollen, nicht wahr?«

Einen Atemzug später spürte Estella die Berührung von Doña Ofelias dünnen Fingerspitzen auf ihrer Wange. Die Großmutter ließ sie nicht aus den Augen, Estella musste alle Kraft zusammennehmen, um nicht zu schaudern. An Estellas Schulter vorbei sah Doña Ofelia endlich zu Marlena.

»Ich weiß nicht, ob ich euch Mädchen nicht besser trennen sollte«, sagte sie dann mit einem süffisanten Lächeln.

Estella schluckte. Bitte, flehte sie innerlich, bitte nicht.

Aber sie wusste, dass man ihrer Großmutter alles zutrauen konnte.

Seit Julius fort war, hatte Anna vom Büro aus stets den Hof im Blick gehalten, und Viktoria und Maria hatten ihrerseits aus der Küche heraus auf jedes Geräusch gelauert. Offenbar lenkte es Viktoria ab, sich mit Maria über die Feinheiten der italienischen Küche zu unterhalten. Maria lehrte sie, *gnocchi* zuzubereiten, eine fruchtige Tomatensauce dazu und vieles mehr. Trotzdem waren ihre Gedanken unablässig bei den Mädchen. Anna starrte immer wieder auf Marlenas Schaukel, auf der sie als kleines Kind stundenlang gesessen hatte, um ihren Gedanken nachzugehen und zu träumen, ging immer wieder in das Zimmer, das sie sich viele Monate mit Estella geteilt hatte, suchte nach einem Hinweis, der ihnen vielleicht zu Anfang entgangen war. Viktoria redete unablässig davon, wie gut Estella und Marlena sich verstanden hatten, wie sie kichernd die Köpfe zusammengesteckt hatten. Man hatte Paco und Fabio verboten, den Hof zu verlassen, aber die Jungen wollten sich nichts sagen lassen, waren oft den Tag über verschwunden und kamen erst am Abend wieder. Auch von der Androhung von Prügel ließen sie sich nicht beeindrucken.

»Wir müssen doch suchen«, hatte Paco seiner Mutter in den ersten Tagen nach Marlenas und Estellas Verschwinden mit ernstem Gesichtsausdruck gesagt. »Hab keine Angst, wir werden sie suchen und sie finden. Fabio und ich, wir haben scharfe Augen.«

Anna seufzte. Obwohl sie einander hatten, war doch jeder auf gewisse Weise mit seiner Angst allein. Insbesondere nachts konnten die Stunden lang werden, wenn man wach lag und sich in den buntesten Farben ausmalte, was geschehen sein mochte. Doch auch tagsüber konnten sich die Stunden ziehen, jeder Tag war länger als der vorhergehende. Maria gab sich besondere Mühe mit dem Kochen, aber ihnen allen war der Appetit vergangen. Keiner hatte mehr die Kraft, dem anderen Hoffnung zu machen, und so beschränkten sie sich darauf, nichts von ihren schlimmsten Befürchtungen hören zu lassen, Befürchtungen, die nachts durch ihre Träume waberten wie grausame neblige Gestalten.

Pedro begleitete Eduard auf der Suche nach Gustav, doch auch der blieb verschwunden. Elias war unter der Anteilnahme aller begraben worden. Anna hatte sich gut an den alten Mann erinnert. Sie fragte sich, wie ihm das Leben wohl mitgespielt hatte.

Inzwischen war es schon April, und sie hofften, dass Julius Salta erreicht hatte. Eben war Eduard gekommen, der sie seit Elias' Tod öfter besuchte. Fast konnte man sich wieder an die Familie erinnern, die sie einmal gewesen waren, doch die vergangenen Jahre hatten Lücken in ihre Reihen gerissen. Gustav gehörte nicht mehr zu ihnen, Kaleb und Elisabeth waren tot, und nun ... Aber Anna verbot sich, diesen Gedanken weiterzudenken. Sie musste sich sagen, dass es Hoffnung gab, sonst würde sie diese Zeit selbst nicht überleben können.

Sie sah zu Eduard hinüber, der sich in die Schatten der Außenküche zurückgezogen hatte. Pedro war im Stall bei den Pferden, wie in letzter Zeit öfter, wenn er Ruhe brauchte. Neben Anna war er der Einzige, den Diablo akzeptierte, und Anna hatte sein Angebot angenommen, den Hengst auszureiten, wenn sie keine Zeit dazu hatte, was oft der Fall war.

Das Geschäft ging weiter und lief gut, auch wenn es schwerfiel, sich darauf zu konzentrieren. Breyvogel kam zuweilen vorbei, und Anna wusste, dass er nüchtern nur kam, um zu spionieren.

Sie ging mit zwei Tassen Kaffee nach draußen zu Eduard. Für eine Weile sagte der Bruder nichts, dann setzte er die Tasse an und trank geräuschvoll.

»Ich kann Gustav nirgendwo finden. Ich will ehrlich sein, aber ich habe ein schlechtes Gefühl«, sagte er danach unvermittelt.

Anna hob den Kopf und runzelte die Stirn. »Meinst du, ihm ist auch etwas geschehen?«

Zuerst antwortete ihr Eduard nicht. Lange sah er an ihr vorbei auf das Fenster zum Hof. »Nein, ich glaube, er hat schlechte Freunde«, antwortete er dann.

Anna verstand sofort. »Du glaubst, er ist in die Sache verwickelt?«

Sie hatte versucht, die Fassungslosigkeit aus ihrer Stimme zu halten, doch es wollte ihr nicht gelingen. Eduard konnte seine Schwester offenbar nicht ansehen. Immer noch war sein Blick auf das Fenster gerichtet.

»Ich weiß es nicht mit Gewissheit, aber ich vermute es. Dinge sind geschehen. Etwas hat sich verändert... Er hat sich verändert. Anna, ich...«

»Was hat sich verändert?«, platzte sie dazwischen. »Etwas an eurer...«, sie zögerte, »... Arbeit? Etwas zwischen Gustav und dir?« Sie schüttelte den Kopf. »Warum rückst du erst jetzt damit heraus?«

Für einen Moment wollte sie sich mit hoch erhobenen Fäusten auf den Bruder stürzen, dann sackte sie in sich zusammen.

»Ich weiß ja selbst nicht, was los ist.« Ungeschickt streichelte Eduard ihren Arm. »Ich kenne ihn nicht mehr. Verstehst du? Ich kenne ihn nicht.«

Anna starrte ihn an. Warum habe ich nichts gemerkt?, schoss es ihr durch den Kopf. Gustav und sie hatten sich niemals gut verstanden, aber das, was Eduard andeutete, nahm ihr doch den Atem. Sie schlug die Hände vors Gesicht und wartete auf die Tränen, die nicht kommen wollten. Vielleicht hatte sie schon zu viel geweint. Endlich hob sie wieder den Kopf.

»Hast du eine Ahnung, wo er sein könnte?«

Eduard schüttelte den Kopf. »Ich habe wirklich keine Ahnung. Ich weiß überhaupt nichts mehr.«

Sechstes Kapitel

Wenige Tage später kam Nachricht von Julius. »Er hat telegrafiert«, rief Anna aus und hielt den Zettel mit der Nachricht in die Höhe.

Im Nu hatten sich alle um sie versammelt. Die Botschaft war kurz. Don Ricardo sei tot, Doña Ofelia und ihr Sohn weilten nicht auf Santa Celia. Die Nachricht endete mit den Worten: La Dulce.

»La Dulce?«, wiederholte Anna und schaute Viktoria fragend an, die mit den Achseln zuckte. Es war Pedro, der als Erstes verstand.

»La Dulce ist die Estancia von Don Ricardos verstorbenem Bruder. Sie befindet sich irgendwo in der Nähe von Buenos Aires. Ich hätte gleich daran denken müssen, aber ich war noch niemals dort und ...« Er schüttelte den Kopf.

Viktoria drückte die Hand gegen ihren Bauch, als ob ihr übel würde. »Wenn ich mich nur einmal um den Besitz der Santos gekümmert hätte, nur einmal«, sagte sie mit zitternder Stimme, bevor sie die Hände vors Gesicht schlug.

Pedro nahm sie sanft in die Arme. »Mach dir keine Vorwürfe. Wir hätten es alle besser machen können.«

»Mein Kind muss leiden«, fuhr Viktoria auf. »Ich werde mir das nie verzeihen.«

»Jetzt gilt es erst einmal, Ruhe zu bewahren«, fuhr Eduard dazwischen, und Anna wandte ihm ein dankbares Gesicht zu. Er ist dünner geworden, durchfuhr es sie im nächsten Moment. Die Falten in seinem Gesicht hatten sich tiefer eingegraben. Sein Haar reichte ihm bis zu den Schultern. »Wir müssen überlegen, wie wir vorgehen«, sprach Eduard weiter. »Ich werde in Erfahrung bringen, wo La Dulce liegt, und ich werde mir die Männer suchen, die noch auf meiner Seite sind.«

Unvermittelt griff Anna nach seiner Hand. »Sei vorsichtig.«

»Natürlich.« Eduard drückte Annas Hand.

Ein plötzliches, hämisches Gelächter ließ sie alle zusammenzucken. Niemand hatte auf Heinrich Brunner geachtet, der auf seiner Bank wie immer dem Alkohol zusprach.

»Euch wird der Teufel holen!«, kreischte er. »Euch wird alle der Teufel holen!«

Sie hatten sich der Estancia La Dulce so weit wie möglich genähert, waren dann von den Pferden gestiegen und hatten sich in den Schutz eines Ombú zurückgezogen. Eduard und einige seiner Männer waren bei ihnen. Viktoria saß auf dem Boden, den Rücken an den Baum gelehnt.

Bella sombra, ging es Anna durch den Kopf, schöner Schatten. Sie suchte Viktorias Blick. Die Männer hockten etwas entfernt von ihnen und sprachen leise miteinander.

»Sie planen unser Vorgehen«, sagte Anna und streichelte den Arm der Freundin. »Du wirst schon sehen, es wird gelingen. Alles wird gut.«

Viktoria nickte.

»Ich sollte mich schämen«, sagte sie dann mit bebender Stimme. »Deine Kleine ist ebenfalls entführt worden. Wir müssten einander trösten, aber ich kann wieder einmal nur an mich denken...«

Nicht zum ersten Mal, seit sie angekommen waren, brach

sie in Tränen aus. Anna rückte näher an sie heran und legte einen Arm um die Freundin. »Wir werden sie finden. Pedro, Eduard und die Männer werden einen Plan entwickeln. Sie werden unsere kleinen Mädchen retten.«

»Ich fühle mich so hilflos.« Viktoria schlang die Arme um die Freundin und klammerte sich so fest, als wollte sie sie nie wieder loslassen. »So schrecklich, schrecklich hilflos.«

Aber das tue ich doch auch, dachte Anna bei sich, das tue ich doch auch.

Niemand wusste, was in den nächsten Stunden auf sie zukam.

Im Morgengrauen hatte sich Pedro zu der Estancia geschlichen. Nun war er zurückgekehrt und erstattete Bericht. Eng hatten sie sich alle um ihn geschart, um auch ja keinen Laut zu verpassen.

»Soweit ich sehen konnte, sind nur wenige Männer da«, endete er schließlich.

»Hast du Doña Ofelia gesehen?«, fuhr Viktoria dazwischen.

Pedro nickte. »Ja, das habe ich.« Er musste sich räuspern. »Und Humberto. Er weicht ihr nicht von der Seite.«

Anna konnte sehen, dass Pedro kurz die Stirn runzelte. Viktoria hatte ihr erzählt, dass es sich bei den beiden Männern um Halbbrüder handelte.

»Und die Mädchen?«

Anna hörte das Zittern in ihrer Stimme, doch sosehr sie auch dagegen ankämpfte, sie konnte nichts dagegen tun.

Pedro versuchte, sie beruhigend anzulächeln. »Draußen habe ich sie nicht gesehen«, sagte er dann, »aber das Haus wird streng bewacht. Vermutlich sind die Mädchen drinnen.«

»Und Gustav?«, mischte sich Eduard ein.

»Ein Mann, auf den deine Beschreibung passt, war da«, bestätigte Pedro. »Und da waren noch zwei in seiner Nähe, so ein hagerer Mann und ein dicker, blonder ...«

»Piet und Michel«, stieß Anna tonlos hervor.

»Genau.« Eduard sprang auf und ballte die Fäuste. »Gustav, Piet und Michel sind neuerdings unzertrennlich.« Dann lief er einige Schritte auf und ab, als wisse er nicht, wohin mit sich, drehte sich endlich zu seiner Schwester um. »Woher kennst du die beiden überhaupt?«

»Das ist eine lange Geschichte.«

»Ja?« Es war die Anspannung, die Eduards Stimme scharf klingen ließ.

»Wir waren auf demselben Schiff.« Anna holte tief Luft. »Es ist eine alte, unwichtige Geschichte. Lass uns lieber überlegen, was wir jetzt machen«, fuhr sie dann fort, entschlossen, den Bruder von seinen finsteren Gedanken abzubringen.

Sie wusste, dass er immer noch um Elias trauerte. Sie hatte den Wunsch nach Vergeltung, der ihn – so fürchtete sie – blind für Gefahren machte, in seinen Augen gesehen. Aber sie brauchten ihre Köpfe. Sie waren zu wenige, um kopflos vorzugehen.

Eduard und seine Männer würden von vorne angreifen, während Pedro die Ablenkung nutzen wollte, um sich von hinten ans Haus heranzuschleichen. Seine Aufgabe würde es sein, die Mädchen zu befreien. Als Schwierigkeit erwies sich die flache Landschaft, die es eigentlich unmöglich machte, sich La Dulce ungesehen zu nähern. Leider standen auch die Disteln, die sich zumeist in der Nähe von Ansiedlungen fanden, um diese Jahreszeit nicht hoch. Einen einzelnen, so der Plan, würde man aber womöglich übersehen und Pedro war der Geschickteste darin, sich anzuschleichen.

Auch in dieser Nacht fanden alle nur schwer in den Schlaf. Als Anna früh am Morgen aufstand und sich fröstelnd einige Schritte vom Lager entfernte, lief sie Eduard in die Arme. Ihr älterer Bruder war bleich. Unter seinen Augen hatten sich dunkle Ringe gebildet. Sie lächelte ihn an. Er erwiderte ihr Lächeln, aber seine Augen blieben ernst. Sie musste ihn nicht fragen, ob er geschlafen hatte. Ganz sicher hatte er kein Auge zugetan.

»Hast du Angst?« Sie schluckte. »Ich weiß, es ist dumm, dich das zu fragen. Natürlich hast du keine Angst...«

»... keine Angst in Anbetracht dessen, was ich in den letzten Jahren ohnehin getan habe?« Eduard sah seine Schwester müde an. »Doch, ich habe Angst. Ich habe Angst, Gustav wiederzusehen. Ich habe Angst davor, was dann geschehen wird. Gustav und ich, wir waren unzertrennlich, als wir nach Buenos Aires kamen. Wir waren Brüder, einer stand für den anderen ein, jeder kannte uns. Ich weiß einfach nicht, was geschehen ist. Ich weiß nicht, wer diesen Keil zwischen uns geschoben hat. Ich weiß nicht, wer schuld daran ist, dass ich meinem Bruder den Tod wünsche.«

Anna streifte mit den Fingerspitzen vorsichtig über seinen linken Oberarm, spürte, wie sich seine Muskeln unter ihren Berührungen anspannten. Irgendwann, wenn das hier vorbei war, würde sie ihren Bruder fragen, was er in all den Jahren getan hatte, aber nicht jetzt, da sie ihre Kraft brauchte.

Die Sonne war noch nicht ganz aufgegangen, als die Männer aufbrachen. Noch lag die Pampa in morgendlicher Dämmerung da. Die ersten zaghaften Sonnenstrahlen zupften an den Blättern des Ombú, der ihnen Schutz geboten hatte. Es war so kühl, dass sie fröstelten.

Zuerst saßen Viktoria und Anna beinahe stumm beieinander. Nur ab und zu fiel ein Wort, jede hing ihren Gedanken nach. Nach und nach schälte sich ihre Umgebung aus den Nachtschatten heraus, die flache Unendlichkeit dieses Gräsermeers, diese überwältigende Leere. Anna hatte gerade einen Kanten Brot aus ihrer Tasche geholt und ein Stück abgebissen, da sprang Viktoria plötzlich auf.

»Ich muss hinterher, Anna. Ich kann nicht warten, ich kann das nicht. Ich kann sie nicht allein lassen. Ich muss hinterher.«

Noch bevor Anna ein Wort hatte sagen können, war Viktoria bei ihrem Pferd und begann, es mit fliegenden Fingern loszubinden. Anna war mit wenigen Sprüngen bei ihr und griff nach ihrem Arm.

»Viktoria«, versuchte sie, die Freundin aufzuhalten.

Viktoria riss sich los. Ihre Augen blitzten auf, als sie Anna das Gesicht zuwandte. »Komm mit oder lass es bleiben, Anna. Ich werde jedenfalls nicht tatenlos hier herumsitzen und auf Nachrichten warten. Ich werde etwas tun. Mein Kind ist irgendwo dort drüben. Ich werde es retten.«

»Aber womöglich machen wir alles kaputt. Du weißt nicht, was sie geplant haben. Womöglich verraten wir sie!«

»Ist das unsere Schuld, wenn sie uns das verschwiegen haben? Niemand kann erwarten, dass ich mein kleines Mädchen hier einfach allein lasse. Niemand.«

Viktoria stieg rasch auf. Eben kroch die Sonne blassgelb über den Horizont und ließ Himmel und Erde eins werden. Noch einmal drehte sich Viktoria zu ihr hin, und in diesem Moment war es Anna, als erwache sie aus einer Art Erstarrung. Natürlich konnte sie die Freundin nicht allein lassen.

»Warte«, rief sie aus, schob das Brot in ihre Rocktasche und sprang auf.

Ihre zitternden Finger machten es ihr schwer, ihr Pferd loszubinden. Trotzdem saß sie nur wenig später im Sattel. Viktoria lächelte die Freundin an.

»Damals, auf dem Schiff, hast du da daran gedacht, dass wir einmal so etwas zusammen erleben könnten?«

»Gott bewahre!« Anna schüttelte den Kopf. »Ich habe gedacht, dass wir in unserem Leben nie mehr als zehn Worte miteinander wechseln würden.«

Unwillkürlich fröstelte sie. Ich habe Angst, schoss es ihr durch den Kopf, während sie ihr Pferd antrieb, damit es Viktorias folgte. Schon gingen die Pferde in einen leichten Trab über. Bald machte Viktorias Stute Anstalten zu galoppieren.

Das Land ist so flach hier, dachte Anna, während sie krampfhaft die Zügel hielt. Sie werden uns sofort sehen. Man reitet hier wie auf einem Präsentierteller. Noch zögerte sie, ihrem Pferd die Fersen in die Seite zu stoßen, damit es, ebenso wie Viktorias, an Geschwindigkeit aufnahm, doch das Tier schien schon von selbst entschieden zu haben, dass es keinesfalls den Anschluss verlieren durfte.

In unglaublicher Geschwindigkeit galoppierte Anna über die weite Pampa. Vielleicht ist es so zu fliegen, schoss es Anna durch den Kopf. Sie konnte nicht sagen, wie lange sie auf diese Weise ritten, als Viktoria unvermittelt ihr Pferd zügelte.

»Da«, sagte sie atemlos, als auch Anna ihr Pferd verhielt, und streckte eine Hand aus.

Sie hätte das nicht tun müssen. In der weiten Ebene der Pampa, so flach wie eine Bratpfanne, wie damals Herr Cramer, der Agent, auf dem Schiff gesagt hatte, wirkte die Estancia La Dulce wie ein Fremdkörper. Viktoria richtete sich etwas im Sattel auf.

»Ich kann noch nichts sehen«, sagte sie dann.

»Ich auch nicht.« Anna beschattete ihre Augen mit einer

Hand. Sie konnte nur ein großes Gebäude ausmachen, daneben einen weiteren Ombú. »Wir sind noch zu weit entfernt.«

Viktoria nickte. »Ich hoffe, sie entdecken uns nicht zu früh.«

Anna antwortete nicht. Es war schwer, hier eine Entdeckung zu verhindern, mit jedem Stück, das sie näher heranritten, vergrößerte sich die Gefahr.

»Vielleicht sollten wir zurückreiten oder wenigstens hierbleiben und abwarten.«

»Jetzt, wo wir so weit gekommen sind?« Viktoria schüttelte heftig den Kopf. »Ich will mein Kind wiedersehen.«

»Was, wenn sie uns entdecken? Dann ist alles kaputt. Dann wird man uns auch noch gefangen nehmen!«

»Meinst du, man kann die anderen von hier aus sehen?« Viktoria kniff die Augen zusammen. »Ich kann sie jedenfalls nirgends entdecken.«

Anna sah sich ebenfalls um. Viktoria hatte Recht. Die Männer waren wirklich nirgendwo zu entdecken.

Pedro hatte die Estancia im weiten Bogen umritten, um sich der Anlage dann von hinten zu nähern. Das Hauptgebäude war zweistöckig und hatte eine kalkgeweißte Fassade, die Veranda ein weit vorspringendes Dach. Auf der Rückseite gab es einige verstreute Nebengebäude, die einem einsamen Reiter etwas länger Deckung schenkten, als das vorne der Fall war. Irgendwann war Pedro jedoch gezwungen gewesen, vom Pferd zu steigen. Sorgfältig band er das Tier an niedrigem Buschwerk an und setzte seine Annäherung vorsichtig fort.

Bald konnte er das Gelände der Estancia recht gut überblicken. Er sah ein paar Männer, wohl Arbeiter, die der Umgebung jedoch wenig Beachtung schenkten. Einige einsame Rinder standen in einem Gatter. Auf einem freistehenden Pfosten steckte ein Rinderschädel mit abgebrochenem Horn. Offenbar fühlte man sich sicher.

Bis er den Zaun erreichte, hatte Pedro keine weitere Menschenseele entdecken können. Vom Zaun aus huschte er gebückt zu einer Art Scheune hinüber, legte sich auf den Bauch und robbte weiter, bis zur nächsten Ecke des Gebäudes. Zwischen Scheune und Hauptgebäude befand sich jetzt nur noch ein größerer Platz mit einem Brunnen. Momentan war er leer, doch das konnte sich jederzeit ändern.

Pedro schob sich in den Schatten der Scheune zurück. Ab jetzt würde er warten. Eduard und seine Männer sollten einen Scheinangriff von vorne reiten, damit er sich leichter von hinten ins Haus schleichen konnte.

Er schloss die Augen und lauschte, den Körper von den Haaren bis zu den Zehenspitzen angespannt. Wenn er auch nur das kleinste, ungewöhnliche Geräusch hörte, das wusste er, würde er sofort bereit sein. Er hoffte nur, dass keiner auf den Gedanken kam, sich seine Seite des Gebäudes anzusehen.

Eduard wusste nicht, zum wievielten Mal er seine Pistolen überprüfte. Er hatte Schusswaffen nie gemocht. Stets hatte er sie vermieden. Anfangs waren seine Fäuste genug gewesen, um sich durchzusetzen. Manchmal hatte es eines Messers bedurft. Später hatte ihm sein Ruf Respekt verschafft. Er warf einen kurzen Blick auf seine Männer. Die, die hier waren, waren ihm alle treu ergeben. Martin war ein kluger Mann und ein guter Schütze. Elias' Bruder Noah wollte Rache nehmen, war aber ansonsten ein besonnener Kämpfer. Lorenz mochte kaltblütig sein, sogar brutal, aber wer konnte sagen, wen man in einem solchen Kampf brauchen würde? Lorenz war jedenfalls ein Mann, der loyal war bis in den Tod. Martin, Noah und Lorenz kannte er also besser, mit den anderen hatte Eduard bisher wenig zu tun gehabt, aber sie waren auf seiner Seite. Das musste genug sein. Für den Moment.

Für einen Augenblick musste er den neuerlichen Gedanken an Elias verdrängen, der schmerzhaft in ihm hochkam. Doch dieser Gedanke war es auch, der ihn entschlossener weiterreiten ließ. Er würde Elias rächen, weil Elias immer für ihn da gewesen war. Er würde ihn rächen, weil er an das Gute in Eduard geglaubt hatte.

Sie hatten La Dulce schon lange in der Ebene ausgemacht, nun waren die einzelnen Gebäude deutlicher zu sehen, und man konnte die ersten Menschen erkennen. Zweifelsohne hatte man auch sie entdeckt, aber Eduard gab sich Mühe, nicht darüber nachzudenken. Als die Estancia schon fast in Rufweite war, hieß er seine Männer ihre Pferde anhalten. Einen nach dem anderen blickte er ernst an. Keiner wich seinem Blick aus. Es waren gute Männer, zweifelsohne.

Eduard musste sich räuspern, bevor er sprechen konnte. »Diese Sache wird gefährlich«, sagte er dann. »Sie braucht unseren ganzen Mut und unsere ganze Kraft. Es ist gut möglich, dass wir Dinge tun müssen, die wir nicht tun wollen...« Er wusste nicht, warum er in diesem Moment Lorenz ansah. Der Mann, dessen linke Wange eine Narbe in zwei Hälften spaltete, erwiderte seinen Blick mit einem schiefen Lächeln. »Wir werden nur einen Scheinangriff reiten«, fuhr Eduard fort, »doch es kann sein, dass mancher von uns nicht zurückkehrt.« Er machte eine Pause, in der er jeden einzelnen der Männer entschlossen anblickte. »Es ist außerdem gut möglich, dass sich mein Bruder Gustav auf dieser Estancia dort befindet. Wer von euch nicht gegen Gustav kämpfen will oder kann, dem gebe ich hier noch einmal das Recht, sich zurückzuziehen.«

Keiner antwortete. Indem er tief Atem holte, zog Eduard die Pistolen hervor: »Dann auf Männer, und gebt euer Bestes!«

Die Männer brüllten, dass die Luft erzitterte, brüllten und schrien ihre Angst heraus, die einem jeden von ihnen im Nacken saß.

Es geht los, dachte Eduard, es geht los, während er seinem Pferd die Fersen in die Seiten hieb. Mit den trommelnden Hufen brach der Angriffssturm los.

Ein Schuss zerriss die Luft. Aus weit aufgerissenen Augen starrte Viktoria Anna an. Mit einem Mal wirkte sie nicht mehr so entschlossen wie eben noch.

»Hast du das gehört?«

Anna konnte sehen, dass die Freundin zitterte.

»Sie schießen, Anna, was sollen wir jetzt tun?«

Anna hatte die Zügel ihres Pferdes unvermittelt fester gegriffen. Unruhig begann die Stute zu tänzeln.

»Wir könnten zurückreiten«, schlug sie vor, »noch hat uns niemand entdeckt.«

Noch, fügte sie in Gedanken stumm hinzu, haben wir keinen Schaden angerichtet.

Viktoria schaute die Freundin an, dann starrte sie wieder in Richtung des Lärms. Anna konnte sehen, wie sie sich auf die Lippe biss. Noch immer zitterten ihre Hände, dann schüttelte sie den Kopf.

»Nein, ich will da sein, wenn sie unsere Mädchen retten, verstehst du das nicht?«

»Doch.« Anna starrte ihre Hände an, die die Zügel immer noch fest umklammert hielten. »Aber vielleicht ist es besser, wenn wir uns nicht einmischen. Wir könnten so viel kaputt machen, Viktoria!«

Sie mochte sich nicht ausmalen, was geschah, wenn man sie entdeckte.

»Ich will mich ja nicht einmischen.« Wieder fiel ein Schuss, wieder zuckte Viktoria zusammen. »Ich will nur für sie da sein.« Ihre Unterlippe zitterte. Sie biss sich darauf. »Sie müssen sich schrecklich allein fühlen, glaubst du nicht? Ich möchte sie so schnell wie möglich in die Arme schließen.«

Annas Gedanken überschlugen sich. Viktoria dachte offenbar überhaupt nicht daran, was alles schiefgehen konnte. Sicherlich hatte Viktoria auch Recht, die Mädchen mussten furchtbare Ängste ausstehen, aber gleichermaßen wusste sie, dass sie ihnen nicht würde helfen können. *Wir hätten im Lager bleiben sollen,* schoss es ihr nicht zum ersten Mal durch den Kopf. Das ungute Gefühl, das sie schon beim Aufbruch gehabt hatte, wollte ihr jetzt schier die Kehle zuschnüren.

Was, wenn man sie entdeckte?

Als es oben im Haus lauter geworden war, hatten sich die beiden Mädchen aneinandergedrängt. Nun versuchten sie durch die Ritzen in der Holzwand etwas von dem mitzubekommen, was draußen geschah. Über ihnen polterten eilige Schritte hin und her. Manchmal konnten sie die Stimme Doña Ofelias hören. Die einzige helle Frauenstimme war gut auszumachen zwischen denen der Männer. Seit sie hier waren, war ihr Tonfall immer herrischer geworden. Jeden ihrer Sätze sprach sie im Befehlston aus. Wieder waren Schüsse zu hören, begleitet von lautem Heulen und Geschrei.

»Indianer?«, fragte Estella nun mit bebender Stimme. »Ob das Indianer sind?«

»Ich weiß es nicht«, entgegnete Marlena.

Sie versuchte, das Auge nur noch enger an die Ritze zu drücken, durch die sie jedes Mal spähte, wenn man sie mal wieder hier unten eingesperrt hatte. Draußen liefen Männer hin und her. Ein paar führten Pferde am Zügel. Wieder andere trugen Gewehre und Pistolen, und alle stürmten sie in die Richtung, in der das Eingangstor liegen musste. Marlena unterdrückte ein Zittern. Im nächsten Moment vernahm sie Estellas Stimme dicht bei sich.

»Ich bin froh, dass du da bist«, flüsterte die Freundin.

Marlena schlang ihren Arm um den der Freundin und zog sie wortlos noch näher an sich heran. Sie hielten sich fest umklammert. Kurz barg Marlena das Gesicht an Estellas Schulter. Auch sie war froh, hier nicht allein zu sein.

»Keine Widerrede. Wir holen sie herauf«, war oben plötzlich Doña Ofelias Stimme zu hören.

Die Mädchen blickten sich voller Schrecken an, dann – und ohne dass sie einander hätten absprechen müssen – rückten sie beide von der Wand ab und kauerten sich auf den Boden. Nur kurz später wurde über ihnen etwas zur Seite gerückt, dann wurde die Klappe polternd aufgerissen. Jemand sprang in den Kellerraum herunter.

»Kommt schon, beeilt euch«, hetzte Doña Ofelias Stimme von oben.

Der Mann, der zu ihnen heruntergesprungen war, packte zuerst Estella und dann Marlena, um sie nacheinander durch die Falltür nach oben zu reichen. Harte Hände griffen nach ihnen. Blitzschnell wurden sie gefesselt und aneinandergebunden, dann zerrte Piet sie hinter Doña Ofelia her eine Treppe hinauf ins oberste Stockwerk.

Doña Ofelia betrat den Raum zuerst, die Mädchen wurden hinter ihr hineingestoßen und gingen gemeinsam zu Boden. Beide schluckten sie einen Schmerzensschrei herunter. Mit ein paar Schritten war Doña Ofelia am Fenster und schaute hinaus. Piet schleifte Estella und Marlena unterdessen zu einem großen Bett hinüber und zwang die Mädchen, sich hinzuknien, bevor er sie gemeinsam am Bettpfosten festband. Marlena und Estella bissen wieder beide die Zähne aufeinander.

»Brauchen Sie mich noch, Doña Ofelia?«, fragte Piet.

Ofelia schüttelte den Kopf, ohne den Blick von dem Geschehen draußen abzuwenden.

Von hier oben konnte sie nicht viel ausmachen. Sie sah ihre eigenen Männer hin und her laufen, sah manche von ihnen Schüsse abgeben, sah einige losreiten. Weiter hinten am Tor schien ein Kampf entbrannt zu sein. Sie hörte, wie die Tür zuklappte, hörte die Mädchen wispern, kümmerte sich aber nicht darum. Hier waren sie sicher. Von hier konnten die beiden nicht entkommen, sie hatte genügend Männer, die vor nichts zurückschreckten. Draußen im Flur waren jetzt Schritte zu hören, dann öffnete sich die Tür, und Humberto trat ein. Sie warf einen kurzen Blick auf die silberverzierten Pistolen in seinem Gürtel.

»Bleib hier«, sagte sie. »Lass uns nicht allein, pass auf deine alte Mutter auf.«

Sie konnte die Erleichterung sehen, die sich auf seinem Gesicht abzeichnete. Natürlich hatte er keinen Atemzug lang daran gedacht, dort unten zu kämpfen. Sie nahm es ihm nicht übel. Warum auch? Dafür waren andere da, nicht ihr kostbarer Sohn, nicht der, dem all ihre Liebe gehörte. Andere mochten kämpfen, andere mochten sterben. Dafür wurden sie schließlich bezahlt. Andere waren zu ersetzen, nicht aber

Humberto, der doch ihr Leben war und ihre ganze Liebe und den sie mit allen Mitteln verteidigen wollte.

Ofelia schaute wieder nach draußen. Wer waren die Angreifer? Ihre Schwiegertochter? Aber wie sollte sie das geschafft haben? Nun, ganz gleich. Doña Ofelia lächelte. Wenn nötig, konnte sie dafür sorgen, dass Viktoria ihre Tochter zumindest nicht lebend wiedersah. Und danach würde sie das Weibsstück eigenhändig töten.

Er hatte Angst, er hatte eine verdammte Scheißangst. Eduard ließ sein Pferd vorwärtsstürmen, und weil er diese Angst in sich hatte, brüllte er lauter als alle anderen. Die Hufe trommelten über den Boden, Gras und Staub flogen auf. Rechts und links von sich sah er seine Männer. Noch war keiner getroffen worden, noch schrien und kämpften sie alle an seiner Seite. Schon hatte er beide Pistolen leergefeuert und musste nachladen. Lorenz ließ eben das Messer durch die Luft fliegen und stoppte die Flucht eines von Gustavs Männern. Gurgelnd, die Hände gegen seinen Hals gedrückt, ging der Mann zu Boden.

Als habe Lorenz Eduards Blick bemerkt, schaute er zu ihm herüber und bleckte grinsend die Zähne. Eduard musste sich von ihm losreißen. Lorenz war eiskalt, ein Sensenmann, ein Todesengel. Eduard zwang sich, nach Gustav Ausschau zu halten, um nicht wieder zu ihm hinzuschauen. Gustav aber war nirgendwo zu entdecken.

Ich will ihn auch nicht sehen, dachte Eduard, während brennender Schweiß in seine Augen rann. Und doch will ich wissen, ob er wirklich hier ist. Ich will wissen, ob er hinter all dem steckt.

Schon hatte er wieder nachgeladen. Mit einer Handbewegung deutete er seinen Männer an, weiter auszuschwärmen.

Seid überall, hatte er sie zuvor angewiesen, macht Unordnung, zerstreut sie, verwickelt sie in Scharmützel. Konzentriert sie auf euch, aber lasst sie nach Möglichkeit nicht wissen, wie viele ihr seid. Eine Kugel zischte so knapp an seinem Kopf vorbei, dass sie ein Stück Filz aus seinem Hut riss. Nicht zum ersten Mal krampfte sich Eduards Magen zusammen.

Ich will nicht sterben, dachte er, aber noch konnte er nicht zum Rückzug blasen. Wie lange würden sich die Angegriffenen wohl noch täuschen lassen? Würde es Pedro in dieser Zeit gelingen können, ins Haus einzudringen und die Mädchen ausfindig zu machen? Hatten sie die richtigen Entscheidungen getroffen?

Mit Beginn des Angriffs hatte Pedro sein Versteck verlassen und war zum Hauptgebäude hinübergeschlichen. Hier hinten war immer noch alles still. Sorgfältig musterte er die Hausfront und dann jedes einzelne Fenster. Eine Tür war nicht auszumachen. Unten schien es eine Art Keller zu geben, der aber nicht ganz unterirdisch lag. Der Zugang befand sich offenbar im Innern des Hauses. Ob die Mädchen dort waren?

Pedro entdeckte ein altes morsches Rosenspalier und kletterte ein Stück daran hoch, in der Hoffnung, dass es ihn hielt. Jetzt konnte er durch eines der Fenster des unteren Stockwerks spähen, sah aber nichts. Die Scheiben waren staubverschmiert und wohl lange nicht geputzt worden. Vor den Fensteröffnungen befanden sich rohe Holzläden.

Pedro entschloss sich, das Glas vorsichtig zu zerschlagen und darauf zu hoffen, dass niemand auf das Geräusch aufmerksam wurde. Er hielt sich mit einer Hand fest, nahm sein Halstuch mit der anderen ab und umwickelte damit seinen

Messerknauf. Mit einem entschlossenen Schlag zertrümmerte Pedro die Scheibe. Es klirrte, doch das Geräusch ging im Schusswechsel und im lauten Johlen der Kämpfenden unter.

Pedro verbarg sein Messer wieder unter seiner Kleidung, packte den Fensterrahmen mit beiden Händen und schob sich hindurch. Lautlos wie eine Katze landete er im Innern des Raums und zog die Vorhänge vor. Sofort war ihm klar, in wessen Zimmer er sich befand: Humbertos Sachen lagen überall verstreut.

Pedro lauschte. Immer noch war alles still. Vorsichtig öffnete er die Tür und spähte hinaus. Der Flur lag im Dunkeln. Von fern konnte er Stimmen hören, also befanden sich Menschen im Haus. Er lauschte noch einen Moment, trat dann in den Flur hinaus und schlich weiter. Am Ende befand sich offenbar ein größeres Zimmer, die Tür stand offen. Er konnte Männerstimmen hören. Eine Treppe daneben führte ins obere Stockwerk.

Bemüht, keinen unnötigen Laut zu machen, schlich er weiter. Nur noch eine Standuhr trennte ihn jetzt von der Entdeckung. Mit äußerster Vorsicht schob er den Kopf um die Ecke. Vier Männer machte er aus, und alle hatten sich vor den Fenstern aufgebaut und schauten hinaus. Etwa in der Mitte des Raumes konnte er die Klappe erkennen, die den Zugang zum Keller markierte. Sie stand offen, also waren die Mädchen vermutlich dort gefangen gehalten worden, aber nicht mehr darin. Wo aber hatte man sie hingebracht? In ein höher gelegenes Stockwerk?

Wie sollte es ihm gelingen, dort hinaufzukommen?

»O Gott, sie schießen immer weiter, sie hören gar nicht mehr auf. Was, wenn unsere Mädchen verletzt werden?«

Viktoria, die eben noch so voller Wagemut gewesen war, klang nun verzagt. Anna streckte die Hand nach der Freundin aus.

»Pedro, Eduard und seine Leute tun ihr Bestes, Viktoria. Vertrau ihnen doch.« Es bleibt uns ja doch nichts anderes übrig, fügte sie im Stillen hinzu. Sie zögerte, bevor sie weitersprach. »Vielleicht sind die Mädchen auch gar nicht da. Wir wissen es nicht sicher...«

»Ich fühle es«, fuhr Viktoria dazwischen und drückte sich die Hand gegen das Herz. »Meine Kleine ist dort.«

Anna atmete tief durch. »Nun, dann müssen wir einfach abwarten. Bald werden wir sicherlich mehr wissen.«

»Aber ich hasse es zu warten. Ich habe es schon immer gehasst.«

Viktoria fuhr sich rasch mit dem Ärmel ihres Kleides über die Augen. Anna schüttelte eindringlich den Kopf. Hoffentlich kam Viktoria nicht schon wieder auf dumme Gedanken. Sie konnten Gott danken, dass man sie bisher nicht entdeckt hatte.

»Es bleibt uns nichts anderes übrig.«

Viktoria lachte bitter auf. »Ja, wir Frauen müssen warten, warten, warten und nochmals warten. Wir warten darauf, dass unsere Männer zurückkommen. Wir warten darauf, dass man uns Nachricht von ihrem Sterben oder ihrem Überleben bringt. Wir dürfen warten und Ängste ausstehen und trauern und unsere Toten begraben... nur tun dürfen wir nichts... Ich hasse es, ich hasse es so sehr.«

Anna sah, wie auch Viktoria die Zügel fester umklammerte, doch sie machte keine Anstalten, wieder loszureiten. Eine Weile schwiegen sie beide.

»Und wenn wir ein Stückchen näher heranreiten?«, fragte Viktoria dann. »Nur noch ein kleines Stück näher?«

Anna wollte den Kopf schütteln, doch sie wusste, dass es keinen Zweck hatte. Sie kannte diesen Ausdruck in Viktorias Gesicht, sie kannte ihre Entschlossenheit.

»Ein Stückchen«, stimmte sie leise zu.

Wenig später ließen sie ihre Pferde im Schritt weitergehen und hofften auf diese Weise, die Aufmerksamkeit nicht zu früh auf sich zu ziehen. Der Kampflärm wurde stetig lauter. Die Gebäude wuchsen höher und höher aus der flachen Landschaft heraus. Sie konnten schon die Kampfstellungen ausmachen, als Viktoria ihr Pferd endlich wieder zügelte. Die beiden Frauen sahen zum Haus hinüber und versuchten, eine Struktur ins Kampfgeschehen zu bringen. So angestrengt beobachteten sie, was vor ihnen lag, dass sie nicht bemerkten, dass sie selbst beobachtet wurden. Und dann war es zu spät. Drei Männer tauchten wie aus dem Nichts auf und umkreisten sie.

Anna wurde schlecht vor Angst.

Eduard bemerkte die Veränderung sofort. Von einem Moment auf den anderen waren die Schüsse abgeklungen. Sich entfernende Rufe und Hufgetrappel zeigten, dass sich ihre Gegner zurückzogen, endlich hörte er Gustavs Stimme.

»Eduard!«

Eduard gab keine Antwort. Von einer Seite ritt Lorenz näher an ihn heran, von der anderen Elias' Bruder Noah. Fragend schaute ihn Lorenz an. Wieder war Gustavs Stimme zu hören.

»Eduard! Ich weiß, dass du da bist, und ich bin mir auch sicher, dass du verhandeln willst, also antworte mir!«

Eduard zögerte. Irgendetwas hatte sich verändert. Irgendetwas. Aber er wusste, verdammt noch mal, nicht, was. Als Lorenz in eine Richtung deutete, folgte er sofort dessen ausgestrecktem Arm. Noch im gleichen Augenblick zog sich sein Magen zusammen. Ein Würgen machte ihm die Kehle eng. Er wollte etwas sagen, doch die Worte blieben ihm in der Kehle stecken.

Nein, dachte er nur, nein ... Anna ... Sie haben Anna.

Anna stand dort, an ihrer Seite Viktoria, bewacht von jenem Piet mit den eiskalten Augen, dem er noch nie getraut hatte. Gustav konnte er nicht ausmachen, aber er konnte seine Stimme hören. Sicherlich befand er sich hinter der Mauer dort. Tatsächlich – jetzt konnte Eduard dort eine Bewegung wahrnehmen. Einen Moment später stand Gustav breitbeinig in der Toreinfahrt zur Estancia La Dulce. Eduard biss die Zähne aufeinander, von Gustav war ein tiefes Lachen zu hören.

»Ich jedenfalls möchte verhandeln«, rief er aus, »und bis dahin sollten die Waffen ruhen, findest du nicht auch?«

Wird er Anna etwas tun?, überlegte Eduard. Ihr vielleicht nicht, aber Viktoria ... Ein Frösteln überlief ihn. Nein, er konnte sich noch nicht einmal sicher sein, dass Gustav die Finger von Anna lassen würde. Er hatte sich verändert in den letzten Monaten, vielleicht auch schon vorher. Sie waren sich so fremd geworden, dass es ihn schmerzte. Sie waren wie Kain und Abel. Gustav, das wusste er jetzt sicher, hatte auch Elias töten lassen. Sein Auftritt vertrieb den letzten Rest von Zweifel, den sich Eduard hatte erhalten wollen.

»Schlägst du ein?«, war wieder Gustavs Stimme zu hören. »Lass mich nicht zu lange warten, rat ich dir, sonst werden meine Männer unruhig.«

Er hatte kaum zu Ende gesprochen, da hob Eduard die Hand.

»Lass die Frauen in Frieden.«

»Wo denkst du hin!«, Gustav lachte wieder. »Sie sind doch meine Gäste.«

Jetzt schien er sich schier ausschütten zu wollen vor Lachen.

Eduard musste die Zügel fester greifen, denn seine Hände drohten zu zittern. »Gut, verhandeln wir«, presste er zwischen den Zähnen hervor.

»Ich werde mich absetzen und die Sache von hinten betrachten, wenn's recht ist«, sagte Lorenz. »Wir sollten ihnen nicht alle Trümpfe in die Hand geben.«

Zustimmend senkte Eduard leicht den Kopf. »Wir kommen jetzt«, rief er dann aus.

Mit einer Handbewegung wies er seine Männer an, sich dicht um ihn zu scharen. Auf diese Weise, hoffte er, konnte Lorenz ungesehen hinter ihnen verschwinden und sich absetzen. Sein Herz begann wild zu klopfen. Er zwang ein Lächeln auf sein Gesicht, während er sich Gustav näherte. In der Toreinfahrt angekommen, wagte er einen kurzen Blick zurück. Lorenz war wie vom Erdboden verschwunden.

Urplötzlich waren die Männer zur Tür gelaufen, und Pedro hatte die Gelegenheit genutzt, lautlos wie eine Katze die Treppe hinaufzuschleichen. Im dämmrigen Flur angekommen, lauschte er. Aus einem Zimmer waren leise Stimmen zu hören. Mit einem Sprung hatte Pedro die Tür erreicht und lauschte erneut. Tatsächlich, jetzt konnte er Doña Ofelias und Don Humbertos Stimmen ausmachen. Von den Mädchen war allerdings nichts zu hören, doch das verwunderte ihn nicht. Behutsam öffnete er die Tür.

Doña Ofelia und Don Humberto standen am Fenster,

starrten hinaus und sprachen aufgeregt aufeinander ein. Offenbar war ihnen nicht ganz klar, was unten geschah. In jedem Fall hatten sie ihn nicht gehört.

Es war Estella, die zufällig zur Tür blickte. Sie riss die Augen weit auf und stieß die neben ihr kauernde Marlena an. Wenn Pedro befürchtet hatte, die Mädchen würden einen Laut von sich geben, hatte er sich geirrt.

Leise wie eine Schlange schob er sich ganz in den Raum hinein und zog die Tür so weit als möglich hinter sich zu. Doña Ofelia hatte die Arme um den schmalen Leib geschlungen, Humbertos feistes Gesicht klebte an der Scheibe. Pedro zog seine Waffe heraus. Sein Schrei kam so unvermittelt und bedrohlich, dass beide zusammenzuckten. »Hände hoch, keine Bewegung!«

Wie zu erwarten, hatte Doña Ofelia die Beherrschung als Erste wiedergewonnen. Ein spöttisches Lächeln erschien auf ihren Lippen.

»Der Bastard!« Sie wies mit ausgestreckter Hand auf Pedro. »Mörder!«, zischte sie dann. »Du hast deinen Vater getötet, alle wissen es. Du wirst nie wieder nach Salta zurückkehren.«

»Dann habe ich ja nichts zu verlieren.«

Ohne Doña Ofelia und Humberto aus den Augen zu lassen, die erhobene Pistole in einer Hand, versuchte Pedro mit der anderen, den Mädchen die Fesseln zu lösen. Es wollte ihm nicht gelingen. Er würde die Pistole ablegen müssen. Suchend blickte er sich im Zimmer um. An der Wand neben dem Bett hing eine Glocke nebst Schnur. Pedro wies mit dem Kopf dorthin und richtete die Pistole auf Humberto.

»Schneid sie ab!«, forderte er ihn mit eiskalter Stimme auf.

Ein Gefühl von Genugtuung überkam ihn, als er bemerkte, dass Humberto vor Angst schlotterte. Doña Ofelia war mit einem Mal weiß wie die Wand war. Zitternd gehorchte ihr Sohn.

»Und nun«, Pedros Lächeln erreichte seine Augen nicht, »fesselst du deine reizende Mutter.«

Humberto wollte den Kopf schütteln, doch Pedro richtete den Pistolenlauf nur noch nachdrücklicher auf ihn. Nur einen Moment später war Doña Ofelia an einen Bettpfosten gefesselt.

»Kannst du schießen, Marlena?«, fragte Pedro dann Annas Tochter.

»Ja«, antwortete das Mädchen leise, aber fest. Pedro ging zu ihr, gab ihr die Pistole in die gefesselten Hände und zeigte auf Humberto. »Du erschießt ihn, wenn er nur eine falsche Bewegung macht. Wirst du das tun?«

»Ja.« Marlena sah entschlossen aus.

Humberto erstarrte vor Schreck. Er würde sich ganz sicher nicht bewegen, das wusste Pedro, er würde alles tun, was ihm gesagt wurde, doch für ein paar Atemzüge länger sollte er beben vor Angst.

Pedro schnitt nun eine der Vorhangschnüre ab, trat dann auf seinen Halbbruder zu. Schweißperlen glänzten auf Humbertos Gesicht. Einen Augenblick später war er gefesselt, dann endlich konnte Pedro die Mädchen befreien.

Plötzlich flog die Tür hinter ihm auf, ein Schuss knallte und zerschmetterte das Fenster. Pedro warf sich zu Boden, erhielt im nächsten Moment einen Tritt in den Rücken und dann einen Schlag mit einem Pistolenlauf, der ihm den Schädel brummen ließ. Dann wurde er wieder auf die Füße gerissen. Ein Mann stand vor ihm, hager und mit den kältesten blauen Augen, die Pedro jemals gesehen hatte. Mit einem Lächeln beugte er sich zu Marlena herunter und riss ihr die Pistole aus der Hand.

»Du kommst gerade noch rechtzeitig, Piet«, war Doña Ofelias kühle Stimme zu hören.

»Immer gerne zu Diensten, Doña Ofelia.«

Der Mann tippte sich an den Hut. Pedro stützte sich mit aller Kraft auf die Knie hoch. Er merkte, dass ihm übel wurde. Er konnte sich nicht bewegen, ohne zu schwanken. Während er gegen die Übelkeit ankämpfte, sah er hilflos zu, wie der Mann, den Ofelia Santos Piet genannt hatte, ihr die Fesseln löste.

»Die Pistole«, verlangte sie, und er gab sie ihr.

Pedro drückte die Hände gegen den Schädel, als könne er ihn so vom Brummen abhalten. Unten im Haus war jetzt Lärm zu hören, offenbar kehrte eine größere Gruppe Männer zurück. Piet lächelte ihn an und richtete dann unvermittelt seine Pistole auf ihn. Blitzschnell war Doña Ofelia an seiner Seite und schob den Pistolenlauf zur Seite.

»Wir haben gesiegt, du elender Bastard, willst du noch ein bisschen zuhören, oder soll ich dich gleich in die Hölle schicken?«

Mit einem hässlichen Lachen richtete sie die Pistole direkt auf Pedros Kopf und spannte den Hahn.

Aus dem Halbdunkel des Flurs trat urplötzlich eine Gestalt. Etwas sirrte durch den Raum. Die Mädchen schrien auf.

»Keine Bewegung!«

Pedro bemerkte, dass er zu Boden gegangen, jedoch unverletzt war. Etwa eine Armlänge von ihm entfernt kauerte Estella und schrie und schrie und schrie. Ein neuerliches Sirren brachte Piet zu Fall. Humberto kreischte panisch auf.

»Alles gut?«, war eine dunkle Stimme zu hören, dann fühlte Pedro sich auf die Füße gezogen. »Ich bin Lorenz, einer von Eduards Männern.«

Lorenz, dachte Pedro, ja, er kannte den Mann. Mit einem

Blick streifte er Piet. Er war tot. In seiner Brust steckte ein Messer, das Lorenz nun wieder in Besitz nahm.

Dann suchten Pedros Augen Doña Ofelia. An der Wand neben dem Fenster war sie zu Boden gerutscht. Eine breite Blutspur zog sich bis hinunter zum Boden. Ihr steckte ein Messer in der Gurgel. Auch ihre Augen waren starr, auch sie lebte nicht mehr. Pedro sah zu den Mädchen hin. In seinem Rücken kreischte und heulte Humberto wie ein Tier.

»Maul halten!«, brüllte Lorenz nun, zog Humberto dann kurzerhand die Pistole über den Schädel, sodass der ohnmächtig zu Boden ging.

»Keine Kugel mehr«, sagte er dann mit einem schiefen Lächeln an Pedro gewandt, nachdem er Humbertos Fesseln überprüft und ihn geknebelt hatte.

Pedros Blick streifte seinen Halbbruder. Wenn er wieder aufwachte, würde ihm zweifelsohne der Schädel brummen.

»Wir müssen die Mädchen in Sicherheit bringen«, stieß er dann heiser hervor.

Erleichtert stellte er fest, dass Marlenas und Estellas Fußfesseln gelöst waren, die Mädchen schluchzten leise. Zu viert schlichen sie sich in den Flur. Lorenz deutete in die Richtung, die von der Treppe wegführte.

»Leider sind wir momentan im Nachteil. Gustav und die Männer haben Anna und Viktoria gefangen genommen.«

Pedro fragte nicht, wie es dazu gekommen war. Er kannte Viktoria und dachte sich seinen Teil. Auf leisen Sohlen schlichen sie weiter, überprüften Raum um Raum, doch nirgendwo wollte sich eine Fluchtmöglichkeit ergeben.

Zuletzt versteckten sie Estella und Marlena in einem Wandschrank und schlichen zurück zur Treppe. Unten standen sich

Gustavs und Eduards Männer unversöhnlich gegenüber. Anna und Viktoria kauerten gemeinsam in einer Ecke des Raumes, stumm und starr vor Schreck. Pedro bemerkte, wie genau Lorenz alles beobachtete. Sie hatten noch zwei Pistolen, doch nur für eine hatten sie Munition. Ihre einzige Möglichkeit war es, das Moment der Überraschung auszunutzen. Niemand rechnete mit ihnen, doch war es nicht ein viel zu großes Wagnis?

Aber es war jetzt nicht mehr die Zeit, darüber nachzudenken. Lorenz nickte Pedro zu, dann rannte er brüllend und polternd die Treppe herunter. Ein Schuss traf einen Mann, der in Gustavs unmittelbarer Nähe stand. Mit dem nächsten durchlöcherte er die Hand eines weiteren Mannes, der schreiend vor Schmerz zu Boden stürzte. Pedros Messer bohrte sich in die Brust eines dritten Mannes, da flüchteten die Übrigen Hals über Kopf. Nur Gustav stand noch da, doch Eduard richtete die Pistole auf ihn.

»Du hättest sie mir abnehmen sollen, Bruder«, sagte er.

Gustav lächelte. »Ja, das hätte ich wohl. So aber ist wohl alles verloren.«

Ein kleines bitteres Lächeln huschte über Gustavs Gesicht, und für einen kurzen Augenblick bedauerte Eduard, wie wenig er über den Jüngeren wusste. Er hatte ihn für seinen Bruder gehalten. Er hatte ihn Bruder genannt, und sie waren sich doch fremd geworden. In dem Moment, als Gustav zum Sprung ansetzte, schoss er. Gustav wurde zurückgeworfen, stieß gegen die Wand. Kurz schien es, als würde er dort stehen bleiben, dann rutschte er herunter, die Augen weit geöffnet. Er sah Anna an, die laut aufschrie, dann polterte die Pistole aus Eduards Hand zu Boden.

»Gustav«, flüsterte er heiser, »oh Gustav, das wollte ich nicht.«

Gustavs Blick löste sich von Anna und suchte den des älteren Bruders. Sein Gesichtsausdruck blieb unbewegt. Blut sickerte aus seinem Mundwinkel.

Eduard kam näher, ging vor Gustav auf die Knie, griff nach dessen Händen, die dieser ihm nicht entzog. »Gustav!«

Eduards Stimme klang gequält. Noch immer hielt er Gustavs Hand. Eine Weile herrschte Schweigen, dann fuhr er zu sprechen fort.

»Weißt du noch, wie wir hier ankamen, mit so wenig in der Tasche und so großen Träumen? Irgendwie haben wir's ihnen gezeigt, oder nicht? Don Gustavo und Don Eduardo – das waren Namen!«

Gustav lächelte leicht. Es war, als wäre mit dem Schuss aller Hass von ihm abgefallen. Er sah ruhig aus, das Gesicht angesichts seines Bruders nicht mehr verzerrt. Anna schaute ihre Brüder an, und plötzlich erinnerte sie sich an zwei Burschen, die durch die Weinberge stromerten und sich, auch wenn der Vater mit Prügel drohte, von niemandem etwas sagen ließen.

»Hilf mir«, sagte Eduard, und Anna wusste sofort, dass er sie meinte.

Gemeinsam trugen sie den Bruder zum Tisch hinüber und legten ihn darauf. Atmete er noch? Anna starrte Gustav an, aber nichts mehr bewegte sich an ihm. Seine Augen waren geschlossen. Ein Raunen ging durch die Anwesenden hindurch.

Eduard hob den Kopf. »Fort mit euch«, brüllte er unvermittelt und streckte dann die Hand zu Anna hin. »Lasst uns allein, lasst uns nur einen Moment allein.«

Und dann begann er zu weinen.

Anna drückte ihre Tochter an sich und wollte sie nicht mehr loslassen. Nur kurz nachdem Eduard alle hinausgeworfen hatte, hatte Pedro die beiden Mädchen geholt. Schluchzend hatte sich Estella in die Arme ihrer Mutter geworfen. Marlena hielt Anna weinend umschlungen.

Es ist endlich vorbei, dachte Anna, es ist endlich, endlich vorbei.

Siebtes Kapitel

Viktoria und Pedro waren, begleitet von Lorenz, abgereist, um Humberto nach Salta zurückzubringen. Humberto hatte ihnen erzählt, dass seine Mutter am Tod des Vaters schuld sei. Viktoria hatte Anna im Moment des Abschieds zugeflüstert, dass sie, was die Zukunft betraf, in harte Verhandlungen mit ihrem Mann treten werde.

Seit den Geschehnissen waren fast zwei Monate vergangen. Am Vortag war Julius eingetroffen. Zum ersten Mal hatte Anna die Nacht durchgeschlafen, ohne auch nur einmal aus irgendeinem schrecklichen Traum aufzuschrecken. Als sie früh am nächsten Morgen erwachte, fühlte sie sich erholt wie schon lange nicht mehr. Von draußen drangen die Stimmen der Kinder zu ihr herein, und der Lärm der großen Stadt Buenos Aires.

Sie hatten La Dulce rasch verlassen – zu viele schreckliche Erinnerungen verbanden sich mit diesem Ort –, nur Eduard hatte bleiben wollen. In Buenos Aires hatten vor allem Fabio und Paco sie schon sehnsüchtig erwartet. Immer wieder hatten die Jungen die Mädchen zu jedem Detail ihrer Entführung befragt, und beinahe hatte es ausgesehen, als beneideten sie Marlena und Estella um ihr großes Abenteuer.

Die Mädchen selbst hatten sich recht gut erholt. Sie wirkten erwachsener, wieder einmal dachte Anna darüber nach, dass aus ihrer Kleinen nun bald eine junge Frau werden würde. Was würde aus ihr werden? Würde sie sich bald verlieben? Wann würde sie heiraten? Würde sie das Fuhrunternehmen Brunner-Weinbrenner weiterführen? Nach der Anspannung der letzten Wochen wollte Anna ihren Schatz am liebsten die ganze Zeit in Sichtweite haben, aber sie wusste auch, dass sie würde loslassen müssen.

Mit einem Seufzer stand sie auf und legte sich gegen die Morgenkühle einen Umhang um. Wieder einmal kehrten ihre Gedanken zu Eduard zurück. La Dulce war eine schöne Estancia mit gutem Landbesitz. Sie bot Platz für Rinder, Schafe und für den Anbau von Getreide, Obst und Gemüse. Irgendwo auf dem weitläufigen, etwas verwahrlosten Gelände befand sich ein See, der auch Flamingos eine Heimat bot. Die Toten waren auf dem kleinen Friedhof von La Dulce beerdigt worden. Don Humberto hatte geheult wie ein Hund, als man den Leichnam seiner Mutter ins Grab gesenkt hatte.

Ob sie ihren Mann wirklich getötet hat?, fragte sich Anna nicht zum ersten Mal, aber diese Frage würde wohl unbeantwortet bleiben. Dass es ihr zuzutrauen war, das hatte ihr Viktoria bestätigt.

Guten Morgen, kleine Prinzessin, meinte Anna wieder Eduards Stimme zu hören, so wie an jenem Tag, als sie La Dulce verlassen hatten. Sie lächelte. So hatte er sie oft genannt, als sie noch ein kleines Mädchen gewesen war, damals in Deutschland, in der alten Heimat. Dreizehn Jahre waren sie nun schon nicht mehr dort gewesen. Wahrscheinlich, sagte sie sich zum ersten Mal, werde ich Deutschland nie wiedersehen, Deutschland nicht und den Rhein nicht, nicht die Nahe, nicht die Weinberge und auch Gustl nicht. Anna nahm sich vor, der Freundin einmal wieder zu schreiben. Ob die alte Heimat ihr wohl inzwischen ebenso fremd war, wie es die neue am Anfang gewesen war? Sie dachte daran, wie die Gebäude der Estancia La Dulce am Tag der Rückkehr im Morgenlicht übergroß wie ein fremdes, jedoch friedliches

Wesen dagelegen hatten und wie ihr angesichts dieser Schönheit der Atem stocken wollte.

»Gefällt es dir? Ist das etwas? Könntest du dir vorstellen, Buenos Aires hierfür zu verlassen?«, hatte sie Eduard gefragt.

Viktoria hatte davon gesprochen, dass sie Humberto die Estancia abjagen werde als Preis für alles, was er ihr angetan hatte. Kurz vor ihrer Abreise nach Salta hatte sie Eduard und Anna gesagt, dass sie sich Eduard als Verwalter der Estancia wünsche. Etwas ängstlich hatte Anna ihren Bruder angesehen. Der hatte geschwiegen, so lange, dass sie schon fürchtete, etwas Falsches gesagt zu haben, und dann plötzlich gelacht.

»Natürlich, natürlich ist das etwas!«

»Gefällt es dir wirklich?« Ängstlich blickte Anna ihren Bruder an.

Eduard schaute sich um. »Nun, es ist das, was sich Vater immer gewünscht hat.« Grinsend stemmte er die Hände in die Seiten. »Ich werde Bauer.«

Anna stieß ihn in die Seite. »Lass es nicht so klingen.«

»Wie meinst du das?«

»Als würdest du es bedauern.«

»Mein Leben in Buenos Aires aufzugeben? Wenn du etwas von mir weißt, dann müsstest du wissen, dass ich der Vergangenheit nie hinterhergetrauert habe.«

Ernst schaute Anna ihren Bruder an. »Nein, da hast du Recht. Du hast der Vergangenheit nie hinterhergetrauert, dafür habe ich dich immer bewundert.«

»Hast du?« Fragend blickte Eduard sie an. »Du hast mich für etwas bewundert? Ich dachte immer, du dächtest nur schlecht von mir.«

»Es war nicht das Schönste, einen Verbrecher zum Bruder

zu haben.« Anna drückte sich fester an ihn. »Aber du bist mein Bruder. Das bist du immer gewesen.«

Mit einem Ruck kehrte Anna aus ihren Erinnerungen zurück. In ihrem Rücken räusperte sich jemand. Sie drehte sich um.

»Julius!«, rief sie aus.

Julius, Julius klopfte ihr Herz. Wie schön war es, ihn nach dieser Zeit des Schreckens endlich wieder für sich zu haben.

Achtes Kapitel

Eine Woche, nachdem sie auf Santa Celia eingetroffen waren, lud Pedro Viktoria zu einem Ausflug in die Berge und zu dem verfallenen Dorf ein, in dem sie einander zum ersten Mal nähergekommen waren. Sie empfand etwas wie Respekt vor dem, was vor ihr lag. Zum Frühstück hatte es Früchte und *empanadas* gegeben. Gegenseitig hatten sie sich mit Feigen gefüttert.

Als Viktoria angezogen und gestiefelt im Hof erschien – sie hatte Lederhosen unter ihrem Kleid getragen, hatte sich eine Lederjacke angezogen und ein Tuch um den Kopf geschlungen –, warteten schon die gesattelten Pferde auf sie.

Sie verschwendete einen kurzen Gedanken an Humberto, der ihnen bisher erstaunlich wenig Gegenwehr geleistet hatte. Die Arbeiter auf der Estancia hatten sich jedenfalls erfreut gezeigt, Pedro wiederzusehen. Niemals, hatten sie gesagt, hätten sie glauben können, dass er am Tod Don Ricardos schuld sein könne. Vielmehr habe man geglaubt, dass Humberto seine Finger beschmutzt habe. Seine Mutter ... nun ja, vorstellbar sei auch das. Man wisse es einfach nicht und werde es wohl auch nie erfahren.

Pedro saß schon auf seinem Pferd, Viktoria tat es ihm nach. Gleich hieb sie ihrem Pferd die Fersen in die Seiten, um zu ihm aufzuschließen. Als sie das alte Flussbett erreichten, an dem er zum ersten Mal seinen Sohn gesehen hatte, musste Viktoria schlucken. Was hatte sie sich damals nur gedacht?

Auch Pedro schien sich zu erinnern, denn er ergriff unvermittelt ihre Hand und drückte sie.

»Denkst du an die beiden?«

»Ja.«

Viktoria wusste, ohne dass er es aussprach, dass er von Paco und Estella sprach. Er würde ihnen ein guter Vater sein, denn dass sie nicht bei Humberto bleiben konnten, dessen war sie sich sicher.

Manchmal hatte Viktoria sich gefragt, wie es sein würde, nach Salta zurückzukehren, aber sie hatte sich nie lange mit diesen Gedanken aufgehalten. Ich bin nicht zum Grübeln gemacht, hatte sie sich gesagt. Das Gefühl des Heimkommens, das in ihr aufgestiegen war, als Santa Celia vor ihr aufgetaucht war, hatte sie nicht erwartet. Auch die Landschaft verhieß Vertrauen. In all der Zeit des Unglücks, der Trauer und der Verlorenheit, die sie hier erlebt hatte, hatte sie sie doch stets auch in ihren Bann genommen: die erdigen Farben, die Weite, die Berge am Horizont, die den Himmel zu berühren schienen, die von Lorbeergewächsen, Farnen, Flechten, Lianen und Bromelien durchwirkten Nebelwälder…

Inzwischen hatten sie das Dorf längst hinter sich gelassen und stetig an Höhe gewonnen. Das Atmen wurde etwas schwerer. Feiner Staub legte sich auf Haut und Kleidung und Viktoria musste husten. Überall ragten vertrocknete Sträucher aus dem Boden. Die Berge tanzten in der Hitze, die den neuen Sommer ankündigte.

An diesem Tag liebten Viktoria und Pedro sich, wie sie sich schon lange nicht mehr geliebt hatten, liebten sich mit der Erfahrung des Alters und dem Ungestüm der Jugend. Für eine Weile hielten sie einander ruhig bei den Händen und ruhten aus, danach kämpften sie sich weiter den Berg hinauf. Viktoria fühlte einen unangenehmen Druck im Kopf, doch alles war vergessen, als sich plötzlich vor ihnen in der Tiefe eine Fläche auftat, dunkelblau wie das Meer, die sich so am Horizont verlor, dass man nicht sagen konnte, ob es sich um Nebel, Wasser oder Land handelte. Die Täuschung wurde noch dadurch verstärkt, dass sie sich über den Wolken befanden, während sich das Gebirge um sie her in der strahlenden Sonne vor dem blauen Himmel erhob. Viktoria atmete tief durch. Noch nie zuvor hatte sie etwas so Schönes gesehen.

»Anta«, sagte Pedro leise, »woraus die Weißen später ›Anden‹ machten, bezeichnet in Quechua, der Sprache der Inka, das Kupfer sowie das Rotgold der Abendsonne über den Bergen.«

Sanft strich er Viktoria eine Haarsträhne aus ihrem erhitzten Gesicht. »Mach dein Haar auf, meine Liebste, lass mich dein Haar in diesem Sonnenlicht sehen.«

Viktoria zögerte, aber dann kam sie Pedros Wunsch nach. Sie waren sich lange schon nicht mehr so nahe gewesen. Sie hatten sich verletzt, geschunden. Sie hatten einander Schmerzen zugefügt. Sie hatte sich niemals vorstellen können, eines Tages wieder bei ihm zu Hause sein zu können – nicht nach allem, was geschehen war.

Nun war sie da. Bei ihm. Angekommen.

Neuntes Kapitel

Als niemand im Hof gewesen war, hatte sich Corazon, ihre Tochter an der Hand hinter sich her zerrend, in den Stall geschlichen. Nun, viel später, es dämmerte schon, stand sie da, spähte durch eine Lücke nach draußen zu den Feiernden hinüber und hoffte inständig darauf, nicht entdeckt zu werden. Anna Weinbrenner feierte ein Fest mit ihrer Familie und Freunden, wie man ihr zugetragen hatte.

Blanca aber war müde und quengelte. »Was tun wir hier?«, fragte sie nicht zum ersten Mal.

»Nichts«, Corazon schob ihre Tochter unwirsch zur Seite, »wir schlafen heute hier.«

»Im Stall? Warum?«

»Ich will wissen, wo er ist.«

»Wer? Mein Vater?«

»Richtig, dein Vater.«

Corazon schaute ihre Tochter an.

Die Elfjährige sah älter aus, als sie war. Ihr braunes Haar hatte einen goldenen Schimmer, und ihre tiefschwarzen Augen bildeten einen reizvollen Kontrast dazu. Man konnte jetzt schon sehen, dass sie zu einer hübschen jungen Frau heranwachsen würde.

Vielleicht, dachte Corazon, ist es Zeit, sich aus dem Geschäft zurückzuziehen. Sie war es leid, jeden Tag wieder hart ums Überleben kämpfen zu müssen. Gustav hatte sie zwar geliebt, war in der letzten Zeit aber nicht in Buenos Aires gewesen, sodass ihr Leben fast so elend gewesen war wie früher…

Dort draußen feierte die Schwester des Mannes, den sie liebte. Sie hatte darauf gehofft, Gustav hier zu finden, nachdem sie ihn wochenlang nicht mehr gesehen hatte, doch er war nicht unter den Feiernden. Unwillkürlich fröstelte Corazon. Nicht zum ersten Mal kam ihr der Gedanke, dass sie ihn nicht wiedersehen würde.

Heute nicht, morgen nicht, niemals mehr.

Epilog

Anna Weinbrenner und Julius Meyer heirateten im September 1876. Pedro und Viktoria waren aus Salta angereist, Eduard war von La Dulce hergekommen. Während der Trauung vergoss Viktoria mehr Tränen, als sie erwartet hätte. Es war nur ein kleines Fest, das in dem Haus in Belgrano gefeiert wurde, das Julius Anna noch kurz vor der Hochzeit geschenkt hatte, doch die Gäste fühlten sich sichtlich wohl.

Sehr bald führte Julius seine Braut von der Feier weg in den Garten. Von dort aus hatte man einen wunderschönen Ausblick aufs Meer.

»Über dieses Meer sind wir gekommen«, flüsterte Julius Anna unvermittelt ins Ohr.

»Ja.«

Anna schmiegte sich an ihn. Sie spürte seine Wärme, gab sich seinen ruhigen Atemzügen hin.

Ein leichter Wind, der vom Meer kam, brachte Bewegung in die Bäume und die Büsche rings um sie.

»Ich dachte an jenem Tag auf dem Schiff, mein letztes Stündchen habe geschlagen«, sagte Anna plötzlich, immer noch in Gedanken versunken.

»Und ich war tatsächlich wütend auf dich, weil du dieses Lumpenpack nicht anzeigen wolltest.« Julius schaute sie liebevoll an.

»Ja, du hast mich überhaupt nicht verstanden. Würdest du mich denn heute verstehen?« Anna griff nach Julius' Hand und drückte sie.

Er nickte. »Würdest du denn heute wieder genauso handeln?«, fragte er dann.

Anna zuckte die Achseln. »Ich weiß nicht.« Sie schaute ihm plötzlich tief in die Augen. »Nein, ich glaube nicht. Ich hätte sie nicht einfach davonkommen lassen dürfen.«

»Piet hat seine Strafe erhalten«, sagte Julius nachdenklich.

»Aber Michel hat Fersengeld gegeben.«

Anna seufzte.

»Lass uns von etwas anderem reden«, sagte sie dann und warf einen prüfenden Blick auf die Bepflanzung des Gartens, die Julius gleich nach dem Kauf des Hauses veranlasst hatte. Ein Korallenbaum stand schon da, und viele Sträucher und Blumen, die in Argentinien heimisch waren und die Anna hier liebgewonnen hatte, waren gepflanzt worden. Und dann war da das Meer. Das war ihr wichtig. Es hatte ihr stets gutgetan, aufs Meer blicken zu können.

Entschlossen zog Anna Julius jetzt weiter, hin zu einem schmalen Pfad, der unwissenden Augen leicht verborgen bleiben konnte und der zu einem kleinen lauschigen Platz mit einer Bank führte.

Verwundert sah Julius Anna an. »Wie schön, diesen Ort kenne ich ja noch gar nicht.«

Anna lächelte. »Das wird *unser* Platz, Julius, komm, setz dich.«

Sie setzten sich dicht beieinander, und Julius legte seinen Arm um Annas Schulter.

»Ich möchte dir etwas sagen«, sagte sie leise, doch als sie dann unwillkürlich über ihren Bauch strich, sprang Julius jäh auf und riss sie mit sich hoch.

»Du bist...? Sag nicht, du bist... Bist du nicht viel zu...?«

»Sag jetzt nicht alt!« Anna schaute Julius gespielt böse an. »Aber du hast Recht, wir bekommen ein Kind.«

Überwältigt von seinen Gefühlen umfasste Julius Annas Gesicht mit seinen Händen und küsste sie. »Wie wunderbar«, sagte er. »Wie wunderbar.«

Ende

Danksagung

Schreiben, heißt es, sei ein einsamer Job – und dann auch wieder nicht. Dieser Roman hätte jedenfalls nicht entstehen können, ohne die vielfältige Unterstützung, die ich erfahren habe.

Mein Dank geht deshalb an meine Lektorinnen Melanie Blank-Schröder und Stefanie Heinen nebst meiner Textredakteurin Margit von Cossart und an meinen Agenten Bastian Schlück für dessen unermüdlichen Einsatz.

Danke an meine Familie für die Unterstützung, und danke jenen, die mir Argentinien nahegebracht haben und mir ermöglichten, an ihrem Leben teilzuhaben. Ich habe selten so gut gegessen und gefeiert, und der Ausritt während des Ausflugs auf den *campo* bleibt mir wohl immer im Gedächtnis.

Vielen Dank auch an die Bad Kreuznacher Stadtbibliothek, die es mir erlaubt, meine Rechercheliteratur dorthin zu bestellen, wo ich sie brauche. Was wäre ich ohne Bibliotheken!

Danke zu guter Letzt an Julian und Tobias, die mich zum Lachen gebracht haben, wenn mich Annas und Viktorias Geschichte nicht mehr losgelassen hat.

Sofia Caspari

Ein Märchen wie aus Tausendundeiner Nacht

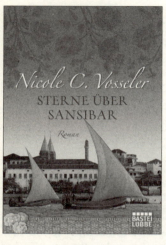

Nicole C. Vosseler
STERNE ÜBER SANSIBAR
Roman
544 Seiten
ISBN 978-3-404-16058-7

Die Luft erfüllt vom Duft der Blüten und Gewürze, endlose Tage in herrlichen Gärten und prunkvollen Gemächern, umsorgt und geliebt von der Familie – Salimas Leben könnte schöner nicht sein. Doch die unbeschwerten Jahre der Tochter des Sultans von Sansibar finden ein jähes Ende, als sie dem deutschen Kaufmann Heinrich begegnet. Die beiden verlieben sich, und schon bald wird die junge Frau schwanger. Für eine muslimische Prinzessin ist ein uneheliches Kind undenkbar, einen Ungläubigen zu heiraten kommt allerdings auch nicht infrage. So bleibt als Ausweg nur die Flucht nach Hamburg, in Heinrichs Heimat. Doch was erwartet Salima in dem kalten, fremden Land?

Bastei Lübbe Taschenbuch

Mitreißend, gefühlvoll, voller unerwarteter Schicksalswendungen – eine einzigartige Familiensaga.

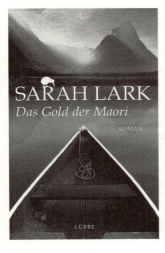

Sarah Lark
DAS GOLD DER MAORI
Roman
752 Seiten
ISBN 978-3-7857-6024-6

Kathleen und Michael wollen Irland verlassen. Das heimlich verlobte Paar schmiedet Pläne von einem besseren Leben in der neuen Welt. Aber all ihre Träume finden ein jähes Ende: Michael wird als Rebell verurteilt und nach Australien verbannt. Die schwangere Kathleen muss gegen ihren Willen einen Viehhändler heiraten und mit ihm nach Neuseeland auswandern … Michael gelingt schließlich mit Hilfe der einfallsreichen Lizzie die Flucht aus der Strafkolonie, und das Schicksal verschlägt die beiden ebenfalls nach Neuseeland. Seine große Liebe Kathleen kann er allerdings nicht vergessen …

Lübbe Paperback

Werden Sie Teil der Bastei Lübbe Familie

- Lernen Sie Autoren, Verlagsmitarbeiter und andere Leser/innen kennen
- Lesen, hören und rezensieren Sie Bücher und Hörbücher noch vor Erscheinen
- Nehmen Sie an exklusiven Verlosungen teil und gewinnen Sie Buchpakete, signierte Exemplare oder ein Meet & Greet mit unseren Autoren

Willkommen in unserer Welt:

 www.luebbe.de

 www.facebook.com/BasteiLuebbe

www.twitter.com/bastei_luebbe

 www.youtube.com/BasteiLuebbe